LOCUS

LOCUS

LOCUS

LOCUS

RECREATION

R71
生命之書 *THE BOOK OF LIFE*

作者：黛博拉·哈克妮斯（Deborah Harkness ）
譯者：張定綺
責任編輯：江怡瑩　美術編輯：何萍萍
校對：呂佳真
法律顧問：董安丹律師、顧慕堯律師
出版者：大塊文化出版股份有限公司
台北市10550南京東路四段25號11樓
www.locuspublishing.com

讀者服務專線：0800-006689
TEL：（02）87123898　FAX：（02）87123897
郵撥帳號：18955675　戶名：大塊文化出版股份有限公司

總經銷：大和書報圖書股份有限公司　地址：新北市新莊區五工五路2號
TEL：(02) 89902588　FAX：(02) 22901658
排版：辰皓國際出版製作有限公司 製版：瑞豐實業股份有限公司
初版一刷：2016年3月
初版二刷：2019年9月

定價：新台幣420元
Printed in Taiwan

生命之書

THE BOOK OF LIFE

黛博拉・哈克妮斯 Deborah Harkness ——著　張定綺——譯

獻給凱倫，她知道原因。

生存下來的不是最強壯的物種，也不是最聰明的物種，而是最能適應改變的物種。

——菲利普・德・柯雷孟，常誤傳為達爾文所言

巨蟹日座

巨蟹座與房屋、土地、寶藏及所有隱藏的物品有關。它是黃道第四宮，象徵死亡與結束。

——佚名之英國雜記簿，寫於約一五九〇年，龔沙維手抄本四八九〇號，f.8r

第一章

鬼魂幾乎沒有實質，只由記憶與感情組成。艾米莉・麥澤在七塔古堡的一座圓塔頂樓，將透明的手掌按在自己即使到了這種地步仍充滿恐懼的胸口正中央。

*永遠不會變輕鬆一點嗎？*她的聲音就像身體其餘的部分，幾乎渺不可聞。*這樣的監看？等待？知曉？*

*就我所知是不會。*菲利普・德・柯雷孟貿然回答。他站在近處，研究自己透明的手指。菲利普覺得死亡諸多不討人喜歡之處——除了觸摸不到他的妻子伊莎波、失去嗅覺與味覺、沒有肌肉以致無法打拳擊外——最糟的一點就是沒人看得見他。這件事不斷提醒他，自己變得多麼無足輕重。

艾米莉神色一黯，菲利普暗地裡咒罵自己一聲。這女巫死後就一直跟他作伴，分擔他一半的寂寞。他到底怎麼回事，竟然對她大呼小叫，當她是個僕人？

*或許等他們不再需要我們了，就會輕鬆一點。*菲利普換了溫和的語氣說道。他做鬼的經驗或許比較豐富，但解析他們目前處境的本質，艾米莉卻更勝一籌。這女巫透露的死後世界，跟菲利普一徑的信念全然不符。他總以為生者之所以會看見死者，是因為有求於他們：幫助、原宥、報復。艾米莉卻堅持那只是神話，唯有活人放開手，向前走，死者才能出現在他們面前。

這則情報使伊莎波看不見他這件事變得比較容易忍受，但差別並不大。

「我等不及看艾姆的反應。她一定會大吃一驚。」戴安娜溫暖的女低音飄上了城堞。

*戴安娜與馬修，*艾米莉與菲利普異口同聲喊道，一起向環繞城堡，鋪滿鵝卵石的庭院望下去。

*那兒，*菲利普指著車道說。雖然死了，他仍擁有比人類高明的吸血鬼視力、凡夫俗子沒資格擁有的英

俊容貌，加上寬闊的肩膀和邪氣的微笑。他拋了一個笑容給艾米莉，讓她毫無抵抗力地咧開嘴。他們是漂亮的一對，不是嗎？看我兒子改變了多少。

吸血鬼的長相不應該隨時間改變，所以艾米莉預期會看見同樣黝黑泛藍光的頭髮，像冬季海洋般冰冷而疏遠、難以捉摸的灰綠色眼睛，以及同樣蒼白的皮膚和闊嘴。不過也正如菲利普所說，有些微妙的變化。馬修的頭髮剪得比較短，還留了一把讓他顯得更危險的落腮鬍，像個海盜。她輕呼一聲。

馬修……長大了……嗎？

是的。他和戴安娜一五九〇年住在這裡時，我把他養肥了。書本使他軟弱。馬修需要多打鬥，少讀書。菲利普一直認為，受教育要適可而止，過量會產生問題。馬修就是活生生的證據。

戴安娜看起來也不一樣了。赤銅色的長髮使她更像母親了。艾米莉指出甥女最顯而易見的改變。

戴安娜被一塊鵝卵石絆了一下，馬修立刻伸手扶持她。曾經有一度，艾米莉認為馬修無時無刻陪侍在側，是出於吸血鬼對所愛的過度保護。但現在她以鬼魂的洞察力發現，這種傾向是因為他對戴安娜的表情、情緒變化、一切疲倦與飢餓跡象，都有超自然的感知。只不過今天馬修的關懷似乎更加專注而敏銳。

戴安娜的改變不僅在頭髮。菲利普表情很驚訝。她懷了孩子——馬修的孩子。

死亡能增強掌握真相的能力，艾米莉發揮這能力仔細觀察甥女。菲利普說得對——但不夠完整。戴安娜不僅懷孕了，而且懷的是一對雙胞胎。

雙胞胎。菲利普的聲音帶著敬畏。他別過頭，因妻子出現而轉移了注意。看啊，伊莎波和莎拉帶著蘇菲和瑪格麗特來了。

接下來會怎麼樣，菲利普？艾米莉問，心情因期待而變得沈重。

結束。開始。菲利普故意含糊其詞。改變。

戴安娜向來不喜歡改變，艾米莉道。

那是因為她害怕成為必須成為的自己，菲利普回應道。

自從一七八一年被馬修・柯雷孟造就成吸血鬼以來，馬卡斯・惠特摩經歷的可怕事多不勝數，但都不足以幫他做好準備，面對今天的試煉：通知戴安娜・畢夏普她親愛的阿姨艾米莉・麥澤去世的消息。

馬卡斯跟雷瑟尼・魏爾遜在家族圖書室裡看電視時，接到伊莎波的電話。雷瑟尼的妻子蘇菲和他們的小寶寶瑪格麗特正在附近的沙發上打盹。

「神廟。」伊莎波上氣不接下氣，慌慌張張地道：「快來。馬上。」

馬卡斯服從祖母的命令，從不質疑，他只在出門途中，吆喝堂兄蓋洛加斯和姑媽維玲同行。

接近山頂那片空地時，夏日本就明亮的暮光被馬卡斯從林木縫隙間瞥見的超自然法力照耀得更為光亮。空氣中的魔法使他毛髮根根豎立。

這時他嗅到一個吸血鬼，歐里亞克的高伯特。還有別人——一個女巫。

石砌走廊裡傳來輕盈而刻意的腳步聲，讓馬卡斯脫離過去，回到當下。沈重的門開了，照例發出咿呀的噪音。

「哈囉，甜心。」馬卡斯的眼神離開窗外的奧弗涅鄉村風光，深深吸一口氣。斐碧・泰勒的體香總讓他想起老家農場紅漆大門外那叢丁香樹。淡雅卻不容置疑的花香，象徵春天的希望會在麻州漫長的冬季之後來臨，讓他眼前浮現去世多年的母親體諒的笑容。但現在它只讓馬卡斯想著面前這個意志如鋼的嬌小女子。

「一切都會順利的。」斐碧伸手幫他扶正衣領，橄欖色的眼睛裡充滿擔憂。馬卡斯開始穿比演唱會紀念T恤更正式的服裝，是在他簽署信件改用馬卡斯・德・柯雷孟這名字，不再用惠特摩這姓氏——那是他們初次見面時他使用的名字，當時她還不知道他是吸血鬼，有個一千五百歲的父親，住在滿是恐怖親戚的法國古堡，還認識一個名叫戴安娜・畢夏普的女巫──之後的事。在馬卡斯看來，斐碧願意留在他身旁可說是奇蹟一樁。

「不，不會的。」他抓住她的手，在掌心印上一個吻。斐碧不認識馬修。「跟雷瑟尼和其他人留在這兒，拜託。」

「我再說最後一遍，馬卡斯・惠特摩。你歡迎你父親和他的妻子時，我要站在你旁邊。我認為這件事沒得商量。」斐碧伸出手。「走了吧？」

馬卡斯讓斐碧牽他的手，卻沒有如斐碧預期尾隨她出門，反倒把她拉過來。斐碧靠在他胸前，一手被他握住，另一手貼在他心臟的位置上。她驚訝地看著他。

「好吧。但如果妳跟我下樓，有幾個條件。第一，妳無時無刻不能離開我或伊莎波身邊。」

斐碧欲待抗議，但馬卡斯嚴肅的表情讓她閉上嘴巴。

「第二，如果我叫妳離開房間，妳要馬上做到。不許耽擱。不許發問。直接去找費南多。他會在教堂或廚房裡。」馬卡斯搜索她的表情，看到鄭重的認同。「第三，任何情形下都不可以進入我父親伸手可及的範圍。同意嗎？」

斐碧點頭。就像所有優秀的外交官，她準備遵守馬卡斯的規則──暫時。但如果馬卡斯的父親當真窮兇極惡，如這棟房子裡某些人似乎認定的那樣，斐碧自然會採取必要的行動。

費南多・龔沙維把打勻的蛋汁倒進熱鍋，蓋過鍋中已炒得焦黃的馬鈴薯。他做的西班牙烘蛋是莎拉・畢夏普願意入口的少數幾道菜之一，今天一整天，這個新寡的女人都需要補充養分。

蓋洛加斯坐在廚房桌前，正在摳老桌板一道裂縫裡的蠟滴。他金髮垂及衣領，肌肉發達，看起來像一頭脾氣不好的熊。他手臂和雙頭肌上有刺青，色澤鮮豔。圖案的主題透露他最近感興趣的事物，因為刺青在吸血鬼身上只能維持幾個月。目前他的重心好像是尋根，手臂上滿布凱爾特人的編繩圖案、盧恩字母、北歐神話和凱爾特傳說中的奇禽異獸。

「別再擔心了。」費南多的聲音很親切，帶有橡木桶裡熟成的雪利酒的韻味。

蓋洛加斯抬頭看了一眼，就把注意力放回蠟滴上。

「沒有人能防範馬修做他必須做的事，蓋洛加斯。為艾米莉復仇攸關榮譽。」費南多關掉火，跟蓋洛加斯一起坐在桌前，光腳板踏過石鋪地板悄無聲響。他邊走邊捲起白襯衫的袖子。襯衫潔淨無瑕，雖然那天他已經在廚房裡待了好幾個小時。他把襯衫塞進牛仔褲，用手指抓抓黑色的鬈髮。

「馬卡斯要承擔責備，你知道。」蓋洛加斯道：「但艾米莉的死不是那孩子的錯。」

以當時情況而言，山上那一幕離奇地很平靜。蓋洛加斯比馬卡斯晚了片刻抵達神廟。現場一片沈默，艾米莉・麥澤跪在一個白石頭圍成的圓圈裡。巫師彼得・諾克斯跟她在一起，他把手放在她頭上，臉上充滿期待——甚至可說是飢渴。歐里亞克的高伯特——住得離柯雷孟家族最近的吸血鬼鄰居，興趣盎然地旁觀。

「艾米莉！」莎拉痛苦的叫聲以無比的力量撕裂寂靜，就連高伯特也不禁後退。

諾克斯吃了一驚，鬆開艾米莉。她失去知覺，倒在地上。莎拉用一個強大的咒語攻擊諾克斯，把他打飛到空地另一頭。

「不對，馬卡斯雖沒有奪走她的生命，」費南多喚回蓋洛加斯的注意。「然而他的疏忽——」

「缺乏經驗。」蓋洛加斯打岔。

「疏忽，」費南多重複道：「是這場悲劇的主因。馬卡斯知道這一點，所以擔起責任。」

「馬卡斯又沒有要求當主管。」蓋洛加斯嘟囔道。

「沒錯。我提名他擔當那個職務，馬修同意那是正確的抉擇。」費南多捏一下蓋洛加斯的肩膀，回到火爐邊。

「這就是你來此的原因？因為你在馬修向你求助時，拒絕領導騎士團，所以有罪惡感？」費南多出現在七塔時，沒有人比蓋洛加斯更驚訝。從蓋洛加斯的父親猶夫・德・柯雷孟死於十四世紀以來，費南多就不曾踏進七塔。

「我來此是因為法國國王處死猶夫以後，馬修支持我。當時我在這世界上孤單無依，只有悲傷作伴。」費南多的語氣很嚴厲。「我不願意領導拉撒路騎士團是因為我不是柯雷孟家的人。」

「你曾經是父親的伴侶！」蓋洛加斯反駁道：「你跟伊莎波或她的孩子一樣，都算柯雷孟家的人。」

費南多小心關上烤箱的門。「我仍然是猶夫的伴侶。」他仍然背對蓋洛加斯：「我從來沒有把你父親當作過去式。」

「對不起，費南多。」蓋洛加斯頗受震撼。雖然猶夫去世將近七百年，費南多還沈浸在失去他的哀傷之中。蓋洛加斯覺得他永遠不會復元了。

「說到讓我成為柯雷孟家的人這件事，」費南多仍盯著火爐上方的牆壁：「菲利普不同意。」

蓋洛加斯又開始摳蠟滴，掩飾他的緊張。費南多倒了兩杯紅酒，拿到桌上。

「來。」他遞了一杯給蓋洛加斯。「你今天也需要力氣。」

瑪泰快步走進廚房，身為伊莎波的管家，城堡的這塊區域歸她統治，看到入侵者，她很不高興，狠狠地瞪了費南多和蓋洛加斯一眼，她東嗅西嗅，把烤箱門打開。

「那是我最好的鍋子！」她控訴地說。

「我知道，所以我才用它。」費南多啜了一口酒，答道。

「廚房不是你待的地方，費南多老爺。到樓上去。順便把蓋洛加斯一起帶走。」瑪泰從水槽旁邊的架子上，取出一包茶葉和一個茶壺。然後她看到一個托盤上擺好了杯、盤、牛奶、糖，還有一個裹著毛巾的茶壺，眉頭皺得更深。

「我在這兒有什麼問題嗎？」費南多問。

「你不是僕人。」瑪泰道。她把那個茶壺的蓋子掀開，狐疑地嗅著裡面的東西。

「那是戴安娜的最愛。妳告訴過我她最喜歡什麼，記得嗎？」費南多露出悲傷的微笑。「這房子所有的人都伺候柯雷孟家的人，瑪泰。唯一的差別在於妳、亞倫和維克多做這種事可以領高薪。我們其他人得把這種機會當作特權，感激涕零。」

「那是有充分理由的。所有食血者都夢想成為這家族的一分子。你以後最好記住這一點——還有檸檬，費南多老爺。」瑪泰特別強調他的貴族頭銜。她端起托盤。「順便告訴你，你的蛋焦了。」

費南多跳起來，衝過去搶救。

「還有你，」瑪泰的黑眼睛瞪著蓋洛加斯不放：「你沒把所有該告訴我們的、跟馬修和他老婆有關的事都告訴我們。」

蓋洛加斯一臉愧怍，低頭望著酒杯。

「待會兒看你的祖奶奶老夫人怎麼修理你。」宣布完這則讓人寒徹骨髓的新聞後，瑪泰昂首闊步走出了廚房。

「你又幹了什麼好事？」費南多問，一邊把他的烘蛋——幸好沒被毀掉，讚美真主——放在爐子上。多年來的經驗讓他知道，不論情況多糟，蓋洛加斯的出發點都是一片好心加上對可能災禍的視若無睹。

「呃——呀，」蓋洛加斯以蘇格蘭人特有的方式把母音拖得老長。「我可能在說故事的時候省略了一、兩個細節。」

「好比什麼？」費南多在廚房的溫馨氣息中嗅到一縷災難的輕煙。

「好比嬸娘懷孕這件事——而且讓她懷孕的還是馬修。還有爺爺收養她做女兒。天哪，他的血誓真是震耳欲聾。」蓋洛加斯若有所思道：「你想我們如今還聽得見嗎？」

費南多站起身，張口結舌，說不出話。

「別那樣看著我。把孩子的事講出去，好像有點彆扭。女人遇到那種事，反應都很奇怪。況且菲利普一九四五年去世時，曾經告訴維玲姑姑血誓的事，她也一個字不提！」蓋洛加斯自衛地說。

突來一陣震撼，好像引爆了一顆無聲的炸彈。一片綠色火花穿過廚房的窗戶。

「見鬼的那又是啥玩意兒？」費南多推開門，手搭天篷，遮擋明亮的陽光。

「某個憤怒的女巫發威吧，我猜。」蓋洛加斯的語氣很陰沈。「莎拉一定告訴了戴安娜和馬修艾米莉的死訊。」

「我說的不是爆炸。是那個！」費南多遙指聖祿仙的鐘塔，有隻長著翅膀、兩條腿、會噴火的生物正纏繞在塔上。蓋洛加斯起身，好把牠看清楚一點。

「那是珂拉。嬸娘去哪兒牠都跟著。」蓋洛加斯老實地說。

「但那是一條龍。」費南多無法置信地瞪著他的繼子。

「亂講！那不是龍。沒看見牠只有兩條腿嗎？珂拉是火龍。」蓋洛加斯扭動手臂，展現一隻長著翅膀、跟空中那隻非常類似的怪獸刺青。「就像這個。我或許遺漏了一、兩個細節，但我確實警告過每個人，戴安娜嬸娘跟從前的她大不相同了。」

「是真的，親愛的。艾姆死了。」把這消息通知戴安娜和馬修，確實造成太大壓力。莎拉敢發誓她看見一條龍。費南多說得對。她必須少喝一點威士忌。

「我不相信。」戴安娜的聲音高亢尖銳，充滿驚恐。她在伊莎波的大客廳裡到處搜索，好像以為可以在某張華麗的長沙發後面找到艾米莉。

「艾米莉不在這裡，戴安娜。」馬修擋在她面前，壓低的聲音裡充滿憾意與溫柔。「她走了。」

「不。」戴安娜想推開他，繼續搜索，但馬修把她擁進懷裡。

「很遺憾，莎拉。」馬修緊緊抱住戴安娜，說道。

「不要說遺憾！」戴安娜喊道，掙扎著想脫離那吸血鬼無法掙脫的臂彎。她用拳頭猛打馬修的肩膀。「艾姆沒有死！這是場噩夢。叫醒我，馬修——求求你！我要醒來看到我們還在一五九一年。」

「這不是噩夢。」莎拉道。漫長的幾個星期已讓她相信，艾姆的死是個可怕的事實。

「那就是我轉錯彎——或在時光漫步的咒語裡打壞了一個結。這不是我們該來的地方！」悲傷與震撼使戴安娜全身發抖。「艾姆答應過，她絕不會不說再見就離開的。」

「艾姆來不及跟任何人說再見。但這不代表她不愛妳。」莎拉每天要用這句話提醒自己一百遍。

「戴安娜該坐下。」馬卡斯道，把一張椅子拉到莎拉身旁。馬修這個兒子在外觀上，跟去年十月走進畢夏普老宅的那個二十來歲的孟浪青年沒什麼不同。他那條串著幾世紀以來收集的各種稀奇古怪小玩意兒的皮繩項鍊，仍纏在頸根的金髮裡。他喜歡的Converse球鞋，也仍穿在腳上。但他眼中充滿戒備的悲傷，卻是新的。

莎拉很感激馬卡斯和伊莎波到場，但這一刻她真正希望能在她身邊的人卻是費南多。這段痛苦折磨期間，他一直是她的磐石。

「謝謝你，馬卡斯。」馬修把戴安娜安頓在椅子上。斐碧試圖把一杯水塞進戴安娜手中。戴安娜卻兩眼發直，呆瞪著它，馬修接過水杯，放在旁邊的桌上。

所有目光都落在莎拉身上。

莎拉不擅長這種事。戴安娜是家中的歷史學家。她知道從哪兒開始，把混亂的事件依序排列，編成一個有頭有尾有中間，前後連貫的故事，說不定還能給個合理的解釋，說明艾米莉何以會死。

「把這件事講給你們聽，不是件容易的事。」戴安娜的阿姨開始說道。

「妳不需要講什麼。」馬修道，他眼中滿是慈悲與同情。「留著以後解釋吧。」

「不。你們都應該知道。」莎拉伸手去拿通常放在身邊的威士忌酒杯，這次那兒卻空空如也。她望向馬卡斯，提出無聲的哀求。

「艾米莉死在古神廟那兒。」馬卡斯接手扮演說書人，說道。

「獻給女神的神廟？」戴安娜低聲道，她因努力集中注意力而皺起眉頭。

「是的。」莎拉聲音沙啞，她咳了幾聲，想解開堵著喉嚨的硬塊。「艾米莉在那兒流連的時間越來越長。」

「她一個人？」馬修的表情不再親切體諒，口氣變得冰冷。

又是一陣沈默，氣氛變得凝重而尷尬。

「艾米莉不讓任何人陪她去。」莎拉打起精神，實話實說。戴安娜也是女巫，如果敘述偏離事實，她會知道。「馬卡斯試著勸她帶個人一起去，但艾米莉不肯。」

「她為什麼要一個人去？」戴安娜聽出莎拉的不安，問道：「到底怎麼回事，莎拉？」

「從一月開始，艾姆就向高等魔法尋求指引。」莎拉別開臉，不看戴安娜震驚的表情。「她有死亡與災禍的可怕預感，以為那種魔法可以幫她找出原因。」

「但艾姆常說，高等魔法太黑暗，女巫運用起來不安全。」戴安娜道，她又提高音量道：「她還說過，任何女巫若自以為不怕它們的危險，遲早會吃盡苦頭，才相信它們有多厲害。」

「她說的是經驗之談。」莎拉道：「魔法會上癮。艾米莉不希望妳知道她受它吸引，親愛的。她已經好幾十年沒碰占卜石，也沒再召喚鬼魂了。」

「召喚鬼魂？」馬修的眼睛瞇成一線。配上黑鬍子，他看起來極為嚇人。

「我猜她是想跟芮碧嘉聯繫。如果早知道她陷入多深，我一定更努力勸阻她。」莎拉熱淚盈眶。「彼得•諾克斯一定意識到艾米莉操作的那股力量，他一直對高等魔法著迷。一旦他發現她——」

「諾克斯？」馬修的聲音很小，但莎拉頸背上的毛髮已警戒地豎了起來。

「我們找到艾姆時，諾克斯和高伯特都在場。」馬卡斯解釋道，愁眉苦臉地承認這件事。「她心臟病發作。艾米莉試圖抗拒諾克斯的作為，一定承受龐大的壓力。她幾乎已沒有意識。我試著給她急救。莎拉也嘗試過。但我們兩個都做不了什麼。」

「高伯特和諾克斯為什麼會出現在這裡？諾克斯殺死艾姆究竟想得到什麼？」戴安娜喊道。

「我不認為諾克斯想殺她，親愛的。」莎拉答道。「諾克斯在讀艾米莉的思想，至少盡他所能想做到這一點。她最後的遺言是：『我知道艾許摩爾七八二號的祕密，你永遠得不到它。』」

「艾許摩爾七八二號？」戴安娜一臉震驚。「妳確定嗎？」

「絕對。」莎拉真希望她的甥女不曾在博德利圖書館找到那份該死的手抄本。那是他們目前所有問題的起因。

「諾克斯堅持說，柯雷孟家族持有戴安娜那份手抄本所有散失的頁面，也知道其中的祕密。」伊莎波插嘴道：「維玲和我告訴諾克斯，他搞錯了，但唯一能分散他注意力的話題就是小寶寶瑪格麗特。」

「雷瑟尼和蘇菲尾隨我們到神廟去，瑪格麗特跟他們在一起。」馬卡斯連忙解釋，回應馬修驚訝的目光。「艾米莉失去知覺前，諾克斯看見瑪格麗特，就質問為什麼兩個魔族會生出一個女巫寶寶。諾克斯引用盟約。他威脅要把瑪格麗特帶到合議會，接受他所謂『嚴重觸犯』律法的行為。我們忙著搶救艾米莉，並把寶寶送到安全所在的期間，高伯特和諾克斯就趁亂溜走了。」

直到不久前，莎拉還把合議會和盟約視為必要之惡。擁有超自然力量的三大物種——魔族、血族與巫族——混雜在人類群中生存並非易事。歷史的某些階段，他們都曾經在人類恐懼與暴力之下，成為攻擊的目標，所以從很多年前開始，這些生物同意遵守一個盟約，盡可能避免他們的世界引起人類注意。它對物種之間的親睦來往設限，也不准介入人類的宗教與政治。一共有九名成員的合議會，擔任盟約的執法者，確保所有超自然生物不逾越規定。但現在戴安娜和馬修回家了，合議會儘管帶著他們的盟約下地獄去，莎拉一點都不在乎。

戴安娜忽然轉過頭，眼中露出難以置信的神情。

「蓋洛加斯？」客廳裡洋溢著大海的氣息，她深呼吸一口。

「歡迎回家，嬸娘。」蓋洛加斯走上前，金色的鬍子被陽光一照就閃閃發亮。戴安娜驚訝地瞪著他，好不容易才發出一聲嗚咽。

「好了，好了。」蓋洛加斯舉起她，來了個熊抱。「好久沒有女人看到我就哭了。而且久別重逢，該哭的是我吧。妳記憶中，上次跟我說話才不過幾天前的事吧。我卻等了妳好幾個世紀呢。」

戴安娜身體邊緣有種光芒閃現，彷彿蠟燭慢慢燃起。莎拉眨眨眼。她真的該戒酒了。

馬修和他的姪兒交換一個眼色。隨著戴安娜淚水不斷，環繞她身體的光芒更亮，馬修顯得越發擔心。

「讓馬修帶妳上樓吧。」蓋洛加斯從口袋裡掏出一條皺巴巴的黃色大手帕。他把手帕遞給戴安娜，小心地擋住她身形。

「她還好吧？」莎拉問道。

「就是有一點兒累。」蓋洛加斯道，他跟馬修忙不迭地把戴安娜送往馬修高踞塔頂，位置偏僻的房間去。

戴安娜和馬修一走，莎拉脆弱的鎮定姿態頓時瓦解，開始痛哭。她每天都會重臨現場，回憶艾姆的死，但跟戴安娜一起做這件事卻更痛苦。好在滿臉關切的費南多來了。

「沒事了，莎拉。儘管發洩吧。」費南多低聲道，將她摟住。

「我需要你的時候你在哪裡？」莎拉質問，她的哭聲轉為抽噎。

「現在我在這裡。」費南多道，輕輕搖她。「而且戴安娜和馬修都平安到家了。」

「我停不住發抖。」戴安娜的牙齒咯咯響，四肢抽搐像被看不見的繩索拉扯。蓋洛加斯咬緊嘴唇，站在一旁，看馬修用一條毛毯緊緊裹住他的妻子。

「這是休克，我的愛。」馬修喃喃道，親一下她的面頰。不僅艾米莉的死，還有更早她失去父母的傷痛回憶，造成如此沈重的打擊。他幫她搓揉手臂，毛毯摩擦著她的身體。「拿些酒來好嗎，蓋洛加斯？」

「我不該喝酒。寶寶們……」戴安娜才說著，忽然變了臉色，又開始流淚。「他們永遠不會認識艾姆了。我們的孩子會在沒有艾姆的環境裡長大。」

「接著。」蓋洛加斯把一個銀製扁瓶扔給馬修。他叔叔感激地看他一眼。

「這樣更好。」馬修拔開塞子，說：「只喝一口，戴安娜。對雙胞胎無害，還能幫妳鎮靜。我去叫瑪泰送些紅茶上來，附帶大量的糖。」

「我要殺死彼得．諾克斯。」戴安娜喝了一小口威士忌，惡狠狠地說。她身體周圍的光更亮了。

「今天不行。」馬修堅決地說，把瓶子交還蓋洛加斯。

「你們回來後，嬸娘的巫術輝光一直都這麼亮嗎？」蓋洛加斯從一五九一年就沒再見到戴安娜，他記憶中的輝光並沒有這麼顯眼。

「是啊，她一直在使用一個偽裝咒。想必是休克導致它移位了。」馬修扶她在沙發上躺下。「戴安娜希望艾米莉和莎拉先享受即將成為外婆的快樂，然後才詢問她有關法力精進的問題。」

蓋洛加斯吞下一聲咒罵。

「好點了嗎？」馬修把戴安娜的手指湊到唇邊，問道。

戴安娜點點頭。她的牙齒還在捉對兒打架，蓋洛加斯看在眼裡，想到她如此克制要花多少力氣，就覺得心痛。

「艾米莉的死我很遺憾。」馬修把她的臉捧在手中，說道。

「是我們的錯嗎？我們在過去停留太久，像我爹說的那樣嗎？」戴安娜的聲音低微，甚至連蓋洛加斯都幾乎聽不見。

「當然不是。」蓋洛加斯答道，他的聲音很粗魯。「彼得．諾克斯下毒手。不能怪到別人頭上。」

「我們不談怪誰不怪誰的問題。」馬修道，他的眼神充滿怒火。

蓋洛加斯會意地朝他一點頭。馬修對諾克斯和高伯特有諸多不滿——但那是以後的事。現在他只想照顧妻子。

「艾米莉一定希望妳專心照顧自己和莎拉。目前這樣就夠了。」馬修替戴安娜拂開被鹹鹹的淚水黏在她臉頰上的赤銅色髮絲。

「我該回樓下去。」戴安娜把蓋洛加斯鮮豔的黃手巾湊到眼睛上。「莎拉需要我。」

「我們在這兒多待一會兒。等瑪泰把茶送上來。」馬修在她身旁坐下道。戴安娜依靠在他身上，她試著克制眼淚時，呼吸發出輕微的打嗝聲。

「我留你們兩個獨處吧。」蓋洛加斯嘎聲道。

馬修點頭，無聲地表達謝意。

「謝謝你，蓋洛加斯。」戴安娜道，把手巾交還他。

「留著吧。」他說完便轉身下樓。

「我們獨處了，妳不需要再裝堅強。」蓋洛加斯走下迴旋的樓梯時，馬修低聲對戴安娜道。

蓋洛加斯走後，馬修與戴安娜緊緊相擁，形成一個解不開的結，他們的表情充滿痛苦與哀傷，他們都給了對方自己沒有能力取得的慰藉。

我不該召喚妳來。我該用別種方式找到答案。艾米莉回頭看她最要好的朋友。妳該陪著史蒂芬。這世界上我最想做的事，就是來這兒陪我女兒。芮碧嘉・畢夏普道。史蒂芬了解的。她轉回頭，看著仍在悲痛中緊緊相擁、難分難捨的戴安娜與馬修。

別怕，馬修會照顧她。菲利普道。他仍摸不清芮碧嘉的脾氣——她是個絕頂棘手的超自然生物，而且擅長保密，不亞於任何吸血鬼。

他們會照顧彼此。芮碧嘉手撫著心口說，我知道他們會做到。

第二章

馬修疾步跑下盤旋的石梯，從他位於七塔高樓的房間衝到一樓的正廳。他閃過第三十級台階上一個滑溜的區塊，又避開某次他跟巴德文發生爭執時，在第十七級台階邊緣，被巴德文寶劍劈掉一塊的粗糙部分。

馬修加蓋這棟塔樓，充作他的私人避難所，遠離菲利普和伊莎波周遭無止境的紛紛擾擾。吸血鬼家族泰半人多嘴雜，喧鬧不停，因為兩種不同的血緣結合為一，不見得都能和諧愉快地達成目標。這對攫食者尤其困難，即使是住在豪宅裡以兩條腿直立行走的攫食者。考慮及此，馬修為這座塔設計的主要功能就是防禦。房間沒有門，以免阻隔吸血鬼悄悄掩近的聲息，而且只有一個出入口，從哪兒進來，就從哪兒出去。這樣的悉心安排，不難看出他跟兄弟姊妹的關係。

今晚這座塔孤立得像監獄，跟他和戴安娜在伊麗莎白一世的倫敦，有一大群親人和朋友簇擁的忙碌生活，形成強烈對比。馬修為女王做間諜，這件工作極具挑戰性，但回報也很可觀。他當時擔任合議會的議員，設法從絞刑架上救了幾名女巫。戴安娜開始發展她的巫術天賦，這是門她需要努力一輩子的功課。他們收養了一對孤兒，給他們追求較佳前途的機會。他們在十六世紀的生活常遇到困難，但每天都充滿愛，還有無論在何處都追隨著戴安娜的希望。但回到七塔之後，就好像陷入死亡與柯雷孟家人的重圍。

這種變化令馬修心緒不寧，但凡有戴安娜在旁，他都盡量壓抑的怒火，已危險地接近一觸即發的邊緣。血怒——伊莎波將馬修造成吸血鬼時，遺傳給他的一種疾病——可以在短時間內接管吸血鬼的心智與身體，不留絲毫理性思考、自我克制的空間。為了控制血怒，馬修很不情願地同意把戴安娜交給伊莎波照顧，帶著那對名叫法隆與海克特的狗兒，到古堡的廣場上蹓躂，讓頭腦清醒一下。

蓋洛加斯在古堡的大廳裡哼唱一首水手的小調。基於馬修無法理解的某種理由，每句歌詞之間，都穿插著咒罵與最後通牒，遲疑了一會兒，馬修的好奇心終於佔了上風。

「該死的火龍。」蓋洛加斯在門旁的武器櫃裡取出一支長矛，慢慢在空中揮舞。「『**西班牙的淑女再會啦。**』給我滾下來，否則奶奶會把你扔進白酒裡煮熟，拿去餵狗。『**老子銜命返航英格蘭。**』你想幹嘛，在家裡飛來飛去，像一隻精神錯亂的鸚鵡？『**自今別後美人難再見。**』」

「你天殺的搞什麼鬼？」馬修問道。

蓋洛加斯瞪起一雙藍色的牛眼，訝異地看著馬修。這小子穿一件印有骷髏頭和交叉人骨的黑色T恤，衣服背面，從左肩到右臂，撕破一大條裂口。雖然他牛仔褲上的破洞，看起來是磨損而非戰鬥所致，但那頭亂髮即使以蓋洛加斯的標準而言，也嫌太亂了一點。伊莎波開玩笑地稱他「流浪漢大爺」，卻改不了他的不修邊幅。

「設法抓住你老婆養的小畜生。」蓋洛加斯忽然向上投出那支長矛。一陣驚訝的呱呱怪叫，接著一大片淺綠色鱗片從天而降，落到地板上，像雲母般碎裂。七彩泛虹暈的綠色粉末落在蓋洛加斯長滿金毛的手臂上，熠耀生輝。害他打了個噴嚏。

戴安娜的護身靈，火龍珂拉用爪子攀附在吟遊詩人的包廂欄杆，瘋狂地尖叫咂舌。牠向馬修搖一搖有倒刺的尾巴，算是打招呼，卻割破了一幅描繪花園裡的獨角獸、價值連城的壁毯。馬修看得愁眉苦臉。

「我本來已經把牠逼到小教堂的祭壇附近，但珂拉這小妞兒很精明。」蓋洛加斯有點自豪地說。「牠躲在爺爺的墳上，翅膀張得很開。害我誤把牠當作雕像。現在你看牠。上了屋梁，得意得像隻魔鬼，而且比魔鬼加倍麻煩。糟了，牠尾巴割穿了伊莎波最喜歡的掛毯。奶奶要心臟病發作了。」

「如果珂拉個性像牠的女主人，逼得牠走投無路恐怕不會有好下場。」馬修溫和地說：「跟牠講道理試試看吧。」

「哦，對啊。那一招對戴安娜就好像愈用愈管用。」蓋洛加斯吸一下鼻子。「你們怎麼回事，怎麼會讓珂拉離開你們的視線？」

「火龍愈活躍，戴安娜就好像愈平靜。」馬修道。

「也許吧，但珂拉對裝潢來說是個災難。今天下午，牠打破了奶奶一個塞弗爾花瓶。」

「只要不是菲利普送她的那些有獅頭圖案的藍瓶子，我就不擔心。」馬修看到蓋洛加斯的表情，呻吟一聲道：「該死。」

「亞倫也這麼說。」蓋洛加斯斜倚著長矛說。

「伊莎波只好將就少一個花瓶了。」馬修道：「珂拉也許惹人厭，但這可是我們到家以後，戴安娜第一次睡個好覺。」

「啊，也罷，那就好。你可以告訴伊莎波，珂拉笨手笨腳對孫子有益。奶奶會獻出所有的花瓶當作祭品祈福。同時我會努力逗這隻飛天潑婦龍開心，讓嬸娘睡得香。」

「你打算怎麼做？」馬修懷疑地問道。

「唱歌給牠聽嘍，還能怎樣。」蓋洛加斯抬頭望去。珂拉見他又在注意牠，樂得低鳴一聲，把翅膀伸展得更開，與插在牆壁鐵架上的火把光芒輝映。蓋洛加斯把這舉動當作鼓勵，深深吸一口氣，唱起另一首震天價響的民謠。

「『我頭昏昏，心兒燙，我像龍一般跳愛河。有誰知我愛人的芳名？』」

珂拉滿意地把牙齒叩得咯咯響。蓋洛加斯咧嘴一笑，像節拍器般搖動手中的長矛，他先對馬修挑起眉毛，才接著唱下一段。

「『我要送她數不清的小玩意兒，
寶石、珍珠，讓她打扮成俏模樣，
直到再也沒有東西送
我就送她去見——閻羅王。』」

「祝你好運。」馬修嘟囔道，他衷心希望珂拉聽不懂歌詞。

馬修掃視一眼附近幾個房間，將裡面的人分門別類。哈米許在家族圖書室裡整理文件，傳來筆尖摩擦紙張的聲音和淡淡的薰衣草加薄荷的氣味，他遲疑了一下，才把門推開。

「有時間跟老朋友聊聊嗎？」他問。

「我剛開始覺得你在迴避我呢。」哈米許‧歐斯朋放下筆，鬆開那條印滿夏季花朵、大多數男人不會有勇氣打的領帶。即使到了法國鄉下，哈米許仍好像要跟國會議員開會似的，穿著深藍色細條紋西裝和薰衣草紫的襯衫，看起來活像是愛德華時代的紈袴公子再世。

馬修知道這個魔族有意挑起一場爭論。他跟哈米許在牛津大學做過同學，有幾十年的老交情。兩人的友誼建立在惺惺相惜的基礎上，又靠著鋒芒畢露的智慧相互提攜，淬鍊得比金石更堅固。馬修與哈米許之間，即使簡單的對話，也可能如棋王對弈，隱藏複雜的謀略。但若說哈米許一句話就讓他屈居劣勢，倒也還言之過早。

「戴安娜好嗎？」哈米許見馬修不肯吞他拋出的餌，轉而問道。

「是可預期的最好狀況。」

「我本來想親自去問候，但你姪兒叫我一邊涼快去。」哈米許拿起酒杯，啜飲一口。「紅酒？」

「從我酒窖拿的，還是巴德文的酒窖？」馬修的問題看似無害，卻是個巧妙的提醒，既然他和戴安娜回來了，說不定哈米許得在馬修和柯雷孟家族其他成員之間做抉擇。

「是波爾多紅酒。」哈米許晃動杯中物，等著看馬修的反應。「很貴。很老。很精緻。」

馬修撇一下嘴。「謝了，不要。我不像我家其他人那麼喜歡這玩意兒。」與其把巴德文收藏的波爾多昂貴名酒喝下肚，他寧可把它們都倒進花園的噴泉裡。

「龍又是怎麼回事？」哈米許下巴上的一條肌肉輕輕抽動，但馬修看不出他是覺得好笑或憤怒。「蓋洛加斯說牠是戴安娜帶回來的紀念品，但沒有人相信他。」

「龍屬於戴安娜。」馬修道：「細節你得問她。」

「你知道，你們讓七塔的人個個提心吊膽，」哈米許忽然換了話題，走上前來。「但其他人還不知道，你才是這座古堡裡最可怕的人。」

「威廉好嗎？」馬修也會用讓人眼花撩亂的速度變換話題，不輸任何一個魔族。

「甜蜜的威廉把感情轉移到別處了。」哈米許癟起嘴巴，別開頭，明顯的沮喪使他們的遊戲戛然而止。

「抱歉，哈米許。」馬修本來以為這段感情能持久。「威廉很愛你的呀。」

「還不夠。」哈米許聳聳肩膀，卻藏不住眼裡的傷痛。「你恐怕得把浪漫的期待寄託在馬卡斯和斐碧身上。」

「我還沒來得及跟那女孩說上話。」馬修道。他嘆口氣，替自己倒了一杯巴德文的紅酒。「你能跟我說說她的來歷嗎？」

「年輕的泰勒小姐在倫敦一家拍賣公司工作——蘇富比還是克莉斯蒂，這兩家我一直分不清楚。」哈米許往沒生火的壁爐前面一張皮沙發上一靠。「馬卡斯替伊莎波去取貨時遇見她，我覺得他們是認真的。」

「是的。」馬修拿著酒，沿著羅列牆邊的書架踱步。「她滿身都是馬卡斯的味道。他交配過了。」

「我猜是如此。」哈米許啜口酒，看著他朋友坐立不安。「沒有人說什麼，當然。你家隨便哪個人都可以教英國祕密情報局①幾招保密的訣竅。」

「伊莎波應該阻止這件事的。斐碧年紀太輕，不適合跟吸血鬼發展戀情。」馬修道：「她頂多二十二歲吧，馬卡斯卻已經把她扯進不能回頭的盟誓了。」

「哦，是啊，禁止馬卡斯談戀愛一定是件有趣的事。」哈米許道，他的蘇格蘭口音會隨著他覺得好笑的程度而變得濃重。「結果呢，馬卡斯看待愛情就像你一樣死腦筋。」

「或許只要他把身為拉撒路騎士團領導者的職位放在心上——」

「住嘴，老馬，否則你會說出太不公平的話，而我說不定永遠都不能原諒你。」哈米許狠狠地對他道：「你知道擔任騎士團的團長一職多麼辛苦。馬卡斯被要求挑起遠超出他負荷的任務——而且不論他是不是吸血鬼，他比斐碧大不了幾歲。」

---

① MI6，全名為Military Intelligence, Section 6，亦譯作「軍情六處」，是英國對外情報機構，於一九〇九年成立，專門負責海外諜報工作。

拉撒路騎士團成立於十字軍東征的時代，在一個人類統治力量日益強大的世界裡，以保障吸血鬼利益為宗旨。伊莎波的配偶菲利普・德・柯雷孟是第一任團長。他不但是血族中的傳奇人物，也贏得其他超自然生物的敬佩。任何人要實踐他一手建立的典範，幾乎是不可能的任務。

「我知道，但談戀愛——」馬修反駁道，他火氣又升了上來。

「馬卡斯的表現好極了，沒什麼好但是的。」哈米許打斷他。「他招募了新團員，監督我們每一項行動的財務細節。他要求合議會對諾克斯五月在此的行為施以懲戒，並正式要求撤銷盟約。沒有人能做得比他更周詳。連你都辦不到。」

「懲戒諾克斯對實際發生的事不起作用。他和高伯特侵犯了我的家。諾克斯殺害了一個對我妻子而言，等於是母親的女人。」馬修大口吞下他那杯酒，企圖澆熄怒火。

「艾米莉是心臟病發作。」哈米許提醒他。「馬卡斯說，鑑別不出真正的原因。」

「我知道得夠多了。」馬修忽然又開始生氣，把空杯子扔到房間另一頭。它撞上書架的一角，玻璃碎片四散，撒落在厚重的地毯上，哈米許瞪大眼睛。「如今我們的孩子再也沒有機會認識艾米莉了。還有幾百年來一直跟我的家族保持良好關係的高伯特，明知道戴安娜是我的配偶，卻袖手旁觀，聽任諾克斯下毒手。」

「這棟房子裡的每個人都說，你不會讓合議會執行判決。我本來不相信他們。」哈米許不喜歡看到他朋友的改變。彷彿他走了一趟十六世紀，就重新撕開某個早已遺忘的舊傷口上的痂疤。

「早在高伯特和諾克斯幫助薩杜・哈維倫綁架戴安娜，把她囚禁在皮耶堡時，我就該對付他們。如果我那麼做，艾米莉就還會活著。」馬修的肩膀因悔恨而僵硬起來。「但巴德文不准我那麼做。他說合議會手頭的麻煩事已經夠多了。」

「你是指那些吸血鬼命案嗎？」哈米許問道。

「是的。他說如果我向高伯特和諾克斯挑戰，只會使情況更糟。」多起命案的報導──包括切開的動脈、消失的血液、人體受到野獸般兇殘的攻擊──出現在從倫敦到莫斯科的報章上。每則新聞都把焦點放在兇手古怪的殺人手法上，使吸血鬼的存在面臨引起人類注意的威脅。

「我不會再犯同樣的錯誤，我不會再沈默。」馬修繼續道。「拉撒路騎士團和柯雷孟家族未必保護得了我的妻子和她的家人，但我一定做得到。」

「你不是幹殺手的材料，老馬。」哈米許堅持道：「不要讓憤怒蒙蔽了你。」

看到馬修轉為黑色的眼睛，哈米許臉色煞白。他雖然知道，跟大多數靠兩條腿行走的生物相較，馬修的獸性都更強烈，卻從來沒見過他變得這麼像一頭狼，蘊藏無比的危險。

「你確定，哈米許？」馬修眨眨那雙黑曜石的黑眼珠，轉過身，大步走出這個房間。

今晚馬卡斯身上鮮明的甘草味，混合了令人亢奮的紫丁香香氣，馬修循著這味道，輕易追蹤到他兒子的下落，來到位於古堡二樓的居室。想到方才激烈的爭論聲可能已傳到馬卡斯靈敏的耳中，他不禁有點不安。馬修咬緊嘴唇，讓鼻子把自己帶到樓梯口旁邊一個房間門外，他發覺馬卡斯使用的是菲利普從前的辦公室，不由得自動調低了怒火的氣焰。

馬修敲敲門，沒等回應就推開沈重的木門。除了書桌上的吸墨器被一台亮閃閃的銀色手提電腦取代，整個房間看起來就跟一九四五年菲利普去世時一模一樣。窗前的桌子上，擺著同一具電木材質的電話。疊得高高的薄信封和捲縮發黃的紙張，還等著菲利普用它們寫信，寄給他許多聯絡對象。菲利普追蹤希特勒軍隊動向用的歐洲舊地圖，也仍釘在牆上。

心頭突如其來一陣劇痛，使馬修閉上了眼睛。菲利普千算萬算，就是沒料到自己會落到納粹手中。再次見到菲利普，跟他盡釋前嫌，是馬修陪戴安娜去時光漫步的意外收穫。但他也在重新面對沒有了菲利普的世界時，付出再度陷入喪親之痛的代價。

馬修又張開眼睛時，面對的是斐碧・泰勒憤怒的臉。但轉眼之間，馬卡斯的身體已擋在馬修和那個溫血女人之間。馬修看到兒子沒有因找到配偶而昏了頭，暗自欣喜，雖然他如果真想傷害斐碧的話，這一刻她早已沒命了。

「馬卡斯。」馬修先打聲招呼，才往他身後看去。斐碧不是馬卡斯平時喜歡的類型。他一向偏愛紅髮女郎。「我們第一次見面的時候，來不及正式介紹。我是馬修・柯雷孟。馬卡斯的父親。」

「我知道你是誰。」斐碧一口正宗英國腔，無疑是在私立學校、鄉間大宅、沒落貴族家庭等場所鍛練出來的。家族中這個高擎民主大纛的狂熱分子，竟然愛上了一位金枝玉葉。

「歡迎加入我們家族，泰勒小姐。」馬修鞠個躬，藏起竊笑。

「請叫我斐碧。」一眨眼，斐碧就伸長右手，從馬卡斯背後閃出來。馬修置之不理。「柯雷孟教授，大多數講禮節的場合，你該在此時握一下我的手。」斐碧的聲音不止一點兒不悅而已，手也仍然伸在那兒。

「周圍都是吸血鬼。妳根據什麼以為這是個講文明的地方？」馬修眼睛連眨都不眨一下，打量著她。斐碧有點不安，把目光轉開。「在妳看來，我打招呼的方式可能過分正式，斐碧，但任何吸血鬼未得允許，都不會碰別隻吸血鬼的配偶──即使他們只訂過婚。」他低頭看著她左手中指戴的一顆大翡翠。馬卡斯幾百年前在巴黎一場牌局中贏得這塊寶石。不論當時或現在，它都價值一筆財富。

「哦。馬卡斯沒告訴我這件事。」斐碧皺起眉頭。

「是沒說，但我告訴過妳幾條簡單的規則。或許該趁現在複習一下。」馬卡斯對未婚妻耳語道：「順便，我們還可以排練結婚誓約。」

「為什麼？『服從』這字眼還是不會派上用場的。」斐碧斷然道。

趁爭吵還沒有開始發作，馬修咳嗽一聲。

「我來為先前在圖書室發火致歉。」馬修道：「我太容易發怒。請原諒我脾氣暴躁。」

問題不僅是脾氣而已，但馬卡斯——以及哈米許——都不了解這一點。

「發火什麼？」斐碧皺起眉頭。

「沒什麼。」馬卡斯道，但他的表情完全不是那麼回事。

「我想問你願不願意幫戴安娜做檢查？你一定知道，她懷了雙胞胎。我相信已四個月了，但我們前一陣子無法取得適當醫療，我希望能確定。」馬修提出的和平建議，像斐碧方才伸出的手一樣，在空中停留了好一會兒才被接納。

「當—當然。」馬卡斯口吃道。「謝謝你信任我，把戴安娜交給我照顧。我不會讓你失望的。哈米許說得對，」他又道：「即使我為艾米莉驗屍——莎拉不願意——也不可能斷定她是死於魔法或自然因素。我們可能永遠不會知道。」

馬修沒花力氣爭論。他會查出諾克斯在艾米莉的死亡中扮演了什麼角色，答案將決定馬修要以多快的速度殺死他，讓那名巫師死前受多少苦。

「斐碧，很高興認識妳。」馬修轉而說道。

「彼此彼此。」那女孩基於禮貌撒了個謊，而且看不出破綻。柯雷孟家族用得著她這樣的人才。

「早晨來看戴安娜，馬卡斯。我們等你。」馬修對迷人的斐碧露出最後一個微笑，淺淺一鞠躬，便走出了房間。

夜裡在七塔各處逡巡，並不能緩和馬修心中的紛擾與怒火。這種舉動若說有任何效果，也只是讓他的自制力出現更大的破綻。他滿懷沮喪，經由古堡的砲塔和教堂回房間去。途中會遇到故去的柯雷孟族人

——菲利普、露依莎和她的雙胞胎兄弟路易、高弗雷、猶夫——以及他們的子女、親密的朋友和僕人遺留的種種紀念品。

「早安，馬修。」空氣中瀰漫番紅花和苦橘的氣味。

費南多。經過很久的停頓，馬修終於強迫自己轉身。

通常小教堂那扇古老的木門是閤上的，只有馬修在那兒流連。今晚門卻敞著，歡迎入內，室內溫暖的燭光映出一個男人的側影。

「我就希望能見到你。」費南多張開邀請的手臂。

費南多看著這位姻親走上前來，從馬修形體上找尋心煩意亂的警訊：瞳孔放大、肩膀墳起像頸毛直豎的野狼、喉嚨深處的嘶啞。

「通過檢查了嗎？」馬修克制不住話聲中帶著防禦。

「你撐得下去——」費南多把門緊緊閤上。「勉強。」

馬修的手指輕輕撫過放置在教堂正中央、菲利普巨大的石棺，隨即心情不寧地繞室踱步，費南多深褐色的眼睛追隨著他。

「恭喜你結婚了，馬修。」費南多道：「雖然我還沒見到戴安娜，莎拉跟我講了她很多的故事，我覺得我們已經是老朋友了。」

「對不起，費南多，只是——」馬修想解釋，表情帶有罪惡感。

費南多舉手阻止他。「沒必要道歉。」

「謝謝你照顧戴安娜的阿姨。」馬修道：「我知道留在這兒對你而言不是件簡單的事。」

「新喪伴侶的寡婦需要有人體貼她的傷痛。就像猶夫去世時，你為我做的一切。」費南多簡單地回答。

七塔所有的人，從蓋洛加斯和園丁，乃至維克多和伊莎波，只要莎拉不在場時，提到她都用她對應於艾米莉的身分稱呼她，而不直呼她的名字。這頭銜代表敬意，也提醒他們莎拉有喪偶之痛。

「我必須問你，馬修：戴安娜知道你有血怒嗎？」費南多壓低聲音。教堂的牆很厚，聲音幾乎不可能傳到外面，但還是小心為上。

「她當然知道。」馬修在小教堂一個凹龕前跪下，龕裡擺著一套盔甲和武器。這空間足夠容納一口棺材，但猶夫・德・柯雷孟是在火刑柱上燒死的，沒有屍體可供安葬。馬修便用上漆的木頭和金屬，為他最愛的兄弟做了一個衣冠塚，收葬了他的盾牌、手套、鎖子鎧、護心鏡、寶劍、頭盔。

「原諒我竟然以為你會對心愛的人隱瞞這麼重要的事，這對你是個侮辱。」費南多打了自己一記耳光：「我很高興你告訴了你的妻子，但你不告訴馬卡斯或哈米許——還有莎拉——就該用鞭子抽。」

「你儘管試試看。」馬修的回應蘊含著會讓他家族中的每一個人——費南多除外——退卻的威脅。

「你想直接受懲罰，是嗎？但你休想那麼輕易就脫身。這次不行。」費南多在他身旁跪下。

漫長的沈默中，費南多一直在等待馬修放鬆戒備。

「血怒。越來越嚴重了。」馬修垂著頭，雙手交握，做出禱告的姿勢。

「當然。你現在有配偶了。你以為會怎樣？」

隨交配而來的化學反應與情緒反應都非常強烈，就連健康絕佳的吸血鬼也難以容忍配偶脫離自己的視線。只要不能跟對方在一起，就會出現煩亂、攻擊、焦慮等徵候，少數情況下還有人發瘋。對罹患血怒的吸血鬼而言，交配衝動與分離的後果會更嚴重。

「我本來以為可以控制。」馬修頭垂得更低，把額頭靠在指尖上。「我相信我對戴安娜的愛，比這種病更強大。」

「唉，馬修。你比猶夫在他最快樂的時候還更不切實際。」費南多嘆口氣，把一隻慰藉的手放在馬修肩上。

費南多總在別人需要的時候，提供安慰與協助——不計較他們是否值得他這麼做。他曾經在馬修剛成為吸血鬼的開頭幾個世紀，還在努力壓抑暴力傾向時，送他去跟外科名醫阿布卡西斯②習醫。猶夫——馬修崇拜的哥哥——從戰場回到書本，又再回歸戰場時，也全靠費南多保護他不受傷害。若沒有費南多照顧，猶夫可能只抱一本詩集、一把鈍劍和一副手套，就上了戰場。費南多也曾勸戒菲利普，勒令馬修回耶路撒冷將是個嚴重的錯誤。遺憾的是，當年菲利普和馬修都沒有聽他的忠告。

「今晚我不得不強迫自己離開她身旁。」馬修的目光在教堂裡到處掃視。「我坐不住，我很想殺死什麼東西——迫切得不得了——儘管如此，我還是幾乎不可能走到聽不見她呼吸聲的地方。」

費南多滿懷同情，靜靜聆聽，但他不明白馬修的口吻為什麼那麼驚訝。費南多必須提醒自己，剛選定配偶的吸血鬼經常低估婚約對他們的影響力。

「現在戴安娜只想待在莎拉和我身旁。但艾米莉死亡帶來的傷痛緩和以後，她就會想過自己的生活。」馬修道，他的擔憂很明顯。

「嗯，她做不到。有你在她身旁就不可能。」費南多從不在馬修面前粉飾太平。跟理想主義者講話必須直接，否則他們會迷路。「如果戴安娜愛你，她會適應的。」

「她不需要適應。」馬修咬緊牙關道：「我不會剝奪她的自由——不論要我付出什麼樣的代價。我在十六世紀沒有每分鐘都守著戴安娜。來到二十一世紀也用不著改變。」

「你在古代可以克制自己的感覺，因為你不在她身旁的時候，蓋洛加斯會守著她。沒錯，他把你們在倫敦和布拉格生活的情形都告訴我了。」馬修驚訝地看過來，費南多解釋道。「若不是蓋洛加斯，也有別人陪伴戴安娜：菲利普、戴維、別個女巫、瑪莉、亨利。你真以為手機能提供同等級的聯繫和操縱嗎？」

馬修仍帶著怒意，血怒瀕臨發作邊緣，但同時他又顯得很可憐。費南多覺得這種發展方向是正確的。

「伊莎波應該在一發現你們要朝婚配的方向發展時，就阻止你跟戴安娜・畢夏普來往。」費南多嚴肅地說。如果馬修是他的孩子，他會為了防範這件事，把他鎖進鐵塔。

「她阻止過。」馬修越發哭喪著臉。「我和戴安娜一五九〇年抵達七塔前，還沒有成為正式的配偶。但菲利普給了我們他的祝福。」

費南多滿嘴苦澀。「那個人，他的傲慢永無節制。他一定計畫在你們回到現在時把一切安排妥當。」

「菲利普已知道他會不在人世。」馬修承認道。費南多瞪大了眼睛。「我並沒有告訴他他會死。菲利普自己猜出來的。」

費南多罵了一句粗魯的髒話。他相信馬修的上帝會原諒他的褻瀆，因為這種場合再沒有更恰當的反應了。

「那麼你跟戴安娜的結合，發生在菲利普在她身上留下血誓記號之前或之後？」雖然經歷過時光漫步，菲利普的血誓仍清晰可聞，而且據蓋洛加斯和維玲所言，仍然震耳欲聾。費南多幸好跟柯雷孟家族沒有直接的血緣，所以菲利普的誓言在他耳中只是一種持續不斷的嗡嗡聲。

「之後。」

「當然。菲利普的血誓保障她的安全。『**noli me tangere**。』」費南多輕輕搖頭道。「蓋洛加斯密切保護戴安娜，其實是多此一舉。」

「『不許碰我，因為我屬於至尊。』」馬修低聲翻譯道。「是真的。那以後就沒有吸血鬼招惹過她。唯一的例外是露依莎。」

---

② Albucasis（全名為Abu al-Qasim Khalaf ibn al-Abbas Al-Zahrawi，936-1013）是中世紀生活在阿拉伯人所統治伊比利半島的一位穆斯林醫生。他鑽研外科學、化學、美容學，撰寫多種醫學著作，為文藝復興之前的歐洲外科學打下基礎，被尊為「現代外科學之父」。

「露依莎無視你父親的意願，真是瘋狂。」費南多道。「我猜就因為這緣故，菲利普在一五九一年把露依莎遣送到已知世界的邊緣。」這決策一直顯得很突兀，而且後來她喪生，菲利普也絲毫沒有表示要為她復仇。費南多把這則情報存檔，以後再慢慢思考。

門忽然開了。莎拉的貓塔比塔化作一道毛茸茸的灰線，一肚子貓火衝進來。蓋洛加斯跟在後面，一手拿一包香煙，另一手抓一個銀酒壺。塔比塔七彎八繞鑽到馬修腳邊，求他注意。

「莎拉的貓兒跟嬸娘的火龍一樣會惹麻煩。」蓋洛加斯把酒瓶往馬修遞過來。「喝一點。不是血，不過也不是奶奶那種法國玩意兒。她供應的酒可以製作上等古龍水，此外沒有一點可取之處。」

馬修搖頭拒絕了他的酒，巴德文的酒已經在他肚裡發酸了。

「你還算吸血鬼嗎，」費南多責備蓋洛加斯。「小小一條龍，就能讓你借酒澆愁。」

「你他媽的覺得很簡單，你去馴服珂拉試試看。」蓋洛加斯取出一根煙，含在唇上。「要不然我們投票決定把牠怎麼辦。」

「投票？」馬修難以置信地說：「打從什麼時候我們家開始投票了？」

「從馬卡斯接收拉撒路騎士團之後。」蓋洛加斯道。他從口袋裡取出一個銀製打火機。「從你離開那天開始，我們就被民主壓迫得不能呼吸。」

費南多意有所指地瞪他一眼。

「什麼？」蓋洛加斯甩開打火機的蓋子，問道。

「這是個神聖的地方，蓋洛加斯。而且你知道馬卡斯對於在室內有溫血人的時候吸煙持什麼看法。」費南多不贊同地說。

「你可以想像我對這件事持什麼看法，我有個懷孕的老婆在樓上。」馬修從蓋洛加斯嘴裡奪下那根煙。

「這家人沒拿到那麼多醫學學位的時候比較好玩。」蓋洛加斯愁眉苦臉道。「我還記得過去的好時光，我們在戰場上受了傷，會自己動手縫傷口，也不在乎他媽的體內有多少鐵質和維他命D。」

「是哦。」費南多舉起他的手，展示一條蚪曲不平的疤痕。「古早的日子確實棒透了。你的針線活真是高明，才怪。」

「我進步了。」蓋洛加斯自衛地說。「當然我永遠趕不上馬修和馬卡斯。但我們也不能每個人都去上大學呀。」

「只要菲利普當家長就不行。」費南多喃喃道：「他寧可兒孫都去玩刀弄劍，不要搞什麼觀念。這樣才好駕馭。」

這番話有一小部分事實，也打開了無邊的痛苦深淵。

「我該回戴安娜身邊了。」馬修搖晃著站起來，輕按一下費南多肩膀，便轉身離開。

「再拖下去，向馬卡斯和哈米許透露血怒的事也不會變得簡單，我的朋友。」費南多攔住他，警告道。

「我還以為經過這麼多年，我的祕密很安全。」馬修道。

「祕密就像死人，未必能一直埋在土裡。」費南多悲傷地說。「告訴他們。盡快。」

馬修回到他的塔，心情比離開時更加動盪不安。

伊莎波看到他就皺起眉頭。

「謝謝妳幫我看著戴安娜，媽媽。」他親吻伊莎波的臉頰道。

「你呢，兒子。」伊莎波把手放在他臉頰上，像費南多一樣搜尋血怒的痕跡。「或許我該多看著你一點比較好？」

「我很好，真的。」馬修道。

「當然。」伊莎波道。在他母親的私人辭典裡，這句話可以有多重意義。但它絕對不代表她同意你的看法。「如果你需要我，我在我房裡。」

他母親輕盈的腳步聲消失後，馬修把窗戶全部打開，把椅子拉到敞開的窗邊。他吸進瞿麥和最後一批紫羅蘭的濃郁夏日芳香。樓上戴安娜平順的呼吸，夾雜在其他只有吸血鬼聽得見的夜晚音樂裡——鍬形蟲以犄角角力、爭奪雌蟲青睞的喀喀聲，山鼠在城牆上跑來跑去的喘息聲，鬼臉天蛾尖銳的怪叫聲，松貂在樹上攀爬的搔抓聲。根據花園傳來的吭吭唧唧，馬修知道蓋洛加斯捕捉那些偷掘瑪泰蔬菜的野豬，也不比捕捉珂拉更有成績。

通常這段介於午夜和黎明之間的安靜時刻深受馬修喜愛，甚至連貓頭鷹都停止呼叫，最注重紀律的早起者也還不到掀被起身的時候。但今晚就連這些熟悉的氣味與聲音都失去了作用。

只剩一個辦法。

馬修爬上樓梯，來到高塔的頂層。他低頭看著戴安娜熟睡的形影。他撫平她的頭髮，當妻子本能地把頭靠近他等待的手中，他莞爾微笑。說來難以想像，但他們是天作之合：吸血鬼與女巫、男人與女人、夫與妻。他揪緊的心鬆開了少許幾公分。

馬修默默卸下衣服，鑽到床上。床單都纏在戴安娜腿上，他把它剝開，蓋在他們兩人身上。馬修把雙膝靠在戴安娜膝蓋後面，將她臀部摟過來，靠著他。他深深吸入她柔和而愉快的氣息——蜂蜜、菊花和柳樹的汁液——將一個輕如羽毛的吻印在她金燦的髮上。

幾番呼吸後，馬修的心平靜下來，不安的情緒消退，戴安娜提供了他遍尋不得的祥和。就在這兒，他畢生的追求就在他臂彎圍起的小圈圈裡。妻子。兒女。自己的家。他讓只要戴安娜在身旁就會出現的那種「一切都對了」的強烈感覺，沈浸到靈魂深處。

「馬修？」戴安娜昏昏欲睡道。

「我在。」他在她耳畔呢喃，把她抱緊一點。「繼續睡吧。太陽還沒出來呢。」

但戴安娜轉過身來面對他，把臉埋進他脖子。

「什麼事，我的愛？」馬修皺起眉頭，退後一點，端詳她的臉。她哭過了，皮膚浮腫泛紅，憂慮和傷痛加深了眼睛四周的細紋。見她這樣，他心碎了。「告訴我。」他柔聲道。

「沒意義。沒有辦法的。」她哀傷地說。

馬修微笑道：「至少讓我試一試。」

「你能讓時間停止？」戴安娜遲疑了一下，低聲說道。「只要一下下就好？」

馬修是一隻很老的吸血鬼，不是一個會時光漫步的巫師。但他也是個男人，他知道一個達成這目標的魔法。理智告訴他，艾米莉剛去世，這麼做嫌早，但他的身體卻發出更具說服力的訊息。

他慢慢放低嘴唇，讓戴安娜有機會推開他。她卻把手指插進他剪短了的頭髮，用讓他差點無法呼吸的強度回吻他。

她的上等麻紗襯裙跟他們一起從過去回到現在，雖然質料是透明的，仍構成一道阻礙肌膚相親的障礙。他掀起那層紗，露出她微微隆起的、有他的孩子在裡面成長的小腹，她乳房的線條隨著生育力的承諾一天天更加成熟。從在倫敦開始，他們便不曾做過愛，馬修看到戴安娜的小腹變得緊繃——孩子不斷長大的徵兆——她的乳房和陰部的血液流量也增加了。

他用眼睛、手指、嘴唇盡情享用她。但他非但沒有因此覺得滿足，反而更加飢渴。馬修把戴安娜放回床上，沿著她的身體親吻，直到抵達只有他知道的祕密所在。她試圖用手壓住他，讓他的嘴更牢靠地緊貼她的身體，他卻輕咬她的大腿，無聲地譴責她。

戴安娜開始熱切地反抗他的操控，柔聲要求他立刻佔有她，馬修卻把她在臂彎裡轉個身，冰冷的手劃過她的脊椎。

「妳要時間停止。」他提醒她。

「已經停了。」戴安娜堅持道，緊貼著他，發出邀請。

「那妳幹嘛催我。」馬修比劃著她肩胛骨之間的星形疤痕和橫跨兩肋的新月。他眉頭輕皺。她腰部下方出現一片新的陰影。它深埋在皮膚裡面，呈珠灰色，形狀像一條火龍，嘴巴咬住上方的新月，雙翼覆蓋戴安娜的肋骨，尾巴繞過臀部後消失。

「為什麼不動了？」戴安娜拂開遮住眼睛的頭髮，扭轉脖子，往肩後看。「我要停止的是時間——不是你。」

「你背後有東西。」馬修用手指沿著龍翼的輪廓描繪。

「你是說，有別的東西？」她發出緊張的笑聲。她仍然擔心痊癒的疤痕會很難看。

「跟妳其他疤痕合在一起，這讓我想起瑪莉•錫德尼實驗室裡那幅畫，就是火龍把月亮銜在嘴裡那幅。」他不知道別人是否也看得見，或只有他吸血鬼的眼力才能看到。「很美。另一個妳勇氣的象徵。」

「你說我膽大妄為。」他的嘴貼上龍頭，戴安娜開始喘息。

「妳本來就是。」馬修用嘴唇和舌頭沿著龍尾移動。他的嘴往更深、更低處挪動。「逼得我發瘋。」

他點觸式的親吻讓戴安娜一直處於慾望不滿足的邊緣，不時停下來，呢喃一句親密的話或承諾，然後才又繼續，不讓她完全失去理智。她想要當下的滿足和遺忘帶來的寧靜，他要的卻是這一刻——充滿安全與親密——持續到永遠。馬修把戴安娜轉過來面對自己。她嘴唇柔軟而飽滿，雙眼朦朧，他慢慢滑進她體內，保持輕柔的動作，直到妻子的心跳加速，讓他知道，她的高潮在即。

戴安娜呼喊他的名字，編織出一個將他們置於世界中心的咒語。

事後，他們相擁而臥，度過黎明前最後一段玫瑰色的時光。戴安娜把馬修的頭拉到胸口。他徵詢地看她一眼，她點點頭。馬修把嘴湊到那枚連接藍色主靜脈的銀色月亮上。

這是自古以來吸血鬼了解配偶的方式，在這天人合一的神聖時刻，讓思想與情緒誠實地交流而不做批判。吸血鬼是注重祕密的生物，但他們從配偶心臟的血管吸取血液的時候，一切狩獵與佔有的需求都會在完全的和平與諒解中化為無形。

戴安娜的皮膚被他的牙齒分開，馬修喝了幾十西西她珍貴的血。它化為洶湧的印象與感情：攙著悲傷的歡喜、哀痛抵銷了與朋友家人重聚的快樂、為艾米莉死亡而點燃的怒火因戴安娜擔心他和孩子而受到節制。

「我若是能夠，一定不讓妳受喪親之痛。」馬修低聲道，親吻他嘴唇留在她皮膚上的傷痕。他把兩人一起翻過來，仰躺著，讓戴安娜趴在他身上。她低頭看著他的眼睛。

「我知道。永遠不要離開我，馬修。不要不告而別。」

「我永遠不離開妳。」

戴安娜用嘴唇輕觸馬修的額頭。她把嘴唇貼在他眼睛下面的皮膚上。大多數溫血人無法分享吸血鬼的親密交流儀式，但他善於克服難關的妻子，自有超越這侷限的絕招。戴安娜發現只要親吻這部位，也能看到他內心深處的思維，進入他隱藏恐懼與祕密的黑暗角落。

馬修接受她的女巫之吻，只覺得魔法帶來的輕微刺痛，他盡可能靜臥不動，一心要讓戴安娜看得心滿意足。他強迫自己鬆弛，好讓情緒和思想都毫無障礙地流動。

「歡迎回家，妹妹。」房間裡出乎意料的溢滿柴薪火焰與馬鞍皮革的味道，床單被巴德文一把掀開。

戴安娜驚呼一聲。馬修試圖把她赤裸的身體藏在自己背後，卻慢了一步。他的妻子已落人手中。

「我在車道上就聽見我父親的血誓。而且妳懷孕了。」巴德文的目光落在戴安娜凸起的肚皮上，烈焰似的赤髮下那張臉，滿是冰冷的憤怒。他扭轉她的手臂，嗅她的手腕。「妳身上只有馬修的氣味。好哇。

好哇。」

巴德文放開戴安娜，馬修連忙接住她。

「起床。你們兩個。」巴德文下令，怒火顯而易見。

「你無權指揮我，巴德文！」戴安娜叫道，眼睛眯成一條縫。

恐怕她挖空心思，也想不出另一句能讓巴德文更加勃然大怒的回答了。巴德文毫無預警地撲上來，他的臉距離戴安娜只有幾吋遠，全靠馬修用手牢牢掐住他的脖子，他才沒有逼得更近。

「我父親的血誓說我有權，女巫。」巴德文死盯著戴安娜的眼睛，企圖用意志力逼她移開眼神。見她不屈服，巴德文眨了下眼。「你老婆沒規矩，馬修。管教管教她，否則就由我替你教。」

「管教我？」戴安娜睜大眼睛。她張開手指，房間裡的風在她腳下打轉，準備回應她的召喚。上空高處傳來珂拉長鳴，讓女主人知道牠正在趕來。

「不要魔法，不要龍。」馬修在她耳邊低聲道，祈禱至少這一次，他老婆會聽他的話。他不想讓巴德文或家中任何人知道，戴安娜的法力在倫敦已突飛猛進。

宛如奇蹟，戴安娜點了點頭。

「這是什麼意思？」伊莎波冷冰冰的聲音傳進房裡。「巴德文，你來這兒唯一的藉口就是你瘋了。」

「小心點，伊莎波，妳的魚尾紋露出來了。」巴德文踮著腳尖往樓梯走。「而且妳忘了：我是柯雷孟的一家之主。我不需要藉口。到家族圖書室來見我，馬修。妳也一樣，戴安娜。」

巴德文轉過身，用那雙奇怪的金棕色眼睛平視馬修。

「別讓我等。」

第三章

柯雷孟家族圖書室沐浴在黎明前的灰暗光線中，每件東西的輪廓都有點模糊：書籍、排列在牆邊的木造書架、溫暖的金藍色調奧布松地毯。

唯一沒被模糊掉的是我的憤怒。

三天以來，我一直以為，任何事都不能取代艾米莉去世帶來的哀痛，但跟巴德文相處才三分鐘，就證明我錯了。

「進來，戴安娜。」巴德文坐在高窗下一張寶座式的教士木椅上。油亮的泛金紅髮映著燈火閃閃發光，那顏色讓我想起布拉格魯道夫皇帝的御用獵鷹奧格斯妲的羽毛。肌肉發達的巴德文全身貯滿力量，且因憤怒而緊繃。

我打量一下房間。被叫來參加巴德文這場臨時會議的，不只是我們。壁爐旁還有一個嬌小的年輕女子在等候，她有脫脂牛奶色的皮膚，刺蝟般豎立的黑髮，及一雙極大的深灰色眼睛，圍繞著濃密的睫毛。她嗅著空氣，好像聞到一場暴風雨。

「維玲。」馬修曾警告過我小心菲利普的女兒，她們一個比一個可怕，所以家族要求他別再製造女兒。但維玲看起來並不可怕。她的表情祥和安寧，神態輕鬆，眼裡閃爍著活力與智慧。要不是從頭到腳的黑色裝扮，說不定會被誤認為精靈。

然後我注意到她黑色高跟靴後面露出的刀柄。

「小狼。」維玲答道。妹妹跟哥哥這麼打招呼，可說相當冷淡，但她看我的眼神卻更加冰冷。「女巫。」

「我叫戴安娜。」我道，怒火又升了起來。

「我告訴你，不會錯的。」維玲不搭理我，轉向巴德文說道。

「你來做什麼，巴德文？」馬修問道。

「我倒還不知道，我回自己父親的家還需要邀請。」他道：「不過事實是，我從威尼斯來見馬卡斯。」

兩個男人四目相對。

「試想我發現你在這兒，多麼意外。」巴德文繼續道：「我更沒想到你的『配偶』竟然成了我的妹妹。菲利普一九四五年就死了。為什麼我還能感覺到父親的血誓？聞得到？聽得見？」

「這消息可以由別人來告訴你。」馬修握住我的手，轉身要回樓上去。

「在我查明白那個女巫怎麼騙到一個死去吸血鬼的血誓之前，你們都不准走出我視線。」巴德文低沈的聲音裡充滿威脅。

「我沒騙。」我不平道。

「那麼是降靈？邪惡的復活咒？」巴德文問道。「妳召喚他的靈魂，強迫他為妳發血誓？」

「菲利普和我之間的往來，與我的魔法無關，完全是基於他的慷慨。」我的怒火更加熾烈。

「妳說得好像妳認識他似的。」巴德文道：「那是不可能的。」

「對時光漫步者是可能的。」我答道。

「時光漫步者？」巴德文目瞪口呆。

「戴安娜和我回到了過去。」馬修解釋道：「回到一五九〇年，精確地說。我們在該年耶誕節前回到七塔。」

「你們見到了菲利普？」巴德文問。

「見到了。那年冬季只有菲利普在。他寄銀幣來，勒令我回家。」馬修說道。在場的柯雷孟家人都知道他們父親的專用密碼：當一道命令跟菲利普的古老銀幣一起送達時，收信的人不得有異議，必須絕對服從。

「十二月？換言之，我們必須再忍受五個月菲利普的血誓之歌。」維玲嘟囔道，她手指捏著鼻梁，好像很頭痛。我皺起眉頭。

「為什麼五個月？」我問。

「根據我們的傳說，吸血鬼的誓言要吟唱一年零一天。所有的吸血鬼都聽得見，但那歌聲聽在血管裡流著菲利普血液的人耳中，會格外嘹亮清晰。」巴德文道。

「菲利普說，他不要任何人對我是柯雷孟家族一事有任何懷疑。」我抬頭望著馬修。凡是在十六世紀見過我的吸血鬼，一定都聽見菲利普的血誓之歌，知道我不僅是馬修的配偶，也是菲利普・德・柯雷孟的女兒。菲利普在我們穿越過去的旅途中，亦步亦趨地保護我。

「女巫不可能被承認是柯雷孟家族。」巴德文說得斬釘截鐵。

「我已經是了。」我舉起左手，給他看我的結婚戒指。「馬修和我行過正式婚禮。儀式由你父親主持。如果聖祿仙村教區的紀錄保存至今，你會找到我們的婚禮在一五九〇年十二月七日舉行。」

「我們如果到村裡去，多半會發現，神父的紀錄被撕掉了一頁。」維玲壓低聲音道：「阿大辦事從不留痕跡。」

「不論妳跟馬修有沒有婚禮都不重要，因為馬修本來也不是真正的柯雷孟家族。」巴德文冷酷地說。

「他只是我父親配偶的孩子。」

「這太可笑了。」我抗議道：「菲利普把馬修當作他的兒子。馬修也稱你為兄，稱維玲為妹。」

「我才不是那傢伙的妹妹。我們沒有血緣關係，只是共用姓氏。」維玲道：「真是謝天謝地。」

「妳會發現，戴安娜，大多數柯雷孟家族都不把婚姻或配偶放在眼裡。」一個帶有西班牙或葡萄牙口音的低沈聲音說道。發話的是站在門口的一個陌生人。他的淡金色皮膚和淺色上衣，襯托著黑髮和深咖啡色眼睛，很是好看。

「沒有人請你來，費南多。」巴德文怒道。

「你知道，我出現不是因為有人請，而是因為場合有需要。」費南多朝我微鞠一躬。「在下費南多・龔沙維。很遺憾妳痛失親人。」

這人的名字勾動我的回憶。我在什麼地方聽過。

「馬修放棄團長職位時，曾經請你出面領導拉撒路騎士團。」我終於想起他是誰了。費南多・龔沙維號稱騎士團最強大的戰士。從他肩膀的寬度和懾人的體能看來，我對此毫不懷疑。

「是有這回事。」費南多的聲音跟所有吸血鬼一樣，溫暖圓潤，使房間裡洋溢天籟之音。「但猶夫・德・柯雷孟是我的配偶。自從他與聖殿騎士一起處死，我就不跟任何騎士團來往，因為即使最勇敢的騎士也沒有遵守諾言的勇氣。」費南多的黑眼盯著馬修的哥哥。「是不是，巴德文？」

「你向我挑戰嗎？」巴德文站起身道。

「有必要嗎？」費南多微微一笑。他沒巴德文高，但某種東西告訴我，要在戰場上打敗他並不容易。

「我倒沒想到你會無視令尊的血誓，巴德文。」

「我們不知道菲利普想從這女巫身上得到什麼。也許他想進一步了解她的法力。或者她可能用魔法強迫他那麼做。」巴德文道，他伸出下巴，擺出一個頑固的角度。

「少自作聰明了。孀娘沒有對爺爺施法。」蓋洛加斯輕鬆地走進來，一副柯雷孟家族凌晨四點半召開緊急會議是家常便飯的姿態。

「既然蓋洛加斯到了，我就讓柯雷孟家族自行處理家務事吧。」費南多對馬修點一下頭。「有需要就叫我，馬修。」

「我們沒事的。畢竟我們是一家人。」蓋洛加斯見費南多離開，天真地對維玲和巴德文眨眨眼。「說到菲利普要什麼，很簡單，叔叔：他要你正式承認戴安娜是他的女兒。不信問維玲。」

「他這話什麼意思？」巴德文質問他妹妹。

「阿大去世前幾天把我叫去。」維玲道，聲音很小，臉色很悽慘。我不知道「阿大」的意義，但顯然是女兒對父親的暱稱。「菲利普擔心你會無視他的血誓。他強迫我發誓，無論如何都要承認他的血誓。」

「菲利普的誓言純屬私事——他和我之間的事。不需要任何人承認。無論是妳或任何其他人。」我不願意我對菲利普——或那一刻——的記憶被巴德文或維玲玷污。

「吸血鬼認養濫血人，讓她加入吸血鬼家族，是絕對公開的事。」維玲告訴我。她看著馬修：「你如此倉促做出這種干犯大忌的事，也不抽點時間教教這女巫咱們吸血鬼的風俗。」

「時間是我們一直欠缺的奢侈品。」我替他回答。從我們一開始交往，伊莎波就警告過我，關於吸血鬼我還有很多事該學習。經過今天的對話，血誓這題目在我的待研究事項中會提升到首要地位。

「讓我解釋給妳聽。」維玲道，聲音比任何小學女老師都尖銳。「菲利普的血誓歌聲消失前，必須有一個他直系血統的子女承認誓言的內容。除非這樣，否則妳仍然不算柯雷孟家族的一員，其他吸血鬼也沒有義務承認妳這一身分。」

「就這樣？我才不在乎吸血鬼承不承認。成為馬修的妻子，對我而言已經夠了。」聽越多成為柯雷孟家族該如何如何的話，我就越不喜歡這件事。

「如果那是真的，我父親就不會認養妳。」維玲道。

「我們妥協一下好了。」巴德文道：「如果女巫的孩子生下來，他們的名字可以用我的親屬的名義，列在德・柯雷孟家的血統書上，這樣菲利普應該會滿意。」他裝得寬大為懷，但我確信背後一定有惡毒的陰謀。

「我的孩子才不是你的親屬。」馬修的聲音像打雷。

「如果戴安娜如她宣稱的，是柯雷孟家族的一員，他們就是。」巴德文陰笑道。

「且慢，血統書是怎麼回事？」我必須在爭論中退一步觀察。

「合議會保存所有吸血鬼家族的正式血統書。」巴德文道：「有些家族不再遵守傳統。但柯雷孟家族是遵守的。血統書包括重生、死亡、配偶及後裔的名字等資訊。」

我的手不由自主捧住小腹。我希望合議會越晚知道我孩子存在越好。從馬修警戒的眼神判斷，他也有同樣的念頭。

「或許妳去時光漫步這件事，足以解決所有與血誓有關的疑問，但只有最黑暗的魔法——或婚外情——才能解釋妳懷孕的事。」巴德文道，弟弟的不安讓他很愉快。「孩子不可能是你的，馬修。」

「戴安娜懷的是**我的**孩子。」馬修道，他的眼睛黑得充滿危險。

「不可能。」巴德文斷然道。

「就這麼回事。」馬修駁斥道。

「如果這樣，他們會成為有史以來最受憎恨——眾人聲討——的孩子。所有超自然生物都會來追殺他們，以及你們。」巴德文道。

我才意識到馬修離開我身旁，就聽見巴德文的椅子喀嚓一聲。一片模糊的動作靜止時，馬修站在他哥哥身後，手臂勒住巴德文脖子，還用一把刀抵著他的心臟。

維玲好奇地低頭檢視自己的靴子，只見一個空刀鞘。她咒罵一聲。

「就算你是一家之主，巴德文。可是別忘了，我是家族的刺客。」馬修咆哮道。

「刺客？」我試圖掩飾心中的困惑，馬修另一副隱藏的面目暴露了。

科學家。吸血鬼。戰士。間諜。王子。

刺客。

馬修曾告訴我，他是個殺手——重複過好幾次——但我一直以為那是因為他是吸血鬼。我知道他會為自衛殺人，在戰爭中殺人、為求生殺人，卻做夢也沒想到，他會為他的家族殺人。

「妳該知道這件事吧？」維玲的聲音不懷好意，冷酷的眼睛仔細觀察我。「若非馬修精通殺人技，我們之中的一個早就把他幹掉了。」

「我們在家族中都有各自的角色，維玲。」馬修的聲音充滿諷刺。「恩斯特知道妳做什麼——妳的工作如何在柔軟的床單和男人的大腿中間展開嗎？」

維玲動作像閃電，手指彎曲如爪，撲向馬修。

吸血鬼動作快，但魔法更快。

我放出一股強勁的巫風，把維玲壓在牆上，暫時無法接近我丈夫和巴德文，直到馬修逼巴德文做出某些承諾，然後放開他為止。

「謝謝妳，我的小母獅。」這是每當我有英勇——或蠢到家——的舉動時，馬修給我的暱稱。他把維玲的刀遞給我。「拿好。」

馬修扶起維玲，蓋洛加斯靠過來，站在我身旁。

「也罷，也罷。」維玲站直後，低聲道：「我現在明白阿大為什麼會被你妻子吸引了，不過我倒沒想到你消受得了這樣的女人，馬修。」

「世事多變。」馬修簡單地答道。

「看得出來。」維玲鑑定地看我一眼。

「那麼，妳會遵守妳對爺爺的承諾嘍？」蓋洛加斯問維玲。

「再說吧。」她謹慎地說：「我還可以考慮幾個月。」

「時間會過去，但一切都不會改變。」巴德文用幾乎無法掩飾的厭惡看著我。「承認馬修的妻子會帶來災難，維玲。」

「阿大在世時，我尊重他的意願。」維玲道：「即使他死了，我也不能置之不理。」

「值得安慰的是，合議會已開始搜尋馬修和他的配偶。」巴德文道：「誰知道？說不定還不到十二月，他們就死掉了。」

巴德文輕蔑地看了我們最後一眼，就昂首闊步走出房間。維玲歉意地瞥了一眼蓋洛加斯，便跟了出去。

「所以……還算順利。」蓋洛加斯道：「嬸娘，妳還好吧？妳在發光呢。」

「巫風把我的偽裝咒吹亂了。」我試著把它重新披掛起來。

「根據今天早晨發生的事，我覺得只要巴德文在家，妳就最好穿著它。」蓋洛加斯建議道。

「不能讓巴德文知道戴安娜的力量。這方面要拜託你幫忙，蓋洛加斯。還有費南多。」馬修沒有說明要他們如何幫忙。

「當然。嬸娘這一輩子，我都在旁照顧她。」蓋洛加斯很認真地說。「我不會在這個節骨眼上停止。」

聽他這麼一說，過去我人生中一些無法理解的部分，忽然像拼圖碎片一樣組合起來。童年我常覺得有其他超自然生物看著我，他們的目光會推壓我、刺痛我、令我皮膚冰冷。其中一個是彼得‧諾克斯，我父親的敵人，他曾來七塔找尋馬修和我，卻害死了艾姆。另一個難道就是這個長得像頭大熊的男人——我現在跟他親如手足，但回到十六世紀之前，我連見都沒見過他？

「你一直在看顧我？」我熱淚盈眶，但我眨著眼睛，把淚水逼回去。

「我答應爺爺要保護妳。為了馬修的緣故。」蓋洛加斯的藍眼睛柔和下來。「好在我有那麼做。妳小時候真皮呀，爬樹、在街上追腳踏車、莫名其妙到森林裡亂跑。我真想不通，妳父母怎麼受得了。」

「我爹知道嗎？」我非問不可。我父親做他例行的時光漫步時，在伊麗莎白一世的倫敦意外撞見馬修和我，也見過這個大塊頭蓋爾人。即使到了現代美國的麻州，父親看到蓋洛加斯也一定認得。他是不可能認錯的。

「我盡可能不暴露形跡。」

「那不是我的意思，蓋洛加斯。」我越來越懂得怎麼在吸血鬼透露的不完整事實中挖掘情報了。「我父親知道你在看顧我嗎？」

「史蒂芬和妳母親最後去非洲之前，我特意讓他看見我。」蓋洛加斯承認道，聲音只比耳語略響一點。「我覺得如果他在最後那一刻來臨時，知道我在附近，可能有幫助。妳還是那麼一個小東西。史蒂芬想到還要等多少年，妳才會跟馬修在一起，一定擔心得要發狂。」

在馬修和我毫不知情之下，畢夏普家族和柯雷孟家族攜手合作許多年，甚至幾百年，以便安排我們平安相遇：菲利普、蓋洛加斯、我父親、艾米莉、我母親。

「謝謝你，蓋洛加斯。」馬修聲音沙啞。今天早晨得知這些事，他跟我一樣吃驚。

「不用謝我，叔叔。我做得很高興。」蓋洛加斯清一下情感糾結的喉嚨，離開了。

一陣尷尬的沈默。

「天啊。」馬修伸手去爬梳頭髮。每當他即將失去耐心，就會做這個動作。

「你打算怎麼辦？」我還在設法恢復因巴德文突然出現被擾亂的心理平衡。一聲低咳通知我們房間裡又多了一個人，而馬修無須回應。

「抱歉打擾了，老爺。」菲利普的貼身侍從亞倫・勒墨站在圖書室門口。他捧著一個上面用銀釘鑲出P和C縮寫字母的老箱子，和一本綠色布面裝訂的小帳冊。斑白的頭髮、和善的表情，還是跟我一五九〇年第一次見到他時一樣。亞倫就像馬修和蓋洛加斯，是我不斷變動的宇宙中永遠不變的星辰。

「什麼事，亞倫？」馬修問道。

「我有公事須請柯雷孟夫人處理。」亞倫答道。

「公事？」馬修皺眉道：「不能等等嗎？」

「恐怕不行，老爺。」亞倫抱歉地說。「我知道現在諸多不便，但菲利普宗主堅持要把柯雷孟夫人的東西盡快送到她手中。」

亞倫領路，把我們帶回我們的塔。我在馬修書桌上看到的物品，非但把過去這小時發生的一切完全逐出我腦海，還讓我驚訝得說不出話。

一本用咖啡色皮革裝訂的小書。

一件刺繡的衣袖，因歲月久遠而綻了線。

價值連城的珠寶——包括珍珠、鑽石和藍寶石。

一個掛在長鍊上的金色箭頭。

兩件一組的迷你肖像畫，光澤的表面就像剛畫好那天一樣新鮮。

若干信件，用褪色的粉紅色絲帶綁成一束。

銀製的捕鼠籠，精緻的雕刻上沾了污斑。

皇帝才配使用的鍍金天文儀器。

一個巫師用山梨樹樹枝雕成的木箱。

這些東西擺在一起不起眼，卻有無比重要的意義，因為我們過去八個月的生活都凝集其中。

我用顫抖的手拿起那本小書，將它翻開。這是馬修在我們抵達他烏斯托克路的豪宅後不久送給我的。一五九〇年的秋季，這本書的裝訂是全新的，紙張呈乳白色。如今皮革長出點點污斑，紙張也隨著歲月泛黃。從前我把它塞在老房子的高架上，但書中的藏書票告訴我，它目前是塞維拉圖書館的財產。扉頁上有鋼筆寫的索書編號「龔沙維手抄本四八九〇」。有人——無疑是蓋洛加斯——裁掉了第一頁。那張紙上滿是我書寫自己名字的嘗試。少掉的那頁有墨水漬滲透紙背，沾到下一頁上，不過我列出的一五九〇年代流通的伊麗莎白錢幣清單，仍然可讀。

我一頁頁翻閱，憶起徒然為了裝成稱職的伊麗莎白時代的主婦，我試做的治頭痛湯。日記記載每天的大小事務，喚回與黑夜學派相處那段時光的酸甜苦辣。我抄了幾頁黃道十二宮概述，又抄了幾道食譜，還在最末一頁擬了一份去七塔攜帶的物品清單。我聽見過去與現在交融的和諧低音，還瞥見壁爐角落裡有幾乎看不見的藍色與琥珀色線條。

「你怎麼會有這些東西？」我把心思集中在此時此刻，問道。

「蓋洛加斯少爺很久以前交給費南多老爺。費南多老爺五月來七塔的時候，就吩咐我把它們還給您。」亞倫解釋道。

「任何東西保留到現在都是奇蹟。這件事你們怎麼能瞞我那麼多年？」馬修拿起銀製的捕鼠籠。我委託倫敦一個索價極昂的銀匠製作這個小機器，捕捉我們黑衣修士區那棟房子閣樓裡出沒的老鼠時，他還嘲弄過我。瓦林先生把籠子設計成貓的形狀，橫梁兩側鑲了耳朵，還有一隻小老鼠蹲在這隻凶貓的鼻頭上。馬修故意撥動開關，貓的利齒立刻咬住他手指。

「我們不得不那麼做，老爺。我們一直等著。保持沈默。我們從未失去信心，時間一定會把柯雷孟夫人帶回來。」亞倫嘴角浮起悲傷的微笑。「但願菲利普宗主能活著看見這一天。」

想到菲利普，我的心便往下沈。他一定知道，他的子女發現我這個妹妹時，反應會多惡劣。他為什麼要安排這麼難以忍受的處境給我？

「還好嗎，戴安娜？」馬修溫柔地握住我的手。

「還好，只是有點震撼。」我拿起馬修和我穿著伊麗莎白時代服裝的肖像畫。這是尼可拉斯・希利亞德應彭布羅克侯爵夫人之請繪製的。她跟諾森伯蘭伯爵合送這兩張小畫像做為我們的結婚禮物。他們兩人——還有其他黑夜學派的成員：華特・芮利、喬治・查普曼、湯瑪斯・哈利奧特及克里斯多夫・馬羅——剛開始只是馬修的朋友，但漸漸也都成了我的朋友。

「迷你肖像畫是伊莎波夫人發現的。」亞倫解釋道：「她每天都在報上搜尋你們的痕跡——跳脫日常事件之外的異常現象。伊莎波夫人看到拍賣啟事裡有這兩幅畫，就派馬卡斯少爺去倫敦。他就這樣遇到了斐碧小姐。」

「這是妳結婚禮服的袖子。」馬修撫摸脆弱的布料，摹畫刺繡的豐饒之角圖案，那是傳統的財富象徵。「我永遠記得妳的模樣，從山上走下來，在火把光輝中穿過雪地走進村子，孩子們替妳開路。」他的笑容滿含愛意和自豪。

「婚禮過後，村中很多男人都說，哪天您對柯雷孟夫人厭倦了，他們就要追求她。」

「謝謝你幫我保存這些紀念品。」我低頭看著桌面。「太容易覺得一切都是我的想像——我們不曾真的到過一五九〇年。這讓那段時光又有了真實感。」

「菲利普宗主認為您可能會有這種感覺。對了，柯雷孟夫人，還有兩件東西請您收下。」亞倫遞過帳簿。它被一根繩子綁住，無法打開，還有一團封蠟將繩結固定在封面上。

「這是什麼？」我皺著眉頭接過帳簿。它比馬修書房裡登記拉撒路騎士團財務動態的那本帳冊薄得多了。

「您的帳目，夫人。」

「我還以為我的錢都交給哈米許管。」他已經交給我一疊文件，每一份我都得簽名。

「歐斯朋先生管理您跟老爺結婚獲贈的財物。這是您從菲利普宗主得到的財產。」亞倫對著我額頭看了一眼，菲利普在那兒留下血誓記號，公告周知我是他女兒。

我好奇地敲開封蠟，翻開帳簿。這本小帳冊每隔一段時間就必須重新裝訂，增添新頁。最早用的是十六世紀的厚紙，記錄從一五九一年開始。記載我跟馬修結婚時，菲利普出的嫁妝：兩萬威尼斯金幣和三萬帝國銀幣③。此後那筆錢的投資——本金滾出來的利息，用獲利購買的房屋與土地——都由亞倫一絲不苟的筆跡巨細靡遺登記下來。我大略瀏覽，翻到最後幾頁。最後一個條目寫在雪白的紙上，日期是二〇一〇年七月四日，我們回到七塔的後一天。看到餘額的數字，我眼珠子差點掉出來。

「很抱歉沒有更多。」亞倫誤以為我的反應意味著恐慌，倉促說道：「我用投資我自己的錢的方式幫您做投資，但獲利較多，風險也較大的投資機會，要徵求巴德文宗主同意，但我卻不能讓他知道您的存在。」

「我做夢也沒想到會擁有這麼多錢，亞倫。」馬修安排我們的結婚協議時，已經分給我極為可觀的一筆財產，但這筆錢實在太龐大了。菲利普希望我跟柯雷孟家的其他女人一樣，經濟上完全獨立。今天早晨我才知道，我的公公不論是否健在人間，都能達到他的目的。我放下帳簿：「謝謝你。」

「我的榮幸。」亞倫鞠躬道。他從口袋裡取出一樣東西。「最後，菲利普宗主要我把這個交給您。」

亞倫遞給我一個用單薄的廉價紙張做的信封，上面寫著我的名字。雖然蹩腳的膠水早就乾掉了，信封

③威尼斯鑄幣廠發行的Zecchini金幣，從十三世紀到十八世紀末都維持同一版型。神聖羅馬帝國有鑑於歐洲各地發行的錢幣含銀量不足，易於貶值，而發行Reichsthaler銀幣，統一鑄造規格。這兩種貨幣都是歐洲發行時間最長、價值最穩定的貨幣。

上卻有一團紅、黑二色的封蠟。蠟裡嵌著一枚古錢幣：菲利普專用的表記。

「菲利普宗主寫這封信寫了一個多小時。他寫完就要我念給他聽，確定它能掌握他想表達的意思。」

「什麼時候？」馬修沙啞著聲音問。

「他去世那天。」亞倫失神地說

抖動的筆跡屬於一個過於衰老或病情沈重、筆也握不住的人。這讓人想到菲利普受了多少痛苦。我描摹自己的名字，指尖來到最後一個字母，我將手按在信封上，拉起所有的字母，將它們打亂。信封上先出現一汪黑色的水池，然後墨汁凝聚為一個男人的臉。他仍然英俊，儘管飽受摧殘，而且有個深陷的眼眶變成空洞，少了那一度閃爍著智慧與幽默的黃褐色眼睛。

「你沒告訴我納粹弄瞎了他。」我知道公公遭受酷刑，卻沒想到刑求他的人造成這麼大的傷害。我仔細觀察菲利普臉上的其他傷痕。叨天之幸，我名字裡的字母不夠多，無法看到更清楚的畫面。我輕輕觸摸公公的臉頰，他的形象散去，留下信封上一滴墨水漬。我彈一下手指，墨水漬騰空，變成一個黑色的小旋風。風停後，字母紛紛落回原來的位置。

「菲利普宗主常跟您訴說他的煩惱，柯雷孟夫人，」亞倫低聲道：「在他痛得很厲害的時候。」

「跟她說話？」馬修麻木地重複。

「幾乎每一天。」亞倫點頭道：「他會吩咐我，要所有的人遠離古堡的那一區，因為怕被人聽見。柯雷孟夫人帶給菲利普宗主其他人不能提供的安慰。」

我翻轉信封，撫摸那枚古銀幣上凸起的紋路。「菲利普要求將他的銀幣交還給他。當面交還。如果他已去世，我怎麼做得到？」

「或許答案在裡面。」馬修建議道。

我挑開封蠟，將銀幣剝下，小心地取出脆弱的信紙，摺疊的紙打開時，發出讓人提心吊膽的脆裂聲。

菲利普淡淡的月桂、無花果、迷迭香氣味，飄進我鼻裡。

低頭看信紙，我很慶幸早已練就解讀潦草字跡的本領。用心觀看，我開始大聲朗讀這封信。

戴安娜——

不要讓過去的幽靈偷走未來的快樂。

謝謝妳握著我的手。

現在妳可以放開了。

妳血誓的父親，

菲利普

又及：銀幣是給擺渡人的。告訴馬修我會在彼岸保妳平安。

最後幾個字讓我泣不成聲，它們在寂靜的房間裡回響。

「所以菲利普確實要我把銀幣還給他。」他會坐在冥河岸，等擺渡亡靈的船夫載我過去。或許艾米莉會跟他一起守候，還有我父母。我閉上眼睛，希望能遮住所有痛苦的畫面。

「他說『謝謝妳握著我的手』是什麼意思？」馬修問。

「我答應過他，他在黑暗的時刻不會孤單。我會在那兒，跟他一起。」我眼裡滿是熱淚。「我怎麼會不記得做過這樣的事？」

「我不知道，我的愛。但妳用某種方式履行了妳的承諾。」馬修湊上來吻我。他往我背後看一眼。「菲利普照例又取得了最後決定權。」

「怎麼說？」我擦一把臉上的淚水，問道。

「他留下文字證明，他出於自由意志，欣然收妳做他女兒。」馬修用修長白皙的手指點一下信紙。

「所以菲利普宗主才要柯雷孟夫人盡快拿到這些東西。」亞倫坦承道。

「我不明白。」我看著馬修說。

「有了珠寶、嫁妝和這封信，菲利普任何一個孩子——甚至合議會——都不可能說他是在受脅迫的狀況下對妳行血誓。」馬修解釋。

「菲利普宗主了解他的孩子。他像巫師一樣能輕易預測他們的未來。」亞倫點頭道：「我就把您的紀念品都留在這兒了。」

「謝謝你，亞倫。」馬修等到亞倫的腳步聲消失後才再說話。他擔心地低頭看著我：「還好嗎，我的愛？」

「當然。」我瞪著桌面喃喃道。過去交織在這些東西裡面，卻看不到明確的未來。

「我上樓換個衣服。很快就回來。」馬修親我一下道：「然後我們可以下樓用早餐。」

「你慢慢來。」我道，擠出一個我希望是真實的微笑。

馬修一離開，我就拿起菲利普在我婚禮當天送給我佩戴的黃金箭頭。它的重量令人安心，金屬在我手中變得溫暖。我將鍊子套過頭頂。箭頭的尖端垂掛在我乳房中間，但邊緣已磨蝕得圓潤柔和，不會割傷我皮膚。

我覺得牛仔褲口袋裡有東西蠕動，一摸取出一把絲帶。我的紡織者之線跟我一起從過去來到現在，但不像我結婚禮服的袖子或綑綁我信件的褪色絲帶，這些線新得閃閃發亮，它們扭來扭去，繞著我手腕舞動，互相交纏，像一把色彩鮮豔的蛇，忽而揉合成新的顏色，隨即分開，又恢復原來的粗細和色澤。線繩沿著我手臂往上遊走，鑽進我頭髮，好像在找什麼東西。我把它們抓下來，收回原位。

我應該是個編織者。但有誰知道我有沒有可能終於有一天會理解，菲利普・德・柯雷孟發血誓收我為女兒時，編的是怎樣一個錯綜複雜的網？

第四章

「你會主動告訴我你是柯雷孟家族的刺客嗎？」我伸手去取葡萄柚汁，同時問道。

馬修不發一言，隔著廚房餐桌盯著我看，瑪泰已將我的早餐擺在桌上。他偷偷放海克特和法隆進來，兩隻狗兒對我們的談話——和我挑選的食物——都興趣盎然。

「還有費南多和你哥哥猶夫的關係？」我問：「我是兩個女人帶大的。你不告訴我這件事，絕不是因為擔心我會有反感。」

海克特和法隆都望向馬修，等他回答。見他沒有反應，兩隻狗兒又一齊向我看來。

「維玲似乎很善良。」我道，故意刺激他。

「善良？」馬修的眉毛皺成一團。

「呃，除了隨身帶把刀這件事。」我退一步說，心中暗喜我的策略有效。

「她身上有很多把刀。」馬修糾正我。「她靴子裡有一把，腰上有一把，還有一把藏在胸罩裡。」

「維玲當過女童軍？」輪到我挑高眉毛了。

馬修還來不及回答，蓋洛加斯就像一股藍色夾雜黑色的旋風衝進廚房，後面緊跟著費南多。馬修立刻站起。狗兒想跟上去，但他指指地板，牠們又馬上坐下。

「吃完早餐就回塔裡去。」馬修消失前對我下令：「把狗帶著。我回來接妳前，不可以下樓。」

「怎麼回事？」我問瑪泰。「怎麼回事？」我瞪著突然空掉的房間眨眨眼，問瑪泰道。

「巴德文在家。」她答道，好像這句話就足以說明一切。

「馬卡斯。」我道，憶起巴德文這趟回來，原本是要見馬修的兒子。狗和我一起跳起來。「他在哪裡？」

「菲利普的辦公室。」瑪泰皺眉。「我想馬修不要妳去。可能會流血。」

「那也是我命該如此。」說這話時，我剛好回頭，恰巧看見維玲迎面走來。她身旁有位儀表堂堂的年長紳士，身材高瘦，目光和善。我企圖從他們旁邊繞過去。「借過。」

「妳想去哪裡？」維玲擋住我去路，問道。

「菲利普的辦公室。」

「馬修叫你回他塔裡去。」維玲瞇起眼睛。「他是妳的配偶，妳若是吸血鬼的好妻子，就應該服從他。」她說話有點日耳曼口音——不全然是德國腔，也不是純粹的奧地利或瑞士腔，而是三者都各有一點。

「只好讓各位遺憾了，我是個女巫。」那位紳士帶著幾乎不加掩飾的興趣看我們交談，我向他伸出手道：「我叫戴安娜・畢夏普。」

「我是維玲的丈夫，恩斯特・紐曼。」恩斯特的口音無疑是來自柏林地區。「何不讓戴安娜跟去，親愛的？這樣妳也可以去。我知道妳不願意錯過精彩的爭執。我會去客廳等其他人。」

「好點子，我的愛。如果女巫從廚房逃走，他們就不能怪我了。」維玲用毫不遮攔的欽佩眼神看著他，給他一個長吻。雖然她外表年輕得可以做他孫女，但她和恩斯特深深相愛卻不容懷疑。

「我的好點子還不少。」他兩眼發亮，說道：「接下來，趁戴安娜逃跑，妳去追之前，告訴我：我需不需要帶把刀或槍——萬一妳的兄弟大開殺戒？」

維玲考慮了一下。「我想瑪泰的菜刀應該就夠了。那把刀擋得住高伯特，他的皮又厚過巴德文——還有馬修。」

「你曾經用菜刀對付高伯特？」我更加喜歡恩斯特了。

「那麼說有點誇張。」恩斯特害羞得臉上起了紅暈。

「恐怕斐碧會嘗試外交手腕。」維玲打岔道，撥轉我的身體，讓我面向爭執的場所。「那種招數對巴德文不管用。我們得動身了。」

「如果恩斯特要帶刀，我就帶狗。」我對海克特和法隆打個響指，快步向前衝，狗跟在我身後吠叫擺尾，好像我們在玩一個精彩的遊戲。

我們來到通往各個私人房間的二樓時，樓梯口已站了一排憂心忡忡的旁觀者：雷瑟尼，瞪大雙眼的蘇菲抱著瑪格麗特，穿一件絕頂漂亮、印有變形蟲圖案的真絲浴袍、鬍子刮了一半的哈米許，顯然剛被吵鬧聲弄醒的莎拉。伊莎波滿臉不悅，好像這種事一直發生似的。

「大家到客廳去。」我道，拉起莎拉就往樓梯走。「恩斯特會在那兒跟你們碰頭。」

「不知道什麼事惹火了馬卡斯。」哈米許拿毛巾擦掉臉上的刮鬍膏。「巴德文叫他去，起先還算和氣。後來他們就開始破口大罵。」

菲利普用來處理公事的小房間，滿滿都是吸血鬼和男性賀爾蒙，馬修、費南多、蓋洛加斯都在爭奪最好的位置。巴德文盤據一張後仰的高背椅，雙腳擱在書桌上。馬卡斯站在他對面，手按桌子，滿臉通紅。馬卡斯的配偶——我只有第一天回來時，對這個名叫斐碧・泰勒、身材嬌小的年輕女子留下些許印象——正試圖調解柯雷孟的一家之主與拉撒路騎士團團長之間的爭執。

「你搞來的這群怪里怪氣的女巫和魔族，一定要立刻解散。」巴德文道，他想克制怒火卻不奏效。他的椅子砰一聲倒在地上。

「七塔屬於拉撒路騎士團！團長是我，不是你。這裡可以做什麼，我說了算！」馬卡斯咆哮。

「算了，馬卡斯。」馬修拉住他兒子的手臂。

「你不照我的話做，就沒有拉撒路騎士團了。」巴德文站起身，兩隻吸血鬼面對面。

「少威脅了，巴德文。」馬卡斯道：「你不是我父親，也不是我的老闆。」

「不是，但我是一家之主。」巴德文一拳打在桌上，發出隆隆回音。「你得聽我的，馬卡斯，否則就面對不服從的後果。」

「你們兩個為什麼不能坐下來好好講？」斐碧道，勇敢地試圖分開這兩隻吸血鬼。

巴德文對她發出警告的怒吼，馬卡斯向他伯父的咽喉撲去。

馬修抓住斐碧，把她推到一旁。她在發抖，不過是因為憤怒，而非懼怕。費南多把馬卡斯推開，用手臂夾住他，不讓他動彈。蓋洛加斯則牢牢扣著巴德文的肩膀。

「不要挑戰他。」見馬卡斯還在掙扎，費南多厲聲道。「除非你打算走出這棟房子，永遠不回來。」

頓了一下，馬卡斯點點頭。費南多鬆開他，但仍緊密監視著。

「你的威脅太荒謬。」馬卡斯用比較平靜的聲調說：「多年以來，拉撒路騎士團跟合議會一直和諧共存。我們監督他們的財務，且不說還幫他們執行與吸血鬼有關的命令。所以——」

「所以合議會不想面對柯雷孟家族的報復？不會違反七塔一直享有的庇護權？」巴德文搖頭道：「他們已經採取行動了，馬卡斯。這次合議會是玩真的。他們早就處心積慮想解散拉撒路騎士團了。」

「他們這麼做是因為我正式控告諾克斯殺害艾米莉嗎？」馬卡斯問。

「那只是部分原因。主要是你堅持撤銷盟約，才讓合議會無法忍受。」巴德文把一卷羊皮紙塞給馬卡斯。掛在紙卷下方的三枚封蠟，因他動作粗魯而搖晃不已。「我們考慮了你的請求——再一次。它被否決了——再一次。」

「我們」一詞，解開了一個長期以來的疑問。自從十二世紀簽訂盟約，成立合議會以來，議員中的三名吸血鬼代表始終都包括一名柯雷孟家族的成員。直到這一刻，我才知道那名吸血鬼是誰：巴德文。

「吸血鬼介入巫族之間的爭執已經夠糟了。」他繼續道：「為艾米莉・麥澤的死要求補償，也很愚蠢，馬卡斯。繼續挑戰合議會更是不可原諒的莽撞。」

「怎麼回事？」馬修問。他把斐碧交給我，雖然他明顯地不高興看到我出現。

「馬卡斯和其他參加他那個小造反集團的人，四月發出呼籲，要求終結合議會。馬卡斯宣稱，畢夏普家族受拉撒路騎士團直接保護，所以騎士團也牽涉在內。」

馬修嚴厲地瞪著馬卡斯。我也不知道該為了這孩子努力保護我的家人而親吻他，還是該為他過分樂觀而責備他。

「到了五月……嗯，你們都知道五月發生了什麼事。」巴德文道：「馬卡斯把艾米莉的死歸類為合議會議員挑撥族群衝突的惡意攻擊。他認為合議會應該重新考慮他稍早提出的廢棄盟約的要求，以此交換與拉撒路騎士團停戰。」

「這要求完全合情合理。」馬卡斯拆開文件，逐行瀏覽。

「合情合理不重要，案子已有了結論：兩人贊成，七人反對。」巴德文宣布。「無法確定結果會對你有利的時候，不要提議投票，馬卡斯。這是民主令人不愉快的現實面，你早該知道了。」

「不可能。這代表只有你和雷瑟尼的母親投給我的提案。」馬卡斯困惑地說。馬卡斯的朋友雷瑟尼的母親艾嘉莎・魏爾遜，是合議會三個魔族議員之一。

「另有一個魔族支持艾嘉莎。」巴德文冷冷道。

「你投反對票？」馬卡斯顯然以為可以靠親情得到支持。以我跟巴德文相處的經驗，早就可以告訴他，別指望這種事。

「給我看看。」馬修從馬卡斯手中取過文件。他看著巴德文，要他說明為什麼這麼做。

「我別無選擇。」巴德文對馬修說：「你知道你兒子造成多大的損害？從現在開始，外界都會竊竊議論，說什麼柯雷孟家族劣質的旁系，提拔了一個利欲薰心的年輕人，竟然企圖推翻沿用千年的傳統。」

「劣質？」如此侮辱伊莎波，令我大吃一驚。我的婆婆卻一點也不顯得意外。她唯一的反應是覺得更無聊，埋頭研究她修得十全十美的指甲。

「這麼說太過分了，巴德文。」蓋洛加斯咆哮道。「當時你不在這裡。合議會的流氓議員五月跑到這裡來殺死艾米莉——」

「高伯特和諾克斯不是流氓議員！」巴德文再次提高音量。「他們是三分之二的多數。」

「我不在乎。限制巫族、血族、魔族互不來往，已經沒有意義了——可能從來不曾有過意義。」馬卡斯板著臉堅持。「廢棄盟約才是正確的抉擇。」

「這件事從什麼時候開始變得那麼重要？」巴德文厭煩地說。

「這裡說，彼得・諾克斯受到譴責。」馬修從文件上抬起頭，說道。

「不僅如此，諾克斯被迫辭職。高伯特和薩杜為他辯護，說他是受到挑釁，才對艾米莉採取行動，但合議會無法否認，那名女巫之死他該負一部分責任。」巴德文又在他父親的辦公桌後坐下。雖然他塊頭很大，佔據菲利普的位置仍顯得分量不夠。

「所以諾克斯確實殺了我阿姨。」我的怒火——和我的力量——開始上升。

「他說他只是詢問她馬修和博德利圖書館一份手抄本的下落——那份手抄本很像是一本我們吸血鬼稱作生命之書的神聖經典。」巴德文道：「諾克斯說，當他發現魏爾遜的女兒是女巫，卻有一對魔族父母時，艾米莉變得很激動。他說她是在壓力之下心臟病發作而死。」

「艾米莉健康得像頭牛。」我駁斥道。

「諾克斯殺害我配偶家族的一員，要付出什麼代價？」馬修冷靜地問道，他用手扶著我肩膀。

「諾克斯被解除議員身分，永遠不准再進入合議會。」巴德文道：「至少這件事馬卡斯得逞了，但我不確定我們到頭來會不會後悔。」他跟馬修交換了一個眼色。其中有些我不了解的重要因素。

「誰接他的位置？」馬修問。

「還言之過早。巫族堅持接替者要來自蘇格蘭，因為諾克斯沒有做完他的任期。珍納・戈蒂顯然太老，不可能再就任，所以我賭麥克尼文家的人——也許是凱特。或珍妮・荷恩也有可能。」

「蘇格蘭出了不少強大的女巫。」蓋洛加斯垂頭喪氣道：「戈蒂、荷恩、麥克尼文都是最受敬重的北方家族。」

「他們可能不像諾克斯那麼好對付。有件事毋庸懷疑，巫族下定決心要取得生命之書。」巴德文道。

「他們一直都想要。」馬修道。

「現在更想。諾克斯在布拉格找到一封信。他說信裡有你曾經、甚至仍然擁有起源之書——也就是巫族原始的咒語之書，如果採用他的說法——的證據。」巴德文解釋道：「我告訴合議會，這只是一個權力飢渴的巫師的幻想，但他們不相信我。他們下令全面調查。」

那本如今藏在牛津大學的博德利圖書館，書目編號艾許摩爾七八二號的古籍，內容有多種不同的傳說。巫族相信書裡有最早的咒語，血族認為書中說明第一批吸血鬼是如何製造出來的。魔族也認為書裡記載著他們族群的祕密。我持有那本書的時間太短，無從判斷哪種說法是真的——但馬修、蓋洛加斯和我都知道，生命之書無論蘊藏何種祕密，跟它裝幀上保存的基因資訊相形之下都微不足道。因為這本書完全用超自然生物的遺體製作：用他們的皮膚製作書頁、用他們的鮮血合成墨水、用他們的毛髮縫製成冊，甚至裝訂的膠水也是用他們的骨頭提煉的。

「諾克斯說，生命之書遭到一個名叫愛德華·凱利的魔族破壞。十六世紀他在布拉格將書撕掉三頁。他宣稱你知道失落書頁的下落，馬修。」巴德文非常好奇地看著他。「是真的嗎？」

「不是。」馬修誠實地說，迎上巴德文的眼神。

就像很多馬修給的答案，這句話只有一部分是事實。他不知道生命之書遺失的書頁其中兩頁在哪裡，但其中的一頁卻安全地放在他書桌一個上了鎖的抽屜裡。

「謝天謝地。」巴德文對這答覆很滿意。「我已經以菲利普的靈魂發誓，這指控不成立。」

蓋洛加斯面無表情看著費南多。馬修望向窗外。像女巫一樣憑嗅覺就能察覺謊言的伊莎波，眯起眼睛看著我。

「合議會相信你？」馬修問道。

「不完全。」巴德文悵然道。

「你另外還做了什麼承諾，小毒蛇？」伊莎波懶洋洋問道。「你噺噺叫得漂亮，暗地裡卻藏了刺。」

「我答應合議會，馬卡斯和拉撒路騎士團會繼續支持盟約。」巴德文頓了一下。「然後合議會還會挑選一個立場公正的代表團——包括一名巫族和一名血族——負責把七塔從頭到尾搜索一遍。他們會確定七塔的圍牆之內沒有巫族或魔族，甚至連一片取自生命之書的紙屑都沒有。一星期後，高伯特和薩杜就會到這裡來。」

震耳欲聾的沈默。

「我哪知道馬修和戴安娜會在這裡？」巴德文道：「不過無所謂。合議會的代表來訪期間，不能發現任何異常。換言之，戴安娜得離開。」

「還有什麼事？」馬修問。

「拋棄我們的朋友和親人還不夠嗎？」馬卡斯問。斐碧用一隻手臂摟住他的腰，表示勸慰。

「你伯伯一向先宣布好消息，馬卡斯。」費南多解釋道：「如果高伯特來訪算是好消息，壞消息一定糟透了。」

「合議會要擔保品。」馬修咒罵一聲。「某種可以讓柯雷孟家族和拉撒路騎士團唯命是從的東西。」

「不是擔保品。是人質。」巴德文淡然道。

「誰？」我問。

「當然是我。」伊莎波道，聽起來滿不在乎。

「絕對不行！」馬修充滿恨意地瞪著巴德文。

「恐怕只能如此。我先提議維玲，但他們拒絕了。」巴德文道。維玲的表情好像受了侮辱。

「合議會或許心眼小，卻並非沒大腦。」伊莎波低聲道：「沒有人能扣留維玲超過二十四小時。」

「女巫說，必須是一個能逼馬修離開藏身之處的人。維玲不能提供足夠的誘因。」巴德文解釋道。

「上次我被強迫囚禁，你是我的獄卒，巴德文。」伊莎波用甜得淌蜜的聲音說。「這次再給我這份榮幸，好嗎？」

「這次不行。」巴德文道：「諾克斯和哈維倫要把妳囚禁在威尼斯，在那兒合議會可以監視妳，但我拒絕了。」

「為什麼是威尼斯？」我知道巴德文從威尼斯來，但我不明白合議會為什麼認為那兒比別的地方好。

「自從十五世紀我們被趕出君士坦丁堡開始，威尼斯就一直是合議會的大本營。」馬修連忙解釋。「城裡無論大小事件，合議會都一清二楚。威尼斯也是若干長期跟合議會關係密切的超自然生物的家鄉——包括多明尼可的同夥。」

「一群忘恩負義、只知逢迎拍馬的小人。」伊莎波輕輕一震，低聲說道。「我很慶幸不用去那兒。即使沒有多明尼可一家子，這季節的威尼斯也讓人難以忍受。那麼多觀光客。蚊子也多得不得了。」

想到吸血鬼的血在蚊群當中會產生什麼效應，真讓人心神不寧。

「妳的舒適不在合議會的優先考慮之列，伊莎波。」巴德文嚴厲地瞪了她一眼。

「那我要去哪裡？」伊莎波問。

「高伯特先故作不情願狀，說什麼他跟我們家有多年友誼，然後慷慨地同意把妳囚禁在他家。合議會簡直不可能拒絕他。」巴德文答道。「這樣不構成問題吧，會嗎？」

伊莎波聳一下肩，依高盧人的作風，這姿勢表情非常豐富。「我沒問題。」

「高伯特不可信任。」馬修轉身面對他哥哥，跟方才的馬卡斯一樣憤怒。「天啊，巴德文。他站在一旁，看著諾克斯對艾米莉施法！」

「我希望高伯特仍留用他的屠夫。」伊莎波好像沒聽見兒子說話似的，沈吟道：「瑪泰跟我一起去，當然。你會安排吧，巴德文？」

「妳別去。」馬修道：「我寧可先把自己交出去。」

我還來不及反對，伊莎波就說：「不，兒子。高伯特和我以前就這麼做過，你是知道的。我很快就會回來——頂多幾個月。」

「為什麼一定要這麼做？」馬卡斯道：「如果合議會檢查完七塔，沒找到令他們不滿的東西，就不應該再干預我們。」

「合議會一定要有人質，才能證明他們比柯雷孟家族偉大。」斐碧解釋道，她對整個情況了解透徹。

「可是，奶奶。」馬卡斯沮喪地說。「應該去的是我，不是妳。都是我的錯。」

「雖然我是你奶奶，我可沒有你以為的那麼蒼老而衰弱。」伊莎波的聲音森冷。「我的血脈再怎麼劣質，至少不會逃避責任。」

「一定還有別的法子。」我反對道。

「不，戴安娜。」伊莎波道。「在這個家裡，每人都有各自的角色。巴德文欺壓我們。馬卡斯照顧騎士團。馬修照顧妳，妳照顧我的孫兒女。至於我，想到要再次被當作肉票，我就精神大振。」

婆婆兇猛的微笑讓我相信她的話。

幫巴德文和馬卡斯達成脆弱的停戰狀態，馬修和我就回到我們位於古堡另一端的房間。我們一進門，馬修就打開音響，使室內洋溢千頭萬緒的巴哈旋律。樂聲使古堡裡的其他吸血鬼更不易聽見我們的交談，所以馬修總會播放一些背景音樂。

「好在我們對艾許摩爾七八二號的了解比諾克斯多。」我低聲道：「一旦我從博德利圖書館拿到那本書，合議會就不能再從威尼斯發出最後通牒，必須直接跟我們打交道。這樣我們就可以要求諾克斯為艾米莉的死負責。」

馬修默默打量了我一會兒，然後替自己倒了一杯酒，一飲而盡。他給我一杯水，但我搖頭。這時我唯一想喝的是茶。不過馬卡斯建議我懷孕期間少接觸咖啡因，但藥草茶的替代效果又不理想。

「你對合議會的吸血鬼血統書知道多少？」我坐在沙發上。

「不多。」馬修答道，又倒了一杯酒。我皺起眉頭。吸血鬼喝瓶裝葡萄酒不會醉——他們唯有吸喝醉的人的血，才能體會到酒力——但他很少一下子喝這麼多。

「合議會也保存巫族和魔族的家譜嗎？」我企圖轉移他的注意力。

「我不知道。我從來沒有關注過巫族和魔族的事。」馬修走到房間對面，面對壁爐站著。

「好吧，無所謂。」我嚴肅地說。「我們的當務之急是艾許摩爾七八二號。我必須盡快到牛津去。」

「去了以後怎麼辦，我的小母獅？」

「想法子把它借出來。」我思索了一下我父親曾以什麼樣的條件，編織出把這本書拘限在圖書館的咒語。「父親確保生命之書會在我需要的時候來找我。我們目前的處境已經符合。」

「所以妳最在意的是艾許摩爾七八二號的安全。」馬修的聲音溫柔得充滿危險。

「當然。除此之外，還要找到失落的書頁。」我道：「少了它們，生命之書永遠不會透露它的祕密。」

十六世紀的魔族化學家愛德華・凱利在布拉格撕掉三張書頁時，破壞了製作這本書使用的不知名魔法。為了自保，書的內文鑽進人皮紙，創造出一種類似將寫過字的羊皮紙刮掉重寫的魔法，字句在紙張間追來逐去，好像在尋找失落的字母。殘餘的文字變得無法閱讀。

「我找回它以後，你就可以在實驗室裡分析書裡的遺傳資料，了解哪些生物被裝訂在書裡，甚至判定成書的年代。」我繼續道。馬修的科學研究以物種的始源與滅絕為重心。「等我找到失落的那兩頁——」

馬修回過頭，他的臉變成一張冷靜的面具。「妳的意思是，等『我們』找回艾許摩爾七八二號，等『我們』找到失落的那兩頁。」

「馬修，你要理性。沒有比我們一起出現在博德利圖書館的消息更能激怒合議會了。」

他聲音變得更低柔，臉色更平靜。「妳懷孕已超過三個月，戴安娜。合議會的人已經入侵過我的家，殺了妳阿姨。彼得・諾克斯不計一切要取得艾許摩爾七八二號，而且他知道妳有能力做到這一點。他不知透過什麼管道，也知道了生命之書缺頁的事。沒有我，妳不可以去博德利圖書館或任何地方。」

「我必須恢復生命之書的完整。」我提高了音量。

「『我們』一起來做，戴安娜。現在艾許摩爾七八二號在圖書館裡很安全。讓它留在那兒，先等合議會的事塵埃落定。」馬修之所以這麼想，唯一的憑藉就是，我是唯一能解除我父親對那本書施的魔法的女巫——他會不會太有自信了？

「那要花多少時間？」

「或許等到孩子誕生。」馬修道。

「那還要六個月。」我努力壓抑怒氣。「所以我只能等待和孵蛋，你就在旁玩自己的手指頭，陪我一起看日曆？」

「我會做任何巴德文命令我做的事。」馬修喝光最後一口紅酒道。

「你不是認真的吧！」我喊道。「你怎麼能忍受他專斷的胡說八道。」

「因為強勢的一家之主可以預防混亂、沒必要的流血和更糟的結果。」馬修解釋道：「妳忘了我重生時處於一個非常不一樣的時代，戴安娜，那時大多數超自然生物都應該毫無怨言地服從某人——領主、教士、父親、丈夫。對我而言，執行巴德文的命令並不像妳以為的那麼難。」

「我？我又不是吸血鬼。」我反駁道：「我不需要聽他的話。」

「如果妳是柯雷孟家的人，就得聽。」馬修抓住我的手臂。「合議會和吸血鬼的傳統讓我們幾乎沒得選擇。妳在十二月中就會正式成為巴德文的家人。我了解維玲，她既然對菲利普做了承諾，就一定不會食言。」

「我不需要巴德文幫忙。」我說：「我是編織者，我自己有力量。」

「這不能讓巴德文知道。」馬修把我抓得更緊。「還不行。而且巴德文和柯雷孟家其他成員能提供妳和我們的孩子最好的保護。」

「你是柯雷孟家的人。」我用手指戳著他胸膛說道：「這一點菲利普說得非常清楚。」

「但在其他吸血鬼眼中不是。」馬修握住我的手。「我是菲利普‧德‧柯雷孟的親戚，卻不是他的直系子女。妳才是。只為這個原因，我就願意做任何巴德文要求我的事。」

「甚至殺死諾克斯？」

馬修顯得很驚訝。

「你是巴德文的刺客。諾克斯侵入柯雷孟的土地，直接挑戰家族的榮譽。我認為這會讓諾克斯成為你的問題。」我努力保持平淡的聲調，但這需要努力。我知道馬修殺過人，但「刺客」一詞使那些人的死亡更令人不安。

「我說過，我聽從巴德文的命令。」馬修的灰眼籠罩一重綠色的陰霾，變得冰冷、死寂。

「我不在乎巴德文什麼命令，你就是不能追殺一個巫師，馬修——尤其對方又做過合議會的議員。」我道：「這只會使情況惡化。」

「他那樣對付艾米莉之後，已經是個死人了。」馬修道。他放開我，大步走到窗口。

他周遭的線條閃現紅光和黑光。不是每個巫族都看得見這世界的紋理，但我做為編織者——創造咒語的人，跟我父親一樣——卻看得很清楚。

我跟馬修一起站在窗口。太陽已升得很高，用金光照耀著蒼翠的山丘。風景看起來優美寧靜，但我知道地面下有亂石，跟我愛的這個男人一樣堅硬而令人害怕。我伸手攬住馬修的腰，把我的頭抵著他的頭。我需要安全感時，他就這麼抱我。

「你不需要去追殺諾克斯，不論是為了我，」我告訴他：「或是為了巴德文。」

「不。」他柔聲道：「為了艾米莉，我必須那麼做。」

他們讓艾姆長眠在獻給女神的古老神廟廢墟裡。我曾經跟菲利普去過那兒，我們回來後不久，馬修堅持要我去墓地看看，讓我面對阿姨永離人世的事實。從那時起，每當我需要安靜或獨自思考時便去那裡走走，已陸續去過好幾次。馬修要求我不可以單獨前往。今天伊莎波與我同行，因為我需要暫時擺脫我的丈夫以及巴德文，還有瀰漫麻煩氣息的七塔空氣。

這地方跟我記憶中一樣美，柏樹像衛兵般圍繞著幾乎消失的斷裂圓柱。今天的地面不像一五九〇年的十二月，地上沒有積雪，草木青翠——只有一塊長方形的褐色缺口，是艾姆最後休息的地方。柔軟的泥土上有蹄印，墓上有什麼東西壓過的痕跡。

「有一頭白色雄鹿經常在墓上睡覺。」伊莎波隨著我眼光望去，解釋給我聽。「這種鹿很少見。」

「我舉行婚禮前，菲利普帶我來這裡向女神獻祭品，有一頭白色公鹿出現。」當時我覺得女神的力量在我腳下湧現、流動。現在我也有同樣的感覺，但我沒說。馬修堅持不讓別人知道我的法力。

「菲利普告訴我他遇見了妳。」伊莎波道：「他在高弗雷的一本鍊金術書籍的裝訂裡，留了一張紙條給我。」菲利普和伊莎波常把日常生活的旁枝末節寫在紙條上，留給對方分享，以免遺忘。

「妳一定很想他。」我吞下差點噎住喉嚨的一個硬塊。「他真是出類拔萃，伊莎波。」

「是的。」她低聲道。「我們再也看不到像他那樣的人了。」

我們站在墳墓附近，默默懷思。

「今天早晨的事會改變一切。」伊莎波道：「合議會的調查會提高我們保存祕密的難度。馬修要隱瞞的事又比我們大多數人都多。」

「像是他是家族的刺客？」我問。

「是的。」伊莎波道。「很多吸血鬼家族都非常想知道，他們摯愛的人喪生，該找柯雷孟家族哪個人負責。」

「我們在這兒跟菲利普同住時，我還以為我已經知道了馬修大部分的祕密。我知道他曾經試圖自殺。還有他為他父親做的事。」那是我丈夫透露的最令他痛苦的祕密——他曾幫助菲利普結束生命。

「吸血鬼的祕密多得說不完。」伊莎波道。「但祕密是不可靠的盟友。它們讓我們自以為很安全，但同時它們也會摧毀我們。」

我不知道我是否也是埋藏在柯雷孟家族核心裡的一個毀滅性的祕密。我從衣袋裡取出一個信封，交給伊莎波。她一看到那歪七扭八的字跡，表情就僵住了。

「這是亞倫交給我的。菲利普在他去世當天寫的。」我解釋道：「我想給妳看看。我認為這封信是寫給我們大家的。」

伊莎波打開那張信紙，手不停顫抖。她小心地展開信，把那幾行字大聲讀出來。其中特別有句話，以新的力量警醒了我。「**不要讓過去的幽靈偷走未來的快樂。**」

「哦，菲利普。」她悲傷地說。伊莎波把信交還給我，伸手觸摸我的額頭。在這不設防的瞬間，我看到過去的她；強大而令人畏懼，卻也有快樂的能力。她半途停下，縮回手指。

我抓住她的手。她比她兒子還冷。我把她冰冷的手指輕輕壓在我雙眉之間的皮膚上，默許她察看菲利普在我身上做記號的位置。伊莎波檢視我額頭，她手指施加的壓力發生了極其微妙的變化。她退開時，我看見她的喉嚨抽搐。

「我真的有……感覺。某種感應，來自菲利普。」伊莎波眼睛發亮。

「但願他在這裡。」我道：「他會知道該怎麼處理眼前的亂局。巴德文、血誓、合議會、諾克斯，甚至艾許摩爾七八二號。」

「我丈夫只做絕對有必要的事。」伊莎波答道。

「但他一直都在做。」我想起他如何在一五九〇年安排我們的七塔之行，儘管天氣惡劣，馬修也不想回來。

「並非如此。他觀察。他等待。菲利普會讓別人去冒險，他則趁機搜集他們的祕密，儲存起來，留待後用。所以他才能存活這麼久。」伊莎波道。

伊莎波的話提醒了我，菲利普在一五九〇年讓我成為他血誓的女兒時，指派給我一件任務：**思考——活下去**。

「在妳趕回牛津去拿妳的書之前，記住這一點。」伊莎波繼續道，壓低聲音，變為耳語。「往後的日子裡，一旦柯雷孟家族最黑暗的祕密都被攤在陽光下，妳在艱難困苦當中，要記住這一點。記住了這一點，妳就能證明給他們所有的人看，妳確實是菲利普・德・柯雷孟的女兒，不僅是有個名分而已。」

第五章

巴德文在七塔住了兩天，我就明白馬修為什麼要在自己家裡另蓋一座塔樓，我甚至恨不得他把這座塔樓蓋在法國另一個省——最好蓋到別個國家去。

巴德文的立場很清楚：無論這座古堡的法定擁有人是誰，七塔都是他的家。他每次用餐都高踞主位。亞倫每天早晨第一件事就是去見他，接受新命令，白天要定時去報告進度。聖祿仙市長特來拜訪他，坐在客廳裡跟他談論地方上的事務。巴德文檢視瑪泰的食品帳目，心不甘情不願地肯定她的表現。他進別人房間不敲門，為一些不知是真實或想像出來的輕忽，找馬卡斯和馬修麻煩，還拿客廳擺設乃至大廳裡有灰塵之類的事，挑伊莎波的毛病。

雷瑟尼、蘇菲和瑪格麗特是第一批離開古堡的幸運兒。他們淚汪汪地跟斐碧和馬卡斯道別，承諾一安頓好就會聯絡。巴德文建議他們去澳洲，公開表示跟雷瑟尼的母親——既是魔族，也是合議會的議員——站在同一陣線。雷瑟尼先是不肯，宣稱他們回北卡羅萊納州就好，不過最後還是頭腦冷靜的人——尤其是斐碧——佔了上風。

後來有人問起斐碧，為何在這件事上支持巴德文，她說馬卡斯擔心瑪格麗特的安全，她又不要馬卡斯挑起那孩子一生幸福的責任。所以雷瑟尼要接受巴德文心目中最好的安排。斐碧的表情讓我警覺，如果我對這件事有不同的見解，最好不要說出來。

雖然走了一批人，七塔仍覺得擁擠，因為有巴德文、馬修、馬卡斯在——且不提維玲、伊莎波、蓋洛加斯，費南多比較不引人注意，大部分時間都跟莎拉和哈米許在一起。我們各自都找到了可以安靜獨處的藏身之所。因此，伊莎波衝進馬修的書房，宣布馬卡斯到了什麼地方，不免令人大吃一驚。

「馬卡斯在圓塔裡，莎拉也在那兒。」伊莎波道，蒼白的臉頰上浮現兩朵紅暈，豔光照人。「還有斐碧和哈米許跟他們在一起。他們找到了家族血統書。」

馬修一聽到這消息，立刻丟下筆，從椅子上跳起來，我大惑不解。伊莎波看到我好奇的眼神，回報我一個哀傷的微笑。

「馬卡斯即將得知他父親的一個祕密。」伊莎波解釋。

我聽了也趕緊動身。

我沒有進過圓塔，它正對馬修的塔，中間被古堡的主體隔開。我們一抵達圓塔，我就明白為什麼我參觀古堡的時候，沒有人帶我來這兒了。

圓塔地板中央嵌著一道圓形的金屬格柵門。它覆蓋的地洞極深，從裡面散發出歲月、死亡、絕望的熟悉氣味。

「死牢。」我道，一時之間無法動彈。馬修聽見我的聲音，乒乒乓乓從樓上衝下來。

「菲利普建造它當作監獄。但他很少使用。」馬修擔心地皺起眉頭。

「去吧。」我揮手把他和不愉快的記憶趕開。「我們會跟在後面。」

圓塔一樓的死牢是遺忘之地，但二樓卻是記憶之地，堆滿了箱子、紙張、文件和工藝品。這兒想必就是柯雷孟家族的檔案室。

「難怪艾米莉花那麼多時間流連在這兒。」莎拉道。她坐在一張陳舊的工作檯前，埋頭閱讀一個展開了一半的長紙卷。斐碧在她身旁。桌上另外堆了五、六個紙卷，尚待研究。「她對家譜著迷。」

「嗨！」馬卡斯從環繞房間、堆了更多箱子和架子的架高走道上，愉快地揮手打招呼。令伊莎波擔憂的可怕祕密顯然還未揭開。「哈米許正要去接妳過來。」

馬卡斯翻過走道欄杆，輕巧地跳到斐碧身旁。這兒沒有樓梯，也看不見梯子，到達高層儲物空間唯一的辦法，只有手腳並用，攀著粗糙的石塊往上爬，下來就只好一躍而下。這真是吸血鬼級的保全策略。

「你要找什麼？」馬修只表現出恰到好處的好奇。馬卡斯絕不會懷疑他的行動有人告密。

「當然是讓巴德文不要苦苦壓迫我們的方法，」馬卡斯道。他把一個舊本子遞給哈米許。「拿去吧。高弗雷研究吸血鬼法律的筆記。」

哈米許翻開閱讀，顯然在找有用的法律資訊。菲利普的三個兒子當中高弗雷是老么，以智慧過人、博聞強記著稱。我開始有不祥的預感。

「你找到了嗎？」馬修看一眼那些紙卷，問道。

「來看吧。」馬卡斯示意我們到桌前來。

「妳會喜歡這個，戴安娜。」莎拉調整一下閱讀眼鏡說。「馬卡斯說，這是柯雷孟的家族樹。看起來真古老。」

「是的。」我道。那是中世紀的家譜，紙卷最上端不同的方格裡，分別繪有色彩鮮豔的菲利普和伊莎波站姿畫像。他們越過中間的空隙牽著手。彩色線條將他們跟下面的一個個小圓框銜接在一起。每個圓圈裡有一個名字。有些我已熟悉——猶夫、巴德文、高弗雷、馬修、維玲、芙麗亞、史黛西雅。但也有很多沒聽過。

「十二世紀。法國。這是聖賽弗工作坊的風格。」斐碧道，證實了我對這件作品完成年代的直覺。

「一開始是因為我對蓋洛加斯抱怨巴德文的干預。他告訴我，其實從前菲利普也一樣惡劣，所以後來猶夫忍無可忍時，就獨立出來，跟費南多另立門戶。」馬卡斯解釋道。「蓋洛加斯把他們的家族稱作新支系，有時候另立門戶，建立新支系是和平相處的唯一方法。」

從馬修滿臉壓抑的怒火可以想見，蓋洛加斯一旦被他叔叔逮著，就可以跟和平說再見了。

「我記得當初爺爺希望我攻讀法律，接管高弗雷的業務時，讀過一些與新支系有關的資料。」馬卡斯道。

「找到了。」哈米許道，手指輕敲紙面。「『凡是擁有直系血統子女的男性，均可成立新支系，但必須先徵得血父或同族宗主的同意。新支系被視為原始家族的分支，除此之外，新支系的父親可以自由行使他的意志與權力。』聽起來簡單直接，但既然是高弗雷寫的，一定還牽涉到更多。」

「另立門戶——脫離柯雷孟家族，建立一個由你管轄的獨立支系——可以解決我們所有的問題！」馬卡斯道。

「不見得所有家族的領袖都樂於見到新支系，馬卡斯。」馬修警告他。

「做過一天叛徒，就永遠是叛徒。」馬卡斯聳肩道：「你製造我的時候就知道這一點。」

「那麼斐碧呢？」馬修挑起眉毛。「你的未婚妻認同你的革命情懷嗎？她可能不樂意看到你財產全部被伯父沒收，身無分文地被趕出七塔。」

「你是什麼意思？」馬卡斯不安地道。

「如果我說錯，哈米許可以糾正我，但我相信高弗雷筆記的下一段就會說明，未徵得父親允許，擅自成立新支系，會受到什麼樣的懲罰。」馬修答道。

「你是我的血父。」馬卡斯道，下巴繃成頑固的線條。

「那只是一種生物學的定義：我提供鮮血，讓你重生成為吸血鬼。」馬修把頭髮亂抓一陣，這是他心情沮喪，找不到出路的徵兆。「你知道我多麼鄙視『血父』一詞。我自認是你的父親——不是捐血給你的人。」

「我希望你做得更多。」馬卡斯道：「巴德文對盟約的觀念是錯的，對合議會的觀念也是錯的。如果你成立新支系，我們可以規劃新的道路，自己做決策。」

「你自立門戶有什麼困難嗎，老馬？」哈米許問道。「我還以為戴安娜懷孕之後，你會積極想脫離巴德文的控制。」

「不是你們以為的那麼簡單。」馬修告訴他。「巴德文可能還會提出條件。」

「這是什麼，斐碧？」莎拉指著羊皮紙上、馬修名字下方一個特別粗糙的區塊問道。她對家譜的興趣遠比法律細節濃厚。

斐碧細看一眼。「這是擦掉的痕跡。本來這裡有一個圓圈。還看得出裡面的字跡。班——對了，應該是班哲明。這是中世紀的寫法。」

「他們擦掉了這個圓圈，卻忘記把連接它與馬修的紅線磨掉。根據這一點，這個班哲明一定是馬修的孩子。」莎拉道。

班哲明這名字讓我全身冰冷。馬修確實有個叫這名字的兒子。他是個可怕的生物。

斐碧拆開另一個紙卷。這份家譜看起來也很老，不過比前一份稍微新一點。她皺起眉頭。

「這看起來是晚一世紀製作的。」斐碧把羊皮紙攤在桌上。「這一份沒有擦拭的痕跡，也沒有提到班哲明。他就這麼消失無蹤。」

「班哲明是什麼人？」馬卡斯問，我不懂他為什麼要問。馬修的其他子女，他應該知道的呀。

「班哲明不存在。」伊莎波滿臉警戒，她謹慎地措辭。

我的大腦試著處理馬卡斯的問題和伊莎波奇怪的回應。難道馬修的兒子不知道班哲明這個人……

「所以才擦掉他的名字嗎？」斐碧問：「有人弄錯嗎？」

「是的，那是個錯誤。」馬修道，他的聲音呆滯。

「但班哲明確實存在啊。」我迎上馬修灰綠色的眼睛。他的眼神朦朧而疏離。「我在十六世紀的布拉格見過他。」

「他還活著嗎？」哈米許問。

「我不知道。我本來以為，我在十二世紀把他製造出來之後不久，他就死了。」馬修答道：「隔了幾百年，菲利普聽說有個形貌與班哲明符合的人，但我們還來不及確定，他又消失了。十九世紀有班哲明的傳聞，但我始終沒看到證據。」

「我不懂。」馬卡斯道：「即使他死了，也應該在家譜上留下名字。」

「我已跟他脫離關係，菲利普也一樣。」馬修閉上眼睛，不願面對我們好奇的表情。「你可以用血誓使一個超自然生物成為家族的一員，也可以用血誓將既有成員逐出家門，讓他再也得不到家族與吸血鬼法律的保護，只能靠自己的力量求生。你知道血統書對吸血鬼的重要性，馬卡斯。吸血鬼的血統不被承認，就跟女巫受咒語禁制一樣，是嚴重的污點。」

這麼一說，我就能理解巴德文為什麼不願意承認我是菲利普的孩子，讓我加入家譜了。

「所以班哲明**死**了。」哈米許道：「至少法律上這麼認定。」

「有時死者會從墳墓回來作祟。」伊莎波喃喃自語，被她兒子瞪了一眼。

「我無法想像班哲明做了什麼，竟能讓你擯斥自己的血緣。」馬卡斯仍然不解。「我早年也無惡不作，你卻沒有放棄我。」

「班哲明是日耳曼族的十字軍，追隨艾彌可伯爵遠征聖地④。他們的部隊被匈牙利人擊敗後，他就加入高弗雷的軍隊。」馬修從頭說起：「班哲明的母親是地中海東岸、黎巴嫩一位富商的女兒，因為家族企業運作的需求，他會一點希伯來文，甚至通曉阿拉伯語。他是個有用的盟友——在剛開始的時候。」

「所以班哲明是高弗雷的兒子？」莎拉問道。

「不。」馬修答道。「他是我製造的。班哲明出賣柯雷孟家族的祕密。他揚言要讓耶路撒冷的凡人知道有超自然生物存在——不僅吸血鬼，還有巫族和魔族。我發現他的背叛，氣得失控。菲利普一直夢想為我們大家在聖城建立一個避風港，讓我們免於恐懼，平安過活。班哲明有能力摧毀菲利普的希望，我就是賦予他那種能力的人。」

我了解我丈夫，可以想像這帶給他多深的罪惡感與悔恨。

「你為什麼不殺他？」馬卡斯質問。

「讓他死太便宜他了。我要懲罰班哲明欺騙友誼。我要他承受我們身為超自然生物的痛苦。我把他造成一個吸血鬼，這樣他在揭發柯雷孟家族的祕密時，也會揭發了自己。」馬修頓一下。「然後我揚棄他，讓他自生自滅。」

「誰教他求生？」馬卡斯問，聲音壓得很低。

「班哲明自己學習。這是他懲罰的一部分。」馬修盯著兒子。「那也是我的懲罰——上帝以這種方式讓我彌補我的罪。因為我拋棄了班哲明，所以我不知道我把血怒也遺傳給了他。很多年後，我才得知班哲明變成一個多麼可怕的怪物。」

「血怒？」馬卡斯無法置信地看著父親。「不可能。那會使你變成一個沒有理性、心狠手辣的冷血殺

④ Emicho是萊因地區的伯爵，一〇九六年揚言要參加十字軍，卻假借使猶太人皈依基督教的名義，對萊因地區的猶太人展開滅族大屠殺，目標是奪取他們的財物。他率部隊沿萊因河、多瑙河一路屠殺，在匈牙利遇到強烈反抗，大敗而回，結果並沒有抵達耶路撒冷。

手。將近兩千年都沒發生過這種事。你親口告訴我的。」

「我騙了你。」馬修以破碎的聲音承認道。

「你不可能有血怒，老馬。」哈米許道：「家族文件中曾有一次提到這種病症。它的症狀包括盲目的憤怒，喪失理性，只剩殺戮的本能。你從未有過這方面的病徵。」

「我學會控制它——」馬修道：「大部分的時間。」

「如果合議會得知，會懸賞要你的腦袋。據我在此讀到的資料，其他超自然生物可以用任何方式毀滅你。」哈米許顯然非常擔心地指出。

「不僅我。」馬修的目光移到我突起的小腹上。「還有我的孩子。」

莎拉滿臉震驚。「寶寶……」

「還有馬卡斯？」斐碧的手指抓緊桌緣，關節泛白，但她的聲音卻很平靜。

「馬卡斯只是帶原者。」馬修試圖安慰她。「症狀會立刻發作的。」

斐碧看起來鬆了一口氣。

馬修注視著兒子的眼睛。「我製造你的時候，真的以為我已痊癒了。我前一次發作是將近一世紀之前的事。當時是理性時代。我們傲慢地以為，所有過去的惡，從天花乃至迷信，都已根除。但後來你去了紐奧良。」

「我那些孩子。」馬卡斯先是迷惑，然後恍然大悟。「你跟茱麗葉・杜昂來到城裡，他們就一個接一個死了。我還以為是茱麗葉殺的。其實是你。你因為他們有血怒而殺了他們。」

「你父親別無選擇。」伊莎波道。「合議會知道紐奧良出事了。菲利普命令馬修趁吸血鬼找出原因之前，前去處理。如果馬修拒絕，你們都會送命。」

「合議會的其他吸血鬼都相信，古代的血怒瘟疫再度爆發。」馬修道：「他們想夷平那座城市，將它一把火燒毀，但我辯稱那是年輕、缺乏經驗導致的瘋狂，與血怒無關。我應該把他們通通殺死。我應該連你一起殺掉，馬卡斯。」

馬卡斯顯得很驚訝。伊莎波卻不動聲色。

「菲利普很生氣，因為我只殺死那些有症狀的吸血鬼。我下手很快，沒有痛苦或恐懼。」馬修道，聲音毫無生氣。我痛恨他嚴守的那些祕密，以及他為了掩飾祕密而撒的謊，但我仍為他心痛。「我極力用各種藉口，為我其餘孫輩放縱無度的行為緩頰——貧窮、酗酒、貪婪。然後我一肩挑起紐奧良發生的每件事的責任，辭去合議會的職務，發誓在你變得成熟睿智之前，你不會再製造孩子。」

「你指責我是失敗者——家族之恥。」激動的情緒使馬卡斯聲音沙啞。

「我必須制止你。我不知道還有什麼別的辦法。」馬修認罪，卻沒有請求原諒。

「還有什麼人知道你的祕密，馬修？」莎拉問道。

「維玲、巴德文、史黛西雅，還有芙麗亞。費南多與蓋洛加斯。密麗安、瑪泰、亞倫。」馬修每念一個名字，就豎起一根手指。「另外還有猶夫、高弗雷、韓考克、露依莎和路易。」

馬卡斯怨恨地看著父親。「我要知道一切。從一開始。」

「馬修無法告訴你故事的開始。」伊莎波柔聲道。「只有我能。」

「不，媽媽。」馬修搖頭道。「沒有必要。」

「當然有。」伊莎波道。「是我把這種疾病帶進家族。我是帶原者，跟馬卡斯一樣。」

「妳？」莎拉很驚訝。

「我的血父有這種病。他認為蕾米亞⑤得到他的血緣是極大的福氣，因為這會讓人變得極為可怕，而

---

⑤ Lamia是古希臘神話中的女妖，上半身是美女，下半身是蛇，由於她半人半蛇的特質，在華文世界曾被拿來與白蛇傳比較。希臘神話中，蕾米亞是利比亞皇后，大神宙斯垂涎她的美貌，與她親近，善妒的天后希拉就殺死她所有的孩子，並把她變成一個吃小孩的怪物。一說蕾米亞嗜吃兒童，另一說她喜歡誘惑年輕男子，吸他們的血。伊莎波被創造為吸血鬼的時代，似乎蕾米亞就是女吸血鬼的代稱。

且幾乎殺不死。」伊莎波說「血父」時那種輕蔑與厭惡的表情，讓我明白馬修為何討厭這字眼。

「當時吸血鬼之間戰爭不斷，任何優勢都必須掌握。但我卻令人失望。」伊莎波繼續道：「我的製造者的血沒有在我身上產生他預期的效果，雖然他其他子女的血怒都很強大。做為一種懲罰——」

伊莎波停了下來，唏噓地喘了口氣。

「做為一種懲罰，」她緩緩重複道：「我被關在一個籠子裡，供我的兄弟姊妹取樂，也是他們練習殺戮超自然生物的道具。我的血父根本不預期我會活下來。」

伊莎波用手掩住嘴唇，暫時說不出話來。

「我在那個柵欄的小監獄裡活了很長一段時間——骯髒、飢餓，從心靈到肉體都傷痕累累，渴望死亡卻無法如願。但我越是抗拒，活得越久，就變得越有趣。我的血父——我的父親——漠視我的意願強暴了我，我的兄弟也紛紛效法。加諸我身上的一切凌虐，都源於一種變態的好奇，想知道究竟要怎樣才能馴服我。但我動作快——又很聰明。我的血父開始認為，我終究對他是有用的。」

「菲利普講的故事不是這樣的。」馬卡斯麻木地說。「爺爺說他從一座堡壘把妳救出來——妳的製造者綁架妳，違反妳的意願把妳造成吸血鬼。因為妳長得太美，他不能忍受別人得到妳。菲利普說，妳的血父製造妳是為了讓妳成為他的妻子。」

「這都是事實——但不是全部的事實。」伊莎波直視馬卡斯。「菲利普確實在一座堡壘裡找到我，把我救出那個可怕的地方。但不論你祖父後來講了什麼浪漫故事，當時的我絕不是美女。我用鳥兒丟在窗台上的貝殼碎片剃光頭髮，這樣他們就不能抓著我頭髮壓制我。現在我頭上還有疤痕，只不過被遮住了。我想我斷過一條腿，還有一條手臂。」伊莎波不確定道：「瑪泰記得比較清楚。」

無怪乎皮耶堡事件後，伊莎波和瑪泰那麼溫柔地對待我。她們一個受過凌虐，另一個有悉心照顧受盡折磨的人，使她康復的經驗。但伊莎波的故事還沒講完。

「菲利普和他的士兵來到，我的祈禱實現了。」伊莎波道：「他們一下子就殺了我的血父。菲利普的部下要求把我血父的孩子通通殺死，免得我們血液中的毒素散播出去。一天早晨，他們來帶走我的兄弟姊妹。菲利普留下我。他不准他們碰我。你祖父撒謊說，我沒有感染我的製造者的疾病——我是別人製造的，我殺戮只是為了求生。反正也沒有一個活人可以駁斥他。」

伊莎波看著她的孫子。「所以菲利普原諒馬修不殺你，馬卡斯，雖然這違反他的命令。菲利普知道，這是因為他不忍看到所愛的人死於不公正的判斷。」

但伊莎波的話不能消除馬卡斯眼中的陰影。

「我們守著我的祕密——菲利普和瑪泰和我——幾百年。我們到法國之前，我製造了很多個孩子，我以為已拋開血怒的恐怖。我的孩子都活得很久，沒有那種疾病的跡象。但後來有了馬修……」伊莎波的聲音消失。她下眼皮上出現一滴殷紅。她眨眨眼，在淚珠滴落前把它收回。

「我製造馬修時，我的血父只是吸血鬼的一則黑暗傳奇。他被當作一個壞榜樣，如果一味追求流血與權力，就會落得他那種下場。凡是有血怒嫌疑的吸血鬼，都會被立刻處死，他的血父和所有後裔也都不能幸免。」伊莎波平靜地說：「但我不可能殺死自己的孩子，我也不肯讓其他人做這種事。馬修有病不是他的錯。」

「那不是任何人的錯，媽媽。」馬修道：「那是一種遺傳疾病——目前我們還不了解。因為當年菲利普的斬草除根，全家人又齊心協力對外隱瞞，合議會至今仍不知道我血中有這種疾病。」

「他們或許不很清楚，」伊莎波警告道：「但合議會中已有人起了疑心。有些吸血鬼認為你妹妹的病並非我們所說的瘋狂，而是血怒。」

「高伯特。」我悄聲道。

伊莎波點點頭。「還有多明尼可。」

「不要自尋煩惱。」馬修試圖安慰她。「當初我在合議會，討論這項疾病時，大家都完全沒想到我有這種病。只要他們相信血怒已絕跡，我們的祕密就安全了。」

「那恐怕我有個壞消息。合議會擔心血怒又捲土重來。」馬卡斯道。

「你是什麼意思？」馬修問道。

「那些吸血鬼命案。」馬卡斯解釋道。

我去年在馬修位於牛津的實驗室裡，看過他收集的剪報。神祕命案在各地發生，而且持續很多個月。調查沒有進展，這些命案已引起凡人的注意。

「今年冬季似乎沒再發生類似案件，但合議會仍在處理聳動的新聞標題。」馬卡斯繼續道：「兇手一直沒抓到，所以合議會隨時準備面對殺戮再起。四月我第一次提議廢止盟約時，高伯特這麼告訴過我。」

「難怪巴德文不願意承認我是他姊妹。」我說：「菲利普的血誓會引起對柯雷孟家族的矚目，說不定會有人提出疑問。你們都可能成為謀殺嫌犯。」

「合議會的官方血統書沒提到班哲明。斐碧和馬卡斯找到的是我們的私家版本。」伊莎波道：「菲利普說，沒必要像馬修那麼……鹵莽。製造班哲明時，合議會的血統書都收藏在君士坦丁堡。我們處於遙遠的邊陲，為防禦我們在聖地的地盤而奮鬥。誰會知道我們遺漏了他？」

「但十字軍駐紮區的其他吸血鬼難道不認識班哲明？」哈米許問。

「那些吸血鬼活下來的很少。更少人有勇氣質疑菲利普對外的說詞。」馬修道，但哈米許顯然不信。

「哈米許擔心是有道理的。一旦馬修跟戴安娜結婚的消息傳開——還不說菲利普的血誓和雙胞胎的存在——某些知道我的過去的人，說不定就不願意再保持緘默。」伊莎波道。

這次輪到莎拉重複我們大家心頭的那個名字：「高伯特。」

伊莎波道：「某個記得露依莎當年胡作非為的人。另外還有一個吸血鬼可能記得馬卡斯在紐奧良那些孩子的遭遇。高伯特也可能提醒合議會，很久以前有一次，馬修有瘋狂的跡象，雖然他似乎已克服這問題。柯雷孟家族將會是前所未有的脆弱。」

「而且雙胞胎之中的一個或兩個會有那種疾病。」哈米許道：「六個月大的殺手帶來恐怖的前瞻。合議會若採取行動，任何超自然生物都不會怪他們。」

「或許女巫的血多少能防範這種疾病生根。」伊莎波道。

「且慢。」馬卡斯臉色一僵，專心思考。「班哲明是什麼時候製造的？」

「十二世紀初。」馬修皺眉道：「第一次十字軍東征之後。」

「耶路撒冷的女巫又是在什麼時候生下那個吸血鬼寶寶？」

「什麼吸血鬼寶寶？」馬修的聲音像大砲般在室內隆隆回響。

「伊莎波在一月跟我們提起的那個。」莎拉道：「所以這世界上，特殊的超自然生物不僅只有你和戴安娜而已。這種事從前也發生過。」

「我一直以為那只是一則刻意散播的謠言，為了加深超自然生物之間的對立。」伊莎波聲音顫抖道。

「但菲利普相信這故事。現在戴安娜又懷了孕回家……」

「告訴我，媽媽。」馬修道：「所有的一切。」

「有個吸血鬼在耶路撒冷強暴了一個女巫。她懷了他的孩子。」伊莎波說得很急。「我們一直不知道那吸血鬼是什麼人。女巫不肯透露他的身分。」

只有編織者能懷上吸血鬼的孩子——一般女巫是做不到的。在倫敦的時候，伊索奶奶這麼告訴過我。

「什麼時候的事？」馬修不敢大聲。

伊莎波思索道：「就在成立合議會，簽署盟約之前。」

「剛好在我製造班哲明之後。」馬修道。

「看來班哲明從你這裡繼承到的，不只是血怒而已。」哈米許道。

「孩子呢？」馬修問道。

「餓死了。」伊莎波低聲道。「是個女嬰，不肯吃母親的奶。」

馬修跳起來。

「很多新生兒都不肯吃母親的奶。」伊莎波堅持道。

「那麼孩子喝血嗎？」馬修問。

「母親說她喝。」馬修一拳擊中桌面，伊莎波嚇了一跳。「但菲利普不敢確定。他抱起那孩子時，她已經在死亡邊緣，什麼東西都不肯吃了。」

「菲利普見到戴安娜時，應該告訴我這件事的。」馬修控訴地用手指著伊莎波說：「他沒做到這一點，妳也該在我第一次帶她回家時告訴我。」

「如果人人都把該做的事都做了，就每天都住在天堂裡了。」伊莎波也動了火氣。

「別吵了。你們兩位。你不能因為自己做的事恨你父親或伊莎波吧，馬修。」莎拉冷靜地說。「況且眼前的問題已經夠多了，不需要再擔心發生在過去的事吧。」

莎拉的話立刻降低了室內的緊張氣氛。

「我們該怎麼辦？」馬卡斯問他父親。

馬修面對這問題，似乎很詫異。

「我們是一家人，」馬卡斯道：「不論合議會承不承認，就像你和戴安娜是夫妻，不論威尼斯那群白癡怎麼想。」

「目前我們就讓巴德文為所欲為。」馬修考慮了一會兒，答道。「我帶莎拉和戴安娜去牛津。如果你說的是真的，另一個吸血鬼——可能是班哲明——讓一個女巫懷了他的孩子，我們必須知道為什麼某些女巫和某些吸血鬼能生育。」

「我去通知密麗安。」馬卡斯道：「她一定很高興你回實驗室。你在那兒，可以順便研究研究血怒是如何運作的。」

「你以為我這麼多年都在做什麼？」馬修低聲道。

「你的研究。」我想到馬修有關超自然生物演化與遺傳的研究。「你不僅研究超自然生物的起源。你還想了解為何會感染血怒和如何治療。」

「我跟密麗安在實驗室裡不論做什麼其他研究，也都希望結果有助於找到治療的方法。」馬修承認道。

「我能做什麼？」哈米許這句話喚起馬修的注意。

「你也必須離開七塔。我要你研究盟約——你能找到任何與早期合議會的論辯有關，或任何能讓我們了解從第一次十字軍東征到盟約成為法律這段期間發生了什麼事的資料。」馬修掃視一眼圓塔。「可惜你不能在這裡工作。」

「如果你樂意，這項研究我可以幫忙。」斐碧道。

「妳該回倫敦。」哈米許道。

「我要留在這兒陪馬卡斯。」斐碧挑起下巴說道。「我不是女巫，也不是魔族。合議會沒有我不能待在七塔的規定。」

「限制只是暫時。」馬修道：「只等合議會的代表看到七塔一切正常，感到滿意，高伯特就會帶伊莎波回他康達爾的家。好戲落幕後，巴德文在這兒也住膩了，就會回紐約。然後我們又可以到這兒會合。但願那時我們能擁有更多情報，可以擬定更好的計畫。」

馬卡斯點頭，雖然表情並不愉快。「但如果你成立新支系……」

「不可能。」馬修道。

「法國人不說『不可能』。」伊莎波道，口氣非常嚴厲。「你父親的字典裡也沒有這個字。」

「在我看來，唯一『談也不要談』的事就是繼續跟巴德文一夥，直接聽命於他。」馬卡斯對祖母頷首道。

「今天暴露了這些祕密之後，你仍然認為我的名字和血統值得你繼續擁有，引以為榮？」馬修問馬卡斯。

「我寧願選擇你，也不要巴德文。」馬卡斯正視他父親，說道。

「我不知道你怎麼能忍受跟我共處一室。」馬修別開頭，低聲道：「更別提原諒我了。」

「我並沒有原諒你。」馬卡斯淡然道：「找到治療血怒的方法、爭取把盟約撤銷、拒絕支持堅守如此不公正的法律的合議會，成立新支系，讓我們不用在巴德文的驅策下生活。」

「然後呢？」馬修譏誚地挑起一道眉毛。

「然後我不但會原諒你，還會第一個向你效忠，」馬卡斯道：「我不但要以你為父，也奉你為我的宗主。」

第六章

大多數日子，七塔的晚餐都很草率。每個人都只在想起來時隨便吃點什麼就算數。但今晚是我們停留在古堡裡的最後一晚，巴德文命令全家上下都要出席，向所有離開的非血族致謝，也為莎拉、馬修和我餞行。

我被指派籌備這場晚宴，不知該不該覺得榮幸。如果巴德文企圖讓我自覺不能勝任，那他只好失望了。早在一五九〇年，我就負責供應七塔全體居民的三餐，現在當然更不成問題。我發了請帖給每一個仍住在這兒的吸血鬼、女巫和溫血人，希望一切都盡善盡美。

這一刻，我正在後悔要求大家穿正式服裝赴宴。我把菲利普的珍珠項鍊套在脖子上，搭配我最喜歡的黃金箭頭，但珠串垂到我的大腿，這種長度實在不適合穿褲裝。我把珠串放回伊莎波送的絲絨襯墊的珠寶盒，她還送了一副閃亮的長耳環，會貼著我下巴的線條反映燈光。我把耳環扣進耳洞裡。

「還沒見過妳花這麼大工夫挑首飾呢。」馬修走出浴室，一邊端詳我鏡中的倒影，一邊戴上一對金袖扣。袖扣上有牛津大學新學院的紋章，新學院是他不計其數的母校之一，但也是我的母校，所以算是一種向我認同的姿勢。

「馬修！你刮了鬍子。」他剃掉伊麗莎白時代的落腮鬍已好一陣子了。雖然馬修的容貌在任何時代、任何流行趨勢下，都會給人深刻的印象，但這個臉蛋光潔、優雅的男人，才是我去年愛戀的對象。

「既然我們要回牛津，我想我最好像個大學教授。」他撫摸著自己光滑的下巴說：「這樣輕鬆多了，說真的。鬍子癢得讓人發瘋。」

「真高興我的帥哥教授又回來了，取代了那位危險的王子。」我柔聲道。

馬修套上高級毛料的鐵灰色西裝外套，拉平珠灰色的襯衫袖口，怡然自得，討人歡喜。他的笑容有點遲疑，但我一站起身，他就露出激賞的表情。

「妳好美。」他吹了聲口哨。「戴不戴珍珠都一樣。」

「薇特華會創造奇蹟。」我道。薇特華是我的吸血鬼裁縫，也是亞倫的妻子，她替我做了一套深藍色的真絲褲裝，小露肩膀的船形領，打了柔順的細褶，垂掛在臀部周圍。寬鬆的上衣遮住我隆起的腹部，看起來絲毫沒有穿孕婦裝的感覺。

「妳穿藍色尤其美得讓人難以抗拒。」馬修道。

「你嘴巴真甜。」我替他拉平衣襟，整理一下領子。完全沒必要——外套合身無比，縫線也完全服貼——但這動作能滿足我的佔有慾。我踮起腳尖吻他。

馬修熱烈地回應我的擁抱，將手指纏入垂在我背後的赤銅色長髮。我發出低柔而滿意的嘆息。

「哦，這聲音我喜歡。」馬修吻得更深，我從喉間發出低哼，他笑了起來。「這聲音我更喜歡。」

「經過這樣一個吻，女人赴宴遲到也該被原諒。」我道，我的手滑到他的褲腰和束得整整齊齊的襯衫之間。

「誘惑者。」馬修輕咬一下我的嘴唇，才把我放開。

我朝鏡子看了最後一眼。好在薇特華沒有幫我把頭髮燙鬈，然後盤成什麼華麗的髮型，否則馬修攪亂以後，我還真沒法子恢復原狀。現在我只消把低垂的馬尾重新束緊，再將幾縷髮絲撥回原位就行了。

最後，我編織了幾個偽裝咒，布置在四周。效果就像在陽光燦爛的窗口掛上一幅透明窗簾。咒語會讓我的氣色不那麼顯眼，五官變得模糊。我在倫敦就披掛著它，回到現代也一直沒卸下。現在再也沒有人會看我第二眼——馬修例外，他對我的改變頗為不滿。

「回到牛津以後，我不要妳再穿戴偽裝咒。」馬修交叉起手臂。「我討厭那東西。」

「我不能亮閃閃地在校園裡走來走去。」

「即使我有血怒，我也不能到處殺人，」馬修道：「每個人要背負自己的十字架。」

「我還以為你不願意別人知道我現在的力量有多強大。」目前我最擔心的是，即使無意間看到我的人，也會被我的光芒吸引。若換成一個編織者人數較多的時代，或許我不至於引起那麼多注意。

「我還是不想讓巴德文，或柯雷孟家族其他的人知道。但拜託妳盡快告訴莎拉。」他道：「妳在家裡應該不需要隱藏法力。」

「每天早晨編織偽裝咒，晚上拿掉，第二天早晨又重來一遍，是很煩人的事。一直穿戴著比較方便。」這樣萬一有意外的訪客，或不馴的法力突然發作，我就不至於手忙腳亂。

「我們的孩子得知道母親的真面目。他們不會像妳一樣，在蒙蔽中成長。」馬修的口氣不容爭辯。

「這觀念一體通用嗎？」我反駁道。「雙胞胎該不該知道他們的父親有血怒，或你要像對待馬卡斯一樣，一直瞞著他們？」

「兩者不一樣。妳的魔法是天賦。血怒卻是一種詛咒。」

「完全一樣，而你也知道。」我握住他的手。「我們習慣把自己覺得可恥的東西藏起來，你和我，必須趁孩子出生前，終止這種行為。最近這場合議會的危機解決後，我們要坐下來——就像一家人——討論另立門戶這件事。」馬卡斯說得對：如果另立門戶代表我們不需要服從巴德文，就值得考慮。

「另立門戶有很多連帶的責任和義務。妳的言行舉止必須像個吸血鬼，扮演主母的角色，幫我管理家族中其他成員。」馬修搖頭。「妳不適合那種生活，我也不會要求妳那麼做。」

「你沒要求。」我答道。「是我自己願意的。伊莎波會教我我該知道的一切。」

「伊莎波會第一個勸妳不要那麼做。她做為菲利普的配偶，承擔的壓力大得難以想像。」馬修道：「我父親說伊莎波是他的將軍時，只有凡人以為他在說笑。所有吸血鬼都知道，他這麼說一點也不誇張。伊莎波強迫我們、奉承我們、哄騙我們，讓我們做到菲利普吩咐的事。他之所以能掌控全世界，全靠伊莎波用鐵腕替他管理家族。她令出必行，賞罰分明。沒有人敢違抗她。」

「聽來很有挑戰性，但不是做不到。」我謙和地回答。

「這是全天候的工作，戴安娜。」馬修的慍怒不斷升高。「妳打算放棄畢夏普教授的身分，專心做柯雷孟太太嗎？」

「或許你沒注意到，但我已經在這麼做了。」

馬修眨眨眼。

「我已超過一年沒有指導學生、進教室授課、閱讀學術期刊或發表論文了。」我繼續道。

「那只是暫時之計。」馬修大聲道。

「真的？」我豎起眉毛。「你準備犧牲萬靈學院的研究員職位，回家帶孩子？或者我們雇用奶媽來照顧那對保證會特別難纏的小孩，以便我重返職場？」

馬修的沈默說明了一切。顯然他從未考慮過這個問題。他只簡單地假設我有辦法同時既教書又帶孩子。**男人都一樣**，我繼續往下說之前不由得想道。

「除了去年你突發自我犧牲的奇想，跑回牛津那一小段時間，還有現在這種過度反應（好吧，我會原諒你的），我們始終都一起面對我們所有的問題。你憑什麼認為情況會改變？」我質問。

「我的問題不是妳的問題。」馬修答道。

「我嫁給你，就成為我的問題。既然我們要分攤養兒育女的責任，為什麼其他責任不比照辦理？」

馬修不作聲，瞪著我看了很久很久，我差點以為他受驚過度，喪失語言能力了。

「再也不會了。」最後他搖搖頭，低聲道：「從今以後，我永遠不再犯這個錯誤。」

「我們家的字典裡沒有『永遠』這個字，馬修。」我勃然大怒，用力掐住他肩膀。「伊莎波說法國人不說『不可能』，是吧？哼，你們柯雷孟家的人跟畢夏普聯姻，就不能說『永遠』。再也不准說那個字眼。還有說什麼錯誤，你怎敢——」

馬修用一個吻堵掉了我接下來要說的話。我用力搥他肩膀，直到耗光全身力氣——以及把他打成肉醬的慾望。他才掛著一臉奸笑放開我。

「妳得讓我把話說完。我永遠——」他抓住我又要往他肩膀上招呼的拳頭，「永遠不會再犯低估妳的錯誤。」

趁著我一臉錯愕，馬修以從未有過的徹底方式把我吻一遍。

「難怪菲利普看起來總是那麼疲倦。」親吻結束後，他遺憾地說：「實際上一切都由老婆掌管，卻硬要裝出大權獨攬的派頭，真的累死人了。」

「嗯。」我哼一聲，覺得他分析我倆相處的方式，竟然做出這樣一個結論，頗為可疑。

「趁妳有在聽我說話，先講清楚一件事：我要妳告訴莎拉，妳是個編織者，還有發生在倫敦的每一件事。」馬修的語氣變得很嚴肅。「然後，在家就不要使用偽裝咒。同意嗎？」

「同意。」我希望他沒注意到我偷偷用手指打了個叉。

亞倫在樓梯下面等我們，照例身穿黑西裝，一臉如臨深淵、如履薄冰的表情。

「都準備好了嗎？」我問他。

「當然。」他低聲道，把最後定案的菜單遞給我。

我掃視一眼。「完美。座位名牌擺好了？紅酒都拿出來，倒進醒酒器了？銀杯都找到了？」

亞倫牽動嘴角。「您的吩咐一字不漏都辦妥了，柯雷孟夫人。」

「你們在這兒。我差點以為你們把我丟給獅子當點心了。」蓋洛加斯為晚宴做的盛裝打扮，只是梳了頭髮和把牛仔褲換成皮褲而已，雖然我覺得牛仔靴好歹也算一種正式鞋子。可嘆的是，他仍然穿著T恤。衣服前襟有排大字「保持鎮定，哈雷來了」，還裸露出數量驚人的刺青。

「上衣很抱歉，嬸娘。但至少是黑色的。」蓋洛加斯見到我的臉色，致歉道。「馬修派人送了一件他的襯衫來，但我扣扣子的時候，背後就裂開了。」

「你這身打扮很有朝氣。」我在大廳裡尋找其他賓客的蹤影，卻看見珂拉蹲在一座仙女雕像上，像一頂怪模怪樣的帽子。牠獲准今天在七塔和聖祿仙上空自由飛翔，但明天旅途中要乖乖聽話做為交換。

「你們怎麼在樓上待了那麼久？」莎拉從客廳裡走出來，懷疑地把馬修從頭到腳打量一番。莎拉跟蓋洛加斯一樣，對所謂正式服飾有自己的一套看法。她穿了一件蓋過臀部的薰衣草紫大襯衫，搭配米色九分褲。「我們還在想，要不要派個搜救隊上去。」

「戴安娜找不到她的鞋子。」馬修說得很流利。他歉意地看了一眼用托盤端著飲料，站在旁邊的薇特華。她當然早就把我的鞋子妥貼地放在床邊了。

「聽起來不像薇特華的作風。」莎拉瞇起眼睛。

珂拉長鳴一聲，牙齒打得喀啦喀啦響，表示同意，牠用鼻子噴氣，火星如雨落在石板地上。謝天謝地，這兒沒鋪地毯。

「說真的，戴安娜，妳就不能從伊麗莎白時代帶些比較不麻煩的東西回來？」莎拉不滿地瞪著珂拉。

「比方什麼？玻璃雪花球？」我問道。

「先是巫水從塔頂傾盆而下。現在大廳裡又多了條龍。家裡有女巫，就是這種下場。」伊莎波穿白色真絲套裝亮相，服裝跟她從薇特華手中接過的盛在玻璃杯裡的香檳，搭配得完美無間。「有時候我覺得合議會禁止超自然族群來往，真是正確的決定。」

「飲料，柯雷孟夫人？」薇特華向我徵詢，讓我免於回答的尷尬。

「謝謝。」我道。她的托盤裡不僅有酒，還有加了內含藍色琉璃苣花和薄荷葉的冰塊的氣泡礦泉水。

「哈囉，妹妹。」維玲跟在伊莎波身後走出客廳。她穿著黑色高跟靴和一件短得要命的無袖洋裝，只遮住幾吋珍珠般潔白的長腿，繫在大腿上的劍鞘尖端也露在外面。

我很好奇維玲為何吃頓飯也要帶武器，忍不住用緊張的手指把垂在衣領裡面的黃金箭頭拉出來。它像一個護身符，也讓我想起菲利普。伊莎波冰冷的眼睛盯著它不放。

「我還以為那個箭頭永遠遺失了。」她低聲道。

「我結婚當天，菲利普給我的。」我把鍊子從脖子上取下，以為這是她的東西。

「不，菲利普要妳擁有它，他有權處置。」伊莎波溫柔地用我的手指包住那塊古老的金屬。「妳要好好保存，孩子。它很老，丟了就沒了。」

「晚餐好了嗎？」巴德文大聲問道，他像地震般突然出現在我身旁，照例毫不顧惜溫血人脆弱的神經系統。

「好了。」亞倫在我耳邊悄聲道。

「好了。」我欣然道，把一個笑容掛在臉上。

巴德文向我伸出手臂。

「咱們進去吧，馬提歐斯。」伊莎波挽起兒子的手臂，低聲道。

「戴安娜？」巴德文提醒我，他的手臂仍懸在空中。

我厭惡地瞪他一眼，不理他送上來的手臂，自顧跟在馬修和伊莎波後面，往門口走去。

「這是命令，不是要求。蔑視我，我就二話不說，把妳和馬修交給合議會。」巴德文的聲音充滿威脅。

一時之間，我很想反抗他，不管會有什麼後果。如果我那麼做，巴德文就贏了。*思考*。我提醒自己。*活下去*。然後我把手放在他手上，而沒有像現代女性般勾著他臂彎。巴德文瞪大眼睛。

「有什麼好意外的，**哥哥**？」我問道：「你從到家開始就表現得非常封建。如果你要扮國王，我們就扮得像一點。」

「很好，妹妹。」巴德文在我手指下面握緊拳頭，這代表他的權威，以及他的力量。

巴德文和我走進餐廳，好像這兒是格林威治的會客室，而我們是英格蘭的國王與王后。費南多看到這一幕，不禁牽動嘴角，巴德文怒目瞪他。

「那個小杯子裡裝的是血嗎？」莎拉對緊張的情勢渾似不覺，低頭去嗅蓋洛加斯的盤子。

「我都不知道我們還有這些東西。」伊莎波舉起一個精雕細琢的銀杯道。馬卡斯為她拉椅子，安排她坐在他左邊，馬修則走到桌子對面，為斐碧做同樣的服務。

「我要亞倫和瑪泰找出來的。菲利普在我們的婚宴上用過。」我摸著黃金箭頭。風度優雅的恩斯特為我拉開椅子。「各位嘉賓，請入座。」

「餐桌的擺設真美，戴安娜。」斐碧讚美道。但她眼睛緊盯不放的卻不是水晶杯盞，也不是精美的陶瓷或細緻的銀器。引起斐碧注意的，是排放在一大塊擦得亮晶晶的花梨木上的各種小動物。

瑪莉·錫德尼有次對我說，安排宴會座次的複雜程度不亞於戰場上部署軍隊。我盡可能遵守我在伊麗莎白時代的英格蘭學到的規則，並且要使爆發戰爭的風險降到最低。

「謝謝妳，斐碧，這都要歸功於瑪泰和薇特華。瓷器都是她們挑選的。」我故意曲解她的意思，說道。

維玲和費南多看著他們面前的盤子，交換了一個眼色。瑪泰最喜歡伊莎波在十八世紀訂製的、讓人目不暇給的藍天使圖案餐具，薇特華的首選卻是一套天鵝圖案、鍍金邊、奢華無比的食器。照我的想法，食物擺在其中任何一套盤子上，都會讓人食不下嚥，所以選了一套莊嚴的黑白二色、新古典主義的碗碟，上面印有象徵柯雷孟家族的咬尾蛇，中間還有個戴了皇冠的字母C。

「我覺得好像面臨被馴服的危險。」維玲低聲道：「而且是被溫血人馴服。」

「早該如此。」費南多道，拿起餐巾鋪在腿上。

「敬大家。」馬修舉杯道：「敬我們所愛的亡者。願他們的靈魂與我們同在，今晚直到永遠」。

有人喃喃表示同意，也有人重複他的話，酒杯紛紛舉起。莎拉拭去眼角一滴淚水，蓋洛加斯握起她的手，輕吻一下。我吞下心頭傷痛，拋給蓋洛加斯一個感激的微笑。

「再敬一杯，祝我的妹妹戴安娜和馬卡斯的未婚妻——我們家族的新成員——健康。」巴德文又舉起酒杯。

「敬戴安娜和斐碧。」馬卡斯附和道。

桌上的人都紛紛舉起杯子，但我有一剎那覺得馬修好像要把杯裡的酒潑到巴德文身上。莎拉猶豫地啜了一口她那杯氣泡酒，然後扮了個鬼臉。

「開動吧。」她迫不及待放下酒杯道：「艾米莉最討厭食物涼掉，我想瑪泰也不會容忍這種事。」

晚宴的進展天衣無縫。為溫血人準備了冷湯，吸血鬼分到盛在小銀杯裡的血。第一道菜是幾小時前還在附近的溪裡無憂無慮游動的鱒魚。接著送上特地為莎拉準備的烤雞，因為她無法接受野禽的味道。然後有些人吃鹿肉，不過我敬謝不敏。宴會末了，瑪泰和亞倫端上裝滿水果的高腳果盤，還有碗裝的堅果和成盤的乾酪。

「這頓飯真豐盛啊。」恩斯特靠在椅背上，拍拍瘦削的肚皮。

頗多人表示同意，讓我很高興。雖然一開始有點齟齬，我們總算像一家人似的度過一個極為愉快的夜晚。我在座位上鬆弛下來。

「既然大家都在，我們有些事要宣布。」馬卡斯道，他隔著桌子給斐碧一個微笑。「你們知道，斐碧已同意跟我結婚。」

「日期定了嗎？」伊莎波問道。

「還沒有。我們決定照老規矩辦事，妳知道。」馬卡斯答道。

室內所有柯雷孟家的人都轉向馬修，表情錯愕。

「我不確定你們還有老規矩這種選項，」莎拉板起臉說：「事實上你們已經同房了。」

「血族的傳統不一樣，莎拉。」斐碧解釋道：「馬卡斯問我願不願意跟他共度他的餘生。我說好。」

「哦。」莎拉困惑地皺著眉。

「妳不會是說……」我沒把話說完，眼睛看著馬修。

「我決定加入血族。」斐碧看著她永遠的丈夫，眼神快樂得發亮。「馬卡斯堅持要等我完全適應之後才成婚，所以，是的，我們訂婚的時間可能會拖得比我們樂意的更久一點。」

斐碧的語氣，好像只是考慮動個微整型或換個髮型，而不是整個生理上的大改變。

「我不希望她有任何遺憾。」馬卡斯柔聲道，臉上綻開一個極大的笑容。

「斐碧不能成為吸血鬼。我不准。」馬修的聲音不大，卻好像在擁擠的餐廳裡泛起陣陣回音。

「你沒有投票權。這是我們的決定——斐碧和我。」馬卡斯道。然後他挑釁地說：「當然巴德文也贊成。他是一家之主。」

巴德文交叉起手指，搭在面前，好像在考慮這件事，同時馬修用無法置信的表情瞪著兒子。馬卡斯也用挑戰的表情回瞪父親。

「我一直想要舉行傳統式的婚禮，就像爺爺和伊莎波那樣。」馬卡斯道：「說到愛情這檔事，你是家裡的革命分子，馬修。我可不是。」

「即使斐碧要成為血族，也不可能依照傳統方式。基於血怒的考量，她絕對不能接受你心臟血管的血。」馬修道。

「我相信爺爺喝過伊莎波的血。」馬卡斯向他祖母望去：「不是嗎？」

「以我們目前對血液傳染的疾病的了解，你要冒那種險嗎？」馬修道：「如果你真的愛她，馬卡斯，不要改變她。」

馬修的手機響了，他不情願地看著螢幕。「密麗安打來的。」他皺著眉頭說。

「除非實驗室有大事發生，否則她不會在這種時刻打來。」馬卡斯道。

馬修把音量開大，讓溫血人跟吸血鬼都能聽見，然後接聽。「密麗安？」

「不對，父親。是你的兒子，班哲明。」

電話另一頭傳來的聲音既疏離又熟悉，噩夢中的聲音往往如此。

伊莎波站起身，臉色像雪一樣白。

「密麗安在哪裡？」馬修質問。

「我不知道。」班哲明答道，聲音慵懶。「或許跟一個叫傑森的人在一起吧，他打來過幾次。也可能是個叫阿米拉的，她打來過兩次。密麗安是你的狗，父親。也許你打一個響指，她就會飛奔過來。」

馬卡斯張嘴想說話，巴德文發出嘶嘶警告，他姪子的下巴立刻合攏。

「我聽說七塔有麻煩，跟女巫有關的什麼事。」班哲明道。

馬修不肯上鉤。

「我聽說那女巫發現了柯雷孟家的祕密，但還來不及洩漏就死了。真可惜。」班哲明裝出同情的聲音。「她像不像你在布拉格的那個奴隸？那真是一隻迷人的生物。」

馬修猛然回過頭來，直覺地企圖確認我安全。

「你總說我是家族裡的老鼠屎，但我們彼此相似，遠超過你願意承認的程度。」班哲明繼續道：「我甚至開始跟你一樣喜歡找女巫作伴了。」

我感覺空氣隨著馬修血管中怒火高燒而起了變化。我的皮膚刺痛，左手大拇指開始輕微地抽搐。

「你做什麼，我都不感興趣。」馬修冷冷道。

「即使與生命之書有關？」班哲明等了一會兒才又繼續。「我知道你在找那本書。跟你的研究有關嗎？艱深的學科啊，遺傳學。」

「你想做什麼？」馬修問道。

「贏得你注意。」班哲明哈哈笑。

馬修再次沈默。

「你很少會說不出話來，馬修。」班哲明道：「算你走運，這次輪到你聽。我終於找到毀滅你和柯雷孟家族的方法了。如今生命之書和你病態的科學觀念都救不了你了。」

「我很樂意證明你撒謊。」馬修承諾道。

「哼，我看你辦不到。」班哲明壓低聲音，好像要透露一個大祕密。「你瞧，我知道巫族好多年前發現了什麼。你知道嗎？」

馬修的眼睛牢牢盯著我。

「再聯絡。」班哲明道。電話掛了。

「打電話去實驗室。」我焦急地說，心裡只想著密麗安。

馬修的手指在鍵盤上飛馳。

「你也該來電話了，馬修。到底要我在你的ＤＮＡ裡找什麼？馬卡斯說要找生育力標記。那是什麼意思？」密麗安的聲音尖銳而煩亂，完全不像她。「你的待處理事項已氾濫成災，而且順便告訴你，我該休個假了。」

「妳安全嗎？」馬修的聲音沙啞。

「是啊。為什麼？」

「妳知道妳的手機在哪兒嗎？」馬修問道。

「不知道。今天我把它忘在什麼地方。可能某家店裡。我確信不管誰撿到都會打給我。」

「結果他卻打給我。」馬修罵了一聲。「妳的手機在班哲明手上，密麗安。」

另一頭一陣沈默。

「你的班哲明？」密麗安駭然道。「我以為他死了。」

「不幸，他沒死。」費南多的遺憾非常真誠。

「費南多？」密麗安叫出他的名字，同時發出一聲寬慰的嘆息。

「Sim, Miriam. Tudo bem contigo。」（葡萄牙文：是我，密麗安。妳都好嗎？）費南多溫柔地問候。

「謝天謝地你在那兒。是的，是的，我很好。」密麗安的聲音在顫抖，但她勇敢地努力控制它。「上次聽見班哲明的消息是什麼時候的事？」

「幾百年前。」巴德文道。「但馬修回家才幾星期，班哲明已找到聯絡他的方式。」

「換言之，班哲明一直在監視他，等候他。」密麗安很小聲。「哦，天哪。」

「妳電話裡有我們研究的資料嗎，密麗安？」馬修問道：「存檔的電子郵件？數據？」

「沒有。你知道我的信件都一讀完就立刻刪除。」她頓了一下。「我的聯絡簿。現在班哲明有你們的電話了。」

「我們辦新的。」馬修明快地說。「不要回家。去老房子，跟阿米拉住一起。我不要妳們任何一個獨處。班哲明提到阿米拉的名字。」馬修遲疑了一下：「還有傑森。」

密麗安倒抽一口氣。「貝傳德的兒子？」

「沒事的，密麗安。」馬修道，試著安慰她。我很慶幸她看不見馬修眼睛裡的表情。「班哲明注意到他打過幾通電話給妳，如此而已。」

「傑森的照片在我的相簿裡。這下子班哲明認得他了！」密麗安道，顯然很震驚。「傑森是我的配偶留給我的一切，馬修。如果他發生任何事——」

「我一定讓傑森知道有危險。」馬修看著蓋洛加斯，他立刻掏出手機。

「小傑？」蓋洛加斯低聲說著，走出房間，並把門輕輕掩上。

「班哲明為何在這時候出現？」密麗安茫然問道。

「我不知道。」馬修向我看過來。「他知道艾米莉的死，還提到我們的遺傳研究和生命之書。」

我覺得好像一個大拼圖中有幾塊重要的碎片到位了。

「一五九一年班哲明在布拉格。」我緩緩道。「他一定是在那兒得知生命之書的事。魯道夫皇帝擁有那本書。」

馬修給我一個警告的眼色。輪到他說話時，他的語氣變得明快。「別擔心，密麗安。我們會查出班哲明想要什麼，我保證。」馬修叮嚀密麗安凡事小心，並承諾我們一抵達牛津就打電話給她。掛掉電話後，室內的沈默震耳欲聾。

蓋洛加斯溜回餐廳。「小傑說他沒看到異狀，但他答應加強戒備。所以，接下來我們該怎麼辦？」

「我們？」巴德文挑高眉毛道。

「班哲明是我的責任。」馬修沈重地說。

「是的，沒錯。」巴德文深表同意。「這是你面對這一點的好時機，把你引起的混亂一次解決，別再躲在伊莎波的裙襬後面，做什麼治療血怒、發現生命奧祕、追尋學問的春秋大夢了。」

「恐怕你真的拖太久了，馬修。」維玲補充道：「早在耶路撒冷，班哲明剛重生的時候，毀滅他很容易，現在可沒那麼簡單了。班哲明藏匿了這麼久，身邊不可能沒有兒孫和盟友。」

「馬修會想辦法。他是家族刺客，不是嗎？」巴德文嘲弄道。

「我會幫你。」馬卡斯對馬修說。

「你哪兒都別去，馬卡斯。你留在這兒，待在我身邊，歡迎合議會的代表。蓋洛加斯和維玲也一樣。我們要展現家族的團結。」巴德文密切打量斐碧。她憤憤不平地回看他。

「我考慮了妳成為血族的意願，斐碧，」巴德文把她從頭到腳看過一遍後宣稱：「我決定不論馬修怎麼想，我都支持妳。馬卡斯希望找一個傳統的配偶，足以證明柯雷孟家族仍尊重自古相傳的方式。妳也要留下。」

「如果馬卡斯希望我這麼做，我很樂意繼續待在伊莎波的家。妳覺得這樣可以嗎，伊莎波？」只有英國人能同時用禮節充當武器和靠山，斐碧做到了這一點。

「當然。」伊莎波終於坐下來，說道。她力持鎮定，對孫子的未婚妻露出一個虛弱的笑容。「這兒永遠歡迎妳，斐碧。」

「謝謝妳，伊莎波。」斐碧道，不屑地看了巴德文一眼。

巴德文的注意力回到我身上。「接下來要決定的，就是該拿戴安娜怎麼辦。」

「我的妻子——跟我兒子一樣——是我的事。」馬修道。

「妳不能現在回牛津。」巴德文不理他弟弟的打岔。「班哲明可能仍在那兒。」

「我們去阿姆斯特丹。」馬修立刻道。

「同樣不可行。」巴德文道：「那棟房子毫無防禦。如果你不能保障她的安全，馬修，戴安娜可以去跟我女兒京子住。」

「戴安娜一定不喜歡八王子地區。」蓋洛加斯很有把握地說。

「更別提京子了。」維玲嘟囔道。

「那馬修最好完成他的職責。」巴德文站起身。「越快越好。」他離開房間的速度極快，給人一種憑空消失的感覺。維玲和恩斯特也立刻道了晚安，跟著離開。他們都走了之後，伊莎波建議我們轉移陣地，到隔壁的客廳坐坐。那兒有套老音響，還有夠多的布拉姆斯，談得再久也不虞聲音傳出去。

「我們該怎麼辦，馬修？」伊莎波仍顯得心慌意亂。「你不能讓戴安娜去日本，京子會把她生吞活剝吃掉。」

「我們去麥迪森的畢夏普老屋。」我道。聽說我們要去紐約，很難判斷誰的反應最驚訝：伊莎波、馬修或莎拉。

「我不確定這是個好主意。」馬修審慎地說。

「艾姆在七塔發現了重要的線索——她寧死也不洩漏的祕密。」我的口氣那麼鎮定，連我自己都很意外。

「妳為什麼這麼想？」馬修問道。

「莎拉說，艾姆在圓塔裡東翻西找，那是柯雷孟家族保存所有紀錄的地方。如果她知道耶路撒冷曾有個女巫懷孕，一定會想知道更多細節。」我答道。

「伊莎波跟我們兩個講過那名嬰兒的故事。」莎拉看一眼伊莎波，向她求證。「然後我們告訴了馬卡斯。但我仍然看不出來，為什麼這就意味著我們該回麥迪森去。」

「因為不論艾米莉發現了什麼，都導致她召喚鬼魂。」我道：「莎拉認為艾米莉想跟我媽聯絡。或許媽也知道某些事。如果真是如此，我們在麥迪森應該可以找到更多情報。」

「聽起來有一大堆以為、假設、如果，嬸娘。」蓋洛加斯皺著眉頭說。

我看著我丈夫，他對我的建議沒有反應，只心不在焉地瞪著酒杯。「你怎麼想，馬修？」

「我們可以去麥迪森。」他道：「現在。」

「我跟你們去。」費南多低聲道。「給莎拉作伴。」她感激地對他微笑。

「這兒暗中發生了很多我們不知道的事——諾克斯和高伯特都牽涉其中。諾克斯到七塔來，因為他在布拉格找到一封提及艾許摩爾七八二號的信。」馬修顯得很煩悶。「諾克斯發現那封信、與艾米莉的死和班哲明再次現身幾乎同時，這不可能是巧合。」

「你們去過布拉格。生命之書在布拉格。班哲明也在布拉格。諾克斯在布拉格找到線索。」費南多緩緩道：「你說得對，馬修。這不是巧合。這已形成一種模式。」

「還不止──關於生命之書，有些事我們還沒告訴你們。」馬修道：「那本書寫在用魔族、血族和巫族的皮製作的皮紙上。」

馬卡斯瞪大眼睛。「換言之，它有大量的遺傳資訊。」

「正是。」馬修道：「我們不能讓它落到諾克斯──或，天理不容的班哲明手中。」

「找到生命之書和失落的書頁，仍然是我們的首要任務。」我同意道。

「它不但能告訴我們超自然生物的起源與演化，還可能幫我們了解血怒。」馬卡斯道：「但話說回來，也有可能我們無法從書中收集到任何有用的遺傳資訊。」

「上次我們回去沒多久，畢夏普老屋就把描繪化學婚禮那頁還給了戴安娜。」馬修道。老家附近的巫族都知道，我們的房子會魔法，經常替人保管珍貴的物品，隔一段時間再物歸原主。「如果能就近找到實驗室，可以做些測試。」

「很不幸，說服高科技遺傳實驗室跟你配合並非易事。」馬卡斯搖頭道：「但是巴德文說得對，你們不能去牛津。」

「或許克里斯能在耶魯幫你們找到門路。他也是生物化學家。他的實驗室不知有沒有合格的裝備？」我對實驗室的了解只到一七一五年的水準。

「我不能在普通的大學實驗室裡分析生命之書的紙張。」馬修道：「我要找私家實驗室。應該可以想辦法租一間。」

「古老的DNA很脆弱。要得到可靠的結果，光研究一張紙是不夠的。」馬卡斯警告道。

「又一個回博德利圖書館取出艾許摩爾七八二號的理由。」我道。

「它在那兒很安全，戴安娜。」馬修安慰我。

「暫時而已。」我道。

「不是還有兩頁散失在外嗎？」馬卡斯道：「我們可以先把它們找回來。」

「或許我能幫忙。」斐碧自告奮勇。

「謝謝妳，斐碧。」我看過馬卡斯的配偶在圓塔裡做研究的效率。我很高興能借助她這方面的技能。

「那班哲明怎麼辦？」伊莎波道：「他說他開始跟你一樣喜歡女巫，你知道那是什麼意思嗎，馬修？」

馬修搖頭。

我的女巫第六感告訴我，找出伊莎波這問題的答案，可能是一切的關鍵。

獅子日座

太陽進入獅子座期間誕生的人，聰明靈巧而富於機智，學習慾很強。看到或聽到的事物，只要稍有難度，都會引起她求知的慾望。學習魔法對她很有用。她會跟王侯往來，並且深受他們喜愛。她生育的第一個孩子是女孩，第二個是男孩。她一生中會遭遇很多困難與危險。

——佚名之英國雜記簿，寫於約一五九〇年，龔沙維手抄本四八九〇號，f.8v

第七章

我站在莎拉的蒸餾室裡，隔著覆蓋一層灰塵、表面凹凸不平的玻璃窗往外看。整棟房子都需要通風。剛開始，卡住窗框的銅栓還不肯聽命於我，但膨脹的框架終於認輸，窗戶搖搖擺擺被推了上去，因受到粗魯的待遇而氣得發抖。

「一邊涼快去。」我蠻橫地說，轉身端詳面前這個房間。這是個熟悉又陌生的地方，我的阿姨待在這兒的時間極長，我卻很少進來。莎拉從不把亂扔東西的習慣帶進這個房間。每樣東西都放得整整齊齊，檯面很乾淨，有蓋玻璃瓶排在架上，木製抽屜外貼著內容物名稱的標籤。

紫錐菊、驅熱菊、水飛薊、黃芩、蘭草、蓍草、陰地蕨。

莎拉沒有照字母順序擺放她配藥的材料，但我相信它們的次序一定遵守某種巫術法則，因為她總是一伸手就能拿到要用的草葉或種子。

莎拉把畢夏普的傳家魔法大全帶到七塔去，這時它又回到原來的位置：安頓在艾姆從布克維爾一家舊貨店買來的舊講桌遺骸上。艾姆和莎拉合力鋸掉講桌的腳架，只留下閱讀大部頭書籍用的傾斜檯面，放在廚房的老餐桌上，這張桌子是十八世紀末，畢夏普家族第一代移民祖先帶來的。桌子有一隻腳明顯地特別短——沒有人知道原因——但地板凹凸不平卻使桌面變得出乎意料的平坦穩定。我小時候以為這是魔法使然，成年後才明白，純粹是運氣。

莎拉的工作檯上堆了很多件舊式小家電，還有一個破舊的插座。一個鱷梨綠的電氣慢鍋，一部上了年紀的咖啡機，兩個電動磨豆機和一個攪拌機。這都是現代女巫的工具，不過念舊的莎拉仍留著一個黑色大釜，放在壁爐旁邊。我兩位阿姨都用慢鍋燉煮魔油和魔藥，磨豆機和攪拌機用於調配薰香和磨碎藥草，咖啡機用來沖泡藥湯。角落裡有台擦得亮閃閃的白冰箱，門上有紅色十字標誌，用來放標本，但目前沒插電，沒在使用。

「或許馬修可以幫莎拉找些高科技器材來。」我大聲說出心裡的想法。例如本生燈。說不定再來幾個蒸餾器。忽然我開始懷念十六世紀瑪莉・錫德尼那間配備齊全的實驗室。我心神恍惚地抬頭望去，以為會看見她用來裝飾貝納堡的牆壁、那些用神話意象描述鍊金程序的華麗壁毯。

但我只看見裸露的屋梁上，掛著一束束用麻繩綁著的乾燥藥草和花朵。我認得其中幾種：飽滿的豆莢裡塞滿小種子的黑種草；頂端多刺的水飛薊；綻開鮮豔的黃花而贏得「女巫蠟燭」稱號的長梗毛蕊花；成把的小茴香。莎拉熟知它們的外觀、觸感、味道和氣味。她用它們下咒語、製作靈符。乾藥草沾滿灰塵，變成灰色，但我知道最好別動它們。莎拉如果來到蒸餾室，發現所有的藥草都只剩梗子，永遠都不會原諒我的。

蒸餾室原本是這棟農舍的廚房。整面牆都被一座碩大無朋的壁爐佔據，安裝了一個寬大的爐床和兩座烤箱。爐子上方是儲物的閣樓，得爬一道歪歪斜斜的舊梯子才能上去。我在閣樓上度過不知多少個下雨的午後，抱一本書，蜷起身子，聽雨水打在屋頂上。現在珂拉在那兒，一隻眼睜，一隻眼閉，懶洋洋地沒什麼興致。

我嘆口氣，引動塵蟎飛舞。需要水——還要很多體力——才能讓這房間恢復舒適宜人。如果我母親當真知道什麼能幫我們找到生命之書的線索，我應該會在這兒找到它。

輕柔的鐘聲傳來。接著又一聲。

伊索奶奶教我如何找出綁縛這世界、使它保持固定型態的線，拉出線頭，編織魔法書裡找不到的咒語。這些線無時無刻都在我周遭，它們互相摩擦時，發出某種音樂。我用手指勾起幾股線。藍色與琥珀色——銜接過去、現在與未來的顏色。從前我看見它們時，它們都躲在時間經緯的角落，不去招惹渾渾噩噩的生物。

畢夏普老屋裡的時間當然與外界不同，這是意料中事。我把藍線和琥珀線綰成一個結，試著把它們推回原位，但它們反彈回來，用回憶與遺憾使空氣變得沈重。編織者的結修補不了這裡的損害。

我汗流浹背，雖然我的工作不過是把灰塵和泥土從這兒搬到那兒而已。我已經忘了這時節麥迪森有多熱。我手提一桶髒水，推著蒸餾室的門。門動也不動。

「走開，塔比塔。」我道，把門頂開一吋，企圖趕走擋路的貓。

塔比塔長嚎一聲。牠不肯跟我一起進蒸餾室。那是莎拉和艾姆的地盤，牠覺得我是個入侵者。

「我叫珂拉來抓你。」我威脅道。

塔比塔挪動了。從門縫裡可以看到一隻爪子向前伸，然後另一隻，牠慢條斯理地離開。莎拉的貓不想跟我的護身靈打架，但倉皇退卻有損尊嚴。

我推開後門。戶外滿是蟲子的嗡嗡聲和持續的敲擊聲。我把水潑到走廊外面，塔比塔衝出去找費南多。他一腳架在我們用來劈柴的木樁上，看著馬修把圍牆的柱子一根根敲進泥土裡。

「他還沒完？」我搖晃著空桶問道。敲擊已持續了好幾天：先是更換屋頂鬆脫的瓦片，接著修理花園裡的格子架，現在整頓圍牆。

「馬修用手工作時，心情比較平靜。」費南多道：「雕石頭、用劍搏鬥、划船、寫詩、做實驗——其實都一樣。」

「他在想班哲明的事。」這就難怪馬修要想方設法分散注意力了。

冷靜的費南多把心思轉移到我身上。「馬修越是想著他兒子，就越容易想起從前他不喜歡自己、或做出令自己不滿意的決定的時候。」

「馬修很少談及耶路撒冷的事。他給我看過他的朝聖者徽章，也告訴過我愛琳娜的事。」跟馬修在那兒度過的歲月相較，實在不多。但那麼久遠的記憶很少在我的女巫之吻下暴露形跡。

「啊，美麗的愛琳娜。她的死是另一個可以預防的錯誤。」費南多苦澀地說。「打從第一次十字軍東征開始，馬修就不該去聖地，更別說第二次了。讓年輕的吸血鬼處理政治和流血，著實是太沈重的負擔，更何況他有血怒。但菲利普若要在海外建功立業，就必須動用手上所有的武器。」

中世紀歷史不是我的專業，但十字軍殖民地喚起一些與血腥戰爭和死守耶路撒冷有關的模糊記憶。

「菲利普夢想在那兒建立一個食血者王國，但那是不可能的。他畢生就那麼一次低估了溫血人的貪婪，且還不提他們的宗教狂熱。菲利普應該把馬修留在哥多華，跟我和猶夫一起，因為馬修無論去耶路撒冷或亞克，或他父親派他去的任何其他地方，都幫不上忙。」費南多狠狠踢了木樁一腳，踢飛了附著在老木頭上的幾塊青苔。「如果你想要的是一名殺手，血怒可以是一種優勢。」

「我看你好像不喜歡菲利普。」我輕聲道。

「後來我慢慢開始尊敬他。但說到喜歡？」費南多搖頭。「免了。」

最近，我有幾次對菲利普感到不悅。畢竟馬修成為家族刺客就是他交代的任務。有時我看著丈夫獨自站在拉得長長的夏日陰影裡，或背光站在窗前的側影，就會看到那份責任壓在他肩上是多麼沈重。

馬修把圍牆支柱敲進地裡，抬頭望過來。「妳需要什麼嗎？」他喊道。

「不用。只是來提水。」我回喊。

「找費南多幫忙。」他指著空水桶。他不贊成懷孕的女人提重物。

「當然。」我隨口答應，馬修便回頭繼續他的工作。

「妳都不說要我幫忙提水桶。」費南多一手按住胸口，裝出傷心的模樣。「妳傷了我的心。如果妳不讓我像個正常的騎士，把妳供奉在高台上，我在柯雷孟家族面前還抬得起頭嗎？」

「如果你能讓馬修不要租那台他說要用來整平車道的軋路機，這個夏季的剩餘時光，我就讓你扮救美的英雄。」我親了費南多臉頰一下，就走開了。

我心神煩亂不安，把空水桶往廚房水槽一扔，就去找我阿姨。找她並不難。莎拉最近喜歡待在家族休息室，坐著外婆的搖椅，瞪著壁爐裡那棵枯死的樹發呆。回到麥迪森，莎拉就被迫以全新的方式面對艾米莉的死。這讓她變得壓抑而疏離。

「這種天氣做打掃太熱了。我到城裡去辦點事。妳要一起來嗎？」我問。

「不要，我在這兒很好。」莎拉前後搖晃著道。

「漢娜・歐尼爾又打電話來。她邀我們參加她主辦的盧納沙收穫節⑥一家一菜餐會。」我們一回到家，就接到麥迪森巫會成員川流不息的電話。莎拉只告訴首席女祭師薇薇安・哈里遜說，她覺得很好，家人會照顧她，之後就不肯跟任何人交談了。

莎拉對我提及的漢娜邀請只當沒聽見，繼續研究那棵樹。「鬼魂終究會回來的，妳不認為嗎？」

我們回來後，這棟房子的幽靈訪客忽然再也不出現了。馬修怪到珂拉頭上，但莎拉和我都很清楚原因何在。只因艾姆去世未久，其他鬼魂唯恐我們詢問她的近況，動不動就拿一堆問題煩他們，全都躲著不露面。

「當然。」我道：「不過恐怕要過一陣子。」

「沒有了他們，這房子好安靜。我不像妳看過他們，但他們來的時候還是有感覺。」莎拉用力搖了幾下，好像這麼做可以讓鬼魂靠近一點似的。

「妳決定怎麼處理那棵枯樹了嗎？」我們從一五九一年回來時，這棵樹就在這兒等待馬修和我，長了許多節瘤的黑色樹幹盤據了幾乎整個煙囪，樹根和樹枝蔓延到房間裡。雖然看起來沒有生命，它卻不時長出奇怪的果實：汽車鑰匙和從艾許摩爾七八二號撕下的一幅化學婚禮的插圖。最近它又提供一份一八七五年左右的蜜漬大黃食譜，還有一對一九七三年的假睫毛。費南多和我認為該除掉這棵樹，修好煙囪，補好護壁板，重新粉刷房子。莎拉和馬修卻覺得不妥。

「我不知道。」莎拉嘆口氣說：「我已經習慣它了。把它裝飾一下，可以當耶誕樹。」

「下個冬季，雪會從裂縫裡鑽進來。」我拿起皮包，說道。

「當初我教過妳怎麼看待有魔法物品的？」莎拉問道，這話問得有一點她原先的聰明伶俐。

「了解它們之前別碰它們。」我模仿六歲小孩的口吻。

「把魔法砍掉就是『碰』，妳說對不對？」莎拉示意塔比塔離壁爐遠一點，牠正坐在那兒瞪著樹看。

「我們需要牛奶、雞蛋。費南多需要一種外國米。他答應要做海鮮飯。」

「牛奶、雞蛋、米。知道了。」我擔心地看了莎拉最後一眼。「告訴馬修，我很快就回來。」

我走出去時，門廳裡的地板嘎吱作響，發出短暫的抱怨。我停下來，腳固定在原地。畢夏普的房子不是普通住宅，會把它對各種事物的看法表達出來，從誰有資格進住乃至百葉窗新漆的顏色它是否滿意。但房子沒有進一步的反應。就像鬼魂一樣，它在等待。

戶外，莎拉的新車停在前門口。她的老本田喜美被我和馬修開去蒙特婁，留在那兒，回來時出了意外。一個柯雷孟家族的雇員奉命把它開回麥迪森，不料引擎竟然在布克維爾與水鎮之間解體了。為了安慰莎拉，馬修送她一輛紫金色的Mini Cooper，有整套鑲銀、黑二色的白色跑車飾條⑦，還有寫著「新掃把」

---

⑥ **Lughnasadh**是蓋爾人的節日，在收穫季的第一天舉行，慶祝收穫的開始。通常是陽曆八月一日，或當年夏至與秋分的中點，近代為考慮參與者的方便，也可能訂在最接近上述日期的週末假日。

⑦ **racing stripes**本來是跑車為比賽時辨識方便而添加的飾條，從車頭到車尾油漆一根單色寬條，中間再以其他色彩分隔為二，近年也有標新立異，在飾條上繪製創意圖案或漫畫的飾條。

（NEW BROOM）字樣的個人化牌照。馬修希望用這個女巫專用的標誌，抵消莎拉在車上貼滿貼紙的需求，但在我看來，這輛車遲早會變得跟原來那輛車一樣德性。

為了不讓任何人以為莎拉的新車沒貼標語，就代表她的反基督教立場開始動搖，馬修特地買了一個女巫圖案的球形天線。這女巫滿頭紅髮，戴尖角帽和太陽眼鏡。但不論莎拉把車停在何處，總有人偷走她的天線。馬修買了一大盒備用，放在玄關的櫃子裡，隨時遞補。

我等馬修打下一根牆樁時，才跳上莎拉的Mini。我倒著車快速開出車道。馬修還不至於禁止我單獨離開屋子，莎拉也知道我要去哪兒。我開心地出門，打開天窗，一路吹著七月的微風進城。

第一站是郵局，哈欽生太太頗感興趣地看著使我T恤下襬緊繃的隆起部位，卻沒說什麼。此外，郵局裡只有兩個舊貨商和馬修新交的好朋友——五金店老闆史密狄。

「柯雷孟先生覺得打樁槌好用嗎？」史密狄拿手中一小綑垃圾郵件敲敲頭上那頂有強鹿公司（John Deere）字樣的帽子，問道：「我幾百年沒賣出一支了。這年頭多半的人寧可使用動力打樁機。」

「馬修似乎用得很開心。」*多半的人都不是身高六尺半的吸血鬼*，我想道，把本地賣場的促銷目錄和新輪胎減價的傳單一股腦兒扔進回收桶。

「妳挑到一個好老公。」史密狄打量著我的結婚戒指道：「而且他似乎跟畢夏普小姐處得很好。」最後這句話帶有佩服的意味。

我牽動一下嘴角，拿起剩下的目錄和帳單，塞進我的包包。「你多保重，史密狄。」

「再見，柯雷孟太太。告訴柯雷孟先生，他決定什麼時候租軋路機整平車道，通知我一聲。」

「別叫我柯雷孟太太，我還是——唉，算了。」看到史密狄困惑的表情，我趕緊住口。我開了門，退到一旁，讓兩個孩子入內。小孩對哈欽生太太擺在櫃台上的棒棒糖很熱中。我幾乎已走出門，卻聽見史密狄跟郵局女主管說悄悄話。

「見過柯雷孟先生嗎，安妮？真是個好人。我差點以為戴安娜會跟畢夏普小姐一樣，變成一個老處女呢，如果妳懂我的意思。」史密狄朝哈欽生太太擠眉弄眼道。

我往西開，沿著二十號公路穿過綠色的田野，經過許多個曾經為附近居民供應食物的老農場。其中很多都分割成較小的單元，或改做其他用途。有的變成學校、辦公室、花崗石工廠，一座穀倉改裝成賣絨線的店鋪。

我在附近小鎮漢彌頓一家超市的停車場裡停車，這兒生意清淡。即使附近的大學上課期間，這兒的車位充其量也只停滿一半。

我在相當空曠的停車場裡，把莎拉的車停在近門的位置，旁邊是一輛通常有孩子的人家會買的休旅車。這種車採用方便裝卸兒童椅的滑動拉門、有很多杯架、能讓滿地玉米片碎屑幾乎看不見的米色地毯。即將來臨的生活方式在我眼前閃過。

莎拉這輛充滿活力的小車是個令人欣喜的提醒，告訴我人生還有別種可能，雖然馬修可能會堅持，雙胞胎出生後要改開坦克。我瞄一眼天線上那個可笑的綠衣女巫，低聲嘟囔幾個字，天線上的電線就重新纏繞，把柔軟的保麗龍球和女巫帽緊緊裹住。有我看著，誰也不准偷莎拉的吉祥物。

「好一個束縛咒。」背後傳來一個乾澀的聲音。「我好像沒見過耶。」

我立刻轉身。那兒站著一個五十多歲的女人，齊肩的頭髮提早變成銀絲，有雙祖母綠的眼睛。她周遭的魔法發出低沈的嗡嗡聲——不是炫耀，而是扎實。她就是麥迪森巫會的首席女祭師。

「哈囉，哈里遜太太。」哈里遜家族是漢彌頓的老世家。他們來自康乃狄克州，而且像畢夏普家一樣，女人出嫁後仍保留娘家姓氏。薇薇安的丈夫羅傑更進一步，結婚後就把自己的姓從巴克改為哈里遜，他這種尊重傳統的作風，巫會年鑑中特別予以表揚，卻也引來其他老公的冷嘲熱諷。

「我想妳年紀夠大，可以直呼我薇薇安，不是嗎？」她眼光落在我肚皮上。「買東西？」

「嗯。」女巫不能對同族撒謊。這種情形下，我的回應越簡短越好。

「真巧。我也是。」薇薇安身後有兩台購物車自動脫離車架，從車陣中滾了出來。

「所以妳一月要生產？」我們才走進店裡，她就問道。我手一滑，差點把一袋附近農場生產的蘋果摔到地上。

「除非能懷足月。我懷的是雙胞胎。」

「雙胞胎比較麻煩。」薇薇安同情地說。「問愛碧就知道了。」她朝一個捧著兩盒雞蛋的女人招手。

「嗨，戴安娜。我們好像沒見過面。」愛碧把一盒雞蛋放在推車設計給幼兒乘坐的位子上。她用單薄的安全帶把雞蛋固定好。「孩子一出生，妳就得用不同的方式防範他們破裂。我車上帶了些夏南瓜要送給妳，絕對別再買。」

「這個郡裡所有的人都知道我懷孕了嗎？」我問道。甚至也知道我今天要採購哪些東西。

「只有巫族。」愛碧道：「還有跟史密狄說過話的人。」一個穿條紋上衣、戴蜘蛛人面具的四歲男孩從旁邊衝過。「約翰・柏瑞特！別再追你妹！」

「別擔心。我在餅乾走道找到葛瑞絲了。」一個穿短褲、灰色和紅褐色高露潔大學⑧運動衫的英俊男子說道。他抱著一個不斷扭動、臉上沾著巧克力和餅乾屑的小孩兒。「嗨，戴安娜。我是愛碧的先生，卡勒・柏瑞特。我在這裡教書。」卡勒的聲音很和善，但他四周傳出能量的劈啪聲。他是否有一點元素魔法？

我的疑惑使他周圍的細線變得明亮，但我還來不及確認，就被薇薇安打散了注意力。

「卡勒是人類學系的教授。」薇薇安自豪地說：「我們社區很高興有他和愛碧加入。」

「幸會，幸會。」我低聲道。似乎整個巫會都挑星期四來幫你省超市購物。

「只在需要談正事的時候。」愛碧輕鬆讀出我的意念，答道。就我目前觀察所得，她的法力遠不及薇薇安和卡勒，但血液裡卻有顯著的力量。「我們本來希望今天能見到莎拉，但她躲著我們。她還好嗎？」

「不算很好。」我有點猶豫。曾經有一度，麥迪森巫會代表我對自己、對身為畢夏普家族一分子，恨不得能斬斷的一切。但倫敦的女巫教導我，脫離巫族而生活必須付出代價。馬修和我只靠自己的力量無法生存，這是個不言而喻的事實。尤其在七塔發生那一切之後。

「妳有話要說，戴安娜？」薇薇安精明地看著我。

「我想我們需要你們的幫助。」話很容易就說了出來。我一定露出驚訝的表情，因為那三個巫族都笑了起來。

「很好。我們就為此來這兒。」她給我一個讚許的微笑，說道：「是什麼問題？」

「莎拉想不開。」我直接說道。「馬修和我有麻煩。」

「我就知道。我的大拇指不對勁已經好幾天了。」卡勒背著葛瑞絲一顛一顛跳動。「最初我以為只是那些吸血鬼。」

「不僅如此。」我的聲音很凝重。「還牽涉到巫族。還有合議會。我母親可能早有預感，但我不知道該到哪裡去收集更多情報。」

「莎拉怎麼說？」薇薇安問道。

「不多。她又從頭開始哀悼艾米莉。莎拉成天坐在火爐邊，盯著爐子裡長出來的樹，等鬼魂回來。」

「妳丈夫呢？」卡勒挑起眉毛。

---

⑧ Colgate University位於漢彌頓的一所文理學院，創辦於一八一九年時，命名麥迪遜大學（Madison University），但因製造肥皂和牙膏的高露潔家族捐贈鉅款，贊助校務，於一八九〇年改名高露潔大學。該校風評不錯，在美國文理學院排行榜名列前茅。

「馬修在更換圍牆的支柱。」我伸手撩一下頭髮，撥開脖子上一綹濕透的髮絲。天氣再熱下去，就可以在莎拉的車上煎蛋了。

「替代性攻擊的經典案例。」卡勒沈思道：「還有確立邊界的需求。」

「這是什麼魔法？」我大吃一驚，我才說幾句話，他對馬修的了解就這麼透徹。

「這是人類學。」卡勒咧嘴笑道。

「也許我們該到別處談。」薇薇安對生鮮部門越圍越多的旁觀者露出親切的笑容。四個超自然生物聚集在一起，不免引起店裡為數不多的凡人注意，另外還有幾名超自然生物表面上裝作研究甜瓜與西瓜的熟度，實則在公然偷聽我們交談。

「我二十分鐘後回莎拉那兒，我們到那兒會面。」我道，一心只想快點脫身。

「阿伯利奧米⑨在第五走道。」卡勒很幫忙地說，順手把葛瑞絲交給愛碧。「那是漢彌頓最接近海鮮飯用的米。如果還嫌不夠好，妳可以到健康食品店去找莫琳。她會幫妳訂購一些西班牙米。否則妳就得開車去雪城。」

「謝謝。」我有氣無力道。我不可能去健康食品店，本地巫族若不來幫你省超市，一定會去那兒流連。我推著購物車直奔第五走道。「好主意。」

「別忘了買牛奶。」愛碧在我背後喊道。

我回到家時，馬修和費南多站在田裡熱烈交談。我把買來的東西收好，到水槽那兒找到我擱在那兒的水桶。我的手指不由自主伸向水龍頭，準備擰開，讓水流出。

「我見鬼的出了什麼問題。」我喃喃道，把空水桶從水槽裡拿出來，提著它回到蒸餾室，讓彈簧門關上。

這個房間見證過我身為女巫最可恥的挫敗。雖然現在我知道，從前我使用魔法有困難，乃因為我是個編織者，而尤其重要的一點是，我受到咒語禁制，但還是很難拋開失敗的記憶。

現在我得試一試。

我把水桶放在火爐上，開始尋找那股一直在我體內流動的波瀾。我不但是個編織者，而且我血液中充滿了水，這都要感謝我的父親。我在水桶旁邊蹲下，手做出注水口的形狀，專心想著我的願望。

清潔。鮮甜。新水。

一瞬間，我的手從血肉變成金屬外觀，水從我指尖流出，嘩啦嘩啦落進塑膠桶。水桶一裝滿，我的手又還原為手。我微笑著蹲坐在腳踝上，對於能在畢夏普老屋裡施展魔法非常滿意。周圍空氣中閃爍的五顏六色線條，不再濃厚凝重，變得明亮而充滿潛力。涼風從開著的窗戶吹進來。或許我能用一個結解決我們所有的問題，但如果我要找出艾米莉和我母親知道些什麼，必須先找到一個起點。

「打好一個結，咒語將開始。」我悄聲道，抽出一根銀線，綁個牢靠的結。

從眼角我瞥見大圓裙和刺繡著鮮豔圖案的緊身上衣，它屬於我的祖先布麗姬・畢夏普。

歡迎回家，小孫女。她的幽靈聲音說。

---

⑨ 義大利西北部皮埃德蒙地區阿伯利奧市出產的米。

第八章

馬修掄起大槌，往木樁頂端敲下。它以令人滿意的「砰」一聲，將震動沿著他的手臂經過肩膀傳到後背。他再次舉起木槌。

「我覺得你不敲第三下，」費南多拖著音調慢吞吞道：「下次冰河期來臨時，它也還是會直挺挺地豎立在這兒。」

馬修把槌頭擱在地上，手臂靠在木桿上。他沒出汗，也不喘氣，但有點不高興受到打擾。

「有事嗎，費南多？」

「昨晚我聽見你跟巴德文講電話。」他答道。

馬修拿起立柱鑽孔器，沒有答腔。

「我推測他叫你留在這兒，別惹麻煩——暫時。」費南多繼續道。

馬修把兩片利刃插進土裡。它們深入土中，遠比常人使用這種工具挖掘得深。他將它扭轉一下，從土裡拔出，然後拿起一根木樁。

「算啦，馬提歐斯。幫莎拉修圍牆不是你利用時間最有效的方式。」

「最有效的方式是找到班哲明，徹底消滅那怪物和他的整個家族。」馬修單手提著長達七尺的木樁，像拿鉛筆一樣輕鬆，將尖端塞進柔軟的泥土。「然而這件早該完成的工作，卻要等巴德文批准才能動手。」

「嗯。」費南多仔細觀察那根木樁。「你何不直接做了呢？去他的巴德文和他的獨裁作風。你去對付班哲明。我照顧得了戴安娜和莎拉。」

馬修冷冷地看一眼費南多。「我才不會把懷孕的配偶丟在荒郊野外——即使你在也不行。」

「所以你計畫留在這兒，找出所有破損的東西，把它們通通修好，直到你如願以償，巴德文打電話來，命令你去殺你的孩子。然後你要把戴安娜帶去班哲明盤據的隨便什麼神人共棄的窟窿裡，當著你老婆的面把他開膛剖肚？」費南多厭惡地一攤手。「別荒唐了。」

「巴德文不容忍不服從，費南多。他在七塔講得很清楚。」

巴德文在深夜裡把柯雷孟家族裡的男人和費南多叫到外面，殘暴而詳盡地說明，他一旦察覺他們之中任何人暗中抗議，或露出些許反叛跡象，他們將會落得何種下場。後來就連蓋洛加斯都收斂了不少。

「你曾經有一度佔到巴德文上風。但自從你父親去世後，你就讓你哥哥壓得抬不起頭。」費南多在馬修拿起大槌前，將它一把奪走。

「我不能失去七塔。媽媽承受不了這種打擊——至少不能在菲利普死後。」馬修的母親自喪夫以後就不再所向無敵。她變得跟吹製玻璃一樣脆弱。「技術上，古堡或許屬於拉撒路騎士團，但人人都知道騎士團隸屬柯雷孟家族。如果巴德文要挑戰菲利普的遺囑，爭取古堡所有權，一定會成功，伊莎波就會無家可歸了。」

「伊莎波好像已經克服失去菲利普的傷痛。你還有什麼藉口？」

「現在我妻子是柯雷孟家的人。」馬修直視費南多。

「我懂了。」費南多冷哼一聲。「我的朋友，結了婚你腦袋就變成漿糊，背脊骨也像柳條般柔軟了。」

「我不會做任何危害她處境的事。她也許還不明白那代表什麼，但你和我都知道，被視為菲利普的子女是多麼重要的事。」馬修道：「柯雷孟家族可以在各種威脅下保護她。」

「為了在那個家族裡這麼一個不牢靠的地位，你願意把靈魂出賣給魔鬼？」費南多真的很意外。

「為了戴安娜嗎？」馬修別開頭：「我願意做任何事，付任何代價。」

「你對她的愛幾乎是種執念。」馬修猛然轉身，雙眼變得黝黑，費南多卻毫不退讓。「這樣不健康，馬提歐斯。對你不好，對她也不好。」

「所以莎拉一直跟你嘀咕我的缺點，是嗎？戴安娜的兩個阿姨都不滿意我。」馬修怒目瞪著房子。或許是光線使然，但那棟房子好像笑得在地基上抖動。

「我看到你跟她們的外甥女相處的情形，就明白原因了。」費南多溫和地說：「你因為血怒，凡事總不能適可而止。有了配偶，你更走極端。」

「我可以跟她一起生活三十年，費南多。運氣好的話，四十年或五十年。你跟猶夫一起生活了幾個世紀？」

「六個。」費南多咬緊牙關道。

「那就夠了嗎？」馬修激動道：「你批評我為我配偶的幸福心焦如焚之前，設身處地為我想想，如果你知道你跟猶夫相處的時間這麼短，你會怎麼做？」

「逝者已矣，馬修，吸血鬼的靈魂跟溫血人一樣脆弱。六百年、六十年、六年——都無所謂。你的配偶去世時，你靈魂的一部分會跟他或她一起死去。」費南多柔聲道：「而且你會有你們的孩子——馬卡斯和雙胞胎——安慰你。」

「如果沒有戴安娜一起分享，那有什麼意義？」馬修顯得很絕望。

「難怪你對馬卡斯和斐碧那麼苛刻。」費南多恍然大悟道：「讓戴安娜變成吸血鬼是你最大的願望——」

「絕對不是。」馬修打斷他，聲音很生硬。

「也是你最大的恐懼。」費南多把話說完。

「如果她變成吸血鬼，就不再是我的戴安娜了。」馬修道：「她會變成別的東西——別個人。」

「你可能不會一樣愛她。」費南多道。

「我怎麼能夠？我愛的是戴安娜現在所有的一切呀！」馬修答道。

費南多無法回答這問題。他無法想像不是吸血鬼的猶夫。吸血鬼的特質界定了猶夫，賦予他兇猛的勇氣和夢幻的理想主義，費南多就因如此獨特的組合而愛上他。

「你的孩子會改變戴安娜。他們出世後，你的愛會有什麼變化？」

「不變。」馬修粗聲道，伸手來奪大槌。費南多輕鬆地把槌子從一手拋到另一手，不讓他拿到。

「這是血怒在說話。我聽不見你的聲音。」木槌以九十哩的時速飛越空中，掉在歐尼爾家的田裡。費南多掐住馬修的咽喉。「我替你的孩子擔心。說這種話——甚至想到這種事——我也很難過，但我見過你殺死你愛的人。」

「戴安娜・不・是・愛琳娜。」馬修一個字一個字吐出。

「確實不是。你對愛琳娜的感情比起你對戴安娜的感情根本不算什麼。但只要巴德文碰她一下，只要一點暗示說她可能喜歡他超過你，你就準備把他們兩個都撕成碎片。」費南多搜索馬修的臉孔。「如果戴安娜把小寶寶的需求看得比你重要，你要怎麼辦？」

「我現在控制住了，費南多。」

「血怒會強化吸血鬼每一種本能，使它們變得像打磨過的鋼鐵般鋒利。你的佔有慾本來就很危險。你怎麼有把握控制得住？」

「天啊，費南多。我沒有把握。你就是要我這麼說，對吧？」馬修又把手指插進頭髮裡。

「我要你聽馬卡斯的話，不要光是築籬笆、清理排水溝。」費南多答道。

「不要連你也這樣吧。班哲明還在外逍遙，合議會視我為大敵，這種時候連有自立門戶的念頭都很瘋狂。」馬修反駁道。

「我沒說要自立門戶。」費南多覺得馬卡斯的點子很棒，但他知道有些話某些時候不該說。

「那你要怎樣？」馬修皺眉道。

「你的工作。如果你把注意力集中在血怒上，說不定不用出手，就可以阻止班哲明發動他的計畫。」費南多先讓馬修把這番話聽進耳裡，然後繼續道：「就連蓋洛加斯也認為，你應該在實驗室裡分析你擁有的那頁生命之書，而他對科學可說是一無所知。」

「附近大學都沒有我合用的實驗室。」馬修道：「我不僅買了新的落水管，你瞧，我也做了些調查。不過你說得對，蓋洛加斯確實完全不知道我的研究會產生什麼效果。」

費南多也不知道，至少不是很清楚。但他知道誰知道。

「你不在的時候，密麗安一定做了些什麼。她不是個會閒坐著不幹活的人。你不能看看她最近的研究成果嗎？」費南多問道。

「我跟她說過，那可以等。」馬修粗聲說。

「現在你要考慮戴安娜和雙胞胎，即使早先收集的數據，也可能有用。」只要能讓馬修由被動變為主動，費南多不惜利用任何誘餌——包括戴安娜在內。「說不定不僅血怒可以解釋她懷孕的原因。說不定她和耶路撒冷那個女巫都遺傳了可以懷吸血鬼孩子的能力。」

「有可能。」馬修說得很慢。這時他的注意力忽然被那輛在碎石路上顛簸開來的紫色Mini Cooper所吸引。他垂下肩膀，眼睛裡的黑影消失了一部分。「我真應該重鋪車道。」他看著車子駛近，心不在焉地說。

戴安娜下了車，向他們揮手。馬修微笑著揮手回應。

「你得重新開始用腦子多想想。」費南多道。

馬修的手機響起。「什麼事，密麗安？」

「我在想。」密麗安從不浪費時間說客套話。就連最近飽受班哲明驚嚇，也沒有改變這一點。

「真巧。」馬修木然道：「費南多剛剛也要我做同樣的事。」

「你還記得去年十月有人闖入戴安娜的房間嗎？當時我們擔心有人企圖收集她的遺傳資訊——頭髮、指甲、皮膚碎屑。」

「我當然記得。」馬修抹一把臉，說道。

「你當時認為是諾克斯和那個名叫季蓮・張伯倫的美國女巫幹的好事。但萬一是班哲明呢？」密麗安頓了一下。「我對這件事有很不好的預感，馬修——就像做了一個愉快的夢醒來，卻發現一隻蜘蛛把我困在牠的網裡。」

「她房間裡的不是他，否則我會聞出他的氣味。」馬修說得很篤定，但他的聲音也帶有少許的不安。

「班哲明太聰明了，不會親自出馬。他一定會派一個跟班——或他的一個孩子。你是他血父，你聞得出他，但你知道，氣味特徵在孫輩身上就幾乎無法察覺了。」密麗安憤怒地嘆口氣。「班哲明提到女巫和你的遺傳學研究。你不相信巧合的，不是嗎？」

馬修確實記得說過這樣的話——但那是早在他遇見戴安娜之前。他立刻把老屋搜索了一遍。基於他保護妻子的需求，這麼做已經變成本能和反射動作了。馬修把費南多方才有關執念的警告丟在一旁。

「妳可曾有機會進一步探討戴安娜的ＤＮＡ？」去年他抽了血液樣本，也曾採集口腔樣本。

「你以為這段時間我都在做什麼？鉤嬰兒毛毯預備你們帶兩個寶寶回來，還有因為你不在而成天掉眼淚？對啦，有關雙胞胎的事，我知道的跟其他人一樣多——也就是不夠多的意思。」

馬修遺憾地搖頭。「我真想念妳，密麗安。」

「省省吧。因為下次我見到你，一定要狠狠咬你一口，留下好幾年都不會痊癒的疤。」密麗安用顫抖的聲音說：「你早就該殺了班哲明。你知道他是個怪物。」

「怪物也是會變的。」馬修低聲道：「看我就知道了。」

「你從來就不是怪物。」她道：「那只是你不想讓我們太靠近而編出來的謊言。」

馬修不同意，但他不想多談。「所以關於戴安娜，妳有什麼發現？」

「我發現我們了解你妻子的部分，比起不了解的部分簡直是九牛一毛。她的細胞核DNA就像迷宮，走進去保證迷路。」密麗安說的是戴安娜獨一無二的遺傳特徵。「她的粒腺體同樣令人迷惑。」

「我們先不談粒腺體DNA。那告訴我們的只是戴安娜跟她的女性祖先相同的部分。」馬修打算以後再探討戴安娜的粒腺體DNA。「我要知道是什麼使她獨一無二。」

「你在擔心什麼？」密麗安非常了解馬修，一聽就知道他沒說出口的意思。

「先說她懷我的孩子的能力。」馬修深深吸一口氣。「還有戴安娜在十六世紀收服了一條龍，珂拉是一條火龍，也是她的守護靈。」

「守護靈？我一直以為女巫跟守護靈不過是凡人的神話。難怪她的變形基因那麼奇怪。」密麗安發牢騷道：「火龍。正合我們的需要。且慢。牠有沒有戴鍊子？可以採個血樣嗎？」

「或許吧。」馬修有點懷疑。「不過我可不確定採口腔樣本的話，珂拉會不會配合。」

「不知道牠跟戴安娜有沒有遺傳上的關係……」密麗安把話打住，對其間的可能性產生種種臆測。

「妳有沒有在戴安娜的巫族染色體上找到任何控制生育力的訊息？」馬修問道。

「這是全新的要求，你也知道，科學家除非知道要找什麼，否則是什麼也找不到的。」米麗安尖刻地說。「給我幾天時間，我看能找到什麼。戴安娜的巫族染色體上有太多未經鑑定的基因，有時候我甚至懷疑她是否真的是個女巫。」密麗安笑了起來。

馬修沒吭氣。他覺得在莎拉都還不知道戴安娜是個編織者之際，不宜告訴密麗安這件事。

「你有什麼事瞞著我。」密麗安道，聲音裡帶有指控的意味。

「妳還找到些什麼，都寫成報告寄給我。」他道：「幾天後，我們再進一步討論。也檢查一下我的DNA檔案。主要觀察我們還沒能辨識的基因，尤其是血怒基因附近的基因。看看有什麼妳覺得特殊的。」

「好──吧。」密麗安故作遲疑狀。「你的網路連線夠安全吧？」

「巴德文的鈔票所能買到最安全的。」

「那應該夠了。」她低聲道。「再談嘍。對了，馬修。」

「什麼事？」他皺起眉頭。

「我還是要因為你沒趁當初有機會的時候殺掉班哲明而咬你一口。」

「妳得先抓到我。」

「那還不簡單。我只要抓到戴安娜就夠了。你會直接走到我手心裡。」話畢她就掛掉電話。

「密麗安恢復最佳狀態了。」費南多說。

「她總是以驚人的速度克服危機。」馬修讚賞地說。「你還記得貝傳德──」

一輛陌生的車開進車道。

馬修向它跑去，費南多跟在他身後。

駕駛那輛滿是凹痕的深藍色富豪名車的灰髮婦人，面對兩個吸血鬼，其中一個的身高還遠超過普通人，卻絲毫不顯得驚訝。她反而把車窗搖下來。

「你一定是馬修。」婦人道：「我是薇薇安・哈里遜。戴安娜要我過來看看莎拉。她很擔心家族休息室裡的那棵樹。」

「這兒有什麼味道？」費南多問馬修。

「佛手柑。」馬修答道，瞇起了眼睛。

「那是很平常的味道！況且我除了擔任巫會的首席女祭師，也是個會計師。」薇薇安不悅地說：「你們指望我是什麼味道——火焰與硫磺嗎？」

「薇薇安？」莎拉站在前門口，瞇起眼睛看著陽光下的幾個人。「有人生病嗎？」

薇薇安下了車。「沒人生病。我在店裡遇見戴安娜。」

「我看到妳也見過馬修和費南多了。」莎拉道。

「是的。」薇薇安把他們從頭到腳打量一遍。「女神保佑我們不要被吸血鬼大帥哥迷昏頭。」她向屋子走去。「戴安娜說妳們有點小麻煩。」

「我們自己會解決。」馬修蹙著眉頭道。

「他總是那麼說。有時候甚至說對了。」莎拉對薇薇安比個手勢，「進來吧，戴安娜準備了冰茶。」

「一切都很好，哈里遜女士。」馬修趕上前，跟女巫並肩齊步。

戴安娜出現在莎拉身後。她怒氣沖沖地看著馬修，手扠在腰上。

「很好？」她質問道：「彼得・諾克斯殺了艾姆。壁爐裡長出一棵樹。我懷了你的孩子。我們被趕出七塔。合議會隨時可能出現，強迫我們分開。妳聽起來覺得很好嗎，薇薇安？」

「曾經迷戀戴安娜的母親的那個彼得・諾克斯？他不也是合議會的議員嗎？」薇薇安問道。

「已經不是了。」馬修答道。

薇薇安豎起一根手指，對莎拉搖晃。「妳跟我說艾姆死於心臟病發作。」

「真的。」莎拉辯道。薇薇安不悅地捲起嘴唇。「我說的是實話！馬修的兒子說那是死因。」

「莎拉，妳就是有本事在說實話的同時撒謊。」薇薇安的聲音轉為柔和。「艾米莉是我們社區裡的重要人物。妳也一樣。我們必須知道法國發生的真相。」

「知道諾克斯有沒有錯，並不能改變任何事。艾米莉仍然不能復生。」莎拉目中含淚，她一把抹掉淚水。「我不想把巫會扯進來。太危險了。」

「我們是妳們的朋友。我們已經牽扯進來了。」薇薇安搓搓手。「星期天要辦盧納沙節慶祝會。」

「盧納沙節。」莎拉半信半疑道。「麥迪森巫會已經幾十年不過盧納沙節了。」

「我們通常不辦大型活動慶祝，這是事實，但今年漢娜・歐尼爾要大舉慶祝，一方面歡迎妳回來，同時也讓大家有機會向艾姆告別。」

「但馬修——費南多。」莎拉壓低嗓門。「盟約啊。」

薇薇安縱聲大笑。「戴安娜都懷孕了。現在要擔心打破規矩，未免太晚了吧。何況，全巫會都知道馬修和費南多了。」

「真的嗎？」莎拉大驚失色。

「真的。」戴安娜篤定地說。「史密狄透過手作工具跟馬修成了好友，妳知道他是個大嘴巴。」她對馬修縱容的微笑抵銷了她話裡尖銳的鋒芒。

「眾所周知我們是個前衛的巫會。運氣好的話，或許戴安娜會信任我們，讓我們知道她的偽裝咒底下窩藏些什麼。星期天見嘍。」薇薇安給馬修一個微笑，向費南多揮揮手，又回到車上，揚長而去。

「薇薇安・哈里遜像台挖土機。」莎拉嘟囔道。

「而且很有觀察力。」馬修沈思道。

「確實。」莎拉觀察戴安娜道：「薇薇安說得對，妳穿戴了一個偽裝咒——非常高明。誰替妳做的。」

「沒有人。我——」戴安娜無法撒謊，卻又不想告訴阿姨真相，只好抿緊嘴唇。馬修哼了一聲。

「好嘛。不用告訴我。」莎拉大步走回家族休息室。「我要帶菜去參加那個餐會。全巫會都在流行吃素。除了夏南瓜和漢娜出了名的不能入口的墨西哥萊姆布丁派，就沒東西吃了。」

「喪偶的人快復元了。」費南多低聲道，他尾隨莎拉進到屋裡時，對戴安娜豎起大拇指。「回麥迪森是個好點子。」

「妳答應過，我們一在畢夏普老屋安頓下來，妳就要告訴莎拉妳是編織者的。」馬修跟戴安娜獨處時說道：「為什麼還不說？」

「我不是唯一守著祕密的人。我指的可不只是血誓，或吸血鬼殺掉患有血怒的其他吸血鬼之類的事。你早該告訴我猶夫和費南多是一對。你更應該告訴我，這麼多年來，菲利普一直利用你的病做為一種武器。」

「莎拉可知道珂拉是你的護身靈，不是紀念品？還有妳在倫敦見到妳父親的事？」馬修交叉起手臂。

「時機不對。」戴安娜抽著鼻子說。

「哼，是哦，捉摸不定的時機。」馬修嗤之以鼻。「時機永遠不會來臨，戴安娜。有時候我們只好把審慎拋到一旁，信任我們深愛的人。」

「我不信任莎拉。」戴安娜咬緊嘴唇。她不需要把話說完。馬修知道真正的問題在於她不信任自己或自己的魔法。不完全信任。

「跟我散個步。」他伸出手道：「這事我們以後再談。」

「太熱了。」戴安娜抗議，雖然她還是把手放進他手心。

「我負責讓妳涼快。」他微笑著承諾。

戴安娜好奇地看著他，馬修微笑的嘴唇咧得更開。

他的妻子——他的心、他的配偶、他的生命——從門廊上走下來，投入他懷裡。戴安娜的眼睛有夏季天空的藍色與金色，馬修最大的渴望就是縱身躍入那明亮的深處，不是為了迷失其中，而是找到自己。

第九章

「難怪我們不慶祝盧納沙節。」莎拉推開前門，嘟囔道：「盡唱些夏日將盡、寒冬來臨的歌——還不說那個瑪莉・巴瑟特的鈴鼓伴奏。」

「音樂沒那麼糟吧。」我表示反對。但馬修扮個鬼臉，表示莎拉抱怨得有理。

「你那個天怕我憂的酒還有嗎，費南多？」莎拉開亮門廳的燈。「我要喝一杯。我頭痛得像打鼓似的。」

「是田帕尼優⑩。」費南多把野餐毯扔在門廳裡的長凳上。「田帕尼優。記住：那是西班牙酒。」

「法國酒也好，西班牙酒也好——快拿來給我解憂。」聽起來她好像飢不擇食。

我閃到一旁，讓愛碧和卡勒進來。約翰在卡勒懷裡已沈沈睡去，但葛瑞絲還很清醒。她扭動著要下來。

「隨她去吧，愛碧。不怕她弄壞東西的。」莎拉直奔廚房。

愛碧放下葛瑞絲，那小娃兒就步履搖晃地往樓上爬。馬修笑了起來。

---

⑩ Tempranillo是西班牙一個歷史悠久的葡萄品種，三千年前就用於釀酒，也是西班牙釀製葡萄酒的主要品種。

「每逢惹麻煩的時候，她的直覺好得不可思議。不准爬樓梯，葛瑞絲。」愛碧一把撈起葛瑞絲，把她高舉在空中轉一圈，然後放回地面，讓她面對客廳的方向。

「何不把約翰放在家族休息室？」我建議道。約翰已放棄了蜘蛛人面具，這次穿的是印有超級英雄圖案的T恤

「謝了，戴安娜。」卡勒吹了聲口哨。「我現在知道你說那棵樹是什麼意思了，馬修。它自己從壁爐裡長出來的嗎？」

「我們猜，可能還牽涉到一點火星和一滴血。」馬修解釋道，同時抖開一條毛毯，跟在卡勒身後。他們聊了一整晚，從學術政治、馬修在約翰・瑞德克利夫醫院的工作，乃至北極熊的命運。馬修為約翰把毯子在地上鋪好，卡勒則用手指撫摸焦樹的樹皮。

這就是馬修需要的，我忽然明白了。**家**。**家人**。**同伴**。如果不能照顧別人，他就會退縮到記憶的黑暗角落，被過去的所作所為苦苦糾纏。因為班哲明再次現身，這陣子他用於沈思的時間尤其多。

這也是我的需要。體驗過十六世紀的居家生活，總被一大家子人圍繞，我已習慣周圍有許多人。唯恐被發現的心態已消散，取而代之的是歸屬的願望。

因此我頗為意外地發現巫會的聚餐會樂趣無窮。麥迪森的巫族給我的印象總是令人害怕，但今晚到場的巫族都非常可親，而且除了我高中的死對頭愷熙和利迪雅，都很樂意見到我。她們跟我在倫敦認識的巫族相較，法力也微弱得令人吃驚。或許有一、兩個能運用元素魔法，但沒有人像從前的火巫或水巫那麼強大。而且說到煉藥製符的技巧，麥迪森的巫族也都遠不及莎拉。

「葡萄酒要嗎，愛碧？」費南多遞一杯給她。

「當然。」愛碧咯咯笑道：「真沒想到你能活著離開餐會。我本來以為一定會有人對你施展愛情魔法呢。」

「費南多不該鼓勵她們的。」我裝得很嚴肅。「沒必要對貝蒂‧易絲蒂又鞠躬又親手。」

「她可憐的老公得接連聽好幾天的『費南多這』『費南多那』了。」愛碧又咯咯笑了起來。

「女士們發現她們找錯了對象一定很失望。」費南多答道：「妳的朋友跟我講了好多動人的故事，戴安娜。妳可知道吸血鬼很好抱——一旦我們找到真愛以後？」

「馬修可沒有變成一隻熊寶寶。」我板著臉說。

「哎呀，可是妳不知道他從前什麼樣子。」費南多的笑容很邪惡。

「費南多！」莎拉在廚房裡喊道：「來幫我點這個笨火，我怎麼也點不著。」天氣這麼熱，她幹嘛非生火不可，我真想不通，但莎拉說艾姆每逢盧納沙節都要生個火，所以就這樣吧。

「有任務了。」費南多嘟囔道，向愛碧微一躬身。她竟像貝蒂‧易絲蒂一樣臉紅了。

「我們跟你去。」卡勒牽起葛瑞絲的手。「來吧，豆芽。」

馬修注視柏瑞特一家人走進廚房，口角帶著笑意。

「我們很快也會像那樣。」我張開手臂抱住他說。

「我正好也這麼想。」馬修吻我。「準備告訴阿姨妳是編織者了嗎？」

「等柏瑞特一家走了就說。」每天早晨，我都承諾要告訴莎拉我在倫敦巫會得知的每一件事，但一天天過去，宣布這消息的難度與日俱增。

「你不需要一下子告訴她每一件事。」馬修撫著我的肩膀說。「只要告訴她妳是個編織者，妳就不用再穿這身壽衣了。」

我們到廚房去跟其他人會合。莎拉的火快樂地在蒸餾室裡劈啪作響，升高了夏夜的溫度。我們圍桌而坐，交換派對的印象，閒聊巫會最近的八卦。不久話題轉到棒球上。卡勒是紅襪隊的球迷，跟我父親一樣。

「哈佛大學的男生跟紅襪隊是怎麼回事？」我起身去泡茶。

一抹白光引起我注意。我微笑著把水壺放在爐子上，以為是某個這棟屋子久違的鬼魂。它們之中隨便哪個打算再度出現，莎拉一定很高興。

但那不是鬼魂。

葛瑞絲邁開兩歲的小腿兒，搖搖擺擺走到蒸餾室的火堆前面。「漂漂。」她咿呀道。

「葛瑞絲！」

被我的喊聲嚇了一跳，葛瑞絲回過頭。這就足以讓她失去平衡，跌向火中。

隔著中島廚桌和二十五呎的距離，我絕不可能及時抓住她。我從短褲口袋裡掏出編織者的線繩。葛瑞絲的尖叫劃破空氣時，它們穿過我指縫，纏繞在我手腕上。

咒語也來不及了。我全憑直覺行動，雙腳穩站地板上。我們周圍到處是水，涓滴流經交織在畢夏普土地深處的血管。水也在我體內，為了集中它原始的元素力量，我從廚房與蒸餾室裡凡是與水有關的一切事物當中，挑出強調這一特性的藍、綠、銀三色纖維。

水銀般一閃，我將一股水箭射入火爐。一道水流突然湧現，煤炭嘶嘶作響，葛瑞絲砰一聲跌進揚起的煤灰與水裡。

「葛瑞絲！」愛碧從我身旁衝過，卡勒緊跟在她身後。

馬修把我拉進懷裡。我渾身濕透，不住顫抖。他搓揉我背部，試圖讓我回溫。

「謝天謝地，妳控制水的力量真是大，戴安娜。」愛碧抱著眼淚汪汪的葛瑞絲說。

「她沒事吧？」我問道：「她張開手想站穩，但她離火焰太近。」

「手有點紅。」卡勒檢查她的小手指。「你看呢，馬修？」

馬修接過葛瑞絲的手。

「漂漂。」她道，下嘴唇抖索著。

「我知道。」馬修低聲道：「火很漂亮，但也很燙。」他對她的手吹口氣，她笑了起來。費南多遞給他一條濕巾和一個冰塊。

「再一次。」她命令道，把手伸到馬修面前。

「似乎沒受傷，也沒有水泡。」馬修服從小暴君的命令，對她的手再吹一口氣之後說道。他小心地用布包住她的手，把冰塊貼在上面。「她應該沒問題。」

「我不知道妳會射水箭。」莎拉嚴厲地看著我。「妳還好嗎？妳看起來不一樣——發亮。」

「我很好。」我推開馬修，試著用破碎的偽裝咒殘餘的部分包住自己。我在廚房中島四周的地板上尋找掉落的編織線，以備暗地裡做些修補。

「妳搞得自己一身什麼東西？」莎拉抓住我的手，翻開掌心向上。我看到的景象讓我不由得驚呼。每根手指中間都有一條色線。我的小拇指被一根棕線穿過，無名指是黃色，中指赫然有條鮮豔的藍線，紅線像烈焰斷然貫穿我的食指。四條彩線在我的掌心會合，編織成一條辮狀彩繩，延伸到手掌下端的肉丘上。在此，彩繩與沿著大拇指下來的綠線——想到我養盆栽的下場，這現象很反諷⑪——結合。五色線又前進一段距離，在我手腕上形成一個有五處交叉點的結——五芒星。

「我的編織者之線。它們……在我體內。」我無法置信地抬頭望向馬修。

但大多數編織者都使用九條線，不止五條。我翻開左手，便發現其餘的線：大拇指是黑色，小指是白色，金色在無名指，銀色在中指。食指沒有色線。所有色線蜿蜒伸向我左手腕，交纏成一個無始也無終的

---

⑪ 善於栽培植物的能力被稱作「綠拇指」（green thumb）或較不準確的「綠手指」，戴安娜自認沒有這方面的才能。

圓形咬尾蛇圖案。這是柯雷孟家族的象徵。

「戴安娜……在發光嗎？」愛碧問道。

我仍瞪著自己的手，伸縮一下手指。五顏六色的線條噴發出來，照亮了空中。

「那是什麼？」莎拉圓睜雙眼。

「線。它們固定世界，主宰魔法。」我解釋道。

珂拉偏挑這時刻狩獵回來。牠颼地從凌空降落，沿著蒸餾室的煙囪滑下，落在一堆濕淋淋的木頭上。牠又咳嗽又喘氣，歪著身子站定。

「那是……龍嗎？」卡勒問道。

「不是。」莎拉道。「那是戴安娜去伊麗莎白時代的英格蘭帶回來的紀念品。」

「珂拉不是紀念品。牠是我的護身靈。」我小聲說。

莎拉哼了一聲：「女巫沒有護身靈。」

「編織者有。」我道。馬修用手扶著我的腰，悄悄地給我支持。「妳最好打電話給薇薇安。我有事要告訴妳們。」

「所以那條龍——」薇薇安雙手緊握一馬克杯熱氣騰騰的咖啡，開始道。

「火龍。」我打斷她。

「所以那傢伙——」

「珂拉是女生。」

「——是妳的護身靈？」薇薇安總算把句子說完。

「是的，珂拉是我在倫敦編織第一個咒語時出現的。」

「所有護身靈都是龍……呃，火龍嗎？」坐在客廳沙發上的愛碧挪動一下雙腿。我們圍著電視機而坐，唯一的例外是約翰，他在這一片騷動中睡得很安詳。

「不是，我的老師伊索奶奶有一個靈僕——她自己的一個影子。她的天賦傾向於風，你們瞧，編織者護身靈的形體是由先天元素傾向決定的。」這可能是我針對魔法這題目發表過最長的言論。但這幾個巫族因為對編織者一無所知，未必聽得懂。

「我同時傾向於水和火。」我姑且繼續解釋。「而火龍跟龍不一樣，牠在海裡跟在火裡一樣來去自如。」

「牠們還會飛。」薇薇安道：「火龍事實上是三種元素力量的化身。」

莎拉驚訝地看著她。

薇薇安聳聳肩。「我有中世紀文學的碩士學位。飛龍⑫——你們高興稱牠們火龍也可以——從前常出現在歐洲神話傳說裡。」

「可是妳……妳是我的會計師呀。」莎拉口吃道。

「妳知道有多少念文學的人畢了業去當會計師嗎？」薇薇安挑起眉毛道。她把注意力放回我身上：「妳會飛嗎，戴安娜？」

「會。」我不大情願地承認。飛行在巫族當中是種罕見的能力。它太引人注目，如果想安安靜靜地生活在凡人當中，還是不要有比較好。

「別的編織者也像妳一樣會發光嗎？」愛碧歪著腦袋問道。

「我不知道還有沒有別的編織者。即使在十六世紀，存活的編織者也不多。蘇格蘭的編織者被處死

---

⑫ Wyverns是神話中的生物，象徵瘟疫與征服。牠們形狀似龍而較小，只有兩足，雙翼披鱗或帶羽，尾生倒刺或呈蛇狀，一部分有噴火的能力。

後，整個英倫三島就只剩一個伊索奶奶了。布拉格有一個編織者。我父親也是編織者。這是家族遺傳。」

「史蒂芬・普羅克特不是編織者。」莎拉厲聲道：「他從不發光，也沒有護身靈。妳父親完全是個平凡的巫師。」

「普羅克特家族好幾代都沒有出現真正頂尖的巫族。」薇薇安有點歉意地說。

「依照傳統的標準來說，大多數編織者在各方面都不算頂尖。」從基因的角度來看，也是如此，馬修的測試顯示，我的血液裡有多種互相矛盾的標記。「所以我學不會巫術。莎拉可以教會任何人施咒——就是教不會我。我是一場災難。」我的笑聲帶著抖音。「我爹說，我聽到那些咒語應該一個耳朵進、另一個耳朵出就好，然後發明我自己的咒語。」

「史蒂芬什麼時候跟妳說這種話？」莎拉的嗓門很大。

「在倫敦。我爹一五九一年也去了倫敦。畢竟我時光漫步的能力也得自他的遺傳。」雖然馬修堅持我不需要一下子就把所有的一切都告訴莎拉，但事實就這麼展現開來。

「妳也見到芮碧嘉嗎？」莎拉瞪大眼睛。

「沒有，只有我爹。」就像見到菲利普・柯雷孟，再次見到我父親是這趟旅行一件意外的禮物。

「真不敢相信。」莎拉嘟囔道。

「他在那兒沒待多久，但那幾天之內，倫敦有三個編織者。我們是全城的話柄。」可不僅因為我父親餵了莎士比亞一大堆編劇和台詞的點子而已。

莎拉張嘴想再發問，但薇薇安舉手示意她稍安勿躁。

「如果編織是家族遺傳，為什麼你們人數這麼少？」薇薇安問道。

「因為很久以前，其他巫族決心消滅我們。」我的手抓緊馬修圍在我肩上的毛巾。

「伊索奶奶告訴我們，為了確保沒有後代攜帶這種遺傳，他們把整個家族趕盡殺絕。」馬修用手指按壓我緊繃的頸部肌肉。「倖存的人都設法躲起來。戰爭、疾病以及嬰兒的高死亡率，都對殘留的少數家族造成可觀的壓力。」

「為什麼要消滅編織者？新咒語在任何巫會都會很受歡迎。」卡勒問道。

「如果有個咒語能在約翰亂敲鍵盤、造成故障時讓電腦恢復運作，要我殺人我都願意。」愛碧也說道。「所有的方法我都試過了：車輪解凍咒、解鎖咒、為新計畫祝福等。但用在新式電子產品上，好像全都不管用。」

「也許編織者太強大，其他巫族感到妒忌。也可能只是恐懼。說實在的，我不認為超自然生物比人類更能接納異己……」我話聲漸低，終至沈默。

「新咒語。」卡勒吹聲口哨。「妳從哪兒開始？」

「得看編織者。以我而言，最初是個疑問，或一種慾望。我集中精神想它，我的線繩會完成其餘的部分。」我舉起雙手。「我想以後就由我的手指負責了。」

「我看看妳的手，戴安娜。」莎拉道。我站起來，站在她面前，攤開雙手。

莎拉仔細觀察那些顏色。她用手指撫摸我右腕上那個有五個交叉點的五芒星形狀的結。

「那是第五個結。」莎拉檢查時，我解釋道：「編織者用它施咒來克服挑戰或提升經驗。」

「五芒星代表元素。」莎拉輕敲我手心褐、黃、藍、紅四股線扭結在一起的位置。「傳統上，這四種顏色分別代表土地、風、水、火。你大拇指上的綠色代表女神——特別是女神的母親身分。」

「妳這隻手是魔法的起始，戴安娜。」薇薇安指出：「手上銘刻了四種元素、五芒星和女神。它具備了巫族施展魔法所需要的一切。」

「這想必就是第十個結。」莎拉輕輕放開我右手，拿起左手。她研究我手腕上環繞脈搏的那個圈。

「看起來就像七塔頂端飄揚的旗幟上那個圖案。」

「就是它。雖然它看起來很簡單，但並非每一個編織者都打得出第十個結。」我深深吸一口氣。「這是創造之結，也是毀滅之結。」

莎拉把我的手指合攏成拳頭，然後用她的手包住我的手。她跟薇薇安交換了一個擔憂的眼色。

「為什麼我的手指缺少一個顏色？」我忽然覺得不安，問道。

「我們明天再談這件事。」莎拉道：「時間不早了。今天晚上又做了很多事。」

「我們該送孩子們上床了。」愛碧爬起身，小心翼翼地不去驚動到女兒。「等巫會其他人聽到戴安娜會製造新咒語的消息。愷熙和利迪雅一定會大吃一驚。」

「我們不能告訴巫會。」莎拉堅決地說：「除非我們先弄清楚它所有的意義。」

「戴安娜真的亮到不行。」愛碧強調。「之前我沒發現，但現在就連凡人也看得出來。」

「我本來穿戴了一個偽裝咒。我可以再做一個。」我一眼瞥見馬修深惡痛絕的表情，連忙補上一句：「當然，在家裡不戴。」

「不論有沒有偽裝咒，歐尼爾家的人一定會發覺有點不對勁。」薇薇安道。

卡勒的表情很嚴肅。「我們不需要通知整個巫會，莎拉，但我們也不可能對所有的人保密。我們要告訴哪些人，以及告訴他們哪些事，都必須慎重選擇。」

「要解釋戴安娜懷孕這件事，遠比為她的發光想出一個好理由，困難多了。」莎拉指出一個顯而易見的事實。「她的體型剛開始發福，但因為懷的是雙胞胎，很快就瞞不住了。」

「所以我們才必須絕對誠實。」愛碧道：「巫族對一半的真相跟全部的謊言都一樣敏感。」

「這對巫會的忠誠和開放心靈都是個考驗。」卡勒沈思道。

「萬一我們沒通過考驗呢？」莎拉問道。

「那會造成永遠的分裂。」他答道。

「也許我們該離開。」我對這種分裂的後果有第一手經驗，蘇格蘭柏威克獵巫大審判開始時，巫族互揭瘡疤的情形至今還會讓我做噩夢。我不想承擔破壞麥迪森巫會的責任，使這兒的人被迫連根拔起，離開他們的家族傳承好幾代的房屋與農場。

「薇薇安？」卡勒轉向巫會的領袖。

「這件事由莎拉決定。」薇薇安道。

「從前我會認為，編織者的消息應該跟大家分享。但後來我目睹巫族對同類做出可怕的事，我說的不僅是艾米莉而已。」莎拉看我一眼，沒有進一步說明。

「我可以把珂拉關在屋裡——大部分時間。我甚至可以不到市區去。但無論我的偽裝咒多麼高明，也不可能永遠隱藏我與其他人的差異。」我警告在場的巫族。

「我知道。」薇薇安冷靜地說。「但這不只是一個考驗——這是個機會。許多年前，巫族發起毀滅編織者的行動時，我們的損失不僅是生命。我們喪失了血統、才能、知識——只因我們恐懼自己不了解的力量。這是我們重新來過的機會。」

「**風狂雨暴，海上掀大浪。**」我低聲吟道：「**加百列現身海與岸之上。吹不思議號角，昭告眾生，舊世界死亡，新世界誕生。**」我們是否處於這樣一個改變當中？

「妳從哪兒知道這首詩？」莎拉的聲音很嚴厲。

「伊索奶奶念給我聽的。那是她老師——烏蘇拉媽媽——的預言。」

「我知道那是誰的預言。」莎拉道：「烏蘇拉媽媽以足智多謀聞名，而且是個強大的預言家。」

「是嗎？」我不明白伊索奶奶為何沒告訴我。

「是的，確實如此。妳身為歷史學家，對巫族的過去卻無知得令人震驚。」莎拉答道。「真不敢相信，妳竟然跟烏蘇拉・徐普頓的徒弟學習編織咒語。」莎拉的聲音帶有發乎內心的敬意。

「那我們還不至於一無所有，」薇薇安柔聲道：「只要我們還有妳。」

愛碧和卡勒把兒童椅、剩菜和孩子裝上他們的休旅車。我在車道上揮手告別時，薇薇安手中拿著一盒馬鈴薯沙拉走過來。

「如果妳要幫助莎拉脫離遺世獨立的狀態，不再瞪著那棵樹發呆，就多跟她聊聊編織的事。盡妳目前的能力，讓她目睹妳怎麼做。」

「我還不熟練，薇薇安。」

「那更需要莎拉從旁協助。她或許不是個編織者，但她比我見過的任何一個女巫都更了解咒語的構造。如今艾米莉不在了，這可以給她一個生活的目標。」薇薇安鼓勵地捏一下我的手。

「巫會呢？」

「卡勒說這是個考驗。」她答道：「我們試試看能否通過吧。」

薇薇安沿著車道開車離開，車頭燈掃過舊圍籬。我回到屋裡，關掉所有的燈，上樓去找我丈夫。

「妳把前門鎖了嗎？」馬修放下書，問道。他躺在那張長度不怎麼夠他睡的床上。

「鎖不上。那是固定式插銷鎖，莎拉把鑰匙弄丟了。」我眼光遊移到我們臥室門的鑰匙上，這是稍早房子好意提供的設備。想起當時的情景，我嘴角不禁牽出一個微笑。

「畢夏普博士，妳動了淫念嗎？」馬修的口吻就像愛撫般充滿誘惑。

「我們結婚了。」我踢掉鞋子，伸手去解我薄麻布襯衫的第一個鈕扣。「對你產生肉慾是我為妻的職責。」

「滿足妳的慾望是我為夫的義務。」馬修用光速跳下床，衝到櫃子前面。他溫柔地用他的手指取代我的手指，把鈕扣從扣眼裡解放出來。接著下一顆，再下一顆。新露出的每一吋肌膚都會得到一個吻，那是牙齒的輕齧。五顆鈕扣後，我就在潮濕的夏日空氣中微微地顫抖。

「妳會發抖，真奇怪啊。」他喃喃道，伸手到我背後，鬆開了胸罩。他的嘴唇輕輕拂過我心臟附近新月形狀的疤痕。「感覺妳不冷。」

「冷不冷是相對的，吸血鬼。」我緊緊揪住他頭髮，他笑了起來。「現在，你要愛我，還是只想量我的體溫。」

後來，我在銀色的光線裡，把手舉在面前左右轉動。我左手的中指和無名指各有一條色線，一條銀亮如月光，一條似陽光的燦爛金色。其他色線的輪廓稍微褪淡，但兩隻手腕潔白的皮膚上仍看得見結的痕跡泛出珍珠的光澤。

「妳覺得這代表什麼意義？」馬修問道，他的嘴唇在我髮間移動，手指在我肩膀上打圈。

「你娶了一個有刺青──或外星人附體的──女人。」現在有那麼多新生命在我體內扎根，珂拉，加上編織者的線，我開始覺得皮膚底下有點擁擠了。

「今晚我以妳為榮。妳那麼快就想出搶救葛瑞絲的妙計。」

「我根本沒想。葛瑞絲尖叫時，我體內某個開關就打開了。當時我全憑直覺行事。」我在他懷裡扭轉身。「那個龍形的東西還在我背上嗎？」

「在啊。顏色比先前更深了。」馬修仍攬著我的腰。他撥轉我身體面對他。「原因何在，有理論嗎？」

「還沒有。」答案彷彿伸手可及。我感覺得到，它在等我。

「或許跟妳的法力有關。它變得前所未有的強大。」馬修把我的手腕湊到嘴邊。他吸入我的氣味，然後把嘴唇貼在我的靜脈上。「妳還是滿身夏日閃電的氣味，但現在又多了一絲引線剛觸及火藥的爆炸氣息。」

「我法力已夠了，不想要更多。」我鑽進馬修懷裡。

但自從我們回到麥迪森，就有一種黑暗的慾望在我血液裡騷動。

撒謊，一個熟悉的聲音在我耳邊道。

我的皮膚刺痛，好像有一千個巫族看著我。但現在只有一個超自然生物在監視我，那就是女神。

我偷偷瞄了房間一眼，看不見她的形跡。如果馬修能查知女神的存在，一定會提出很多我不想回答的問題。他可能會拆穿一個我仍試圖隱瞞的祕密。

「謝天謝地。」我呢喃道。

「妳說什麼？」馬修問道。

「沒。」我又撒了一個謊，往馬修再靠近一點。「是你有幻聽吧。」

第十章

第二天早晨，我蹣跚下樓，昨晚出現的巫水和接下來的生動夢境讓我筋疲力盡。

「昨晚房子安靜得出奇。」莎拉站在舊講桌後面，鼻尖上掛著閱讀眼鏡，披散一頭紅髮，畢夏普家傳魔法書攤開在面前。艾米莉的清教徒祖先卡頓・麥澤⑬看到這一幕，一定會勃然大怒。

「真的嗎？我沒注意到。」我打個呵欠，伸手摸摸裝滿新摘薰衣草的舊木揉麵箱。待會兒這些薰衣草就要倒掛在屋梁間的繩網上風乾。一隻蜘蛛正在編織一張銀閃閃的網，附加在那張好用的網上。

「妳今天早晨挺忙的。」我換了個話題。水飛薊的頭狀花朵已放在篩子裡，準備把種子從花囊裡搖出來。開黃花的芸香和花朵像小扣子的驅熱菊，都已用繩子一把一把綁好，等著懸掛。莎拉也取出笨重的壓花器，旁邊有一盤待處理的長形芳香葉片。櫃台上堆著一束束新摘的鮮花和藥草，各有不同效能。

「有很多工作要做。」莎拉道：「我們不在的時候，有人照顧花園，但她們也有自己的園地要照顧，所以冬季和春季都沒有播種。」

所謂「有人」，一定包括很多位不知名人士，因為畢夏普家的巫術花園面積著實不小。我想幫忙，伸手去取一束芸香。它的氣味總讓我聯想到薩杜，還有我被她從七塔擄到皮耶堡後的恐怖遭遇。莎拉立刻伸手擋住我。

「懷孕的女人不可以接觸芸香。如果妳想幫忙，就到花園裡去割一些陰地蕨。用那個。」她指著她的白柄小刀。上次我拿它割開自己的靜脈救馬修。我們都沒忘記，但我們都沒有重提舊事。

「陰地蕨有豆莢，對吧⑭？」

「開紫花。莖很長。圓葉片薄得像紙。」莎拉用超乎平時的耐心指點我。「從根部割斷，掛起來風乾前，要先把花摘掉。」

莎拉的草藥園藏在果園另一端，那一帶的蘋果樹逐漸稀疏，但柏樹和橡樹的濃蔭還沒有從森林蔓延過來。草藥園周圍有鐵柱、鐵絲網、木柱、改裝過的草墊層層圍護——莎拉把所有能阻擋野兔、田鼠、黃鼠狼的東西，全都派上了用場。為提供進一步的保障，這整個區域每年要煙燻兩遍，再施保護咒。

莎拉在圍籬裡面營造了一個小伊甸園。園裡有幾條幽深的曲徑，小徑盡頭種植羊齒蕨和其他柔弱植

---

⑬ Cotton Mather（1663-1728）生於波士頓的牧師世家，父親、祖父、外公及其本人均為清教徒牧師。他是薩林女巫大審的發動者之一，這場審判中共有兩百多人被捕，二十多人被處決或在獄中死亡，後來的觀感認為他們都是無辜的（並沒有用巫術害人）。第一個受審並處死的被告即為布麗姬・畢夏普。

⑭ 陰地蕨是蕨類的一種，孢子附著在圓形葉片上，葉片是承載種子的器官，戴安娜和莎拉稱之為「豆莢」。

物，大樹的陰影提供它們庇護。另一條寬敞的畦路把最靠近房屋、搭了格子棚和支架、高出地面的蔬菜園分為兩半。往年這兒都滿眼蔥綠——長滿豌豆、菜豆和各種豆科植物——今年卻是滿目荒涼。

我繞過莎拉為巫會的孩童——有時也包括他們的父母——授課，教他們花、植物、藥草等基本知識的教學花園。她的學生會利用油漆攪拌棒、柳條、冰棒棍，自行搭籬笆，在大花園裡劃出一塊自己的神聖空間。容易栽培的植物，例如土木香和蓍草，可以幫助孩子們了解出生、成長、腐朽、休耕的季節性週期，所有女巫配製的丹藥都以此為基準。一棵空心的樹樁把薄荷和其他侵略性強的植物限制在內。

花園正中央種了兩棵蘋果樹，兩樹之間拉開一張吊床。這張床的寬度足夠容納莎拉和艾姆，是她們最喜愛的憩息點，一起在這兒編織夢想，在溫暖的夏夜長談到深夜。

我走過蘋果樹，穿過另一道門，進入專業女巫的花園。莎拉的草藥園就等於我的圖書館：既是靈感的泉源，也是避難所，不但提供資訊，也供應工作的材料和工具。

我找到莎拉指定的開紫花、莖高三呎的植物。我小心地留下足夠為明年播種的葉片，裝滿藤籃，回到屋裡。

阿姨和我在和睦的沈默中一起工作。她切下陰地蕨的花，留待製作一種香油，然後把莖交給我，讓我在每根莖上綁一截細繩——不能綁成束，以免破壞豆莢——掛起來風乾。

「妳要怎麼利用這些豆莢？」我邊綁邊問。

「做護身符。再過幾星期，學校開學時，需求量會很大。陰地蕨豆莢對孩子特別好，因為它可以擋住怪獸和噩夢。」

在蒸餾室的閣樓上睡午覺的珂拉，斜眼睨著莎拉，鼻孔和嘴巴呼出幾縷輕煙，表達火龍式的不同意。

「對付**你**，本巫另有妙策。」莎拉拿起刀，指著火龍說。

珂拉滿不在乎地轉過身。牠讓尾巴從閣樓邊緣伸出來，像鐘擺般掛在那兒，類似撲克牌黑桃圖案的尾巴尖輕輕來回搖動。我彎腰閃過它，把另一根陰地蕨的莖綁在屋梁下，盡量小心，不讓又脆又薄的橢圓形葉片掉落。

「要掛多久才會乾透？」我回到桌前，問道。

「一星期吧。」莎拉抬頭看一眼道：「到時候我們可以把豆莢的皮剝下來，裡面是個銀盤。」

「像鏡子，也像月亮。」這下我懂了，點頭道：「可以把噩夢反射回去，不讓它干擾孩子。」

莎拉頻頻點頭，對我的洞察力很滿意。

「有些巫族用陰地蕨的豆莢占卜。」頓了一下，莎拉又道：「在漢彌頓高中教化學的女巫告訴我，鍊金術師每逢五月採集這種豆莢上的露水，做為長生不老藥的基底。」

「那需要很大量的陰地蕨。」我想起瑪莉・錫德尼和我做實驗時用掉多少水，不禁笑起來：「我看我們光做護身符就好了。」

「好啊，也罷。」莎拉笑道：「我把做給孩子的符裝在夢枕裡。它們不像人形偶或用黑莓藤蔓編織的五芒星那麼可怕。如果妳要做一個夢枕，會用什麼做填充物？」

我深吸一口氣，專心思考這問題。夢枕不需太大——像我手掌那麼大就夠了。

我的手掌。通常我會用手指觸摸編織者的線，等待靈感——與引導——來臨。但現在線繩都在我體內。我轉動雙手，張開手指，我手腕的血管上出現閃閃發光的繩結紋樣，同時我右手的大拇指和小指發出代表配藥技術的綠光與褐光。

莎拉的玻璃罐在窗口照進來的光線下閃爍。我走過去，讓小指從一個個標籤上滑過，直到遇到阻力。

「龍芽草。」我沿著架子前進。「蔞蒿。」

我的小指像是玩碟仙時的箭頭，它向後指，「大茴香子。」向下指，「蛇麻子（Hops）。」它轉向上指著斜對角，「纈草。」

聞起來什麼味道？太刺鼻？

我的大拇指刺痛。

「一片月桂葉，幾小撮迷迭香，一點百里香。」我道。

但萬一孩子還是驚醒，緊抓著枕頭不放？

「五粒乾豆子。」加這東西有點兒奇怪，但編織者的直覺告訴我，這很重要。

「啊，真不敢相信。」莎拉把眼鏡推到頭上，驚訝地看我一眼，然後笑道：「跟妳曾外婆收集的一個老符咒相同，不過她的配方還加了元參和馬鞭草——而且沒有豆子。」

「我會把豆子最先裝進枕頭裡。」我道：「搖晃的時候，它們會發出咔拉咔拉的聲音。妳可以告訴孩子，響聲有助於趕走怪獸。」

「好點子。」莎拉承認。「還有陰地蕨豆莢——該磨粉還是保持完整？」

「完整。」我答道：「縫在枕頭上面。」

但藥草只是護身符的第一個部分。還要有咒語搭配。如果要讓隨便哪個女巫都能使用，咒語的文字必須蘊含無比的力量。倫敦的女巫教了我很多，但我寫出來的咒語就是沒有力道，除了我，任何人念都毫無動靜。大多數咒語都寫成韻文，不僅容易背誦且生動活潑。但我又缺乏馬修和他那班朋友的詩才。我遲疑著。

「有什麼問題嗎？」莎拉問道。

「我的咒文法很差勁。」我小聲承認。

「如果我知道那是什麼東西，大概會同情妳。」莎拉面無表情道。

「編織者必須用正確的咒文法，才能把魔法放進文字。我編的咒語我自己一定能用，但如果不符合咒文法，其他女巫就無法使用。」我指著畢夏普魔法書。「那裡面的咒語是上千個編織者的構思，經過巫族代代相傳。即使到今天，咒語的魔力不減。但我的咒語若是一小時後還管用，就算運氣好了。」

「問題出在哪裡？」莎拉問道。

「我看不見文字，只看見形狀與色彩。」我大拇指與小指內側的顏色仍很鮮明。「紅墨水能增強我的火系咒語，把文字寫在紙上也有幫助，因為那也算一種圖形。」

「做給我看。」莎拉把一張廢紙和一根炭條推過來。「金縷梅。」我拿起炭條看個清楚，她解釋道：「每當我第一次抄寫一則咒語時，都用它代替鉛筆。如果出問題，這個的後遺症比較不嚴重……呃，是跟用墨水抄寫比較。」她臉頰微微泛紅。有次她不聽話的咒語在浴室裡引起龍捲風。連續好幾個星期，我們都在匪夷所思的地方看到防曬油和洗髮精的痕跡。

我把我設計的點火咒寫下來，特別注意不能喃喃出聲，否則魔法就會發動。寫完之後，我右手的食指發出紅光。

「這是我第一次嘗試用咒文法寫作。」我批判地看它一眼，將紙遞給莎拉。「小學三年級生都有可能寫得更好。」

火
燒成
熱豔紅
烈焰滅黑夜

「也沒那麼差啦。」莎拉道。見我氣餒，她連忙補充道：「我看過更糟的。用每行的第一個字組成『火燒熱烈』也很巧妙。但妳為何把文字排成三角形？」

「那是咒語的結構。很簡單，真的——就是一個交叉三次的結。」輪到我研究我的作品。「有趣的是，很多鍊金術師都用三角形象徵火。」

「交叉三次的結？」莎拉從眼鏡框上看過來。「妳又尤達上身了⑮。」這麼說就代表她覺得我說的話難懂。

「我已盡可能說得簡單了，莎拉。要不是因為線都鑽進我手裡，我做給妳看，就簡單多了。」我舉起雙手，朝她扭動手指。

莎拉念念有詞，只見一球細麻繩從桌子對面滾過來。「普通繩子可以嗎，尤達？」

我念自己的咒語，讓繩球停止滾動。土系魔法的力量使它變得沈重，還有一堆三次交叉的繩結將它圍繞。莎拉吃了一驚，臉上肌肉抽搐了一下。

「當然可以。」我看到阿姨的反應，心中偷笑。我用她的刀一砍，從麻繩截下一段約九吋長的繩子。「每個結都有不同數量的交叉點。妳的法術使用了其中兩種——活結和雙活結。所有巫族都會打這兩種編織用結。但來到第三個結，就複雜起來了。」

不過，我不確定廚房用的麻繩是否能表達我的意思。用我的編織繩打出來的結有三度空間。但使用普通繩子時，我決定在平面上操作就好。我左手拿著繩子一端，向右做個套環，將繩子的另一端從套環下面鬆鬆地穿進去，然後把尾端接在一起。這樣就做成一個有三枚葉片的形狀，外觀像座金字塔。

「瞧，三個交叉。」我道：「妳來試試看。」

我放開繩子，它就自動立起來，成為我熟悉的金字塔形狀，兩端呵成一氣，看不出接合的痕跡。莎拉輕呼一聲。

「酷。」我道：「普通的舊繩子效果也很好。」

「妳口氣好像妳父親。」莎拉用手指推推那繩結。「所有咒語裡都藏了一個這種東西嗎？」

「至少一個。很複雜的咒語裡可能有兩、三個結，每個結都跟妳昨晚在家族休息室裡看到的那種線綁在一起——它們又把世界綁在一起。」我微笑道：「我猜咒文法也是一種偽裝咒——用來掩飾內部的魔法運作。」

「妳念咒語的時候，魔法就暴露出來。」莎拉若有所思道。「我們來試試妳的咒語。」

我還來不及提出警告，莎拉就大聲念出我的咒語。那張紙在她手中爆出一蓬火焰。莎拉連忙把它扔在桌上。我召來水柱，把它澆熄。

「我還以為那個咒語是用來點蠟燭的——差點把房子燒掉。」她看著焦黑的狼藉，驚聲道。

「對不起。這咒語還很新。它慢慢就會安定下來。咒文法不能永久維持咒語的型態，它的魔力會隨著時間衰退。所以有些咒語逐漸就不管用了。」我解釋道。

「真的嗎？那妳應該可以估算每個咒語出現的年代了。」莎拉眼睛一亮。她是傳統的忠實信徒，對魔法的品味就是越陳越香。

「或許吧，」我沒什麼把握地說：「但咒語失效還有別的原因。首先，編織者各有不同領域的專長。而如果後代巫族抄寫的時候，遺漏或更動了字句，也會使魔法的效果減弱。」

但莎拉已站到她的咒語書前面，一頁頁翻閱。

「來，看看這一則。」她招手叫我過去。「我一直猜這是畢夏普魔法書中最古老的咒語。」

我大聲朗讀：「**讓新鮮空氣進入任何場所的一個絕佳符咒，由莫黛・畢夏普老太太傳授，由我證實為有效。慈惠・畢夏普，一七〇五年。**」書頁邊緣有其他女巫的筆記，包括我後來很擅長這符咒的外婆。還

---

⑮ Yoda是電影《星際大戰》系列中的智者，鑽研原力數百年，所有人都尊稱他為大師，電影中很多角色都是他的徒子徒孫。尤達時常談論深奧的哲理，莎拉每當覺得戴安娜說的話玄奧費解時，就說她是尤達附體，有時乾脆直呼她「尤達」。

有莎拉毫不留情的評語：「完全沒用。」

「怎麼樣？」莎拉問道。

「紀錄上寫著一七〇五年。」我指出。

「沒錯，但它的年代一定更老。艾姆始終查不到莫黛・畢夏普的來歷——或許是布麗姬的英國親戚。」這場未完成的譜系追蹤，是莎拉第一次提到艾姆而沒有傷心。薇薇安說得對。莎拉需要我待在蒸餾室，正如同我也需要到這兒來。

「或許吧。」我再說一遍，盡可能避免引起不切實際的希望。

「你再做一遍剛才對那些瓶瓶罐罐的動作。用手指閱讀。」莎拉把讀書台推向我。

我用指尖輕觸那則咒語的字跡。我的手指認出編織在裡面的成分，產生輕微的刺痛：我無名指周圍的空氣擾動，我中指的指甲下面傳來液體流動的感覺，爆發開來的各種氣味附著在我的小指上。

「牛膝草、墨角蘭和很多鹽。」我沈吟道。這都是任何女巫的住家或花園裡常見的成分。

「所以它為什麼沒有用？」莎拉盯著我舉起的右手，有如等待神諭。

「我不知道。」我承認。「妳知道，我再重複一千遍也不會有結果的。」莎拉和她巫會的朋友得自行想法子釐清莫黛・畢夏普的咒語出了什麼問題，要不然就去買瓶空氣芳香劑吧。

「說不定妳可以把它補好，編織一個補丁，或妳這種女巫會用的其他方法。」

妳這種女巫。莎拉沒什麼用意，但她的話讓我覺得孤立不安。低頭看著魔法書，我開始懷疑，編織者之所以被社區敵視的一大原因，乃是他們無法有求必應，滿足各種魔法需求。

「不是這樣運作的。」我交疊雙手，放在攤開的書上，抿緊嘴唇，像寄居蟹一樣縮進殼裡。

「妳說編織始於發問。問問那符咒，它有什麼問題。」莎拉慫恿我。

我但願不要見到莫黛・畢夏普的空氣清新咒。更有甚者，我但願莎拉從未見過這則咒語。

「妳在做什麼？」莎拉震驚地指著畢夏普魔法書。

彎彎曲曲的字跡從我手掌下面舒展開來，紙張變為空白，只剩幾滴墨水漬。一會兒工夫，莫黛・畢夏普的咒語消失得無影無蹤，只剩一個藍、黃二色，打得很緊的小結。我難以置信地瞪著它，忽然有股衝動——

「不要碰它！」莎拉大喊，驚醒了正在打瞌睡的珂拉。我從書前面跳開，莎拉撲過來，用一個玻璃罐扣住那個結。

我們一起瞪著那個UMO——不明魔法物（Unfamiliar Magical Object）。

「現在怎麼辦？」我一直覺得咒語是活生生、會呼吸的東西，把它裝在罐頭裡好像有點殘忍。

「我不知道我們能怎麼辦。」莎拉拿起我的左手，翻過來，大拇指上有黑色的污痕。

「沾到墨水了。」我道。

莎拉搖頭道：「不是墨水。這是死亡的顏色。妳殺了那個咒語。」

「什麼意思叫作殺了它？」我猛力抽回手，像個偷餅乾被逮到的小孩般，把手藏在背後。

「別慌張。」莎拉道。「芮碧嘉學會控制它。妳一定也學得會。」

「我媽？」我想起前一天晚上，莎拉和薇薇安交換意味深長的眼色。「妳知道會發生這種事？」

「只在看到妳的左手以後。它具備的顏色都屬於高等魔法的範疇，像是驅魔和占卜，而妳右手的顏色都屬於技藝的範疇。」莎拉頓了一下。「其中也有黑暗魔法的顏色。」

「幸好我是右撇子。」我試著開玩笑，但顫抖的聲音卻洩漏了我真實的感受。

「妳不是右撇子。妳是左右開弓，雙手一樣靈活。妳傾向用右手，是因為妳小學一年級遇到一個可惡的老師說，用左手的小孩是惡魔。」後來莎拉設法讓那個女人受到制裁。蘇默登老師在麥迪森體驗過一次萬聖節就辭職了。

我想說，我對高等魔法不感興趣，卻發不出聲音。

莎拉悲傷地看著我。「妳不能對其他女巫撒謊，戴安娜。尤其在這麼大一件事情上。」

「不要黑暗魔法。」艾米莉喪生是因為召喚鬼魂——可能是我母親——並試圖與對方訂約。彼得・諾克斯也對巫術的黑暗面有興趣。艾許摩爾七八二號也包含了大量黑暗魔法——且不說比我那根大拇指嚴重千萬倍的殺孽。

「黑暗不一定等於邪惡。」莎拉道：「新月邪惡嗎？」

我搖頭。「月亮黑掉的部分代表新的開始。」

「貓頭鷹？蜘蛛？蝙蝠？龍？」莎拉拿出老師的腔調。

「都不邪惡。」我承認。

「對，它們不邪惡。人類說月亮和夜行動物的壞話，因為牠們代表未知。牠們同時也象徵智慧，這不是巧合，沒有比知識更強大的東西。所以我們傳授黑暗魔法時必須謹慎。」莎拉握住我的手。「女神化身為老婦人，就以黑色為代表色，它也是隱匿、壞預兆和死亡的顏色。」

「這些呢？」我扭動另外三根手指。

「這是女神化身少女和獵人的顏色。」她扳下我銀色的中指道。我這才明白女神為何以那樣的聲音說話。「這是俗世權力的顏色。」她扳下金色的無名指。「至於小指，白色是占卜和預言的顏色，也用於破解詛咒和驅除不受歡迎的鬼魂。」

「除了死亡，聽起來也沒那麼可怕。」

「就像我說過的，黑暗不一定等於邪惡。」莎拉道：「想想俗世權力。落在仁慈的人手中，它就是行善的力量。但如果遭到濫用，謀求私利，傷害他人，就造成可怕的破壞。黑暗的程度由巫族決定。」

「妳說艾米莉很擅長高等魔法。那我媽呢？」

「芮碧嘉是頂尖高手。她不但玩鈴鐺、書和蠟燭，也能把月亮召喚下來。」

我現在終於理解小時候目睹母親做的某些事，像是有天晚上，她從一盆水裡召出鬼魂。彼得‧諾克斯對她的執念，也可以理解了。

「芮碧嘉遇見妳父親後，似乎就對高等魔法失去了興趣。之後只有兩件事能吸引她，就是人類學和史蒂芬。當然還有妳。」莎拉道：「我想妳出世後，她就不再使用高等魔法了。」

除了爹和我，不在任何其他人看得見的地方使用。我想道。「從前妳怎麼不告訴我？」我高聲問。

「妳不想接觸任何與魔法有關的事，記得嗎？」莎拉淡褐色的眼睛盯著我不放。「我留了一些芮碧嘉的東西，以防妳有朝一日展現這方面的天賦。其他都被房子收走了。」

莎拉念了一個咒語——房間裡的紅、黃、綠線條開始發光，應該是個開啟咒。壁爐左側忽然冒出一個五斗櫃，嵌在古老的磚塊裡。房間裡洋溢鈴蘭花的芳香，還有一種濃郁而刺鼻的陌生氣息，令我心神不寧：覺得空虛而充滿渴望，熟悉又害怕。莎拉打開一個抽屜，取出一個類似樹脂的紅色塊狀物。

「龍血。每次聞到都讓我想起芮碧嘉。」莎拉嗅嗅道：「現在再也找不到這樣的好貨色了，當初花了好大一筆錢。一九九三年那場暴風雪吹垮屋頂時，我本想賣掉它籌措修理費用，但艾姆不答應。」

「我媽用它做什麼？」我壓抑著喉頭的哽咽，問道。

「芮碧嘉用它製作墨水。她用那種墨水畫符咒時，能吸乾半個鎮的能源。妳母親的少女時代，麥迪森經常停電。」莎拉輕笑一聲。「她的咒語書應該還在這裡的某個角落——除非房子趁我不在的時候把它吃了。妳會從書中得知更多事。」

「咒語書？」我皺起眉頭。「畢夏普家傳魔法書有什麼不好？」

「大多數操作高等黑暗魔法的巫族都有自己的魔法書。這是傳統。」莎拉在櫃子裡東翻西找。「沒有。似乎不在這兒。」

雖然莎拉的宣告讓我大失所望，但同時我也鬆了一口氣。我這一生已經籠罩在一本神祕的書的陰影之下。我不確定是否還想再要一本——即使它有可能說明，艾米莉為何試圖在七塔召喚我母親的亡魂。

「哎呀，不好。」莎拉忽然從櫃子裡縮回身軀，滿臉驚恐。

「有老鼠嗎？」倫敦的生活經驗讓我見到每個灰塵密布的角落，都會防範老鼠。我往櫃子裡窺探，卻只看見許多髒兮兮的瓶子，裝著草根樹皮，還有一台老舊的收音機鬧鐘。咖啡色的電線從架上垂掛下來，彷彿珂拉的尾巴，在微風中搖晃。我打了個噴嚏。

就像接到訊號似的，牆壁裡傳出奇怪的金屬碰撞和滾動的聲音，彷彿有人把錢幣投入點唱機。接下來傳出的播放聲，卻令人聯想到三十三轉的老唱機，而非四十五轉的單曲，但不久就變成一首可辨認的歌。我歪著腦袋。「這是……弗利伍麥克⑯嗎？」

「不要。別再來了！」莎拉像見到鬼似的。我四下張望，但房間裡唯一的隱形生物就是史蒂薇・尼克斯和一個名叫莉煙濃的威爾斯女巫⑰。這首歌在七〇年代是好幾十名女巫和巫師出櫃的聖歌。

「我猜房子醒了。」或許就是這件事讓莎拉不高興。

莎拉衝到門口，掀動門閂，但它動也不動。她敲打木製門板。音樂變得更大聲。

「這也不是我最喜歡的史蒂薇・尼克斯的歌，」我試著安撫她：「不過它很快就結束了。或許下一首妳會比較喜歡。」

「下一首是〈搞糊塗〉（Over My Head）。那張該死的唱片我都會背了。妳媽懷孕期間一直聽它。持續了好幾個月。就在芮碧嘉的執著快要結束時，弗利伍麥克又出了新唱片。真像地獄啊。」莎拉扯著自己的頭髮說。

「真的？」我永遠渴望知道父母的生活細節。「弗利伍麥克比較像我爹會喜歡的樂團。」

「我們必須讓音樂停止。」莎拉走到窗前，但上下推拉的窗子也文風不動。她沮喪地敲打窗框。

「我來試試。」我推得越用力，音樂就越大聲。史蒂薇・尼克斯唱完〈莉煙濃〉的故事，有幾秒鐘停頓。然後輪到克莉絲汀・麥克維告訴我們被搞糊塗是多美妙的事。窗子依然緊閉。

「這是場噩夢！」莎拉氣瘋了。她用手指塞住耳朵，擋住聲音，隨即衝到魔法書前面，快速翻查。「淑慎・魏勒的犬咬傷療法。耐心・瑟弗倫斯的酸牛奶變甜法。」她又翻過幾頁。「克萊拉・畢夏普的煙囪漏風防堵法！這可能管用。」

「但這是音樂，又不是煙。」我站在莎拉肩後閱讀咒文。

「兩者都由空氣傳送。」莎拉捲起袖子。「如果沒有用，我們再試別的。或許打雷。我很會運用雷電。那或者能中斷能量，消除聲音。」

我開始跟著歌曲哼唱。歌很好聽，有七〇年代的風情。

「不准唱。」莎拉目露兇光。她又回頭閱讀魔法書。「給我一些小米草，拜託。還有把咖啡壺插上插頭。」

我聽話地走到陳舊的插座前面，把咖啡壺的插頭插進去。電力從插孔裡跳出來，放出橘色和藍色的光弧。我連忙閃開。

「妳需要防突波裝置——最好是十年內買的——否則會把整棟房子燒掉。」我對莎拉說。

她口中喃喃叨念，同時把濾紙裝進咖啡壺，又塞進大量的藥草。

---

⑯ 弗利伍麥克（Fleetwood Mac）是一個搖滾樂團，一九六七年成軍於倫敦，組成至今經過多次改組，且在一九七四年轉移陣地到洛杉磯，但一直深受歌迷喜愛，一九九二年並曾應邀在柯林頓總統就職典禮上演出。團名是以創團鼓手Mick Fleetwood以及貝斯手John MacVie的姓氏組成，這兩人也是創團至今未曾離開過的成員。

⑰ Stevie Nicks是一位才華洋溢的女歌手，一九七五年加入弗利伍麥克樂團，創作了單曲〈Rhiannon〉，曲中主角是一個神祕而美麗的女子。莉煙濃也是不列顛神話中的一位女神，流傳很多冒險故事。

由於我們被困在蒸餾室裡，莎拉又似乎不需要我幫忙，我乾脆繼續斟酌為孩子製作驅除噩夢護身符的咒語。我到母親的櫃子那兒去，找出黑墨水、鵝毛筆和一張紙。

馬修來敲玻璃窗。「妳們兩個還好嗎？我聞到東西燃燒的味道。」

「小小的電線走火！」我喊道，手抓著鵝毛筆在空中揮舞。然後我想起馬修是個吸血鬼，隔著磚塊、石頭、木頭都聽得見我說話，一片薄薄的玻璃當然也不成問題，所以我放低聲音道：「沒什麼好擔心的。」

〈搞糊塗〉戛然而止，開始播放〈愛因你而有趣〉（You Make Loving Fun）。選得好。我對馬修微笑著想道。有了魔法收音機，誰還需要DJ。

「哎呀，天哪。房子播他們的第二張唱片了。」莎拉呻吟道：「我最討厭《謠言》（Rumours）這張專輯了。」

「哪來的音樂？」馬修鎖著眉頭問道。

「我媽的老收音機。」我用羽毛指道。「她喜歡弗利伍麥克。」我瞥一眼阿姨，她手摀著耳朵，正在念克萊拉・畢夏普的咒語。「但莎拉不喜歡。」

「哦。」馬修的眉毛打開了。「那就讓妳們去處理。」他用手貼著玻璃，做了個無聲的再見手勢。我的心好充實。愛馬修不是我唯一要做的事，但他絕對是唯一最適合我的對象。我但願我們中間沒有玻璃阻隔，好讓我把這件事講給他聽。

玻璃無非就是沙子和火。一縷輕煙吹過，窗台上就出現一小堆沙子。我把手伸出空掉的窗框，握住他的手。

「謝謝你來探望我們。真是個有趣的下午。我有好多事要告訴你。」

馬修看著我們交纏的手，眨眨眼睛。

「你知道，你讓我好快樂。」

「我盡力。」他有點不好意思地咧嘴一笑。

「你成功了。你想費南多能解救莎拉嗎？」我壓低聲音道：「房子堵住蒸餾室的門和窗，她快氣炸了。她出來的時候需要抽根煙，還要一杯烈酒。」

「費南多好一陣子沒解救受困的女人了，但我確定他還記得怎麼做。」馬修很有把握地說。「房子會讓他那麼做嗎？」

「給它五分鐘，或等音樂停止，看哪個先。」我抽回手，給他一個飛吻。這個吻與平常不同，其中火的成分比水多，還有足夠的風力推送，讓它嘖一聲落在他面頰上。

我回到工作台上，用母親的筆蘸上墨水。它有藍莓和胡桃的氣味。我仗著伊麗莎白時代使用書寫工具的經驗，乾淨利落一口氣寫成莎拉好夢枕的咒文。

鏡
光閃
怪獸驚
噩夢退散
至我
醒

我對字跡輕輕吹氣，讓墨水快乾。寫得真是有模有樣——我這麼覺得。比我先前的生火咒高明，也夠簡單，孩子肯定記得住。等豆莢風乾，磨掉外面的薄膜，我會把這道符用小字寫上它銀色的表面。

我迫不及待讓莎拉看我的作品，但滑下高腳凳，看一眼阿姨的臉色，我就決定先擱置這件事，等她喝完威士忌、抽完煙再說。她等我對魔法感興趣，已經等了幾十年，我想知道她給我的「初級安眠咒」打幾分，再等上二十分鐘也無妨。

一陣輕微的刺痛讓我知道有鬼魂出現，不久便有輕如絨毛的擁抱環繞我肩膀。

「寫得真好，小不點兒。」一個熟悉的聲音悄聲道：「音樂品味更是一流。」

我回過頭，只見一抹淡淡的綠痕。但我不需要看見父親就知道他在那兒。

「謝謝，爹。」我柔聲道。

第十一章

聽說我母親擅長高等魔法，馬修的反應比預期溫和得多。他早就覺得家常的魔法技巧和光芒奪目的元素魔法之間，存在什麼蹊蹺。我在魔法定位上本來就無所適從，能使用高等魔法，他一點都不意外。讓他嚇了一跳的是，這種資質竟是來自我母親的遺傳。

「我一定要仔細研讀妳母系DNA的檢查報告。」他嗅了一下母親的墨水，說道。

「聽起來不錯。」這是馬修第一次表達回歸遺傳學研究的意願。他已經好多天沒提起牛津大學、巴德文、生命之書或血怒了。說不定他已忘記有多少遺傳資訊裝訂在艾許摩爾七八二號裡面，但我可沒忘。一旦拿到那份手抄本，我們就要用到他的科學技巧來解讀。

「妳說得對。這裡面絕對含有血，還有樹脂和刺槐。」馬修兜轉墨水。我今天早晨才知道，刺槐是阿拉伯膠的原料，能使墨水比較濃稠。

「我猜想也是如此。艾許摩爾七八二號使用的墨水也加了血。這種配方一定比我所想的更常見。」我道。

「還有少許乳香。」馬修對我提及生命之書一事毫不理會。

「哦。難怪它聞起來有異國風味。」我在剩下那些瓶子裡東翻西找，希望能找到別的能引起他生化興趣的東西。

「就是乳香和血，沒錯。」馬修平淡地說。

「如果那是我母親的血，就能提供更多我的ＤＮＡ線索。」我指出：「還有我使用高等魔法的資賦。」

「嗯。」馬修不怎麼感興趣地回應。

「這個呢？」我拿起一個裝藍綠色液體的瓶子，拔出瓶塞，便有一股夏日花園的氣息瀰漫在空中。

「那是鳶尾花做的。」馬修道：「還記得妳在倫敦尋找綠色墨水嗎？」

「原來普拉特師傅那種貴得要命的墨水是長這副模樣！」我笑了起來。

「用佛羅倫斯進口的草根做的。至少他是這麼說的。」馬修打量桌面上一瓶瓶藍、紅、黑、綠、紫、紫紅的液體。「看來妳有足夠的墨水可玩了。」

他說得對，接下來幾星期我有很多事要做。目前我只想規劃這麼久的事，雖然我左手的小指已經因為對未來充滿期待而不斷抽搐。

「這應該夠用，雖然莎拉交代很多工作給我。」我表示同意。桌上有很多打開的小罐頭，每個罐頭下面都有張小紙片，寫著她潦草的字跡。其中有「蚊蟲咬傷」，也有「改善手機通訊」。她的要求讓我自覺像速食餐廳的服務員。「多謝你幫忙。」

「隨時奉陪。」馬修道，吻吻我便離去了。

接下來幾天，生活的常軌開始把我們跟畢夏普老宅綁在一起——雖然少了一向擔任房子的重心，給大家穩定感的艾姆。

居家生活中，費南多是個暴君——比艾姆獨裁多了——他改變莎拉的飲食和運動計畫，要求嚴厲，不給半點緩頰的餘地。他替我阿姨報名社區支持農業計畫⑱，每週會有一箱羽衣甘藍和莙薘菜之類的異國蔬菜送到家裡，每當她想偷抽一根煙，他就拖著她繞這塊地的圍牆邊緣散步一圈。費南多負責煮飯、洗碗，甚至拍鬆椅墊——這都讓我好奇，他跟猶夫生活是什麼情形。

「我們沒有僕人的時候——經常如此——都由我做家務。」他在室外晾衣服時解釋道。「如果等猶夫動手，我們的住處就會像豬圈了。諸如清潔的床單或有沒有酒喝之類世俗的事，他都不放在心上。猶夫不是忙著寫詩，就是在規劃長達三個月的圍城之戰。他的生活中沒有做家事的時間。」

「蓋洛加斯呢？」我遞給他一個曬衣夾，問道。

「蓋洛加斯更糟。他連家具都不在乎，沒有更好。我們有天晚上回到家，發現東西被偷了，蓋洛加斯卻像即將出海的維京戰士一樣，睡在桌子上。」費南多搖頭。「反正我喜歡做這些事。整理家務就像作戰前準備武器。每件事都一再重複，讓人覺得心安。」他這麼說，減輕了我把煮飯工作全丟給他的罪惡感。

出了廚房，工具間是費南多的另一個地盤。他扔掉了所有損壞的物品，把剩下的東西清洗乾淨，拋光磨利，還買了他覺得欠缺的工具，像是鐮刀。現在，修剪玫瑰的大剪刀邊緣鋒利得可以用來切番茄。我聯想到那些用普通家庭用品當武器的戰爭，不禁懷疑費南多是否默默把我們武裝起來，預備作戰。

莎拉對新政權嘖有煩言，但還是依令行事。她心情不好的時候——這是常有的事——就把氣出在房子上。房子還沒有完全醒轉，但不時傳來的隆隆怪響告訴我們，它為自己安排的冬眠已接近尾聲。它大部分的能量都衝著莎拉來。某天早晨，我們醒來發現，屋子裡所有的酒都被倒進水槽，空酒瓶和刀叉被掛在廚房吊燈上，做成一個別有創意的動力裝置。馬修和我哈哈大笑，但在莎拉眼中，這就是戰爭。我阿姨和房子的全方位霸權爭奪戰，就從那一刻開始。

房子一直佔上風，這要感謝它的主要武器：弗利伍麥克。找到我媽的老收音機後的第二天，莎拉就在沒完沒了的《鎖鍊》（The Chain）演唱會專輯聲中，把它砸成碎片。房子的報復方式是取出浴室櫥櫃裡所有的捲筒衛生紙，換成各種播放音樂的電子設備。此舉在早晨用來叫人起床，效果非常好。

完全沒法子阻止房子播放選自這個樂團頭兩張專輯的歌曲——即使莎拉把三台錄放音機、一具八聲道音樂帶播放器，還有一個古老的口授錄音機都扔出窗外。房子乾脆改用壁爐播送音樂，重低音在通風管中迴盪，高音則從暖氣孔裡流出。

莎拉的憤怒都發洩在房子上，對我卻有出奇的耐心與溫柔。為了找我母親的咒語書，我們翻遍了蒸餾室，甚至取出櫃子裡所有的抽屜與架子。結果在一個抽屜的隱藏式複層裡找到了幾封措辭露骨的一八二〇年代的情書，又在一個架子背後，發現一堆老鼠頭骨排成恐怖的整齊行列，但就是沒有咒語書。要等房子準備好，才會交出來。

每當音樂或艾米莉和我父母的回憶變得太不可抵擋時，莎拉和我就遁逃到花園或樹林裡去。今天阿姨提議帶我去看有毒植物種植的地方。今晚沒有月亮，是一個新生長週期的開始，也是採集高等魔法材料的好時機。我們彎彎曲曲繞過菜園和教學花園，馬修像條影子跟在後面。到了莎拉的巫術花園，她沒有停下腳步。一株巨大的月光花藤蔓標示花園與森林的邊界。它向四面八方蔓延生長，遮住了下面的圍牆和大

---

⑱ Community-supported agriculture，簡稱CSA，是一種支持本地農業的制度，訂戶在每個產季開始時繳一筆錢，農產品收穫時可固定收到作物。

門。

「讓我來，莎拉。」馬修走上前，拉開門閂。在此之前，他只在我們背後漫步，好像對花朵很感興趣。但我知道，殿後押隊讓他據有完美的防禦位置。他先進門，確認門後沒有危險埋伏，然後把藤蔓拉開，讓我和莎拉進入另一個世界。

畢夏普老屋有很多魔法的場所——獻給女神的橡樹叢，紫杉林間幾條從前充當道路、仍留有載滿木材和生鮮前往市場的篷車深轍的漫長通道，甚至畢夏普墓園也算一份。但這個介於花園和森林之間的小樹苑，是我最喜歡的角落。

斑駁的陽光從樹隙穿進來，在圍繞這兒的柏樹間移動。許多年前，這地方可能會被稱作精靈圈，因為地上長滿了毒蕈和蘑菇。小時候我被禁止採摘生長在這兒任何東西。現在我終於明白原因了：這裡每種植物若不是有毒，就是跟魔法的黑暗面有關。兩條路在樹叢中央交叉。

「十字路口。」我愣住了。

「這個十字路口存在的時間比房子還久。有人說，這兩條路是英國移民在此定居前，歐尼達族印地安人開闢的。」莎拉示意我上前。「來看這棵植物。它是致命的顛茄還是龍葵？」

我沒聽她說話，完全被樹叢中間的X形催眠了。

那兒蘊含著力量，也埋藏著知識。我透過曾經走過這些小徑的人的眼光，看著那片空地，體會到陣陣熟悉的、來自慾望與恐懼的拉扯。

「怎麼回事？」馬修問道。他憑直覺知道，有些事不對勁。

但我的注意力卻被其他聲音吸引，雖然它們都很微弱：我的母親與艾米莉，我的父親與外婆，還有其他不認識的聲音。**烏頭**，那些聲音低語。**黃芩**。**辣錐草**。**蛇舌草**。**金雀花**。混聲合唱中穿插著警告與建議。連綿不斷的咒語中，包括出現在童話故事裡的植物。

趁月圓摘委陵菜，擴大魔法的範圍。
蒜藜蘆使偽裝咒更有效。
槲寄生帶來愛情和許多孩子。
看清未來要用黑莨菪。

「戴安娜？」莎拉挺起身，兩手扠腰。

「來了。」我喃喃道，硬把注意力從那些微弱的聲音上收回，馴服地走到阿姨身旁。

莎拉逐一介紹樹叢裡的植物。她的話從一個耳朵進來，又從另一個耳朵出去，穿過我身體的速度之快，一定會使父親以我為榮。我阿姨會背每一種野花、野草、樹根與藥草的俗名、學名以及它們的用途、對人體有哪些益處或害處。但她的知識來自閱讀與研習。我在瑪莉・錫德尼的鍊金術實驗室裡，第一次面臨挑戰，要把我以學者身分投入多年光陰，閱讀與撰寫的一切付諸實踐時，就發現來自書本的知識非常侷限。我在那兒得知，引述鍊金術文本的能力，跟實際經驗相較可說一文不值。但母親和艾米莉再也不能到我身旁來伸出援手。如果我要踏上高等魔法的黑暗道路，唯有獨力進行。

想到這一點，我就嚇壞了。

月亮上升的前一刻，莎拉邀我跟她一起再回那兒去，採集未來一個月她要用的所有植物。

我拜託她放我一馬，聲稱我累得走不動。事實卻是十字路口那些聲音持續不斷的召喚，導致我拒絕她。

「妳今晚不肯到樹林裡去，是否下午去那兒時，發生了什麼事？」馬修問道。

「或許吧。」我盯著窗外道：「莎拉跟費南多回來了。」

我阿姨提著一個裝滿綠葉的籃子。廚房的紗門在她背後砰一聲關上，然後蒸餾室的門吱呀一聲開了。幾分鐘後，她跟費南多一起上樓。莎拉不像上週喘得那麼厲害，費南多的健康控管果然有效。

「到床上來。」馬修掀開被單道。

夜很黑，只有星光照耀。不久就是午夜，日夜的分界點。十字路口傳來的聲音更響了。

「我得去一趟。」我推開馬修，往樓下衝。

「『我們』得去一趟。」他跟在我身後道。「我不會阻止妳，也不干擾。但妳不可以一個人到樹林裡去。」

「那兒有股力量，馬修。黑暗的力量。我感覺得到。從日落開始，它一直在召喚我！」

他抓住我手肘，把我推到前門外面。他不願意任何人聽見我們接下來的交談。

「那妳就回應它的召喚。」他急促地說。「跟它說好或不好，但別指望我坐在這兒，默不作聲等妳回來。」

「如果我說好呢？」我問。

「我們一起來面對。」

「我不相信你。你從前說過，你不希望我介入生死之事。在森林裡的交叉路口等待我的，就是那樣的力量。而且我想得到它！」我從他掌中抽出手臂，用手指點著他胸口說：「我恨自己想要它，但我就是非要不可！」

我別過頭，不願看到我知道一定會出現在他眼睛裡的厭惡。馬修把我的臉撥轉回來。

「自從去年秋分節，妳在博德利圖書館裡躲避其他女巫，被我找到的那一刻，我就知道妳有黑暗的一面。」

我胸口一緊。他盯著我不放。

「我感覺到它的魅力，我內心的黑暗深受它吸引。難道我該厭惡自己嗎？」馬修的聲音變成幾乎聽不見的低語：「妳會嗎？」

「可是你說——」

「我說我不希望妳介入生死之事，但不代表妳不能那麼做。」馬修握住我的手。「我滿身血腥，把某個男人的命運握在掌心，決定某個女人的心臟能否繼續跳動。每替別人做一次決定，我的靈魂就死掉一部分。我看到茱麗葉的死對妳的影響，項皮爾的死也一樣。」

「那兩次我都沒得選擇。不能算是有。」項皮爾會奪走我所有的記憶，並傷害幫助我的人。茱麗葉企圖殺死馬修——若非我向女神求助，她就得手了。

「妳有的。」馬修在我的指節上印下一個吻。「妳替他們選擇了死，就如同妳替我選擇了生；妳為露依莎和克特選擇生，雖然他們想要傷害妳；妳收養傑克，讓他進入我們黑衣修士區的家，不讓他在街頭過著三餐不繼的生活，也等於替他選擇了生；妳把小葛瑞絲從火焰中救出來，也為她選了生。不論妳是否意識到，每次妳都付出了代價。」

我知道我為馬修的生存付出什麼樣的代價，雖然他不知道；我的生命屬於女神，直到她願意歸還我為止。

「我認識的超自然生物當中，只有菲利普能像妳一樣迅速且全憑直覺做出生死抉擇。菲利普付出的代價是可怕的寂寞，他的寂寞與日俱增，就連伊莎波也無法解除。」馬修用頭抵著我的額頭。「我不希望妳有那樣的命運。」

但我的命運不屬於我。該趁現在告訴馬修了。

「我救了你的那個晚上。還記得嗎？」我問。

馬修點頭。他不喜歡談那個我們都差一點喪命的晚上。

「少女和老婦都在場——那是女神的兩種化身。」我的心狂跳。「你救醒我以後，我們打電話給伊莎波，我告訴她我看見她們。」我在他臉上尋找了解的跡象，但他仍滿臉迷惘。「救你的不是我，馬修。女神救了你。我求她救你。」

他的手指掐進我手臂。「告訴我妳沒有拿任何東西跟她交換。」

「你快死了，我沒有足夠的力量治療你。」我抓住他的襯衫。「光靠我的血不夠。但女神從那棵老橡樹抽出生命力，讓我透過我的血管餵給你。」

「她要什麼回報？」馬修收緊雙手，把我提起，我只有腳尖勉強碰到地面。「妳的神和女神賜的好處，都要收取報酬。這是菲利普教我的。」

「我跟她說，只要救你，她可以拿走任何人、任何東西。」

馬修忽然放開手。「艾米莉？」

「不是。」我搖頭。「女神要用生命抵生命——不是死亡抵生命。她選中我的命。」他一臉遭受背叛的表情，讓我熱淚滿眶。「我直到編織第一則咒語時，才明白她的決定。我在那時見到她。女神說她還有工作要我執行。」

「我們得解決這件事。」馬修拖著我往花園大門走。陰暗的夜空下，遮住大門的月光花是唯一為我們照路的指標。我們很快就來到十字路口。馬修把我推到中央。

「我們不能。」我抗議道。

「妳既然會編第十個結，就可以取消對女神的任何承諾。」他粗聲道。

「不！」我的胃抽搐，胸口像火燒一般。「我不可能揮揮手，就讓我們的協議消失。」

那棵被女神犧牲來拯救馬修的老橡樹，枝椏隱約可見。我腳下的大地彷彿在搖晃。我低頭看去，見自己站在十字路中央。我心口的灼燙感沿著我的手臂延伸，蔓延到我的手指。

「妳不能為了我的緣故，把妳的未來交給喜怒無常的神祇。」馬修道，他氣得聲音顫抖。
「不要在這裡講女神壞話。」我警告他。「我可沒有到你的教堂裡去嘲笑你的神。」
「如果妳不肯打破妳對女神的承諾，就用妳的魔法召喚她。」馬修跟我一起站在兩條路輻輳的地方。
「離開十字路口，馬修。」這時在我腳下起了一陣魔法旋風。珂拉在夜空中尖聲怪叫，像彗星般拖著一道火焰，環繞我們飛行，不斷發出警告的叫聲。
「妳不召喚她，我不走。」馬修不肯移動雙腳。「妳不可以為我的生命付出自己的生命。」
「那是我的選擇。」我的頭髮在臉的周圍劈啪作響，火焰般的髮絲纏繞在我脖子上。「我選擇了你。」
「我不會讓妳那麼做。」
「已經做了。」我的心跳很大聲，他的心也在共鳴。「如果女神要我為她達成某個目標，我會做，並且欣然從命。因為你是我的，我不會放棄你。」
我說的最後幾個字，就跟女神一度對我說的話一模一樣。這些字句帶著力量，使風平靜，使珂拉沈默下來。隨著馬修與我的聯繫更加緊密，結合我們的鎖鍊更加光亮而牢靠，我血管裡的火熄了，灼燙的感覺變為餘燼的溫暖。
「你不可以讓我後悔對女神提出過要求，或我為那要求付出的代價。」我道：「我也不會反悔我對她的承諾。你有沒有想過，萬一我那麼做會有什麼後果？」
馬修保持沈默，聽我往下說。
「沒有你，我就不會認識菲利普，或接受他的血誓。我不會懷你的孩子。我不會見到我父親，也不會知道我是個編織者。你懂嗎？」我舉起雙手，捧住他的臉。「因為救你的命，我救了我自己。」
「她要妳做什麼？」馬修的聲音激動得沙啞。

「我不知道。但有一件事我能確定：女神要我活著去完成它。」

馬修的手放在我小腹上，我們的孩子熟睡的地方。

我覺得一陣輕微的顫動。又一陣。我緊張地看著他。

他把手貼在我皮膚上，輕壓一下，我肚子裡傳來一陣更強的震動。

「出了什麼事嗎？」我問。

「沒事。是寶寶。胎動開始了。」馬修的表情充滿敬畏，也鬆了一口氣。

我們一塊兒等待來自我體內的下一陣抖動。它出現時，馬修和我都笑了起來，突如其來地滿懷快樂。

我仰頭望去。星星彷彿更明亮，彌補了黯淡的新月。

十字路口鴉雀無聲，我趕赴黑月下的衝動已經消失了。把我帶領到這兒的不是死亡，而是生命。馬修和我挽著手走回屋子。我打開廚房裡的燈，卻看見一件意想不到的東西等著我們。

「誰要送我生日禮物，似乎嫌早了一點。」我看著那個包裝得奇形怪狀的包裹說。馬修走上前，想把它看個清楚，我攔住他道：「別碰它。」

他困惑地看著我。

「上面的魔法防禦足夠打敗一支軍隊。」我解釋道。

包裹是個扁扁的長方形。外包裝是用各種莫名其妙的包裝紙拼湊的：鸛鳥圖案的粉紅紙、滿紙紅黃藍原色的小蟲把身體扭曲成阿拉伯數字4、有耶誕樹的包裝紙、壓印婚禮鐘的銀色箔紙。上面還堆滿鮮豔的蝴蝶結。

「這是哪兒來的？」馬修問。

「我猜是房子給的。」我用手指戳戳它。「我記得以前過生日時，看過其中某幾張包裝紙。」

「妳確定這是給妳的？」他滿臉懷疑。

我點頭。這包裹絕對是我的。我小心翼翼將它拿起。那些蝴蝶結都已用過，沒有黏性，紛紛如雨落在廚房中島桌上。

「要我去叫莎拉嗎？」馬修問。

「不用，我來就好。」我手指刺痛，拆包裝時，每根彩色絲線都明顯可見。

裡面是本作文簿——穿線裝訂，黑白二色封面。有人在用來寫名字的方框裡黏了一朵紅色的雛菊，又在「橫行」前面加上「女巫」二字。

「《芮碧嘉・畢夏普的陰影之書》。」我大聲讀出用黑色粗筆寫在雛菊上方的字跡。「這就是我媽那本一直找不到的咒語書——她用來記錄高等魔法的。」

我翻開封面。經過艾許摩爾七八二號帶來的種種困擾後，我對各種神祕插圖和密碼式的文字，都有破解的決心。但我看到的卻是我母親圓滾滾、孩子氣的筆跡。

〈召喚新死者的鬼魂，問它問題。〉是她記錄的第一個咒語。

「我媽顯然認為一開始就要有震撼力。」我拿這一頁給馬修看，說道。咒語下方的筆記，登記了她和艾米莉試用這個法術的日期和效果。她們的頭三次嘗試都宣告失敗，直到第四次才成功。

當時她們都是十三歲。

「天啊。」馬修道：「她們都還是小孩，找死人打交道做什麼？」

「顯然她們想知道鮑比・伍德洛夫喜不喜歡瑪莉・巴賽特。」我努力分辨歪七扭八的字跡道。

「她們為什麼不直接去問鮑比・伍德洛夫？」馬修覺得不解。

我一頁頁翻閱。束縛咒、驅鬼咒、保護咒、召喚元素力量的咒語——都在這兒，還有愛情咒和其他改變別人心意的魔法。我的手指停止移動。馬修對空嗅聞。

後面的書頁裡夾了一張紙，紙上貼著一張極薄、近乎透明的東西。紙上也有我母親圓滾滾的字跡，但卻成熟了許多。

戴安娜：

生日快樂！

我把這個留給妳。這是我們知道妳會成為傑出女巫的第一個徵兆。

也許有朝一日妳用得著它。

好愛妳的媽媽

「這是我的羊膜。」我抬頭看著馬修：「你想我在胎動的第一天拿回這本筆記，會不會有特殊意義？」

「不會。」馬修道：「房子在今晚把它交給妳，更有可能是因為妳終於不再逃避妳父母從一開始就知道的事。」

「什麼事？」我皺起眉頭。

「妳會擁有妳父母各走極端的魔法能力，形成不尋常的組合。」他答道。

第十個結在我手腕上發燙。我翻轉手，看著它扭曲的形狀。

「所以我會打第十個結。」我第一次理解那種力量來自何處。「我能創造，因為我父親是編織者；我能毀滅，因為我母親有高等黑暗魔法的天賦。」

「兩種極端的結合。」馬修道：「妳父母就像鍊金術的婚禮。他們的婚姻製造出奇妙的小孩。」

我小心闔上咒語書。我可能得花好幾個月——說不定好幾年——從我母親的錯誤中學習，創造我自己的、能達成相同目標的咒語。我一手把母親的咒語書抱在胸前，另一手按著自己的小腹，向後靠在馬修懷裡，聽他緩慢的心跳聲。

「不要因我黧黑且有陰影而拒絕我。」我想起在馬修書房裡讀到的一本鍊金術書中的段落，低聲念道。「《曙光乍現》裡的這句話曾經讓我聯想到你，但現在它卻讓我聯想到我父母，還有我自己的魔法，以及過去我多麼努力抗拒它。」

馬修用大拇指輕撫我手腕，使我的第十個結發出明亮的七彩光芒。

「這讓我想到《曙光乍現》裡的另一段話。」他低語道：「『我是結束，而我的愛人是開始。我含括萬物之創造，所有知識都隱藏在我裡面。』」

「你覺得那是什麼意思？」我扭過頭，想看他的表情。

他微微一笑，伸手攬住我的腰，一隻手放在寶寶身上。他們動來動去，好像認得父親的觸摸。

「意思是說，我是個非常幸運的男人。」馬修答道。

第十二章

馬修清涼的手滑入我上身的睡衣，他的嘴唇撫慰了我汗濕的脖子。

「生日快樂。」他低語道。

「我的專用冷氣機。」我依偎在他身上。大熱天裡有個吸血鬼老公真是愜意。「真是一份體貼的禮物。」

「還不止呢。」他給我一個緩慢而邪惡的吻，說道。

「費南多和莎拉呢？」我已幾乎不在乎我們做愛被人聽見，但也不是完全沒顧忌。

「外面。躺在花園的吊床上。看報。」

「那我們動作快點。」本地小報新聞篇幅簡短，廣告特多，十分鐘就能讀完——如果你要趁開學特賣撿便宜，或想知道三家連鎖賣場中哪家的漂白水最優惠，了不起也只要花上十五分鐘。

「今天早晨我專程出去買了《紐約時報》。」他道。

「你每次都有充分準備，是吧。」我伸手往下探摸。馬修用法文低罵一聲。「你跟維玲一樣。典型的童子軍。」

「不是每次。」他閉上眼睛。「現在就沒有，一試便知。」

「而且太有自信。」我湊到他唇邊，嘲弄地親他一下。「《紐約時報》耶。萬一我覺得累？心情不好？賀爾蒙失調？那麼奧本尼的報紙就夠他們看了。」

「我打算用我的禮物讓妳回心轉意。」

「嗯，我不知道。」我手下加把勁，又招來一聲法文咒罵。「何不先拆這一件？然後再看你另外準備了什麼？」

我生日當天十一點，溫度一路攀升，已超過攝氏三十二度。八月的熱浪沒有停歇的徵兆。

我擔心莎拉的花園，便用接合咒和電氣膠帶把四根水管接在一起，把所有花床澆了一遍。我耳朵裡塞著耳機聽弗利伍麥克，整棟房子安靜得詭異，好像在等待大事發生，害我竟然跟不上我父母最喜歡的樂團的節奏。

拖著水管在花園裡走來走去，忽然蛇麻子穀倉屋頂上那隻大型鑄鐵風信雞引起我注意。它昨天還不在那兒。我不明白這棟房子為何要變更外圍的建築物。正思考這問題時，屋頂橫梁上又冒出兩隻風信雞。它們像剛抽芽的植物般抖了幾下，隨即開始瘋狂旋轉。轉動停止時，所有風信雞都指著北方。但願這代表即將下雨。在那之前，只好靠水管了。

我替所有植物都洗了個痛快的澡，忽然有人將我一把摟進懷裡。

「謝天謝地！我一直擔心著妳呢。」雖然那低沈的嗓音被吉他和鼓聲掩蓋，我還是一聽就認得。我取出耳機，回頭面對我最好的朋友。他深凹的褐眼滿含關切。

「克里斯！」我張開雙臂，抱住他的寬肩。「你怎麼會在這兒？」我上下打量他，發現他一點都沒變。一頭剪得極短的鬈髮、胡桃色澤的皮膚、筆直劍眉底下的高顴骨和闊嘴巴都是老樣子。

「我來找妳！」克里斯答道。「見鬼了這是怎麼回事？妳從去年十一月就蹤影全無。不接電話，也不回電郵。後來我看到秋季班課程表上竟然沒有妳的名字！我不得不把歷史系系主任灌醉，他才透露妳請病假。我以為妳快死了——結果卻是懷孕。」

好吧，至少這件事不需要我告訴他。

「對不起，克里斯。我去的地方手機訊號不通，網際網路也連不上。」

「妳可以從這兒打電話給我呀。」他還不打算放過我。「我在妳阿姨那兒留了話，也寫過信。沒有人理我。」

我察覺馬修冰冷而苛刻的目光。同時費南多也在關切我們。

「這是哪位，戴安娜？」馬修走到我身旁，低聲問道。

「克里斯．羅伯斯。閣下他媽的又是何方神聖？」克里斯質問。

「他是馬修．柯雷孟，牛津大學萬靈學院榮譽會員。」我猶豫了一下。「我的丈夫。」

克里斯張口結舌。

「克里斯！」莎拉在後門廊上招手。「來，給我一個抱抱！」

「嗨，莎拉！」克里斯舉手答禮。他回過頭，控訴地瞪我一眼。「妳結婚了？」

「你來度週末，是嗎？」莎拉喊道。

「得看情形，莎拉。」克里斯警戒地在我和馬修之間看來看去。

「看什麼？」馬修傲然地挑起眉毛。

「看我要花多少時間才能理解戴安娜為什麼嫁給你這種人，柯雷孟，還有你配不配得上她。不必在我身上浪費你的大地主派頭。我家世世代代做長工出身。我不吃那一套。」克里斯昂首闊步向屋子走去。

「艾姆在哪兒？」

莎拉僵在那兒，臉色蒼白。費南多從門廊台階上躍起，衝到她身旁。

「我們何不進屋裡去？」他低聲道，試圖把莎拉帶開，離克里斯遠一點。

「借一步，說句話好嗎？」馬修握住克里斯手臂道。

「沒關係，馬修。我告訴過戴安娜，我也可以告訴克里斯。」莎拉恢復了說話的能力。「艾米莉心臟病發作。她在五月去世了。」

「天啊，莎拉，真抱歉。」克里斯沒用那種會壓碎骨頭的抱我方式，只是稍微輕柔地把她攬進懷裡。他站著輕輕搖晃，緊閉雙目。莎拉跟他一起搖動，身體鬆弛而開放，既不緊繃，也沒那麼充滿哀傷。我阿姨還沒有克服艾米莉的死——她很可能像費南多一樣，永遠擺脫不了那麼深入根柢的失落——但還是有種種微小跡象顯示，她已開始慢慢學習回歸人生。

克里斯睜開黑眼，隔著莎拉的肩膀找到我。他眼裡有憤怒與痛楚，也有哀傷與尚待回答的疑問。*為什麼不告訴我？妳去了哪裡？為什麼不讓我幫妳？*

「我要跟克里斯談談。」我低聲道：「單獨談。」

「你們去家族休息室談，會比較自在。」莎拉從克里斯懷裡縮回身體，擦擦眼睛。她對我點一下頭，鼓勵我把家族的祕密向他透露。但馬修下巴緊繃，顯然他的心情沒那麼慷慨。

「需要我就叫我。」馬修把我的手湊到他唇邊。我的手被警告地輕捏一下，無名指關節也被輕咬一下，好像要提醒我——和他——我們是夫妻。馬修心不甘情不願地放開我。

克里斯和我穿過房子，走進家族休息室。一進房間，我就把門關上。

「妳嫁給馬修・柯雷孟？」克里斯爆發道：「什麼時候的事？」

「大約十個月前。一切都發生得非常快。」我歉意地說。

「我就知道！」克里斯壓低聲音。「我警告過妳，他出了名的厭惡女人。柯雷孟或許是個傑出的科學家，卻也是個惡名昭彰的混蛋。況且他配妳也太老了。」

「他才三十七歲，克里斯。」誤差約一千五百年。「而且我該警告你，馬修和費南多聽得見我們說的每一個字。」附近有吸血鬼時，關起門說話不保證有隱私。

「怎麼會？難道妳的男朋友——老公——在屋裡裝了竊聽器？」克里斯的語氣很嚴厲。

「不，他是個吸血鬼。他們的聽力非常敏銳。」有時候，說實話確實是最好的策略。

廚房裡有個沈重的鍋子掉落。

「吸血鬼。」克里斯一副覺得我神智失常的表情。「就像電視上那種？」

「不完全是。」我小心翼翼地繼續。向凡人透露這世界的真面目，往往令他們驚慌。過去我只做過一次這種事，結果鑄成大錯。我大一的室友美蘭妮竟然昏倒。

「吸血鬼。」克里斯慢條斯理地重複一遍，好像要從頭思考這件事。

「你最好坐下。」我指著沙發。如果他昏倒，我可不希望他撞到頭。

克里斯不理睬我的建議，一屁股坐在那張有扶手的靠背椅上。這張椅子當然比較舒服，但它也以把不中它意的客人彈出去著稱。我警戒地看著它。

「妳也是吸血鬼嗎？」克里斯問道。

「不是。」我謹慎地把屁股搭在外婆的搖椅邊緣。

「妳百分之百確定柯雷孟是吸血鬼嗎？妳肚子裡那個小孩是他的，不是嗎？」克里斯俯身向前，好像這問題的答案事關重大。

「兩個小孩。」我豎起兩根手指頭。「雙胞胎。」

克里斯兩手一攤。「也罷，《魔法奇兵》⑲裡那些吸血鬼都沒把女生肚子搞大過。就連大反派史拜克也沒有。天曉得，那傢伙從不把安全性行為放在心上。」

我母親那一輩的凡人，對超自然世界的了解都來自《神仙家庭》⑳，我這一代則是靠《魔法奇兵》。不論哪種超自然生物把我們的世界介紹給喬斯・魏登㉑，都難辭其咎。我嘆口氣。

「我絕對有把握，馬修是孩子的父親。」

克里斯的眼神轉到我脖子上。

「他不是咬我那兒。」

他瞪大眼睛。「哪兒……？」他搖搖頭。「算了，別告訴我。」

我想，問了半天，到這一刻才喊停，還真奇怪。不過克里斯顯然不是個敏感——或拘謹——的人。他還沒昏倒。這讓我信心大增。

「你很能接受這種事。」我很慶幸他始終能保持鎮定。

「我是科學家。我受的訓練就是在一件事證明為誤之前，都要把懷疑放一旁，保持開放胸襟。」克里斯目光轉往枯萎的樹。「為什麼壁爐裡有一棵樹？」

「好問題。我們也不知道。不過你換個問題問問看，或許我有能力回答。」這是個笨拙的邀請，而且我仍然擔心他會昏倒。

「是有幾個問題。」再一次，克里斯用他的黑眼睛盯著我的眼。他不是巫師，但這些年來，對他撒謊一直很不容易。「妳說柯雷孟是吸血鬼，而妳不是。那妳是什麼，戴安娜？我長久以來，已經知道妳跟其他人是不一樣的。」

我不知道該說什麼。如果在一個深愛的人面前，一直避談自己人格中某個重要的特質，到頭來要如何對他解釋？

「我是妳最好的朋友——至少在柯雷孟出現前算是。妳應該有信心對我吐露真相。」克里斯道：「不論事實是什麼，我們之間的一切都不會改變。」

克里斯肩後出現一個小綠點，向焦樹飛去。綠點幻化成布麗姬・畢夏普的模糊人形，穿著繡花的緊身上衣和大蓬裙。

謹慎，女兒。風從北方來，預兆戰爭即將爆發。誰會跟妳並肩作戰，誰會在敵對的一方？

我的敵人夠多了。我不能再失去任何一個朋友。

「也許妳不夠信任我。」克里斯見我沒有立刻回答，低聲道。

「我是女巫。」我聲音小得幾乎聽不見。

「好。」克里斯期待道：「所以呢？」

「所以什麼？」

---

⑲ Buffy the Vampire Slayer是一部美國電視影集，從一九九七年至二〇〇三年共製播七季，描述高中女生拔菲受天命揀選，成為吸血鬼獵人，力敵吸血鬼、魔族及其他邪惡角色，維護世界安全。這部影集頗具巧思，把高中生學業與生活上面臨的困境與超自然邪惡勢力等量齊觀，播出期間很受歡迎。

⑳ Bewitched也是美國電視影集，從一九六四年製播到一九七二年，描述一位女巫嫁給凡人，並決心好好扮演中產階級家庭主婦的角色，卻經常遇到必須動用巫術才能解決問題的趣事。播出期間在全美收視排行第二。

㉑ Joss Whedon是《魔法奇兵》的創意人與製作人。

「就這樣？妳一直不敢告訴我的就是這件事？」

「我說的不是新異教運動，克里斯——雖然我的確是個異教徒。我說的是天靈靈地靈靈，施咒語、配魔藥的那種女巫。」說到這一點，克里斯愛看黃金時段電視影集的嗜好或許有點幫助。

「妳有魔杖嗎？」

「沒有，但我有條火龍。長得很像童話故事裡的龍。」

「好酷。」克里斯咧開嘴。「酷斃了。所以妳離開紐海文？妳要帶牠去上馴龍課程？」

「馬修和我因故必須盡速離開，就這樣。抱歉我先前沒告訴你。」

「你們去了哪兒？」

「一五九〇年。」

「妳有做什麼研究嗎？」克里斯沈思道。「我想那會造成各式各樣引用上的困擾。妳要怎麼寫腳註？『與威廉・莎士比亞的私人交談』？」他縱聲大笑。

「我沒見到莎士比亞。馬修的朋友瞧不起他。」我頓了一下。「我見過女王。」

「那更好。」克里斯點頭道：「不過也一樣寫不進腳註。」

「你應該感到驚嚇！」他的反應完全出乎我意料。「你不要求證明嗎？」

「自從麥克阿瑟基金會㉒打電話給我以後，什麼事都驚嚇不了我了。如果那種事會發生，任何事都有可能發生。」克里斯搖搖頭。「吸血鬼和女巫。哇。」

「還有魔族。不過他們眼睛不會發光，也不邪惡。嗯，不比其他物種更嚴重就是了。」

「其他物種？」克里斯的語氣忽然變得興趣濃厚。「有狼人嗎？」

「絕對沒有！」馬修在遠處大叫。

「敏感的題材。」我沒把握地對克里斯一笑。「所以你真的可以接受？」

「為什麼不？政府花數以百萬計的經費到外太空尋找外星人，結果你們就在這兒。試想這會贏來多大金額的研究獎助。」克里斯總是千方百計降低物理系的重要性。

「你不能告訴任何人。」我連忙說道。「知道我們的凡人不多，必須保持這樣。」

「我們早晚會知道的。」克里斯道：「何況，大多數人會很興奮。」

「你以為呢？耶魯學院的院長發現他們給了一個女巫終身教職，會興奮嗎？」我挑起眉毛。「我學生的家長會樂意知道他們的心肝寶貝跟一個女巫學習科學革命？」

「呃，院長可能不見得。」克里斯壓低音量。「馬修不會為了要我閉嘴而咬我吧？」

「不會。」我向他擔保。

費南多一隻腳卡進家族休息室的門，把門撥開。

「我很樂意替他咬你，只要你客氣地求我。」費南多把一個盤子放在桌上。「莎拉認為你們可能想喝點咖啡，或更強烈的飲料。如果還需要什麼，儘管找我。不需要大聲叫。」他拋給克里斯一個他在盧納沙節餐會上把巫會所有女性成員迷得神魂顛倒的微笑。

「找錯對象了，費南多。」他離開時我警告道。

「他也是吸血鬼？」克里斯悄聲問。

「沒錯。馬修的姻親。」我拿起威士忌酒瓶和咖啡壺。「咖啡？威士忌？」

「都要。」克里斯伸手去拿杯子。他戒備地看著我。「妳是女巫這事沒瞞著妳阿姨，對吧？」

「莎拉是女巫，艾姆也是。」我往他杯子裡倒了有益健康的大量威士忌，然後注滿咖啡。「這是今天

㉒ MacArthur Foundation全名為John D. and Catherine T. MacArthur Foundation，該基金會從一九七八年成立以來，已送出五十五億美元的獎助。它最有名的獎項是別號「天才獎」（genius grants）的麥克阿瑟獎（MacArthur Fellowship），目前每個名額可獲得六十二萬五千美元獎金。本書首部曲提到克里斯曾得過這個獎。

的第三或第四壺，所以應該不含咖啡因了。否則我們得把莎拉從天花板上刮下來。」

「咖啡會讓她飛起來？」克里斯先喝一口，考慮了一下，然後加進更多威士忌。

「只是形容詞。」我道，打開水瓶，喝了一口。寶寶們動了一動，我輕拍一下肚子。

「真不敢相信妳懷孕了。」克里斯第一次流露驚訝的語氣。

「你剛聽說我去年大部分時間待在十六世紀、養了一條龍當寵物、你周圍有一大群魔族、吸血鬼和女巫，卻只覺得我懷孕這件事難以置信？」

「相信我，親愛的。」克里斯拖著他標準而慵懶的阿拉巴馬口音道：「那件事難以置信的程度遠遠超過其他一切的一切。」

第十三章

電話鈴響時，外面天色一片漆黑。我抖抖身子，擺脫睡意，伸手推醒床另一側的馬修。他不在那兒。我翻個身，拿起他擱在床頭櫃上的手機，上面顯示密麗安的名字與時間。星期一清晨三點。我的心警戒地狂跳。只有緊急事故才會讓她在這種時刻來電。

「密麗安？」我按下通話鍵，說道。

「他在哪兒？」密麗安的聲音在發抖。「我必須跟馬修通話。」

「我去找他。他大概在樓下，或外出狩獵了。」我掀開被子。「出事了嗎？」

「是的。」密麗安說得直截了當。然後她換了一種我聽不懂的語言，不過從她說話的節奏聽得出，密麗安・薛柏在禱告。

馬修衝進來，費南多跟在他後面。

「馬修來了。」我按下擴音鍵，把手機遞給他。他休想把這次談話的內容保密。

「什麼事，密麗安？」馬修問。

「有張字條，在信箱裡。上面打了一個網址。」一聲咒罵，一聲悲泣，密麗安又開始禱告。

「把網址簡訊給我，密麗安。」馬修鎮定地說。

「是他，馬修。是班哲明。」密麗安低聲道。「信封上沒有郵票。他一定還在這兒。在牛津。」

我跳下床，在黎明前的黑暗裡顫抖。

「把網址簡訊給我。」馬修重複道。

走廊裡亮起一盞燈。

「怎麼回事？」克里斯揉著睡意朦朧的眼，和費南多一起站在門口。

「是馬修在牛津的同事密麗安・薛柏。實驗室出了點事。」我告訴他。

「哦。」克里斯打著呵欠道。他搖頭甩掉惺忪，皺起眉頭：「不會是寫出動物園動物近親交配導致異型合子的喪失那篇經典論文的密麗安・薛柏吧？」我花了不少時間跟科學家打交道，但這麼做並不能幫我了解他們說的話。

「就是她。」馬修喃喃道。

「我以為她去世了。」克里斯道。

「還沒有。」密麗安用她尖銳的女高音說道。「請問說話的是哪位？」

「克里斯——克里斯多夫・羅伯斯。耶魯大學。」克里斯有點結巴，聽起來活像第一次參加討論會做自我介紹的研究生。

「哦。我很喜歡你最近刊登在《科學》上的文章。你的研究模型令人佩服，雖然結論完全錯了。」密麗安一批評起同儕，聲音就恢復了正常。馬修也注意到這有益的改變。

「讓她繼續說。」馬修鼓勵克里斯，隨即對費南多下了個無聲的命令。

「是密麗安嗎？」莎拉把手臂從睡袍的袖子裡伸出來，問道。「吸血鬼不用時鐘嗎？現在是清晨三點耶！」

「我的結論哪裡不對？」克里斯滿面怒容地問道。

費南多回來了，把手提電腦交給馬修。它已經開啟，螢幕的光照亮了房間。莎拉把手從門框伸進來，擰開電燈，逐走殘餘的黑暗。儘管如此，我仍覺得黑暗壓迫下來，籠罩整棟房子。

馬修坐在床緣，腿上擱著電腦。費南多又扔一支手機過去，馬修把它接在電腦上。

「看到班哲明的簡訊了嗎？」密麗安聽起來鎮定多了，但恐懼還是讓她的聲音特別尖利。

「我正要把它叫出來。」馬修道。

「不要使用莎拉的網路！」她的焦慮幾乎觸摸得到。「他會監視那個網址的一切活動。他說不定能透過IP位址找到你們的所在地。」

「別擔心，密麗安。」馬修安慰她道：「我用費南多的手機。巴德文的電腦工程師可確保沒有人能透過它找到我的所在。」

我終於明白我們離開七塔時，巴德文為何發給我們每人一支新手機，更換我們的電話公司，並取消莎拉的網路服務了。

螢幕上出現一個空蕩蕩的房間。室內鋪了白色磁磚，除了一個舊臉盆和外露的水管，以及一張檢查桌，沒有任何家具。地上有個排水孔。左下角有日期和時間，時鐘上的數字隨著每一秒的消逝快速移動。

「那堆東西是啥？」克里斯指著地上一堆破布團問道。那東西在動。

「一個女人。」密麗安道。「我十分鐘前開啟這網址，她就在那兒。」密麗安這麼一說，我也分辨出她纖瘦的手臂和腿，還有胸部和腹部的弧度。她身上只掛幾片碎布不夠禦寒。她在顫抖、呻吟。

「班哲明呢？」馬修問，眼睛緊盯螢幕不放。

「他曾經穿過房間，對她說了幾句話。然後他面對攝影機——微笑。」

「他還有說什麼嗎？」馬修問。

「有。『哈囉，密麗安。』」

克里斯湊到馬修肩膀後面，摸一下電腦觸控板。畫面變大了。

「地上有血。她被鐵鍊鎖在牆上。」克里斯瞪著我。「班哲明是什麼人？」

「我兒子。」馬修瞥了克里斯一眼，目光隨即回到螢幕上。

克里斯交叉起手臂抱胸，眼睛眨也不眨，盯著畫面。

電腦擴音機傳出柔和的音樂。那女人縮起身體，貼著牆壁，瞪大了眼睛。

「不。」她哀鳴道。「別再來了。求求你。不要。」她望著攝影機。「救救我。」

我手上閃現各種顏色，手腕上的結灼燙起來。我覺得一陣刺痛，雖不明顯但絕不會錯。

「她是個女巫。那女人是女巫。」我碰一下螢幕。手指移開時，指尖上黏了一條細細的綠線。

那條線啪一下斷了。

「她聽得見我們嗎？」我問馬修。

「不能，」馬修陰沈地說。「我認為不能。班哲明要我們聽他的。」

「不准跟訪客說話。」沒看見馬修兒子的蹤影，但我認得那個冷酷的聲音。那女人立刻縮成一團，用手臂抱緊自己的身體。

班哲明向攝影機靠近，他的臉占據了大半個螢幕。但從他肩後仍看得見那女人，這齣戲經過他精心策劃。

「有新訪客加入——一定是馬修。你遮蓋自己的位址，真聰明。親愛的密麗安也還跟我們在一起，我看得見。」班哲明再次微笑。難怪密麗安那麼驚恐。這一幕真可怕：那兩瓣扭曲的嘴唇和死氣沈沈的眼睛，我曾在布拉格見過，記憶猶新。縱然事隔四百多年，仍看得出班哲明就是羅兀拉比口中的福克斯先生。

「喜歡我的實驗室嗎？」班哲明的手臂掃過整個房間。「設備比起你的實驗室差遠了，馬修，不過我要的不多。經驗是最好的老師。我只需要願意配合的實驗對象，而且溫血人透露的訊息比動物豐富多了。」

「上帝啊。」馬修喃喃道。

「但願下次我們可以談談我實驗上的新成就。可惜到目前為止，事情沒有完全跟著計畫走。」班哲明回過頭，聲音變得猙獰。「有嗎？」

音樂變得響亮，地上的女人呻吟著，企圖掩住耳朵。

「她本來很愛巴哈。」班哲明故作悲傷狀，加以說明：「尤其是這首〈聖馬太受難曲〉。我不論帶她到哪兒去，都特別播放這首曲子。然而，現在這女巫只要一聽到樂曲的開頭，就痛苦得不得了。」他跟著音樂哼唱接下來幾小節的旋律。

「他的意思是我以為的那樣嗎？」莎拉不安地問。

「班哲明一再強暴那個女人。」費南多幾乎掩飾不住胸中怒火。這是我第一次看到他的吸血鬼本性從平易近人的外表下流露出來。

「為什麼？」克里斯問道。還沒有人來得及回答，班哲明就繼續道。

「只要她有懷孕的跡象，音樂就會停止。這是這個女巫盡責、取悅我的報酬。不過，有時候大自然會有不同的想法。」

我了解班哲明這番話的寓意。正如許多年前的耶路撒冷，這女巫必然是個編織者。膽汁驀然上湧，我不禁摀住嘴巴。

班哲明眼中光芒更甚。他調整攝影機的角度，放大沾在那女人大腿上和地板上的血跡。

「很不幸，這女巫流產了。」班哲明的聲音就像科學家報告研究結果一樣不帶感情。「這是第四個月——她懷胎最久的一次。截至目前為止。她去年十二月懷了我的兒子，卻在八週後流產。」

馬修和我的第一個孩子也在十二月受胎。那次懷孕我很早就流產，為期幾乎跟班哲明的女巫一樣短。地板上那個女人與我之間新發現的聯繫，使我開始顫抖。馬修伸手攬住我臀部，讓我穩定下來。

「我確信我的生育力跟你給我的血怒有關——我把那種天賦傳給很多我的兒女。這個女巫第一次流產後，我和我那群兒子曾經嘗試讓魔族和凡人受孕，都沒有成功。我得出一個結論：有血怒的吸血鬼跟女巫在生育方面必然有特殊的親和力。但連番失敗代表我必須重新檢討這個假設。」班哲明把一張板凳拉到攝影機前面，坐下來，毫不理會背後那女人愈來愈強烈的恐慌。幕後持續播放著巴哈的音樂。

「我的計畫必須把另一個因素列入考慮：你的婚姻。你的新婚妻子是否取代了愛琳娜在你心目中的地位？還有瘋狂的茱麗葉、可憐的西莉亞，以及我在布拉格遇見的那個不可思議的女巫？」班哲明打了一下響指，好像忽然想起了什麼。「她叫什麼名字？戴安娜嗎？」

費南多嘶嘶怪吼。克里斯的皮膚冒出雞皮疙瘩。他盯著費南多，退開幾步。

「聽說你新娶的妻子也是女巫。你為什麼總不跟我分享你的想法？你該知道我聽得懂。」班哲明湊上來，好像要分享一個祕密。「畢竟我們受到同樣的驅策：熱愛權力、永不滿足對血的飢渴、復仇的慾望。」

音樂來到高潮，那女人開始前後晃動身體，希望能緩和痛苦。

「我不由得好奇，你知道我們血液裡蘊藏這種力量多久了。女巫一定都知道。生命之書裡可能還有什麼別的祕密。」班哲明頓了一下，等候回答。「不跟我說，是嗎？好吧，那麼，我除了回頭做我的實驗，別無選擇。別擔心。我遲早會想出辦法讓這個女巫懷孕的——或不斷嘗試到她送命為止。然後我會找個新女巫。說不定你的女巫正合我用。」

班哲明微笑。我從馬修身旁退開，不願意他知道我害怕。但他的表情告訴我，他已經知道了。

「暫時再見了。」班哲明隨便揮揮手。「有時我讓人看我工作，但今天我沒有招待觀眾的心情。不過只要有任何有趣的發展，我一定讓你知道。這期間，你不妨考慮分享知識給我，省得我被迫去問你老婆。」

話畢，班哲明就關掉鏡頭與聲音。留下一個黑色螢幕，但角落裡的時鐘仍在滴答計秒。

「我們怎麼辦？」密麗安問道。

「救出那女人。」馬修道，滿腔怒火顯而易見。「從那兒開始。」

「班哲明要你衝到明處，暴露自己。」費南多警告道。「你的攻擊必須妥善計畫，而且要完美地執行。」

「費南多說得對。」密麗安道。「你若沒有把握毀滅班哲明，就不能追殺他，否則會讓戴安娜陷入危險。」

「那個女巫活不了多久！」馬修叫道。

「如果草率行動，制服不了班哲明，他會另外找一個，那就輪到另一隻粗心的超自然生物陷入噩夢輪迴。」費南多一手緊緊抓住馬修的手臂道。

「說得對。」馬修把眼光從電腦上移開。「密麗安，妳去警告阿米拉好嗎？她必須知道，班哲明已經綁架了一個女巫，而且很可能再對別人下手。」

「阿米拉不是編織者。班哲明不可能讓她受孕。」我指出。

「我不認為班哲明知道編織者的事。還不知道。」馬修搓搓下巴。

「什麼是編織者？」密麗安和克里斯同聲問道。我張口想回答，但馬修輕搖一下頭，讓我把嘴又閉上。

「我晚點告訴妳，密麗安。妳可以做到我要求的事嗎？」

「當然，馬修。」密麗安同意了。

「晚點打電話來向我報到。」馬修擔憂的眼神盯著我不放。

「只要你高興，儘管用過度關心悶死戴安娜吧，但我不需要保母。何況我還有一大堆工作要做。」密麗安掛了電話。

一秒鐘後，克里斯對馬修的下巴發出一記有力的上擊拳。緊接著他又打出一記左鉤拳。馬修抬起手掌，接住這一招。

「看在戴安娜分上，我讓你打一下。」馬修用手掌包住克里斯的拳頭。「畢竟我的妻子很容易引起別人保護她的慾望。但你要適可而止。」

克里斯不肯退後。費南多嘆口氣。

「算了吧，羅伯斯。比體力你不是吸血鬼的對手。」費南多把手搭在克里斯肩上，準備必要時把他拉開。

「如果你讓那雜種走到戴安娜五十公里的範圍內，就休想看到第二天的日出——管你是不是吸血鬼。聽清楚了嗎？」克里斯瞪著馬修，氣勢洶洶。

「很清楚。」馬修答道。克里斯縮回手臂，馬修便鬆開拳頭。

「今晚發生了這種事，再也不會有人睡得著。」莎拉道：「我們得談談。需要大量咖啡——妳敢泡出不含咖啡因的咖啡試看看，戴安娜。但我要先到外面抽根煙——不管費南多怎麼說。」莎拉昂首闊步走出房間。「廚房見。」她扭頭喊道。

「保持那個網址的連線。班哲明打開攝影機時，可能會做或說什麼洩漏他所在地點的線索。」馬修把仍連接手機的手提電腦交給費南多。螢幕仍一片漆黑，只看得見標示時間流逝的可怕時鐘。馬修對門口偏一下頭，費南多就尾隨莎拉而去。

「讓我釐清一下情況。馬修的壞種在做土法煉鋼的遺傳學實驗，利用一個綁架來的女巫，以及若干無中生有的優生學理論，研究某種遺傳疾病。」克里斯雙手抱胸。這番描述雖遺漏了少許細節，但他幾乎立刻掌握了事件的全貌。「妳昨天講給我聽的那則童話故事，省略了不少重大情節轉折哦，戴安娜。」

「她不知道班哲明對科學有興趣。我們都不知道。」馬修站起身道。

「你一定知道你那個壞種瘋得像糞坑裡的老鼠。他是你兒子呀。」克里斯瞇起眼睛。「根據他的說法，你們都有這個叫血怒的玩意兒。換言之，你們對戴安娜都有危險。」

「是的，我知道他不穩定。還有他的名字叫班哲明。」馬修決定不回應克里斯後一半的問題。

「不穩定？那人根本心理變態。他試圖創造一個吸血鬼加女巫的菁英種族。所以為什麼不把那個壞——班哲明關起來。那樣他才不至於靠著不斷綁票、強姦，跟辛姆斯、維速爾、門格勒、史丹利等人㉓一起名列科學狂人榜。」

「我們到廚房去吧。」我推著他們一起往樓梯的方向走去。

「妳走前面。」馬修輕聲道，手扶著我的腰。他如此輕易就配合，讓我鬆了口氣，舉步下樓。

一陣撞擊，一句低罵。

克里斯被壓在牆上，馬修的手扼住他的咽喉。

「根據過去二十四小時你嘴巴吐出來的粗言穢語，我不得不斷定你把戴安娜當哥兒們看待。」我退回去，打算干預，但馬修警告地瞪我一眼。「她不是哥兒們。她是我妻子。我會感謝你在她面前節制使用髒話。清楚了嗎？」

「很清楚。」克里斯憎惡地看著他。

「很高興聽你這麼說。」馬修瞬間來到我身邊，他的手再次放在我脊椎凹處、有個火龍影子的位置。「小心階梯，我的愛。」他柔聲道。

到了一樓，我偷偷回頭瞥一眼克里斯。他正在研究馬修，好像把他視作一種全新的生物——我想也是。我的心一沉。開頭幾場衝突或許是馬修獲勝，但我最好的朋友和我丈夫之間的戰爭，還不知何時才會結束呢。

莎拉到廚房來加入我們時，頭髮散發出煙味和種在門廊欄杆前面的蛇麻子藤的氣味。我邊舉手在鼻子前揮舞——我懷孕雖已一段時間，還是有少數東西會引起噁心，其中包括香煙的味道——邊煮咖啡。咖啡煮好後，我拿起熱氣騰騰的咖啡壺，為莎拉、克里斯和費南多斟滿馬克杯。馬修和我只喝水。克里斯第一個打破沈默。

「所以，馬修，幾十年來，你和薛柏博士研究吸血鬼遺傳學，為的是了解血怒？」

「馬修認識達爾文。他研究生物源起和演化遠超過數十年。」我不打算告訴克里斯超過多少年，但也不願他像我以前一樣，被馬修的外表年齡矇騙。

「是的。我兒子也跟我們一起工作。」馬修給我一個稍安勿躁的眼色。

㉓ 維速爾（Otmar von Verschuer, 1896-1969），德國生物學家，主要研究種族優生學及雙胞胎，一九四四年開始在納粹奧辛維茲集中營，主持大批消滅猶太人的工作。門格勒（Josef Mengele, 1911-1979），德國醫生，亦為納粹親衛隊軍官，在奧辛維茲集中營擔任維速爾的得力助手，以猶太人從事殘酷的人體實驗。

「對，看得出。」克里斯臉頰上有條肌肉抽搐。「換作是我，不會覺得這種事值得吹噓。」

「不是班哲明。是我另一個兒子，馬卡斯・惠特摩。」

「馬卡斯・惠特摩。」克里斯發出感興趣的聲音。「照顧到每一個層面，我懂了。你的專長是演化生物學和神經科學。密麗安・薛柏是人口遺傳學的專家，馬卡斯・惠特摩則以功能型態學方面的研究聞名，也致力揭開顯性適應力的奧祕。你的研究團隊確實出色，柯雷孟。」

「我運氣好。」馬修謙虛地說。

「且慢。」克里斯驚奇地瞪著馬修。「演化生物學。演化生理學。人口遺傳學。你的研究主題不僅是血怒遺傳途徑而已。你要繪製遺傳世代圖。你要建構生命之樹——而且不僅人類這一支。」

「這就是壁爐裡那棵樹的名稱嗎？」莎拉問道。

「我想不是。」馬修拍拍她的手。

「演化。難以置信。」克里斯屁股沒離開椅子地退離中島餐桌。「所以你發現凡人和你們這些傢伙的共同祖先了嗎？」他朝我們比個手勢。

「如果你們這些傢伙指的是超自然生物——魔族、血族與巫族——答案是否。」馬修豎起眉毛。

「好吧。造成我們不同的基本遺傳差異是什麼？」

「血族和巫族多出一對染色體。」馬修解釋道：「魔族只多一個單獨的染色體。」

「你們把這些生物的染色體做成基因圖譜了嗎？」

「做了。」馬修道。

「那你們可能在一九九〇年以前就展開這計畫了，為了趕上凡人。」

「是的。」馬修道：「而且如果你想知道，我從一九六八年就開始研究血怒的遺傳。」

「當然。你借用唐納休的家族圖譜，研判世代之間的基因傳播。」克里斯點頭道：「好點子。你的排序做到哪裡了？有沒有找到控制血怒的基因？」

馬修盯著他看，沒答腔。

「怎麼樣？」克里斯敦促。

「我從前有個老師就像你。」馬修冷冷道：「他逼得我發瘋。」

「我也有過你這樣的學生。他們在我的實驗室都待不長。」克里斯從桌面上俯過身來。「我猜不是地球上每個吸血鬼都有你這種病。你了解血怒遺傳的確切途徑了嗎，為什麼有人被感染，有人卻不會？」

「不完全了解。」馬修坦承。「以吸血鬼而言，有點複雜，因為我們的父母有三個人。」

「你得加緊腳步，朋友。戴安娜懷孕了，懷的還是雙胞胎。」克里斯刻意看了我一眼。「我猜你已列出你們兩人全部的遺傳資料，並預測了你們的子女一切可能的遺傳模式，包括血怒，但不侷限於血怒。」

「過去大半年，我都在十六世紀。」馬修實在不喜歡被人質問。「我沒機會處理。」

「那現在是開始的好時機。」克里斯淡然道。

「馬修已經在進行了。」我望著馬修，徵求確認。「記得嗎？我找到一張寫滿X與O的紙。」

「X與O？我的老天爺。」這似乎確認了克里斯最害怕的事。「你說你有三個父母，你卻守著孟德爾的遺傳模型。我猜一個人老得像屎，而且是達爾文的舊識時，就會有這種下場。」

「我也見過孟德爾一次。」馬修打斷他，聲音活像一個老羞成怒的教授。「況且血怒可能是孟德爾遺傳的特徵。我們不能排除這種可能。」

「非常不可能。」克里斯道：「不僅因為三個父母的問題——這一點我還需要更多細節才能考慮。它一定會使數據發生大混亂。」

「解釋。」馬修把兩手指尖靠在一起，在面前搭了個帳棚。

「當著一位萬靈學院院士的面，我有必要列舉所有非孟德爾遺傳模式嗎？」克里斯挑起眉毛。「該有人查查牛津大學的人事政策吧。」

「他們講的話妳聽得懂一個字嗎？」莎拉悄聲道。

「每三個字聽得懂一個。」我懷著歉意說。

「我指的是基因轉換。感染遺傳。基因組銘刻。鑲嵌現象。」克里斯扳著手指細數。「想起來了嗎，柯雷孟教授。或者你要我繼續講這門開給大學部學生的課。」

「鑲嵌現象是不是一種客邁拉現象？」那是我唯一聽得懂的字眼。

克里斯讚許地對我點點頭。

「我就是一個客邁拉——如果有幫助。」

「戴安娜。」馬修吼道。

「克里斯是我最好的朋友。」我道：「如果他要幫你理解為何吸血鬼跟女巫能生兒育女——且不說找到那種病的療法——就得知道每件事。順便告訴你，那包括我遺傳化驗的結果。」

「那則資訊落到錯誤的人手中，可以致命。」馬修道。

「馬修說得對。」克里斯道。

「我很高興你這麼認為。」馬修話裡含著強酸。

「少神氣活現了，柯雷孟。我知道以人為對象的研究有多危險。我是來自阿拉巴馬的黑人，在塔斯基吉㉔的陰影裡成長。」克里斯轉向我。「不要把妳的遺傳資訊交給這個房間外的任何人——即使他們身穿白袍。不對，尤其要提防穿白袍的人。」

「謝謝你提供意見，克里斯多夫。」馬修僵硬地說。「我一定會把你的見解轉達給我團隊的其他成員。」

「所以我們到底要怎麼辦？」費南多問道。「本來我們好像沒什麼迫切的事，但現在……」他望著馬修，尋求指引。

「壞種的繁殖計畫破壞了一切。」馬修還沒來得及開口，克里斯就宣稱。「首先我們得了解，血怒究竟是不是受胎成功的原因，或那是多種因素組合的結果。我們也要知道，戴安娜的孩子有多大可能感染這種疾病。這一點就用得著這女巫和這吸血鬼的基因圖譜。」

「你也需要我的ＤＮＡ。」我鎮定地說：「並非每個女巫都有生育能力。」

「妳還得是個好女巫？或壞女巫？」克里斯的蠢笑話通常都能逗我笑，但今晚不成。

「得是個編織者。」我回答。「你還必須做出我基因組的排序，拿它跟其他女巫的序列比較。你也必須比較馬修和其他沒有血怒的吸血鬼的基因組排序。我們必須對血怒有足夠了解，才能治癒它，否則班哲明和他的孩子仍會遭成威脅。」

「那好吧。」克里斯拍一下大腿。「我們需要實驗室，幫手，還要大量數據和電腦時間。我可以動員我的人馬做這件事。」

「絕不可以。」馬修霍地站起來。「我也有實驗室。密麗安研究血怒和超自然生物的基因組已有相當時日了。」

「那她就該立刻趕來，並且把研究資料帶過來。我的學生水準很好，馬修。第一流的。他們會看到你和我受制約時無法看見的東西。」

「是啊。就像吸血鬼或女巫。」馬修狂抓頭髮。克里斯看到他整潔的儀表改變，不免緊張了起來。

「但我不喜歡讓更多凡人知道我們的事。」

馬修的話讓我想到，班哲明的新留言該讓某個人知道。「馬卡斯。我們得通知馬卡斯。」

㉔ Tuskegee是美國阿拉巴馬州一個城市，早年有很多棉花田，集結大量黑人勞工，留下很多黑人人權漸次改善的里程碑。

馬修撥了他的手機。

「馬修？一切還好嗎？」馬卡斯一拿起手機就說。

「不怎麼樣。這邊有狀況。」馬修很快告訴他班哲明和他擄走女巫做為人質的事。然後說明原因。

「如果我把那個網址寄給你，你可以叫雷瑟尼・魏爾遜設法全天候監視班哲明的訊息來源嗎？如果他能查到信號發出的地點，可以節省很多時間。」馬修道。

「成。」馬卡斯答道。

馬修才掛斷，我的手機就響了。

「又是誰？」我瞥一眼時鐘。太陽才剛升起呢。「哈囉？」

「謝天謝地妳醒了。」薇薇安・哈里遜鬆了一口氣，說道。

「有什麼問題嗎？」我的黑色大拇指傳來刺痛。

「我們有麻煩了。」她苦惱地說。

「什麼樣的麻煩？」我問。莎拉把耳朵湊到話機旁邊，跟我一起聽。我試著揮手叫她走開。

「我收到悉冬妮・封・勃克的訊息。」薇薇安道。

「誰是悉冬妮・封・勃克？」我沒聽過這名字。

「合議會的巫族代表之一。」薇薇安和莎拉異口同聲道。

第十四章

「巫會沒通過考驗。」薇薇安把她書包尺寸的手提包扔在廚房中島桌面上，自己動手倒了一杯咖啡。

「她也是女巫嗎？」克里斯小聲問我。

「我是。」薇薇安代為回答，這才第一次看見克里斯。

「哦。」他評估地打量她。「可以做個口腔黏膜樣本嗎？不會痛的。」

「待會兒再說吧。」薇薇安轉念想了一下。「對不起，請問你是誰？」

「這位是克里斯‧羅伯斯，薇薇安，我耶魯大學的同事。他是分子生物學家。」我趁遞過糖罐的當兒，捏一把克里斯的手臂，示意他安靜。「我們去客廳談，好嗎？我頭痛得要命——腳也腫得像氣球。」

「有人向合議會抱怨麥迪森有違反盟約的行為。」我們在電視機前面的沙發與安樂椅上舒適地坐定，薇薇安便告訴我們。

「妳知道是誰嗎？」莎拉問道。

「愷熙與利迪雅。」薇薇安愁眉苦臉地瞪著咖啡。

「兩個啦啦隊長告發我們？」莎拉啞口無言。

「猜也猜得到。」她們從小形影不離，從青春期開始就令人難以忍受，高中時外人就無法區分她們柔軟的金色鬈髮和藍眼睛。愷熙和利迪雅都不肯被巫族血統侷限在陰影裡。她們聯手擔任啦啦隊的隊長，巫族都認為，全靠她們在所有口號與表演中穿插了勝利魔咒，使麥迪森打出有史以來最輝煌的一個足球季。

「什麼罪名——說清楚？」馬修換上律師派頭。

「戴安娜和莎拉與吸血鬼勾結。」薇薇安口吃道。

「勾結？」莎拉的怒火很明顯。

薇薇安舉手亂搖。「我知道，我知道。聽起來很噁心，不過我向妳保證，每個字都是悉冬妮說的。幸好悉冬妮目前人在拉斯維加斯，無法親自來調查。那邊克拉克郡的巫會大量投資房地產，還用咒語哄抬房市。」

「所以現在怎麼辦？」我問薇薇安。

「我得回應。提出書面報告。」

「謝天謝地。這樣妳就可以撒謊。」我鬆了一口氣。

「不行，戴安娜。她太精明了。兩年前我看過悉冬妮訊問蘇活巫會，因為他們在萬聖節前夕大遊行整隊時，開放史普林街鬧鬼的房子。她的手段真高明。」薇薇安打了個寒噤。「她甚至讓他們承認如何在遊行隊伍上空懸空掛一口冒泡的大釜，長達六小時。悉冬妮離開後，那個巫會被禁止活動一整年——不准飛行、不准召喚鬼魂，而且嚴禁驅魔。他們到現在還沒有恢復元氣。」

「她是個什麼樣的女巫？」我問。

「法力強大。」薇薇安重重哼了一聲。但這不是我想要的答案。

「她的法力是基於元素或以技巧為主？」

「我聽說，她咒語控制得很好。」莎拉道。

「悉冬妮會飛，也是個受敬重的預言家。」薇薇安補充道。

克里斯舉手。

「什麼事，克里斯？」莎拉口氣像個小學老師。

「精明、法力強大、會飛——都不是重點。妳們千萬不能讓她知道戴安娜有孩子這檔事，尤其因為壞種最新的研究計畫和妳們大家擔心的那個盟約。」

「壞種？」薇薇安茫然地望著克里斯。

「馬修的兒子搞大了一個女巫的肚子。好像柯雷孟這家人有獨特的生育力。」克里斯瞪了馬修一眼。「還有那個妳們都同意的盟約。我猜它就是不准女巫跟吸血鬼混的意思。」

「魔族也不行。那會讓凡人不安。」馬修道。

「不安？」克里斯顯得很困惑。「黑人在公車上坐在白人身旁，也有同樣效果。隔離不能解決問題。」

「超自然生物只要不混處，就不會引起凡人注意。」我道，希望能安撫克里斯。

「我們會注意妳的，戴安娜，即使妳獨自一個人早晨十點鐘走在天普街上。」克里斯道，粉碎了我自以為看起來可以像個普通人的最後一線脆弱希望。

「合議會是為了執行盟約而成立的，保護我們不引起凡人注意，以免受到干擾。」我堅持立場：「我們以不介入凡人的政治與宗教做為代價。」

「愛怎麼想隨妳，但強制隔離——或你們想像中的盟約——目的通常都是為了保持種族純淨。」克里斯把雙腿架上茶几。「你們的盟約可能是因為很多女巫都懷了吸血鬼的小孩而出現。讓凡人『安心』無非是個方便的藉口。」

費南多和馬修交換一個眼色。

「我認為戴安娜的受胎能力是獨一無二的——由女神主導，不可能成為普遍現象。」薇薇安很震驚。「數以百計既擁有超自然力量、又能長生不死的生物，是很可怕的事。」

「但有心創造超人種族的人不會這麼想。這種生物將是遺傳學的大躍進。」克里斯指出。「你們可有認識什麼對吸血鬼基因有興趣的超級狂人？啊，且慢。我們剛好認識兩個這種人。」

「我寧願把這種事交給上帝，克里斯。」馬修額頭上有條黑色的靜脈在跳動。「我對優生學沒有興趣。」

「我都忘了。你只關心物種演化——換言之，歷史與化學。那也是戴安娜研究的主題。真巧。」克里斯瞇起眼睛。「根據我聽到的話，我有兩個疑問，柯雷孟教授。只有吸血鬼面臨滅亡，或巫族與魔族也即將消滅？這些所謂的物種之中，誰最在乎種族純淨？」

克里斯**真是**天才。他提出的每個問題都一針見血，深深挖掘到包藏在生命之書、柯雷孟家族，以及我自己——還有馬修——血液裡的祕密

「克里斯是對的。」馬修下斷言的速度快得令人猜疑。「我們不能冒險讓合議會發現戴安娜已懷孕。如果妳不反對，我的愛，我認為我們該立刻搬到費南多在塞維拉的那棟房子。莎拉可以一起來，當然。這樣巫會的聲望就不會面臨爭議。」

「我只說不能讓壞女巫發現戴安娜的事，可沒說她應該逃走。」克里斯怒道。「你把班哲明給忘了嗎？」

「我們一次打一場戰爭就好，克里斯多夫。」馬修的表情顯然跟他的口氣一樣嚴肅，因為克里斯馬上就屈服了。

「好吧，我去塞維拉。」我並不想去，但我也不想連累麥迪森的女巫。

「不，不能這樣。」莎拉提高嗓門。「合議會要答案？哼，我也想要答案。妳去告訴悉冬妮・封・勃克，我從去年十月開始跟吸血鬼勾結，就在薩杜・哈維倫綁架我甥女，施以酷刑，而彼得・諾克斯袖手旁觀之後。如果這代表我違反盟約，那真他媽的不幸。要不是柯雷孟家族，戴安娜早就死了——甚至更慘。」

「這是嚴重的指控。」薇薇安道：「妳確定要提告？」

「是。」莎拉頑固地說。「諾克斯已經被逐出合議會。我要把薩杜也踢走。」

「他們正在找取代諾克斯的人選。」薇薇安透露。「據說珍納・戈蒂要放棄退休，坐上那位子。」

「珍納・戈蒂少說也有九十歲了。」莎拉道：「她做不了那份工作。」

「諾克斯堅持要找一個像他一樣，以施咒見長的巫族。施咒這方面，包括珍納・戈蒂在內，沒有人比他強。」

「暫時吧。」莎拉簡單扼要地說。

「還有一件事，莎拉——可能會讓妳在窮追猛打合議會的巫族前三思。」薇薇安遲疑了一下。「悉冬妮要求一份有關戴安娜的報告。她說這是針對魔法才能未發育的巫族的標準調查程序，了解這批人成年後有沒有出現異狀。」

「如果合議會感興趣的是我的法力，悉冬妮這項要求跟莎拉和我有沒有跟吸血鬼勾結根本無關。」我道。

「悉冬妮說，她持有一份戴安娜童年的評估報告，其中不認為她能展現傳統上女巫應具備的正常法力。」薇薇安愁眉苦臉地繼續道。「報告是彼得・諾克斯寫的，芮碧嘉和史蒂芬都同意他的結論，並簽了字。」

「告訴合議會，芮碧嘉和史蒂芬對他們女兒魔法能力的評估完全正確，毫釐不差。」莎拉眼中閃爍著怒火。「我甥女沒有正常法力。」

「說得好，莎拉。」馬修對莎拉辨識真相的能力佩服得五體投地。「就連我哥哥高弗雷也不能答得更好。」

「多謝誇獎，馬修。」莎拉輕輕點一下頭。

「諾克斯知道——或懷疑——我與眾不同。從我小時候開始，他一直如此。」我以為馬修會反駁，但他沒有。「我以為我們發現了我父母隱瞞的事：我是編織者，像爹地一樣。但現在我得知我媽對高等魔法有興趣，我不知道那跟諾克斯追求的東西是否有關。」

「他非常投入高等魔法。」薇薇安尋思道。「如果妳能設計新的黑暗魔咒？我猜諾克斯為了取得它們，幾乎可以不顧一切。」

房子在呻吟。房間裡洋溢著聽得出旋律的吉他聲。我母親最喜歡的這張唱片當中，〈土石流〉（Landslide）最牽動我的心。每次聽到這首歌，我都想起她把我抱在腿上哼唱的情景。

「我媽最喜歡這首歌。」我說。「她知道變故即將來臨，她很害怕，就像歌裡那個女人。但我們不能再害怕下去。」

「妳在說什麼，戴安娜？」薇薇安問道。

「我媽預期的改變？已經出現了。」我簡單地回答。

「更多改變正在醞釀。」克里斯道。「你們在凡人面前隱瞞超自然生物存在的祕密，瞞不了多久了。只要再做一次驗屍、一次遺傳諮詢、一次自助式基因檢測，真相就會大白。」

「胡說。」馬修揚言。

「好消息。你有兩個選擇，馬修。你要在事情發生時控制情況，或你想當頭挨一巴掌？」克里斯頓了一下。「雖然我們來往的時間有限，但我猜你會選A。」

馬修把手插進頭髮裡，眼睛瞪著克里斯。

「我猜對了。」克里斯把椅子往後翹。「所以，以你當前的困境，耶魯大學有什麼可效勞之處，柯雷孟教授？」

「不行。」馬修搖頭。「你休想用研究生和博士後研究生分析超自然生物的DNA。」

「非常恐怖，我知道。」克里斯換上溫和的口吻，繼續道。「我們都寧可找個安全的地方躲起來，讓別人做困難的決定。但總要有人挺身而出，為做對事而戰。費南多告訴過我，你是一位了不起的戰士。」

馬修盯著克里斯，眼睛連眨都不眨一下。

「我支持你，如果那有幫助。」克里斯補充道。「但你也要跟我配合。」

馬修不僅是位了不起的戰士，作戰經驗也很豐富。他知道自己何時落敗。

「你贏了，克里斯。」他低聲道。

「好極了。那我們開始吧。我要看超自然生物的基因圖。然後我要把三種生物的基因組排列、重組，以便跟凡人的基因組比對。」克里斯一一列舉待辦事項。「我要確定你鑑定為血怒肇因的基因是正確的。我還要隔離出使戴安娜能夠懷你孩子的基因。我相信你還沒有開始尋找它。」

「還有什麼我幫得上忙的事？」馬修抬起眉毛。

「事實上，有的。」克里斯的椅腳落回地面。「告訴密麗安·薛柏，我要她星期一早晨到克蘭生物大樓報到。那棟建築在科學丘。你一定會看到。我的實驗室在五樓。十一點鐘她跟我們開第一次團隊會議前，我要她先說明我在《科學》上的結論錯在哪裡。」

「我會把話傳過去。」馬修和費南多互看一眼，費南多聳聳肩膀，好像在說，他等著辦葬禮吧。「提醒你一下，克里斯。你到目前為止規劃的研究，要花好幾年才能完成。我們不會在耶魯待很久。戴安娜和我十月要回歐洲——如果要雙胞胎出生在那兒。之後戴安娜應該就不會長途旅行了。」

「這就更有理由找更多的人參與這個計畫了。」克里斯站起身，伸出手道：「成交嗎？」

猶豫了很久，馬修才握住他的手。

「聰明的抉擇。」克里斯搖搖他的手。「希望你帶了支票本，柯雷孟。耶魯大學的基因組分析中心和DNA分析所收費都很昂貴，但它們既快速又正確。」他看一眼手錶。「我的行李已經在車上，你們兩位多久可以上路？」

「我們會晚你幾個小時。」馬修說。

克里斯親吻莎拉的臉頰，給我一個擁抱。然後他舉起一根手指警告道：「星期一上午十一點，馬修。不准遲到。」

說完他就離開了。

「我做了什麼？」前門砰一聲關上時，馬修嘟囔道。他看起來有點戰後緊張症候。

「沒事的，馬修。」莎拉樂觀得令人訝異。「我對這整件事有好預感。」

幾小時後，我們爬上一輛車。我在前座向莎拉和費南多揮手，眨著眼睛，忍住淚水。莎拉帶著笑容，但她卻緊緊抱住臂，指節都發白了。費南多跟馬修談了幾句，然後跟他互用手掌握住對方的手肘，這是柯雷孟家獨特的告別姿勢。

馬修鑽到方向盤後面。「準備好了？」

我點點頭。他一按開關，引擎就發動了。

電子琴和鼓聲從音響流瀉出來，還有刺耳的吉他。馬修撥弄儀表板，想調低音量。失敗後，他又試圖關掉音響。但不論他怎麼做，弗利伍麥克就是要提醒我們，要不斷想著明天會更好。他終於高舉雙手投降。

「我懂了，是房子在盛大歡送我們，」他搖搖頭，打到駕駛檔。

「別擔心。我們開出這塊地，它就不能播放音樂了。」

我們沿著漫長的車道駛向馬路，多虧越野路華車的避震系統，幾乎沒感覺到路面顛簸。

馬修打方向燈，準備轉出畢夏普農莊時，我在座位上扭頭向後看，但那首歌的最後一句歌詞卻讓我連忙回正。

「不要回頭看㉕。」我小聲道。

㉕ 參見弗利伍麥克的歌曲〈Don't Stop〉。

處女日座

太陽進入處女座時，送孩子上學。這個星座象徵變換地點。

——佚名之英文雜記簿，寫於約一五九〇年，龔沙維手抄本四八九〇號，f.9r

第十五章

「再來點茶，畢夏普教授？」

「嗯？」我抬頭望向那個滿臉期待、看似出身優渥家境的年輕人。「哦，好。當然。謝謝你。」

「馬上來。」他一把抓起桌上的白瓷茶壺。

我向門口望去，仍沒有馬修的蹤影。他到人事室去辦識別證，我到附近的紐海文草地俱樂部，坐在超然出塵的氛圍裡等他。在處處刻意壓低音量的主建築裡，網球的砰砰聲和趁暑假最後一週來游泳池戲水的孩童尖叫聲，都被消音了。已有三位準新娘和她們的母親被帶來參觀我坐著的這個房間，看看她們若決定在這兒舉行婚禮，可以享用哪些設備。

這兒也許是紐海文，卻不是我住慣的紐海文。

跟馬修一起住在紐海文，需要做些調整。我在兩旁植樹、僅供步行的法院街上那間連棟小屋，是我們這一年來，不論在現代或過去住過的房子當中最樸素的。家具不是跳蚤市場淘來的寶，就是我研究生時代留下的廉價松木製品，還有一架子一架子的書籍和期刊。我的床沒有床頭板，也沒有床尾板，更別說什麼天篷。床墊倒是寬大舒適，從麥迪森長途開車過來，終於抵達時，我們都發出痛快的呻吟，往床上倒去。

週末大部分時間，我們都用於採購正常紐海文夫妻的日用必需品：到威特尼大道上的店鋪採購馬修的葡萄酒，我的雜貨，還有足夠裝備一間電腦實驗室的電子設備。馬修得知我只有一台手提電腦，大驚失色。我們走出大馬路那家電腦專賣店時，每樣東西都買了雙份——一個給他，一個給我。然後我們在哈克妮斯大樓的八音鐘演奏時，到學生宿舍的小路上散步。返校的學生逐漸塞滿各學院和整座城市，他們隔著方庭大呼小叫，互打招呼，異口同聲抱怨讀書單和課程表。

「回來真好。」我悄聲道，把手穿進他臂彎。感覺就像我們展開一場新冒險，只有我們兩個。但今天不一樣。我覺得方寸大亂，心情不佳。

「我來了。」馬修出現在我身旁，給我一個長長的吻。「好想妳。」

我失笑道：「我們才分開一個半小時。」

「正是。太久了。」他的注意力轉到桌面上，把滿滿一壺沒動的茶，我空白的筆記本，及尚未拆封、從我公寓塞爆的信箱裡搶救出來的最新一期《美國歷史評論》，都看進眼裡。「早晨過得如何？」

「這兒的人把我照顧得很好。」

「應該如此。」我們走進這棟宏偉的磚造建築時，馬修為我說明，馬卡斯是這家私人俱樂部的創始會員之一，還是這塊建地的原始擁有者。

「您需要用點什麼嗎，柯雷孟教授？」

我抿緊嘴唇。我丈夫銳利的雙眼中間那塊光滑的皮膚上，起了一道小皺紋。

「謝謝你，齊普，不過我們馬上要走了。」

說得正及時。我立刻起身收拾東西，把它們通通塞進我腳邊的大書包。

「請你記在惠特摩博士的帳上好嗎？」馬修輕聲道，並為我拉開椅子。

「當然。」齊普道：「沒問題。為惠特摩博士的家人服務，我們引以為榮。」

至少這次，我比馬修先走到門外。

「車停哪兒？」我對著停車場張望。

「停在樹蔭下。」馬修取下我肩上的大書包。「我們走路去實驗室，不開車。會員在這兒停車免費，離實驗室又很近。」他一臉同情。「我們都不習慣這樣，但早晚會適應的。」

我深深吸口氣，點點頭。馬修抓起包包的提把，替我拿著。

「我一進圖書館，就會覺得好很多。」話是對他說，但主要是為了安慰我自己。「我們開始工作吧？」

馬修伸出空著的手。我一握住他的手，他表情就變得柔和。「妳帶路。」他道。

我們在到處是恐龍雕刻的公園前，跨越威特尼大道，抄皮巴迪博物館後面的小徑，來到克里斯實驗室所在的高樓。我放慢腳步。馬修仰頭望去，頭越抬越高。

「不。拜託別是這棟吧。比班尼克圖書館還醜。」他瞪著克蘭生物大樓，這座校內人稱KBT（Kline Biology Tower）的建築，外觀確實不美。而班尼克圖書館挖出一個個方形孔洞的白色大理石牆面，曾被他比喻成一個特大號製冰盒。「這讓我聯想到——」

「我印象中，你牛津的實驗室也不怎麼樣。」我趕快趁他提出另一個讓我永誌不忘的生動比喻前打斷他。「走吧。」

現在輪到馬修遲疑不前了。從我們走進大樓，他就開始抱怨，保全要求他把耶魯磁卡識別證的藍白雙色繫帶掛在脖子上，他也不願配合，進了電梯仍念念有詞，我們尋找克里斯實驗室的入口時，他蹙緊眉頭。

「不會有事的，馬修。克里斯的學生見到你一定很興奮。」我安慰他。馬修是國際知名學者，又在牛津任教。耶魯看得上眼的學術機構不多，但牛津絕對名列其中。

「我最後一次帶學生，是哈米許和我在萬靈學院做研究員的時候。」馬修望向遠處，掩飾他的緊張。

「我比較適合待在實驗室。」

我拉住他手臂，不讓他說下去。他終於迎上我的眼神。

「你教傑克很多事情，還有安妮。」我想起伊麗莎白一世治下的倫敦，他跟兩個和我們住在一塊兒的孩子相處的情形。

「那不一樣。他們是……」馬修欲言又止，他眼中閃過一道陰影。

「家人？」

我等他回應。他猶豫地點一下頭。

「學生要的是跟安妮和傑克一樣的東西：你的關注、誠實相待，還要你對他們有信心。你會做得很出色，我保證。」

「我只要表現得恰如其分就夠了。」馬修嘟囔道。他打量一下走廊。「克里斯的實驗室到了。我們該進去了。他威脅說，如果我遲到，就沒收我的識別證。」

克里斯推開門，滿面疲容一望即知。馬修趁機用腳把門擋住。

「再晚一分鐘，柯雷孟，我就不等你，直接開始了。嗨，戴安娜。」克里斯親吻我的臉頰。「我沒料到妳會來。怎麼沒去班尼克圖書館？」

「給你送特別快遞。」我對我的書包示意，馬修把它交還給我。「艾許摩爾七八二號裡的一頁，記得嗎？」

「哦，對了。」克里斯聽起來完全不感興趣。他和馬修的心思顯然都放在其他問題上。

「你們兩個答應過。」我道。

「對啦。艾許摩爾七八二號。」克里斯交叉雙手抱胸。「密麗安在哪兒？」

「我已把你的邀請轉達給密麗安，她的回應我就不提了。如果她要來，也會在她自己挑選的時間抵達。」馬修拿起識別證。就連人事室的辦事員也拍不醜他。他看起來像個模特兒。「我是正式人員，他們說的。」

「好。走吧。」克里斯從旁邊的衣架上取下一件實驗袍披上，並另遞一件給馬修。

馬修狐疑地看看它。「我不穿這種東西。」

「隨你便。不穿白袍，不准碰設備。你自己決定。」克里斯轉身大步走開。

一個女人拿著一疊紙，走到他身旁。她的白袍上繡有康納利字樣，但上面又用紅色馬克筆寫了「燒杯」二字。

「謝謝妳，燒杯。」克里斯逐頁看了一遍。「很好。沒有人拒絕。」

「那是什麼？」我問。

「保密承諾書。克里斯說你們兩位不用簽。」燒杯看著馬修，點頭招呼道：「你的光臨是我們的榮幸，柯雷孟教授。我叫嬌伊・康納利，克里斯的副手。我們目前缺少實驗室經理，由我暫時兼任，除非克里斯能找泰瑞莎修女或墨索里尼來幫忙。請刷一下卡片，為我們留下你進入時間的紀錄，好嗎？你離開時也要刷卡。這樣紀錄才完整。」她指著門旁的讀卡機。

「謝謝妳，康納利博士。」馬修依言刷卡。不過他仍然沒穿實驗袍。

「畢夏普博士入內也要刷卡。這是實驗室的規定。還有請叫我燒杯。其他所有人都這麼稱呼我。」

「為什麼？」馬修問道，我趁機在書包裡翻尋識別證。它照例埋藏在底層。

「克里斯覺得綽號比較好記。」燒杯道。

「他第一年教大學部，班上有十七個艾美和十二個賈瑞。」我補充道。「我想他受了那次震撼後一直沒復元。」

「好在我記憶力極好，康納利博士。順便提一句，妳做的催化劑RNA研究也好極了。」馬修微笑道。康納利博士顯得很受用。

「燒杯！」克里斯吼道。

「來了！」燒杯喊道。「真希望他趕快把泰瑞莎修女找來。」她對我喃喃道：「我們不需要再一個墨索里尼。」

「泰瑞莎修女已經去世了。」我過卡時低聲道。

「我知道。克里斯寫實驗室經理的求才條件時，就在資格欄上寫著『泰瑞莎修女或墨索里尼』。我們當然改寫了一遍。否則人事室不會同意發布。」

「克里斯為他上一個實驗室經理取什麼綽號？」我幾乎沒有勇氣問。

「卡里古拉㉖。」燒杯嘆口氣。「我們很懷念她。」

馬修一直等到我們都進入，才把門放開。他如此多禮，讓燒杯不知如何是好。門颼一聲在我們背後關上。

裡面有一群身穿白袍、各種年齡、各形各色的研究人員，嘰嘰喳喳等著我們，其中有燒杯一樣的資深研究者，也有滿面倦容的博士後研究員，還有一大群研究生。大多數人坐在實驗桌旁的高腳凳上；有幾個倚靠著水槽或櫃子。一個水槽上有張令人膽戰心驚的手寫告示，宣稱這是「危險物品專用」。克里斯永遠飽受摧殘的行政助理汀娜，正試著在不碰到克里斯剛啟動的手提電腦的前提下，從一個汽水罐下面抽出填好的保密承諾書。我們一走進來，嗡嗡嗡的談話聲立刻停止。

「噢，天啊。那是——」有個女人瞪著馬修，用手摀住嘴巴。馬修被認出來了。

「嗨，畢夏普教授！」一名研究生站起來，把實驗袍拉平。他看起來比馬修還緊張。「我叫強納森，賈西亞，還記得我嗎？化學史？兩年前？」

「當然。你好嗎，強納森？」房間裡的注意力轉來我這方向時，我立刻感受到幾道眼光推擠的力量。

㉖ Caligula是羅馬帝國第三任皇帝Gaius Julius Caesar Augustus Germanicus（12-41）的綽號。他是羅馬帝國早期的暴君，西元三七年登基，以行為怪誕、性情殘酷著稱。他屠戮皇親國戚與近臣，實施苛捐暴稅，在四一年遇刺身亡。

克里斯的實驗室有魔族。我四下張望，想找出他們是哪些人。然後我察覺吸血鬼冰冷的凝視。他跟燒杯和另一個女人站在一個上了鎖的櫃子旁邊。而馬修已看見了他。

「理查。」馬修冷淡地點一下頭。「我不知道你離開了柏克萊。」

「去年的事。」理查面無表情。

我從未想到，克里斯的實驗室裡已有超自然生物出沒。我只來過一、兩次，都是他獨自工作的時候。我忽然覺得書包裡滿載祕密和可能爆發的災難，變得無比沈重。

「散彈槍，你跟柯雷孟久別重逢，可以稍後再敘舊。」克里斯把電腦連上投影機。他的話引來一陣贊同的笑聲。「請關燈，燒杯。」

燈光變暗，笑聲停止。克里斯的研究團隊聚精會神地看著他投射在白板上的資料。許多黑色與白色的粗短線條湧現，沿著頁面上端往下，不斷增加。每條線——依照馬修昨晚為我做的解釋，該稱作表意符號——代表一個染色體。

「本學期我們有個全新的研究計畫。」克里斯倚在白板上，他的黑皮膚襯著白袍，看起來就像畫面上的標記。「這就是我們的計畫。誰來告訴我，這是什麼？」

「活的還是死的？」一個冷靜的女聲問道。

「好問題，史卡利㉗。」克里斯露出一個淺笑。

「妳為什麼問？」馬修嚴厲地瞪著那名學生。史卡利立刻變得侷促不安。

「因為，」她解釋道：「如果他死了——對了，順便提一句，這研究對象是男性——死因可能與遺傳有關。」

研究生急於證明自己有用功，爭先恐後丟出罕見而致命的遺傳性疾病名稱，速度快得連他們自己都來不及在手提電腦中記錄下來。

「好了，好了。」克里斯舉起一隻手。「我們的動物園沒有空間容納斑馬。請回歸基本資料。」

馬修眼睛裡舞動著笑意。我困惑地看他一眼，他才解釋。

「學生不喜歡顯而易見的答案，偏好提出匪夷所思的解釋——好比假設父母親罹患SARS，而不是一般感冒。我們稱這種人為『斑馬』，因為他們聽見蹄聲，不說是馬，偏要說是斑馬。」

「謝謝你告訴我。」面對一大堆綽號和野生動物名稱，我真是摸不著頭腦。

「別再獻寶了，看著螢幕。你們看見什麼？」克里斯結束火熱的競爭場面，說道。

「這是男性。」一個身材瘦弱、打領結的高個子年輕人說，他沒使用電腦，手中拿一本傳統的實驗筆記本。散彈槍和燒杯互望一眼，翻個白眼，搖搖頭。

「這個結論史卡利方才已提過了。」克里斯不耐煩地看著他們。他打響手指。「不要在牛津大學前面讓我丟臉，否則你們全體整個九月都要跟我一起舉重。」

每個人都在呻吟。克里斯的體能優異，以及每次耶魯舉行足球賽，他都要穿他哈佛大學足球校隊的舊球衣亮相，已成為傳奇。他是唯一公開且經常在班上被學生噓的教授。

「不論這東西是啥，一定不是人類。」強納森道：「他有二十四對染色體。」

克里斯低頭看一眼手錶。「四分半鐘。比我預期的多了兩分鐘，但比柯雷孟教授預期的早很多。」

「厲害，羅伯斯教授。」馬修溫和地說。克里斯的團隊向馬修望過來，猜不透這位牛津大學的教授到耶魯大學的研究實驗室來做什麼。

「且慢，稻米有二十四對染色體。我們在研究稻米嗎？」我在布蘭福德學院用餐時見過的一個年輕女

㉗ Scully是美國一九九〇年代甚受歡迎的電視影集《X檔案》中女主角之名，這女生得到這綽號可能是因為她對外星人科幻感興趣，或因為她長得像劇中的角色。

子問道。

「我們研究的當然不是稻米。」克里斯氣壞了。「從什麼時候開始，稻米有性別，危險物品？」原來那個有專用標誌的水槽是她的。

「黑猩猩嗎？」提出這建議的年輕人長得很帥，穿藍色牛津棉布襯衫，搭配一頭褐色鬈髮，頗有書卷氣。

克里斯用紅色奇異筆把畫面最上端的一個標記圈出來。「這看起來像黑猩猩的2A染色體嗎？」

「不像。」那年輕人垂頭喪氣道。「上臂太長，這看起來像人類的2號染色體。」

「這確實是人類的2號染色體。」克里斯擦掉紅圈，開始為染色體標記編號。來到第二十四對時，他將它圈起。「這就是我們這學期的焦點。第二十四對染色體，此後叫作CC，以免歐斯朋紀念實驗室那邊研究基因改造稻米的團隊緊張起來。我們有很多工作要做。它的DNA已編好序列，但只有少數基因功能被鑑定。」

「有多少基本的基因對？」散彈槍問。

「四千萬左右吧。」克里斯答道。

「謝天謝地。」散彈槍嘟囔道，眼睛瞪著馬修。我聽起來好像很多，但他覺得滿意，我也很慶幸。

「CC是什麼意思？」一個身材嬌小的亞裔女子問。

「我回答這問題前，先要提醒大家，這裡的每個人都簽過保密承諾書，也交給汀娜了。」

「我們正在從事會產生專利權的研究嗎？」一名研究生搓搓手說：「好極了。」

「我們正在從事高度敏感、極度機密的研究計畫，牽涉非常廣泛。本實驗室裡發生的每件事，都不准帶出門。不可以跟朋友閒聊。不能告訴父母。不准到圖書館吹牛。洩漏一個字就走路。聽懂了嗎？」

所有人點頭。

「不准用私人電腦或手機，也不可以拍照。實驗室電腦連接網際網路，但只有燒杯、散彈槍和夏洛克知道密碼。」克里斯指一指幾位資深研究員，繼續道。「我們用老方法做實驗筆記，一個字一個字寫在紙上，你們離開時，所有記錄都要交給燒杯。忘記怎麼用筆寫字的人，骨頭會教你們。」

骨頭就是那個拿紙本筆記的高瘦青年，一聽便得意起來。學生們依依不捨地交出手機，扔進燒杯捧著繞場一周的塑膠桶裡。在此同時，散彈槍收集所有手提電腦，鎖在一個櫃子裡。走私到實驗室裡的電子設備清理一空後，克里斯才繼續往下講。

「等到時機成熟，我們決定把發現公諸於世——是的，柯雷孟教授，它有朝一日會出版，科學家都是這麼做的，」克里斯牢牢地瞪著馬修道：「——屆時你們就都再也不用擔心事業前途了。」

所有人的臉上都浮起笑容。

「CC的意思就是超自然生物的染色體。」

所有微笑的臉都變得一片空白。

「超=超自然生物？」骨頭問。

「我就說嘛，外星人果然存在。」坐在危險物品旁邊的一個男生道。

「他並非來自外太空，穆德㉘。」克里斯道。

「好綽號。」我對馬修說，他卻一臉不解。這只能怪他沒有電視。「我晚點講給你聽。」

「那麼是狼人？」穆德滿懷希望道。馬修皺起眉頭。

「不要再猜了。」克里斯連忙道：「好了，團隊。如果你是魔族，請舉手。」

㉘ Mulder是電視影集《X檔案》的男主角，他以優異的成績畢業於牛津大學心理系，卻只想加入美國聯邦調查局，專門調查疑似與外星人有關的案件，因為他認為自幼失蹤的妹妹是遭外星人綁架。

馬修張口結舌。

「你在幹什麼？」我悄聲問克里斯。

「研究。」他道，對著房間四下打量。經過一陣目瞪口呆的沈默後，克里斯打響手指。「來嘛，不要害羞。」

那個亞裔女子舉起手。還有一個薑黃色頭髮，脖子特別長，看起來像長頸鹿的年輕男人。

「Game Boy和Xbox，早該猜到的。」克里斯喃喃道。「還有嗎？」

「雛菊。」那女人道，指著一隻雙眼迷濛的超自然生物，她穿一件色澤鮮豔的黃、白花樣連身洋裝，嘴裡哼著歌，望向窗外。

「妳確定嗎，Game Boy？」克里斯的聲音充滿懷疑。「她那麼……嗯，有組織。行事精準。她跟妳和Xbox完全不像。」

「雛菊自己還不知道，」Game Boy低聲道，她的額頭擔心地起了許多皺紋：「所以要對她和氣點。發現自己的真面目，有時會讓人發狂。」

「完全可以理解。」克里斯答道。

「什麼是魔族？」史卡利問。

「本研究團隊非常重視的成員，著色的時候會把顏色塗在框線外面。」克里斯的反應快得賽過閃電。散彈槍頗覺有趣地抿緊嘴巴。

「哦。」史卡利的反應很溫和。

「那我也一定是魔族。」骨頭宣稱。

「想得美。」Game Boy嘟囔道。

「哇。魔族耶。我就知道，耶魯比約翰霍普金斯大學更值得讀。」穆德道。「那這是Xbox的DNA

嘍？」

Xbox哀求地望著馬修。雛菊不再哼哼唧唧，帶著戒備開始注意我們談話的內容。目前狀況下，只有馬修、散彈槍和我算是成年人。向凡人解釋超自然生物是怎麼回事的工作，不該交給學生來應付。我張口想回答，但馬修按住我肩膀。

「這DNA不是你同事的，」馬修道：「是我的。」

「你也是魔族？」穆德好奇地看著馬修。

「不，我是吸血鬼。」馬修上前一步，跟克里斯一起站在投影機的光線中。「趁你們發問之前，我先表明，我白天可以到戶外，頭髮不會在陽光下燃燒。我是天主教徒，隨身帶著十字架。我很少睡覺，但睡的時候，寧可躺在床上，也不要躺在棺材裡。如果你嘗試用木棍刺穿我，木頭很可能還沒穿破我的皮膚就會碎裂。」

他露出牙齒。「也沒有獠牙。最後一件事：我不會、也從來不曾全身發光。」馬修臉色一沈，強調這一點。

我曾經有很多次以馬修為榮。我見過他在女王、任性妄為的皇帝、他自己令人望之生畏的父親面前，都堅守立場。他的勇氣——不論用劍戰鬥或跟自己內心的惡魔搏鬥——都深不可測。但什麼也比不上目擊他站在這群學生和同儕面前，透露自身真相時，我心中的感受。

「你今年幾歲？」穆德驚訝地問。他真像影集裡那個穆德，願意相信所有離奇古怪的事。

「三十七。」

我聽見失望的驚呼。馬修決定饒了他們。

「正負一千五百歲。」

「見鬼了！」史卡利張口結舌，好像她的理性世界被整個顛覆了。「老到不可思議。我就是不相信，竟然有個吸血鬼出現在耶魯。」

「顯然妳沒去過天文系。」Game Boy道：「他們的教職員當中一共有四個吸血鬼。還有經濟系那位新聘教授——麻省理工學院挖角來的女士——保證是吸血一族。聽說化學系也有幾個，但他們不跟外界來往。」

「耶魯也有女巫。」我聲音很小，並且還迴避散彈槍的眼神。「我們跟人類共同生活了幾千年。你當然想三種超自然生物的染色體都要研究吧，羅伯斯教授？」

「我想。」克里斯的笑容來得很慢，但很真誠。「妳志願提供DNA嗎，畢夏普教授？」

「我們先一次研究一種超自然生物吧。」馬修警告地瞪了克里斯一眼。他或許願意讓學生探討他的遺傳情報，但他們若想要觀察我的基因，他還要再考慮。

強納森試探地看著我。「所以，會發光的是女巫嗎？」

「其實只是一層淡淡的光暈。」我說。「而且不見得每個女巫都有。我猜是我運氣好。」說出這些話，讓我如釋重負，而且竟然沒有人尖叫著衝出去，我更覺得滿心解脫與期待，甚至有股咯咯傻笑的瘋狂衝動。

「請開燈。」克里斯道。

燈光逐漸亮起。

「你說我們要同時進行幾項計畫？」燒杯提醒他。

「你們還要分析這個。」我伸手從書包裡掏出一個大牛皮紙信封。裡面塞了厚紙板，撐得硬邦邦的，以免內容物折曲受損。我解開繩子，拿出《生命之書》的那一頁。描述太陽與月亮神祕婚禮、色彩鮮豔的插圖，被實驗室的日光燈映得亮閃閃。有人吹了聲口哨。散彈槍挺起身，盯著那幅畫不放。

「咦，這是硫和汞的化學婚禮呀。」強納森道：「我記得在班上看過類似的東西，畢夏普教授。」

我對過去的學生肯定地點點頭。

「那東西不是該由班尼克圖書館收藏嗎？」散彈槍問馬修。「或放在其他安全的場所。」他對「安全」二字的強調不很明顯，我差點以為是我的錯覺。但馬修的表情告訴我，事實並非如此。

「它在這兒應該夠安全吧，理查？」馬修又露出王侯兼刺客的笑容。看到他在燒杯與試管之間扮演致命的角色，我不禁心情忐忑。

「我們要拿它怎麼辦？」穆德問，毫不掩飾他的好奇。

「分析其中的ＤＮＡ。」我回答。「這幅畫是畫在皮革上。我想知道這塊皮有多老——取材自哪種生物。」

「我最近才讀過這種研究的報導。」強納森道：「他們分析中世紀圖書的粒腺體ＤＮＡ，希望這麼做有助於鑑定年代，並判斷它們在什麼地方製作。」粒腺體ＤＮＡ記錄生物從母系祖先繼承的一切。

「萬一你的同事閱讀的範圍不及你廣泛，或許你可以找出那些論文給他們閱讀，」馬修對強納森讀過這領域的最新文獻，顯得很滿意。「但我們不只要萃取粒腺體ＤＮＡ，也要取得細胞核ＤＮＡ。」

「那是不可能的。」散彈槍反對道：「羊皮紙經過化學處理，把皮革變成可書寫的表面。它經過的歲月和製作時發生的變化，都會破壞ＤＮＡ——即使你能萃取到足夠的分量做研究。」

「很困難，但並非不可能。」馬修糾正他。「我有大量處理古老、脆弱、受損ＤＮＡ的經驗。我的方法在這個樣本上應該管用。」

隨著大家逐漸了解這兩項研究計畫的用途，實驗室裡的人也越來越興奮。不論他們的事業發展到何種階段，兩者都是科學家夢寐以求的工作。

「你不認為那一頁是牛皮或羊皮，是嗎，畢夏普博士？」燒杯不安的聲音讓整個房間都安靜下來。

「不，我認為那塊皮來自魔族、凡人、血族或巫族。」我相當確定它不是人皮，但還不能完全排除那種可能性。

「凡人？」史卡利想到這一點就瞪大了眼睛。但被剝皮做書的若是其他生物，似乎不會令她緊張。

「人皮書。」穆德悄聲道：「我還以為那只是傳說。」

「技術上，稱之為人皮書不夠精確。」我說。「原本包括這一頁的那本書，不僅在超自然生物的遺體上書寫──它所有的製作原料都取自超自然生物。」

「為什麼？」骨頭問。

「為什麼不？」雛菊神祕兮兮答道。「非常時刻就要採取非常措施。」

「我們不要超前進度。」馬修從我手中取過那一頁，說道。「我們是科學家，先找到什麼，再問為什麼。」

「我看今天就到這裡吧。」克里斯道：「你們看起來好像都需要休息一下。」

「我需要一杯啤酒。」強納森喃喃道。

「大白天喝啤酒有點早，但我完全理解。不過記住──你們說三道四，走來走去。」克里斯正色道。「一走出這幾面牆，就不可以談論裡面的事。我不要任何人從旁聽到什麼。」

「別人如果聽見我們聊女巫和吸血鬼，一定以為我們在玩龍與地下城的遊戲。」Xbox說，Game Boy也點頭。

「不・准・聊。」克里斯重申。

門颼一聲開了。一名穿紫色迷你裙、紅馬靴和印著「退開──我要嘗試科學」字樣的黑色T恤的嬌小女子走進來。

密麗安・薛柏到了。

「妳是誰？」克里斯問道。

「你最可怕的噩夢——新上任的實驗室經理。嗨，戴安娜。」密麗安指著那罐汽水：「誰的？」

「我的。」克里斯答道。

「實驗室裡不准吃喝。你尤其不該違反，羅伯斯。」密麗安指著克里斯道。

「人事室沒通知我有人來應徵。」燒杯困惑道。

「我不是應徵者。我今天早晨填好表格，正式受雇，也領到識別證了。」密麗安高高舉起她的磁卡，繫好了帶子，完全符合規定。

「但我應該先面試……」克里斯頓了一下。「妳說妳大名是？」

「密麗安・薛柏。我拿這個給人事室看，他們就豁免了面試。」密麗安從腰包取出手機。「原文照引：『上午九點滾進我的實驗室，準備用兩小時說明我錯在哪裡——不得以任何藉口推託。』密麗安從她被手提電腦和檔案文件塞滿的書包裡抽出兩張紙。「汀娜是哪位？」

「是我。」汀娜微笑地走上前。「哈囉，薛柏博士。」

「哈囉，我把我的聘雇證明、放棄醫療保險申請書什麼的都交給妳。這是羅伯斯簡訊措辭不當的正式申誡。請歸檔。」密麗安遞出文件，便從肩頭取下書包，扔給馬修。「你要我帶的東西都在這兒，馬修。」

整個實驗室的人都張大嘴，看著那個裝了好幾台電腦的包包破空飛去，馬修劈手接住，沒讓任何一台手提電腦受損，克里斯也以毫不掩飾的欽佩眼神，看著密麗安扔東西的那隻手臂。

「謝謝妳，密麗安。」馬修低聲道。「相信妳旅途平安無事。」他的語氣和用字都很正式，卻藏不住他見到她的欣慰。

「我人到了，不是嗎？」她冷酷地說。然後她又從迷你裙後面的口袋裡掏出另一張紙。仔細看了一遍，她抬頭問：「你們哪位是燒杯？」

「在這裡。」燒杯伸長手臂，向密麗安走去。「我名叫嬌伊‧康納利。」

「哦，抱歉。我只有一張可笑的綽號清單，全是取材自流行文化的渣滓，外加幾個縮寫字母的組合。」密麗安跟燒杯握手後，從靴子裡取出一枝筆，把一些東西畫掉，又在旁邊寫了幾個字。「幸會，我喜歡妳的RNA論文。非常扎實。很有幫助。我們去喝杯咖啡，談談怎麼把這個地方整頓得好用。」

「最近的一個咖啡還可以喝的地方，得走一段路。」燒杯帶著歉意道。

「這可不成。」密麗安在紙上又寫下一條。「我們必須盡快在地下室開一家咖啡廳。來這兒途中，我參觀了一下這棟建築，那塊空間目前閒置著。」

「要我跟妳們一起去嗎？」克里斯在旁覺得站也不是，坐也不是。

「暫時不要。」密麗安對他道。「你當然有更重要的事得處理。我一點鐘回來。到時我要見——」她頓一下，研究手中名單，「夏洛克、Game Boy，還有史卡利。」

「我呢，密麗安？」散彈槍問。

「稍後會趕上的，理查。看到熟面孔真好。」她低頭看名單。「羅伯斯叫你什麼？」

「散彈槍。」理查嘴角抽搐了一下。

「相信那是因為你做序列速度快，而不是因為你像凡人一樣迷上狩獵。」密麗安瞇起眼睛。「我們在這兒做的事會構成問題嗎，理查？」

「想不出有這種可能。」理查稍微聳一下肩，答道。「合議會和它在意的事，遠超出我這種薪水等級的考慮。」

「很好。」密麗安打量一眼新交給她管理、公然流露好奇神色的那群人。「怎麼？你們還在等什麼？沒事的人，去做凝膠電泳。要不然就為新到的補給品拆箱。走廊裡正好堆了很多箱。」

實驗室裡的人紛紛走開。

「我就知道。」她對克里斯微笑。他顯得很緊張。「至於你，羅伯斯。我兩點鐘跟你見面。我們要討論你的文章。還要檢討你待人接物的禮貌。然後你可以請我吃晚餐。找一家好餐廳，要有牛排和上好的葡萄酒單。」

克里斯一臉茫然，但還是點點頭。

「可以給我一分鐘嗎？」我詢問克里斯和燒杯。他倆閃到一旁，燒杯笑得合不攏嘴，克里斯則是猛捏自己的鼻梁。馬修也加入我們。

「以一個剛去了十六世紀回來的人而言，你氣色好得出人意料，馬修。而戴安娜顯然已enceinte。」密麗安在話中夾雜了一個法文字，意思是「懷孕」。

「謝了。妳住馬卡斯那兒嗎？」馬修問道。

「奧倫治街那個魔窟嗎？休想。地點雖方便，卻會讓我起雞皮疙瘩。」密麗安打了個寒噤。「太多桃花心木家具了。」

「歡迎妳來法院街，跟我們一起住。」我邀請道。「三樓有間客房。妳可享有隱私。」

「謝謝，不過我就住轉角。蓋洛加斯的公寓。」密麗安道。

「什麼公寓？」馬修皺起眉頭。

「他在烏斯特廣場買的那間。教堂改裝的。那兒非常好——裝潢太偏丹麥風，但我覺得比馬卡斯陰森黑暗的古早情調好多了。」密麗安緊盯著馬修不放。「蓋洛加斯告訴過你，他會跟我一起來吧？」

「沒，他沒說。」馬修把手指插進頭髮裡。

我了解我丈夫的感受：目前整個柯雷孟家族都進入過度保護的模式。只不過他們現在要保護的不僅是我一個人，馬修也在保護之列。

第十六章

「恐怕是個壞消息，」露西‧梅利維澤牽動嘴唇，露出同情的苦笑。她是班尼克圖書館的館員，多年來幫過我不少忙，除了我自己做研究，也包括我帶學生去圖書館借閱珍本書的時候。「如果妳要借閱四〇八號手抄本，必須由一位館員陪同到專用閱覽室裡看。還有三十分鐘的時間限制。他們不會讓妳拿到普通閱覽室去閱讀。」

「三十分鐘？還有館員在場？」這些限制讓我大吃一驚，尤其過去十個月來，我一直跟那個不把規則與法律當一回事的馬修在一起。「我是耶魯的教授。為什麼還要館員當保母？」

「這規定適用每個人——即使本校教職員也不例外。不過整本書都已上網了。」露西提醒我。

但解析度再好的電腦畫面，都不可能提供我需要的資訊。上回我看到伏伊尼契手抄本——如今的班尼克圖書館四〇八號手抄本——是在一五九一年，當時馬修把那本書從狄博士的書房送到布拉格，獻給魯道夫皇帝，希望能換回生命之書。現在我則希望它能告訴我，愛德華‧凱利如何處理了生命之書失落的那幾頁。

我們抵達麥迪森後，我一直在找尋失落書頁的下落。失落的頁面當中，有一頁畫的是兩隻滿身鱗片的長尾異獸，將血液滴進一個圓形容器。另一頁畫著一棵華麗的大樹，不可思議的枝幹上同時綻放花、果、葉，樹幹由兩條扭曲的人形交纏組成。我希望在這個數位畫面和網路搜尋發達的時代，能直接按圖索驥，將它們找出來。但到目前為止，我的期待並沒有成真。

「或許如果妳說明為什麼一定要看實體書……」露西欲言又止。

但我怎麼能告訴露西說，我要那本書是為了對它施法？這是班尼克圖書館耶，看在老天爺分上。

如果被人知道，我的事業前途就毀了。

「那我明天再來看伏伊尼契好了。」但願到時候我能想出別的方案，因為當著館員的面，取出我母親的陰影之書，製作新咒語，是絕無可能的事。女巫與學者兩種身分著實很難調和。「我要借的其他書都來了嗎？」

「來了。」露西把一堆中世紀的魔法文本和其他幾本較早期的印刷書籍，從櫃台上推過來，挑起眉毛道：「妳換了研究主題嗎？」

為了因應再次借到艾許摩爾七八二號、並將失落書頁放回書中的機會，我得預作準備，多方借閱可能對我編織高等魔法新咒語有所啟發的書。雖然母親的咒語書裡有無價的資源，但我從自己的經驗知道，現代女巫比起過去的女巫，實在退步太多了。

「鍊金術和魔法的差別沒那麼大。」我防衛地對露西說。莎拉和艾姆花了很多年對我說明這一點。我終於信了。

在閱覽室坐定後，那些魔法手抄本果然如我預期的引人入勝，有令我聯想到編織者之結的符咒，也有精準強大的魔法。但那幾本近代巫術的著作，我雖久聞其名，內容卻都糟糕透頂。每本書都充滿恨意——仇視女巫或任何特立獨行、叛逆或拒絕認同社會期許的人。

過了幾小時，我被尚・布丹㉙支持仇視女巫，並指控她們為非作歹的尖刻言論惹得一肚子氣，就把書和手抄本都還給露西，並預約次日上午九點，跟館長一起讀伏伊尼契手抄本。

㉙ Jean Bodin（1530-1596），法國法學家，也研究惡魔學。

我拖著腳步走上樓梯，來到圖書館一樓。裝在這兒玻璃箱裡的書是班尼克圖書館的脊柱，構成收藏主旨的知識與觀念的核心。一排一排珍本書陳列在架上，浸潤在光線中。看得我心蕩神馳，憶起當初成為歷史學家的追求：從塵封的古籍當中重新挖掘被遺忘的真理。

馬修在外面等我。他懶洋洋靠在俯臨班尼克光禿禿的雕刻花園的矮牆上，雙腿交叉，查閱手機簡訊。意識到我出現，他抬頭微笑。

世間眾生，誰能抗拒那樣的微笑和那雙灰綠色眼睛裡的凝注？

「今天過得好嗎？」他親我一下，問道。我曾要求他不要發太多簡訊給我，通常他也很配合。結果他就真的不知道。

「有點沮喪。我想離開了這麼多個月，研究技巧非生鏽不可。況且——」我壓低音量，「所有的書看起來都有點怪怪的。比起十六世紀的時候，它們都變得又老又舊。」

馬修仰頭大笑。「我倒沒想到這一點。但跟上次在貝納堡鍊金的時候相較，妳的環境也改變了。」他回頭看一眼班尼克。「我知道這座圖書館被視為建築瑰寶，但我還是覺得它看起來像一個大製冰盒。」

「確實如此。」我微笑著同意。「我想如果讓你來蓋，班尼克會像諾曼人砲台或羅馬式修道院。」

「其實我想蓋哥德式——現代多了。」馬修逗我道。「準備回家了嗎？」

「迫不及待呢。」我說，一心想把尚・布丹拋在腦後。

他對我的書包比個手勢：「可以給我嗎？」

通常馬修不會問。但他在嘗試給我自由呼吸的空間，正如他也在努力克制過度保護的慾望。我給他一個微笑做為獎勵，不發一語就把書包交了過去。

「羅傑在哪兒？」我低頭看錶，問露西道。我只有三十分鐘可以使用伏伊尼契手抄本，館長卻不見人影。

「羅傑打電話來請病假，每次開學頭幾天，他都這樣。他討厭那種歇斯底里，每個新鮮人都在問路。妳只好靠我了。」露西拿起裝四〇八號手抄本的盒子。

「聽起來不錯。」我盡可能節制聲音裡的興奮。這說不定正是我尋求的解決方案。

露西把我帶到一間私人閱覽室，室內窗只能眺望下面的閱覽室，光線很差，還有個陳舊的保麗龍讀書架。牆壁高處裝有監視攝影機，防範讀者偷竊或毀損班尼克的無價藏書。

「我會等妳把書拿出來才開始計時。」露西把裝在盒子裡的手抄本遞給我。她就拿這麼一件東西，沒帶報紙、書刊或手機等消磨時間的道具，擺明了要專心執行監視我的任務。

雖然我通常都直接翻開手抄本，看裡面的圖畫，但對伏伊尼契我打算放慢速度。我先讓它軟塌塌的皮革裝訂——相當於那年代的平裝本——滑過指尖。各種影像湧入我腦海，透過巫力接觸，我得知現在這封面是在書抄完後好幾百年才裝上去的，而且比我在狄博士書房裡拿到它又晚了至少五十年。我觸摸書脊時，可以看見裝訂者的面孔和他十七世紀的髮型。

我小心地把伏伊尼契放進等待著的讀書架，翻開第一頁。我低頭讓鼻尖碰到染有污痕的紙張。

「妳幹什麼，戴安娜？聞它？」露西輕聲笑道。

「沒錯，我是要這麼做。」如果要露西配合我今天早晨的各種古怪要求，我必須盡可能誠實。好奇不已的露西走到桌子這頭來。她也把伏伊尼契好好聞了一下。

「聞起來就像一本古老的手抄本。很多蛀書蟲造成的損害。」她把閱讀眼鏡拉低，更仔細地打量一番。

「虎克㉚曾在十七世紀用他的顯微鏡觀察蛀書蟲。他稱它們為『時間的牙齒』。」我看著伏伊尼契的

㉚ Robert Hooke（1635-1703），英國博物學家，提出虎克定律，並設計真空幫浦、顯微鏡和望遠鏡。

第一頁，就知道他為何這麼說了。書的右上角和下緣有數不清的小孔，兩處都有污痕。「我想蛀書蟲一定是被閱讀者的手指留在羊皮紙上的油脂吸引。」

「妳為什麼這麼說？」露西問道。這反應正中我的下懷。

「因為損害最嚴重的部位，就是讀者為了翻開下一頁必須碰觸的地方。」我把手指放在書角，好像要指出什麼。

短暫的接觸又使一連串形象爆發出來，人面一個套一個顯現：滿臉貪婪的魯道夫皇帝；好幾個穿著不同年代服裝的陌生男人，其中兩個是書記；一個仔細做筆記的女人；把一堆書裝進箱子的另一個女人。還有魔族愛德華・凱利，他正鬼鬼祟祟地把某個東西塞進伏伊尼契的封面裡。

「下面這邊也有很多損害，因為如果要把書拿到別處去，這部分會靠著身體。」露西對我女巫的第三眼看到的幻燈秀一無所知，低頭向頁面看去。「那年頭的衣服可能油分較多。大多數人不都穿羊毛織品嗎？」

「羊毛和蠶絲。」我遲疑了一下，決定把一切——我的借書證、名譽、甚至我的工作——置之度外。「幫我一個忙好嗎，露西？」

她戒備地瞪著我。「看情形。」

「我要把手平放在這一頁上，一下下就好。」我密切注意她，看她是否打算叫警衛進來支援。

「妳不能碰到書，戴安娜。妳知道這一點。如果我讓妳做這種事，會被開除的。」

我點點頭。「我知道。很抱歉讓妳處於這麼困難的狀況。」

「妳為什麼要碰它？」露西沈默了一會兒，問道，她的好奇心被挑動了。

「我對古書有種第六感。有時候我能察覺書中用肉眼看不見的資訊。」這番話聽起來比我預期的怪異多了。

「妳是書的女巫嗎？」露西瞇起眼睛。

「正是。」我哈哈笑道。

「我很想幫妳，戴安娜，但我們被攝影機監視著——好在聲音不會傳送，謝天謝地。這個房間裡發生的每件事都被錄影。只要房間裡有人，通常就有人盯著監視螢幕。」她搖搖頭。「太危險了。」

「如果沒有人看得見我在做什麼呢？」

「如果妳關掉攝影機，或把口香糖黏在鏡頭上——是的，有人試過這一招——警衛五秒鐘內就會趕來。」露西答道。

「我不用口香糖，但也是類似的東西。」我在周遭布下熟悉的偽裝咒。這會使人看不見我使出的魔法。然後我翻轉右手，將無名指和大拇指的指尖搭在一起，把滿室黃色和綠色的線捏成一小束。兩種顏色混合，形成不自然的黃綠色，能助長迷惑與欺騙的咒語的力量。我打算用它們打出第五結——因為監視攝影機絕對是一大挑戰。第五結的符號充滿期待地在我右腕上發燙。

「刺青很漂亮。」露西看著我的手。「但妳為什麼選灰色墨水？」

灰色？我作法的時候，手上色彩多得像彩虹。想必是偽裝咒生效了。

「因為灰色跟什麼都搭。」這是我想到的第一個解釋。

「哦，這點子不錯。」但她仍一臉困惑。

我回頭做我的咒語。它除了黃與綠，還需要一點黑色。我扯下一段繞在左手大拇指上的黑色細線，將它穿過右手大拇指和無名指做成的圈。結果就像一個不怎麼正宗的瑜伽手式。

「打完五個結，咒語變強大。」我喃喃道，透過我的第三眼看到編織完成的圖案。黃、綠、黑三色組成一個有五個交叉點，連續不斷的結

「妳剛對伏伊尼契作了法？」露西警戒地低聲說。

「當然沒有。」憑我過去接觸魔法控制的手抄本的經驗，這種事絕不能等閒視之。「我對它周遭的空氣作法。」

為了讓露西理解我的意思，我把手放在第一頁上方，距書面約兩吋。但咒語卻使我的手指看起來像是停在書的下端。

「呃，戴安娜？妳隨便做什麼都沒有用的啦。妳就是遵守規定，只碰到書的邊緣而已。」露西道。

「事實上，我的手在這兒。」我動動手指，讓它們伸到書上端的外面。這有點像魔術師把女人關進箱子，然後把箱子鋸成兩半的老把戲。「試試看。先別碰書——只移動妳的手，把它放在文字上面。」

我挪開手，騰出空間給露西。她聽從我的指示，把手放在伏伊尼契和偽裝咒之間。乍看她的手停在書的邊緣，但只要仔細觀察，就會發現她的上臂變短了。她像碰到熱鍋似的，連忙縮回手。她回過頭來瞪著我。

「妳是個女巫。」露西吞了口口水，然後微笑道：「這樣我就放心了。我一直懷疑妳在隱瞞什麼，我擔心是不可告人——甚至違法——的事。」她跟克里斯一樣，對於世界上真的有女巫這回事，似乎毫不詫異。

「妳會容許我違規嗎？」我低頭看著伏伊尼契。

「只要妳告訴我，妳從中得知了什麼。這本該死的手抄本帶給我們莫大的困擾。我們每天接到十個要求閱覽這本書的申請，幾乎每個都得拒絕。」露西回到座位上，擺出監視的姿態，「但是要小心，如果被人看到，妳會喪失使用圖書館的權利。我看如果班尼克禁止妳進入，妳一定活不下去。」

我深深吸一口氣，低頭看著攤開的書。啟動我魔法的關鍵就是好奇心。但如果我要的不僅是一串飛快閃過的面孔，就必須在把手放在羊皮紙上之前，想好一個周詳的問題。我現在越發確定伏伊尼契掌握了生命之書和其中失落書頁的重要線索。但我只有一個機會找到這些線索。

「愛德華・凱利把什麼東西藏在伏伊尼契裡面，它遇到了什麼事？」我悄聲道，然後垂下頭，輕輕把手放在手抄本的第一頁上頭。

生命之書失落的書頁有一頁出現在我眼前：由許多痛苦扭曲的人形組成樹幹的那棵樹的描金畫。那幅畫像個透明的灰色幽靈，我隔著它可以看到自己的手和伏伊尼契第一頁的文字。

第二張朦朧的頁面出現在第一頁上方：兩條流著血的龍，血滴到下面的容器裡。

第三頁的幻影疊在前兩頁上：鍊金術婚禮的那幅金銀畫。

短暫的瞬間，文本與圖畫宛如刮掉重寫的魔法羊皮紙，覆蓋在伏伊尼契髒兮兮的頁面上。接著，鍊金術婚禮那張消失了，兩條龍那張也消失了。只有畫著樹的第三張仍在原位。

抱著這幅畫會變成實物的希望，我把手從書上移開，縮回來。我收拾起咒語核心的繩結，將它壓在我的橡皮擦上，使它暫時隱形，讓班尼克四〇八號手抄本恢復原形。我的心一沈。沒看到生命之書失落的那一頁。

「找不到妳想看的東西？」露西同情地看著我。

「不是。本來藏在這兒的一些東西——另一本手抄本上的幾頁——在很久以前失落了。」我揉揉鼻梁。

「說不定購書紀錄裡會提到。我們有好幾箱與採購伏伊尼契有關的文件。妳想看嗎？」書籍買賣的日期和買書賣書者的姓名，可以編纂成一個描述書的傳承歷史以迄今日的年表。這麼一來，或許也能提供誰曾經擁有凱利從生命之書撕下來那兩頁繪有樹與雙龍插圖的線索。

「當然！」我答道。

露西把伏伊尼契裝進盒子，送回上鎖的倉庫。過了不久，她推來一輛小推車，上面堆著資料夾、紙箱、各式筆記本和郵寄用紙筒。

「這是與伏伊尼契令人迷惑的光榮相關的所有資料。被研究人員細讀過幾千遍，不過還不曾有人從中尋找三頁遺失的手抄本。」她一馬當先往我們的私人閱覽室走去。「來吧，我幫妳整理資料。」

把材料分門別類攤在長桌上，就花了三十分鐘。其中一部分完全沒用：郵寄用紙筒、滿是剪報的剪貼簿、老式的照相複印、收藏家魏福瑞・伏伊尼契於一九一二年買下這件手抄本後陸續問世的相關演講與論文等。饒是如此，還是剩下很多裝滿信件和手寫便條的資料夾，以及一大包魏福瑞的妻子依賽兒的筆記。

「這是手抄本的化學分析影本、編目資料列印、過去三年內凡是獲准閱覽這件手抄本的人的名單。」露西給我一疊紙。「妳都可以留下。但是別跟人說我把讀者名單也給了妳。」

馬修可以跟我一起研究那份化學資料——它探討手抄本使用的墨水，那是我們都感興趣的一個題材。看過這份手抄本的人名，少得出乎意料。近幾年簡直再也沒有人有機會看到它。曾經看過的人大都是學者——分別是來自南加大和加州州立大學傅勒頓分校各一位研究科學史的專家；還有來自普林斯頓大學和澳洲各一位研究密碼的數學家；我離開牛津前，曾經和其中一位訪客喝過咖啡：是位對鍊金術有興趣的通俗小說作家。不過有個名字特別引起我注意。

今年五月，艾米莉去世前，彼得・諾克斯看過伏伊尼契。

「那個混蛋。」我的手指刺痛，手腕上的結發燙，向我警告。

「有什麼不對嗎？」露西問道。

「名單上有個我沒想到會看到的名字。」

「啊，學術競爭對手。」她睿智地點頭。

「可以這麼說。」但我跟諾克斯的對立不僅是歷史詮釋上的爭執。這是一場戰爭。如果我要獲勝，就必須搶佔先機，扭轉局勢。

問題在於我缺乏追蹤手抄本，確立它們出處的經驗。我最熟悉的文件是化學家波以耳的作品。總共七十四卷，在一七六九年呈交皇家學會，而且跟皇家學會所有其他檔案一樣，這批資料都已一絲不苟地編目、做好索引與前後對照。

「我要追蹤伏伊尼契的所有持有者，從哪兒開始呢？」我瞪著那些資料，大聲自問。

「最快的方式就是我們之中有一個人從手抄本的起源開始，一直向後追蹤，另一個人則從班尼克採購時開始，一直向前追蹤。運氣好的話，我們會在中間碰頭。」露西把一個資料夾遞給我。「妳是歷史學家。妳從老東西開始。」

我打開資料夾，以為會看到與魯道夫二世有關的東西。沒想到卻是布拉格一位名叫約翰尼斯・馬庫斯・麻西的數學家寫的一封信。這封信是用拉丁文寫的，日期是一六六五年，寄給羅馬一位他稱作「聖父懷中可敬且最優秀」的人。所以收信人擔任神職，說不定就是我碰觸伏伊尼契第一頁書角時，看到的許多人之一。

我快速瀏覽信的內容，得知這位教士是阿塔納斯神父，麻西隨信附寄了一本神祕的書，需要解碼。會是生命之書嗎？

麻西說，他曾數度嘗試跟阿塔納斯神父聯絡，但一直沒得到回音。我興奮地讀下去。但第三段透露了阿塔納斯神父的身分，我的興奮登時幻滅。

「伏伊尼契手抄本曾經歸阿塔納斯・柯舍㉛所有？」如果失落的書頁落到柯舍手中，那它們在任何地方都有可能。

「恐怕是如此。」露西答道。「就我所知，他……嗯，興趣很廣泛。」

「這麼說太輕描淡寫了。」我道。「阿塔納斯・柯舍最謙卑的目標是擁有全宇宙的知識。他出版了四十

㉛ Athanasius Kircher（1602-1680），十七世紀德國耶穌會士。他一生大多數時間在羅馬從事研究工作，涉獵的內容非常廣泛，包括醫學、數學、地質學、音樂學、埃及學等。他在一六六五年得到後來以收藏家伏伊尼契命名的手抄本，並試圖破譯其中內容。

本書，是蜚聲國際的暢銷作家，也是發明家。柯舍收藏珍奇古物的博物館是歐洲早年觀光旅行團必去的參觀景點，他的通信友人為數眾多，藏書也很龐大。我的語言能力不足以鑽研柯舍的作品。更重要的是，我沒有時間。

我的手機在口袋裡振動，嚇得我跳了起來。

「對不起，露西。」我取出手機，查看螢幕，是馬修發來的簡訊。

妳在哪兒？蓋洛加斯在等妳。我們約了一個半小時後去看醫生。

我不出聲罵了一句。

我剛離開班尼克。我回了簡訊。

「我先生和我另外有約，露西。我得明天再來繼續看。」我邊說邊闔上裝有麻西寫給柯舍的信的資料夾。

「可靠的消息來源告訴我，妳跟一個高高黑黑的帥哥在校園出沒。」露西咧嘴笑道。

「沒錯，那是我老公。」我道：「我可以明天再來看這批資料嗎？」

「都交給我吧。目前這兒事情不多。我看看能連綴出什麼東西來。」

「多謝妳幫忙，露西。我的時間很趕——而且沒得通融。」我一把抓起鉛筆、手提電腦和筆記本，匆匆去跟蓋洛加斯會面。馬修臨時派他的姪兒擔任我的特別保鏢。蓋洛加斯也負責監視班哲明的網站，但螢幕到目前為止都是黑的。

「哈囉，嬸娘。妳看起來好漂亮。」他親吻我臉頰。

「對不起，我遲到了。」

「妳當然會遲到。妳在看妳的書。我還以為妳起碼得再一個小時才會到呢。」蓋洛加斯不受理我的道歉。

我們趕到實驗室時，馬修把艾許摩爾七八二號那張鍊金術婚禮的圖畫放在面前，他全神貫注，門叮一聲開啟，他連頭都沒抬。克里斯和夏洛克站在他身後，也看得很專心。史卡利坐在不遠處一張附輪子的凳子上。Game Boy手拿一個小儀器湊在羊皮紙上，距離近得讓人提心吊膽。

「你越來越不修邊幅了，蓋洛加斯。你上次梳頭是什麼時候？」密麗安拿一張卡片刷過門旁的讀卡機。上面有訪客字樣。克里斯很重視保安。

「昨天。」蓋洛加斯摸摸後腦杓。「為什麼問？有小鳥在裡面築巢嗎？」

「說不定有。」密麗安對我點一下頭。「嗨，戴安娜。馬修馬上過來。」

「他在做什麼？」我問。

「試著教沒有生物學知識，也不懂正規實驗室程序的博士後研究生，如何從羊皮紙上採集DNA樣本。」密麗安不滿地瞄一眼圍繞在馬修身旁的那群人。「真不懂羅伯斯幹嘛養一批連瓊脂膠體電泳都不會做的生物，但我只是個實驗室經理。」

房間對面的Game Boy發出一聲挫折的咒罵。

「找張凳子坐。可能還要一會兒。」密麗安翻個白眼。

「別擔心。多練習就好。」馬修用安撫的語氣對Game Boy說。「玩起你們那些電腦遊戲，我也笨手笨腳的。再試一次。」

*再一次？*我口乾舌燥。在艾許摩爾七八二號撕下的那頁上一再戳洞，可能會毀損那張羊皮紙。我向我丈夫撲過去，但克里斯先看見我。

「嗨，戴安娜。」他用一個擁抱攔住我，眼睛卻看著蓋洛加斯。「我是克里斯・羅伯斯。戴安娜的朋友。」

「蓋洛加斯。馬修的姪子。」蓋洛加斯打量這個房間，皺起鼻子道：「什麼東西好臭。」

「研究生開了馬修一個小玩笑。」克里斯指著電腦終端機道，那上頭掛了好幾串大蒜做的花圈，還有一個為汽車儀表板設計的十字架，用吸盤固定在滑鼠墊上。克里斯用吸血鬼式的專注盯著蓋洛加斯的脖子看。「你摔角嗎？」

「算吧。我一直摔著玩。」蓋洛加斯害羞地低下頭，臉頰上浮出酒窩。

「不會剛好是希臘羅馬式㉜吧？」克里斯問道。「我的搭檔膝蓋受傷，要復健好幾個月。我正在找臨時替手。」

「希臘式我敢確定。羅馬式就沒什麼把握了。」

「你在哪兒學的？」克里斯道。

「我爺爺教的。」蓋洛加斯皺起眉頭，用心思索。「我想他曾經跟一個巨人摔過角。那是個兇猛的鬥士。」

「你說的是位吸血鬼爺爺？」克里斯問道。

蓋洛加斯點頭。

「看吸血鬼摔角一定很精彩。」克里斯咧嘴道。「就像看鱷魚摔角，不過沒有尾巴。」

「不可以摔角，我說真的，克里斯。」如果某位麥克阿瑟獎金得主的身體受傷害，我可不想牽扯到任何責任，無論是多麼間接的程度。

「真掃興。」克里斯吹了聲尖銳的口哨。「狼人！你老婆來了。」

狼人？

「我早就知道了，克里斯多夫。」馬修的聲音冰冷，但他給我一個讓我不由得縮起腳趾頭的熱情微笑。「哈囉，戴安娜。我跟詹娜結束後就來陪妳。」

「Game Boy的名字叫詹娜？」克里斯嘟囔道：「誰知道呀？」

「我知道。馬修也知道。或許你可以告訴我，為什麼她會出現在我的實驗室？」密麗安質問。「詹娜是主修電腦生物資訊的博士。她應該待在滿是電腦終端機，而不是試管的房間裡。」

「我喜歡她頭腦運作的方式。」克里斯聳聳肩膀道。「她是電玩高手，能從實驗結果中看到我們其他人忽略的模式。就算她沒做過高等生物學研究，誰在乎？我周圍的生物學家夠多了。」

克里斯看著馬修和Game Boy一起工作，搖頭嘆氣。

「有什麼不對？」我問。

「馬修待在研究實驗室是種浪費。妳老公應該在教室裡。他是天生的好老師。」克里斯拍拍蓋洛加斯的手臂。「如果願意到體育館見面，打電話給我。戴安娜有我的號碼。」

克里斯回去工作，我把注意力轉向馬修。我丈夫誨人不倦的這一面，我只在倫敦時瞥見過一、兩次他與安妮和傑克的互動。但克里斯說得對，馬修善用教師的每一種技巧：以身作則、正面鼓勵、耐心、恰到好處的讚美，外加幾分幽默。

「為什麼我們不能再刮一刮表面。」Game Boy問道。「我知道這麼做會採集到老鼠的DNA，但如果我們改刮不同位置，說不定會得到不同的結果。」

「說不定，」馬修道：「但中世紀圖書館裡有很多老鼠。儘管如此，妳採到樣本後，可以再刮刮看。」

Game Boy嘆口氣，穩住手指。

「深呼吸，詹娜。」馬修鼓勵地朝她點一下頭。「慢慢來。」

Game Boy小心翼翼把一根細到幾乎看不見的針刺進羊皮紙的邊緣。

㉜ Greco-Roman style是摔角的一種類型，選手只能用上盤攻擊對手的上半身，不可以用腿部出招，也不能攻擊對方的下半身。

「就像這樣。」馬修柔聲道：「緩慢、穩定。」

「我辦到了！」Game Boy嚷道。眾人聽了還以為她成功分解原子了。一陣支持的歡呼，有人擊掌，還有一聲來自密麗安的嘟囔「也該是時候了」。但只有馬修的反應真正算數。Game Boy轉過身，期待地看著他。

「成功了。」馬修攤開雙手道。Game Boy露出一個大大的笑容。「幹得好，詹娜。我們會把妳造就成一個遺傳學家。」

「休想。我寧願從零件開始做一部電腦，也不要再做這件事。」Game Boy飛快地剝下手套。

「哈囉，達令。今天過得怎樣？」馬修起身親吻我臉頰。他挑起一道眉毛，盯著蓋洛加斯，看他無聲地傳達一切沒問題的消息。

「我想想……我在班尼克施展了一些魔法。」

「我該擔心嗎？」馬修顯然聯想到巫風與巫火引起的騷動。

「不必。」我道：「而且我找到一個與艾許摩爾七八二號失落的一頁有關的線索。」

「速度真快。我們去看醫生途中，妳可以講給我聽。」他拿他的卡片刷過讀卡機，說道。

「你跟戴安娜慢慢來沒關係。這兒沒什麼緊急的事。已鑑定出一百二十五個吸血鬼基因，只剩四百個了。」我們離開時，密麗安喊道。「克里斯在計時。」

「還有五百個基因！」克里斯喊道。

「你的基因預測錯得離譜。」密麗安答道。

「賭一百塊我沒有。」克里斯從一份報告上抬起頭來。

「你只有這麼點錢？」密麗安撇撇嘴。

「我回家把小豬撲滿倒空再告訴妳，密麗安。」克里斯道。密麗安牽動嘴角。

「趁他們又為別的事起爭執之前，我們趕緊走吧。」馬修道。

「他們不是爭執。」蓋洛加斯替我們拉開門，說道：「是打情罵俏。」

我下巴掉下來。「你怎麼會這麼說？」

「克里斯喜歡給人取綽號。」蓋洛加斯對馬修說：「克里斯叫你狼人。他叫密麗安什麼？」

馬修思索了一會兒。「密麗安。」

「沒錯。」蓋洛加斯咧開大嘴，嘴角幾乎碰到耳朵。

馬修咒罵一聲。

「免緊張，叔叔。自從只傳德死後，密麗安沒正眼看過任何男人。」

「密麗安……跟一個凡人？」馬修聽起來很震驚。

「不會有結果的。」電梯門開啟時，蓋洛加斯安慰他道。「當然，她會讓克里斯心碎，但我們也無法可想。」

我非常感激密麗安。馬修和蓋洛加斯總算在我之外有別個擔心的對象了。

「可憐的小子。」蓋洛加斯按下電梯關門鍵，嘆口氣。我們下樓時，他把手指關節一個個按響。「或許我還是陪他去摔角吧。好好摔幾下，可以讓頭腦清醒。」

幾天前我還在擔心，耶魯大學的學生和教職員陸續返校，這群吸血鬼混跡其中，不知能否活得下去。

現在我開始擔心，吸血鬼當前，不敵的恐怕是耶魯。

第十七章

我站在冰箱前面，手掌微曲，扶著肚皮，瞪著我們孩子的影像。九月一整個月到哪兒去了？

A寶和B寶——馬修和我決定不探聽孩子的性別——的超音波照片很神奇。他們不像我在朋友的孕期掃瞄片中常見的那種幽靈輪廓，而是有非常清晰的臉部細節，皺著眉頭，大拇指塞在嘴裡，完美的圓形小嘴。我伸出手指，輕觸B寶的鼻尖。

一雙冰冷的手從後面摟住我，一個肌肉發達的高大身軀提供牢靠的支撐，讓我依賴。馬修輕按著我恥骨上方幾吋的一個點。

「照片裡B寶的鼻子在這兒。」他柔聲道。另一隻手放在我隆起的腹部稍高處。「A寶在這兒。」

我們默默站著，總是把我和馬修連在一起的那根鍊子舒展開來，把這兩個脆弱、發亮的小環節包容進去。幾個月來，我一直都知道馬修的孩子——我們的孩子——在我體內生長。但還沒有感覺到他們。看到他們專注得皺成一團的小臉蛋，努力不懈地在長大，一切都變得不一樣。

「妳在想什麼？」馬修對我長時間不語感到好奇。

「我沒在想。我在感覺。」我感覺到的一切，無法用言語描述。

他笑得很小聲，像生怕打擾寶寶的睡眠。

「他們都很好。」我給自己保證。「正常。完美。」

「他們都很健康。但我們的孩子絕對不正常。這要感謝上帝。」他親了我一下。「妳今天安排了什麼行程？」

「去圖書館繼續工作。」我最初找到的魔法線索，原本以為可得知至少一張生命之書失落書頁的下落，卻變成好幾個星期辛苦的學術奮鬥。露西和我保持穩定進度，探討伏伊尼契如何落入阿塔納斯・柯舍之手，後來又如何被耶魯大學收藏，希望能找到那棵曾在難能可貴的瞬間重疊在伏伊尼契上的神祕樹畫的蹤跡。我們用我曾經作法的那間私人閱覽室做根據地，這樣我們的交談就不至於驚動隔壁大閱覽室裡日益增多的師生。我們在那兒鑽研圖書館清單和柯舍信件的索引，也寫了數十封信給世界各地的專家——都沒有具體結果。

「還記得醫生說過要多休息嗎？」馬修問道。看醫生這件事其實滿嚴肅的，除了照超音波，她也不斷灌輸早產和妊娠毒血症的危險性、保持充足水分的重要性、身體需要多休息等觀念。

「我的血壓正常。」我知道這是一大風險：脫水、疲勞加上壓力，我的血壓會突然飆高。

「我知道。」監視我的血壓是我吸血鬼丈夫的職責，馬修很認真在執行這件工作。「但如果妳一直操勞，它未必能維持現狀。」

「我懷孕已進入第二十五週，馬修，馬上就十月了。」

「我也知道。」

十月一日以後，醫生就禁止我搭飛機了。如果我們留在紐海文繼續工作，要去博德利圖書館就只好結合船、飛機和汽車等多種交通工具。即使現在，我也受到搭機不能超過三小時的限制。

「我們還是可以用飛機送妳去牛津。」馬修知道我擔心的事。「雖然途中必須在蒙特婁、紐芬蘭、冰島和愛爾蘭停留，但如果妳非去倫敦不可，還是有辦法的。」他的說法意味著，對於我在何種情況下有必要用這種跳房子的方式橫渡大西洋，他跟我可能有不同意見。「當然，如果妳要，我們也可以馬上去歐洲。」

「別找麻煩了。」我推開他。「跟我說說，你今天做了些什麼。」

「克里斯和密麗安認為他們找到一個了解血怒基因的新方法。」他道：「他們打算用馬卡斯提出的一種關於非編碼DNA的理論，全面研究我的基因組。目前他們假設其中可能含有若干觸發機制，能控制血怒在特定個體體內如何呈現，以及呈現到何種程度。」

「那就是馬卡斯所謂的垃圾DNA——基因組中高達百分之九十八，不含蛋白質製造指令的成分——對吧？」我從冰箱裡拿出一瓶水，打開蓋子，表現出一副補充水分的盡責模樣。

「對。我還在抗拒這觀念，但他們收集到的證據很有說服力。」馬修扮個鬼臉。「克里斯說得沒錯，我確實還滿腦子孟德爾理論，老得像化石。」

「沒錯，但你是我的老化石。」我道，馬修大笑。「如果馬卡斯的假設正確，對找到療法有什麼意義？」

他的笑容消失了。「可能代表它無法治療——血怒是遺傳的基因狀況，發展上受多種因素影響。如果一種疾病只有一個沒有爭議的起因，例如一種細菌或一種突變，會容易得多。」

「我的基因組可能有幫助嗎？」我照過超音波後，有很多關於寶寶的討論，關於女巫——尤其又是編織者——的血對血怒基因有何種影響，也有種種猜測。我不希望我的孩子成為科學實驗的題材，尤其看到班哲明可怕的實驗室後，但我不反對讓自己為科學發展盡一分力。

「我不要妳的DNA成為推動科學研究的主題。」馬修大步走到窗前。「早在牛津，我就不該採集妳的血液樣本。」

我壓抑住一聲嘆息。為了我享有的每一分得來不易的自由，為了不讓過度強烈的佔有慾導致我窒息所做的每一分努力，馬修都必須為他的獨裁天性找尋新的宣泄出口。這就像目睹一個人嘗試用堤防阻擋洶湧的河。找不到班哲明，無法釋放被他俘虜的女巫，使馬修的處境更惡劣。他獲得的每一條班哲明目前位置的線索，都陷入死胡同，就跟我追尋艾許摩爾失落的書頁一樣徒勞。但在我想到勸慰的說詞前，我的手機響了。是一個我還沒辦法修改的來電鈴聲——〈同情魔鬼〉的開頭幾小節[33]。當初設定手機時，就有人把它跟我的某個聯絡人連結在一起，而且不許變更。

「妳哥哥來電。」馬修的語氣可以讓黃石公園的老忠實㉞結冰。

「你要幹嘛，巴德文？」沒必要寒暄。

「對我沒信心，妳好傷我的心，妹妹。」巴德文笑道。「我在紐約。我想去一趟紐海文，確認你們住得舒適。」

馬修的吸血鬼聽力把我跟巴德文的對話聽得一清二楚。他緊跟著哥哥的每一句話發出咒罵，聽得我的耳朵起水泡。

「馬修跟我住一起。蓋洛加斯和密麗安跟我們隔一條街。你管好自己的事就行了。」我把手機從耳畔拿開，迫不及待想掛斷。

「戴安娜。」巴德文使勁把聲音傳到我聽力有限的人類耳朵裡。

我把手機拿回耳畔。

「馬修實驗室裡有另一隻吸血鬼——他現在用的名字是理查・白林罕。」

「是的。」我向馬修望去，他故作輕鬆狀，站在窗前——兩腿稍微分開，雙手背在身後。那是預備攻擊的姿勢。

「跟他相處要小心。」巴德文的聲音變得強硬。「妳應該不希望我被迫命令馬修除掉白林罕。我會毫不猶豫那麼做的——只要我認為他擁有對家族……不利……的資訊。」

「他已經知道我是女巫。還有我懷孕了。」顯然巴德文對我們在紐海文的生活相當清楚。沒必要對他

㉝ Sympathy for the Devil是滾石合唱團一九六八年的作品，第一段歌詞為：「容我自我介紹，我有錢有品味，混跡世間多年，竊取人類的靈魂與信仰。」

㉞ Old Faithful是美國黃石公園一個地熱噴泉的名字，以定時噴發，從不失誤而得名，且聞名世界。

隱瞞真相。

「妳住的那個鄉下小鎮，鎮上每個吸血鬼都知道這事。而且他們會常來紐約。」巴德文頓了一下。「我們家族裡，誰製造混亂，就由誰負責清理——要不然就是馬修清理。這是你們的選擇。」

「跟你聯絡總是很愉快，『哥哥』。」

巴德文大笑數聲。

「講完了嗎，老爺？」

「稱呼我『宗主』。要我幫妳溫習吸血鬼律法和禮節嗎？」

「不用。」我把這兩個字用力吐出來。

「很好。告訴馬修，別再封鎖我電話，那麼我這次說的話，就不需要再說一遍。」電話掛了。

「真是X——」我道。

馬修從我手中奪過手機，扔到房間另一頭。它擊中沒有作用的壁爐爐台，發出令人滿意的玻璃碎裂聲。然後他用手捧住我的臉，好像方才的暴力動作只是幻影。

「這下子我得另買一支手機了。」我注視馬修狂亂的眼睛。它們誠實地顯示他的心理狀態：清澈的灰色代表他心情輕鬆，感情洋溢時瞳孔會放大，眼珠完全變為綠色，只有虹膜周圍有一環明亮的圈。目前灰、綠二色正在交戰。

「今天過完前，巴德文就會派人送手機過來。」馬修把注意力集中在我頸部血管的脈動上。

「但願你哥哥不會覺得有必要親自送過來。」

馬修的眼光移動到我唇上。「他不是我哥。他是妳哥。」

「哈囉，屋裡的人！」蓋洛加斯愉快的大嗓門從樓下大廳傳來。

馬修的吻用力且充滿需索。我讓他如願，盡可能讓我的脊椎和嘴巴保持柔軟，使他覺得至少這一刻，他主導一切。

「哦，對不起。要我等下再來嗎？」蓋洛加斯在樓梯上說道。然後他翕開鼻孔，嗅著我丈夫濃郁的丁香氣息。「發生了什麼事，馬修？」

「只要巴德文看似發生意外，突然死亡，就什麼事都沒了。」馬修陰陽怪氣地說。

「所以一切如常啊。我想你可能要我陪嬸娘步行去圖書館。」

「為什麼？」馬修問。

「密麗安打電話來。她心情不好，要你『鑽出戴安娜的燈籠褲，到我的實驗室來』。」蓋洛加斯邊說邊核對手掌上的小抄。「沒錯。她就是這麼說的。」

「我去拿包包。」我喃喃道，推開馬修。

「哈囉，蘋果和豆莢。」蓋洛加斯瞇起眼睛，對冰箱門上的超音波影像說道。他認為A寶和B寶這種稱呼有失尊嚴，所以為他們另取了小名，蘋果是A，豆莢是B。「豆莢的手指長得跟奶奶很像。你注意到了嗎，馬修？」

我們步行穿過校園時，蓋洛加斯一路插科打諢，保持輕鬆的氣氛。馬修陪我們走到班尼克，好像唯恐巴德文會從人行道上冒出來，送來新手機和更多聲色俱厲的警告。

擺脫柯雷孟這家人，走進研究室，讓我頓時鬆了一口氣。

「沒見過這麼錯綜複雜的來歷！」我一現身，露西就喊道。「所以約翰・狄博士真的曾經擁有伏伊尼契。」

「是的。」我放下筆記本和鉛筆。除了魔法，我就只帶這兩件東西。我的法力不會驚動金屬偵測器，真是件好事。「狄博士把伏伊尼契送給魯道夫皇帝，交換艾許摩爾七八二號。」實際情況比這複雜些，凡是有蓋洛加斯和馬修牽涉在內的財物交易，通常都如此。

「就是博德利圖書館那件缺了三頁的手抄本？」露西托著下巴，低頭打量散落在桌上的紙條、剪報和信件。

「愛德華・凱利趁艾許摩爾七八二號被送回英國前，偷偷撕下其中三頁。他暫時把那三頁夾在伏伊尼契裡保管。後來不知什麼時候，他把其中兩頁送給別人。但他把最後一頁留給自己——就是畫著一棵樹的那頁。」確實錯綜複雜得一塌糊塗。

「所以想必就是凱利，把伏伊尼契手抄本——以及畫著樹的那頁——送給魯道夫的植物學家雅可布斯・德・塔本涅齊，後者的簽名出現在手抄本第一頁的背面。」雖然年深月久，墨跡已褪，但露西給我看過用紫外光拍到字跡的照片。

「大概吧。」我道。

「在那位植物學家之後，它落到一位鍊金術師手中？」她在自製的伏伊尼契年表上寫了幾行註解。那份年表因我們再三增刪註記，看起來有點紊亂。

「喬治・拔雷斯。我幾乎找不到他的資料。」我研究自己的筆記。「拔雷斯是塔本涅齊的朋友，麻西向他購買伏伊尼契。」

「伏伊尼契手抄本裡有大量奇花異草的圖片，一定能吸引植物學家——況且還有艾許摩爾七八二號那張樹的圖畫。但鍊金術師為什麼會對它們感興趣呢？」露西問道。

「因為伏伊尼契裡的插圖，有一部分類似鍊金術的儀器。製作賢者之石的材料與程序，都是嚴加保護的機密，鍊金術師常把它們藏在各種符號裡：植物、動物、甚至人。」生命之書也一樣，蘊藏著真實與象徵交融的大量訊息。

「阿塔納斯・柯舍也對文字與象徵感興趣。所以妳認為吸引他的不僅是伏伊尼契，也包括那幅樹的插圖。」露西緩緩說道。

「是的。所以喬治・拔雷斯聲稱他在一六三七年寄給柯舍的信才那麼重要。」我把一個資料夾推過去給她。「我認識的一位史丹佛大學的柯舍專家，目前人在羅馬。她自告奮勇，願去收藏大量柯舍信件的宗座格列高里大學㉟檔案室打聽。她寄給我一封拔雷斯稍後在一六三九年寫給柯舍的信的抄本。信中曾回溯他們前次的通信，但耶穌會士告訴她，信的原件已找不到了。」

「每次圖書館員說『遺失了』，我都懷疑是否是事實。」她抱怨道。

「我也是。」我苦澀地想起我跟艾許摩爾七八二號接觸的經驗。

露西翻開資料夾，呻吟道：「這是拉丁文，戴安娜。妳得告訴我裡面寫些什麼。」

「拔雷斯認為，柯舍或許能解讀伏伊尼契裡的祕密。柯舍研究埃及象形文字已有一段時間，這使他揚名國際，世界各地常有人寄來不可解的文本或作品給他。」我解釋道：「為了引起柯舍的興趣，拔雷斯謄錄了一部分伏伊尼契的內容寄到羅馬給他，第一次是在一六三七年，第二次是在一六三九年。」

「不過沒特別提到一棵樹的圖畫。」露西道。

「沒有。但也有可能拔雷斯將它寄給柯舍，做為額外的誘因。它的品質比伏伊尼契裡的圖畫高很多。」我往後靠在椅背上。「恐怕我的進度就到此為止。妳從伏伊尼契買下這個手抄本的交易中找到些什麼？」

露西張開口，正想說話，一名圖書館員敲敲門，走了進來。

「妳先生在電話上，畢夏普教授。」他不滿地瞪著我。「拜託跟他說，這兒不是旅館總機，通常我們不替客人轉接電話。」

「對不起。」我站起來說。「今天早晨我的手機出了點意外。我先生有點……過度保護我。」我歉意

㉟ Pontifical Gregorian University是羅馬一所著名的天主教大學，十六世紀由耶穌會士羅耀拉創辦，後經教宗格列高里十三世擴建而成。

地比畫了一下自己圓滾滾的體型。

那位館員的態度緩和了一點，指著牆上一具有一個燈在閃爍的電話。「用那支。」

「巴德文怎麼這麼快就到了？」一連上線，我就問馬修。這是我唯一能想到會讓馬修打電話到圖書館總機的理由。「他坐直升機來的嗎？」

「不是巴德文。我們在艾許摩爾七八二號那幅化學婚禮的插畫裡發現一些奇怪的東西。」

「怎麼個奇怪法？」

「過來看。我不想在電話上談。」

「馬上過去。」我掛上電話，轉身面對露西。「抱歉，露西，但我必須離開。我先生要我去他實驗室，幫忙處理一個問題。我們晚點再繼續好嗎？」

「當然。」她道。

我遲疑了一下。「妳要跟我一起來嗎？妳可以跟馬修見個面——還可以看到艾許摩爾七八二號的一頁。」

「逃脫的書頁嗎？」露西立刻從椅子上跳起來。「等我一下，我到樓上跟妳碰頭。」

一出門，我們就迎面撞上我的保鏢。

「走慢點，嬸娘。別動了胎氣。」蓋洛加斯扶持我的手肘，直到我站穩腳步，然後他低頭看我身材嬌小的同伴。「妳還好吧，小姐？」

「我—我嗎？」露西有點口吃，努力伸長脖子，試圖對上這個高大的蓋爾人的眼神。「我很好。」

「只是問問。」蓋洛加斯和顏悅色地說道。「我塊頭大，像一艘揚帆出海的大帆船。撞上我，就連個頭比妳大很多的男人都會淤青。」

「這是我先生的姪子蓋洛加斯。蓋洛加斯，這是露西・梅利維澤小姐。她跟我們一起去。」匆忙介紹完畢，我急忙走向克蘭生物大樓，袋子掛在屁股旁邊搖來晃去。笨拙地走了幾步，蓋洛加斯就接過袋子，掛在他的手臂上。

「他幫妳拿書？」露西悄聲道。

「還幫我拿菜籃。」我悄聲回應。「要是我答應，他連我都可以扛著走。」

蓋洛加斯嗤聲一笑。

「走快點。」我道，我的舊球鞋踩在實驗大樓光滑的地板上吱吱作響。

來到克里斯實驗室門口，我刷了識別證，門應聲開啟。密麗安在門後等候，看一眼手錶。

「時間到！」她喊道。「我贏了，又一次。十塊錢拿來，羅伯斯。」

克里斯呻吟道：「我還以為蓋洛加斯會讓她放慢速度。」今天的實驗室很安靜，只有幾個人在工作。我向燒杯揮揮手。史卡利也在，站在穆德和一台電子秤旁邊。

「抱歉打斷妳的研究。但我們要妳立刻知道我們的新發現。」馬修看了露西一眼。

「馬修，這位是露西・梅利維澤。我想讓露西看一眼艾許摩爾七八二號那頁插畫，因為她花了好多時間尋找它失蹤的兄弟姊妹。」我解釋道。

「幸會，露西。來看看妳幫戴安娜找的東西吧。」馬修的表情從警戒一變而為歡迎，他對穆德和史卡利比個手勢。「密麗安，妳可以把露西登記為訪客嗎？」

「已經登記好了。」密麗安拍拍克里斯肩膀。「成天瞪著那張基因圖對你沒好處，羅伯斯。休息一下吧。」

克里斯扔下筆。「我們需要更多數據。」

「我們是科學家。當然需要更多數據。」克里斯和密麗安之間的空氣緊張起來。「但你還是來看一眼這張漂亮的圖畫吧。」

「哦，好吧。」克里斯牢騷道，軟弱地對密麗安一笑。

鍊金術婚禮的描金插畫放在一個木製讀書架上。不論看過多少遍，這幅畫仍讓我覺得不可思議——不僅僅因為擬人化的硫磺與水銀神似馬修和我。圍繞著這對化學新人的細節也極其豐富：崎嶇多岩的風景、參加婚禮的來賓、擔任見證的各種出自神話傳說或具有象徵意義的珍禽異獸，以及燃燒的翅膀跨越整個場景的鳳凰。畫的旁邊擺了一台像郵局使用的那種金屬材質扁平磅秤，秤盤上放著一張空白的羊皮紙。

「史卡利要告訴我們她發現了什麼。」馬修讓學生發言。

「這幅畫太重了。」史卡利戴了厚重的眼鏡，在鏡片後面眨著眼睛道：「我是說，比一般的單頁紙張重。」

「莎拉和我也認為它很重。」我看著馬修。「還記得在麥迪森，房子第一次把它交給我們那次嗎？」我低聲提醒他。

他點頭道：「吸血鬼可能無法察覺這現象。即使現在，看到史卡利提出的證據之後，我仍覺得這是很正常的一張紙。」

「我在網路上向製造傳統羊皮紙的商家訂購了一些羊皮紙。」史卡利道：「今天早晨收到了。我把其中一張剪成相同尺寸——九吋乘以十一吋半——秤它的重量。剩下的可以送你，柯雷孟教授。我們都需要練習你發明的那種採樣方法。」

「謝謝妳，史卡利。這是個好主意。我們可以收集一些現代羊皮紙的核心樣本，以便做比較。」馬修微笑道。

「大家可以看見，」史卡利繼續道：「新羊皮紙重量是一盎司多一點㊱。我第一次秤畢夏普教授那頁插畫，重量是十三盎司——將近九張普通羊皮紙。」史卡利拿開新鮮羊皮紙，換上艾許摩爾七八二號的內頁。

「墨水的重量無法解釋其間的差額。」露西把眼鏡戴上，仔細觀察電子秤。「而且艾許摩爾七八二號使用的羊皮紙，看起來好像還薄一點。」

「它的厚度大約是新羊皮紙的一半。我量過了。」史卡利把自己的眼鏡扶正。

「但生命之書有一百多頁——接近兩百頁。」我很快算了一下。「如果一頁就重達十三盎司，那整本書豈不是重達一百五十磅。」

「不僅如此，這頁紙的重量一直在變化。」穆德指著磅秤的讀數說。「請看，柯雷孟教授。重量又減少了。現在變成七盎司。」他拿起寫字板，把時間和重量記錄下來。

「它一整個早晨起落不定。」馬修道。「幸好史卡利考慮周詳，把紙留在秤上。如果她秤完就拿開，我們就不會發現這現象。」

「我不是故意的。」史卡利脹紅了臉，低聲道：「我去上廁所。回來的時候，重量增為一磅。」

「妳有什麼結論，史卡利？」克里斯用老師的口吻問道。

「我沒有結論。」她道，顯然很沮喪。「羊皮紙一旦失去重量，就不可能增加回來。它是死的東西。我觀察到的現象不可能存在！」

「這張紙想必是某種魔法容器。它裡面藏著其他的紙。重量改變是因為手抄本其他部分跟它產生關聯。」穆德朝我這方向看過來。

「我想你說得對，穆德。」我微笑道。

「我們應該把它放在原位，每十五分鐘記錄一次重量。說不定有固定模式。」穆德提議。

「聽起來可行。」克里斯讚許地看著穆德。

㊱ 盎司亦譯英兩，或寫作「唡」，是磅的十六分之一，每盎司等於二十八點三五公克。

「所以，畢夏普教授，」穆德謹慎地說：「妳認為真的有其他幾頁藏在裡面嗎？」

「如果這樣，艾許摩爾七八二號就是一個重複利用的手抄本。」露西的想像力開始大肆發揮。「多重功能的魔法手抄本。」

今天實驗室裡發生的事讓我做出一個結論，人類的聰明才智遠超出我們超自然生物對他們的期許。

「它確實是一個把舊有字跡刮掉重寫的手抄本。」我肯定道：「但我從來沒把艾許摩爾七八二號想成──你剛剛說是什麼，穆德？」

「魔法容器。」他重複道，滿臉得色。

我們已經知道艾許摩爾七八二號不論文本內容，或擁有的基因訊息，都有無比的價值。但如果穆德說得沒錯，它蘊藏的寶藏更是超乎想像了。

「你幾星期前採集的樣本，DNA檢驗報告出爐了嗎，馬修？」或許如果我們知道這張羊皮紙的原料來自哪種生物，就能對目前的情況有進一步的了解。

「且慢。妳不但從手抄本撕下一頁，還對它做化學分析？」露西一臉震驚。

「只從紙的核心取下極小的部分。我們在邊緣插入極細的探針。連穿刺的孔都看不出來──即使用放大鏡都看不見。」馬修向她擔保。

「我從未聽過這種事。」露西道。

「那是因為柯雷孟教授開發出這種技術後，沒有跟其他人分享。」克里斯不滿地瞪了馬修一眼。「但我們要改變，不是嗎，馬修？」

「顯然如此。」馬修道。

密麗安聳聳肩膀。「算啦，馬修。這麼多年來，我們一直用這種方法取得軟組織的DNA樣本。是時候讓別人玩玩看了。」

「這一頁就交給妳了，史卡利。」克里斯朝實驗室另一頭側一下腦袋，表示要私下談話。

「我可以摸摸看嗎？」露西盯著那頁插圖不放，問道。

「當然，它這麼多年都撐下來了。」馬修道。「穆德，史卡利，你們協助梅利維澤小姐好嗎？露西，妳要離開時通知我們一聲，我們好送妳回去上班。」

看露西貪婪的表情，我們會有足夠的時間交談。

「什麼事？」我問克里斯。現在遠離學生，克里斯的表情像有壞消息要透露。

「如果我們要對血怒有更深入的了解，必須有更多數據。」克里斯道：「在妳發表意見前我先說，密麗安，我不是要批評妳和馬修的發現。你們做得好到不能再好，因為你們的ＤＮＡ樣本都來自死了——或死而不死——很久的個體。但ＤＮＡ會隨著時間破壞。但如果要針對你們瀕臨絕滅的原因，做出正確的結論，我們就必須建立魔族和巫族的基因地圖，還有他們的基因組序列。」

「那我們就去取得更多數據。」我鬆了一口氣。「我還以為問題多嚴重。」

「問題真的很嚴重。」馬修正色道。「巫族和魔族的基因圖不夠完整，主要是因為我想不出什麼好方法，可以從活生生的捐獻者身上採集ＤＮＡ樣本。只有阿米拉和哈米許樂意提供，還有幾位固定到老房子去跟阿米拉上瑜伽課的常客。」

「如果你向更多超自然生物要求樣本，就必須讓他們知道你收集這些材料要如何加以利用。」我這才恍然大悟。

「還有一個問題。」克里斯道。「光是馬修的血緣，我們也沒有足夠建立一個系統的ＤＮＡ，供我們了解血怒的遺傳途徑。只有馬修本人，他的母親，還有馬卡斯‧惠特摩的樣本——如此而已。」

「何不派馬卡斯去紐奧良？」密麗安問馬修道。

「幹嘛去紐奧良？」克里斯追問。

「馬卡斯的孩子。」蓋洛加斯道。

「惠特摩有孩子？」克里斯無法置信地看著馬修。「幾個？」

「不算少。」蓋洛加斯歪著腦袋思索。「還有孫子女。瘋邁拉的血怒特別嚴重，不是嗎？你用得著她的DNA，我保證。」

克里斯用力一拍實驗桌，震得一排空試管像骨頭架子般咔啦咔啦響。

「天殺的，馬修！還跟我說你沒有其他活著的後代。你有一大群孫兒女和曾孫兒女在紐奧良大街上活蹦亂跳，我卻一直把時間浪費在你家絕無僅有的三件樣本上。」

「我不想麻煩馬卡斯。」馬修簡短地說：「他要忙其他事。」

「像是什麼？另一個精神變態的兄弟嗎？壞種電視台已經好幾個星期沒播新節目了，但是不可能永遠這麼平靜。班哲明再冒出頭的時候，我們需要比預測模式和直覺更高明的手段，才能取得上風！」克里斯喊道。

「冷靜下來，克里斯。」密麗安伸手按住他手臂。「吸血鬼基因組的數據已經比巫族或魔族的基因組更完善了。」

「但還有很多方面不牢靠，」克里斯抗議道：「尤其我們目前正在研究垃圾DNA。我需要更多巫族、魔族和血族的DNA——就醬。」

「Game Boy，Xbox，還有雛菊都自告奮勇提供檢體了。」密麗安道：「這有違現代研究規範，但我不認為這是不可克服的難題，只要你同意當作不知道就行了，克里斯。」

「Xbox說，王冠街有家魔族光顧的俱樂部。」克里斯揉揉疲倦的眼睛。「我去徵召一些志願者。」

「你不能去。你格格不入，你是人類——又是教授。」密麗安堅決地說。「我去。我比你可怕得多。」

「只在天黑以後。」克里斯給她一個遲緩的微笑。

「好主意，密麗安。」我趕緊說道。我不想知道密麗安在日落後會是什麼樣子的進一步資料。

「妳可以採我的檢體。」蓋洛加斯道。「我跟馬修沒有血緣，但可能有幫助。紐海文還有很多別的吸血鬼。打個電話給伊娃・葉格。」

「巴德文的前女友？」馬修很震驚。「自從她發現巴德文在幕後操縱一九一一年德國股票大崩盤，憤而離開之後，我就沒見過伊娃了。」

「我不認為他們任何一個會感謝你這麼謹慎，馬修。」蓋洛加斯語氣中帶有譴責。

「我猜她就是經濟系新聘的教授。」我道。「好極了，巴德文的前女友。正是我們需要的。」

「你還見到別的紐海文吸血鬼嗎？」馬修問。

「一些。」蓋洛加斯含糊其詞。

馬修張口還想問，卻被露西打斷。

「我站在旁邊的時候，艾許摩爾七八二號那頁的重量改變了三次。」她驚訝地搖著頭說。「要不是親眼看見，我絕不會相信。很抱歉打斷你們，但我必須回班尼克夫了。」

「我跟妳去，露西。」我道。「妳還沒告訴我，妳有什麼伏伊尼契的新情報。」

「看過這麼多科學新知，我的資料太平淡了。」她不好意思地說。

「我還是很想知道。」我親吻馬修。「回家見。」

「我晚上才回去。」他摟著我，嘴巴貼在我耳邊。接下來他說的話非常小聲，就連吸血鬼也要伸長耳朵才聽得見。「不要在圖書館待太晚。記住醫生說的話。」

「我記得，馬修。」我答應他。「掰了，克里斯。」

「再見了。」克里斯抱住我，但很快就放開。他低頭看著我突起的肚子，不滿地說：「妳有個小孩剛用手肘頂我。」

「或用膝蓋撞你。」我笑著用手撫平肚子上一塊突出物。「他們最近很活躍。」

馬修凝望著我：自豪、溫柔，還有一點擔心。感覺就像掉進新堆出來的積雪裡——爽脆又復柔軟。如果是在家裡，他一定會把我拉進懷裡，也體驗一下被頂、被撞的滋味，或跪在我肚子前面，欣賞突出的小腳、小手、小肘。

我對他含羞一笑。密麗安清一下喉嚨。

「保重，蓋洛加斯。」馬修低聲道。這不是寒暄，而是命令。

他的姪子點頭道：「我會把你老婆當成自己的一樣。」

我們用比較端莊的步伐走回班尼克圖書館，一路聊著伏伊尼契和艾許摩爾七八二號。現在露西對箇中祕密的興趣更濃厚了。蓋洛加斯堅持我們途中吃點東西，所以我們在沃爾街的披薩店稍作停留。一位歷史系的同事捧著好厚一疊書目卡片和好大一杯氣泡飲料，坐在傷痕累累的卡座裡，我跟她揮手打招呼，但她專心工作，沒怎麼答理我。

我們把蓋洛加斯留在圖書館門口站崗，拿著遲來的午餐走進職員休息室。其他人都吃飽了，所以我們獨佔整個房間。露西邊吃邊向我報告她的心得。

「魏福瑞・伏伊尼契一九一二年向耶穌會教士買下目前耶魯收藏的這件神祕手抄本。」她嚼著健康沙拉裡的小黃瓜，說道。「當時耶穌會正低調地出清羅馬郊外藏龍別墅裡的藏書。」

「藏龍？」我搖一下頭，想到珂拉。

「對。這名字是從教皇格列高里十三世的紋章得來的靈感，就是改革曆法的那位。不過妳對這方面的事可能比我更清楚。」

我點頭同意。我十六世紀末橫渡歐洲的時候，想知道每一天的確切日期，非得熟悉格列高里的曆法改革不可。

「十九世紀晚期，羅馬耶穌會學院把三百多冊藏書搬到藏龍別墅。細節我不很清楚，似乎牽涉到義大利統一後，政府要沒收教會的財產。」露西又起一顆貧血的小番茄。「據說，送到藏龍別墅的，都是耶穌會圖書館裡最珍貴的書籍。」

「唔。不知道能不能弄到一份書單。」我會欠史丹佛那位朋友更多人情，但有可能因此找到一張失落的書頁。

「值得試試看。伏伊尼契當然不是唯一感興趣的收藏家。藏龍別墅這次賣書是二十世紀最大規模的私人藏書拍賣會。伏伊尼契有兩位競爭對手，差點沒買到這件手抄本。」

「妳知道他們是誰？」我問。

「還不知道，但我正在調查。一個來自布拉格。我目前只知道這麼多。」

「布拉格？」我快昏倒了。

「妳臉色看起來不太好。」露西道。「妳該回家休息。我繼續研究，我們明天再見面。」她又道，同時把空了的保麗龍容器蓋上。

「嬸娘，妳提早離開了。」我走出圖書館時，蓋洛加斯道。

「研究遇到瓶頸。」我嘆口氣。「一整天只有不夠塞牙縫的一點點進度，還夾在兩個大挫敗中間。但願馬修和克里斯在實驗室有更多進展，因為我們快要沒時間了。或者該說，是我快要沒時間了。」

「船到橋頭自然直。」蓋洛加斯睿智地搖頭晃腦道：「向來如此。」

我們跨越草坪，穿過法院與市政廳中間的橋。走到法院街，我們跨過鐵軌，直奔我的房子。

「烏斯特廣場那棟公寓，你是什麼時候買的，蓋洛加斯？」我終於有機會提出我對柯雷孟家族與紐海文關係的眾多疑問當中的一個。

「在妳來這兒任教之後。」蓋洛加斯道。「我要確定妳能適應新工作，而且馬卡斯經常提到他的房子遭竊或他的車遭破壞的事。」

「我猜馬卡斯那時已不住在他的房子裡了。」我挑起一道眉毛道。

「當然沒有。他幾十年沒來紐海文了。」

「其實，我們這兒很安全的。」我看著法院街的行人專用步行區，這片位於市中心、綠樹成蔭的住宅區，照例人跡稀少，路上只有一隻黑貓和幾株盆栽。

「也許吧。」蓋洛加斯半信半疑。

我們剛走到通往前門的階梯，就見一輛黑車開到我們才經過的法院街與橄欖街交叉口。那輛車打了空檔，一名金黃頭髮的高瘦年輕人伸展四肢，離開乘客座。他長手長腳，肩膀以這麼纖瘦的人而言卻是出乎意料的寬。我猜他是大學部學生，因為他一身耶魯學生的標準服飾：深色牛仔褲加黑T恤。他戴太陽眼鏡遮住眼睛，彎腰跟駕駛說話。

「我的天。」蓋洛加斯一臉活像見了鬼似的表情。「不可能。」

我打量那名大學生，認不出他是誰。「你認識他嗎？」

年輕人向我看過來。鏡面眼鏡片也遮不住吸血鬼冰冷的目光。他取下眼鏡，嘴一撇，對著我微笑。

「妳真難找呀，羅伊登太太。」

第十八章

那聲音。我上次聽見時，它音調較高，而且沒有那種從喉嚨深處發出的回音。

那雙眼睛。閃著金光的翠綠眼珠裡有金褐色的紋路。現在看起來仍覺得帶有超齡的成熟。

他的微笑。左邊嘴角總是挑得比右邊嘴角高一些。

「傑克？」我幾乎說不出這名字，我的心抽得好緊。

一隻重達一百磅的白狗從汽車後座鑽出來，跳過排檔，跳出敞開的車門。長毛飛揚，粉紅色的舌頭掛在嘴巴外面。傑克抓住牠的頸圈。

「坐下，羅貝洛。」傑克揉亂大狗兒的頭毛，露出一雙黑鈕扣似的眼睛。狗兒崇拜地望著他，拍打著尾巴，氣喘噓噓坐下來，等候下一個指令。

「哈囉，蓋洛加斯。」傑克慢慢向我們走來。

「小傑克。」蓋洛加斯的聲音很激動：「我還以為你死了。」

「我是死了，後來又不死了。」傑克低頭看我，不確定自己是否受歡迎。我不留絲毫空間給懷疑，張開手臂將他抱住。

「哦，傑克。」傑克聞起來像煤炭的火焰和濃霧的早晨，完全不像他小時候滿身剛出爐麵包的香氣。他遲疑了一下，才用細長的手臂摟住我。他長大了、長高了，但還是覺得很脆弱，好像成熟的外表只是一層殼。

「我好想妳。」傑克低聲道。

「戴安娜！」馬修還在兩條街以外，但他已看見那輛車擋住法院街的入口，還有一個陌生男人抱住我。在他看來，我可能落入了陷阱——即使蓋洛加斯就站在旁邊。馬修的本能立刻發動、狂奔，化身一縷輕煙。

羅貝洛用響亮的吠聲發出警告。科摩多犬很多方面都像吸血鬼：生存的目標就是保護深愛的人、效忠家庭，體型大得足以擊敗狼和熊，寧願戰死也不投降。

傑克看到危機來源前就已意識到危險。他當著我的面變身成一頭來自地獄的怪獸，露出牙齒，眼珠變成黑色的玻璃。他抓住我，把我緊緊抱住，保護我不受後方逼近的任何東西傷害。但他也把我的肺勒得無法呼吸。

「不！不要連你也這樣。」我喘噓噓地掙扎吸入最後一口氣。這樣我沒辦法警告馬修，有人把血怒傳給我們這個聰明而容易受傷害的男孩。

馬修躍過汽車引擎蓋之前，一個男人從駕駛座走出來，把他抓住。他一定也是個吸血鬼，我頭昏腦脹地想道，他有力氣阻止馬修嗎？

「站住，馬修。那是傑克。」那人低沈、響亮的聲音和明顯的倫敦口音，喚起一段不愉快的回憶，一滴血落進一個吸血鬼等待的嘴巴裡。

安卓・胡巴德。倫敦的吸血鬼王來到了紐海文。我的視界裡開始金星閃爍。

馬修咆哮掙扎。胡巴德的背部撞上車身鋼架，發出足以令骨頭碎裂的巨響。

「那是傑克。」胡巴德重複道，抓住馬修的脖子，強迫他聽話。

這次馬修聽見了。他瞪大眼睛，向我們看過來。

「傑克？」馬修的聲音沙啞。

「羅伊登大爺？」傑克沒有回頭，馬修的聲音穿透血怒的黑霧時，他把頭側向一旁，放鬆了掌握。

我連忙吸一大口氣，掙扎著脫離金星四射的黑暗。我的手直覺地撫到小腹上，感受著令人放心的一下輕推，然後又一下。羅貝洛嗅嗅我的手和腳，好像要確定我和牠主人的關係，然後在我面前坐下，對馬修怒吼。

「這是另一場夢？」低沈的嗓音裡還殘留少許當年那個失怙孩子的痕跡，傑克緊閉雙眼，不願承受夢醒的危險。

「不是夢，傑克。」蓋洛加斯柔聲道。「你可以離開羅伊登太太身邊了。馬修不會危害他的配偶。」

「哦，天啊。我碰了她。」傑克聽起來很驚恐。他慢慢轉過身，高舉雙手，擺出投降姿勢，願意接受馬修認為恰當的任何處分。傑克已恢復正常的眼睛又開始發黑。但他沒有發怒。為什麼血怒會再度出現？

「噓。」我道，輕輕把他的手臂拉下來。「你碰過我不下一千次。馬修不會介意。」

「我……從前……不是。」傑克的聲音充滿自我憎厭，繃得很緊。

馬修慢慢走近，不想讓傑克受驚。胡巴德關上車門，跟在他後面。幾百年歲月，對這位以傳教士自居，收養各物種、各年齡層超自然生物的倫敦吸血鬼王，幾乎沒造成任何改變。他還是老樣子：鬍子剃得很乾淨，膚色白淨，一頭金髮，灰眼睛和深色服裝跟蒼白的容貌呈現對比。身材仍然高瘦，寬闊的肩膀微駝。

兩個吸血鬼接近時，狗兒的咆哮變得更兇惡，咧開嘴唇，露出牙齒。

「過來，羅貝洛。」馬修命令道。他蹲下來，耐心等候狗兒考慮牠的選擇。

「這隻狗只認一個主人。」胡巴德警告道。「牠只聽命於傑克。」

羅貝洛濕潤的鼻子貼著我的手，接著牠嗅了嗅自己的主人。牠昂起鼻子，把周遭的氣味通通吸入，然後才向馬修和胡巴德走去。羅貝洛認識胡巴德，對馬修卻做了更徹底的評估。評估完以後，牠把尾巴從左邊盪到右邊。這不完全是搖尾巴，但這隻狗憑直覺分辨出，這群人當中誰是老大。

「乖狗。」馬修站起身，指著自己的腳跟。羅貝洛服從地轉身，跟在馬修身後，過來加入傑克、蓋洛加斯和我。

「還好吧，我的愛？」馬修低聲道。

「當然。」我道，其實還在喘氣。

「你呢，傑克？」馬修把一隻手放在傑克肩上。那不是柯雷孟家族典型的擁抱，而是父親跟孩子久別重逢——父親擔心孩子經歷了一趟地獄之旅——的招呼。

「我現在好多了。」只要直接詢問，傑克一定說真話。「我受驚就會反應過度。」

「我也一樣。」馬修放在他肩頭的手緊了一緊。「對不起。你背對著我，而我沒想到會再見到你。」

「很……難。不跟你聯絡。」傑克的聲音隱隱顫抖，透露出他經歷的困難不僅是一點而已。

「我可以想像。何不到屋裡來，你可以告訴我們你的故事？」這可不是一般的邀請：馬修要求傑克剖白他的靈魂。傑克想到這一點，顯得很擔心。

「你要說什麼都隨你，傑克。」馬修安慰他。「可以什麼也不告訴我們，也可以每件事都告訴我們，但讓我們到裡面去聽你說。你的新羅貝洛跟第一隻羅貝洛一樣吵。如果牠再叫下去，鄰居會打電話報警。」

傑克點點頭。

馬修把頭歪向一側。這動作使他看起來有點像傑克。「我們的小男孩哪兒去了？我現在要對上你的眼睛，不用蹲下了。」

傑克最後的一絲緊張，隨著馬修溫和的調侃消失了。他羞澀地一笑，抓抓羅貝洛的耳朵。

「胡巴德神父跟我們一起來。你去開車好嗎，蓋洛加斯，把它停到一個不擋路的地方？」馬修道。

蓋洛加斯伸出手，胡巴德把鑰匙放上去。

「後座有個公事包。」胡巴德道：「回來時把它帶過來。」

蓋洛加斯頷首，嘴唇抿得只剩一條線。他恨恨地瞪了胡巴德一眼，才大步向汽車走去。

「他一直不喜歡我。」胡巴德把款式嚴肅的西裝外套前襟拉直，他穿黑西裝配黑襯衫。雖然過了六百年，這吸血鬼基本上還是一個傳教士。他向我點一下頭，第一次跟我打招呼。「羅伊登太太。」

「我姓畢夏普。」我要提醒他，我們上次見面時的約定——根據眼前的證據，他已破壞承諾。

「那就稱呼妳畢夏普博士。」胡巴德瞇起有多種顏色的怪異眼睛。

「你沒有遵守諾言。」我厲聲道。傑克慌亂的目光停在我脖子上。

「什麼諾言？」傑克在我背後問道。

可惡。傑克的聽力本來就敏銳，我又忘了他現在擁有超自然的感官能力。

「我曾發誓為羅伊登太太照顧你和安妮。」胡巴德道。

「胡巴德神父做到。」傑克低聲道。「否則我不會在這裡。」

「我們很感謝他。」馬修的臉色卻非如此。他把家裡的鑰匙扔給我。我的包包還在蓋洛加斯手上，沒有包包我開不了門。

胡巴德反手替我接住，把鑰匙插進鎖孔。

「帶羅貝洛上樓，給牠喝點水，傑克。廚房在二樓。」馬修越過我們，從胡巴德手中拿回鑰匙，放在玄關桌上的一個碗裡。

「你死定了，胡巴德——還有那個把傑克造成吸血鬼的人。」馬修的音量就像虛無縹緲的耳語，但傑克還是聽見了。

「不能殺他，羅伊登老爺。」傑克站在樓梯頂端，雙手緊緊抓住羅貝洛的頸圈。「胡巴德是你的孫子。他也是我的創造者。」

傑克轉身離開，我們聽見開廚房門、水龍頭放水的聲音。那聲音很家常，但因為一顆對話的炸彈剛爆發，聽起來特別奇怪。

「我的孫子？」馬修震撼地瞪著胡巴德。「意思是……」

「班哲明・福克斯是我的血父。」胡巴德的來歷一直曖昧不明。倫敦有傳言說，一三四九年黑死病第一次侵襲英格蘭時，他是個教士。教區居民全部病死後，胡巴德自行掘了墳墓爬進去。某個神祕的吸血鬼把胡巴德從死亡邊緣帶回——但始終沒有人知道那是誰。

「在你兒子心目中，我只是一件工具——他創造我來推動他在英格蘭的目標。班哲明希望我遺傳到血怒。」胡巴德繼續道。「他也希望我幫他組織一支大軍，跟柯雷孟家族和他們的盟友對抗。但兩方面他都沒有成功，我想方設法不讓他接近我和我的牧民。直到現在。」

「現在怎麼了？」馬修粗魯地問道。

「班哲明要傑克。我不能讓那孩子再度落入他的掌握。」胡巴德同樣直接回答。

「再度？」那狂人曾經接觸傑克。我盲目地轉向樓梯，但馬修抓住我的手腕，把我束縛在他胸前。

「等一下。」他命令道。

蓋洛加斯從門外進來，提著我的書包和一個巨大的公事包。他打量一下場面，就扔下手裡的物品。

「怎麼回事？」他從馬修看到胡巴德。

「胡巴德神父把傑克造成一個吸血鬼。」我盡可能保持中立。畢竟傑克也在聽。

蓋洛加斯把胡巴德推到牆上。「你混蛋。我聞到他滿身都是你的氣味。我還以為——」

輪到蓋洛加斯被推撞——他倒在地板上。胡巴德一隻擦得亮晶晶的黑皮鞋，踩在蓋洛加斯寬闊的胸骨上。他看起來骨瘦如柴，竟然那麼強壯，讓我很驚訝。

「以為什麼，蓋洛加斯？」胡巴德聲音很猙獰。「我侵犯小孩子？」

樓上，傑克越來越濃郁的慌亂使空氣發酸。他從小就知道，普通爭執很快就會變成暴力行為。小時候，只要馬修和我有一點意見不合，他就會很難過。

「珂拉！」我喚道，本能地向牠求援。

我的火龍從臥室裡飛出來，盤旋降落在樓梯腳欄杆的柱頂時，馬修已抓起蓋洛加斯和胡巴德的頸皮，把他們硬生生分開，而且用力搖晃，讓他們牙齒抖得咯咯響，打消了發生流血事件的可能性。

珂拉不悅地長唳一聲，惡毒地瞪著胡巴德神父，相當正確地認定他就是打擾牠午睡的元兇。

「真想不到啊。」傑克從欄杆上探出腦袋。「我不跟你說過，珂拉可以通過時光漫遊嗎，胡神父？」他開心地哈哈大笑，拍打著木頭欄杆。傑克的行為讓我清晰地憶起他曾經是個多麼快樂的孩子，我暗中把淚水吞回去。

珂拉用鳴聲回應，接著開始噴火、唱歌，使門口洋溢歡樂氣氛。她在空中飛舞，高高飛臨傑克上空，用翅膀籠罩他。然後牠把頭靠在傑克頭上，發出柔情低吟，又拿尾巴繞過他胸口，用黑桃形狀的尾尖輕拍他背部。羅貝洛放輕腳步走到主人身旁，懷疑地嗅嗅珂拉。想必牠有家人的味道，所以立刻被羅貝洛劃入保護的範疇。牠在傑克身旁躺下，頭擱在前爪上，但眼神仍保持警戒。

「你的舌頭比羅貝洛還長。」傑克道，努力不在珂拉搔癢他脖子時笑出聲。「真不敢相信，她還記得我。」

「牠當然記得你!牠怎麼可能忘記一個用醋栗麵包寵牠的人。」

我們終於在可以眺望法院街的客廳裡就座時，傑克的血怒已經消散。他意識到自己在這棟房子裡位階最低，所以等所有人都坐定後才挑選位子。要不是馬修拍拍沙發椅墊，他已準備跟狗兒一塊兒坐在地上。

「來跟我坐，傑克。」馬修說，邀請帶有命令意味。傑克拉拉牛仔褲的膝部，坐了下來。

「你看起來有二十歲。」馬修說，企圖引出話題。

「二十，也可能二十一。」傑克道：「勒納和我——還記得勒納嗎？」馬修點點頭。「我們推算的，因為我記得西班牙大艦隊的事。也不是什麼特別的事，你知道，就是滿街的人都很害怕西班牙入侵、點燃烽火，還有勝利大慶祝。我能記得這些事，代表我一五八八年起碼滿五歲了。」

我很快算了一下。換言之，傑克在一六〇三年成為吸血鬼。「瘟疫。」

倫敦在那年爆發一場大瘟疫。我注意到傑克的脖子上，耳朵下方有塊斑駁的陰影。乍看像淤青，但應該是瘟疫造成的傷口。傑克變成吸血鬼後還留有這麼明顯的痕跡，可見胡巴德改造他時，他已離死亡不遠。

「是。」傑克低頭看著自己的手說道。他把兩隻手翻來轉去。「安妮早十年就死於瘟疫，那是馬羅老爺在玳孚鎮被人殺死後不久的事。」

我很想知道我們的安妮發生了什麼事。我一直以為她會從事裁縫女紅，自立門戶，生意興隆。我希望她嫁個好男人，生兒育女。但她十來歲就死了，人生還沒有真正開始就倏然而滅。

「那一年很可怕，羅伊登太太。到處都是死人。我和胡巴德神父知道她生病時，已經太遲了。」傑克滿臉傷痛。

「你年紀夠大，可以改叫我戴安娜。」我柔聲道。

傑克撥弄著牛仔褲，沒有答腔。「胡巴德收養我，自從妳……離開，」他繼續道：「懷特爵爺出了事，諾森伯蘭爵爺在朝中太忙，沒空照顧我。」傑克對胡巴德一笑，親情流露。「那是段好時光，跟著大夥兒跑遍倫敦。」

「你所謂的那段好時光，我跟警長的關係可是很親密。」胡巴德面無表情道：「你跟勒納闖的禍，比有史以來任何兩個男孩惹出來的麻煩都多。」

「亂講。」傑克笑道。「唯一一次真正嚴重的麻煩，是我們偷跑進倫敦塔，送書給懷特爵爺，又留下來等他寫信給他夫人那次。」

「你們真的那麼做——」馬修抖了一下，搖頭道：「天啊，傑克。你始終沒搞清楚，偷雞摸狗跟上絞刑台的罪名有什麼差別。」

「現在我知道了。」傑克開心地說。然後他的表情又緊張起來。羅貝洛抬起頭，把鼻子靠在傑克膝蓋上。

「別生胡巴德神父的氣。他只是照我的要求做，羅伊登老爺。早在我變成超自然生物之前，勒納就給我解釋過那是怎麼回事。所以我知道你和蓋洛加斯、戴維是什麼。之後每件事就很容易理解了。」傑克頓了一下。「我應該要有勇氣面對死亡，接受死亡，但我不願意就此進了墳墓，再也見不到你們。我覺得人生……還沒有過完。」

「你現在覺得呢？」馬修問道。

「太長。太寂寞。而且很艱苦——我從沒想到會那麼苦。」傑克擰著羅貝洛的毛，抓起一撮毛不斷旋轉，把它揉成一股繩索。他清一下喉嚨。「但有了今天，一切都值得。」他低聲道：「甚至是每一分鐘。」

馬修伸長手臂，摟住傑克。他捏一下傑克的肩膀，很快又放開。在短暫的瞬間，我從丈夫臉上看到絕望與悲傷，但他很快就戴回鎮定自若的面具。那是吸血鬼版的偽裝咒。

「胡巴德神父告訴過我，他的血可能會讓我生病，羅伊登老爺。」傑克聳聳肩膀。「但我已經生病了。從一種病換成另一種病，有什麼不一樣？」

沒什麼不一樣，我想道，只不過一種病會殺死你，而另一種病會把你變成一個殺手。

「安卓先告訴你是對的。」馬修道。胡巴德神父獲得肯定，顯得很驚訝。「我相信你的血祖父當初沒有為他考慮這件事。」馬修描述胡巴德與傑克跟班哲明的關係時，措辭很謹慎。

「沒有。他絕對不會那麼做。我的血祖父認為，他做任何事都不需要對任何人解釋。」傑克跳起身，在房間裡漫無目標地走來走去，羅貝洛跟在他身後。他盯著門框周圍的嵌飾線條，伸出手指沿著木板劃來劃去。「你血液裡也有那種病，羅伊登老爺。我記得在格林威治看過。但它並沒有控制你，像控制我血祖父，或我這樣。」

「我曾經被它控制。」馬修望著蓋洛加斯，對他輕輕點一下頭。

「我記得馬修曾經像魔鬼一樣瘋狂，手拿著劍幾乎天下無敵。就連最勇敢的人也嚇得逃跑。」蓋洛加斯俯身向前，雙手緊握，膝蓋分得很開。

「血祖父告訴過我老爺──馬修──的過去。」傑克打了個寒噤。「他說我體內也有馬修的殺人天賦，我必須實現它，否則你不會承認我是你的後裔。」

我透過攝影機目睹班哲明無可言喻的殘酷，他如何扭曲希望與恐懼，用它們做為武器，摧毀超自然生物的自我意識。但他以同樣的手法，扭曲傑克對馬修的感情，卻讓我憤怒得盲目。我握起雙拳，勒緊手指裡的魔力線，直到魔法威脅要迸裂我的皮膚，爆發出來。

「班哲明對我並不像他以為的那麼了解。」馬修的怒火也在高漲，他身上的香料氣味變得濃郁。「我會當著全世界承認你是我的後裔，而且以你為榮──即使你體內沒有我的血。」

胡巴德顯得不安。他的注意力從馬修轉移到傑克身上。

「你願意收我做血誓的兒子？」傑克緩緩轉向馬修。「就像菲利普收養羅伊登太太──我是說，戴安娜？」

馬修點頭的同時，瞪大了眼睛，他試著理解為何菲利普知道馬修有孫子，他自己卻不知道。他臉上有遭受背叛的表情。

「菲利普每次來倫敦，都會來看我。」傑克對馬修心情的變化一無所知，自顧解釋道。「他要我注意聽他的血誓，因為它很響亮，我說不定會在看見羅伊登太太之前先聽見它。妳說得對，羅──戴安娜。馬修的父親真的長得跟皇帝的熊一樣大。」

「如果你見過我父親，一定聽過很多我做壞事的故事。」馬修下巴上的肌肉開始顫抖，表情從遭受背叛變為苦澀，他的瞳仁不斷放大，怒意也不斷增加。

「沒有。」傑克困惑地皺起眉頭說。「菲利普只說他多麼佩服你，還說你會教我不去聽從血液要我做的事。」

馬修震了一下，好像被什麼東西打到。

「菲利普總讓我覺得跟你和羅伊登太太很親近，也覺得更平靜。」傑克又緊張起來。「但我已經很久沒見到菲利普了。」

「他在戰爭中被俘虜，」馬修解釋道。「受了很多苦，因而去世。」

這是精心編織的半真半假說詞。

「胡巴德神父告訴過我。我很慶幸菲利普沒有活著看到——」這一次，顫抖穿過傑克的骨髓，傳到皮膚的表面。他眼珠毫無預警地一下子變成全黑，充滿憎厭與害怕。

傑克此刻經歷的痛苦遠比馬修嚴重。馬修只體驗過憤怒激起的血怒，傑克的血怒卻有更廣泛而複雜的情緒因素。

「沒關係的。」馬修立刻衝到傑克身旁，一手托著他脖子，另一手撫著他臉頰。羅貝洛抓抓馬修的腳，好像在說：想想辦法。

「我這樣子的時候，別碰我。」傑克咆哮著推搡馬修的胸膛，但就像推一座山一樣。「你會讓情況更糟。」

「你以為可以指揮我，小狼崽？」馬修豎起眉毛。「你覺得什麼可怕，說出來吧。說完就會好過很多。」

在馬修鼓勵下，傑克的告白從他內心深處、儲存一切邪惡、恐怖的黑暗角落裡源源湧出。

「幾年前，班哲明找到我。他說他一直在等我。我的血祖父答應帶我去見你，但我必須先證明我是馬修‧柯雷孟真正的血胤。」

蓋洛加斯咒罵一聲。傑克立刻向他望去，發出一聲怒吼。

「眼睛看著我，傑克。」馬修在聲音裡表示得很清楚，任何反抗都會受到迅速而嚴厲的報復。我丈夫在操縱一種幾乎不可能達成的平衡，需要無條件的愛和穩固牢靠的支配。狼群之間的互動總是緊張不安。一遇到血怒，可能瞬間就出現致命危機。

傑克把注意力從蓋洛加斯身上收回，肩膀稍微下垂了一點。

「後來呢？」馬修提醒他。

「我殺人。一個接一個。我殺得越多，殺人的慾望越強烈。那些血不僅為我充飢止渴——也壯大血怒。」

「你很聰明，這麼快就懂得這麼多。」馬修讚許他。

「有時，我清醒的時間夠長，會知道我做的事是錯的。我就試著救助那些濫血人，但我沒法子停止喝血。」傑克承認道。「我設法把兩個我的獵物變成吸血鬼。當時班哲明對我很滿意。」

「才兩個？」馬修臉上閃過一道陰影。

「班哲明要我救更多人，但那需要太多自制。不論我怎麼努力，大多數人都死了。」傑克墨黑的眼睛裡滿是血紅的眼淚，瞳仁發出紅光。

「這些死亡發生在什麼地方？」馬修聽起來只有一點兒好奇，但第六感告訴我，這問題是了解傑克的遭遇的關鍵。

「到處都有。我居無定所。流了太多血。我必須逃避警察，還有媒體……」傑克開始發抖。

「吸血鬼大鬧倫敦」。我想起這驚悚的標題，以及馬修收集的世界各地所有「吸血鬼謀殺案」的剪報。我低下頭，不想讓傑克發覺我已知道他就是歐洲各國警力緝拿的殺人兇手。

「但最痛苦的還是活著的那些人。」傑克繼續道，每說一個字，他的聲音就減弱一分。「我的血祖父把我的孩子帶走，說是要確定他們受到正確的教養。」

「班哲明利用你。」馬修深深看進他的眼睛，希望打動他。傑克卻不斷搖頭。

「我創造那些孩子是違反了我對胡巴德神父的誓言。他說這世界不需要更多吸血鬼——已經夠多了——所以如果我覺得寂寞，可以去照顧那些失去家人的吸血鬼。胡巴德神父唯一的要求是，我不能製造孩子，但我卻一再讓他失望。做了那種事，我不能再回倫敦——不能帶著滿手的血腥回去。我也無法跟血祖父相處。我告訴班哲明我要離開時，他發了可怕的怒火，並殺了我一個孩子做為報復。他的兒子們抓住我，逼我旁觀。」傑克吞下一聲刺耳的呻吟。「我的女兒。我的女兒。他們——」

他吐了。他用一隻手摀住嘴巴，但已擋不住嘔出的血。血流到臉頰上，濡濕了他黑色的T恤。羅貝洛跳起來大聲吠叫，用爪子拍打他背部。

我再也不能袖手旁觀，我衝到傑克身旁。

「戴安娜！」蓋洛加斯喊道：「妳不可以——」

「不要告訴我該怎麼做。給我一條毛巾！」我斷然道。

傑克雙手雙膝著地，馬修強壯的手臂緩和了他倒地的衝力。他胃裡的東西不斷湧出時，我跪在他身旁。蓋洛加斯遞給我一條毛巾，我用它擦拭傑克沾滿血跡的臉和手。我像瘋了似的努力阻止血流，但毛巾很快就濕透了，冷得像冰一樣，接觸這麼大量的吸血鬼血液，使我的手變得麻木而不靈活。

「一定是嘔吐的力道導致他胃部和喉部的血管破裂。」馬修道。「安卓，麻煩你拿一壺水來，要加很多冰塊。」

胡巴德走進廚房，很快就回來了。

「拿去。」他道，把水壺塞到馬修手裡。

「抬高他的頭，戴安娜。」馬修指揮我。「抓住他，安卓。他的身體極端缺血，給他喝水他會反抗。」

「我能做什麼？」蓋洛加斯道，他的聲音沙啞。

「擦乾淨羅貝洛的腳，免得牠踩得滿屋子血跡。傑克不需要任何東西提醒他發生過的事。」馬修捏著傑克的下巴。「傑克！」

傑克玻璃似的眼睛轉向馬修。

「把這個喝下去。」馬修把傑克的下巴托高幾吋，命令道。傑克噴著口水，扭動身體掙扎，企圖推開他。但胡巴德牢牢抓住傑克，直到壺裡的水都灌進他嘴裡為止。

傑克不斷打嗝，胡巴德鬆開了手。

「幹得好，小傑克。」蓋洛加斯道。

傑克再次彎腰，抱住他看得出起伏不定的肚子，我替他撫平額頭上的亂髮。

「我把血弄到妳身上了。」他道。我的上衣血跡斑斑。

「所以怎樣？」我道：「這又不是第一次有吸血鬼把血流到我身上，傑克。」

「休息一下。」馬修對他說：「你累壞了。」

「我不想睡。」胃裡的東西又湧上來，傑克用力把它吞下去。

「噓。」我揉揉他脖子。「我保證你不會做噩夢。」

「妳哪有什麼把握？」傑克問道。

「魔法。」我在他額頭上畫出第五個結的圖案，低聲悄語：「鏡中光芒閃，惡魔都發抖，傑克睡醒前，噩夢不准來。」

傑克慢慢閉上眼睛。幾分鐘後，他就側躺著蜷起身子，安詳地睡著了。

我又編織了另一個咒語——只給他一個人用。不需要字句，因為除了我沒有人使用它。傑克四周有許多紅、黑、黃三種顏色的線條，紛紛擾擾，糾纏不清。我從自己身旁抽出有治療效果的綠線和能破解詛咒、建立新開始的白線，將它們編成一條辮子，綁在傑克手腕上，再打一個交叉六次、牢靠的結，將它固定好。

「樓上有客房，」我道：「我們把傑克送到那兒的床上。他醒來時，珂拉和羅貝洛會通知我們。」

「這樣可以嗎？」馬修問胡巴德。

「與傑克有關的事，你不需要徵詢我。」胡巴德答道。

「需要的。你是他父親。」馬修道。

「我只是他的血父。」胡巴德低聲道。「你才是傑克的父親，馬修。你一直都是。」

第十九章

馬修把傑克抱到三樓去，像抱嬰兒般把他整個摟在懷裡。珂拉和羅貝洛陪我們上樓，牠們都知道自己的任務。馬修為傑克脫下血液浸透的上衣，我在我們房間的五斗櫃裡搜尋他可以替換的衣服。傑克身高超過六尺，體型卻比馬修纖細得多。我找出一件我有時當睡衣穿的耶魯男子划船隊的大尺碼運動衫，希望能湊合。馬修先把傑克柔若無骨的手臂塞進袖子，然後套過他垂著的頭。我的咒語讓他完全失去知覺。

我們合力把他安頓在床上，除非絕對有必要，我們都不說話。我把床單拉到傑克肩頭，羅貝洛坐在地上，盯著我的每個動作。珂拉停在燈上，專注地看，眼睛連眨都不眨一下，牠的體重把燈罩壓彎到一個令人擔心的程度。

我摸摸傑克的黃頭髮和脖子上的黑色疤痕，然後把手放在他的心臟上。雖然他睡著了，我還是感覺到他的各個部分在爭奪控制權：理智、肉體、靈魂。雖然胡巴德使傑克永遠停留在二十一歲，但他看起來有種彷彿這年紀三倍老的倦怠。

傑克經歷了那麼多事。太多了，都是班哲明幹的好事。我恨不得為世間剪除那個瘋子。我張開左手的手指，手腕上脈搏被繩結環繞的位置在刺痛。魔法無非就是實現了的慾望，我血管裡的力量在回應我未說出口的復仇意願。

「傑克是我們的責任，我們在他需要的時候沒有給予支持。」我的聲音低沈而兇惡。「還有安妮……」

「我們正在幫助傑克。」馬修的眼神流露出的傷痛與憤怒，我知道就跟我眼睛裡的一樣。「但我們已無法為安妮做什麼，只能祈禱她的靈魂安息。」

我點一下頭，費力地克制自己的情緒。

「去沖個澡，我的小母獅。胡巴德碰過妳，還有傑克的血……」馬修無法忍受我皮膚上有其他超自然生物的氣味。「妳洗澡的時候我會看著他。然後妳我可以下樓去跟……我的孫子聊聊。」最後這幾個字他說得很慢，好像在慎重考慮，讓舌頭適應這種說法。

我捏捏他的手，在傑克額上輕吻一下，才依依不捨地走進浴室，徒勞地試圖沖掉今晚發生的所有事件。

三十分鐘後，我們看見蓋洛加斯和胡巴德面對面而坐，中間隔著樸素的松木餐桌。他們橫眉豎眼，盯著對方不放，不時互相咆哮。我很慶幸傑克沒有醒著目睹這一幕。

馬修放開我的手，走進廚房。他拿出一瓶氣泡水給我，又取出三瓶葡萄酒。把酒瓶分派好，他又回去拿開瓶器和四個玻璃杯。

「就算你是我族親，我還是不喜歡你，胡巴德。」蓋洛加斯壓低音量的嘶吼，已不像人類的聲音，聽起來怪不舒服的。

「彼此彼此。」胡巴德把黑色公事包放在桌上他伸手可及的位置。

馬修一邊用開瓶器打開自己那瓶酒，一邊看著姪子和胡巴德唇槍舌劍卻不發一言。他替自己倒了一杯酒，兩口就吞下肚。

「你不配做家長。」蓋洛加斯瞇起眼睛道。

「誰天生配做家長呢？」胡巴德反駁。

「夠了。」馬修沒有提高音量，但他的聲調卻讓我頸後的汗毛豎立，蓋洛加斯和胡巴德也立刻安靜。

「血怒每次發作都導致傑克這樣嗎，安卓，或者他遇見班哲明之後情況惡化了？」

胡巴德帶著譏誚的微笑，往椅背上一靠。「你要從這兒開始，是嗎？」

「那你要從哪兒開始，你說，為什麼你明知道可能會把血怒傳給傑克，還把他造成吸血鬼？」怒火把我一度對他維持的客氣燒得一乾二淨。

「我讓他自行選擇，戴安娜，」胡巴德還擊：「我給他一個機會。」

「傑克罹患瘟疫快死了！」我喊道：「他無法清醒做抉擇。你是成年人。傑克是個孩子。」

「傑克已經二十歲——是個大男人，不是妳留給諾森伯蘭爵士照顧的小孩了。他每天徒然等妳回來，就像生活在地獄裡！」胡巴德道。

我唯恐吵醒傑克，降低音量道：「我留給你的錢，足夠傑克和安妮都平安度過一生。他們應該沒有匱乏才對。」

「妳以為吃飽穿暖，傑克破碎的心就能補好？」胡巴德不似人類的眼睛發出寒光：「他天天找妳，找了十二年。十二年來，他到碼頭上去接每一艘歐洲來的船，希望妳會在船上；十二年來，他跟倫敦找得到的每一個外國人交談，問他們有沒有在阿姆斯特丹、盧比克、布拉格看過妳；十二年來，他走到任何一個他疑似巫族的人面前，給他們看他為著名的女魔法師戴安娜・羅伊登畫的像。女王的法官沒有在瘟疫之前取他性命，已經是奇蹟了！」

我臉色煞白。

「妳也有過選擇。」胡巴德提醒我。「所以如果妳要因為傑克成為吸血鬼而怪罪誰，只能怪妳自己或怪馬修。他是你們的責任。是你們把他交給我的。」

「我們當初的交易並不是這樣，你知道的！」我來不及停止，話就脫口而出。我愣在當場，滿臉恐慌。這是我瞞著馬修的另一個祕密，我一直以為藏得很安全的祕密。

蓋洛加斯驚訝得發出咻咻的吸氣聲。馬修冰冷的目光把我的皮膚割成碎片。最後室內一片寂靜。

「我要跟我的妻子和我的孫子談話，蓋洛加斯。私下談。」馬修道。他特別提出「我的妻子」和「我的孫子」，語氣雖不強烈，卻不容誤解。

蓋洛加斯站起身，一臉的不贊成。「我到樓上去看傑克。」

馬修搖頭。「回家去等密麗安。安卓和傑克準備到你們那兒去時，我再打電話。」

「傑克留在這兒，」我道，聲音又提高起來。「跟我們住。他屬於這裡。」

馬修投過來一個森冷的眼色，雖然二十一世紀容不下文藝復興時期的王公貴族，而且倘若在一年前，我一定會抗議他的高壓手腕，現在的我卻馬上閉嘴。因為我知道我丈夫距離失控只有一線之隔。

「我才不要跟柯雷孟家族待在同一個屋簷下，尤其是他。」胡巴德指著蓋洛加斯道。

「你忘了，安卓，」馬修道：「你是柯雷孟家族的一員。傑克也是。」

「我絕對不是柯雷孟家族的人。」胡巴德恨聲道。

「從你喝下班哲明的血之後，這就是你唯一的身分。」馬修斷然道。「在這個家裡，我怎麼說你就怎麼做。」

「家？」胡巴德冷笑一聲。「你本來是菲利普的手下，現在你聽巴德文使喚。你根本沒有自己的家。」

「我當然有。」馬修的嘴唇因後悔失言而扭曲。「該走了，蓋洛加斯。」

「好吧，馬修。我讓你趕我走──下不為例──但我不會走遠。如果直覺告訴我，這兒有麻煩，我會立刻回來，而且去他的吸血鬼風俗與法律。」蓋洛加斯起身，親一下我的臉頰。「需要我就大喊一聲，嬸娘。」

馬修一直等到前門關上，才轉身面對胡巴德。「你跟我的配偶到底做了什麼交易？」他質問道。

「是我不對，馬修。我去找胡巴德──」我搶著說，希望藉由認錯了結這樁事。

桌子被馬修一掌打得震動不已。「回答我，安卓。」

「我同意保護所有屬於她的人，包括你。」胡巴德簡短地說。就這一點而言，他倒是一個徹頭徹尾的柯雷孟──絕不主動提供任何情報，只透露非說不可的事。

「交換什麼？」馬修尖銳地問。「沒有同等高昂的代價，你不會承諾這種事。」

「你的『配偶』給我一滴血──只有一滴。」胡巴德道，語氣非常不甘願。那時我愚弄了他，完全照字面意義執行，使他大失所望。顯然胡巴德餘恨未消。

「那時候你知道我是你祖父嗎？」馬修問道。我無法理解這件事的重要性何在。

「是的。」安卓答道，臉色有點發青。

馬修從桌子上撲過去，他們的鼻尖幾乎貼在一起。「你從那一滴血知道些什麼？」

「她真正的名字——戴安娜・畢夏普。只有這麼多，我發誓。這女巫用她的魔法保障這件事。」從胡巴德嘴裡吐出的「女巫」一詞，聽來覺得污穢褻瀆。

「不准再利用我妻子的保護本能佔她便宜，安卓。如果你違反，我就掐斷你的頭。你既然那麼喜歡打聽，就該知道，凡是在這方面得罪我的吸血鬼，沒有一個還活著。」

「我才不在乎你們兩個關起門來做什麼——不過其他人有興趣，因為你的配偶顯然懷了孕，她身上又完全沒有別的男人的氣味。」胡巴德不滿地嘟起嘴巴。

我終於明白馬修前一個問題的意義了。胡巴德刻意嘗我的血，窺探我的思想與記憶，對吸血鬼而言，等於偷窺祖父母的性行為。要不是我想出辦法讓血流減慢，使他只能得到他要求的一滴血，一點也不多，胡巴德會看到我們的私生活，說不定除了我的祕密，也會得知馬修的祕密。我這才恍然大悟，這會造成多大的傷害，不禁緊緊閉上眼睛。

安卓的公事包傳出嗡嗡聲，分散了我們的注意力。它讓我聯想到我授課時，偶爾學生手機會忽然響起的聲音。

「你手機開了擴音。」我聽著隱隱傳來的說話聲，說道：「有人留言給你。」

馬修和安卓都皺起眉頭。

「我什麼也沒聽見。」馬修道。

「我沒有手機。」安卓也道。

「既然如此，那個聲音是哪來的？」我四下張望。「有人開收音機嗎？」

「我包包裡只有這個。」胡巴德打開銅扣，取出一樣東西。

話聲更響，一股魔力傳入我體內。我所有的感官都變得更敏銳，維繫世界的繩子忽然騷動、振顫發聲，繩子在我和胡巴德用手指拈起的那張羊皮紙中間扭轉糾纏。我的血液回應附著在這一頁生命之書上、微弱的魔法痕跡，淡淡的、熟悉的發霉與歲月的氣味逐漸充滿整個房間，我的手腕開始灼痛。

胡巴德翻轉那張紙，讓它正面朝向我，但我已知道會看到什麼：兩條鍊金術的龍纏鬥不已，牠們傷口流出的血，滴進一個盆子，從中又有蒼白、赤裸的形體升起。這一頁描述月亮王后和太陽國王舉行化學婚禮後的鍊金步驟：受孕，對立的元素——男與女、光明與黑暗、太陽與月亮——結合後產生強大的新物質。

我花了好幾個星期在班尼克圖書館找尋艾許摩爾七八二號失落的書頁，卻在自家餐廳裡遇到其中的一張。

「你們離開的那年秋季，愛德華・凱利把它寄給我。他告訴我，不可以讓它離開我的視線。」胡巴德把那張紙向我推過來。

我們只在魯道夫的皇宮裡看到這幅插圖一眼。後來馬修和我猜測，我們以為的兩條龍，事實上可能是一條火龍和一條咬尾蛇。這兩條化學之龍，果然有一條是火龍，只有兩條腿和翅膀，另一條則是把尾巴銜在嘴裡的蛇。我手腕上的咬尾蛇與同類相認，開始扭動，身上的色彩閃耀出可能性之光。這幅圖極具吸引力，現在我有時間仔細觀察，許多細節都讓我驚訝：雙龍互相凝視對方的眼睛，露出狂喜的表情；牠們從盆中誕生出來的子裔，滿臉驚奇的模樣；兩隻強壯的生物之間有不可思議的平衡。

「不論發生什麼事，傑克一直確保愛德華的畫安全無虞。儘管面臨瘟疫、火災——那孩子都不讓它受損害。他堅持它屬於妳，羅伊登太太。」胡巴德的聲音打斷了我的沈思。

「屬於我？」我輕觸羊皮紙的一角，雙胞胎之中的一個用力踢了一下。「不。它屬於我們大家。」

「但妳跟它有某種特殊的聯繫。妳是唯一聽得見它說話的人。」安卓道。「很久以前，一個受我照顧的巫師說，他認為這一頁出自巫族的第一本咒語書。但一個路過倫敦的老吸血鬼說，這一頁來自生命之書。我向上帝祈禱，兩種說法都不對。」

「你對生命之書知道些什麼？」馬修的聲音響亮如雷。

「我知道班哲明要它。」胡巴德道。「他跟傑克提到過。但那不是我的血父第一次談到這本書。班哲明很久以前就到牛津去找過它——在他把我造成吸血鬼之前。」

換言之，班哲明在十四世紀中葉以前就開始尋找生命之書——比馬修對它發生興趣早了許多。

「我的血父認為，他可能在一個牛津魔法師的圖書館裡找到它。班哲明送那位魔法師一件禮物交換那本書：一個號稱會說預言的黃銅頭顱。」胡巴德滿臉悲傷。「看到聰明人受迷信所惑，總是令人遺憾。上主說：『你們不要皈依偶像，也不要為自己鑄造神像。』㊲」

相傳高伯特‧歐里亞克曾擁有這麼一件神奇的器物。我還以為合議會的議員當中，對艾許摩爾七八二號最感興趣的莫過於彼得‧諾克斯。但有沒有可能，這麼多年來，高伯特一直跟班哲明聯手，而且出面向諾克斯求助的也是他？

「牛津的巫師收了銅像，卻不肯把書交出來。」胡巴德繼續道。「數十年後，我的血父還在咒罵他背信負義。我始終不知道那個巫師的名字。」

「我猜是羅傑‧培根——鍊金術師兼哲學家兼巫師。」馬修看著我。培根一度擁有生命之書，而且稱之為「所有祕密之中的真祕密」。

「鍊金術是巫族的一大虛榮。」胡巴德輕蔑地說。他的表情又轉為焦慮。「我的孩子告訴我，班哲明又回到英國了。」

「是的。班哲明在監視我牛津的實驗室。」馬修沒有說，但事實上，生命之書目前所在位置距那個實驗室也不過幾條街而已。即使胡巴德是馬修的孫子，也不代表馬修能信任他。

「如果班哲明在英國，我們要怎麼讓他不接近傑克？」我緊張地問馬修。

「傑克必須回倫敦。我的血父在那兒跟你一樣不受歡迎，馬修。」胡巴德站起身。「只要傑克跟我在一起，就會安全。」

「碰上班哲明，沒有人會安全。傑克不能回倫敦。」馬修又恢復命令的語氣。「你也不能回去，安卓。暫時還不能。」

「沒有你的干預，我們也過得很好。」胡巴德反駁道。「你現在才決定要像古羅馬父親一樣主宰你的子孫，恐怕太遲了。」

「父權家族。迷人的傳統。」馬修靠在椅子上，一手托著酒杯。現在他看來不像王子，而是國王。「試想，一個男人擁有生殺大權，可以控制他的妻子、兒女、僕人、所有他收容到家裡的人，甚至還包括自己家裡沒有強大父親的近親。這讓我聯想到你在倫敦的作為。」

馬修啜一口酒，胡巴德每分鐘都顯得更加不安。

「我的孩子心甘情願服從我。」胡巴德僵硬地說。「他們尊敬我，就像所有信仰上帝的孩子。」

「多麼理想主義。」馬修溫和地嘲弄道。「你當然知道，父權家族是誰想出來的點子吧？」

「羅馬人，我剛說過了。」胡巴德立刻答道。「我受過教育，馬修，雖然你可能對此存疑。」

「不對。是菲利普。」馬修眼睛閃耀著笑意。「菲利普認為，來一劑吸血鬼的家族紀律，讓大家隨時記得父親的重要性，對羅馬社會有益。」

「菲利普・德・柯雷孟犯了傲慢之罪。上帝是唯一真正的父親。你是基督徒，馬修，你一定也同意。」胡巴德滿臉真信徒的狂熱。

㊲ 聖經《利未記》第十九章第四節。

「或許吧。」馬修好像在認真考慮他孫子的論點。「但在上帝召喚我們到祂身邊去之前，我只好將就一下。喜不喜歡隨你，安卓，在其他吸血鬼眼中，我是你的家長，你家族的領袖，你的老大——用哪種稱呼都可以。你所有的孩子——包括傑克和所有你收養的迷途羔羊，不論魔族、血族或巫族——依照吸血鬼律法，都受我管轄。」

「不。」胡巴德搖頭。「我從來不要跟柯雷孟家族沾上邊。」

「你想怎樣都無所謂。此後再也不重要了。」馬修放下酒杯，伸手握住我的手。

「要我效忠於你，你必須先承認我的血父——班哲明——是你的兒子。但你絕對不會那麼做。」胡巴德惡狠狠地說。「巴德文身為柯雷孟家族的家長，非常重視家族的榮譽與地位。他不會允許你自立門戶，開枝散葉，因為你的血液裡有病根。」馬修還沒回應安卓的挑戰，珂拉就發出警告的呱呱聲。我知道一定是傑克醒了，立刻起身去他身邊。他小時候最怕不熟悉的房間。

「留下。」馬修道，把我的手握得更緊。

「他需要我！」我抗議道。

「傑克需要強大的約束和前後一致的規範。」馬修柔聲道。「他知道妳愛他。但目前他應付不了那麼強烈的情緒。」

「我對他有信心。」我的聲音因憤怒與傷痛而顫抖。

「我沒有。」馬修果決地說。「引發他體內血怒的因素不僅是憤怒，還有愛與忠誠。」

「我不能棄他不顧。」我希望馬修暫停扮演父權的化身，表現得像個真正的父親。

「抱歉，戴安娜。」馬修眼裡出現一道陰影，我本來以為那種陰影已永遠消失了。「傑克的需要最優先。」

「什麼需要？」傑克站在門口。他打個呵欠，幾撮頭髮豎立起來，是緊張的訊號。羅貝洛從牠主人身後跑出來，奔向馬修，希望牠的努力獲得肯定。

「你需要去打獵。月色太亮，真不幸，但就連我也控制不了天氣。」馬修的謊言像蜜糖一樣流出。他揉揉羅貝洛的耳朵。「我們一起動身——你、我、你父親，甚至蓋洛加斯，羅貝洛也可以來。」

傑克皺起鼻子。「不餓。」

「那就別吃東西。但你還是要打獵。午夜出發。我去接你。」

「接我？」傑克從我看到胡巴德。「我還以為我們會住這兒。」

「你們到下條街口，跟蓋洛加斯和密麗安一起住。安卓也去。」馬修安慰他。「這棟房子不夠大，裝不下一個女巫和三個吸血鬼。我們是夜行動物，戴安娜和兩個寶寶需要睡眠。」

傑克渴望地看著我的腹部。「我一直想要個弟弟。」

「你說不定會有兩個妹妹。」馬修輕笑一聲，說道。

某個雙胞胎用力踢了一下，我情不自禁伸手扶著肚子。傑克出現後，他們變得特別活躍。

「他們動了嗎？」傑克問我，表情很熱切。「我可以摸摸看嗎？」

我望向馬修。傑克的眼光也跟著轉向。

「我示範給你看。」馬修語氣輕鬆，眼神卻很鋒利。他拿起傑克的手，放在我肚子的側面。

「我什麼也沒感覺到。」傑克非常專注，眉頭都皺了起來。

特別用力的一踢，接著一記兇猛的肘拐子，撞上我的子宮壁。

「哇！」傑克的臉距離我的臉只有幾吋遠，眼裡充滿驚訝。「他們整天都這樣踢來踢去嗎？」

「感覺好像是如此。」我好想撫平傑克的亂髮。我好想把他摟進懷裡，向他保證，再也不會有人傷害他。但這些慰藉，我一樣都不能給他。

馬修察覺我的母性開始發作，立刻拉開傑克的手。傑克臉色一沈，覺得受到拒絕。我很氣馬修，伸手把傑克的手拉回來。但還來不及那麼做，馬修就攬住我的腰，把我拉到他身旁。這是個佔有的姿勢，絕對無誤。

傑克的眼睛頓時黑了。

胡巴德衝上前想干預。馬修卻瞪他一眼，讓他站著不動。

經過五次心跳的時間，傑克的眼睛恢復了正常。它們又呈現綠色和棕色時，馬修給他一個讚許的微笑。

「你有保護戴安娜的本能，這很正確。」馬修告訴他。「但你不該以為阻擋我是對她的保護。」

「對不起，馬修。」傑克小聲道。「不會再發生了。」

「我接受你的道歉。不幸的是，這種事還會發生。學會控制你的病，不是件容易的事——也很花時間。」馬修語氣一變而為輕快。「親親戴安娜道晚安，傑克，去蓋洛加斯的房子安頓好。那棟位在街角的房子從前是教堂。你們會覺得好像回到家一樣。」

「聽見嗎，胡爸？」傑克笑道。「不知道鐘塔裡是不是有蝙蝠，就像你的教堂。」

「我那兒早就沒蝙蝠了。」胡巴德不悅道。

「胡爸在倫敦仍住一間教堂。」傑克忽然變得活潑，解釋道。「不是妳去過的那間。老教堂老早燒光了。仔細想想，其實這間也燒得差不多了。」

我笑起來。傑克喜歡講故事，他有這方面的天分。

「現在它只剩鐘塔。胡爸整修得很好，幾乎看不出它只是一堆垃圾。」傑克對胡巴德咧嘴一笑，在我臉上虛應故事地親了一下，他的情緒在極短時間內就從血怒擺盪到快樂。他走下樓梯。「來呀，羅貝洛。咱們找蓋洛加斯摔角去。」

「午夜。」馬修在他背後喊道。「準備好。對密麗安要有禮貌，傑克。要不然，她會讓你恨不得不曾重生。」

「別擔心，我很會應付難纏的女人！」傑克答道。羅貝洛興奮地汪汪叫，繞著傑克的腿打轉，催促他到外面去。

「圖片交給妳保管了，羅伊登太太。如果馬修和班哲明都想得到它，那我最好盡可能離它遠一點。」安卓說道。

「你真慷慨，安卓。」馬修出手如閃電，一把掐住胡巴德的咽喉。「乖乖待在紐海文，直到我准你離開。」

四目相對，一雙灰色，一雙灰綠。安卓第一個別開眼光。

「來呀，胡爸！」傑克喊道。「我想看蓋洛加斯的教堂，羅貝洛也想散步。」

「午夜，安卓。」馬修口氣很友善，但其中含著警告。

門關上了，羅貝洛的吠聲漸行漸遠。等它完全聽不見的時候，我轉向馬修。

「你怎麼可以——」

看到馬修雙手抱臉，我的話戛然而止，熊熊的怒火也慢慢熄滅。他抬起頭，滿臉罪惡感與悲傷。

「傑克……班哲明……」馬修打了個寒噤。「上帝救救我，我做了什麼？」

第二十章

戴安娜在床上熟睡，馬修坐在床對面一張壞掉的安樂椅上，閱讀另一組還沒有結論的實驗結果，這樣他和克里斯就能趁次日的會議，對他們的研究策略做個評估。時間已很晚，所以手機螢幕亮起時他吃了一驚。

馬修動作很小心，以免驚醒妻子，他悄無聲息地走出臥室，下樓到廚房裡，在這兒說話不會被人聽見。

「你得過來。」蓋洛加斯的聲音沙啞而低沈。「馬上。」

馬修全身起了雞皮疙瘩，眼睛轉向天花板，好像能看穿灰泥與地板，看進臥室。他的第一個反應永遠是保護她，雖然危機明顯是在別處。

「把嬸娘留在家裡。」蓋洛加斯平淡地說，好像看得見馬修的動作。「密麗安已經上路了。」電話掛斷了。

馬修低頭對著螢幕看了一會兒，鮮豔的色彩為凌晨這時刻妝點出虛偽的歡樂氣氛，然後消褪變成黑色。

前門吱一聲開了。

密麗安進門時，馬修站在樓梯頂端。他仔細打量她，她身上沒有一滴血，謝天謝地。儘管如此，密麗安眼睛瞪得很大，臉上有種見過鬼的表情。他跟這位老友、老同事認識這麼久，幾乎沒什麼東西能嚇到她，但這次她顯然受了驚嚇。馬修低罵一聲。

「發生了什麼事？」戴安娜從三樓走下來，赤銅色的頭髮彷彿能反映屋子裡所有的光線。「是傑克嗎？」

馬修點頭。否則蓋洛加斯不會打電話來。

「我馬上來。」戴安娜道，轉身去換衣服。

「不，戴安娜。」密麗安低聲道。

戴安娜僵住了，手搭在欄杆上。她轉回身，盯著密麗安的眼睛。

「他——死了嗎？」她麻木地低聲問。在凡人心跳一下的時間裡，馬修已衝到她身旁。

「沒有，我的愛。他沒有死。」馬修知道這是戴安娜最可怕的噩夢：在她可以跟心愛的人好好道別前，他們就從她身邊被奪走。但烏斯特街那棟房子裡的情況可能更糟。

「跟密麗安留在這兒。」馬修在她僵硬的唇上印下一吻。「我很快就回來。」

「他這陣子都很好。」戴安娜道。傑克在紐海文已待了一星期，血怒發作的頻率和強度都不斷減低。馬修設的嚴格規範和始終如一的期待，帶來了改變。

「我們知道會遇到挫折。」馬修把一縷柔滑的秀髮撩到戴安娜耳後。「我知道妳睡不著，但至少試著休息。」他擔心她會不斷踱步，瞪著窗外，直到他帶回消息。

「等候的時候可以讀這個。」密麗安從包包裡取出一疊厚厚的文章。她努力表現得明快務實，但她身上白松香和石榴的氣味卻變濃了。「妳要的東西都在這兒，我還補充了一些妳可能感興趣的其他論文：所有馬修關於狼的研究，還有討論狼的育兒方式和群體行為的幾篇經典論文。」

馬修轉身看著戴安娜。他的妻子又做出令他驚訝的事。她紅著臉從密麗安手中接過論文。

「我要知道吸血鬼家庭是怎麼回事。去吧。告訴傑克我愛他。」戴安娜聲音忽然破碎。「如果你能的話。」

馬修捏一下她的手，沒有回答。他不能做這樣的承諾。傑克必須了解，他能否接近戴安娜，全看他自己的行為——以及馬修的批准。

「要有心理準備。」他經過密麗安面前時，密麗安低聲道。「我才不管班哲明是不是你兒子。如果你看到那場面還不殺他，我來殺。」

雖然時間很晚，蓋洛加斯的房子卻不是那附近唯一燈火通明的。紐海文畢竟是個大學城。烏斯特廣場周邊的夜貓子可說物以類聚，大家開起夜車來，連窗簾都不拉，彼此聲氣相通。吸血鬼的房子唯一不同之處，就在於窗簾拉得密不透風，只有幾道金色的光線洩出窗戶的邊緣，透露屋裡還有人醒著。

房子裡留著幾盞燈，一個個溫暖的光圈，照耀著幾件私人物品。為數不多的幾件金黃色木質的丹麥現代家具，搭配少許古董，再加上幾抹大膽的設色。蓋洛加斯視若拱璧的收藏——一面破破爛爛的十八世紀紅船旗㊳，原本掛在他和戴維・韓考克心愛的貨船彭布羅克伯爵號上，他們在那艘船被改裝並重新命名為奮進號㊴時，將它拆下——被揉成一團，扔在地上。

馬修吸吸鼻子。屋裡瀰漫一種戴安娜比擬作炭火的、又苦又辣的味道，隱約傳來巴哈的〈馬太受難曲〉——班哲明在實驗室裡折磨他擄獲的女巫時，播放的也是這首音樂。馬修的胃打了一個沈重的結。

他繞過客廳。眼前的景象使他立刻停下腳步。帆布色澤的牆上，滿滿畫著黑、灰二色的壁畫。傑克站在用家具拼湊著搭成的鷹架上，揮舞著炭筆。地板上扔滿用完的筆頭和傑克從炭筆上剝下來的紙條。

馬修端詳從地板到天花板的牆面。細膩的風景，纖毫畢露的動植物素描，精美的人物肖像之間，用驚人的粗黑線與無法用繪畫邏輯解釋的圖形連接。整體效果既美麗又令人不安，就像安東尼・范戴克爵士㊵畫出了畢卡索的〈格爾尼卡〉㊶。

「基督啊。」馬修的右手不由得畫了一個十字記號。

「兩小時前，傑克把紙用光了。」蓋洛加斯指著前面窗口的一排畫架，凝重地說。每個畫架上都擱著一張畫，但散落在腳架周遭的紙卻堆積如山，可見架上的畫只是大量畫作中挑出來的一小部分。

「馬修。」克里斯從廚房走出來，啜飲著一杯黑咖啡，咖啡豆的焦香跟傑克身上的苦味揉合在一起。

「這兒不是溫血人待的地方，克里斯。」馬修道，戒備地望著傑克。

「我答應密麗安留下來。」克里斯坐進一把陳舊的椅子，把咖啡擱在寬大的扶手上。他挪動身體的時候，藤編的椅面像航行中的帆船嘎吱作響。「所以傑克也是你孫子。」

「現在別來煩我，克里斯。安卓在哪兒？」馬修盯著傑克作畫，問道。

「他去樓上拿更多炭筆。」克里斯喝一口咖啡，把傑克畫的東西都看在眼裡：一個裸女，痛苦地把頭往後甩。「我真巴不得他回頭畫水仙。」

馬修抹一下嘴，希望能消除胃裡湧上來的一股酸味。謝天謝地戴安娜沒有跟來。如果傑克知道她看到這些畫，恐怕再也不能面對她。

過了幾分鐘，胡巴德回到客廳。他把一盒新的作畫工具放在傑克的踏腳梯上。沈浸在工作中的傑克，對胡巴德的出現就跟對馬修抵達一樣沒有反應。

「你該早點叫我來。」馬修刻意保持聲音平靜。儘管如此，傑克的血怒還是對空氣中的張力產生反應，他把一雙什麼也看不見的玻璃眼珠轉過來對著他。

「傑克以前也這樣過，」胡巴德道。「他在他臥室的牆上、教堂地窖的牆上作畫。但他從來沒有這麼快就畫出這麼多，而且沒畫過……他。」他抬起頭。

一整面牆上都是班哲明的眼睛、鼻子、嘴巴。帶著貪婪而惡毒的表情看著傑克。他的五官都流露出不

㊳ **Red Ensign**紅船旗是英國商船使用的船旗，形制為紅底，左上角四分之一面積為英國國旗。這面旗原本在十七世紀由英國皇家海軍使用，後來皇家海軍改用白底、中間以紅十字分為四等分，左上角仍為英國國旗的旗幟後，紅船旗就被英國商船隊沿用。

㊴ **Endeavour**是一艘大型三桅帆船。英國探險家詹姆斯・庫克（James Cook）駕駛這艘船於一七六八年出發，首度抵達大溪地、紐西蘭、澳洲、印尼等地，所以它在南太平洋歷史上有特定地位。奮進號亦曾在美國獨立戰爭中作戰，在一七七八年被美軍擊沈。

㊵ **Sir Anthony van Dyck**（1599-1641），比利時畫家，在英王查理一世時到英國擔任宮廷畫家，創作很多著名的肖像畫。范戴克的畫風輕鬆優雅，對英國肖像畫有長遠的影響。

㊶ **Guernica**是西班牙北部巴斯克地區一城市，一九三七年四月二十六日，西班牙內戰期間，德國應西班牙佛朗哥政府要求，出動戰機轟炸格爾尼卡，造成嚴重傷亡。畢卡索在畫中用立體派手法呈現戰爭的殘害。

容誤解的殘酷，而且因為沒有一張人類的臉為它們設定界線，顯得格外可怕。

傑克畫完班哲明之後，又前進了好幾呎，現在正在畫最後一面空白的牆壁。環繞這房間的畫，大致按照事件發生的次序，從傑克被胡巴德造成吸血鬼之前在倫敦的生活，乃至現在。窗口的畫架是傑克充滿困擾的圖像的起點。

馬修仔細看過去。每幅畫都有藝術家所謂的細部研究——大幅作品裡面的一個可以幫助他們了解創作或透視上特殊疑難的元素。第一幅畫是一個男人的手，皮膚因貧困和體力勞動而皸裂粗糙。另一個畫架上有張殘酷的嘴，缺了幾顆牙。第三幅畫是一個男人馬褲上交叉穿繞的繫帶，還有一隻好像要把它解開的手。最後一幅畫著一把刀，抵著一個男孩瘦伶伶的髖骨，刀尖刺進了皮膚。

馬修在心裡組合這些獨立的畫面——手、嘴、馬褲、刀——〈馬太受難曲〉在幕後隆隆震響。躍然眼前的虐待場景，令他咒罵一聲。

「傑克最早的記憶之一。」胡巴德道。

馬修憶起他第一次遇見傑克，要不是戴安娜阻止，他差點割下這孩子的耳朵。他給予傑克的也是暴力，而非慈悲。

「如果沒有藝術和音樂，傑克一定會毀滅自己。我們經常為菲利普的禮物而感謝上帝。」安卓指著倚在角落裡的大提琴說。

馬修一看到那件樂器上獨特的渦卷裝飾，就認出它來。他跟製作這樂器的威尼斯樂器師蒙塔尼雅納，曾因這把大提琴寬闊而不失優雅的弧度，將它取名「馬爾伯洛公爵夫人」。想當年，琵琶褪了流行，被小提琴、中提琴、大提琴取代後，馬修就學習演奏公爵夫人。他在紐奧良管教馬卡斯養出的一窩不肖子孫期間，公爵夫人神祕失蹤。馬修返家時，向菲利普詢問這件樂器的下落，他父親聳聳肩膀，說了一堆什麼拿破崙、英國人等等毫無意義的話。

「傑克每次畫畫都聽巴哈嗎？」馬修喃喃問道。

「他比較喜歡貝多芬。傑克聽巴哈是在……之後，你知道。」胡巴德的嘴扭成一團。

「或許他的畫能幫我們找到班哲明。」蓋洛加斯道。

馬修的眼光掠過那許多可能提供重要線索的面孔和地點。

「克里斯已經拍了照。」蓋洛加斯篤定地說。

「還有影片，」克里斯補充道：「在他畫到……呃，他的時候。」克里斯也避免說班哲明的名字，只比畫一下仍在作畫，同時嘴裡念念有詞的傑克。

馬修舉起手，要大家安靜。

「所有國王的馬和國王的部下，不能把傑克拼回原來的他。」他打個寒噤，扔下只剩一小截的炭筆。安卓遞一枝新筆給他，傑克又開始細膩地畫一個男人的手部特寫，這次手向前伸，擺出懇求的姿勢。

「感謝上帝。他這次發狂快結束了。」胡巴德繃緊的肩膀稍微放鬆了一點。「不久傑克的心智就會恢復正常。」

馬修把握這機會，悄悄向大提琴靠近。他抓住琴頸，把傑克隨手扔在地板上的琴弓撿起來。馬修在一張木椅的邊緣上坐下，耳朵靠近樂器，用手指和琴弓撥響琴弦，雖然附近書架上的音箱正大聲播放巴哈的音樂，他仍聽得見大提琴圓潤的音色。

「把那噪音關掉。」他對蓋洛加斯道，調完最後一個音，開始演奏。開頭幾個拍子，大提琴的聲音跟合唱團和交響樂團發生衝撞。但巴哈的合唱傑作很快就沈默下來。馬修把音樂注入空檔，希望在〈受難曲〉裝腔作勢的樂句之間提供緩衝，幫助傑克整理感情的頭緒。

馬修選曲特別用心；奏的是約翰・克里斯蒂安・巴哈㊷〈安魂曲〉中的〈末日之淚〉。饒是如此，傑

㊷ Johann Christian Bach，〈馬太受難曲〉的創作者約翰・塞巴斯蒂安・巴哈之幼子。

克聽到伴奏音樂突然改變，仍然嚇了一跳，他的手停在牆上。但隨著音樂流過，他的呼吸放慢，變得更有規律。他再次動筆時，畫出了西敏寺大教堂的輪廓，不再畫痛苦的生物。

馬修演奏時低頭祈禱。依照原作者的構想，現場應該有個合唱團為死者吟唱安魂彌撒。但馬修只有一個人，所以他用大提琴哀婉的音調模擬不在場的人聲。

「終日淚流不止，」馬修的大提琴唱道：「將受審判的罪人，從灰燼中升起。」

寬恕他吧，我主。馬修在禱告中奏出下一個樂句，把所有信念與痛苦投入琴弓的每一下動作。

〈末日之淚〉奏完，馬修接著演奏貝多芬的F大調第一號大提琴奏鳴曲。貝多芬這首音樂是寫給鋼琴和大提琴的合奏，馬修希望傑克對這首曲子夠熟悉，能自行補上消失的音符。

傑克手中的炭筆移動速度更慢了，每個筆畫都變得更柔和。馬修認出自由女神像手中的火炬，還有紐海文中心教堂的尖頂。

雖然傑克暫時的瘋狂慢慢接近尾聲，逐漸回到此時此刻，但馬修知道他還沒能擺脫。還少了一個意象。

為了幫傑克加把勁，馬修改為演奏他最喜歡的一首音樂：佛瑞㊸充滿希望、振奮人心的〈安魂曲〉。早在遇見戴安娜之前，他的一大樂趣就是去新學院聆聽合唱團演唱這首曲子。直到最後一個樂章〈進入樂園〉，馬修等待已久的圖像才在傑克手下現形。這時傑克的筆觸開始追隨音樂莊嚴的節奏，他的身體也跟著大提琴祥和的樂聲搖動。

「願眾天使歡迎你，願你與曾經／貧困的拉撒路同享永恆安眠。」馬修把歌詞熟記心頭，因為這是護送屍體從教堂到墳墓——像他這樣的超自然生物經常被排斥在外的安息之地——的伴奏。馬修曾經對菲利普的屍體吟誦同樣的字句、在猶夫死後聽著它哭泣、在愛琳娜和西莉亞隕滅後用它懲罰自己、一千五百年來每當悼念他的濫血人妻兒白蘭佳和路卡斯時不斷複誦它。

但今晚，這些熟悉的字句帶著傑克──馬修和他一起──來到有第二個機會的境界。馬修定睛看著傑克在乳白的牆面上，把戴安娜熟悉美麗的臉孔畫得栩栩如生。她張大眼睛，眼中充滿喜悅，嘴唇訝異地微微分開，嘴角因將要出現的微笑而揚起。馬修錯過了戴安娜初識傑克那珍貴的一刻。現在他看到了。看到她的畫像，讓馬修確定了一件他一直沒把握的事：唯有戴安娜能使傑克的人生圓滿。馬修只能以父親的方式提供傑克安全感，但他必須透過戴安娜才能體會被愛的感覺。

馬修繼續拉著琴弓，手指在琴弦上不停按壓挑動，讓音樂流出。最後傑克停手了，炭筆從他失去力量的手中墜落，啪一聲掉在地上。

「你真是個了不起的畫家，傑克。」克里斯道，他從椅子上俯過身，好把戴安娜的畫像看得更清楚。傑克的肩膀疲倦地塌下來，他回頭找尋克里斯。雖然他累得眼神迷離，眼睛裡卻完全沒有血怒的蹤跡。它們再次恢復成棕色和綠色。

「馬修。」傑克從高架頂端跳下來，飛越空中，像貓一般落地無聲。

「早安，傑克。」馬修把大提琴放到一旁。

「那音樂──是你嗎？」傑克困惑地皺著眉頭問道。

「我以為不那麼巴洛克的音樂會對你有益。」馬修站起身道。「十七世紀對吸血鬼而言，可能太華麗了一點。最好少許少許地吸收。」他目光轉向牆上，傑克這才意識到自己做了什麼，不禁伸出發抖的手，扶著額頭。

「對不起。」他惶恐地說。「我替你重新油漆，蓋洛加斯。今天就漆好，我保證。」

「不要！」馬修、蓋洛加斯、胡巴德和克里斯異口同聲道。

㊸ Gabriel Urbain Fauré（1845-1924），法國作曲家。

「但這面牆，」傑克反對道：「被我污損了。」

「達文西和米開朗基羅也做過這種事。」蓋洛加斯和氣地說。「還有馬修，回想起來，他也在布拉格皇宮裡亂畫一通。」笑意使傑克眼睛裡閃過一抹光，但很快又恢復黯淡。

「奔跑的鹿是一回事。但沒有人會想看這些畫——包括我自己。」傑克看著一幅描繪腐屍仰天漂浮在河裡、特別噁心的畫面

「藝術和音樂必須來自內心。」馬修抓著他曾孫的肩膀說道。「即使最黑暗的角落也要拿到陽光下，否則它們會不斷擴大，總有一天吞噬掉整個人。」

傑克的表情很悽慘。「如果已經吞噬了呢？」

「如果你是徹底的黑暗，就不會嘗試救那個女人了。」馬修指著一個仰望著一隻伸出的手，顯得孤單無助的人影。那隻手就連大拇指根部的疤痕，都跟傑克的手一模一樣。

「但我沒救到她。她太害怕，不敢讓我幫她。她怕我！」傑克想掙脫，他的手肘因用力而發出劈啪聲，但馬修不肯鬆手。

「使她無法行動的，是她的黑暗——她的恐懼——不是你的。」馬修堅持道。

「我不相信你。」傑克頑固地堅持，只因為他有血怒，所以無論如何都有罪。馬修也曾執迷不悟地拒絕赦免，現在他總算體會到，當年菲利普和伊莎波是多麼煞費苦心了。

「那是因為你體內有兩頭狼在打架。我們都一樣。」克里斯為馬修幫腔。

「你這話什麼意思？」傑克問道，表情充滿戒備。

「這是契洛基印地安人的傳說——我的外祖母娜娜•貝茲從她的祖母聽來的。」

「你長得不像契洛基印地安人。」傑克瞇著眼睛道。

「我的血統複雜得會讓你嚇一跳。我大部分是法國人和非洲人，英格蘭、蘇格蘭、西班牙各有一點

兒，再加一些北美洲原住民。其實我跟你很像，真的。表型㊹會誤導的。」克里斯微笑道。傑克一臉迷惑，馬修暗中盤算，要記得買一本基本生物學教科書給他。

「唔。」傑克半信半疑道，克里斯笑起來。「狼又怎麼了呢？」

「我祖母的族人說，每個生物體內都有兩頭狼：一頭惡，一頭善。牠們無時無刻都在設法消滅對方。」

馬修想道，以一個不曾罹患血怒的人而言，這樣描述血怒真是再貼切不過了。

「我的壞狼快贏了。」傑克顯得很悲傷。

「不見得。」克里斯向他保證。「娜娜•貝茲說，你餵哪頭狼，哪頭狼就會贏。壞狼的食物是憤怒、罪惡感、悲傷、謊言和懊悔。好狼的主食是誠實，再加幾大匙仁慈和信心調味。所以如果你希望好狼獲勝，就必須讓另一頭狼挨餓。」

「要是我沒法子不餵壞狼吃東西呢？」傑克很擔心。「如果我失敗了呢？」

「你不會失敗的。」馬修堅決地說。

「我們不會讓你失敗。」克里斯點頭同意。「在這房間裡我們一共有五個人。你的大壞狼沒機會贏。」

「五個人？」傑克看著四周的馬修、蓋洛加斯、胡巴德與克里斯。「你們都要幫我？」

「我們每個人。」克里斯握住傑克的手，對他承諾。克里斯對馬修歪一下頭，馬修配合地把手放在他們兩人手上。

「人人為傑克，傑克為人人，一起來跳爵士舞。」克里斯轉向蓋洛加斯道。「你還等什麼？快過來加

㊹ Phenotype（表型），指不根據遺傳資料，只憑肉眼看得見之特徵做區別，將生物分為不同類型的作法。

入我們。」

「哼。《三劍客》裡的老台詞。」蓋洛加斯愁眉苦臉地走過去。雖然嘴巴唱反調，但還是伸出一隻巨靈掌，放在最上面。「這件事可千萬別告訴巴德文，小傑克，否則我就餵你的大壞狼一頓雙份大餐。」

「你呢，安卓？」克里斯隔著房間喊話。

「我記得大仲馬的原文是『Un pour tous, tous pour un』（人人為我，我為人人），才沒有什麼『一起來跳爵士舞』。」

馬修聽得牙齒發酸，胡巴德說得沒錯，但他帶著倫敦土音的法文，實在荒腔走板。當年菲利普送大提琴給他們的時候，應該順便也送個法文老師才對。

胡巴德瘦巴巴的手最後加進來，馬修看見他用大拇指畫十字，從上往下，然後從右向左，為他們奇怪的協定祝福。這是個幾乎不可能的組合，馬修想道：三個有血緣關係的超自然生物，第四個超自然生物基於忠誠而加入，第五個是凡人，他參加沒什麼理由，純粹因為他是個好人。

他希望，靠他們同心協力，足以治療傑克，助他痊癒。

瘋狂作畫後，傑克很想說話。他跟馬修和胡巴德坐在客廳裡，被他自己的過去圍繞，把一部分悲慘經歷的重擔轉移到馬修肩上。但一談到班哲明，他就沈默了。馬修並不意外。言語哪有可能傳達班哲明加諸傑克的恐怖？

「來吧，傑克。」蓋洛加斯牽起羅貝洛的皮帶，打岔道：「拖把要散步。」

「我也想呼吸一點新鮮空氣。」胡巴德從一張造型奇特的紅椅子上站起來，那椅子外觀像一件現代雕刻，但馬修坐過後發現它出奇的舒適。

前門關上後，克里斯又去倒了一杯咖啡，悠然走進客廳。馬修真不知道這人血管裡那麼多咖啡因，怎麼活得下來。

「我今晚跟你兒子談過——你另外一個兒子，馬卡斯。」克里斯照例坐在那張農莊式休閒椅上。「人很好，也很聰明。你一定以他為榮。」

「是的。」馬修警戒地說，「馬卡斯為什麼打電話來？」

「是我們打電話給他。」克里斯啜了一口咖啡。「密麗安認為他該看看錄影帶。看過之後，馬卡斯同意我們該為傑克再抽點血。我們抽了兩個樣本。」

「你們什麼？」馬修大吃一驚

「胡巴德同意的。他是傑克的最近親。」克里斯鎮定地回答。

「你以為我擔心對病患詳加解說並徵求親屬同意這回事嗎？」馬修差點大發雷霆。「在一個吸血鬼血怒發作時抽他的血——你可能會送命的。」

「那是監視血怒剛開始發作時，吸血鬼體內化學變化最好的機會。」克里斯說。「我們如果要試著找到有可能緩和症狀的藥物，就需要這資訊。」

馬修皺眉道：「緩和症狀？我們要治癒它。」

克里斯伸手拿起一個資料夾，遞給馬修。「最新發現。」

胡巴德和傑克都做了抹片，也抽過血。所有樣本都以急件處理，基因圖譜的報告隨時會出來。馬修接過資料夾，手指忽然覺得無力，對其中可能出現的結果滿懷恐懼。

「很抱歉，馬修。」克里斯懷著真摯的憾意說。

馬修的目光飛快在結果上掠過，一頁頁翻閱。

「馬卡斯確認過了。其他人都不行。我們沒找對地方。」克里斯道。

馬修無法接受他看到的一切。這改變了……每件事。

「傑克的非編碼DNA之中，觸發機制比你還多。」克里斯頓了一下。「我必須問你，馬修。你確定你能放心讓傑克接近戴安娜嗎？」

馬修還來不及回答，前門就開了。但這次傑克沒有照慣例喋喋不休，蓋洛加斯沒有愉快地吹口哨，安卓也沒有虔誠地講道。只聽見羅貝洛低聲哀鳴。

馬修張開鼻孔，立刻躍起身，檢驗報告扔了一地。一轉眼他就不見了，人已衝到門口。

「見鬼了，發生了什麼事？」克里斯在他背後道。

「我們散步的時候遇見熟人。」蓋洛加斯把不情願的羅貝洛拖進屋裡。

第二十一章

「走。」巴德文揪著傑克後頸，下令道。馬修見過那隻手捏碎過另一隻吸血鬼的腦袋。傑克沒見識過那種血腥場面，但他知道自己在巴德文宰制之下。這孩子臉色蒼白，眼眶裡一對巨大的黑瞳仁瞪得老大。可想而知，他只能服從巴德文指揮，不敢有半點猶豫。

羅貝洛也知道。牠的皮繩仍牽在蓋洛加斯手中，但狗兒雖在蓋洛加斯腳邊打轉，眼睛卻盯著主人不放。

「沒事，拖把。」傑克小聲安慰他的狗，羅貝洛卻完全不信。

「麻煩了，馬修？」克里斯靠得很近，馬修感覺到他的鼻息。

「麻煩永遠都有。」馬修沈著臉說。

「回家吧。」傑克勸克里斯。「把拖把也帶走，還有——」傑克縮起脖子閉上嘴。他脖子上的皮膚泛紅，巴德文的指尖捏出一塊深暗的淤青。

「他們得留下。」巴德文陰惻惻道。

傑克犯了一個策略上的錯誤。巴德文的一大樂趣就是毀滅別人的所愛。想必是他過去的某種經驗塑造了這種心態，但馬修始終不知道那是什麼。這下子，巴德文無論如何不會放克里斯和拖把離開了。除非他達到來此的目的。

「輪不到你發號施令。你只配服從。」巴德文把這男孩推進客廳，一路小心地用他當盾牌，擋在他和馬修中間。這一招簡單得無懈可擊，效果絕佳，也喚起許多痛苦的回憶。

傑克不是愛琳娜，馬修告訴自己。而且傑克是個吸血鬼，但他是馬修的後代，巴德文可以用他讓馬修聽話。

「你在廣場上玩的把戲，是你最後一次向我挑戰，小雜種。」巴德文的襯衫肩部有牙印，撕破的布料上還有點點血跡。

天啊。傑克咬了巴德文。

「我又不歸你管。」傑克聽來很絕望。「告訴他，我歸你管，馬修。」

「你認為馬修又歸誰管？」巴德文湊在他耳邊，聲音低沈而充滿威脅。

「戴安娜。」傑克轉頭看著俘虜他的人，嘶吼道。

「戴安娜？」巴德文的笑聲充滿嘲弄，他一拳打在傑克身上，足夠把體型和體重有他兩倍的溫血人打扁。傑克雙膝落在木頭地板上。「過來，馬修。讓那隻狗閉嘴。」

「你如果當著柯雷孟血主的面不認傑克，我會親手送你下地獄。」胡巴德趁馬修從他面前經過，拉著他袖子嘶聲道。

馬修冷冷瞪他一眼，胡巴德鬆開了手。

「放開他。他是我的血胤。」馬修大步走到房間中央，說道。「然後立刻回曼哈頓，那才是你該待的地方，巴德文。」

「哦。」克里斯用恍然大悟的口氣說。「你住中央公園旁邊，不是嗎？」

巴德文沒答腔。事實上，他擁有中央公園旁、第五大道上大部分的房地產，而且他喜歡密切注意自己的投資。最近他在肉品包裝區㊺又闢了新獵場，增設了很多家夜總會，與肉舖相得益彰，但習慣上，他寧可不要住在攝食的地區。

「難怪你是這麼一個十足的大混蛋。」克里斯道：「不過呢，老兄，你現在可是到了紐海文。咱們這兒的規矩不一樣。」

「規矩？」巴德文拖長音調：「紐海文有規矩？」

「是啊。人人為我，一起來跳爵士舞。」這是克里斯發動攻勢的信號。

馬修站得很近，他可以感覺到克里斯肌肉的收縮，那把小刀從他耳畔經過時，他已有準備。薄薄的刀片即使碰到凡人的皮膚，也不能造成多大傷害，更別提巴德文的一身厚皮粗肉。馬修手一抬，在刀片抵達目標的半途，用指尖將它夾住。克里斯怒瞪他一眼，馬修搖搖頭。

「不要。」馬修或能容許克里斯打巴德文一拳，但說到濫血人應有的權益，巴德文的觀點很狹隘。他轉身對巴德文道：「離開吧。傑克是我的直系，也是我的問題。」

「而我錯過所有的樂子？」巴德文把傑克的頭推向一側。傑克抬頭看著巴德文，露出勢不兩立的兇惡表情。「真的很像你耶，馬修。」

「我也這麼認為。」馬修冷然道，給傑克一個緊繃的微笑。他從蓋洛加斯手中接過羅貝洛的皮帶。那隻狗立刻安靜下來。「巴德文可能渴了。給他來杯飲料，蓋洛加斯。」

說不定這可以讓巴德文消消氣，時間若拖得夠久，就有機會把傑克安全帶開。馬修可以差他跟胡巴德去馬卡斯的房子。比起戴安娜位於法院街的房子，這是較好的選擇。如果他妻子得知巴德文在這兒，一定會帶著火龍和閃電衝到烏斯特廣場來。

「我有滿滿一櫃子的飲料。」蓋洛加斯道。「咖啡、葡萄酒、水、血。如果你喜歡，我也可以弄一杯蜂蜜毒參汁，叔叔。」

「我要的只有這孩子能供應。」沒有任何預警，巴德文的牙齒就撕裂了傑克的脖子。他的咬法很野蠻，而且蓄意如此。

這就是吸血鬼的執法方式——迅速、確實、殘酷。對不算嚴重的觸犯，血主的懲罰通常就只是這種公開取得臣服的舉動。血主吸取少許子孫的鮮血，取得他深藏的思想與記憶。這項儀式強迫吸血鬼裸露他的靈魂，使他落入可恥的軟弱處境。對吸血鬼而言，不論使用何種手段，只要取得其他生物的祕密，滋養的效果都不亞於狩獵，因為這能使他的靈魂永遠渴望擴張的某個部分更形壯大。

如果犯行比較嚴重，臣服的儀式之後就是處死。殺死其他吸血鬼是一種體力的、感情的消耗、靈魂的摧殘。所以大多數血主會指派一名親屬替他們動手。千百年來，菲利普和猶夫之所以能把柯雷孟家族的招牌打磨得光彩鑑人，都靠馬修替他們執行不可告人的任務，維護門面。

殺死吸血鬼有幾百種手段，馬修全都會。你可以把吸血鬼的血吸乾，就如同他對待菲利普。你可以用令人害怕的枷鎖方式把他吊起來，慢慢放光體內的血，使他變得虛弱。無力反抗的吸血鬼，可以用酷刑讓

㊺ 紐約市曼哈頓的Meatpacking District，指格林威治村北端的十數個街區。此區原本以食品零售業者與平價住宅區為主，一九八〇年代曾被毒販與流鶯盤據。經過多次整頓，目前是一個新興的時尚中心。

他招供，也可大發慈悲賜他一個痛快。另外還有砍頭與剜出內臟，也有人選擇老式作風，打斷肋骨，掏出心臟。切斷頸動脈與主動脈也是一策，高伯特的美麗女刺客茱麗葉曾試圖用這一招對付馬修，卻失敗了。

馬修祈禱今晚巴德文吸取傑克的血和記憶就能滿足。

太遲了，他這才想到傑克的記憶中有好些不宜透露的故事。

太遲了，他這才聞到金銀花和夏日暴風雨的氣味。

太遲了，他這才看到戴安娜放出珂拉。

戴安娜的火龍從主人肩上躍起，飛入空中。牠怪叫一聲，飛臨巴德文頭頂，伸出利爪，翅膀噴發烈焰。巴德文用空著的手抓住火龍的腳，將牠甩到一旁。珂拉撞到牆上，翅膀折彎。戴安娜彎下腰，抓住突如其來感到疼痛的手臂，但她的決心毫不因此而動搖。

「你的手・不要・碰・我・兒・子。」戴安娜的皮膚在發光，原本她若不使用偽裝咒就看得見的一層淡淡光環，現在變得光彩奪目。她皮膚下面迸出霞光——不僅出現在手上，手臂上，還沿著脖子的筋絡蜿蜒盤旋，好像她手指裡的線延伸到了全身。

羅貝洛拉著皮繩，想到珂拉那兒去。馬修鬆手讓狗兒行動。羅貝洛伏在火龍面前，舔牠的臉，用鼻子推著牠掙扎起立，好去幫助戴安娜。

但戴安娜不需要——無論馬修、羅貝洛或珂拉——任何幫助。馬修的妻子站起身，張開左手，掌心向下，手指指著地板。木板裂開成碎片，重組成粗大的藤蔓，聳立起來，纏住巴德文的腳，使他無法動彈。藤上長出致命而尖銳的長刺，刺穿他衣服，扎進肉裡。

戴安娜盯著巴德文不放，伸出右手一拉。傑克的手腕一抖，向旁邊伸出，好像拴在她手上。他身體其他部分隨即跟過來，片刻工夫，他就倒在地上一個巴德文搆不到的地方。

馬修採取跟羅貝洛一樣的姿勢，站在傑克面前保護他。

「夠了，巴德文。」馬修的手在空中劃過。

「對不起，馬修。」傑克仍躺在地上，低聲道。「他突然冒出來，撲向蓋洛加斯。我嚇了一跳——」他打了個寒顫，膝蓋縮到胸口。「我不知道他是什麼人。」

密麗安走進房間。她研究了一下現場，開始主導。她指著傑克，示意蓋洛加斯和胡巴德過去，然後朝動也不動、眼睛不眨一下，好像在客廳裡生根似的戴安娜，投去擔心的一眼。

「傑克還好吧？」克里斯問，聲音很緊張。

「他沒事。每個吸血鬼一生之中至少都被血主咬過一次。」密麗安試著讓他安心，但克里斯聽到這則超自然生物家庭生活的祕辛，似乎更不放心。

馬修扶傑克起身。他脖子上的咬痕很淺，要不了多久就會痊癒，但目前看起來還是血肉模糊。馬修輕觸它一下，希望幫助傑克確認自己沒事，就如密麗安說的。

「妳去照顧珂拉好嗎？」馬修把傑克交給蓋洛加斯和胡巴德後，對密麗安道。

密麗安點點頭。

馬修已來到房間對面，他雙手扼住巴德文的脖子。

「我要你保證，如果戴安娜放你走，你不會因為今晚這兒發生的事找她麻煩。」馬修縮緊手指。「要不然我就殺了你，巴德文。你不要弄錯。」

「我跟你的過節還沒了斷，馬修。」巴德文警告道。

「我知道。」馬修定睛瞪著他哥哥，直到巴德文點頭。

然後他轉向戴安娜。她皮膚下躍動的色彩讓他憶起，早在他們還不知道她是編織者的時候，她在麥迪森送給他的一顆貯滿能量、發光的球。色彩最鮮明的地方在她指尖，彷彿她的魔法在那兒等候，準備釋出。馬修知道，他自己的血怒若那麼接近皮膚表面，後果會難以預測，所以他對妻子也特別小心翼翼。

「戴安娜？」馬修替她撥開臉上的頭髮，在她藍、金二色的眼球虹彩裡尋找她認得他的徵兆。但他看到的卻是無限，她瞪著看不到的風景目不轉睛。他變換策略，希望讓她回到此時此地。

「傑克跟蓋洛加斯和安卓在一起，我的小母獅。巴德文今晚不會傷害他了。」馬修字斟句酌。「妳該帶他回家。」

克里斯吃了一驚，準備提出抗議。

「或許克里斯跟你們一起回去。」馬修婉轉地繼續道。「珂拉和羅貝洛也去。」

「珂拉。」戴安娜應聲道。她眨眨眼，但即使對火龍的關切，也不能打破她受到催眠似的凝視。馬修很想知道她到底看到什麼其他人看不到的景象，為什麼這景象那麼吸引她。他興起一陣不安的妒忌。

「密麗安跟珂拉在一起。」馬修發現自己無法把目光從她蔚藍的眼睛深處移開。

「巴德文……傷了牠。」戴安娜聽起來很困惑，好像忘了吸血鬼跟其他超自然生物不一樣。她心不在焉地揉揉手臂。

馬修正想著，不論控制她的是什麼東西，或許可以用理智克服，戴安娜又開始憤怒。他聞得出——也嘗得出。

「他傷了傑克。」戴安娜的手指忽然張開，開始抽搐。馬修來不及考慮介入編織者和她的魔法之間是否明智，就在她的手指發動魔法前，一把抓住她的手。

「巴德文答應讓妳帶傑克回家。做為交換，妳必須釋放他。我們不能讓你們兩個作戰。家族會毀滅。」根據他今晚目睹的情形，戴安娜跟巴德文一樣執拗，為了達到目的，不惜摧毀所有的障礙。

馬修托起她的手，親吻手指的關節。「還記得我們在倫敦的時候，聊到我們的孩子嗎？當時我們說他們需要些什麼？」

這喚起戴安娜的注意。**終於成功了**。她眼睛的焦點回到他身上。

「愛。」她悄聲道。「成年人的照顧、墜落時可以掉在一個柔軟的地方。」

「對了。」馬修微笑道。「傑克需要妳。解除對巴德文的咒語吧。」

戴安娜從腳到頭顫抖了一下。魔法放鬆了。她朝巴德文的方向彈一下手指。刺從他皮膚上縮回。藤蔓鬆開，變回吸血鬼四周碎成片片的木地板。很快他就重獲自由，蓋洛加斯的房子又回到沒有魔法的正常狀態。

咒語慢慢解除之際，戴安娜走到傑克身邊，捧起他的臉。他脖子上的咬傷已開始收口，但還要等上幾天才能完全療癒。她豐滿的嘴唇抿成一條細線。

「別擔心。」傑克告訴她，出於自覺把傷口遮住。

「來吧，傑克。戴安娜和我帶你回法院街。你一定餓壞了。」蓋洛加斯拍一下傑克的肩膀。傑克已筋疲力盡，但為了戴安娜的緣故，他努力表現得不那麼虛弱。

「珂拉。」戴安娜對她的火龍招手。珂拉一跛一跛向她走來，牠越接近主人，力量也隨之恢復。編織者與火龍幾乎要碰到時，珂拉的形體淡化、消失，與戴安娜合體。

「讓克里斯送妳回家。」馬修道，他小心地用寬闊的肩膀擋住妻子的視線，不讓她看見牆上令人不安的圖畫。幸好她已累到沒有力氣東張西望了。

馬修很高興看到密麗安把所有人都趕到屋子一頭，只剩下巴德文。大家——克里斯、安卓、羅貝洛與密麗安——都擠在門口，等著戴安娜、蓋洛加斯和傑克。扶持那孩子的超自然生物當然是越多越好。

看著他們離開，馬修最後一分自制力也隨之而去。他逼著自己在戴安娜回頭看他時，揮手給她鼓勵。大隊人馬一消失在法院街的房屋後面，他就轉身面對巴德文。

他哥哥瞪著壁畫的最後一段，襯衫上有點點黑痕，是傑克的牙齒和戴安娜的荊棘留下的傑作。

「傑克就是那個吸血鬼兇手。我在他的思想裡看到過，現在又在這片牆上看到。我們追拿他一年多了。這麼長的時間，他是怎麼躲過合議會的？」巴德文問道。

「他最初跟班哲明在一起。後來他一直東逃西躲。」馬修刻意避免看班哲明打散的五官周圍那些可怕的畫面。他不認為那些行徑比班哲明多年來的種種暴行更殘酷。他之所以無法忍受，只因為下手的人是傑克。

「一定要阻止傑克。」巴德文的語氣很實際。

「上帝原諒我。」馬修垂下頭。

「菲利普說得對。身為虔誠的基督徒，確實使你成為這份工作的完美人選。」巴德文哼了一聲。「還有哪種宗教，只要你認罪就肯替你洗清所有的罪惡？」

實在很可悲，巴德文始終不懂贖罪的觀念。在他看來，馬修的信仰純粹是筆交易——上教堂、認罪，走出來就又恢復清白。但救贖的真諦遠比這複雜多了。雖然多年以來，菲利普一直認為馬修不斷尋求原諒，是種煩人而不理性的行為，但他到頭來終於了解了這是怎麼回事。

「你很清楚，柯雷孟家族容不得他——如果他的病當真跟這些圖畫裡描述的一樣嚴重。」巴德文對傑克的看法跟班哲明是一致的：一件危險的武器，可加以塑造與扭曲，使他具有最大殺傷力。巴德文跟班哲明不同之處在於他有良知。他不會濫用這件出乎意料落到他手中的武器，也不容許其他人使用。

馬修一直低垂的頭，被回憶和悔恨壓得抬不起來。巴德文接下來這句話，在意料之中，但馬修聽在耳裡，仍然如受重擊。

「殺了他。」柯雷孟一家之主下令。

馬修回到家，那扇漆成鮮紅色、綴有白邊和黑色楣飾的大門敞開著。

戴安娜在等候。她換上禦寒的衣服，還裹上一件他的舊毛衣外套，好驅散她今晚接觸到的其他人的氣味。儘管如此，馬修見面的第一個吻卻非常粗魯而充滿佔有慾，而且他非常不願意將它告一段落。

「怎麼回事？」戴安娜伸手去摸菲利普的箭頭。從這舉動可以確知，她的焦慮在攀升。她指尖上的顏色也透露同樣的信息，越來越鮮明可見。

馬修仰頭望天，希望能找到指引。看到的卻是一顆星都沒有的夜空。他內心理智而人性的部分知道，這是因為城市的光害和今晚的滿月。但吸血鬼的部分卻出於本能警覺起來。這樣的地方，任何東西都不能幫他找到方向，不會有造物主指引他。

「來吧。」馬修從門廳的椅子上拿起戴安娜的外套，牽起妻子的手，帶她走下台階。

「我們去哪裡？」她努力跟上他的腳步。

「去一個我能看到星星的地方。」馬修答道。

第二十二章

馬修把戴安娜帶在身邊，先往北，再轉西，出了市區。他一反常態，車開得飛快，不到十五分鐘，他們就上了一條閴靜的小路，整條路藏在附近人稱「沈睡巨人」的山峰陰影裡。馬修把車停在一戶人家黝暗的車道上，關掉引擎。門廊上的燈亮起，一個老人向黑暗中張望。

「是您嗎，柯雷孟先生？」老人的聲音含糊不清，中氣虛弱，但眼神裡還有犀利的智慧光芒。

「是我，費爾普斯先生。」馬修點頭道。他繞到車子另一側，攙扶戴安娜下車。「我妻子和我要到木屋去。」

「幸會，夫人。」費爾普斯先生手搭前額，行了個禮。「蓋洛加斯先生打過電話來警告我，說您們可能過來察看，他說如果我聽見外面有人，不必擔心。」

「很抱歉吵醒你。」戴安娜道。

「我是個老頭兒，柯雷孟太太。這陣子我闔眼的機會不多，恐怕得死後才能好好睡一覺。」費爾普斯先生邊說邊發出哮喘的笑聲。「您們所有需要的東西，山上都準備好了。」

「謝謝你照顧這地方。」馬修道。

「這是家族傳統。」費爾普斯先生答道。「您如果不想開我的老拖拉機，惠特摩先生的越野車停在車棚旁邊。我想尊夫人應該不想全程走路上去。莊園大門關了，但您知道怎麼開。祝您們晚安。」

費爾普斯先生回到屋裡，紗門碰到門框，發出啪一聲脆響。

馬修扶著戴安娜手臂，向一輛看來像是裝了特大號輪胎的高爾夫球車與沙灘越野車混裝的車子走去。他放開她，讓她自己走到車子另一側，爬上座位。

莊園的大門藏得很隱祕，根本看不見，泥土小路上沒有燈，也沒有記號，但馬修開車毫無困難。他轉了幾個急彎，沿著山徑穩定攀升，經過茂密的森林邊緣，來到一片開闊的空地，樹下有棟小巧的木屋。屋裡亮著燈，看起來就像童話故事裡的小木屋一樣黃澄澄地誘人。

馬修停下馬卡斯的越野車，拉好手煞車。他深深吸口氣，暢飲山中蒼松和含露青草的氣息。下面的山谷看起來很荒涼。不知道是他的心情，還是銀白色的月光，使它顯得不怎麼討人喜歡。

「地面不平，我不要妳跌倒。」馬修伸出手，讓戴安娜有握與不握的選擇。

她擔憂地看了一下，把手放進他手中。馬修掃視地平線，克制不住搜尋新威脅的衝動。然後他轉而仰望天空。

「今晚的月光好亮。」他沈吟道：「就連這種地方也很難看到星星。」

「因為秋分節到了。」戴安娜柔聲道。

「秋分節？」

她點點頭。「一年前，你走進博德利圖書館，也走進了我的心。你那張壞壞的嘴一笑，那雙眼睛一亮，好像認識我，雖然我們不曾見過面。我當下就知道，我的人生會變得不一樣。」

戴安娜的話讓馬修暫時擺脫巴德文的命令和克里斯的消息在他心中掀起的震撼，短短的片刻之間，世界擺盪在缺席與慾望、鮮血與恐懼、夏季的炎熱與冬季深不可測的寒冷之間。

「怎麼回事？」戴安娜在他臉上搜索。「是傑克嗎？血怒嗎？巴德文嗎？」

「是。不是。某種意義上。」馬修把手插進頭髮裡，猛然轉身，迴避她鋒利的目光。「巴德文知道傑克在歐洲殺了那些濫血人。他知道傑克就是吸血鬼兇手。」

「這當然不是渴望鮮血的吸血鬼第一次造成意外死亡吧。」戴安娜道，企圖化解情況的嚴重性。

「這次的情況不一樣。」沒有更簡易的表達方式。「巴德文命令我殺死傑克。」

「不行。我不准。」戴安娜的話引來回音，東邊起了一陣風。她轉過身，馬修抓住她。她在他懷裡掙扎，在他腳邊掀起一股灰、褐二色的龍捲風。

「不要離開我。」如果她當真那麼做，他沒把握能控制自己。「妳要聽從理智。」

「不要。」她仍然要掙脫他。「你不能放棄他。傑克不是一直發作血怒。你會設法治療他。」

「血怒無藥可醫。」只要能改變這一點，馬修願意用自己的生命交換。

「什麼？」戴安娜的震驚極其明顯。

「我們計算了DNA的新樣本。這是我們第一次可以追蹤馬卡斯之外的多代遺傳。克里斯和密麗安追蹤血怒基因如何從伊莎波經過我與安卓傳給傑克。」這下子戴安娜專心一意聆聽馬修了。

「血怒是種發育異常，」他繼續道：「它含有基因的成分，但似乎需要我們非編碼ＤＮＡ裡的某些東西，才會觸發血怒基因。傑克和我有那種東西。媽媽、馬卡斯和安卓都沒有。」

「我不懂。」戴安娜低聲道。

「我重生時，我的非編碼、人類基因裡有種早已存在的東西，對湧進我身體系統裡的新遺傳情報產生反應。」馬修耐心說明。「我們知道吸血鬼的基因很殘暴——它們會排斥人類基因，以便主宰經過修改的新細胞。但它們並沒有取代所有的一切。否則我的基因組應該跟伊莎波的基因組一模一樣。但我只是她的孩子——所以我體內既有從她繼承來的遺傳成分，也保留從我人類父母遺傳來的成分。」

「所以你在伊莎波把你造成吸血鬼**之前**，就有血怒了？」不難想見，戴安娜越聽越糊塗。

「不。但血怒基因若要表現出來，需要某種觸發機制，而我有那種機制。」馬修道。「馬卡斯已辨識出某種特定的非編碼ＤＮＡ，他認為它扮演重要的角色。」

「存在於他所謂的垃圾ＤＮＡ裡？」戴安娜問。

馬修點頭。

「那還是有可能治療的。」她堅持道。「再過幾年——」

「不，我的愛。」他不能讓她希望上升。「我們若是更了解血怒基因，更深入研究非編碼基因，治療的方法可能更完善，但這不是一種可以治癒的病。我們唯一的希望是預防，然後，如果上帝允許，也能緩和症狀。」

「在那以前，你可以教傑克如何自我控制。」戴安娜的臉部線條依然頑固。「沒必要殺他。」

「傑克的症狀遠比我嚴重。存在於他體內、似乎能觸發血怒的遺傳因子，也比我多很多。」馬修眨眨眼，吞下他覺得正湧上來的血淚。「他不會痛苦。我向妳保證。」

「但你會痛苦。你說我為了面對生與死必須付出代價。你也一樣。傑克死了，你卻還要活在對自己的憎恨裡。」戴安娜道：「想想，菲利普的死讓你付出多大的代價。」

馬修不知道該說什麼。自從父親死後，他若取其他生物的性命，都是為了個人恩怨。今晚之前，柯雷孟家族唯一能指派殺戮任務給他的宗主就只有菲利普。而菲利普命令他殺的最後一個人，卻是他自己。

「傑克在受苦，戴安娜。這麼做可以結束他的痛苦。」馬修引用菲利普的話，企圖說服他的妻子接受不可避免的結果。

「對他而言，或許如此。對我們卻不是。」戴安娜把手放在圓鼓鼓的肚子上。「雙胞胎可能遺傳到血怒。難道你也要殺死他們？」

她等他否認，說她瘋了，竟然有這種念頭。但他沒有。

「一旦合議會發現傑克做了什麼——早晚一定會發現的——就會處死他。他們才不管他有多麼害怕，也不在乎造成他多大痛苦。巴德文要設法在那之前殺死傑克，不讓合議會插手家族事務。傑克如果試圖逃跑，很可能落入班哲明之手。那麼班哲明會用可怕的手段報復傑克的背叛。到時候，死得掉都是一種福氣。」馬修的表情冷漠，聲音平靜，但戴安娜眼中流露的痛苦卻讓他永誌不忘。

「那就讓傑克失蹤。送他去很遠的地方，沒有人找得到。」

馬修強抑住不耐煩。他從第一次見到戴安娜，就知道她很頑固。這是他愛她的原因之一——雖然有時候他會被逼得抓狂。「落單的吸血鬼活不下去。我們就像狼，失去了群體會發瘋。想想班哲明，戴安娜，想想我拋棄他的時候發生了什麼事。」

「那我們陪他一起去。」她道，抓住最後一根稻草，不肯放棄救傑克。

「那只會讓班哲明或合議會更容易追捕他。」

「那你就聽馬卡斯的建議，趕快自立門戶。」

「如果那麼做，我就得承認班哲明的存在。這麼一來，不僅傑克，連我有血怒的消息也會走漏。這會讓伊莎波和馬卡斯陷入重大危險——妳腹中的雙胞胎也不能幸免。如果我們失去巴德文的支持，還要與合議會對抗，受苦的將不僅是他們。」馬修沙啞地喘口氣。「如果妳在我身邊——我的配偶——合議會將要求妳跟我一起投降。」

「投降？」戴安娜不解。

「這是戰爭，戴安娜。女性參加戰鬥就會遇到這種事。妳聽過我母親的故事。妳想妳若是落入吸血鬼之手，下場會不一樣嗎？」

她搖頭。

「妳一定要相信我：留在巴德文的家族裡，會比我們出去單打獨鬥好。」他堅持道。

「你錯了。雙胞胎和我在巴德文統治下，永遠沒有完整的安全。傑克也一樣。唯有獨立自主，我們才能前進。所有其他選擇都只是繞回老路子。」戴安娜道：「我們從經驗中知道，走老路只能暫時喘息而已。」

「妳不明白，那麼做會導致多大的力量集結起來對付我們。我的孩子、孫子的一切行為，以及他們將來會做的每件事，依照吸血鬼法律，都要算在我名下。吸血鬼謀殺案？等於我做的。班哲明的惡行？等於我犯罪。」馬修必須讓戴安娜明白這個決定的代價有多麼昂貴。

「他們不可以把班哲明和傑克做的事怪到你頭上。」戴安娜反對道。

「可以的。」馬修捧起她的手。「我創造了班哲明。如果我沒那麼做，那些罪行就不會發生。我身為班哲明的血父和傑克的血祖父，可能的話就該阻止他們，阻止不了就殺死他們，這是我的職責。」

「太野蠻了。」戴安娜想抽回她的手。他感覺魔法在她的皮膚下發燙。

「不，這是吸血鬼的榮譽。吸血鬼之所以能在溫血人之間生存，是基於三種信仰體系：法律、榮譽與正義。今晚妳看到吸血鬼正義如何運作。」馬修道。「非常迅速——而且無情。如果我要自立門戶，擔任宗主，也一定要賞罰分明。」

「你總比巴德文高明一點。」戴安娜反駁道。「他當家的話，我一直都得擔心，不知道哪一天，他保護我和雙胞胎保護煩了，就下令處死我們。」

這番話說得也對。但也讓馬修陷入無法解決的困境。要救傑克，他必須違抗巴德文。如果要違抗巴德文，除了自立門戶外別無選擇。那麼就得說服一群吸血鬼一起叛變，既接受他做為領袖，也願意暴露他們帶有血怒遺傳、招致被消滅的危險。整個過程將充滿血腥、暴力，極其複雜。

「拜託，馬修。」戴安娜低聲道。「我求你：不要聽巴德文的命令。」

馬修端詳妻子的臉。他深深注視她眼睛裡的痛苦與絕望。他不可能說不。

「好吧。」馬修不情願地說。「我去紐奧良——但有一個條件。」

戴安娜明顯地鬆了一口氣。「任何條件都可以。你說吧。」

「妳不能跟我同行。」馬修力持聲音平靜，雖然光是提起遠離他的配偶這件事，就會讓血怒湧進他的血管。

「你膽敢命令我留在這兒！」戴安娜火冒三丈。

「我做這件事的時候，妳不能靠近我。」幾百年的訓練，使馬修在妻子大發雷霆時，仍能控制自己的情緒。「我去任何地方都不願意放下妳。天啊，我甚至不願意妳離開我的視線。但我在紐奧良跟我的子孫作戰時，妳在現場會非常危險。而且讓妳處於險境的不是巴德文，也不是合議會，而是我。」

「你永遠不會傷害我。」從他們開始交往，戴安娜一直對這一點深信不疑。但現在該讓她知道真相。

「愛琳娜也這麼想——從前。然而我在瘋狂與妒忌的瞬間殺了她。這家族裡，會因愛與忠貞而觸發血怒的吸血鬼，不只是傑克。」馬修迎上妻子的目光。「我也一樣。」

「你跟愛琳娜只是情侶。我們是配偶。」戴安娜的表情透露出她剛剛才想通這是怎麼回事。「你一直說，我不能信任你。你發誓說，你寧可親手殺死我，也不讓任何人碰我。」

「我說的都是實話。」馬修用指尖順著戴安娜臉頰的輪廓，輕輕接住她眼角滴落的淚珠。

「但不是全部。為什麼不告訴我，我們的婚姻會使你的血怒更嚴重？」戴安娜哭了起來。

「我以為可以找到療法。我以為，在那以前，我控制得了自己的情緒。」馬修答道。「但妳變成我生命所繫，就像呼吸和血液。我的心再也分不清妳我。自從第一眼看見妳，我就知道妳是個強大的女巫，但我哪裡會知道，妳對我有這麼大的控制力。」

戴安娜沒有用話語回答，而是給他一個令人驚訝的熱情之吻。馬修的回應也同樣熱烈。他們分開時，兩人都深為震撼。戴安娜用顫抖的手指觸摸自己的嘴唇，馬修把頭靠在她頭上，他的心——還有她的心——在激動的情緒中狂跳。

「建立新家族，需要我全心投入，完全掌控。」馬修終於能說話時，說道：「如果我成功——」

「你一定要成功。」戴安娜堅決地說。「你會的。」

「好吧，我的小母獅。我成功以後，仍然經常需要獨自一個人處理很多事。」馬修解釋道。「我並沒有不信任妳，但我不能信任自己。」

「就像你處理傑克的事。」戴安娜道。馬修點頭。

「跟你分離就像生活在地獄，但分心的危險又大得不可言喻。說到我的自制力……也罷，我想我們都知道，妳在的時候我的自制力幾乎等於零。」他輕吻她一下，充滿誘惑。戴安娜羞紅了臉。

「你去紐奧良的時候，我做什麼？」戴安娜問道。「一定有些方面我幫得上忙。」

「找到失落的那頁艾許摩爾七八二號。」馬修答道。「我們需要生命之書才能擴大力量——不論我跟馬卡斯的孩子有什麼進展。」萬一這個草率的計畫失敗，戴安娜忙於尋書，也不至於直接介入災難，倒是額外的好處。「斐碧會幫妳找第三張插圖。到七塔去。在那兒等我。」

「我怎麼知道你平安？」戴安娜問。她開始感受他們即將分離的事實。

「我會想辦法。但是不能通電話。萬一巴德文——或我任何一個血親——出賣我，我們不能留下證據，讓合議會有跡可循。」馬修道。「妳要跟他保持友善，至少直到妳柯雷孟家族的身分獲得承認為止。」

「但那還要等好幾個月！」戴安娜露出絕望的表情。「萬一孩子提前出生怎麼辦？」

「瑪泰和莎拉會幫妳接生。」他溫柔地說。「我目前不知道這件事要花多久，戴安娜。」**可能好幾年**，馬修想道。

「我怎麼跟孩子解釋，他們的父親為什麼不跟他們在一起。」她好像聽見了他沒說出口的話，追問道。

「妳就告訴雙胞胎，我不在是因為我全心全意愛他們——和他們的母親。」馬修再也說不下去。他把她拉進懷裡，緊緊抱住她，好像這麼做可以延後無可避免的分離似的。

「馬修？」黑暗裡傳來熟悉的聲音。

「馬卡斯？」戴安娜沒聽見他接近，但馬修在他兒子爬山時就已聞到他的氣味，接著便聽見他輕盈的腳步聲。

「哈囉，戴安娜。」馬卡斯從陰影裡走出來，站在一小片月光下。

她擔心地皺起眉頭。「七塔出了什麼事？」

「法國一切安好。我只是認為馬修需要我來這兒。」

「斐碧呢？」戴安娜問道。

「她跟亞倫和瑪泰在一起。」馬卡斯的聲音很疲倦。「我無法不聽見你們的計畫。一開始推動，就不可能回頭。你確定要另立門戶嗎，馬修？」

「不確定。」馬修沒法子撒謊。「但戴安娜很確定。」他看著妻子。「克里斯和蓋洛加斯在小路另一頭等妳。去吧，我的愛。」

「現在？」一時之間，戴安娜對他們要做的是何等規模的一件大事，顯得畏懼起來。

「以後也不會更容易。妳必須離開我身邊。不要回頭。看在上帝分上，也不要跑。」如果她那麼做，馬修一定控制不住自己。

「但──」戴安娜咬緊嘴唇。她點一下頭，很快用手臂拂一下臉頰，擦掉忽然湧出來的淚水。

馬修把超過一千年份的渴望放進一個最後的吻。

「我永遠不會──」戴安娜開口道。

「噓。」他用另一個吻封住她嘴巴。「我們之間沒什麼永遠不會，記得嗎？」

馬修把她推開。雖然只有幾吋，卻覺得宛如千里。他這麼一推，血液就開始怒號。他把她轉到一個方位，讓她看見他們朋友的手電筒映出兩個朦朧光圈。

「不要增加他的困難。」馬卡斯低聲對戴安娜說。「去吧。慢慢走。」

有幾秒鐘時間，馬修不確定她是否做得到。他看見她指尖垂下金線和銀線，閃閃發光，好像企圖把某個忽然摔得粉碎的東西補綴起來。她試著踏出一步。再一步。馬修看見她力持鎮定時，背上的肌肉在顫抖。她低下頭，然後又挺起肩膀，朝另一個方向慢慢走去。

「我從他媽的一開始就知道，你會傷她的心。」她走到克里斯身邊時，克里斯對馬修咆哮道。他把戴安娜攬入懷中。

但真正碎掉的是馬修的心，他的自持、理智與最後一抹人性，通通隨之而去。

蓋洛加斯和克里斯把戴安娜帶走時，馬卡斯眼睛眨也不眨地盯著馬修。三人走出視線時，馬修才向前撲去。馬卡斯抓住他。

「沒有她，你做得到嗎？」馬卡斯問他父親。他離開斐碧才不到十二小時，分離已開始令他不安。

「我必須做到。」馬修道，雖然他還無法想像該怎麼做。

「戴安娜知道分離會對你造成什麼後果嗎？」馬卡斯還會在噩夢中看見伊莎波，夢見她在菲利普被捕期間和死後承受的痛苦。那就像目睹想像所能及、最可怕的戒斷症狀——發抖、不理性行為、肉體的疼痛。他的祖父母在吸血鬼之中，已算是很幸運，在結為配偶後，還能忍受短期的分離。馬修的血怒卻使分離變為不可能。早在馬修與戴安娜正式交配前，伊莎波就警告過馬卡斯，萬一戴安娜發生意外，他父親的反應會完全不可預測。

「她知道嗎？」馬卡斯重複一遍。

「不完全。不過她知道，如果我留在這兒，服從我哥哥，我會有什麼下場。」馬修甩掉兒子的手臂。「你不需要跟著我參與這件事。你仍然有選擇。巴德文會接納你，只要你懇求他原諒。」

「我在一七八一年就做了抉擇，記得嗎？」馬卡斯的眼睛在月光下呈現銀色。「今晚你證明了我當初抉擇是正確的。」

「這麼做會不會成功沒有保障。」馬修警告道。「巴德文可能不批准另立門戶。合議會可能在我們完成前就聽到風聲。天曉得，你的孩子也有反對它的理由。」

「他們不會讓你輕易成功，但我的孩子會做我吩咐他們的事。終究會的。更何況，」馬卡斯道：「現在你受我保護。」

馬修驚訝地看著他。

「你、你的配偶、她肚子裡雙胞胎的安全，目前是拉撒路騎士團的首要考慮。」馬卡斯解釋道。「不論巴德文怎麼危言恫嚇，但我有一千多名血族、魔族，沒錯，甚至也有巫族，聽我的號令。」

「他們不會服從你，」馬修道。「一旦他們發現你要求他們為什麼而戰。」

「你認為我一開始是怎麼召募他們的？」馬卡斯搖頭道。「真以為你是全世界唯一不滿意盟約所設侷限的超自然生物嗎？」

但馬修心神不寧，無法回應他的問題。使他坐立難安，亟欲去追趕戴安娜的第一波衝動已浮現。要不了多久，他就連坐下一會兒，都會被本能驅趕著去找她，而且情況會越來越嚴重。

「來吧。」馬卡斯伸手去攬父親的肩膀。「傑克和安卓在等我們。我想那隻天殺的狗兒也要跟我們一塊兒去紐奧良。」

馬修仍無回應。他正在用耳朵搜尋戴安娜的聲音、她獨具一格的腳步聲、她心跳的節奏。四野寂寂，星光晦暗，照不見他回家的路。

天秤日座

太陽通過天秤座，旅行的好時機。須防範公然為敵者、戰爭與對立。

——佚名之英文雜記簿，寫於約一五九〇年，龔沙維手抄本四八九〇號，f.9r

第二十三章

「讓我進來，密麗安，趁我還沒有打破這扇該死的門。」蓋洛加斯沒有心情玩遊戲。

密麗安用力打開門。「也許馬修離開了，但你別耍花招。還有我盯著你。」

蓋洛加斯一點也不覺得意外。傑森有次告訴他，在密麗安指導下學做吸血鬼，使他相信天地間確實存在一個無所不知、無所不見、無罪不罰的神明。但聖經的教誨不正確。這神明是個女人，而且喜歡冷嘲熱諷。

「馬修和其他人平安離開了嗎？」戴安娜在樓梯口問道。她蒼白得像鬼，腳邊放著一口小行李箱。蓋洛加斯咒罵一聲，跳上樓梯。

「是的。」他道，一把抓起箱子，以免她胡鬧，企圖自己提行李。隨著時間不斷過去，蓋洛加斯越來越覺得不可思議，戴安娜懷著雙胞胎的重擔，竟然不會跌個倒栽蔥。

「妳什麼時候收拾的行李？」克里斯問道。「這是怎麼回事？」

「嬸娘要去旅行。」蓋洛加斯仍覺得離開紐海文不是個好主意，但戴安娜只通知他，她要離開了——不論他要不要一起來。

「去哪兒？」克里斯質問。蓋洛加斯聳肩。

「答應我，你會繼續研究艾許摩爾七八二號的ＤＮＡ樣本和血怒的問題，克里斯。」戴安娜下樓時說道。

「妳知道我做研究從不半途而廢。」克里斯轉身對密麗安說：「妳知道戴安娜要離開嗎？」

「怎麼可能不知道。她從衣櫃裡把箱子挖出來，又打電話給飛機駕駛，真夠吵的。」密麗安搶過克里斯的咖啡。她才喝一口就露出半個鬼臉。「太甜了。」

「去拿外套，嬸娘。」蓋洛加斯不知道戴安娜有什麼計畫——她說升空後就告訴他——但他不認為他們會去椰林婆娑、微風送暖的加勒比海小島。

就這麼一次，戴安娜沒抱怨他緊迫盯人。

「離開時鎖好門，克里斯。記得拔掉咖啡機的插頭。」她踮起腳尖，親吻好友的臉頰。「照顧密麗安。不要讓她在深夜裡獨自穿越紐海文公園，即使她是個吸血鬼。」

「拿去。」密麗安遞給她一個牛皮紙的大信封。「妳要的。」

戴安娜往信封裡張望，「妳確定不需要它們。」

「我們樣本夠多了。」她答道。

克里斯深深看進戴安娜的眼睛。「需要我就打電話給我。不論什麼原因，不論何時，不論何地——我一定搭下班飛機趕去。」

「謝謝你。」她低聲道。「我沒事的。蓋洛加斯會跟我在一起。」

蓋洛加斯很意外，他聽了這話一點也不覺得高興。

算什麼呢，說話的語氣那麼無可奈何？

柯雷孟私家飛機從紐海文機場起飛，蓋洛加斯望著窗外，用手機輕敲大腿。飛機轉向，他嗅嗅空氣。北北東。

戴安娜坐在他身旁，閉著眼睛，嘴唇發白。一隻手輕輕放在蘋果和豆莢上面，好像在安慰他們。她臉頰上有道濕潤的痕跡。

「別哭，我受不了。」蓋洛加斯粗聲道。

「對不起。我好像控制不住。」戴安娜在座位上挪了一下身體，改將臉朝向機艙另一側。她的肩膀在抖動。

「真是的，嬸娘。轉開臉是沒用的。」蓋洛加斯解開安全帶，蹲在她的真皮躺椅旁。他輕拍戴安娜的膝蓋。她握住他的手。從她皮膚下面傳來魔法的震動。與她用荊棘困住柯雷孟宗主那驚人的一刻相較，魔力減弱了一些，但它的力量還是很明顯。戴安娜披掛著偽裝咒登機時，蓋洛加斯看見它從咒語底下穿透出來。

「馬卡斯和傑克好嗎？」她問，仍閉著眼睛。

「馬卡斯以叔叔的身分跟他打招呼，講他那群孩子調皮搗蛋的故事逗傑克開心。老實說，他們那夥人還真是滿有趣的。」蓋洛加斯壓低聲音道。但戴安娜真正想知道的不是這些。

「馬修還很振作，就像預期的那麼好。」他聲音變柔和了些。曾經有一度，馬修差點勒死胡巴德，但蓋洛加斯不會為一件看起來就是個好主意的事擔心。

「我很高興你和克里斯打電話給馬卡斯。」戴安娜耳語道。

「那是密麗安的點子。」蓋洛加斯坦承。幾個世紀來，密麗安一直保護著馬修，就像他照顧戴安娜。

「她一看到實驗結果，就知道馬修需要兒子在身旁。」

「可憐的斐碧。」戴安娜道，一絲擔憂鑽進她聲音裡。「馬卡斯來不及好好向她解釋。」

「不必擔心斐碧。」蓋洛加斯跟那女孩相處了兩個月，知道她的個性。「她很有骨氣，心胸寬大，就像妳一樣。」

蓋洛加斯堅持要戴安娜睡一會兒。機艙裡配備有可以轉換成床的座椅。他確定戴安娜睡著後，便走進駕駛艙，詢問目的地。

「歐洲。」駕駛員告訴他。

「你什麼意思叫『歐洲』？從阿姆斯特丹到奧弗涅到牛津都有可能。」

「柯雷孟夫人還沒有選定最後的目的地。她交代我飛去歐洲，我就飛向歐洲。」

「她一定是要去七塔。那就去干德好了。」蓋洛加斯指揮道。

「我的計畫也是如此，先生。」駕駛員面無表情道。「您要駕駛這架飛機嗎？」

「好。不要。」其實蓋洛加斯只想找個東西狠打幾拳。「去他的，老兄。你幹你的活，我幹我的。」

有時候蓋洛加斯真的恨不得能代替猶夫・德・柯雷孟，陣亡在戰場上。

在干德機場平安降落後，蓋洛加斯扶著戴安娜走下舷梯，以便她依照醫生囑咐伸展雙腿。

「妳沒穿適合紐芬蘭氣候的衣服。」他把一件破舊的皮夾克披在她肩上，提醒她道。「寒風會把那件薄得不像話的所謂大衣撕成碎片。」

「多謝你告訴我，蓋洛加斯。」戴安娜顫抖著說。

「妳最終目的地是哪兒，嬸娘？」他們在小小的機場繞完第二圈後，他問道。

「有關係嗎？」戴安娜的聲音從聽天由命變為疲倦，現在情況更糟。絕望。

「不對，嬸娘，這地方叫作納沙斯瓦克——不是努沙斯瓜克。」蓋洛加斯拿一條塞滿鵝絨的被子裹住戴安娜的肩膀，同時解釋道。納沙斯瓦克是格陵蘭南端一個城市，比干德更冷。但戴安娜還是堅持快快散個步。

「你怎麼知道？」她乖戾地問，嘴唇有點發青。

「我就是知道。」蓋洛加斯對空服員招招手，後者就端來一杯熱氣騰騰的茶。他倒了一大口威士忌進去。

「咖啡因不行。酒精不行。」戴安娜把茶推開。

「我媽懷我的時候每天喝威士忌——看我長得這麼頭好壯壯。」蓋洛加斯把茶杯送到她面前。他換了諂媚的語氣。「來嘛。喝一小口，不會害妳的啦。何況，這對蘋果和豌豆的壞處絕對不比長凍瘡嚴重。」

「他們好得很。」戴安娜冷然道。

「哦，是啊。好到不能再好。」蓋洛加斯手臂伸得更長，希望靠茶香讓她放鬆戒備。「這是蘇格蘭早餐茶。妳最喜歡的口味。」

「滾一邊去，魔鬼。」戴安娜嘟囔著接過杯子。「你媽懷你的時候不可能喝威士忌。歷史遺跡證明，蘇格蘭和愛爾蘭都要到十五世紀以後才開始蒸餾威士忌。你沒那麼年輕。」

見她還有心情跟歷史吹毛求疵，蓋洛加斯強抑住鬆了一口氣的喘息。

戴安娜拿出手機。

「妳要打電話給誰，嬸娘？」蓋洛加斯警覺地問道。

「哈米許。」

馬修最好的朋友拿起電話時，說出來的話跟蓋洛加斯預期的完全相同。

「戴安娜嗎？出了什麼事？妳在哪兒？」

「我不記得我的房子在哪兒。」她沒做解釋，直接說道。

「妳的房子？」哈米許聽起來很迷惑。

「我的房子。」戴安娜耐心地重複。「馬修在倫敦幫我買的那棟。我們在七塔的時候，你要我簽過一張維修帳單的那棟。」

倫敦？蓋洛加斯這才發現，目前這種情況，身為吸血鬼一點幫助也沒有。倒不如生做一個女巫。那樣他或許猜得出這女人心裡想些什麼。

「房子在梅費爾區㊻，靠近康諾特飯店的一條小街上。為什麼問？」

「我需要鑰匙。還有地址。」戴安娜頓住，考慮了一會兒，才又繼續道。「我還需要一個司機在市區接送。魔族喜歡地鐵，而倫敦所有的大型計程車公司都由吸血鬼經營。」

當然計程車都歸他們所有。否則還有誰有時間去背誦考執照要知道的三百二十條不同路線、兩萬五千條街道以及查令十字路口六哩範圍內的兩萬個名勝古蹟？

「司機？」哈米許愕然。

「對。還有，我那個貴氣十足的顧資銀行帳戶㊼，有提供高額提款上限的金融卡嗎？」

蓋洛加斯罵了句粗話。她冷冰冰地瞪他一眼。

「有。」哈米許的聲音更緊張了。

「那好。我要買幾本書。阿塔納斯．柯舍的全部作品，不論初版或再版。你想你可以在週末之前發出一些徵詢嘛。」戴安娜刻意迴避蓋洛加斯凌厲的目光。

「阿塔納斯誰？」哈米許問。蓋洛加斯聽見筆尖在紙上摩擦的聲音。

「柯舍。」她把字母逐個拼出來。「你得去找買賣珍本書的專人。倫敦應該有不少本在流通。我不在乎花多少錢。」

「妳說話的口氣跟奶奶好像。」蓋洛加斯喃喃道。光這一點就夠讓人擔心了。

㊻ Mayfair是倫敦的首善商業金融區，緊鄰海德公園，房租昂貴，在全球首屈一指。

㊼ Coutts是英國一家私人理財銀行，創辦於十七世紀，早期客戶均為貴族和坐擁大筆土地的仕紳，擁有顧資帳戶也被視為社經地位的象徵。目前開戶的起碼條件是存入一百萬英鎊，再考核存戶的身分地位。

「如果你下週末還不能替我買到書，恐怕我只得去大英圖書館。但秋季班已經開學了，珍本書閱覽室裡肯定有很多巫族。我確定我留在家裡會比較好。」

「我可以跟馬修談談嗎？」哈米許的呼吸有點不順。

「他不在這兒。」

「妳一個人？」他聽起來很震驚。

「當然不是。蓋洛加斯跟我在一起。」戴安娜答道。

「蓋洛加斯知道妳打算坐在大英圖書館的公共閱覽室，讀那個人——叫什麼名字來著？阿塔納斯・柯舍是嗎？——寫的書嗎？妳瘋了嗎？整個合議會都在找妳！」每說一句話，哈米許的嗓門就提高一點。

「我知道合議會想幹什麼，哈米許。所以我才拜託你去買那些書。」戴安娜心平氣和地說。

「馬修在哪？」哈米許質問道。

「我不知道。」戴安娜撒謊時總記得交叉手指頭。

一段很長的沈默。

「我到機場去接妳。妳降落前一小時通知我。」哈米許道。

「沒必要。」她道。

「降落前一小時，打電話給我。」哈米許頓了一下。「還有，戴安娜？我不知道妳那兒見鬼的發生了什麼事，但有一件事我很確定：馬修愛妳。超過愛他自己的生命。」

「我知道。」戴安娜掛斷電話前，輕聲說道。

現在她不但絕望，連聲音也像死掉一樣。

飛機轉往東南飛。坐在駕駛室裡的吸血鬼聽見了所有的對話，已依計行事。

「那個蠢蛋在幹什麼？」蓋洛加斯咆哮道，霍然躍起，踢翻了茶盤，奶油酥餅散落一地。「你不能直飛倫敦。」他朝駕駛艙喊道：「那樣要飛四小時，她不能在空中連續停留超過三小時。」

「那要去哪裡？」飛機轉向時，傳來駕駛員含糊的回答。

「先停斯托諾韋㊽。這樣是直線，也不要三小時。從那兒去倫敦也很快。」蓋洛加斯答道。就這麼決定了。馬卡斯和馬修、傑克、胡巴德、羅貝洛一行人的旅途，不論有多少艱險，都不能與此相提並論。

「好美啊。」戴安娜拉開垂在臉上的頭髮道。現在是黎明，太陽剛從明奇海峽㊾升起。蓋洛加斯吸滿故鄉熟悉的空氣，憶起一幅常出現在他夢中的畫面；戴安娜・畢夏普站在他祖先的土地上。

「是啊。」他轉身走向噴射機。它已停在滑行道上，打亮燈光，準備起飛。

「我馬上就過去。」戴安娜掃視地平線。秋色已在綠色山丘上塗抹了赭褐與金黃。風把女巫的紅髮吹成一縷縷散發琥珀光澤的條紋。

蓋洛加斯很好奇是什麼引起她的注意。除了一隻迷途的蒼鷺沒什麼可看的，牠鮮豔的黃色長腳纖細得好像撐不住身體。

「來吧，嬸娘，妳在這兒會活活凍死。」自從送出皮夾克以後，蓋洛加斯就只剩一身T恤加破牛仔褲的「制服」。他早已不知冷為何物，但他還記得世界的這個角落裡，清晨的寒風有多刺骨。

蒼鷺盯著戴安娜看了一會兒。牠把頭舉高放低，張開翅膀，長唳一聲，便飛了起來，高高向海飛去。

「戴安娜？」

㊽ Stornoway是蘇格蘭西北方外赫布利底群島上的城市，屬英國領土，但因交通不便，與倫敦之間有很大隔閡。

㊾ Minch海峽位於蘇格蘭西北部與內赫布利底群島和外赫布利底群島之間。

她轉過金色和藍色的眼睛，向蓋洛加斯看過來。他全身汗毛豎了起來。她的目光中有種不屬於現世的東西，令他想起自己的童年，他的祖父在一個黝暗的房間裡用盧恩文字占卜，發布預言。

即使在飛機起飛後，戴安娜仍定睛望著遠方，某種肉眼看不見的景象。蓋洛加斯瞪著窗外，祈禱有陣強勁的順風。

「總有一天，我們不用再奔逃吧，你說呢？」她的聲音把他嚇了一跳。

蓋洛加斯不知道答案，也不忍心騙她。他保持沈默。

戴安娜把臉埋在掌心。

「好了，好了。」他摟著她輕搖。「妳不要做最壞的打算，嬸娘。這不像妳的為人。」

「我只是好累，蓋洛加斯。」

「那是有原因的。從過去到現在，妳這一年太辛苦了。」蓋洛加斯讓她把頭靠在他胸口。也許她在馬修眼中是頭獅子，但即是使獅子也要偶爾閉上眼睛，休息一下。

「那是珂拉嗎？」戴安娜用手描畫他手臂上火龍的輪廓。蓋洛加斯打了個寒顫。「她的尾巴呢？」

他還來不及阻止她，她已掀起他的袖子。她瞪大了眼睛。

「妳不該看到那個。」蓋洛加斯道。他放開她，把衣服拉回原位。

「給我看。」

「嬸娘，我覺得最好——」

「給我看。」戴安娜重申。「拜託。」

他抓住上衣下襬，把它從頭頂脫下。他身上的刺青敘述一個複雜的故事，但只有其中幾章能引起馬修妻子的興趣。戴安娜情不自禁地摀住嘴巴。

「哦，蓋洛加斯。」

一個賽蓮[50]坐在他心臟上面的一塊岩石上，她伸長手臂，正好碰到他左臂的二頭肌。她手裡拉著一條繩子。繩子沿著他手臂盤旋而下，在糾纏中化為珂拉彎曲的尾巴。那尾巴又繞著他手臂繞了幾圈，才跟火龍的身體連接在一起。

這海中仙女有一張戴安娜的臉。

「找妳很難，忘記妳卻更難。」蓋洛加斯把衣服從頭上套回去。

「多久了？」戴安娜的藍眼睛裡閃著遺憾與同情。

「四個月。」他沒告訴她，這只是他刺在心上一系列圖案當中最新的版本。

「我不是那個意思。」戴安娜柔聲道。

「哦。」蓋洛加斯透過兩個膝蓋之間的縫隙，瞪著鋪了地毯的地板。「四百年。差不多吧。」

「我很抱——」

「我不要妳為妳根本不可能防範的事道歉。」蓋洛加斯用力一揮手，不讓她說下去。「我知道妳永遠不可能屬於我。這不重要。」

「我屬於馬修之前，曾經屬於你。」戴安娜簡略地說。

「我只是看著妳長大，成為馬修的妻子。」他粗聲道。「爺爺有種很令人不齒的本事，總是交代我們一些我們既不能拒絕、執行的時候又不免喪失一部分靈魂的工作。」他深深嘆了口氣。

「我在報上讀到有關彭布羅克夫人實驗室筆記的報導之前，」他繼續道：「心底還存著一線希望，但願命運還藏了一手。我想著有沒有可能，妳回來後會變得不一樣，或是沒有跟馬修一起回來，或者不會像

---

[50] Siren亦譯作「海上女妖」或「食蓮者」，相傳為美麗的海上女仙。荷馬史詩《奧德賽》敘述，賽蓮住在西西里島附近，她們用天籟般的歌喉使過往的水手傾聽失神，導致船隻觸礁沈沒。

他愛妳那麼愛他。」

戴安娜默不作聲聽著。

「所以我到七塔去等妳，就像我答應爺爺要做到的那樣。艾米莉和莎拉總在談論，妳的時光漫步可能造成多大的改變。迷你肖像畫和望遠鏡都是實例。但妳永遠只認一個男人，戴安娜。而上帝知道，馬修也永遠只認一個女人。」

「聽你叫我名字，感覺很奇怪。」戴安娜柔聲道。

「只要我叫妳嬸娘，我就永遠不會忘記誰真正擁有妳的心。」蓋洛加斯的聲音沙啞。

「菲利普不該要求你看顧我。那太殘酷了。」她道。

「不會比菲利普對妳的要求更殘酷。」蓋洛加斯答道。「也遠不及爺爺對他自己的要求殘酷。」

見她困惑，蓋洛加斯繼續往下說。

「菲利普永遠把自己的需求放在最後。」蓋洛加斯道：「吸血鬼是受慾望宰制的生物，他們保護自己的本能比任何溫血動物都強烈。但菲利普跟我們都不同。每次奶奶坐立不安而離開時，爺爺都會心碎。當時我不懂伊莎波為什麼非離開不可。聽過她的故事以後，我猜菲利普的愛令她害怕。他的愛那麼深而沒有自我，讓奶奶根本無法相信——尤其受到她的血父那種對待之後。一部分的她總準備面對菲利普的背叛，向她索討一些她給不出的東西。」

戴安娜顯得若有所思。

「我每次看到馬修掙扎著讓妳擁有妳需要的自由——讓妳在沒有他陪伴之下做一些事，妳或許覺得只是小事，對他卻是痛苦的擔心與等待——都讓我聯想到菲利普。」蓋洛加斯說完了他的故事。

「我們現在怎麼辦？」她指的不是到達倫敦以後，但他假裝是。

「我們要等馬修。」蓋洛加斯平淡地說。「妳要他自立門戶。他離開就是去做這件事。」

魔法又在戴安娜的皮膚下脈動，發出七彩波光。這讓蓋洛加斯想起從前他父親和祖父住在海邊懸崖下的沙灘上，看著極光度過的那些漫漫長夜。

「別擔心，馬修不會離開太久。因為妳不知道有別種選擇而在黑暗中漂泊，跟妳喜歡的光明被別人奪走，是不同的兩回事。」蓋洛加斯道。

「你說得很有把握。」她低聲道。

「我確實有把握。馬卡斯的孩子人數不多，他會讓他們服從的。」蓋洛加斯壓低聲音。「妳選中倫敦，我猜有充分的理由。」

她眼光閃爍了一下。

「我就知道是這麼回事。妳不僅要找失落的最後一頁。妳還要找艾許摩爾七八二號。我可不是隨便亂說。」戴安娜張口想反對，蓋洛加斯舉手制止。「那妳需要身邊有很多人。妳至死不懷疑的人，像是奶奶、莎拉、費南多。」他掏出手機。

「莎拉已經知道我出發赴歐洲。我告訴她，我一安頓好就會讓她知道我在哪裡。」戴安娜對手機皺皺眉頭。「伊莎波仍被高伯特軟禁。她不能跟外界聯絡。」

「哦，奶奶自有辦法。」蓋洛加斯若無其事道，手指在鍵盤上移動得飛快。「我只要發個簡訊給她，告訴她我們要去哪兒。然後我會通知費南多。妳不能一個人做這件事，嬸娘。妳計畫的那種事絕不可能。」

「你很能接受這件事，蓋洛加斯。」戴安娜感激地說。「馬修會設法勸我放棄。」

「這就是妳愛錯人的報應。」他低聲說，把手機塞回口袋。

伊莎波・德・柯雷孟拿起她造型亮麗的紅色手機，看一眼亮起的顯示幕。她先記住時間——上午七點三十七分，然後閱讀簡訊。開始是同一個字重複三遍。

緊急

緊急

緊急

自從斐碧通知她，馬卡斯神祕而突兀地在深夜離去，與馬修會合開始，她就在等蓋洛加斯聯絡。伊莎波和蓋洛加斯很早就決定，一旦形勢如她孫子所言，發展成「梨型」⑸，他們必須維持一個互通消息的管道。千百年來，他們採用的系統變化很大，從烽火台、用洋蔥汁寫的密信、難以破解的密碼，乃至寄送一件不需解釋的信物。現在他們用的是手機。

伊莎波曾經對持有手機感到猶豫，但最近發生的幾件事使她很慶幸現在已取回了手機。她剛抵達歐里亞克時，高伯特沒收了她的手機，妄想她在沒有手機的處境下，會比較好控制。

幾星期前，高伯特把手機還給伊莎波。她被當作人質，不但令巫族志得意滿，也是合議會公開展示實力與影響力的機會。高伯特並不妄想他的犯人會透露絲毫有助於他們找到馬修的訊息。但他很感激伊莎波配合演出這齣戲。從來到高伯特家中開始，她一直表現得像個模範囚犯。他聲稱歸還手機是對她良好行為的獎勵，但伊莎波知道，其實主要是因為高伯特不知道如何關掉每天無分日夜響起的多次鬧鈴。

伊莎波喜歡紀念改變她世界的大小事件：中午前一刻，菲利普率領部下破門衝進她的囚室，她第一次看到希望的曙光；日出前兩小時，菲利普第一次承認愛她；午後三點，她在聖祿仙村建了一半的教堂裡找到馬修傷殘的身體；下午一點二十三分，馬修吸乾菲利普飽受痛苦摧殘的身軀最後的一滴血。其他鬧鈴聲記錄著猶夫與高弗雷的死，露依莎第一次出現血怒症狀、馬卡斯證實沒有感染血怒的時刻。她設定的鬧鈴也與歷史事件有關，例如伊莎波視為朋友的國王與王后的生日，她曾參與並獲勝的大小戰役，以及她雖然仔細規劃卻莫名其妙輸掉的各場戰爭。

鬧鈴無分日夜地響，每次都搭配一首精心挑選的不同歌曲。高伯特最討厭下午五點三十分以超大音量播出的〈馬賽曲〉——那正是一七八九年革命群眾衝進巴士底監獄大門的時刻。每首歌都是幫助記憶的工具，把可能隨光陰流逝的面孔和地點帶回眼前。

伊莎波讀完蓋洛加斯的簡訊。所有其他人看來，這就是一堆亂七八糟的船期表，空難求救訊號，以及提到影子、月亮、雙子座、天秤座及一大串經緯度的占星解說。伊莎波把簡訊讀了兩遍：第一遍是確定她的解讀正確，第二遍是背下蓋洛加斯的指示。然後她打出回應。

我來了

「恐怕我得離開了，高伯特。」伊莎波的語氣毫無憾意。她隔著仿冒哥德式風格的醜房間，望著坐在精雕細琢的桌子前面、盯著電腦的獄卒。桌子另一頭，有本大聖經擱在看書台上，兩旁點著白蠟燭，好像高伯特的工作空間是一座祭壇。伊莎波對這種裝腔作勢撇一下嘴唇，但它與室內的十九世紀笨重木頭家具倒還搭配，教堂長椅改的雙人沙發，庸俗的藍、綠二色壁紙上裝飾著騎士盾牌。整個房間唯一貨真價實的，就是那座碩大的石砌壁爐和它前面的一套大型棋具。

高伯特盯著電腦螢幕，敲下一個鍵盤。他發出一聲呻吟。

「如果你的電腦仍然有問題，尚呂克可以從聖祿仙村過來幫忙。」伊莎波道。

高伯特之所以雇用那位優秀的年輕人來裝設家用電腦網路，是因為伊莎波分享了兩則七塔餐桌閒談聽得的傳聞。一則是雷瑟尼・魏爾遜的見解，他認為網際網路將是未來的戰場；二則是馬卡斯計畫透過網路頻道，處理拉撒路騎士團大部分的金融業務。巴德文和哈米許已否決了她孫子的極端構想，但這一點沒必要讓高伯特知道。

---

(51) pear-shaped即扭曲的圓形，畫圓不成功，引伸為「失敗」。

為高伯特安裝他倉促購置的系統時，尚呂克曾數度打電話回辦公室諮詢。馬卡斯的好友雷瑟尼曾經在聖祿仙村開過一家小門市，幫助村民趕上時代，雖然他目前人在澳洲，但過去的員工求助於他較為豐富的經驗時，他都很樂意幫忙。這次雷瑟尼就帶著尚呂克，把高伯特要求的各種安全系統跑了一遍。

雷瑟尼還補充了若干他自己的修正。

結果就是伊莎波和雷瑟尼對歐里亞克的高伯特了解的程度，已遠超過她的夢想，她根本沒想要知道那麼多。最意想不到的是，一個人的網路購物行為習慣能透露多少他的人格與私人活動。

伊莎波特別叮嚀尚呂克，安排高伯特加入多種社群媒體服務，使這隻老吸血鬼忙得沒空來煩她。她真不懂為什麼這些公司的商標都選藍色。她一直認為藍色是個平靜、予人慰藉的顏色，但所有社群網站提供的卻是無止境的煽動與裝腔作勢。那比凡爾賽宮的朝廷還糟糕。不過回頭想想，伊莎波轉念忖道，路易十四也一直很喜歡藍色。

高伯特對他的虛擬新生活唯一的抱怨，就是沒法子使用「最高祭師」52這個代號。伊莎波告訴他，這樣可能還比較好，因為某些超自然生物可能會認為，使用這代號會觸犯盟約。

高伯特的一大不幸——伊莎波卻很歡喜——就是，網路成癮並不代表就此懂得以最好的方式利用它。高伯特常逛的網站使他的電腦病毒纏身。他又經常挑選過於複雜的密碼，結果就記不得自己到過哪些網站，又是如何找到它們的。這導致他不斷打電話給尚呂克求助，尚呂克也每次都把高伯特救出困境，並一直握有取得高伯特連網紀錄的最新資料。

高伯特沈迷網路，伊莎波就在他的城堡裡自由活動，東翻西找他的物品，並從這吸血鬼的許多本通訊錄中，抄下很多意想不到的情報。

給高伯特做人質是一種極具啟發性的生活。

「我要離開了。」伊莎波又說了一遍，高伯特終於把眼光從螢幕上移開。「沒理由再留我在這兒。合議會贏了。我剛接到家人傳來的消息，馬修和戴安娜已分開。我猜她承受的壓力太大，可憐的女孩。你一定很高興。」

「我還沒接到消息。那妳呢？」高伯特的表情充滿懷疑。「妳高興嗎？」

「當然。我一直蔑視女巫。」高伯特不需要知道伊莎波的觀念已完全改變了。

「唔。」他還是顯得很警戒。「馬修的女巫到麥迪森去了嗎？戴安娜・畢夏普若是離開妳兒子，應該會回她阿姨那兒去。」

「我相信她渴望回家。」伊莎波含糊其詞道。「這是人之常情，心碎了就想回到熟悉的環境。」

伊莎波覺得這是好現象，戴安娜決定回她曾經和馬修共同生活的地方。至於心碎嘛，身為一個大型吸血鬼家族宗主——再過不久馬修就是了——的配偶，需要很多排解痛苦和寂寞的途徑。伊莎波樂意跟媳婦分享她的祕訣，這孩子可比大多數吸血鬼預期的認真多了。

「我離開這件事，你需要向什麼人匯報嗎？多明尼可？或薩杜？」伊莎波裝出謹小慎微的模樣，問道。

「我說什麼，他們就照著做，伊莎波。」高伯特怒吼道。

一涉及自我意識，高伯特就很好操縱。幾乎每件事都扯得上自我意識，伊莎波藏起一個得意的奸笑。

「如果我放了妳，妳會回到七塔，待在那兒吧？」高伯特問。

「當然。」她立刻答道。

「伊莎波。」他吼道。

---

(52) Pontifex Maximus在前基督教的羅馬帝國，指古羅馬祭師團最高階的祭司。也是古羅馬宗教中最重要的職位。基督教得勢後，用pontifex（祭師）稱呼主教，教宗則被稱為「最高祭司」。歐里亞克的高伯特曾於九九九至一〇〇三年擔任教宗，法號希爾維斯特二世。

「從戰後不久開始，我就沒離開過柯雷孟的領地。」她帶著些許不耐煩說道。「除非合議會決定再把我抓起來關，否則我會留在柯雷孟領地。只有菲利普本人能說服我離開。」

「幸好就連菲利普・德・柯雷孟也不能命令我們離開墳墓。」高伯特道：「不過我相信他一定很想那麼做。」

你會大吃一驚，你這癩蝦蟆。伊莎波想道。

「很好，那麼，妳可以離開了。」高伯特嘆口氣。「不過拜託妳記住，我們在作戰，伊莎波。表面上要裝得像一點。」

「哦，我永遠不會忘記我們在作戰，高伯特。」伊莎波沈著的外表再也維持不住了，她生怕自己會拿起壁爐旁的生鐵撥火棒，做些富有創意的用途，便趕緊去找瑪泰。

她信賴的伴侶在樓下纖塵不染的廚房裡，捧著一本已翻得破破爛爛的《鍋匠 裁縫 士兵 間諜》和一杯熱騰騰冒煙的香料酒，坐在火爐邊。高伯特的廚子站在一旁的切肉板前，正在分解一隻給他主人當作早餐的兔子。牆上貼的台夫特磁磚53呈現一種格格不入的歡樂氣氛

「我們要回家了，瑪泰。」伊莎波道。

「終於。」瑪泰站起身，發出一聲呻吟。「我討厭歐里亞克。這裡的空氣不好。再見了，希敖。」

「再見，瑪泰。」希敖嘟囔一聲，繼續剁那隻不幸的兔子。

高伯特到前門跟她們告別。他親吻伊莎波兩邊的臉頰，這動作在一頭菲利普殺死的野豬頭監督下進行，它已做成標本，鑲進木框，掛在壁爐上方。「要我派恩佐送妳們一程嗎？」

「我想我們走路就好。」這樣她和瑪泰可以好好規劃一番。在高伯特屋簷下做了好幾個星期間諜，一時之間要擺脫過度謹慎的習慣，還真有點困難。

「有八十哩路。」高伯特提醒她。

「我們會在阿朗克停下來吃午餐。曾有大群野鹿在那一帶的森林裡漫遊。」其實她們不會走那麼遠，伊莎波已經發簡訊給亞倫，要他到米拉鎮外跟她們會合。亞倫開車送她們到柯雷孟─費杭，她們會在那兒坐上巴德文從地獄來的飛行器，前往倫敦。瑪泰最怕空中旅行，她覺得那違反自然，但她們不能讓戴安娜回去一棟冰冷的房子。伊莎波把尚呂克的名片塞到高伯特手中。「那就下回見嘍。」

伊莎波和瑪泰手挽著手，走進清冷的黎明。墮落天使堡的塔尖在她們身後不斷縮小，終於消失不見。

「我要設定一個新鬧鈴，瑪泰。上午七點三十七分，別讓我忘記。我覺得搭配〈亨利四世進行曲〉應該很合適。」伊莎波低聲道，她們的腳步快速向北移動，朝古代火山沈睡的峰巒前進，邁向她們的未來。

第二十四章

「這不可能是我的房子，勒納。」這棟磚造豪宅正面的寬度可以開五扇窗，樓高四層，外觀富麗堂皇，更不可思議的是它竟然坐落在倫敦最時髦的地段。但悔意卻牽動我的心情。高高的窗框漆成白色，襯著磚塊溫暖的色澤十分醒目，老式玻璃在正午陽光下閃閃發亮。我猜想室內一定光線充足。想必也很溫暖，因為它的煙囪不僅是例行的兩支，而是三支。而且光是前門上擦得雪亮的黃銅，就夠裝備一支小型鼓號樂隊。不知要有多麼顯赫的家世，才有資格擁有這麼一個家。

---

53 Delft是荷蘭一個城市，十七世紀由荷蘭東印度公司引進中國陶瓷，在此仿照生產，發展成著名的台夫特藍陶，有很多乍看與中國青花瓷類似的作品。

「我奉命來這兒，羅伊……呃……唔，戴安娜。」傑克的老朋友，也是胡巴德聲名狼藉的迷失男孩幫成員的勒納・蕭迪奇——跟著哈米許——到倫敦碼頭區市立機場的私人降落區接我。勒納把賓士車停好，扭過頭來，等候下一步指示。

「我擔保這是妳的房子，嬸娘。如果妳不喜歡，我們可以換一棟新的。不過房地產交易等進屋裡再談吧，拜託——不要坐在所有生物都看得見我的的大街上。去拿行李，小子。」蓋洛加斯鑽出前座，砰一聲把門關上。他對於不能親自開車載我們來梅費爾，還是很生氣。但我有過坐蓋洛加斯的車在倫敦轉來轉去的經驗，寧可換勒納試試。

我滿腹疑竇，又看了一眼那棟豪宅。

「別擔心，戴安娜。柯雷孟的房子內部裝潢遠不及外觀一半豪華。樓梯很占空間。而且一部分的牆面純粹是裝飾。」哈米許打開車門道。「話說回來，這棟房子確實滿豪華的。」

勒納從後車廂裡取出我的小皮箱和他迎接我們時手持的一塊手寫大招牌。勒納說他想把事情辦得周詳，所以招牌上用大寫字母寫著大大的柯雷孟字樣。後來哈米許告訴他，我們形跡要保密時，他又找了一支粗頭馬克筆，先在名字上畫條橫槓，然後在下方用更大更黑的字體，寫上羅伊登。

「你怎麼知道要找勒納？」哈米許扶我下車時，我問道。我在一五九一年見到勒納時，他跟一個取了阿門・角兒這麼個怪名字的男孩在一起。回想起來，這兩個小鬼頭只不過替胡巴德神父送口信，馬修卻朝他們扔了一把匕首。我無法想像我的丈夫會跟他們任何一個人保持聯絡。

「蓋洛加斯發簡訊給我他的電話。他說我們該盡可能多用自己人。」哈米許好奇地看著我。「我還不知道馬修經營私人租車公司。」

「那是馬修孫子的公司。」從機場來此途中，我大部分時間都盯著駕駛座後面口袋裡的宣傳小冊，上面大力推薦位於死狗溝街的胡巴德有限公司，「創立於一九一七年，始終以滿足倫敦最高檔的交通需求為榮。」

我還沒來得及進一步解釋，一個身材矮小、屁股寬大、一張臭臉看起來很熟悉的老婦人，已打開藍色的拱門。我驚訝地瞪大眼。

「今天好漂亮，瑪泰。」蓋洛加斯彎腰親她。然後他轉過身，從距離人行道幾級階梯的門口皺眉問道：「妳怎麼還站在路邊，嬸娘？」

「瑪泰怎麼會在這裡？」我喉嚨乾渴，發問的聲音沙啞。

「戴安娜來了嗎？」伊莎波銀鈴般的聲音打破了營營的市廛雜音。「瑪泰跟我當然是來幫忙的。」

蓋洛加斯吹聲口哨。「被強迫抓去當人質，對妳有益嘛，奶奶。從維多利亞女王加冕以來，妳好久沒這麼活潑亮麗了。」

「馬屁精。」伊莎波輕拍一下孫子的臉頰。然後她看著我驚呼：「戴安娜的臉色雪一樣白呀，瑪泰。快扶她進去，蓋洛加斯。馬上。」

「妳聽見了，嬸娘。」他道，將我一把提起，送到台階頂端。

伊莎波和瑪泰簇擁著我，穿過鋪著閃閃發亮、黑白二色大理石地板，寬敞通風的門廳，沿著一道極盡奢華的弧形樓梯往上走，我眼睛不禁越瞪越大。四層樓梯的頂端開了一個圓形天窗，引進陽光，把點綴的壁飾和線條照得清清楚楚。

從這兒，我被帶進一個安靜的會客室。窗上掛著精心壓出褶皺的真絲長窗簾，顏色跟乳白色的牆壁襯托得恰到好處。家具用灰藍、赤褐、乳白、黑等色彩來烘托灰，每件東西都帶著淡淡的肉桂與丁香氣息。處處看得出馬修的品味：一個小巧的星象儀，每根銅線都擦得發亮；一件日本瓷器；色彩溫暖的地毯。

「哈囉，戴安娜，我猜妳可能想喝茶。」斐碧·泰勒走上前，帶來紫丁香的香氣和銀器與陶瓷輕微碰撞的聲音。

「妳怎麼不待在七塔？」見到她，同樣令我意外。

「伊莎波說這兒需要我。」斐碧利落的黑高跟鞋，走在擦得雪亮的木直地板上喀喀作響。她把茶盤放在造型典雅的桌上，桌面亮得映出她的倒影，然後看著勒納。「對不起，但我想我們沒見過面。你要喝茶嗎？」

「我叫勒納‧蕭迪奇，夫─夫人，聽您吩咐。」勒納有點口吃。他僵硬地鞠個躬。「謝謝您。我很想喝點茶。加牛奶。四塊方糖。」

斐碧把熱騰騰的茶汁倒進一個杯子，卻只放了三塊方糖就遞給勒納。瑪泰輕哼一聲，一屁股坐在茶桌旁邊一張直背椅上，擺出老鷹的架式，顯然打算好好監督斐碧──以及勒納。

「吃太多糖壞牙齒，勒納。」我母性干預的習慣又發作了。

「吸血鬼不用擔心蛀牙。羅……呃……唔，戴安娜。」勒納的手抖得很厲害，有日式圖案的小巧杯盤撞得喀喀作響，害得斐碧臉色發白。

「那是契爾西瓷器，年代很久遠。這棟房子裡的每件東西都有資格放在維多利亞與亞伯特博物館裡展示。」斐碧遞給我另一組一模一樣的杯盤，邊上還放了一支精美的銀茶匙。「如果有任何一件被打破。我永遠都不會原諒自己。那是有錢也買不回來的。」

如果斐碧要按照原定計畫嫁給馬卡斯，就得適應成天生活在博物館級的珍品之中。

我啜飲一口滾燙、香甜的奶茶，舒暢地嘆口氣。一片寂靜。我再喝一口，打量一下房間。蓋洛加斯窩進一張安妮皇后式角落椅，伸開兩條肌肉發達的長腿。伊莎波女皇般坐在整個房間裝飾得最華麗的椅子上；那張椅子椅背很高，框架上貼滿銀葉片，椅墊用的是織錦緞。哈米許跟斐碧同坐一張桃花心木的雙人椅。勒納緊張地把屁股搭在茶桌旁一張餐椅的邊緣上。

他們在等候。因為馬修不在場，我們的朋友與家人在等我給他們指引。責任的重擔落在我肩上。確實很不舒服，正如馬修的預料。

「合議會什麼時候放妳離開，伊莎波？」我問，雖然喝了茶，我仍覺得口乾。

「妳抵達蘇格蘭後不久，我就跟高伯特達成一個協議。」她輕描淡寫地答道，但她的笑容讓我知道，事實並沒有這麼簡單。

「馬卡斯知道妳在這兒嗎，斐碧？」我有預感，他毫不知情。

「我給蘇富比公司的辭呈從星期一開始生效。他知道我要去清理辦公桌。」斐碧措辭很謹慎，但對於我的疑問，她含蓄地給了一個否定的答覆。馬卡斯還以為他的未婚妻待在防禦森嚴的法國古堡裡，而不是倫敦一戶門戶洞開的連棟住宅。

「辭呈？」我很訝異。

「我如果想回蘇富比工作，隨時有幾百年時間可以那麼做。」斐碧掃視一眼四周。「不過光是為柯雷孟家族財產編一個完整的目錄，就要花我幾輩子的時間。」

「所以妳還是決心成為一個吸血鬼？」我問。

斐碧點點頭。我很想坐下來跟她好好談談，勸她不要那麼做。萬一出了差錯，罪過就要由馬修承擔。問題是這家人難免會出錯。

「誰要把她造成吸血鬼？」勒納悄聲問蓋洛加斯。「胡神父嗎？」

「我覺得胡巴德神父的孩子夠多了。你說呢，勒納？」轉念想想，我該盡快查清楚總數是多少，其中又有多少巫族和魔族。

「我猜是吧，羅……呃……嗯——」

「對馬修宗主的配偶，正確的稱呼是『夫人』。從現在開始，你跟戴安娜說話就用這個頭銜。」伊莎波明快地說。「這樣情況會簡單一點。」

瑪泰和蓋洛加斯都轉頭望著伊莎波，兩人的表情都很吃驚。

「馬修宗主。」我低聲重複。截至目前，馬修的家人都稱他「老爺」。但一五九〇年被稱為「宗主」的，是菲利普。當時我問菲利普，該怎麼稱呼他，他只告訴我：「這兒的人都叫我『老爺』或『父親』。」讓我誤以為這頭銜不過是古法文的一種敬稱。現在我知道得更多了。稱呼馬修「宗主」——亦即吸血鬼之父——代表他是一個吸血鬼家族的領袖。

在伊莎波心目中，馬修的新門派已是既成事實。

「稱呼她什麼夫人？」勒納困惑地問。

「只稱呼夫人就好。」伊莎波平靜地回答。「你可以稱呼我伊莎波夫人。斐碧跟馬卡斯老爺結婚後，就是柯雷孟夫人。在那之前，你稱呼她斐碧小姐。」

「哦。」勒納專注的表情顯示他正在消化這些吸血鬼的禮節。

又一陣沈默。伊莎波站起身。

「瑪泰安排妳住森林室。就在馬修臥房隔壁。」她道。「如果妳已喝完茶，我就帶妳上樓。妳該休息幾小時，然後告訴我們妳需要什麼。」

「謝謝妳，伊莎波。」我把杯盤都放在手邊的小圓桌上。我的茶還沒喝完，但它的熱度很快就從脆薄的瓷器散發掉了。至於我的需要，該從哪兒說起呢？

伊莎波和我攜手穿過門廳，爬上優雅的樓梯，來到二樓，又繼續爬。

「妳在三樓有很好的隱私。」伊莎波解釋道。「那層樓只有兩間臥室，再加上馬修的書房和一個小起居室。現在房子屬於妳，當然妳也可以照自己高興重新布置。」

「那妳們其他人睡哪裡？」伊莎波已到達三樓的樓梯口，我問道。

「斐碧和我各有一個房間，在妳的樓上。瑪泰喜歡睡一樓的管家休息區。如果你嫌擠，斐碧和我可以搬到馬卡斯的房子。那在聖詹姆士宮附近，從前也是馬修的房子。」

「我覺得沒必要那麼做。」我想到這棟房子有多大，連忙說道。

「再說吧。妳的臥室到了。」伊莎波推開一扇鑲嵌板的寬敞房門，銅製把手閃閃發亮。我驚呼一聲。

房間裡的每件東西，若不是綠色、銀色、淺灰色，就是白色。手工繪製的壁紙在淺灰色背景上畫著樹枝與綠葉。月光以銀色烘托，天花板正中央嵌著一面明月似的鏡子，彷彿是所有光線的來源。一張似有若無的女性面孔，帶著祥和的微笑，從月鏡望下來。天花板分為四等份，每個區塊都有不同姿態的夜之女神尼克絲坐鎮，她的面紗迤邐飄拂，煙黑色的長巾畫得非常逼真，好像真正的薄紗。銀星糾纏在紗巾裡，輝映著窗外的陽光和鏡子的反光。

「我也覺得確實不同凡響。」伊莎波對我的反應很滿意，說道。「馬修本來想創造一種置身戶外，明月當空，站在森林裡的效果。但這間臥室裝潢好以後，他說它美得捨不得用，就搬到隔壁房間去。」

伊莎波走到窗前，把窗簾拉開。明亮的光線照出牆角一張有四根柱子和頂棚的古老床舖，這種擺法使體積龐大的床看起來略小一點。床上的帷幔都是絲綢，印著跟壁紙一樣的圖案。壁爐上還有一面大鏡子，納入壁紙上的樹影，重新投射到房間裡。鏡子也映出房間裡的家具：大窗戶中間擺著一座小梳妝台，爐前有張躺椅，胡桃木矮斗櫃上用貝殼與寶石鑲嵌的花朵與葉片。這個房間的裝潢與家具一定花了馬修一大筆錢。

我的目光落在一幅大畫上，畫中有個女魔法師坐在地上，繪製各種魔法符號。它掛在床對面的牆上，介於兩扇高窗之間。一個戴面紗的女人打斷了女魔法師的工作，她伸手向這女巫求助。這種題材的畫掛在吸血鬼家中，真是奇怪的選擇。

「從前有誰住這房間，伊莎波？」

「我覺得馬修是為妳設計的——只不過當初他不知道。」伊莎波拉開另一對窗簾。

「有別的女人在這兒睡過嗎？」我不可能在茱麗葉・杜昂使用過的房間裡休息。

「馬修把情人都帶到別的地方。」伊莎波的答覆同樣直截了當。看到我的臉色，她把聲音放柔和。「他有很多房子。大部分對他都沒有意義。有的只是少數。這是其中之一。如果不是他珍惜的東西，他不會當禮物送給妳。」

「我從來沒想到，跟他分開會這麼難。」我的聲音很微弱。

「在一個吸血鬼家族裡擔任族長的配偶，從來不是件容易的事。」伊莎波哀傷地微笑道。「有時候非得分離才能繼續廝守。這次馬修就是不得已才離開妳。」

「菲利普可曾強迫妳離開他？」我仔細打量我的婆婆，毫不掩飾我的好奇。

「當然。大多數時候是因為他不願意我讓他分心。但有時卻是防範大禍臨頭時——這種事發生在他家族身上的頻率特別高——把我牽扯進去。」她微笑道。「我丈夫知道我會忍不住介入，又擔心我的安全時，就會下令我離開。」

「所以馬修過分保護配偶的作風，是從菲利普那兒學來的嗎？」我想起他每次涉險都不准我參與，不禁問道。

「馬修早在成為吸血鬼之前，就已經無微不至地對待他心愛的女人了。」伊莎波溫柔地說：「這妳是知道的。」

「妳都服從菲利普的命令嗎？」

「不比妳服從馬修多。」伊莎波帶著同謀的神氣，壓低了聲音。「妳很快就會發現，馬修到別處去扮演一族之長，是妳自作主張最自由的時刻。妳甚至可能像我一樣，對短暫的離別充滿期待呢。」

「我懷疑。」我用拳頭頂著後腰，緩和那兒的痙攣，通常都是馬修替我這麼做。「我該把紐海文發生的一切告訴妳。」

「妳千萬不要對任何人解釋馬修的行動。」伊莎波嚴厲地說。「吸血鬼不喜歡講故事是有原因的。在我們的世界裡，知識就是力量。」

「妳是馬修的母親，我當然不需要瞞著妳任何祕密。」我回顧過去幾天來發生的事。「馬修發現了班哲明一個孩子的身分——又遇見一個他不知道的孫子。」在我們的生活種種光怪陸離的轉折之中，遇見傑克和他的父親絕對是件大事，況且我們現在就置身胡巴德神父管轄的城市。「那孩子名叫傑克・黑衣修士，一五九一年時，他住在我們家裡。」

「所以我兒子終於知道安卓・胡巴德是什麼人了。」伊莎波面無表情地道。

「妳早就知道了？」我喊道。

若在從前，伊莎波的微笑會讓我毛骨悚然，「妳還認為該對我完全坦白嗎，媳婦？」

馬修警告過我，我沒有能力領導一群吸血鬼。

「妳是一位宗主的配偶，戴安娜。妳一定要學會只把別人該知道的事告訴他們，一個字都不能多。」她訓誨我。

這是我學到的第一課，但該學的一定還很多。

「妳教我好嗎，伊莎波？」

「好。」她的回答雖然只有一個字，卻比長篇大論的宣誓更值得相信。「首先妳得小心，戴安娜。雖然妳是馬修的正式配偶，但妳也是柯雷孟家族的一員，你必須保持這個身分，直到自立門戶的事確定為止。妳身為菲利普的家人，對馬修是一重保護。」

「馬修說，一旦他們得知班哲明和血怒的事，合議會會嘗試殺死他——以及傑克。」我道。

「他們會嘗試，而我們不會讓他們成功。但目前妳必須休息。」伊莎波拉開床上的絲被，拍鬆枕頭。

我繞著那張龐大的床走了一圈，握住一根支撐頂罩的柱子。手指觸摸到的雕刻感覺很熟悉。我睡過這張床，我明白了，這不是別個女人的床，這是我的床。它原本放在我們一五九〇年在黑衣修士區住過的那棟房子裡，不知怎麼保存了這麼幾百年，最後來到這個馬修獻給月光與魔法的房間。

我低聲向伊莎波道謝，便把頭擱在柔軟的枕頭上，飄進紛亂的睡眠裡。

我睡了將近二十四小時，本來或許會睡得更久，只怪一輛汽車的警報器響聲大作，把我從夢中喚醒，來到一片帶綠色調的陌生黑暗中。這時外界的聲音才闖進我的意識：窗外街道上繁忙的車輛來往、屋裡某處有扇門關上、走廊裡有人壓低聲音快速交談。

我希望靠熱水的衝擊舒緩僵硬的肌肉，讓頭腦清醒，於是沿著白門外面的一串小房間逐個探索。我不但找到了淋浴間，還發現我的行李箱擱在一個為比它尺寸大很多的箱籠設計的摺疊架上。我從箱裡取出艾許摩爾七八二號的兩頁皮紙，以及我的手提電腦。我收拾的其他物品其實根本不夠用，只有一些內衣褲、幾件吊帶背心、已經不合身的瑜伽褲、一雙不成對的鞋子、黑色的孕婦褲，如此而已。好在馬修的衣櫃裡有很多燙好的襯衫。我把手臂和肩膀套進一件灰色細棉布襯衫，對顯然是通往他臥室的那扇緊閉的門避而不見。

我光著腳下樓，臂彎裡夾著電腦和裝著生命之書撕下的那兩頁的大信封。二樓幾個豪華的大房間都空著——有足夠重新裝潢凡爾賽宮的水晶和金漆、回音不絕的跳舞廳；有一台鋼琴和其他樂器的音樂室、一間似乎是特地為伊莎波裝潢的正式沙龍、一間擺著二十四人座、看起來連綿不盡的桃花心木餐桌、同樣正式的餐廳；一間滿是十八世紀書籍的書房；一間有好幾張綠絨布檯面牌桌，看起來好像從珍・奧斯汀小說裡搬出來的娛樂室。

我希望找個比較安適的空間，又下到一樓。起居室裡沒人，我到辦公室、會客室、晨間起居室逐一望，終於找到一間比樓上那間私密的餐廳。它位在房子後端，突出的圓窗眺望一座私家小花園。牆壁以油漆模仿砌磚圖案，製造出溫馨、歡迎的氣氛。仍然是桃花心木餐桌——這張是圓桌——周圍只有八把椅子。桌上整整齊齊砌了一堆古老的書籍。

斐碧走進房間，把裝著茶和吐司的托盤放在一個小邊櫃上。「瑪泰告訴我，妳隨時會起來。她說這是妳最先需要的東西，如果妳還餓，可以下樓去廚房裡享用蛋和香腸。我們照例不在樓上這兒吃東西。等食物端上樓，都冷得像石頭了。」

「這是什麼？」我指著桌面。

「妳要求哈米許買的書。」斐碧一邊解釋，一邊把一本略微歪斜的書扶正。「我們還在等另外幾本書。妳是歷史學家，所以我把它們照出版日期排列。希望這麼做沒問題。」

「但我星期四才提出要求的呀。」我驚奇地說。現在不過是星期天早晨。她的效率太好了吧？一張紙上以工整的女性筆跡寫著書名與日期——《諾亞方舟》，一六七五年——還有價格及書商的姓名和地址。

「伊莎波認識倫敦所有的古書商。」斐碧挑起嘴角，露出一個淘氣的笑容，可人的臉蛋因此變得格外美麗。「其實不足為奇。『價格無所謂』這句話，可以讓所有拍賣公司動員起來，不論時間多晚，甚至包括週末。」

我拿起另一本書——柯舍的《方尖碑研究》——翻開封面，馬修龍飛鳳舞的筆跡出現在扉頁上。

「我在這兒與匹克林廣場的書房裡先搜尋了一遍。好像沒必要花錢去買妳已經擁有的東西。」斐碧解釋道：「馬修讀書的品味很廣。匹克林廣場有《失樂園》初版，樓上有富蘭克林簽名的《窮理查年鑑》初版。」

「匹克林廣場？」我情不自禁伸出手指，沿著馬修的簽名描繪。

「那是馬卡斯在聖詹姆士宮旁邊的房子。據我所知，那是馬修的禮物。他興建柯雷孟宅之前，就住在那兒。」斐碧話畢，又嘟起小嘴道：「或許馬卡斯對政治很感興趣，但我覺得大憲章㊹和美國獨立宣言的一份原始版本㊺，由私人收藏並不恰當。相信妳也同意我的觀點。」

我的手指離開紙面。馬修的簽名變為空白，他的面孔出現在原本簽名位置上方，但一會兒便消失了。斐碧瞪大了眼睛。

「對不起。」我釋出墨水，讓它回到紙上。它在書上盤旋，重新組成我丈夫的簽名。「我不該在溫血人面前使用魔法。」

「可是妳沒說一個字，也沒有畫符咒。」斐碧一臉困惑。

「有些女巫不靠咒語也能作法。」我想起伊莎波的話，盡可能縮短我的解釋。

「哦。」她點點頭。「關於超自然生物，我該學的還很多。」

「我也一樣。」我親熱地對她微笑，斐碧回報我一個沒什麼把握的笑容。

「我猜妳是對柯舍的圖像有興趣吧？」斐碧問道，小心地翻開另一本厚重的書。那是柯舍有關磁力的研究《磁學原理》。雕刻的封面上有一棵很高的樹，寬大的枝椏上結著知識之果。這些果實用鍊子連結在一起，表示它們受共同的約束。正中間刻著上帝的神聖之眼，從原型與真理的永恆世界向外看。樹的枝葉與果實之間穿插一條絲帶。上面寫著拉丁文的格言Omnia nodis arcanis connexa quiescunt。翻譯格言是件棘手的事，因為文義往往可以做多種解釋，蓄意費人疑猜，但大多數學者都同意，這句話的主題就是肉眼看不見的磁力，柯舍認為它是統一世界的力量：「看似靜息的萬物，祕密的連結已存在。」

「他們暗中勾結，默默等待。」斐碧喃喃道。「『他們』是誰？等待什麼？」

對柯舍的磁場理論觀念一無所知的斐碧，對這段銘文做出全然不同的解讀。

「為什麼這四個圓盤比較大？」她指著這一頁中央，又問道。三個圓盤排列成三角形，圍繞著中間一個圓盤，而這個圓盤裡有一隻凝視的眼睛。

「我不確定。」我閱讀圖案旁邊的拉丁文說明，卻只好坦承。「那隻眼睛代表原始類型的世界。」

「哦。萬物的起源。」斐碧更仔細地觀察那圖案。

「妳說什麼？」我自己的第三隻眼忽然張開，對斐碧的話發生興趣。

「原始類型就是最初的型態。瞧，分別是塵世、天堂、人。」她一個一個指點環繞在眼睛原型外面的三個圓盤。「它們都銜接到原型的世界——它們的起源——又彼此銜接。不過，那句格言暗示我們要把鎖鍊看作連結。我不確定這是否有意義。」

「啊，我覺得有意義。」我低聲道，越發確定阿塔納斯・柯舍和藏龍別墅的拍賣，乃是愛德華・凱利去到布拉格乃至找回失落的最後一頁書，一連串事故中的重要環節。阿塔納斯神父顯然透過某種管道，接觸到超自然生物的世界，或者他自己就是其中之一。

「當然，生命之樹本身就是強大的原型，」斐碧思索道：「它也可以用來描述造物世界各部分之間的關係。研究族譜的專家用樹枝圖形表示世代傳承，是有道理的。」

家裡有位藝術史學家帶來意想不到的好處——不論以學術研究或平時聊天為出發點。終於有人可以跟我聊聊神祕難解的意象了。

「妳已經知道，知識之樹在科學意象中是多麼重要。但它們不見得都能表達得這麼清楚。」斐碧帶著憾意說。「大多數只畫成簡單的枝狀圖形，例如達爾文《物種原始》裡的那棵生命之樹。那是整本書裡

---

54 **Magna Carta**主要指英格蘭國王約翰在一二一五年簽字同意的法律文件，其內容要求王室保障教會權力，尊重司法程序，並同意王權應受法律的節制等。這份文件被視為英國建立憲政此一漫長過程的開端，深受重視。但因約翰的子孫後來曾對大憲章做過數次刪改、重新頒布等等，所以實際上有好幾個不同版本。

55 美國獨立宣言在起草、謄清、審閱與簽署的過程中出現的多個版本，目前幾乎都由國家級博物館收藏。簽署完成後，為張貼與宣讀，公告周知之用，大陸議會還製作了更多個複寫與印刷的版本，一旦流入歷史文物市場，都索價不非。

唯一的圖畫。真可惜達爾文沒想到要像柯舍一樣雇用一位高明的畫家——有能力畫出真正了不起作品的人。」

一直默默等在我周圍的那些打結的線，開始奏出樂聲。我錯失了某種東西。某個強大的連結，近在幾乎伸手就能抓到的地方，只要……

「大家到哪兒去了？」哈米許探頭進來問。

「早安，哈米許。」斐碧親切地微笑道。「勒納去接莎拉和費南多。其他人都在家。」

「哈囉，哈米許。」蓋洛加斯從花園向窗裡揮手。「睡了一覺，好點了嗎，嬸娘？」

「好多了，謝謝你。」但我的注意力集中在哈米許身上。

「他還沒打電話來。」哈米許溫和地回答我默默發出的疑問。

我並不訝異。儘管如此，我還是低頭看我的新書，掩飾心裡的失望。

「早安，戴安娜。哈囉，哈米許。」伊莎波滑進房裡，把臉頰湊到那個魔族面前。他乖乖地親一下。「斐碧找到妳要的書了嗎，戴安娜，要她繼續找嗎？」

「斐碧做得太好了——而且速度又快。不過我恐怕還需要她幫忙。」

「好啊，這就是我們來這兒的目的。」伊莎波招呼她孫子進屋裡來，定睛注視著我。「妳的茶涼了。瑪泰會送新的茶來，然後妳可以告訴我們該做什麼事。」

瑪泰盡責地現身（這次送來的是不含咖啡因的薄荷茶，不是斐碧泡的那種濃濃的紅茶），蓋洛加斯也加入我們後，我取出艾許摩爾七八二號那兩頁，哈米許吹了聲口哨。

「這兩幅描金插畫是十六世紀從生命之書撕下的——那份手抄本現在叫作艾許摩爾七八二號。還有一頁沒找到：畫的是一棵樹。看起來有點像這幅。」我拿柯舍講磁力的那本書的封面給他們看。「我們必須搶在其他人之前找到它，這包括諾克斯、班哲明及合議會。」

「他們為什麼那麼想要生命之書？」斐碧的欖色眼珠精明又坦率。我不知道她一旦變成柯雷孟家的一員，而且成為吸血鬼後，是否還會有這樣的眼神。

「我們都不清楚。」我承認。「那是一本魔法書？講述我們來源的故事？某種紀錄？我兩度有機會把它拿在手中：一次是在牛津大學的博德利圖書館，它已遭到損毀，另一次是在魯道夫皇帝的藏寶庫，當時它還完整無缺。但我仍然不明白為什麼有那麼多超自然生物要找這本書。我唯一確定的是，生命之書充滿力量──力量與祕密。」

「所以巫族和血族一心想得到它。」哈米許面無表情道。

「魔族也一樣，哈米許。」我道：「去問雷瑟尼的母親艾嘉莎・魏爾遜。她也想要這本書。」

「妳在哪裡找到這第二頁？」他摸一下那幅龍的圖畫。

「有人把它送到紐海文。」

「誰？」哈米許追問。

「安卓・胡巴德。」聽了伊莎波的警告，我不知道該透露多少。但哈米許是我們的律師，我不能對他保密。「他是個吸血鬼。」

「哦，我知道安卓・胡巴德是什麼人──還有他的身分──畢竟我是個在他的城市工作的魔族。」哈米許笑道。「但我很驚訝馬修會容許他接近。他瞧不起那個人。」

要我解釋情況發生了多大的改變，原因何在，也沒什麼不可以，但傑克・黑衣修士的故事該由馬修來說。

「失落的那幅樹的插圖，跟阿塔納斯・柯舍有什麼關係呢？」斐碧把我們的注意力轉回正題。

「我在紐海文的時候，我的同事露西・梅利維澤幫我查到生命之書可能的遭遇。魯道夫收藏的神祕手抄本，有一份落到柯舍手中。我們認為那幅樹的插圖可能夾在哪本書裡。」我指著《磁學原理》的封面說。「光是看到這幅畫，我就覺得更有把握，柯舍一定看過那幅畫。」

「妳不能直接翻閱柯舍的書籍和文件嗎？」哈米許問道。

「我能。」我微笑道：「只要能找到那些書籍和文件。柯舍的私人收藏都送到一個古老的教皇寓所保存——義大利的藏龍別墅。二十世紀初，耶穌會為了籌措經費，開始悄悄出售一部分書籍。露西和我認為，他們在那時就把那頁書給賣掉了。」

「如果是這樣，出售應該有留下紀錄。」斐碧沈思道。「妳有沒有跟耶穌會聯絡？」

「有的。」我點頭道。「他們沒有紀錄——或者雖然有，卻不願給外人看。露西也寫過信給各大拍賣公司。」

「嗯，這麼做恐怕不會有多大進展。拍賣資料是不公開的。」斐碧道。

「人家也這麼告訴我們。」我遲疑了一下，剛好足夠促使斐碧主動提供我不敢啟齒的協助。

「我今天來發一封電子郵件給席薇亞，告訴她我明天不能照原定計畫去清理辦公桌。」斐碧道。「我不能無限期拖延蘇富比，但我可以透過其他來源調查，如果用提問的方式正確詢問，某些人說不定也會願意跟我談。」

我還來不及回應，門鈴就響了。停頓一下，它再度響起。然後又響。到了第四次，它開始響個不停，好像訪客再也不肯把手指從門鈴上移開。

「戴安娜！」一個熟悉的聲音喊道。門鈴變成了敲門聲。

「莎拉！」我站起身叫道。

新鮮的十月微風吹進屋裡，帶來硫磺與番紅花的氣味。我快步衝進大廳。莎拉就在那兒，她臉色蒼白，滿頭紅髮亂糟糟捲繞在肩頭。費南多站在她背後，提著兩口大行李箱，但箱子在他手中，似乎加起來的重量不會超過一封普通信函。

莎拉眼眶發紅，一看到我，她手中塔比塔的貓籠就啪一聲落在大理石地板上。她張開手臂，我撲了進去。小時候每當我覺得孤單害怕，總是艾姆給我安慰，但現在我只想要莎拉。

「一切都會解決的，親愛的。」她緊緊抱住我，柔聲道。

「我剛跟胡爸談過，他要我絕對服從妳的指揮，太太……呃，夫人。」勒納興高采烈從莎拉和我身旁擠過，鑽進屋子。他還俏皮地向我敬個禮。

「安卓還有說別的嗎？」我離開阿姨的懷抱，問道。說不定胡巴德會透露傑克——或馬修——的消息。

「我想想。」勒納捏著自己長鼻子的鼻尖。「胡爸說一定要讓妳知道倫敦從哪兒開始，在哪兒結束，如果遇到麻煩，直接去聖保羅大教堂，立刻就會得到援助。」

熱烈的拍打聲，代表費南多和蓋洛加斯見到面了。

「沒遇到困難？」蓋洛加斯低聲問。

「沒，只不過我得說服莎拉，不要為了偷吸一根煙而廢掉頭等艙廁所裡的煙霧警報器。」費南多溫和地說。「下次她要搭國際航班，還是出動柯雷孟的私家飛機吧。我們可以等。」

「謝謝你這麼快把她送來，費南多。」我滿臉感激的笑容說道。「你一定希望不曾認識我和莎拉。畢夏普家的人好像總是害你跟柯雷孟家的麻煩更加糾纏不清。」

「正好相反，」他柔聲道：「妳們幫我擺脫了他們。」費南多放下行李，在我面前跪下，令我大吃一驚。

「快起來，拜託。」我試著拉他起身。

「我上次在一個女人面前雙膝落地，是因為我丟了一艘卡斯提爾的伊莎貝拉㊻的船。她的兩名護衛拿

㊻ Isabella of Castile（1451-1504），從一四七四年成為卡斯提爾女王，與丈夫斐迪南二世逐走佔據伊比利半島、信奉伊斯蘭教的摩爾人，完成「收復失地」大業，亦曾贊助哥倫布的航海探險計畫。

劍比著我，逼我下跪，求她寬赦。」費南多諷刺地挑起嘴角。「但這一次我是自願這麼做，等我辦完正事，自然就會起來。」

瑪泰走過來，看到費南多擺出這麼卑屈的姿勢，嚇了一大跳。

「我沒有親戚。我的創造者已去世。我的配偶也已去世。我沒有自己的孩子。」費南多握緊拳頭，向自己的手腕咬下。鮮血從傷口湧出，沿著手臂滴落到黑白兩色的地板上。「我獻出自己的血肉軀體，為妳家族的榮譽服務。」

「我的天啊。」勒納驚呼。「胡爸不是這種搞法。」我曾目睹安卓・胡巴德帶領超自然生物加入他家族的儀式，雖然形式不一樣，但兩場儀式的氣氛與目標並無二致。

再一次，屋子裡所有的人都在等我回應。或許有必要遵守一些規則或先例，但當下我一點也不在乎。我直接握住費南多鮮血淋漓的手。

「謝謝你對馬修有信心。」我簡單地說。

「我一直對他有信心。」費南多抬起頭，用鋒利的眼神看著我。「現在這時刻，馬修必須對自己有信心。」

第二十五章

「找到了。」斐碧把列印出來的電子郵件送到我面前，放在那張格列高里式書桌的皮革桌面上。她忘了先敲門的禮節這件事，讓我知道這件事一定很值得興奮。

「這麼快？」我驚訝地看著她。

「我告訴我的前任主管，我在幫德・柯雷孟家族找一樣東西——一幅阿塔納斯・柯舍畫的樹。」斐碧掃視一眼這個房間，放在台座上的黑色描金五斗櫃、椅子上雕刻的竹節造型、窗前貴妃椅上散落的幾個彩色真絲抱枕，在在吸引了她鑑賞家的眼光。她盯著牆上看，喃喃叨念尚・皮耶蒙這名字，以及「不可能」、「無價之寶」、「博物館」等字眼。

「但生命之書那幅插圖不是柯舍的作品。」我皺著眉頭拿起那封電子郵件。「而且那不是一幅畫，是手抄本裡撕下的一頁。」

「找到作者與出處是賣到好價格的要素。」斐碧解釋道：「把那幅圖畫跟柯舍連接在一起，會大大提升它的吸引力。如果那頁羊皮紙的邊緣切割得很乾淨，也看不見文字，就可以當作一件獨立作品，定更高的價格。」

我很快看完那封郵件。它先簡短地提及斐碧辭職與結婚之事，但接下來的字句立刻引起我注意：

我找到了「一度在羅馬的阿塔納斯・柯舍博物館展示的〈生命之樹的寓言〉」的買賣紀錄。這會不會就是德・柯雷孟家族尋找的物件？

「誰買走了？」我低聲道，幾乎不敢呼吸。

「席薇亞不肯告訴我。」斐碧指著郵件的最後一行說。「這是最近的交易，細節不能對外透露。不過她講了售價：一千六百五十英鎊。」

「這麼便宜？」我驚呼。斐碧幫我買的書，大都遠超過這個價格。

「可能柯舍的作者身分不夠確切，無法說服買家出更多錢。」她說。

「真的查不出買家身分嗎？」我開始幻想，或許能用魔法取得更多情報。

「蘇富比真的不能透露客戶的祕密。」斐碧搖頭道。「試想如果伊莎波的隱私遭受侵犯，她會有什麼反應？」

「妳找我嗎，斐碧？」我的計畫還正在萌芽，我的婆婆已在拱形的門口現身。

「斐碧剛剛發現蘇富比最近售出一幅很像是我要找的畫。」我向伊莎波解釋。「但他們不肯告訴我們誰買了它。」

「我知道銷售紀錄放在哪裡。」斐碧道：「我回蘇富比歸還鑰匙的時候，可以去瞄一眼。」

「不，斐碧。這太冒險了。如果妳能告訴我那些紀錄確切的位置，我說不定有辦法拿到。」結合我的魔法和胡巴德手下的小偷與迷途男孩，應該辦得到。但我婆婆另有一套想法。

「伊莎波・德・柯雷孟找沙騰爵士。」清亮的聲音撞上挑高的天花板傳來回音。

斐碧顯得震驚。「妳不能直接打電話給蘇富比董事，希望他聽命行事。」

顯然伊莎波能——而且也做到了。

「查爾斯，太久沒見了。」伊莎波靠在椅子上，把玩珍珠項鍊。「你好忙，我只好靠馬修通消息。他幫你安排的那筆二胎貸款——有沒有達成你本來的願望？」

伊莎波發出低柔、鼓勵、感興趣的聲音，肯定對方的聰明靈巧。如果要描述她的言行，我大概會用小貓咪來形容——不過這隻小貓咪可是幼兒期的孟加拉虎。

「哦，我好高興呀，查爾斯。馬修確信這會成功的。」伊莎波用一根纖巧的手指輕撫嘴唇。「我這兒有點小狀況，不知道你能不能幫忙。馬卡斯快要結婚了，你瞧——對象是你的員工。就是今年一月，馬卡斯替我去拿承蒙你幫我買到的迷你畫像時，他們認識了。」

雖然聽不見沙騰爵士回答的字句，卻聽得出他聲音裡熱絡而得意的嗯哼聲。

「作媒是種藝術啊。」伊莎波的笑聲像水晶般清脆。「你真是足智多謀，查爾斯。馬卡斯想幫斐碧買一件特別的禮物，他記得很久以前看過的東西——一幅家譜樹的畫。」

我瞪大眼睛。「噓！」我揮手道：「不是家譜樹。是——」

伊莎波揮手制止我發話，電話另一端的低語聲變得更熱切。

「我相信席薇亞有辦法透過最近的一筆交易，追蹤到這件物品。但她實在太謹慎了，不願意告訴我買家的身分。」伊莎波點著頭，聽了好幾分鐘歉意的回應。然後小貓縱身撲噬。「你替我去跟買家聯絡，查爾斯。我不忍心我孫子在這麼快樂的時刻面對失望。」

沙騰爵士再也說不出話來。

「德・柯雷孟家族跟蘇富比維持這麼長期而愉快的來往。要不是遇見撒繆爾・貝克⑰，馬修的塔一定會被他的書壓垮。」

「我的天。」斐碧張口結舌。

「你也把馬修阿姆斯特丹的房子做了一次大清理。我一直不喜歡那個人和他的畫。你知道我說的是誰。叫什麼名字來著？就是那個所有的畫作都好像沒畫完似的？」

「弗蘭斯・哈爾斯⑱。」斐碧瞪大眼睛道。

「弗蘭斯・哈爾斯。」伊莎波讚許地對準媳婦點點頭。「現在你一定得跟我協力說服他，放棄樓上小客廳壁爐上掛的那幅愁眉苦臉的牧師肖像。」

斐碧低低發出一聲慘叫。我猜她規劃中的編目之旅一定會把阿姆斯特丹包括在內。

沙騰爵士支支吾吾表示肯定，但伊莎波不放過他。

---

⑰ Samuel Baker，蘇富比公司創辦人之一。

⑱ Frans Hals（1582-1666），荷蘭畫家。

「我完全信任你，查爾斯。」她打斷他——雖然大家都很清楚，沙騰爵士尤其不在話下，實際上完全不是這麼回事。「我們明天喝咖啡的時候再詳談。」

現在輪到沙騰爵士慘叫。接著是一長串的解釋和辯護。

「你不需要到法國。我現在在倫敦。離你龐德街的辦公室很近，說真的。」伊莎波用指尖輕點自己的臉頰。「十一點？好。替我問候亨麗葉妲。明天見。」

她掛掉電話。「什麼事？」她對著我和斐碧看來看去，問道。

「妳剛用那麼強硬的手段對付沙騰爵士！」斐碧喊道。「妳還跟我說，要多運用外交手腕。」

「外交手腕，沒錯。太複雜的計畫，大可不必。簡單是最上策。」伊莎波露出母老虎的微笑。「查爾斯欠了馬修很多。斐碧，早晚也會有很多超自然生物欠妳人情。然後妳就會明白，多麼輕易就能實現妳的慾望。」伊莎波犀利地看著我：「妳臉色蒼白，戴安娜。生命之書失去的三頁很快就能收集齊全，妳不高興嗎？」

「高興。」我道。

「那還有什麼問題？」伊莎波挑起眉毛。

問題？一旦拿到那三頁，我就再也沒有藉口，一定得從博德利圖書館偷出那份手抄本。我即將成為一個偷書賊。

「沒問題。」我有氣無力道。

在這間名副其實的中國室裡，我又坐回書桌前，再次端詳柯舍的雕刻，努力不去想斐碧和伊莎波找到最後一頁失落的書後，會發生什麼事。我想在柯舍龐大的作品中，把所有樹的版畫找出來，卻無法集中注意力，只好起身走到窗前。下面的街道很安靜，人行道上只偶爾出現帶著小孩的家長，或手持地圖的觀光客。

馬修總能用一段歌曲、一則笑話或(更好的)一個吻,讓我擺脫煩惱。我尋求親近他的感覺,便沿著三樓空蕩蕩的走廊,悄悄向他的書房走去。我的手懸在把手上方,遲疑了一會兒,還是轉開門,走了進去。

一陣丁香與肉桂的氣味迎面撲來。過去十二個月,馬修都不可能到過這兒,但正因為他不在——加上我懷孕——我對他的氣味更敏感。

不論設計我那間華麗臥室,或我坐了一上午的那間小客廳的裝潢師是何方神聖,都沒被容許侵入這個房間。這個房間非常男性化,沒有繁瑣的細節,牆上只有書架和窗戶。木架上擺著精美的球體——一個是天體,一個是地球,一旦遇到天文或地理方面的疑問,就可以立刻參考。幾張小書桌上散置各種來自大自然的珍玩。我以順時鐘方向繞房間行走,好像要編織一個符咒,帶馬修回來,只偶爾停下來翻閱一本書,或轉一下天體球。我在前所未見最古怪的椅子旁停留最久,它弧度很深的高椅背上,裝了一個包覆真皮面的讀書架,座位的形狀很像一個馬鞍。坐這把椅子唯一的方式就是跨座,就像蓋洛加斯每次把餐椅翻轉過來的坐法。騎坐這把椅子的人,面對讀書架上的書或使用紙筆,高度都恰到好處。我伸腿跨過有襯墊的椅子,試用一下。它真是意想不到的舒適,我想像馬修坐在這兒,在窗裡透進來充足的光線下,一連閱讀好幾個小時。

我下了椅子,轉過身。壁爐上的畫讓我發出一聲驚呼:是菲利普和伊莎波真人尺寸的畫像。

馬修的父母穿著十八世紀中葉的華貴衣飾,以時尚而言,那是個愉快的年代,女裝還不像鳥籠,男裝也剛擺脫前一個世紀的長鬈髮和高跟鞋。我的手指蠢蠢欲動,想觸摸畫的表面,只覺會碰到絲綢與花邊,而不是帆布。

這幅畫最令人注目的一點,不在於畫得生動逼真(雖然一眼就會認出伊莎波),而在於畫家捕捉到菲利普和他妻子之間的關係。

菲利普面對觀畫者，身穿乳白和藍色的真絲套裝，他寬闊的肩膀與畫面垂直，右手伸向伊莎波，好像要引見她。他唇上帶著微笑，淡淡的柔情與他臉上嚴厲的線條和腰帶上的長劍形成對比。雖然從菲利普的姿勢推斷，他應該要正視我的眼睛，事實上卻不然。他向旁邊望去，目光投注在伊莎波身上。似乎什麼也不能分散他凝聚在心愛的女人身上的專注力。伊莎波只有四分之三在畫裡，一手輕輕搭在丈夫的手指上，另一手抓著乳白與金色真絲長裙的褶縫，好像正要走上前一步，更靠近菲利普。但伊莎波沒有看她的丈夫，反而大膽地瞪著觀畫者，嘴唇微啟，好像在這麼一個私密的時刻受到打擾，感到驚訝似的。

我聽見背後傳來腳步聲，覺得被女巫目光觸及的刺痛。

「那是馬修的父親嗎？」莎拉站在我肩後，抬頭看著那幅巨大的畫，問道。

「是的。畫得非常逼真。」我點頭道。

「我猜也是，因為畫家完全抓住了伊莎波的神韻。」莎拉的注意力轉到我身上。「妳看起來不大好，戴安娜。」

「不奇怪，不是嗎？」我道。「馬修在外面，試圖組合一個家族。他可能因此送命，而且是我要求他那麼做的。」

「即使是妳，也不能要求馬修做他不願意做的事。」莎拉坦率地說。

「妳不知道紐海文發生了什麼事，莎拉。馬修發現他有個他不知道的孫子——班哲明的兒子——還有個曾孫。」

「費南多已告訴我安卓・胡巴德、傑克，以及血怒的事。」莎拉答道。「他還告訴我，巴德文命令馬修殺掉那孩子——但妳不准他那麼做。」

我抬頭看著菲利普，但願我能了解他為何指定馬修擔任德・柯雷孟家族的劊子手。「傑克就像我們的孩子，莎拉。如果馬修能下手殺了傑克，還有什麼能阻止他殺死雙胞胎——萬一他們也有血怒？」

「巴德文絕對不會要求馬修殺他自己的骨肉。」莎拉道。

「會的。」我悲傷地說：「他會的。」

「那麼聽起來，馬修做的就是他非做不可的事了。」她堅決地說。「妳也該完成自己的工作。」

「我是在做啊。」我的口氣聽起來像自衛。「我的工作是找到生命之書失落的書頁，然後把它們裝訂回去，這樣我們能靠那本書討價還價——對付巴德文、班哲明，甚至合議會。」

「妳還要照顧雙胞胎。」莎拉指出。「一個人跑到這兒來胡思亂想，對妳——或他們——沒有任何好處。」

「這一刻，妳怎敢拿孩子來壓我。」憤怒使我口氣冰冷。「我已經努力不去恨自己的孩子——還不提傑克。」這既不公平，也不合邏輯，但我就是把我們的分離怪到他們頭上，雖然一切始於我的堅持。

「我也恨過妳一段時間。」莎拉的口氣很實際。「要不是因為妳，芮碧嘉就還活著。至少我這麼告訴自己。」

她的話並不意外。孩子總知道大人在想什麼。艾姆從沒有讓我覺得，我父母之所以會死，都是我的錯。但她當然知道他們的計畫——也知道原因。莎拉卻是另一回事。

「後來我克服了。」莎拉低聲繼續道。「妳也會的。有朝一日，妳看著雙胞胎，就會發現馬修在那兒，從一個八歲小孩的眼睛裡盯著妳看。」

「少了馬修，我的人生就沒有意義。」我道。

「他不是妳的全世界，戴安娜。」

「他已經是了。」我悄聲道。「如果能成功脫離德・柯雷孟家族，他會需要我在他身旁，就像伊莎波守候菲利普一樣。但我永遠不能做得像她一樣好。」

「放屁。」莎拉雙手扠腰。「如果妳以為馬修希望妳像他母親，妳一定瘋了。」

「那是因為妳不了解吸血鬼。」這句話出自一個女巫之口，似乎沒什麼說服力。

「啊，我現在知道問題在哪裡了。」莎拉瞇起眼睛。「艾姆說妳回到我們身邊時，會變得不一樣——變得完整。但妳仍然不願意做自己。」她對我伸出一根控訴的手指。「妳又想整個兒變成吸血鬼。」

「別說了，莎拉。」

「如果馬修要一個吸血鬼新娘，還怕挑不到中意的嗎？他媽的，去年十月在麥迪森，他就可以把妳變成一隻吸血鬼。」她道：「妳已經心甘情願把所有的血給他了。」

「馬修不肯改變我。」我道。

「我知道。你們離開的那天早晨，他已經對我承諾這件事。」莎拉用匕首般鋒利的眼光瞪著我。「馬修不介意妳是女巫。妳介意什麼。」見我不回答，她一把拉起我的手。

「妳要帶我去哪裡？」阿姨拖著我下樓時，我問。

「出去。」莎拉在門廳裡，對著一群正在竊竊私語的吸血鬼停下腳步。「戴安娜需要記住她是什麼人。你也來，蓋洛加斯。」

「好～～吧。」蓋洛加斯把音節拖得老長，有點不安地回應。「要去很遠的地方嗎？」

「我他媽的怎麼會知道？」莎拉頂回去。「這是我第一次來倫敦。我們要去戴安娜的老家——她在伊麗莎白時代跟馬修住過的那棟房子。」

「那棟房子不在了——倫敦大火時燒掉了59。」我想逃。

「我們還是要去。」

「唉，天哪。」蓋洛加斯把一串汽車鑰匙扔給勒納。「去開車，小勒。我們趁星期天去兜個風。」勒納咧嘴笑道：「就去。」

「那孩子為什麼總在這兒晃來晃去？」莎拉看著那名又高又瘦的吸血鬼向屋後跑去，問道。

「他是安卓的人。」我解釋道。

「換言之，他是妳的人。」她點一下頭。我愣住了。「啊，沒錯。我知道吸血鬼所有瘋狂的規矩。」顯然費南多不像馬修或伊莎波，很樂意講吸血鬼的故事給她聽。

輪胎吱一聲，勒納已把車停在前門。一眨眼工夫，他就跳下車，打開後門。「去哪兒，夫人？」我楞了一下，特地多看他一眼。這是勒納第一次稱呼我時舌頭沒打結。

「戴安娜的老家，小勒。」莎拉答道。「她真正的家，不是這棟裝潢過度用來養蚊子的所在。」

「對不起，但那棟房子沒有了，小姐。」勒納滿臉愧色，好像倫敦發生大火是他的錯。但以勒納的本性，這絕對是可能的。

「吸血鬼難道沒有想像力嗎？」莎拉尖酸刻薄地說。「那就送我們去房子的原址。」

「哦。」勒納瞪大眼，看著蓋洛加斯。

蓋洛加斯聳聳肩膀，「你聽女士吩咐就是了。」我的姪子說道。

我們火箭似的穿過倫敦，往東駛去。過了聖殿門，開上艦隊街，勒納轉往南方，朝河邊開去。

「不是這條路。」我道。

「單行道，夫人。」他道。「妳上次來過以後，發生了一些變化。」他在黑衣修士車站前面，向左來了個大轉彎。我伸手抓住門把，正打算下車，卻聽見兒童鎖喀一聲鎖上。

「別下車，嬸娘。」蓋洛加斯道。

勒納把方向盤向左又轉了一大圈，我們顛簸上了石板鋪的粗糙路面。

---

59 一六六六年倫敦發生大火，從九月二日燒到九月五日，老城區、西敏寺區、貧民區幾乎全毀。

「黑衣修士巷。」我念出飛快經過的路牌。我搖晃把手。「放我出去。」

車猛然停下，擋住一個載貨碼頭的入口。

「妳的房子，夫人。」勒納指著我們旁邊一座紅色與乳白色的磚造辦公大樓，口氣活像個導遊。「在這一帶走動很安全，不過請當心路面不平坦。我可不想跟胡爸解釋妳怎麼摔斷了腿，是吧？」

我踏上石板鋪的人行道。比從前滿是泥濘、糞便的水街好走多了。我直覺就往聖保羅大教堂的方向走，卻覺得有隻手牽住我手肘，阻止我前進。

「妳知道，叔叔對妳沒有人陪伴，獨自在城裡晃蕩，有什麼感想。」蓋洛加斯躬身一禮，我彷彿又看見他穿著緊身上衣和長襪。「聽妳吩咐，羅伊登太太。」

「我們現在到底在哪兒？」莎拉打量著附近的巷弄，問道。「這兒看起來不像住宅區。」

「黑衣修士區。古早以前，這兒住了好幾百人。」幾步外就是通往舊日修道院內院的狹窄鵝卵石街道。我皺起眉頭指著前方。「主教帽酒吧不就在那兒嗎？」馬羅常去那兒買醉。

「好記性，嬸娘。現在它改名叫劇場庭園了。」

我們舊房子的後側，緊鄰已拆除的修道院。蓋洛加斯和莎拉尾隨我走進死巷。從前這兒很熱鬧，擠滿攤販、工匠、家庭主婦、學徒和孩童──且不提推車、狗群、雞群。如今卻一片荒涼。

「走慢一點。」莎拉一肚子不高興地說，努力跟上腳步。

老街坊改變了多少都不重要。直覺提供必要的指引，腳就跟上去，我的步伐迅速而穩健。一五九一年，我周圍應該是修道院舊址，有很多破爛的出租房屋和尋歡作樂的場所。而今這一帶都是辦公大樓，除了一棟高收入企業主管才住得起的住宅大樓，遠望有更多辦公大樓，還有倫敦的藥劑師總部。我穿過劇場庭園，鑽進兩棟建築物中間的小弄。

「她又要去哪裡？」莎拉問蓋洛加斯，越發不高興了。

「如果我沒猜錯，嬸娘要找去貝納堡的小路。」

我在一條叫作教堂入口的狹窄馬路前，停下來喘口氣。如果我的方向感好一點，應該可以找到去瑪莉家的路。從前的費爾德印刷舖在哪兒？我閉上眼睛，避免不協調的現代建築害我分心。

「就在那裡。」我指著說。「費爾德的店在那裡。藥劑師住同一條街，只隔幾間房子。沿著這條路，可以走到碼頭。」我不斷轉身，我的手臂摹劃著我在腦海裡看見的建築物輪廓。「瓦林師傅的銀匠舖大門在這裡。從這兒可以看見我們的後花園。這裡是我去貝納堡會經過的舊城門。」我站定一會兒，從過去的家汲取熟悉的感覺，真希望張開眼睛就發現自己坐在彭布羅克女伯爵的沙發上。瑪莉一定會完全體諒我目前的困境，提供我大量有關改朝換代與政治的忠告。

「天啊。」莎拉驚呼。

我的眼睛霍然睜開。幾公尺外有一扇透明的木門，開在一道同樣透明、搖搖欲墜的石牆上。我如同被催眠般，試圖向它走去，但藍色和琥珀色的線緊緊纏住我的腳，不讓我邁開腳步。

「不要動！」莎拉的聲音很慌亂。

「為什麼？」她與我之間，有一大排透明的伊麗莎白時代的店面隔在中間。

「妳施了時光倒轉咒。它把過去的畫面都叫出來，就像電影。」莎拉隔著普萊爾師傅的糕餅店櫥窗看著我。

「魔法。」蓋洛加斯呻吟道：「這下可好了。」

一個一望即知是屬於此時此刻的年長婦人，身穿整潔的深藍色開襟外套、淺藍色直筒洋裝，從附近一棟住宅大廈走出來。

「以魔法而言，妳會發現倫敦這一區有點古怪。」她使用一種只有英國女人到了某種年紀與社會地位才會的權威而愉快的口吻，大聲說道。「如果妳還打算施更多咒語，一定得小心才行。」

那女人走近時，我吃驚地發現她似曾相識。她讓我想起某個我在一五九一年認識的女巫——一個名叫瑪喬麗·庫柏的土系女巫，她曾幫助我編織我的第一個咒語。

「我叫琳達·柯羅斯比。」她微笑著說，看起來越發像瑪喬麗了。「歡迎回來，戴安娜·畢夏普。我們在等妳。」

我瞪著她，不知如何是好。

「我是戴安娜的阿姨。」莎拉打破沈默。「莎拉·畢夏普。」

「幸會。」琳達與莎拉握手，親切地說。兩個女巫都看著我腳下。她們互相介紹的片刻工夫，藍色與琥珀色的時光之繩已放鬆，一根接一根縮回黑衣修士區原有的質地裡。但瓦林先生的前門仍然清晰可見。

「我建議多等一會兒。畢竟妳是個時光漫步者。」琳達坐在環繞黑色圓形植栽盆而設的弧形長椅上，說道。這植栽盆就在從前主教帽酒吧院子裡護井欄的相同位置。

「妳也是胡巴德的家人嗎？」莎拉問，同時把手伸進口袋，取出禁忌的香煙，還敬一根給琳達。

「我是個女巫。」琳達接過香煙道。「而且住在倫敦市⑥⓪。所以，是的——我是胡巴德家族的一員。並以此為榮。」

蓋洛加斯先幫兩個女巫點煙，然後點上自己的煙。他們三個開始像煙囪般吞雲吐霧，但小心不讓煙吹到我這方向來。

「我還沒見到胡巴德。」莎拉道：「但我認識的大部分吸血鬼對他評價都不高。」

「真的嗎？」琳達頗感興趣地問道。「真奇怪。胡巴德神父在這裡深受愛戴。他保護每個人的利益，不論是魔族、血族或巫族。所以很多超自然生物都想搬進他的轄區，甚至引起房荒。他購買房地產的速度來不及因應需求。」

「這小子終究是個蠢雞X。」蓋洛加斯嘟囔道。

「不要說粗話！」琳達大驚失色道。

「市區有多少巫族？」莎拉問道。

「三十多個。」琳達答道。「我們對人數設限，這是一定要的，否則平方哩會擠爆。」

「麥迪森巫會也差不多這麼大。」莎拉滿意地說。「開會比較方便，倒是真的。」

「我們每個月在胡巴德神父的地窖裡聚會一次。他住在從前灰衣修士會[61]的遺址，就在那兒。」琳達用香煙指著劇場的北方。「這陣子，市區裡的超自然生物多半都是吸血鬼——金融業者和避險基金經理人。他們不願意把會議室租給女巫使用。我這麼說你別生氣啊，先生。」

「沒事。」蓋洛加斯很和氣地說。

「灰衣修士？所以阿格妮絲夫人離開了？」我驚訝地問。我住在這兒的時候，那女鬼作祟的花招是全城的話題。

「哦，沒有。阿格妮絲夫人還在。靠胡巴德神父幫忙，我們幫她跟伊莎貝拉女王談成一個協議。她們現在好像處得還不錯——比伊麗莎白・巴頓[62]的鬼好太多了。自從那本講克倫威爾[63]的小說出版後，她就

---

60 City of London，是現代大倫敦市（Greater London，或簡稱London）三十三個區之一。其範圍約與古代有城牆的倫敦市相當，位於大倫敦市中心，略偏東北，包括西敏寺以東、泰晤士河以北的區域，佔地面積一點一二平方哩，有人暱稱它「平方哩」（the Square Mile）。商業與金融業者集中此區，將它打造成世界財金重鎮。它雖然是大倫敦市的一區，在行政地位上卻享有與整個大倫敦市同級的待遇，也簡稱「市區」（the City）。

61 Greyfriars原隸屬方濟會，因修士都穿灰色僧袍得名。灰衣修士會最早於十三世紀在倫敦興建修道院，陸續擴建，後毀於一六六六年倫敦大火。重建後，又在二次大戰毀於德國空襲。戰後英格蘭國教會決定不再重建，這塊精華土地就改為辦公與住宅之用。

62 Elizabeth Barton（1506-1534），她原本是天主教的修女，因有預言能力而獲亨利八世召見。但她利用預言阻撓宗教改革，並反對亨利與安妮・波林結婚，遭到梟首示眾的處分，屍體埋在灰衣修道院的墓園。

63 Thomas Cromwell（1485-1540），英國政治家。他大力支持英國的宗教改革，並協助亨利八世離婚，改娶安妮・波林（伊麗莎白女王的生母）。但他後來失寵於亨利八世，以叛國和異端等罪名被處死。與他有關的小說可能是指希拉蕊・曼特爾所著《狼廳》和《血季》。

變得很難纏。」琳達猜測地看著我的肚子。「今年秋分節茶會的時候，伊麗莎白・巴頓說，妳懷了雙胞胎。」

「沒錯。」我的私事就連倫敦的鬼都知道。

「伊麗莎白每宣布一則預言，都伴隨一聲尖叫，所以很難斷定她的話哪句是真的。而且她說話很……粗俗。」琳達不悅地嘟起嘴巴，莎拉同情地點頭。

「嗯，我很不想打岔，不過我覺得我那個時光倒轉咒好像到期了。」我不僅看得見自己的腳踝（但是得把腳抬高——要不然會被寶寶擋住），而且瓦林先生的店門也完全消失了。

「到期？」琳達笑道。「妳說得好像妳的魔法有賞味期限似的。」

「可不是我叫它停止的。」我喃喃道。話說回來，也不是我叫它開始的。

「它之所以會停止，是因為妳發條上得不夠緊。」莎拉道。「如果你不給時光倒轉咒上緊發條，一會兒就玩完了。」

「我們還會建議妳，施出時光倒轉咒之後，不要站在它上面。」琳達說話的口吻就像我高中的體育老師。「妳要盯著咒語，眼睛都不能眨一下，然後在最後一分鐘退開。」

「我錯了。」我低聲道。「現在我可以移動了嗎？」

琳達皺著眉頭打量劇場庭院。「可以，我相信現在安全了。」她宣稱。

我呻吟一聲，揉揉後腰。站著太久不動，腰就會痛，我的腳也覺得快要炸開了。我把一隻腳架在莎拉和琳達坐著的長凳上，彎腰解開球鞋的鞋帶。

「這是什麼？」我對著長凳上的縫隙窺望，伸手從裡面取出一個繫著紅絲帶的紙卷。碰到它的時候，我右手的手指作痛，手腕上的五角星也泛出彩色的渦漩。

「一般人會把他們對魔法的需求留在這個院子裡。因為有魔力集中在這個地方。」琳達的聲音變得柔和。「曾經有一個了不起的女巫住在這裡。傳說她有一天會回來，讓我們憶起自己的本來面目，提醒我們恢復舊貌是做得到的。我們沒有忘記她，也相信她不會忘記我們。」

過去的我像幽靈在黑衣修士區出沒。我們離開倫敦時，一部分的我就死了。那部分的我有本事在馬修的妻子、安妮與傑克的母親、瑪莉・錫德尼的鍊金術助手，和受訓的編織者等角色之間不斷轉換。又有一部分的我，在紐海文市郊的山區離開馬修時，也追隨它進了墳墓。我把整張臉埋進掌心裡。

「我把事情搞得一團糟。」我低聲道。

「才沒有，妳只是鑽進牛角尖，一時爬不出來。」莎拉答道。「妳剛開始跟馬修來往，艾姆和我就擔心會發生這種事。你們兩個動作都太快，我們知道你們都沒考慮維繫這種關係要付出多大的代價。」

「我們預期會有很多反對。」

「啊，你們都想扮演命運多舛的戀人——我知道兩個人對抗全世界的感覺很浪漫。」莎拉輕笑一聲。「艾姆和我就是悲戀的榜樣。一九七〇年代的紐約州北部，沒有比兩個女人相戀更多舛的命運了。」

她語氣變得嚴肅。「但太陽每天都會升起。童話故事不會告訴你們，悲傷的戀情在大白天的光線下會發生什麼事，但你們總歸有辦法找到快樂的。」

「我們住在這兒的時候很快樂。」我靜靜地說。「不是嗎，蓋洛加斯？」

「是，嬸娘，你們很快樂——尤其在馬修的諜報老闆盯著他不放，全國在獵捕女巫的時候。」蓋洛加斯搖搖頭。「你們怎麼做到的，我始終沒想通。」

「你們生活得很快樂，因為你們都沒有扮演自己以外的角色。馬修沒有企圖要做文明人，妳也不想做凡人。」莎拉道：「妳沒有嘗試做芮碧嘉完美的女兒或馬修完美的妻子，也不想做耶魯大學擁有終身職的教授。」

她把我的手連那個紙卷一起握住，翻轉我的手，攤開掌心向上。我的編織線被白色的皮肉襯得格外鮮明。

「妳是個女巫，戴安娜。妳是編織者。不要否定自己的力量。使用它。」莎拉刻意地看一眼我的左手。「全部。」

我的手機在外套口袋裡響起。我慌忙取出，雖然明知希望渺茫，仍但願是馬修傳來簡訊。他答應要讓我知道他的近況。螢幕果然顯示有一則他的簡訊，我迫不及待地打開。

簡訊中沒有可供合議會用來對付我們的隻字片語，只有一張傑克的照片。他坐在門廊上，露出一個大大的笑容，聽一個人——是個男人，雖然那人背對攝影機，只看見垂在領子邊緣的黑色鬈髮——用美國南方人最擅長的方式講故事。馬卡斯站在傑克後面，一隻手不經意地搭在他肩上。他跟傑克一樣，咧開嘴巴呵呵笑。

他們看起來就像兩個普通的年輕人在週末談笑。傑克完全融入馬卡斯的家族，好像生來就是他們的一分子。

「馬卡斯跟誰在一起？」莎拉在我背後張望。

「傑克。」我碰一下他的臉。「另外那人我不認識。」

「那是藍森。」蓋洛加斯吸一下鼻子。「馬卡斯的老大，連魔鬼碰到他都不僅認輸也自嘆弗如。對小傑克而言，不是最好的角色模範，不過我相信馬修自有打算。」

「看看那孩子。」琳達鍾愛地說，她也擠過來看照片。「我沒見過傑克那麼開心過——當然，除了講戴安娜的事跡的時候。」

聖保羅大教堂敲鐘報時，我關掉手機，讓螢幕變暗。我要等獨處時再看那張照片。

「瞧，親愛的。馬修過得不錯呢。」莎拉用撫慰的語氣說。

但看不到他的眼睛，也不能靠在他肩頭，聽他的聲音，讓我實在沒把握。

「馬修在執行他的工作。」我站起身，提醒自己道：「我也要回去工作了。」

「這是否代表妳準備盡一切努力，維繫一個完整的家庭，就像妳在一五九一年那樣——即使要使用高等魔法？」莎拉豎起眉毛，公然問我。

「是的。」我的內心其實不像我的口氣那麼有把握。

「高等魔法？有趣的黑魔法。」琳達笑道。「要我幫忙嗎？」

「不用。」我立刻道。

「有可能。」莎拉同時發話。

「好吧，如果需要我們，打通電話來。勒納知道怎麼跟我聯絡。」琳達道。「倫敦巫會聽妳差遣。如果妳能來參加我們的聚會，對我們的士氣將是很大的鼓舞。」

「再說吧。」我含糊其詞，不想做出我未必能達成的承諾。「情況很複雜，我也不想讓任何人捲入麻煩。」

「吸血鬼永遠都很麻煩，」琳達板著臉，露出不滿的表情。「愛記仇，總是用報仇當藉口輕舉妄動。真的很煩人。不過我們畢竟是個大家族，胡巴德神父常提醒我們。」

「一個大家族。」我掃視一眼從前的街坊。「也許胡巴德神父從一開始就走對了路。」

「嗯，我們都這麼認為。請一定要考慮來參加我們下次的聚會。桃樂絲做的棋盤蛋糕64是人間美味。」

莎拉和琳達交換了手機號碼，以防萬一。蓋洛加斯走到藥劑師工會前，吹一聲響亮的口哨，召喚勒納

64 棋盤蛋糕是一種長條形蛋糕，切開後，切面呈雙色交叉四格圖案，是先分別烤好兩種顏色，通常為黃色與粉紅色的蛋糕，組合而成。這種蛋糕在英國稱作巴騰堡蛋糕（Battenberg Cake），因紀念十九世紀英國公主嫁給日耳曼巴騰堡路易王子的婚禮，沿用至今。

把車開回來。我趁這空檔拍了一張劇場庭園的照片，沒有添加評語或說明，直接傳給馬修。
總而言之，魔法無非就是成為事實的慾望。
泰晤士河上吹來十月的微風，把我未說出口的願望送上天空，它們會在那兒織出一個把馬修平安送回我身邊的咒語。

第二十六章

我們坐在渥斯利餐廳一張隱祕的桌位，我面前擺著一塊拼出粉紅與黃色棋盤圖案、外面裹一層嫩黃糖霜、飽滿潤澤的蛋糕，還搭配大量走私的紅茶。我掀開壺蓋，吸入混合麥芽味的甜香，快樂地嘆口氣。自從在黑衣修士區與琳達·柯羅斯比邂逅，我就一直想吃塊蛋糕配紅茶。
身為這裡早餐常客的哈米許，一整個上午都霸佔了這家位於皮卡迪利廣場、生意興隆的餐廳裡的一張大桌子，而且對待這塊空間——以及店員——就像是自己的辦公室。到目前為止，他已接了十幾通電話，訂了好幾個午餐約會（我驚訝地發現，其中三個約在下星期的同一天），還把倫敦所有的日報都從頭到尾看完。他也在正常供應蛋糕時間的前幾個小時，用我懷孕當藉口，連哄帶拐，替我從糕餅師傅那兒要到了蛋糕，為了這一點我得祝福他。這個要求達成的速度，若非進一步證明哈米許的重要性，就是那個搬弄打蛋器和擀麵棍的年輕人，對懷孕婦女和糖分的特殊關係有深入了解。
「等死我了。」莎拉喃喃道。她飛快吞下一顆溏心水煮蛋和幾條培根，喝下宛如海洋般的黑咖啡，注意力平均分配給手錶和大門。

「勒索這種事，奶奶不喜歡操之過急。」蓋洛加斯對鄰桌幾位女士露出親切的微笑，她們正愛慕地瞟著他肌肉發達、滿是刺青的手臂。

「他們再不快點來，我都可以靠自己的蒸汽走回西敏寺了，咖啡因太多了。」哈米許朝經理揮手。「再來一杯卡布奇諾，亞當。最好不含咖啡因。」

「沒問題，先生。還要吐司和果醬嗎？」

「麻煩你。」哈米許把空掉的吐司架遞給亞當。「草莓醬。你知道我看到草莓醬就失去抵抗力。」

「到底為什麼緣故，我們不能在家裡等奶奶和斐碧？」蓋洛加斯坐在對他而言嫌小的椅子上，緊張地扭動身體。那把椅子不是為他這種體型的人設計的，只適合國會議員、社交名媛、晨間電視節目的來賓和其他骨瘦如柴的人坐。

「戴安娜的鄰居都是富有的偏執狂。那棟房子將近一年沒有任何活動，忽然全天候有人走動，還有梅費爾的阿倫斯肉店天天送貨來。」哈米許在桌上騰出一個空間，放他的卡布奇諾。「我們可不希望他們把你們當作國際販毒集團而報警。一大堆巫族在西區的中央警察局工作，刑事偵緝處那邊人更多。而且別忘了：出了老城區，胡巴德就保護不了妳了。」

「哼，你才不在乎條子。你只是不甘寂寞。」蓋洛加斯豎起一根手指對他搖晃。「我看著你呢，哈米許。」

「費南多來了。」莎拉一副救贖終於降臨的口氣。

費南多企圖幫伊莎波開門，但亞當搶先一步。我的婆婆看起來就像一位青春正盛的電影明星，斐碧跟在她身後進來時，室內每個男人都轉過頭來。費南多隔幾步相隨，一身黑外套完美地烘托伊莎波米白加銀灰的搭配。

「難怪伊莎波寧願待在家裡。」我道。她就像濃霧中的一把火炬般引人注目。

「菲利普總說，防守一座被包圍的城池，比走在伊莎波身旁，穿過一個房間來得容易。我可以告訴妳，要趕走她的愛慕者，只用一根棍子還不夠。」蓋洛加斯起身迎接他的祖母。「哈囉，奶奶。他們對妳的要求投降了嗎？」

伊莎波湊上臉頰給他親吻。「當然。」

「成功了一部分。」斐碧忙不迭地補充。

「遇到困難嗎？」蓋洛加斯問費南多。

「不足掛齒。」費南多拉出一把椅子，伊莎波優雅地坐上去，把纖細的腳踝交叉起來。

「試想我要求查爾斯違反多少條公司規定，他真是非常配合了。」她推開亞當送上來的菜單，帶著少許鄙夷說：「請給我香檳。」

「妳接手他那幅可怕的醜畫，已是綽綽有餘的補償了。」費南多幫斐碧安頓好位子，說道。「妳怎麼會想買它，伊莎波？」

「它並不醜，雖然欣賞抽象表現主義是一種後天培養的品味。」她承認道。「那幅畫生猛、神祕——性感。我要把它送給羅浮宮，強迫巴黎人打開眼界。記住我的話：明年此時，克萊弗・施帝爾會在每一家博物館希望採購品的清單上名列前茅。」

「等顧資銀行的電話。」斐碧對哈米許低語。「她不議價。」

「不用擔心。蘇富比和顧資銀行都知道我眼光獨到。」伊莎波從時髦的真皮包包裡取出一張紙，遞給我。「這兒。」

「T・J・維斯登，紳士⑥⑤。」我從紙上抬起頭。「這就是艾許摩爾七八二號那頁紙的買主？」

「可能。」斐碧答得很簡短。「檔案裡只有一張銷貨單——他付現金——還有六封查無此人，原件退回的信。我們所有溫士頓的地址都不正確。」

「這位先生應該不至於那麼難找。世界上能有多少個T．J．維斯登？」我倒想知道。

「超過三百個。」斐碧答道。「我查了全國戶籍紀錄。可別以為T．J．維斯登一定是男人。我們對買方的性別和國籍都一無所知。地址當中還有一個在丹麥。」

「不要那麼悲觀，斐碧。我們會打電話。利用哈米許的人脈。勒納在門外，他會開車送我們去該去的地方。」伊莎波看起來毫不介意。

「我的人脈？」哈米許把頭埋在掌心，呻吟道。「那要花好幾個星期。我不如乾脆住在渥斯利好了，想想我要跟多少人喝多少咖啡呀！」

「不會花好幾個星期，你也不用擔心咖啡因過量。」我把紙條放進口袋，把郵差包掛回肩上，扶著桌子站起身，卻差點打翻桌子。

「上帝保佑我們，嬸娘。妳每分鐘都在長大。」

「多謝你注意到了，蓋洛加斯。」我必須努力從衣帽架、牆壁和我的椅子中間擠出去。他跳起身來解救我。

「妳怎麼那麼有把握？」莎拉問我，跟斐碧一樣滿臉懷疑。

我一言不發，舉起我的手。手上有很多顏色，閃閃發光。

「啊，我們先送戴安娜回家。」伊莎波道。「我不認為這兒的老闆會比我更樂意看到自己的房子裡有條龍。」

「手放進口袋裡。」莎拉壓低聲音道。我的手真的太亮了。

---

⑮ 紳士（Esquire）是大英國協各國對家有恆產，並擁有相當社會地位者的敬稱。擁有這種頭銜的人可以主動介入地方上的司法事務，但未必有實權，例如香港的「太平紳士」。雖然從字面上看以男性為主，但實際上沒有性別限制。

我懷孕還沒到舉步維艱的階段，但穿過這些間隔頗近的桌子，尤其手又放在雨衣口袋裡，仍然很有挑戰性。

「拜託讓路給我媳婦。」伊莎波威嚴地說，扶起我手肘，推著我往前走。男人紛紛起立，把椅子拉到桌子裡面，在她經過時露出巴結的笑容。

「我先生的繼母。」我對一個像武器般抓著叉子、憤恨不平的婦人低聲說。她若以為我嫁了個十二歲的男孩，還懷了他的孩子，生氣也是應該的，因為看伊莎波的外表，實在不可能生出更大的兒子。「再婚。年輕老婆。妳知道那是怎麼回事。」

「融入人群的後果啊。」哈米許嘟囔道。「這麼一來，W1郵遞區號裡的所有超自然生物都會知道，伊莎波・德・柯雷孟來倫敦了。你能管管她嗎，蓋洛加斯？」

「管管我奶奶？」蓋洛加斯縱聲大笑，一掌打在哈米許背上。

「真是一場噩夢。」更多人回過頭來，哈米許嘆道。他走到門口。「明天見，亞當。」

「幫您保留原來那張單人桌嗎，先生？」亞當送上哈米許的雨傘，問道。

「是的。謝天謝地。」

哈米許上了等候的車，直奔他市區的辦公室。勒納把我跟斐碧一起讓進賓士車後座，伊莎波和費南多坐前座。蓋洛加斯點上香煙，沿著人行道漫步，噴出的煙比密西西比河上的蒸汽船還多。我們在車與馬酒吧門口失去他影蹤，他比手畫腳表示要進去喝一杯。

「膽小鬼。」費南多搖頭道。

「接下來怎麼辦？」莎拉問道。我們已回到柯雷孟宅，坐在舒適的晨間起居室裡，雖然前面那間客廳也很舒適宜人，整棟房子我最喜歡的卻是這個小巧的房間。這兒的家具七拼八湊，有張板凳我確定曾經在我們黑衣修士區的房子出現過，也使得這房間更像一個有人居住、而不僅是裝潢來展示的空間。

「我們得找到T．J．維斯登，不論他是何方神聖。」我呻吟一聲，把雙腳架在那張歲月燻黑、來自伊麗莎白時代的板凳上。

「簡直是大海撈針。」斐碧放任自己發出一聲有違社交禮儀的輕嘆。

「如果戴安娜用魔法就不是。」莎拉信心十足道。

「魔法？」伊莎波轉過頭來，眼睛發亮。

「我還以為妳不贊成魔法。」從我跟馬修交往開始，婆婆就讓我知道她對這種事的看法。

「伊莎波或許不喜歡女巫，但她非常欽佩魔法。」費南多道。

「妳能在兩者之間劃出界線，真有一套。」莎拉輕搖一下頭，說道。

「什麼樣的魔法？」蓋洛加斯悄無聲息地回來了，站在門廳裡，頭髮和外套都在滴水。他看起來頗像在皇家鹿壕狂奔過的羅貝洛。

「尋找失物時，可以用蠟燭咒。」莎拉沈思道。她是蠟燭咒專家，因為艾姆出了名的會把東西滿屋子——以及麥迪森各處——亂扔。

「我記得有個女巫使用泥土和一塊打結的餐巾。」伊莎波道。莎拉和我都驚訝地張大嘴巴，向她望去。她坐直上身，神氣活現地看著我們。「有必要那麼吃驚嗎？許多年來，我也認識了不少女巫。」

費南多不理伊莎波，轉頭對斐碧說：「妳說維斯登有個住址在丹麥。其他住址呢？」

「都在英國：四個在英格蘭，一個在北愛爾蘭。」斐碧道。「英格蘭的住址都在南部——德汶、康瓦爾、艾塞克斯、威爾特郡。」

「真的要把魔法纏夾進來嗎，嬸娘？」蓋洛加斯顯得很擔心。「讓雷瑟尼用電腦搜查這個人，也行得通吧。妳把地址抄下來了嗎，斐碧？」

「當然。」她取出一張皺巴巴、寫滿字的Boots⑥⑥發票，蓋洛加斯疑惑地瞪著它。「我不能帶筆記本進檔案室。那會引起懷疑。」

「聰明。」伊莎波肯定她。「我會把地址寄給雷瑟尼，讓他查查看。」

「我還是認為魔法比較快——只等我想出該用哪一則咒語。」我道。「我需要看得見的東西。我用影像比用蠟燭強。」

「地圖怎麼樣？」蓋洛加斯建議。「樓上馬修的書房裡一定有幾張地圖。如果沒有，我也可以去哈查德書店看看他們有什麼貨色。」雖然才剛回來，但他顯然很樂意回到外面冰冷的傾盆大雨中去。我猜他可能覺得，這種天氣就跟困在大西洋中間差不多。

「地圖可能有用——如果夠大。」我道：「如果咒語只能約略指出維斯登目前在威爾特郡，也沒什麼用。」我想我或許可以捧一箱蠟燭，坐勒納的車去那一帶兜風。

「蕭迪奇區有一家很棒的地圖專賣店。」勒納得意地說，好像店址是他決定似的⑥⑦。「他們製作掛在牆上的大地圖。我來打電話問問。」

「除了地圖，還需要什麼？」莎拉問。「羅盤嗎？」

「真可惜，魯道夫皇帝送我的曆算儀器不在手頭。」我道：「它總是轉來轉去，好像在尋找什麼似的。」最初我以為它之所以轉動，代表有人在找馬修和我。但時間久了，我開始懷疑，每當有人尋找生命之書時，那座占星萬年曆就開始運轉。

斐碧和伊莎波交換了一個眼色。

「失陪一下。」斐碧輕巧地走出房間。

「就是安妮和傑克稱作『女巫鐘』的那件銅製儀器。」蓋洛加斯低笑一聲。「我看不會有用，嬸娘。它連報時都不準，哈白梅師傅的經緯度其實有點……呃，純屬想像。」當初我拜託哈白梅把新大陸的對應日曆添加進去，他就被打敗了，他選擇的經緯度座標，就我所知，遠在南美洲最南端的火地群島。

「可以試試占卜。」莎拉道：「我們在東南西北四軸放上蠟燭，妳端一碗水坐中間，看會發生什麼事。」

「如果要用水占卜，我需要比這兒更大的空間。」這個吃早餐的房間，要不了多久就會被巫水裝滿。

「我們可以利用花園。」伊莎波道：「或樓上的跳舞廳。我始終不覺得特洛伊戰爭適合做壁畫主題，所以即使遭到破壞，也不算太大的損失。」

「我們也該趁妳開始前，強化妳的第三隻眼。」莎拉批判地看著我的額頭，好像那兒有台收音機。

斐碧拿著一個小盒子回來。她把盒子交給伊莎波。

「或許應該先看看這個有沒有用。」伊莎波從紙箱裡取出哈白梅製作的占星萬年曆。「亞倫幫妳收拾了一些東西，從七塔送過來。他認為這會讓妳住得更安適。」

這座萬年曆非常精美，內部的銅胎已是名匠手筆，外表鍍金銀，更加閃閃發亮，裡面還設計了放置各種小配件的空間，包括紙、筆、羅盤、緯度表和一個小時鐘。這時整個儀器像發了狂，所有的刻盤都在旋轉。我們聽見許多小齒輪滴答轉動的聲音。

莎拉盯著這儀器。「絕對是著魔了。」

「它累了就會停。」蓋洛加斯伸出一根粗手指，準備撥一下鐘上的指針，讓它放慢速度。

「不許碰。」莎拉厲聲道。「著魔的物品受到不受歡迎的干擾時，永遠猜不到它會有什麼反應。」

「妳可曾把它放在化學婚禮那頁圖畫旁邊，嬸娘？」蓋洛加斯問道：「如果妳猜得對，每當有人尋找

---

⑥⑥ 英國美妝品牌。

⑥⑦ Shoreditch是倫敦的一區，也是勒納的姓。胡巴德神父收養的孤兒大都以他們出身的街區或街道為姓，傑克·黑衣修士亦是一例。

生命之書時，哈白梅師傅這件玩具就會開始運轉，那也許看到那幅畫就能讓它安靜下來。」

「好主意。化學婚禮那幅畫跟龍畫一起放在中式房間。」我蹣跚起立。「我把它們都留在牌桌上。」我還沒站直，伊莎波已不見了。她回來得很快，捧著那兩頁紙好像它們是隨時會碎裂的玻璃。我一把它們放在桌上，萬年曆的指針就開始慢慢左右搖擺，不再繞圈旋轉。我拿起它們時，指針又開始旋轉——但比先前慢很多。

「我認為萬年曆關心的不是有沒有人在找生命之書。」費南多道。「倒像是這個儀器本身在找那本書。現在它察覺有書頁在附近，就把焦點縮小。」

「真奇妙。」我把書頁放回桌上，難以置信地看著指針減慢速度，恢復鐘擺式的左右搖晃。

「妳能用它找到失落的最後一頁嗎？」伊莎波以同樣的難以置信，盯著萬年曆不放。

「除非我能帶著它，開車走遍英格蘭、威爾斯、蘇格蘭。」如果我把這件脆弱而無價的儀器擱在腿上，坐著蓋洛加斯或勒納開的快車，在M40號公路上飛馳，不知它能撐多久。

「或者妳可以設計一個定位咒。靠地圖和那個儀器，用三角定位法找到失蹤書頁的位置。」莎拉用手指輕敲嘴唇，思索道。

「妳想到的是哪種定位咒？」這問題的水準遠超過什麼鐘啊、書啊、蠟燭啊，或在陰地蕨葉子上寫咒語。

「先試幾種，看結果如何——試驗過才知道哪種最有效。」莎拉沈吟。「然後妳必須在正確的情況下使用，需要足夠的魔法支持，以免咒語被撐得變形。」

「在梅費爾這種地方，到哪兒去找魔法支持呢？」費南多問。

「琳達・柯羅斯比。」阿姨和我異口同聲道。

莎拉和我花了一個多星期，在梅費爾房子的地下室，以及琳達在黑衣修士區的小公寓廚房裡，對咒語再三測試。差點淹死塔比塔，又讓消防隊兩度出動到劇場庭園，我終於打出幾個結，再加上幾件魔法物品，編織成一個可能——只是可能而已——有效的定位咒。

倫敦巫會利用中世紀灰衣修士修道院殘留地窖的一部分聚會，這地窖在漫長歲月中度過多次災難，從修道院被解散乃至二世大戰的密集轟炸。地窖上方就是安卓・胡巴德的房子：從前教堂的鐘塔。它高達十二層樓，每層樓都只有一個大房間。他在塔外經營了一個清幽的小花園，佔用拒絕都市更新的教堂老墓園的一角。

「真是棟怪房子。」伊莎波喃喃道。

「安卓是個奇怪的吸血鬼。」我打了個寒噤，回答道。

「胡爸只是喜歡高的地方，如此而已。他說那樣會覺得離上帝比較近。」勒納再次敲門。

「我剛覺得有鬼魂經過。」莎拉拉緊外套道。一陣陰氣襲人，證明她沒有錯。

「我什麼也沒感覺到。」身為對寒暖無感的吸血鬼，勒納豪氣地說。他從敲門改為搥門。「開門啊，太陽出來啦！」

「耐心，勒納。我們這裡可沒有二十郎當的吸血鬼！」琳達・柯羅斯比把門打開，劈頭就不悅地說。「要爬好多層樓梯呢。」

幸好，我們從入口只下了一層樓，就到達胡巴德保留給倫敦市法定巫會的房間。

「歡迎光臨！」琳達帶我們下樓時說道。

下樓到半途，我驚呼一聲，停下腳步。

「是……你嗎？」莎拉也訝異地瞪著牆壁。

牆上畫滿我的形象——編織我第一個咒語，召喚一棵山梨樹，看珂拉沿泰晤士河飛行，跟我剛開始了解自己的魔法時，啟蒙我、保護我的女巫們站在一起。包括巫會的長老伊索奶奶，體型瘦小、肩膀微駝；助產士蘇珊娜・諾曼；另三個女巫凱瑟琳・史崔特、伊麗莎白・傑克森、瑪喬麗・庫柏。

畫家的身分不須簽名就很清楚。這都是傑克的作品，先把灰泥抹在牆上，然後加上線條與顏色，使它們永遠成為建築物的一部分。被煙燻黑、因濕氣而斑駁、隨歲月皸裂，但美麗並未失色。

「我們很幸運，能在這樣一個房間裡工作。」琳達微笑道。「妳的經歷一直是倫敦女巫的靈感來源。來見過妳的姊妹吧。」

等在樓梯下面的三個女巫，好奇地打量我。她們的目光在我皮膚上劈啪作響。她們的法力可能不及一五九一年的蒜頭山巫會，但這幾個女巫也絕非平庸之輩。

「這位是戴安娜・畢夏普，再度回到我們之中。」琳達道：「她還帶來她的阿姨，莎拉・畢夏普，她的婆婆，我想就不需要介紹了。」

「不需要。」四個女巫當中最年長的一位說道。「我們都聽過與梅莉桑德・德・柯雷孟有關的告誡故事。」

琳達曾警告我，巫會對今晚的議程有點疑慮。她親自挑選了願意幫助我們的女巫：火巫席比兒・彭薇慈、水巫譚美欣・索司泰、風巫卡珊德拉・凱特樂。琳達的法力主要與土元素有關。莎拉也一樣。

「時代改變了。」伊莎波直截了當說。「如果妳們要我離開……」

「胡說。」琳達警告地瞪一眼她的女巫會友。「戴安娜要求她施咒時妳要在場。我們會一起攪和到底。是不是，卡珊德拉？」

年長的女巫點一下頭。

「地圖來了，請讓路，女士們！」勒納捧來一大綑地圖。他把地圖全扔在一張搖搖欲墜、表面滴滿蠟燭油的桌子上，隨即飛快跑回樓上。「需要什麼就叫我。」地窖的門砰一聲關上。

琳達指揮安排地圖，忙亂一陣後，我們發現最好的方式就是在英倫三島的大地圖四周，圍上各郡的個別地圖。於是那張一百二十公分乘一百八十公分的大英帝國全圖，就鋪在地板上。

「看起來好像做得很差的小學地理課課外作業。」莎拉把一張多塞特郡的地圖鋪平，嘟囔道。

「不美觀，但是可以用。」我答道，從包包裡取出哈白梅師傅的萬年曆。費南多用蓋洛加斯一隻乾淨的襪子為它做了個保護套。它奇蹟般未受損害。我把手機也拿出來，為牆上的壁畫拍了幾張照。這樣讓我覺得比較貼近傑克——還有馬修。

「我該把生命之書那兩頁放在哪兒？」伊莎波負責守護那兩頁珍貴的羊皮紙。

「把化學婚禮那張交給莎拉。兩條龍那張妳先拿著。」我道。

「我？」伊莎波瞪大眼睛。這是個引起爭議的決定，但我到底還是說服了莎拉和琳達。

「希望妳不要介意。化學婚禮那幅畫是我父母傳給我的。龍畫原本屬於胡巴德。我覺得把它們分散在女巫和吸血鬼手中，有助咒語的平衡。」直覺告訴我，這是正確的抉擇。

「當—然。」伊莎波的口頭禪自然流出。

「不會有問題的。我保證。」我輕捏一下她的手臂。「莎拉就在對面，琳達和譚美欣站兩旁。」

「妳該擔心的是咒語。伊莎波會照顧自己的。」莎拉把一瓶紅墨水和一枝有奇怪的褐色和灰色紋路的白色羽毛筆遞給我。

「時間到，女士們。」琳達清脆地擊掌宣告。她把咖啡色的蠟燭分配給倫敦巫會的成員。咖啡是尋找失物的吉祥色。它特別有助於穩定咒語的基礎——我因缺乏經驗，尤其需要這方面的助力。所有的女巫在圍成一圈的地圖外面就位，每個人都低聲念著咒語，把手中的蠟燭點燃。火焰大得異乎尋常，也特別明亮——貨真價實的女巫燭。

琳達把伊莎波帶到她的位置，也就是英格蘭南部海岸下方。莎拉依方才所言，站在她對面。也就是蘇格蘭北部海岸上方。女巫、地圖、吸血鬼布置好後，琳達沿著外圍、順時鐘繞行三圈，沿途撒鹽，做了一個魔法的保護圈。

一切就緒後，我打開紅墨水瓶。龍血樹脂的獨特氣味瀰漫空中。墨水裡還有其他成分，包括不止幾滴我的血。伊莎波的鼻孔隨著刺鼻的銅酸味張大。我把鵝毛筆插進墨水，然後把特製的銀筆尖湊在裁成細長條的羊皮紙上。花了我兩天才找到願意幫我用倉鴞的羽毛製筆的人——比在伊麗莎白時代的倫敦多耗上很多時間。

一個字母接一個字母，從羊皮紙外圍往中心寫，我把我要找的人的名字寫下來。

T，N，J，O，W，T，E，S

TJ維斯登

我把羊皮紙小心摺好，遮住名字。現在輪到我繞行聖圈的外圍，再施一道束縛。我把哈白梅師傅的萬年曆和摺成方形的羊皮紙都放進毛衣口袋，從火巫與水巫之間開始繞圈行走，經過譚美欣與伊莎波、琳達與卡珊德拉、莎拉與席比兒。

我回到起點時，鹽圈的外圍出現一條閃閃發光的線，照亮了女巫們驚訝的臉。我翻轉左手，掌心向上。一瞬間，我食指上有個顏色一閃即逝，我還來不及看清它是什麼顏色。雖然少了一個顏色，我手上的金、銀、黑、白四條魔法線紛紛亮起，在皮膚下面脈動。這些線條扭曲交纏，環繞我手腕上凸顯的藍色靜脈，形成咬尾蛇形狀的第十個結。

我跨過閃光線圈上的一個窄縫，將它封閉起來。魔力的咆哮從中發出，嘶喊尖嘯，渴望釋出。珂拉也想出來。她坐立不安，在我體內扭動伸展。

「忍耐，珂拉。」我道，小心地跨過鹽圈，站到英格蘭地圖上。每一步都讓我更接近代表倫敦的那個點。終於我的腳放在那座城市上。珂拉放鬆翅膀，皮膚與骨骼啪啪作響，發出挫折的尖叫。

「飛吧，珂拉。」我下令。

終於自由的珂拉，快速在室內打轉，牠翅膀上的火星灑落如雨，口中噴出火舌。牠越飛越高，找到了可以將牠推送到牠想去的地方的氣流，便放慢了拍翅的速度。珂拉看到自己的畫像，滿意地低吟，伸長尾巴輕輕拍打牆壁。

我從口袋裡取出萬年曆，托在右手中。左手拿著摺好的羊皮紙。我張開手臂，等候束縛整個世界、充滿灰衣修士地窖的各色線條，扭動著爬到我身上，尋覓被我雙手吸收的線條。它們相遇時，我手中的線條延伸暴長，使我全身充滿力量。它們在我的關節周圍打結，環繞我的子宮和心臟，打造一面保護網。並沿著血管及神經與肌肉組成的通道暢行無阻。

我背誦我的咒語：

缺漏的書頁
失去又尋回
這片地面上
維斯登何在？

然後我對羊皮紙吹一口氣，維斯登的名字就亮了起來，紅墨水迸出火焰。我把燃燒的名字捧在手心，它繼續燃燒發光。珂拉在上方提高警覺，繞著地圖盤旋，銳利的眼睛密切注意。

萬年曆的齒輪呼呼轉動，主要刻度盤上的指針不斷移轉。隆隆聲不絕於耳，一條亮晶晶的金線從萬年曆射出來，它伸長去碰到生命之書那兩頁。萬年曆的鍍金轉盤又吐出另一條線。它蜿蜒爬到琳達腳邊的一張地圖上。

珂拉飛下來，撲到那個點上，發出勝利的鳴聲，彷彿抓到了未提防的獵物。一個城市的名字發出亮光。一陣強光湧現，留下焦黑的字母輪廓。

咒語完成了。咆哮聲消失了。魔法從我身上退卻，打結的線繩一一鬆開。但它們沒有縮回我手裡，而是停留在原位，穿過我身體，好像形成了新的器官系統。

魔力退散後，我整個人開始輕微搖晃。伊莎波立刻撲過來。

「不要！」莎拉喊道。「不可解散圓圈，伊莎波。」

我的婆婆顯然覺得這很瘋狂。馬修不在場，他過度保護的行為就必須由她接手。但莎拉說得對：除了我，任何人都不可以破壞圓圈。我蹣跚走回我開始編織咒語時的位置。席比兒與譚美欣露出鼓勵的笑容，我左手的手指一再伸縮，逐漸放鬆圓圈的控制力。接下來只需逆時針繞著圓圈行走，解除魔法。

琳達的動作比較快，沿著她原來的軌跡，逆向快步走。她一走完，莎拉和伊莎波就衝到我身旁。倫敦女巫則跑去看顯示維斯登位置的那張地圖。

「天啊，我幾百年沒看到這樣的魔法了。馬修說妳是個讓人敬畏的女巫，果然沒錯。」伊莎波佩服地說。

「咒語做得很好，親愛的。」莎拉以我為榮。「完全沒有懷疑，片刻都不猶豫。」

「有用嗎？」我希望有。想再施一次這種威力的咒語，需要先休息幾個星期。我跟其他女巫一起去看那張地圖。「牛津郡？」

「是的。」琳達懷疑地說。「我擔心我們提出的問題不夠明確。」

地圖上有焦黑的字跡，顯示一個聽起來很有英國味的地名「集坪維斯登」㊽。

「羊皮紙上有這人名字的縮寫，但我忘了把開頭兩個字母編進咒語裡。」我的心一沈。

「現在就承認失敗未免太早。」伊莎波已取出手機，開始撥號。「斐碧嗎？有沒有一個T·J·維斯登住在集坪維斯登？」

大家都沒想到，T·J·維斯登有可能住在一個也叫維斯登的地方。我們等候斐碧答覆。

伊莎波的表情忽然一鬆。「謝謝妳。我們很快就會回家。告訴瑪泰，戴安娜需要敷頭，她的腳也需要冰毛巾。」

我的頭和腳都在作痛，兩腿的腫脹也每分鐘都在擴大。我感激地看著伊莎波。

「斐碧告訴我，確實有個T・J・維斯登住在集坪維斯登。」伊莎波回報。「他住在一棟舊式宅邸。」

「啊，太棒了。太棒了，戴安娜。」琳達對我微笑。其他倫敦女巫紛紛拍手，好像我剛表演了一首特別困難的鋼琴獨奏曲，一個音也沒彈錯。

「我們不會輕易忘記這個晚上，」譚美欣道，聲音因感情洋溢而有點顫抖。「今晚有位編織者重返倫敦，結合過去與未來，讓舊世界可以死亡，新世界可以誕生。」

「那是徐普頓媽媽的預言。」我聽過這樣的字句。

「烏蘇拉・徐普頓娘家姓索司泰。她的伯母愛麗絲・索司泰是我的祖先。」譚美欣說：「她跟妳一樣是個編織者。」

「妳是烏蘇拉・徐普頓的親戚！」莎拉驚呼。

「是的。」譚美欣答道。「我家族中的女性把編織者的知識保存下來，雖然五百多年來，我們家族只出過另一個編織者。但烏蘇拉預言，這種力量不會永遠消失。她預知會出現漫長的黑暗時期，巫族會遺忘編織者和她們代表的所有意義：希望、重生、改變。烏蘇拉也預見到今天晚上。」

「怎麼會呢？」我回想我知道的那幾行烏蘇拉・徐普頓的預言。似乎跟今晚發生的一切毫無關係。

「**生存者對龍尾的畏懼將持續很長歲月，但時間將記憶磨滅。你以為怪。但它必實現。**」譚美欣背誦

---

(68) Chipping Weston一名中的Chipping源自古英文，意為市場。

道。她一點頭，其他女巫也齊聲朗誦。

早於族群更新，
將有銀蛇現身
吐出未知的同類之人
與熱力消散的
泥土混合，這些人能
啟蒙未來的人心。

「又有龍又有蛇？」我打了個寒噤。

「預言揭示了超自然生物會有一個全新的黃金時代來臨。」琳達道：「它讓我們等了太久，但我們很慶幸有生之年能看到它。」

這一切責任實在太沈重。先是雙胞胎，接著馬修要自立門戶，現在又是整個族群的未來？我手撫孩子在裡面成長的隆起小腹，只覺得來自四面八方的拉扯，作為女巫的我，正在跟作為學者、妻子、新手母親的各個我交戰。

我望著四周牆壁。一五九一年，我的各部分配合得很好。一五九一年的我，是一個完整的自己。

「別擔心。」席比兒柔聲道。「妳會恢復完整。妳的吸血鬼會幫妳。」

「我們都會幫妳。」卡珊德拉道。

第二十七章

「停在這裡。」蓋洛加斯下令。勒納煞住賓士，他們立刻無聲無息走到「老房子」的門房口。因為除了正忙於搶救瀕臨崩盤的歐元的哈米許，沒有人願意在倫敦等候第三頁插畫的下落，所以我的全體隨扈都跟來了。費南多開著一輛越野陸華車（馬修似乎有無限多輛存貨）跟在後面。

「不。不是這裡。開到房子前面。」我對勒納說。門房會勾起我太多馬修的回憶。沿著車道開去，老房子熟悉的輪廓在牛津郡的濃霧中出現。看不見它周遭滿是羊群和乾草堆的田野，而且只見到一根煙囪把一縷細細的煙噴向天空，感覺有點奇怪。我把額頭貼在冰冷的車窗玻璃上，讓黑白相間的外露木骨架和菱狀玻璃窗，為我喚回比現在快樂的昔日時光。

我往柔軟的皮椅上一靠，伸手去拿手機。沒有馬修傳來的新簡訊。我藉著再看一遍他先前發來的兩張照片安慰自己：一張是傑克跟馬卡斯的合照，另一張是傑克一個人坐著，腿上架著寫生簿，專心作畫。後面這張照片是在我拍攝灰衣修士修道院的壁畫，寄給馬修後收到的。攝影的魔法真了不起，我把伊莎貝拉女王的鬼魂也拍了進去，她一臉倨傲的輕蔑。

莎拉看著我。她跟蓋洛加斯都堅持，我們前往集坪維斯登之前，該先休息幾小時。我表示反對。編織咒語總讓我產生幾小時的空虛感，我向他們保證，我之所以臉色蒼白、胃口欠佳，完全是魔法所致。莎拉和蓋洛加斯卻不聽我的。

「這裡嗎，夫人？」勒納在介於碎石車道和環繞房子的壕溝之間、那片修剪過的紫杉樹籬前放慢車速。一五九〇年的時候，馬車可以駛到房子的前院，但現在兩輛車都開不過狹窄的石橋。

所以我們只好繞到房子後面的小院子，從前我住在這兒的時候，只有送貨員和小販在這裡進出。這兒停了一輛小飛雅特，還有一輛顯然用來在這塊地產上做雜工的破舊卡車。馬修的朋友兼房客阿米拉‧查凡在等我們。

「真高興又見到妳，戴安娜。」阿米拉道，我熟悉她帶刺的目光。「馬修呢？」

「出公差去了。」我簡短地回答，從車上爬下來。阿米拉驚呼一聲，快步走過來。

「妳懷孕了。」她用發現火星上有生物的口吻宣布道。

「七個月了。」我拱起背道。「我需要上一堂妳的瑜伽課。」阿米拉在老房子這兒開了很不尋常的瑜伽班——專收魔族、巫族、血族的學生，混合上課。

「別想把自己扭成麻花了。」蓋洛加斯溫柔地扶著我的手臂。「進來吧，嬸娘，休息一會兒。費南多煮東西給我們大家吃的時候，妳可以把腳翹在桌上。」

「既然有阿米拉在——我絕不碰鍋子。」費南多親吻阿米拉的臉頰。「沒發生任何需要我擔心的事吧，shona？」

「沒看到，也沒感覺到什麼。」阿米拉對費南多露出喜悅的微笑。「我們好久沒見了。」

「做一份香料洋蔥炒蛋（Akuri）夾吐司給戴安娜吃，我就原諒妳。」費南多咧開嘴，很有默契地回她一笑。「光是那股香味，就讓我覺得置身天堂。」

經過一輪介紹，我走進一五九〇年我們家人共餐用的小房間。牆上沒有地圖，卻有一爐令人愉快的火，驅走一部分濕氣。

阿米拉送上一盤盤炒蛋和吐司，還有裝在碗裡的米飯和扁豆。所有食物都有辣椒、芥末、萊姆和胡荽的香氣。費南多對著盤子狂吸芬芳的蒸汽。

「妳做的什錦扁米飯㊾讓我想起我們到孟買附近的象島去參觀岩洞途中，光顧的一家小吃攤，就是賣椰奶茶那家。」他又深呼吸一下。

「理應如此。」阿米拉把一根湯匙放進扁豆裡，說道。「他用的是我祖母的食譜。我按照傳統方式，用鐵杵和鐵臼搗米，所以對戴安娜的身孕很滋補。」

雖然我堅持我不餓，但小茴香加萊姆對我的胃口卻有魔法效果。沒多久，我面前的盤子已一掃而空。

「這才像話。」蓋洛加斯滿意道。「接下來，妳何不在有靠背的長椅上躺一下，閉上眼睛。如果妳嫌不夠舒服，也可以到彼埃從前的辦公室裡那張床上休息，說到這個，妳自己也有床呀。」

那張長椅是橡木做的，雕刻繁複，本來就是為了防人偷懶而設計。我住在這棟房子的時候，它放在正式的客廳裡，現在挪了幾個房間，充當窗下的座位。椅腳的成堆報紙顯示，這是阿米拉晨間讀報，追蹤新聞的地方。

我開始明白馬修如何對待他的房子了。他在裡面住一陣子，離開，隔數十年或幾世紀再回來，除了調整幾件家具的位置，不做任何變更。換言之，他擁有的是一堆博物館，而不是一般人心目中的家。我想到在這棟房子的其他部分等待我的回憶——我遇見喬治・查普曼和畢登寡婦的大廳，華特・芮利在亨利八世和伊麗莎白一世炯炯目光下談論我們的困境的正式客廳、馬修和我第一次踏進十六世紀的那間臥室。

「長椅很好。」我連忙道。如果蓋洛加斯願意貢獻他的皮夾克，費南多也捐出他的羊毛長大衣，靠背上的雕刻玫瑰就不至於頂痛我的腰。為了實現我的慾望，那堆外套在火爐邊組成一張臨時床墊。被苦橘、海浪、丁香、煙草與水仙的氣味包圍著，我的眼皮變得沈重，進入了夢鄉。

「即使有人看到他，也只是驚鴻一瞥。」阿米拉低柔的聲音把我從小憩中喚醒。

「儘管如此，只要班哲明對妳的安全構成威脅，妳就不該再教瑜伽。」費南多一反常態，口氣非常堅

---

(69) kanda poha，印度的特色烹飪，將米粒杵成扁米後，先泡水再煮熟，被認為助消化、易吸收。

決。「萬一他從大門走進來怎麼辦？」

「那班哲明就要面對二十幾個憤怒的魔族、血族和巫族，就這樣。」阿米拉答道。「馬修也要我停課，費南多，但現在我這份工作卻似乎比什麼時候都更重要。」

「沒錯。」我從椅子上放下雙腿，站了起來，揉掉眼中的睡意。看看時鐘，已過了四十五分鐘。暫時無法從光線變化判斷時間的流逝，因為我們仍被濃霧包圍。

莎拉招呼瑪泰把茶端來。泡的是薄荷和玫瑰果，不含能幫我提神的咖啡因，不過好在茶很熱。我已經忘記十六世紀的住家有多冷了。蓋洛加斯替我在火爐邊布置了一個位子。想到他為我付出的關懷，讓我感傷。他是個那麼值得愛的人；我不希望他孤單。我的表情一定洩漏了我的心情。

「不要可憐我，嬸娘。風不會永遠照著船的意願吹。」他把我擺到椅子上，低聲道。

「風會服從我。」

「我規劃自己的路線。如果妳再為我想不開，我就告訴馬修妳在幹什麼，妳要應付的就不止一隻，而是兩隻心情惡劣到極點的吸血鬼了。」

還是趕快換個話題吧。

「馬修要自立門戶了，阿米拉。」我轉向主人道。「他要兼容並蓄各種超自然生物。誰知道，我們說不定還會讓凡人加入。如果他成功，我們會需要大量的瑜伽。」我頓了一下，因為我的右手開始刺痛，發出各種顏色的脈動。我默默地研究了一會兒，然後做出一個決定。我希望斐碧買來保護那兩頁生命之書、硬邦邦的皮革資料夾，不要放在房間另一頭，而是放在旁邊的桌上。雖然睡了一下，我還是覺得疲憊不堪。

資料夾出現在旁邊的桌上。

「天靈靈啊地靈靈。」費南多低聲道。

「既然妳住在馬修的房子裡，應該讓妳知道，我們大夥兒為什麼會忽然來找妳。」我對阿米拉道。

「妳可能聽過有關巫族的第一本魔法書的故事？」

阿米拉點點頭。我把我們收集到的兩頁紙遞給她。

「這些來自那本書——吸血鬼稱作生命之書。我們認為還有一頁目前在一個名叫T‧J‧維斯登的人手中，他住在集坪維斯登。現在我們吃飽喝足，斐碧和我要去看看，能否說動那個人出售它。」

就在這時，伊莎波和斐碧突然出現。斐碧臉色蒼白如紙。伊莎波看起來有點煩。

「怎麼了，斐碧？」我問。

「有幅賀爾本。掛在浴室裡。」她雙手捧著臉。「一幅小油畫，是湯瑪斯‧摩爾⑳的女兒瑪格麗特的肖像。那不能掛在馬桶上啊！」

我終於明白，為什麼馬修會覺得我老是對他家人對待書房裡的書的方式大驚小怪，很煩人了。

「不要那麼拘謹吧。」伊莎波有點不悅。「瑪格麗特不是那種看到人家暴露一點身體就會在意的女人。」

「妳認為——那是——」斐碧張口結舌。「我擔心的不是禮節問題，而是瑪格麗特‧摩爾隨時有可能掉到馬桶裡去！」

「我明白，斐碧。」我盡可能在語氣中流露同情。「如果說，客廳裡有很多其他更大、更重要的賀爾本作品，妳會不會好過一點？」

「還有樓上，我們的某間閣樓裡，有那位聖人全家福的畫像。」伊莎波手指著上方。「湯瑪斯‧摩爾

---

⑳ Thomas More（1478-1535），英國政治家，反對宗教改革，也反對英王亨利八世與羅馬教廷決裂，並拒絕承認亨利的離婚，因而以叛國罪被處死，死後被天主教封為聖人。摩爾認為女性應該接受與男性一樣多的古典教育，他在家教導妻子與女兒讀書，長女瑪格麗特被譽為當代才女。畫家賀爾本曾為他繪製全家福肖像，但在十八世紀就下落不明。

年輕的時候就很傲慢，年紀大了也沒有學得比較謙虛。馬修好像不介意，但湯瑪斯和菲利普好幾次差點大打出手。如果他女兒淹死在馬桶裡，也算他活該。」

阿米拉開始咯咯笑。費南多先是露出吃驚的表情，然後也跟著笑起來。不久我們全體都在哈哈大笑，包括斐碧在內。

「吵什麼？又發生了什麼事？」瑪泰站在門口，困惑地看著我們。

「斐碧正在適應，如何做一個德・柯雷孟家的人。」我擦乾淚水道。

「祝妳好運。」瑪泰道。大家越發狂笑不已。

這是個很好的提醒，我們雖然各不相同，卻是一家人——不比任何其他家族更古怪或自以為是。

「妳帶來的這兩張紙——也是馬修的收藏嗎？」阿米拉重拾方才的話題。

「不是。其中一頁是別人給我父母的，另一頁原本在馬修的孫子安卓・胡巴德手中。」

「唔。好多恐懼。」阿米拉兩眼失焦。她是個具有靈通，能神入旁人情緒的女巫。

「阿米拉？」我密切觀察她。

「鮮血與恐懼。」她顫抖一下，好像沒聽見我叫她。「在羊皮紙裡面，跟寫在上面的字無關。」

「我該阻止她嗎？」我問莎拉。一般情況下，最好讓女巫盡情發揮她的天眼通，但阿米拉這麼快就被另一個時空的景象攫住。她很可能陷入視覺意象與感情的重圍，找不到出路而無法脫困。

「絕對不可以。」莎拉道：「如果她迷失，我們兩個都可以幫助她。」

「一個年輕女子——一個母親。當著她孩子的面前被殺。」阿米拉喃喃道。我的胃一陣攪動。「孩子的父親已死。巫族把她丈夫的屍體帶到她面前，扔在她腳下，強迫她看他們對他做了什麼。她是第一個詛咒這本書的人。那麼多知識，永遠失去了。」阿米拉慢慢閉上眼睛。再度睜開時，她眼中含著晶瑩的淚珠。「這張皮紙是用她肋骨上的皮膚做的。」

我知道生命之書是用死去的超自然生物的遺骸製作的，但我從未想到，除了DNA所能透露的信息，我還會對他們有進一步的了解。我衝到門口，胃在翻騰。珂拉煩躁地拍打翅膀，向左轉向右轉，企圖保持穩定，但因為雙胞胎不斷成長，留給她的空間實在不多。

「噓。妳的命運不會是那樣。我保證。」伊莎波把我擁進懷裡，說道。她冰冷而堅強，雖然體態優雅，力量卻也很強大。

「我修補這本破損的書，是正確的嗎？」胃部那陣天翻地覆結束後，我問：「而且沒有馬修在場？」

「無論對錯，這件事都非做不可。」伊莎波把遮住我的臉、飛散的亂髮梳理到後面。「打電話給他，戴安娜。他不會願意妳這樣受苦。」

「不要。」我搖頭。「馬修有他的工作。我也有我的。」

「那我們就完成它。」伊莎波道。

集坪維斯登是推理小說家最喜歡用作謀殺案背景的一座風光如畫的英國小村。它乍看像一張明信片，或電影的布景，卻有幾百個人以這兒為家，茅草屋頂的房舍分布在幾條狹窄的巷弄裡。村口的草坪上還保留著古早懲戒行為不端被判罪的村民的木樁，甚至還有兩家酒吧，所以你即使跟一半的鄰居不和，晚上想來杯啤酒，也不愁沒地方可去。

那棟舊式大宅並不難找。

「大門開著。」蓋洛加斯把手指關節扳得喀喀響

「你有什麼計畫，蓋洛加斯？跑到前門口，赤手空拳拆了它？」我爬下勒納的車。「來吧，斐碧，咱們去按門鈴。」

蓋洛加斯跟在後面，我們直接穿過敞開的大門，繞過我猜原本是個噴泉，後來填土改造的石砌圓形花

圃。途中經過兩棵修剪成臘腸狗形狀的黃楊樹。

「真不尋常。」斐碧瞥一眼樹雕的造型，輕聲道。

大宅正面是一排低矮的窗戶，門戶設在中央。沒有門鈴，只有一個鑄鐵敲門器——也做成臘腸狗形狀——很沒有專業思維地裝在結實的伊麗莎白時代門板上。趁斐碧還來不及給我上一堂老屋保養學，我就抓住那隻狗，用力敲擊起來。

寂靜。

我再敲一遍，多使了一點力氣。

「路上的人都可以把我們看得一清二楚。」蓋洛加斯抱怨道。「從來沒見過這麼不像樣的圍牆。連小孩子跨一步都過了。」

「不是每戶人家都挖得起壕溝。」我道。「而且我不認為班哲明會聽過集坪維斯登這個地方，更別說跟蹤我們到這兒來了。」

蓋洛加斯聽不進去，仍然像隻焦慮的貓頭鷹般東張西望。

我正打算再敲一次，門忽然開了。門口站著一個戴護目鏡、像披斗篷般把一頂降落傘披在肩上的男人。成群小狗簇擁在他腳邊，搖著尾巴汪汪叫。

「妳去過什麼時代？」我還沒弄懂這古怪的問題是什麼意思，那陌生人就一把將我摟進懷裡。狗群見主人接納我，開心地跳來跳去，爭相表示歡迎。他放開我，掀開護目鏡，目光的推壓像一連串歡迎的吻。

「你是魔族。」我多此一舉地說。

「妳是巫族。」他用一綠一藍兩隻眼睛端詳蓋洛加斯。「他是血族。不是上次跟妳在一起的那個，不過身高還是可以換燈泡。」

「我不換燈泡。」蓋洛加斯道。

「且慢，我認識你。」我在腦海裡搜尋記憶中的面孔。這是去年我在博德利圖書館第一次遇見艾許摩爾七八二號時，見過的魔族之一。他喜歡喝拿鐵，還拆了微縮膠捲閱讀機。他無時無刻戴著未必連接到任何播放器的耳機。「提摩西？」

「就是我。」提摩西轉過頭來看我，豎起大拇指和食指，比出手槍的形狀。我注意到，他仍然穿不成雙的牛仔靴，不過這次一隻是綠色，而另一隻是藍色——大概是搭配他的眼睛吧。」他咂咂舌頭。「跟妳說過了，寶貝；妳就是那個人。」

「你是T・J・維斯登嗎？」斐碧問道，試著蓋過搖尾狂吠的狗群，讓人聽見她的聲音。

提摩西用手指堵住耳朵，用口型表示：「聽不見。」

「喂！」蓋洛加斯大喝一聲：「閉上你們的狗嘴，小畜生。」吠聲戛然而止。狗兒全體坐下，張開嘴，掛出舌頭，崇拜地望著蓋洛加斯。提摩西把一根手指從耳朵裡抽出來。

「真好。」他低低吹了聲口哨，表示讚賞。所有的狗又立刻開始吠叫。

蓋洛加斯把我們全體推進屋裡，氣鼓鼓地嘟囔著無遮蔽視線、防禦位置、蘋果與豆莢的聽力可能受損之類的話。直到他坐在壁爐前的地板上，讓狗兒在他身上爬來爬去，舔他黏他，好像失散多年的領袖重返牠們身邊，才又恢復和平。

「牠們叫什麼名字？」斐碧試著計算那座扭來扭去的小山上有幾根小尾巴。

「漢斯與葛瑞泰，當然。」提摩西看著斐碧，一臉覺得她沒指望的表情。

「另外四隻呢？」斐碧問。

「奧斯卡、莫莉、拉斯蒂。還有水窪。」提摩西逐一指著每隻狗說。

「水窪喜歡下雨的時候到外面玩？」

「不是。」提摩西答道：「牠喜歡在地板上尿尿。牠本來叫潘妮洛普，但現在全村的人都叫牠水窪了。」

從這種話題要優雅地轉換到生命之書上，完全沒可能，我只好開門見山。「你有沒有買到一張上面有棵樹的描金插畫？」

「有。」提摩西眨眨眼。

「願不願意賣給我？」再拐彎抹角也沒意義。

「不願意。」

「我們會付你一大筆錢。」斐碧或許不喜歡德•柯雷孟家的人把世界名畫隨手亂掛、滿不在乎的作風，但對他們雄厚購買力的優勢卻已心領神會。

「那是非賣品。」提摩西揉揉一隻狗兒的耳朵，牠就又回到蓋洛加斯那兒，開始啃他的靴子。

「我可以看看嗎？」或許提摩西會願意把它借給我，我想。

「當然。」提摩西解下降落傘，大步走出這個房間。我們趕緊跟上去。

他帶我們穿過好幾個顯然不是為目前的用途而設計的房間。餐廳正中央擺著一套陳舊的鼓，其中貝斯鼓上還漆了「德瑞克與神智不清者」字樣，另一個有花棉布沙發、貼條紋壁紙的房間裡，則堆滿了報廢的電子設備。

「在那兒。某處。」提摩西指著下一個房間道。

「我的老天爺媽媽啊。」蓋洛加斯大吃一驚道。

所謂「那兒」，原本是間書房。所謂「某處」，包括不計其數藏東西的地方，有尚未拆開的貨運板條箱與信件，有裝滿可回溯到一九二〇年代的樂譜的紙箱，還有堆積成幾座山的舊報紙。這兒還收藏了大量各種尺寸、形狀、年代的鐘面。

還有手抄本。幾千份手抄本。

「我記得放在一個藍色資料夾裡面。」提摩西抓著下巴道。他顯然在今天稍早的時候想要刮鬍子，但只剃掉一部分，面頰上還留下兩大片鬍碴。

「你買舊書多久了？」我拿起伸手可及的第一本，問道。那是一個十八世紀學生的科學筆記，用德文寫的，但除非要做啟蒙時代教育的學術研究，否則這本筆記毫無價值。

「從我十三歲開始。那時我祖母去世，留給我這棟房子。我母親在我五歲時去世，我剛滿九歲時，我爸德瑞克又意外死於藥物過量，之後我就跟祖母相依為命。」提摩西珍愛地打量這個房間。「後來我一直設法恢復它的舊觀。你們要到我樓上的畫廊參觀刮下來的油漆片嗎？」

「或許晚一點。」我道。

「好吧。」他臉色黯淡下來。

「你為什麼會對手抄本有興趣？」要讓魔族和大學部學生回答問題，最好的辦法就是提出完全開放式的問題。

「手抄本就像房子——讓我想起不該忘記的東西。」提摩西道，好像這麼說就解釋了一切。

「運氣好的話，某件手抄本會讓他想起，他把妳書裡那頁紙塞到哪兒去了。」蓋洛加斯低聲道。「要不然，我們翻完這堆垃圾得花好幾個星期。」

我們沒有好幾個星期的時間。我要從博德利圖書館取出艾許摩爾七八二號，讓它恢復完整，然後馬修就可以回家。沒有生命之書，我們抵擋不了合議會、班哲明或諾克斯與高伯特包藏的禍心。一旦安全取得那本書，他們跟我們打交道，就必須接受我們的條件——不論我們是否自立門戶。我挽起衣袖。

「提摩西，如果我在你的書房裡使用魔法，你不介意吧？」問一聲好像比較禮貌。

「會發出很大的聲音嗎？」提摩西問道。「狗狗不喜歡噪音。」

「不會。」我考慮一下我的選項，答道。「我相信完全不會發出聲音。」

「哦，這樣啊，那可以，好吧。」他鬆了一口氣。為了確保安全，他又把護目鏡戴上。

「還要用魔法嗎，嬸娘？」蓋洛加斯皺起眉頭。「妳最近用了很多魔法哦。」

「你這句話等明天再說吧。」我喃喃道。如果三頁書都湊齊，我就要去博德利圖書館。到時候，要做的事可多著呢。

忽然有堆紙張從地板上竄起來。

「妳已經開始了嗎？」蓋洛加斯訝道。

「沒有呀。」我道。

「那這是怎麼回事？」蓋洛加斯向那個莫名其妙騷動的紙堆走去。

一本皮革封面的對開本大書和一盒筆中間，有根小尾巴在搖動。

「水窪！」提摩西道。

小狗的尾巴先出現，牠把一個藍色的資料夾拖了出來。

「乖狗狗。」蓋洛加斯哄著牠。他蹲下身，伸出手。「拿過來給我。」

水窪嘴裡銜著艾許摩爾七八二號失落的最後一頁，站在那兒，顯得非常得意。但牠並沒有把東西交給蓋洛加斯。

「牠要你追牠。」提摩西解釋。

蓋洛加斯不悅道：「我才不追那隻狗。」

最後我們全體去追牠。水窪是有史以來行動最敏捷、最聰明的臘腸狗，在家具下面東奔西竄，還會作假動作往左，卻轉向右邊逃跑。蓋洛加斯動作很快，但個子不夠小。水窪一再從他指縫間溜走，興奮極了。

最後水窪不得不喘口氣，只好把已經有點潮濕的資料夾放在爪子前面。蓋洛加斯趁機把它搶到手。

「好姑娘！」提摩西抱起扭動不已的狗兒。「今年的臘腸狗遊戲大會，妳一定會獲勝。毫無疑問。」一張紙黏在水窪爪子上。「咦。這是我的房屋稅稅單。」

蓋洛加斯把資料夾交給我。

「榮譽應歸於斐碧。」我道：「要不是她，我們不會來到這兒。」我把資料夾交給她。

斐碧把它打開。裡面那幅畫鮮活無比，好像昨天才畫出來的，豔麗的色彩、樹幹與樹葉的細節，更讓人意識到紙張散發的生命力。畫裡蘊藏著力量。這一點絕不會錯。

「好美。」斐碧抬頭看我。「這就是妳要找的那一頁？」

「是。」蓋洛加斯道。「就是它，沒錯。」

斐碧把那張紙放進我等待的雙手中。羊皮紙一碰到我，我的手就亮了起來，彩色的小火星四射到房間裡。我指尖迸發出魔法的纖維，與羊皮紙接觸時發出幾乎聽得見的電流劈啪聲。

「那張紙上有很大的能量。但不全是好的。」提摩西後退幾步，說道。「它必須回到妳在博德利發現的那本書裡。」

「我知道你不願意出售這張紙，」我道：「那可以借給我嗎？一天就好？」我可以直奔博德利圖書館，重新借出艾許摩爾七八二號，明天下午就把這一頁送回來——前提是我把它裝訂回去後，生命之書允許我再次把它拆下來。

「不行。」提摩西搖頭。

「你不讓我買，也不肯借給我。」我越說越生氣。「你難道跟這張紙有什麼感情上的瓜葛？」

「當然有。我是說，他是我祖先，不是嗎？」

房間裡每雙眼睛都瞪著我手中那張樹的插畫。就連水窪都重新興趣盎然地看過來，用靈巧的長鼻子對空中吸氣。

「你怎麼知道？」我低聲道。

「我看到影像——電腦晶片、縱橫字謎、妳、皮膚被做成這張羊皮紙的男人。妳走進杭佛瑞公爵閱覽室那一刻，我就知道妳來自何方。」提摩西顯得很哀傷。「我當時就告訴妳了。但妳不肯聽我說，反而跟那個大吸血鬼離開。妳就是那個人。」

「那個什麼人？」我的喉嚨哽住了。魔族的預視能力怪異而與現實脫節，但也可能準確而震撼。

「會知道所有的一切——鮮血、死亡與恐懼——如何開始的人。有能力徹底結束那一切的人。」提摩西嘆口氣。「我不能把我的祖先賣給妳，也不能借給妳。但如果我把他交給妳，請妳好好保管，妳會讓他死得有意義嗎？」

「我無法做出這種承諾，提摩西。」我不能答應這麼龐大而不著邊際的一件事。「我們還不知道那本書會透露什麼。我也不可能保證改變任何事。」

「妳能保證妳一旦知道了他的名字，就不讓它被世人遺忘嗎？」提摩西問。「名字很重要，妳知道的。」

我心頭湧起一種神祕的感覺。剛認識伊莎波的時候，她也曾對我說過同樣的話。我的心靈之眼浮現愛德華・凱利的形象。「**妳也會在書裡找到自己的名字。**」魯道夫皇帝強迫他交出生命之書時，他高喊這句話。我覺得熱血沸騰。

「我不會忘記他的名字。」我許下諾言。

「有時候，這樣就夠了。」提摩西道。

第二十八章

午夜已過了幾小時，一切入睡的希望都已幻滅。濃霧稍微消散，滿月清光照進鹿群沈睡的林園，撥開仍纏在樹幹上、流連在低窪地的縷縷灰瘴。只有一、兩頭鹿還在外逡巡，對著草叢挑挑揀揀，尋覓最後的食料。寒霜將至；我感覺得出。自從在那個靠太陽的高度，而非日晷或時鐘決定每天行程，靠季節決定每天的飲食與服藥的時代生活過以來，我與大地與天空的節奏，就變成前所未有的合拍。

我又睡在我們的臥室裡，也就是馬修和我度過我們十六世紀第一晚的那個房間。這兒只有幾項改變：燈改成電燈，爐邊換了個維多利亞式的拉鈴，通知僕人來顧火或送茶（我仍百思莫解為何吸血鬼家庭裡需要這種東西），還有隔壁房間改成一個相連的更衣間。

與提摩西・維斯登見過面，回老房子的歸途中，氣氛緊張到超乎想像。雖然生命之書的最後一頁已到手，晚餐時間還早，而杭佛瑞公爵館在開學期間會開放到七點，蓋洛加斯卻斷然拒絕送我去牛津。勒納自告奮勇送我去，蓋洛加斯卻罵了一串讓人心驚肉跳的粗話，威脅要殺他。費南多拉著蓋洛加斯，說要離開一下去談談，回來時蓋洛加斯嘴唇上掛著即將痊癒的傷口，眼睛略帶淤青，對勒納嘟囔了幾句致歉的話。

「妳不能去。」我向門口走去時，費南多道。「明天我陪妳去，但今晚不行。蓋洛加斯說得對：妳看起來像死人。」

「不要再把我捧在手心裡了。」我咬牙切齒道，雙手仍不時噴出火星。

「妳的配偶——我的宗主——回來前，我會一直把妳捧在手心。」費南多道。「全世界唯一能讓我送妳去牛津的超自然生物只有馬修。妳儘管打電話給他。」他送上他的手機。

討論就此結束。我心不甘情不願地接受了費南多的最後通牒，雖然我的頭痛得像打鼓，過去一星期我使用的魔法比整個前半輩子都多。

「只要妳持有這三頁，其他生物都拿不到那本書。」阿米拉試圖安慰我。但生命之書近在咫尺，這種說詞沒什麼作用。

就連看到那三張紙排放在大廳裡的長桌上，都無法振作我的心情。離開麥迪森以來，我對這一刻充滿期待與恐懼，但現在它擺在眼前，只覺得像個怪異的反高潮。

斐碧小心安排三幅畫，刻意不讓它們互相接觸。我們受過慘痛的教訓，發現它們之間好像有磁場般的親密關係。我剛回到家，把它們收在一起，準備前往博德利圖書館時，這幾張紙發出低柔的哭聲，接著又傳出每個人——包括斐碧——都聽得見的交談聲。

「妳不能拿著這三張紙，直接走進博德利圖書館，把它們塞回著魔的書裡。」莎拉道。「真是瘋狂。圖書館裡一定有很多巫族。他們會飛奔而來。」

「而且天曉得生命之書會有什麼反應？」伊莎波用手指戳一戳那幅樹的圖畫。「萬一它尖叫呢？說不定會釋出鬼魂。戴安娜還可能惹來大雨或大火。」在倫敦體驗過魔法後，伊莎波一直在閱讀。她對好幾種主題已有充分研究，隨時可以發表長篇大論，包括過去兩年來英倫三島觀察到的幽靈現形和多次神祕現象。

「妳得把它偷出來。」莎拉道。

「我是擁有終身職的耶魯大學教授，莎拉！我不能做那種事！我的學者生命——」

「恐怕會結束。」莎拉替我把句子說完。

「不至於吧，莎拉。」費南多語氣中帶有責備。「即使以妳而言，那麼做都太極端了。戴安娜一定有辦法借出艾許摩爾七八二號，隔一陣子再歸還吧。」

我試著解釋，博德利圖書館的書不能外借，卻沒有用。伊莎波與莎拉掌管後勤，費南多與蓋洛加斯維護安全，整個場合沒有我提出意見、建議或警告的餘地。他們的手段比馬修還高壓。

所以我才會大清早四點坐在這兒，瞪著窗戶，等待太陽升起。

「我該怎麼辦？」我把額頭抵著冰冷的菱形窗玻璃，低聲自語。

一提出這個問題，我的皮膚就神覺煥發，好像我把手指插進了電源開關似的。林中走出一個閃閃發光的白衣人影，旁邊有一頭白鹿作伴。不似來自塵世的鹿，鎮定地走在女人身邊，對手中拿著弓與箭囊的女獵人毫無懼意。女神。

她停下腳步，抬頭望著我的窗戶。「為什麼悲傷，女兒？」銀鈴般的聲音悄悄問：「失去了妳最想要的嗎？」

我已學會不回答她的問題。見我不願回應，她微微一笑。

「鼓起勇氣，在滿月下與我同行。說不定妳會找回它。」女神手扶鹿角，等候著。

我溜到戶外，沒被人發現。我的腳在結紋園的碎石小徑上踩出嘎吱聲，又在沾著薄霜的草地上留下黑印。沒多久，我就站在女神的面前。

「妳來做什麼？」我問。

「幫助妳。」女神的眼睛在月光下呈現銀色與黑色。「妳要擁有生命之書，就必須放棄一些東西——妳最珍視的東西。」

「我給得夠多了。」我的聲音在顫抖。「我的父母、我的第一個孩子、我的阿姨。就連我的生命也不是我的。它屬於妳。」

「我不會拋棄為我服務的人。」女神從箭囊裡抽出一支箭，銀色的長箭飾有貓頭鷹的羽毛。她把箭遞給我。「拿著。」

「不。」我搖頭。「除非知道代價是什麼。」

「沒有人能拒絕我。」女神搭箭上弓，瞄準。這時我才注意到，她的武器沒有安裝尖銳的箭頭。她的手往後拉，銀色的弓弦緊繃。

已來不及在女神放箭前做出任何反應。它向我胸口筆直射來。我覺得一陣灼熱的痛楚，脖子上的項鍊受到拉扯，我的左肩胛骨和脊椎之間，有種溫暖的輕微刺痛感。繫住菲利普送我的箭頭的金環，沿著我身體滑落，掉在我腳邊。我在胸前的衣服上摸索，找尋被血沾濕的傷口，但除了箭桿穿過的一個小孔，什麼也沒有。

「妳逃不過我的箭。任何生物都做不到。現在它已成為妳的一部分。」她道。「即使生而具有力量者，也該攜帶武器。」

我在腳邊的地面上尋找菲利普的鍊墜。我站直上身時，卻發現它的尖端嵌在我的肋骨裡。我驚訝地瞪著女神。

「我的箭百發百中。」女神道。「妳需要它的時候，不要猶豫。要瞄準目標。」

「搬到哪裡去了？」這是不可能的事。不該發生在我們已這麼接近答案的時候。

「瑞德克利夫科學圖書館。」項恩有點歉意，但他的耐心所剩不多。「又不是世界末日，戴安娜。」

「但……那是……」我沒再說下去，填好的艾許摩爾七八二號借閱單掛在我手指間。

「妳都不看電子郵件嗎？我們發出搬家通知已好幾個月了。」項恩道。「我很樂意收下妳的申請，加入系統，因為妳這段時間不在，而且顯然沒有接觸網路。但所有的艾許摩爾手抄本都不在這兒，而且妳不能把它們借到這間閱覽室來，除非妳能提出與仍收藏在這裡的手抄本與地圖相關、牢不可破的學術理由。」

我們今天早晨規劃的應變對策——足以應付多種不同狀況——之中，就是沒包括博德利圖書館決定把杭佛瑞公爵館的珍本書與手抄本，遷到瑞德克利夫科學圖書館這一項。我們把莎拉、阿米拉和勒納留在家裡，以防萬一需要魔法支援。蓋洛加斯和費南多都在外面，在瑪莉・赫伯特的兒子威廉的雕像附近閒晃，讓女性遊客拍照。伊莎波用一筆跟列支敦斯登年度預算相當的捐款誘惑發展部主管，才得以進入圖書館，目前正在享用全館設施的私人導遊。斐碧因曾在基督教會學院就讀，是我的借書部隊中唯一持有借書卡的人，所以能陪我進入杭佛瑞公爵館，目前正在一個可以眺望艾克斯特學院的花園的位子上耐心等待。

「真氣死人了。」不論他們搬走多少珍本書和名貴的手抄本，我確信艾許摩爾七八二號一定還在這裡。因為當初我父親是把生命之書跟這座圖書館束縛在一起，而不是跟它的檢索編號綁在一起。況且一八五〇年，瑞德克利夫科學圖書館還不存在。

我看一眼手錶。不過十點三十分。一群參加校外教學的孩子被放進四方庭，尖銳的叫喊聲在石壁上回響。我要花多少時間才能製造出一個讓項恩滿意的藉口？斐碧和我得討論一下。我試著去觸摸嵌著女神箭頭的腰部。箭桿迫使我保持站姿筆挺，只要稍微彎腰，就會覺得刺痛，藉此警告。

「別以為想出在這兒讀妳的手抄本的藉口很容易。」項恩看出我的心思，警告道。凡人通常處於休眠狀態的第六感，總在最不適當的時機開始活躍。「幾個星期來，妳的朋友已提出各式各樣的申請，但不論他多少次要求在這兒讀手抄本，申請到最後都被轉到公園路⑪。」

「他穿人字呢外套？燈心絨長褲？」如果彼得・諾克斯在杭佛瑞公爵館，我要掐死他。

「不是。是坐在卡片櫃旁邊那個男的。」項恩用大拇指比著賽頓閱覽室的方向。

我謹慎地倒退走出項恩位於借書櫃台對面的辦公室，立刻感覺到令人麻痺的吸血鬼目光。高伯特？

「羅伊登太太。」

⑪ 瑞德克利夫科學圖書館位在公園路。

不是高伯特。

班哲明的手臂搭在斐碧肩頭，她的白襯衫上有幾點血跡。這是從我認識斐碧以來，她第一次顯得害怕。

「福克斯先生。」我的聲音比平時響亮一點。但願伊莎波或蓋洛加斯能在學童的吵鬧聲之上，聽見他的名字。我強迫自己的腳用正常的步伐向他走去。

「真是意外啊，在這兒看到妳——而且這麼……有生產力。」班哲明的眼神從我的胸部慢慢移動到雙胞胎蜷伏的腹部。他們中的一個正在瘋狂踢騰，好像要掙脫束縛。珂拉也在我體內扭動咆哮。

*禁止用火。*我拿到第一張借書卡時立的誓言浮上心頭。

「我等的是馬修。卻等到他的配偶。還有我的兄弟。」班哲明把鼻子湊到斐碧耳朵下面的脈搏上。她咬緊嘴唇，不讓自己尖叫。「馬卡斯真是個好孩子，凡事都挺他父親。我把妳變成我的以後，不知道他還挺不挺妳，小乖乖。」

「放開她，班哲明。」話一出口，我大腦的邏輯才意識到這麼說毫無意義。班哲明無論如何都不會放走斐碧。

「別擔心。不會留下妳的。」他的手指輕撫斐碧脖子上霍霍跳動的脈搏。「我對妳也有很大的計畫，羅伊登太太。妳很會傳宗接代。我看得出來。」

伊莎波在哪裡？

我脊椎旁的箭枝灼燙，邀請我使用它的力量。但我怎麼可能瞄準班哲明而不傷害斐碧？他把斐碧擋在前面，當作盾牌。

「這個，夢想成為吸血鬼。」班哲明低頭，嘴唇拂過斐碧的脖子。她哀聲呻吟。「我可以實現妳的夢。運氣好的話，我可以把妳送回馬卡斯身邊，以妳強大的血液，讓他下跪求饒。」

菲利普的聲音在我耳邊回響：思考——活下去。這是他交給我的任務。但我的思想一直混亂地繞圈子。支離破碎的咒語、印象模糊的伊索奶奶的警告，追著班哲明的威脅打轉。我必須集中注意力

斐碧的眼神哀求我做點什麼。

「使用妳無足輕重的力量，女巫。我或許不知道生命之書裡有什麼——暫時——但我知道，女巫不能做吸血鬼的配偶。」

我在猶豫。班哲明在微笑。我處於生命的十字路口，一條路是我一直以為自己想要的——學術、知識、擺脫複雜混亂的魔法——人生，另一條是我現在擁有的人生。如果我在這裡，在博德利圖書館裡面使用魔法，就再也不能回頭。

「什麼事不對嗎？」他拉長音調問。

我的背仍然灼熱，痛楚蔓延到我的肩膀。我舉起手，兩手分開，好像拿著弓，然後用我左手的食指瞄準班哲明，拉出一直線。

我的手有顏色。一大片濃郁而鮮豔的紫色，流瀉到掌心。我暗地裡嘆口氣。這種時刻，我的魔法當然會決定做些改變。快想。紫色代表什麼魔法？

我覺得有條粗糙的繩子摩擦我的臉頰。我歪歪嘴唇，對它吹口氣。不要分心。思考。活下去。

我的注意焦點回到手上，手裡有把弓——真正的、看得見、摸得到的弓，木柄上有金與銀的裝飾。木頭上傳來一陣奇怪的輕微刺痛感，我認出那感覺。山梨樹。而且我指縫間夾著一支箭：銀箭桿，裝著菲利普的金箭頭。它是否能如女神的承諾，命中目標？班哲明把斐碧拖過來，擋在他的正前方。

「儘管射，女巫。妳會殺死馬卡斯的溫血人，但我還是會得到我專程來找的一切。」

我眼前浮現茱麗葉死於烈焰的畫面。我閉上眼睛。

我遲疑著，無法發箭。弓與箭在我手中消失。我做了女神叮嚀我千萬不可以做的事。

我聽見旁邊一張桌子上攤開的書，在忽然掀起的一陣微風中翻頁的聲音。我脖子上的毛髮豎了起來。巫風。

這座圖書館裡一定有另一個女巫。我睜開眼睛看是誰。

是個吸血鬼。

伊莎波站在班哲明前面，一隻手扣住他咽喉，另一隻手把斐碧向我推來。

「伊莎波。」班哲明恨恨地瞪著她。

「期待別人嗎？馬修，也許？」血從伊莎波用整根手指在他身上戳出的一個洞裡湧出來。她施的壓力剛好足夠讓班哲明不能移動。一陣反胃的感覺淹沒我。「他在忙別的事。斐碧，親愛的，妳得帶著戴安娜下去找蓋洛加斯和費南多。馬上去。」伊莎波的眼睛片刻也不離開她的獵物，只用空著的手指我的方向。

「我們走。」斐碧拉著我的手臂低聲道。

伊莎波從班哲明的脖子上抽出手指，發出噗的一聲。他立刻用手摀住那位置。

「我們還沒完，伊莎波。告訴馬修我會再聯絡，很快。」

「哦，我會的。」伊莎波齜著牙，對他露出一個恐怖的笑容。她退後兩步，扶起我的另一隻手臂，撥轉我身體，面對出口。

「戴安娜？」班哲明喊道。

我停下腳步，卻沒有回頭。

「我希望妳兩個孩子都是女的。」

「上車前都不要講話。」蓋洛加斯發出一聲尖銳的口哨。「偽裝咒，嬸娘。」

我知道它已歪斜得不成樣子，卻沒有力氣調整。我在樓上就覺得反胃更加嚴重了。

勒納風馳電掣，把車呼嘯著開到哈特福學院門口。

「我遲疑了。就像茱麗葉那次。」當初差點害馬修喪命。今天輪到斐碧為我的恐懼付出代價。

「小心頭。」蓋洛加斯把我塞進乘客座。

「謝天謝地，今天開的是馬修這輛大車。」費南多鑽進前座，勒納對他嘟囔道。「回家嗎？」

「是。」我道。

「不。」這時才出現在車子另一側的伊莎波，與我同時發話。「到機場去。我們去七塔。打電話給巴德文，蓋洛加斯。」

「我不去七塔。」我道。活在巴德文控制下？休想。

「莎拉怎麼辦？」費南多在前座發問。

「叫阿米拉開車，送莎拉去倫敦，在那兒跟我們會合。」伊莎波拍拍勒納肩膀。「如果你不立刻把腳放在油門上，我不會為我接下來的行動負責。」

「都上車了。走吧！」蓋洛加斯關上貨廂門，勒納也開始嘎吱倒車，差點撞上一位騎腳踏車、有名望的教授。

「天殺的。我還真不是個好罪犯。」蓋洛加斯微帶不悅道。「給我們看看那本書，嬸娘。」

「戴安娜沒有拿到書。」聽到伊莎波這句話，費南多中斷手機通話，回頭瞪著我們。

「那我們趕什麼？」蓋洛加斯問道。

「我們遇見馬修的兒子。」斐碧坐起身，對著費南多手中的手機大聲道。「班哲明知道戴安娜懷孕了，莎拉。妳不安全，阿米拉也一樣。離開。馬上走。」

「班哲明？」莎拉聲音裡有確然無誤的恐懼。

一隻大手把斐碧拉回來，把她的頭轉向一側。

「他咬了妳？」蓋洛加斯的臉登時發白。他抓住我，仔細檢查我臉上和脖子上每一吋皮膚。「天啊。妳為什麼不呼救？」

多虧勒納完全無視交通規則或速度限制，我們已經很接近M40號公路。

「他抓的是斐碧。」我縮進椅子裡，雙手緊抱雙胞胎，努力穩定翻攪的胃。

「奶奶在哪裡？」蓋洛加斯問。

「奶奶在聽一個穿紫紅色襯衫的恐怖女人講解圖書館的建築結構，旁邊方庭裡還有六十個小孩在尖叫。」伊莎波怒目瞪著蓋洛加斯。「你又在哪裡？」

「你們兩個都別說了。我們都在原訂計畫該在的地方。」照例，斐碧是唯一理性的聲音。「而且我們都活著脫身了。大家要為大局著想。」

勒納加速駛上M40，直奔希斯洛機場。

我用冰冷的手扶著額頭。「對不起，斐碧。」車身晃動時，我閉緊嘴巴。「我無法思考。」

「完全可以理解。」斐碧輕快地說。「我可以跟密麗安通話嗎？」

「密麗安？」費南多問道。

「是的，我知道我沒有感染血怒，因為我沒有吃進班哲明的血。但他咬過我，密麗安可能會要抽一份我的血液樣本，看看他的口水有沒有讓我受感染。」

我們全體瞪著她，張口結舌。

「晚點吧。」蓋洛加斯簡短地說。「我們晚點再擔心科學和那個天殺的手抄本。」

鄉村風光化作一片模糊光影飛馳而過。我把額頭靠在玻璃上，全心全意希望馬修在我身邊、今天的發展不是這樣、班哲明不知道我懷的是雙胞胎。

他最後那句話——它刻畫的未來——在我們開往機場途中，不斷嘲弄著我。

我希望妳兩個孩子都是女的。

「戴安娜！」伊莎波的聲音打斷了我噩夢連連的睡眠。「馬修或巴德文。妳挑吧。」她的聲音很兇惡。「一定要告訴他們之中的一個。」

「馬修不行。」我眨眨眼睛，坐直上身。那支該死的箭仍頂著我肩膀。「他會飛奔而來，這沒有意義。斐碧說得沒錯。我們都還活著。」

伊莎波像水手般罵了幾句粗話，隨即取出她的紅色手機。還沒有人來得及攔阻她，她就用連珠砲似的法文跟巴德文講了起來。我只聽懂一半，但根據斐碧佩服的表情判斷，她聽懂的顯然比我多。

「哦，天啊。」蓋洛加斯搖搖亂蓬蓬的腦袋。

「巴德文要跟妳說話。」伊莎波把手機向我遞來。

「聽說妳見到班哲明了。」巴德文跟斐碧一樣冷靜自若。

「是的。」

「他威脅雙胞胎？」

「是的。」

「我是妳兄弟，戴安娜，不是妳的敵人。」巴德文道。「伊莎波打電話給我是正確的。」

「你說了算。」我道。「宗主。」

「妳知道馬修在哪裡嗎？」他問。

「不。」我不知道——不很清楚。「你知道嗎？」

「我想他在某處埋葬傑克．黑衣修士吧。」

巴德文在這句話之後，有一段很長的沈默。

「你是個徹頭徹尾的混蛋，巴德文・德・柯雷孟。」我的聲音發抖。

「這場危險而致命的戰爭中，傑克非死不可——而且，這場戰爭是妳發動的。」巴德文嘆口氣。「回家吧，妹妹。這是命令。妳可以舔著傷口，等他回來。每次馬修離開去補綴他充滿罪惡感的良知，我們都學會了這麼做。」

我還沒來得及回答，他就掛了電話。

「我・恨・他。」我一個字一個字道。

「我也一樣。」伊莎波取回手機道。

「巴德文妒忌馬修，如此而已。」斐碧道。這次她的理性讓我生氣，我覺得有股力量在我體內急速流轉。

「我覺得不對勁。」我的焦慮升高。「出了什麼事？有人跟蹤我們嗎？」

蓋洛加斯強迫我轉過頭去。「妳滿臉通紅。我們離倫敦還有多遠？」

「倫敦？」勒納喊道：「你剛說希斯洛。」他用力打方向盤，在迴車圓環上換了個方向。

我的胃還是跟先前一樣。我乾嘔著，試圖克制嘔吐，卻根本做不到。

「戴安娜？」伊莎波幫我把頭髮拂到後面，用她的絲巾為我擦嘴。「怎麼回事？」

「大概是吃錯了東西。」我壓抑著另一陣嘔吐的衝動。「過去幾天我一直覺得怪怪的。」

「怎麼個怪法？」蓋洛加斯的聲音很迫切。「妳頭痛嗎，戴安娜？呼吸困難嗎？妳肩膀痛嗎？」

我點頭，膽汁湧了上來。

「妳說她很焦慮，斐碧？」

「戴安娜當然焦慮。」伊莎波反駁道。她把包包裡的東西全倒在椅子上，然後把它湊到我下巴下面。

我無法想像對著一個香奈兒的包包嘔吐，但這種時刻，任何事都有可能。「她準備跟班哲明作戰哪！」

「焦慮是一種我不會發音的症狀之一。戴安娜在紐海文有些小冊子，專門解說那種狀況。妳撐著點，嬸娘！」蓋洛加斯聽起來很驚慌。

我糊里糊塗地想著，為什麼他那麼緊張時，就又吐了，直接吐在伊莎波的包包裡。

「哈米許嗎？我們需要醫生。吸血鬼醫生。戴安娜不知得了什麼病。」

天蠍日座

太陽進入天蠍座時，可能出現死亡、恐懼與中毒。這是個危險時刻，應對蛇和所有其他有毒動植物提高警覺。天蠍座主宰懷孕與生產，誕生在這個星座下的孩子，生來有多種天賦。

——佚名之英文雜記簿，寫於約一五九〇年，龔沙維手抄本四八九〇號，f.9r

第二十九章

「馬修在哪？他應該在這裡啊。」費南多喃喃道，蓄意避開戴安娜的視線，自從被嚴格要求臥床休息後，她大部分時間都坐在那個陽光普照的小房間裡。

戴安娜還在反省博德利圖書館發生的事。她仍不能原諒自己讓班哲明威脅斐碧，且坐失殺死馬修兒子的機會。但費南多擔心這不會是她最後一次在敵人面前喪失勇氣。

「戴安娜沒事。」蓋洛加斯靠在門對面的走廊上，雙臂交叉。「今天早晨醫生說了。況且，馬修除非把新家族整頓好，否則也不能回來。」

幾個星期來，蓋洛加斯是他們跟馬修唯一的聯絡人。費南多咒罵一聲。他撲過去，嘴巴貼住蓋洛加斯的耳朵，手掐著他的氣管。

「你還沒有告訴馬修。」費南多把聲音壓得很低，屋子裡的其他人都聽不見。「他有權知道這裡發生了什麼，蓋洛加斯：魔法、找到生命之書的那一頁、班哲明出現、戴安娜的狀況——每件事。」

「如果馬修想知道他妻子發生了什麼事，他就會在這兒，而不是忙著馴服一群叛逆成性的孩子。」蓋洛加斯一口氣回不轉，抓住費南多的手腕。

「你這麼想是因為**你**會留下？」費南多放開他。「你比冬天的月亮還模糊。馬修在哪裡不重要。戴安娜屬於他。她永遠不會屬於你。」

「我知道。」蓋洛加斯的藍眼睛毫不退避。

「馬修可能會為這件事殺死你。」費南多話中毫無虛聲恫嚇之意。

「有比我被殺更糟糕的事。」蓋洛加斯平靜地說。「醫生說，不可以有壓力，否則寶寶可能會死。戴安娜也會死。只要我還有一口氣在，即使馬修也不准傷害他們。那是我的工作——而且我做得很好。」

「我下次見到菲利普・德・柯雷孟——他一定在魔鬼的火邊烤腳——他得告訴我，為什麼分配你做這件事。」費南多知道，菲利普喜歡替別人做決定。但這件事他不該這麼抉擇。

「我無論如何都會做的。」蓋洛加斯退到一旁。「我好像別無選擇。」

「你永遠有選擇。你應該有機會得到幸福。」世界上一定有個適合蓋洛加斯的女人，費南多想道——能讓他忘記戴安娜・畢夏普的女人。

「是嗎？」蓋洛加斯若有所思。

「是的。戴安娜也有權幸福。」費南多故意說得很直接。「他們分開得夠久了。馬修也該回家了。」

「除非他的血怒受到控制，否則不行。離開戴安娜這麼久，他會非常不穩定。如果馬修發現懷孕使她有生命危險，天曉得他會做出什麼事。」蓋洛加斯說話也很直接。「巴德文說得對。我們面臨的最大危險，不是班哲明，不是合議會——而是馬修。門外五十個敵人也比門裡一個好。」

「所以現在馬修是你的敵人？」費南多低聲道。「你認為他已失去理性了嗎？」

蓋洛加斯沒答腔。

「如果你知道怎麼對自己好，蓋洛加斯，馬修回來的那一剎那，你就立刻離開這棟房子。不論你去哪裡——跑到世界盡頭也逃不過他的怒火——我都勸你要抽點時間，跪下來求上帝保佑。」

皇家街上的骨牌俱樂部，跟將近兩百年前馬修第一次光顧時相較，改變並不大。三層樓的門面、灰色牆壁和黑白相間、乾淨利落的緣飾，都還是老樣子，臨街整面牆都是高大的拱窗，似乎對外面的世界開放，但沈重的百葉窗拉上，又顯得不是那麼回事。只有在五點鐘以後，百葉窗敞開時，公眾才能進入富麗堂皇的酒吧，享受形形色色的本地演奏者提供的音樂。

但馬修對今晚的節目不感興趣。他盯著二樓陽台上那圈圖案繁複的鑄鐵欄杆，這陽台突出於牆外，為下面行人遮陽蔽雨。骨牌俱樂部的大部分會員，早在一八三九年它成立時——比官方紀錄上有紐奧良最古老紳士俱樂部之稱的波士頓俱樂部還早兩年開幕——就已加入。其餘會員則是根據他們的相貌、血統、在賭桌上大把輸錢的能力而精心挑選的。

藍森・費偉澤——馬卡斯的長子和這家俱樂部的老闆——應該在望得見街角的二樓辦公室裡。馬修推開黑色大門，走進清涼、陰暗的酒吧。這兒散發著目前全市最流行、波旁威士忌加費洛蒙雞尾酒的味道。他的鞋跟踩在格子圖案的大理石地板上，發出輕微的敲擊聲。

現在才四點，店裡只有藍森和他的員工。

「柯雷孟先生？」吧台後面的吸血鬼一副活見鬼的表情，連忙向收銀機靠近。但馬修看他一眼，他就再也不敢動彈。

「我找藍森。」馬修上樓。沒人阻止他。

藍森的門關著，馬修不敲一聲就把門打開。

背對門坐著一個人，雙腳架在窗沿上。他穿一套黑西裝，頭髮跟他屁股底下那張桃花心木椅的木頭一樣，褐裡透紅。

「好啊，好啊，爺爺回來了。」藍森拖著甜得滴油的嗓門說。他沒有回頭打量訪客，白皙的手指玩弄著一張黑檀木鑲象牙的舊骨牌。「什麼風把你吹到皇家街來？」

「聽說你要算舊帳。」馬修在他對面坐下，跟孫子隔著一張厚重的書桌。

藍森慢慢轉過身來。他的眼睛是兩片冰冷的綠玻璃，嵌在一張其他方面都算是英俊而輕鬆的面孔上。他隨即垂下眼皮，藏起所有鋒芒，裝出一種馬修知道只是掩護的，耽於享樂、昏昏欲睡的表情。

「你也知道，我來此的目的是要你聽話。你的兄弟和妹妹都同意支持我和新家族了。」馬修坐在椅上往後靠。「你是最後一個不肯讓步的，藍森。」

馬卡斯的其他兒女全都很快就屈服了。馬修告訴他們，他們都帶有血怒的基因標記，他們先是驚愕，隨即勃然大怒，之後他們開始恐懼。他們對吸血鬼法律相當了解，知道這樣的血統導致他們易受攻擊，如果被其他吸血鬼知道他們的狀況，就可能立刻送命。馬卡斯的孩子需要馬修，不亞於他需要他們。沒有他，他們無法生存。

「我的記憶比他們好。」藍森道。他打開抽屜，取出一本舊帳簿。

與戴安娜分離每展延一天，馬修的脾氣就變得更急躁一分，暴力傾向也更嚴重。爭取藍森是個重大關鍵。但此時此刻，他實在很想掐死這個孫子。整個告白和言歸於好的過程，消耗的時間遠比他預期的多——使他遠離他該去的地方。

「我以為除了殺死他們別無選擇，藍森。」馬修費了很大力氣才能保持聲音平和。「即使現在，巴德文也寧願我殺死傑克，而不要冒險讓他暴露我們的祕密。但馬卡斯說服我，別種選擇是存在的。」

「上次馬卡斯也這麼跟你說。但你還是剪除我們，一個接一個。這次又會有什麼改變？」藍森問道。

「我改變了。」

「不要在騙子面前耍老千。」藍森仍用那種懶洋洋的語氣說。「你眼睛裡還是有那種警告所有超自然生物，不准跟你作對的表情。要不是那種表情，你一定陳屍在我門口。酒保已奉命，看到你就格殺勿論。」

「其實他曾設法去拿收銀機旁的獵槍，這方面你得肯定他。」馬修的眼光沒離開過藍森的臉。「告訴他，下次不如直接從腰帶上拔刀。」

「我一定轉告。」藍森手中的骨牌暫停翻轉，夾在他的中指與無名指之間。「茱麗葉・杜昂發生了什麼事？」

馬修下巴上的肌肉抖了一下。上次他來這座城市，茱麗葉・杜昂與他同行。他倆離開紐奧良時，馬卡斯蓬勃發展的家族大幅縮水。茱麗葉受制於高伯特，在馬修對扮演柯雷孟家族的清道夫感到厭倦時，她急於證明自己的用途。她在紐奧良殺死的吸血鬼比馬修還多。

「我妻子殺了她。」馬修沒有多做說明。

「聽來你替自己找了個好女人。」藍森打開面前的帳簿說。他拔下手邊一枝鋼筆的筆套，筆尖看起來好像被野獸啃過。「有興趣跟我賭一場嗎，馬修？」

馬修冰冷的眼睛迎上藍森明亮的綠眼珠。馬修的瞳孔不斷擴大。藍森撇撇嘴，露出一個輕蔑的微笑。

「怕了？」藍森問。「怕我？我真受寵若驚。」

「賭不賭，要看賭注而定。」

「如果你贏，我就發誓效忠你。」藍森答道，笑容很狡猾。

「要是我輸了呢？」馬修的聲調拉得老長，雖然沒有攙蜜糖，聽起來也能使人放鬆戒備。

「那就隨我嘍。」藍森把骨牌拋到空中滴溜溜旋轉。

馬修一把接住。「賭了。」

「你還不知道是什麼樣的賭局。」藍森道。

馬修不動聲色看著他。

藍森翹起嘴角。「如果你不是這麼個混蛋，我說不定會喜歡你。」他評論道。

「彼此彼此。」馬修簡單地說。「怎麼賭？」

藍森把帳簿拉近一點。「如果你說得出多年以前，你在紐奧良殺掉的我每一個妹妹、弟弟、姪子、姪女和我的子女——再加上那段期間你在這座城市殺掉的所有其他吸血鬼——的名字，我就跟其他人一起加入你。」

馬修仔細觀察他的孫子。

「你現在後悔沒先問清楚賭法了吧？」藍森笑道。

「麥拉基・史密斯。克里斯平・瓊斯。蘇瑟特・伯多鶴。克勞德・勒・布瑞東。」馬修頓了一下，等藍森翻帳簿，查閱這些名字。「你應該照日期登記，而不是照姓名字母排列。那才符合我記憶他們的方式。」

藍森驚訝地抬起頭。馬修的笑容很淺，像一頭狼，那種笑會讓所有的狐狸往山裡逃。

樓下的酒吧開始營業很久後，馬修仍在背誦人名。第一批賭徒在九點鐘進場時，他正好結束。這時藍森已喝下五杯波旁威士忌，馬修卻還在啜飲他第一杯一七七五年拉斐酒莊的葡萄酒，那是他在一七八九年美國憲法生效時送給馬卡斯的。藍森從骨牌俱樂部開張以來，就一直幫他父親留著這款酒。

「我相信帳已結清了，藍森。」馬修站起身，把骨牌放在桌上。

藍森一臉不解。「你怎麼可能記住他們每一個？」

「我怎麼可能忘記？」馬修喝光最後一口酒。「你有潛力，藍森。我很期待日後跟你做生意。謝謝你的酒。」

「狗娘養的。」藍森在他家族的宗主離開時，壓低聲音罵道。

馬修回到花園區時，累得骨頭發痠，而且很想殺人。他特地從法國區步行回去，希望能燒掉一點過於濃烈的情緒。那張無盡的名單攪起太多回憶，卻沒有一件是愉快的。罪惡感又尾隨而來。

他取出手機，希望戴安娜會寄照片來。到目前為止，她寄來的畫面就是他生命所繫的一線。雖然從照片中發現，他的妻子人在倫敦，而不是七塔時，他氣得暴跳如雷，但過去幾星期來的某些時刻，唯一能讓他保持神智清明的，就是她生活中的這些吉光片羽了。

「哈囉，馬修。」他吃了一驚，費南多坐在馬卡斯房子前面的寬大台階上等他。克里斯・羅伯斯也蹲在附近。

「戴安娜？」他語氣中帶有哀嚎、控訴，而且嚇壞了。費南多背後的門開著。

「費南多？克里斯？」馬卡斯也嚇了一跳。「你們來做什麼？」

「等馬修。」費南多答道。

「進來吧，各位——」馬卡斯邀他們入內。「達文波小姐正在看呢。」那是他蒼老、懶惰，又愛管閒事的鄰居。

但馬修突然失去理性。他已幾度瀕臨崩潰邊緣，費南多和克里斯這麼突兀地出現，讓他再也撐不下去。好在馬卡斯自從知道馬修患有血怒後，都能體諒他每當發作就要離開——獨自一人——去恢復正常。

「誰在陪她？」馬修的聲音像火槍發射：從嘶嘶的警告到響亮的炸裂。

「伊莎波吧，我猜。」馬卡斯道：「斐碧。莎拉。當然還有蓋洛加斯。」

「不要忘記勒納。」傑克出現在馬卡斯身後。「他是我最要好的朋友，馬修。勒納不會讓戴安娜發生危險的。」

「瞧，馬修？戴安娜平安無事。」馬卡斯已經從藍森那兒得知，馬修去了皇家街，也達成了團結家族的目標。他真不明白，大獲全勝後，馬修的情緒為什麼還這麼惡劣。

馬修手臂的動作極快，有把凡人的骨頭打成齏粉的威力。他看不中柔軟的目標，一拳打在支撐這棟房子二樓迴廊的白色愛奧尼亞式立柱上。傑克伸手壓住他另一隻手臂，企圖制止。

「再發生這種事，我就只好搬回馬里尼區了。」馬卡斯看著前門旁邊一個砲彈大小的凹痕，心平氣和說道。

「放開我。」馬修道。傑克垂下手，馬修衝上階梯，沿著長廊跑到房子後面。遠遠傳來砰的關門聲。

「也罷，比我預期的好一點。」費南多站起身。

「他愈來愈糟，自從我母——」傑克咬住嘴唇，避開馬卡斯的目光。

「想必你就是傑克。」費南多道，他鞠個躬，好像傑克是皇族，而不是個身無分文、患有可以致他人於死的怪病的孤兒。「很榮幸見到你。夫人——你母親常提起你，而且以你為榮。」

「她不是我母親。」傑克回答得像閃電一樣快。「那是個錯誤。」

「沒有錯。」費南多道。「血液的聲音很響亮，但我寧願聽心靈敘述的故事。」

「你剛說『夫人』嗎？」馬卡斯胸口一緊，聲音變得很奇怪。他不曾容許自己期待費南多做這麼無私的事，然而……

「是的，少爺。」費南多又鞠一躬。

「他為什麼對你鞠躬？」傑克低聲問馬卡斯。「誰又是『少爺』？」

「馬卡斯就是『少爺』，因為他是馬修的兒子。」費南多解釋道。「我向你們鞠躬，因為沒有血緣的家族成員應該這麼對待有血緣者——懷著感激與敬意。」

「謝天謝地，你加入我們了。」馬卡斯鬆了口氣，發出一聲喟嘆。

「希望這房子裡有足夠的波旁威士忌，把這些旁門左道沖下去。」克里斯道。「『少爺』個屁，我才不對任何人卑躬屈節呢。」

「知道了。」馬卡斯道：「什麼風把你們兩位吹來紐奧良？」

「密麗安派我來。」克里斯道。「我拿到了馬修的檢驗報告，她不願意用電子方式傳送。再者，費南多不知道怎麼樣找到馬修。好在傑克有跟我保持聯絡。」他對那個年輕人微笑，傑克也咧開嘴回應。

「至於我呢，我來救你父親，幫他擺脫自己。」費南多又鞠個躬，這次帶有少許戲謔意味。「如果蒙你恩准，少爺。」

「儘管請便。」馬卡斯退到一旁。「但如果你再叫我一聲『少爺』，我就要把你扔進河裡。而且克里斯會幫我。」

「我帶你去找馬修。」傑克迫不及待想回到他的偶像身旁。

「那我呢？我要聽你的近況。」克里斯抓住他手臂道。「最近有畫畫嗎，傑克？」

「我的素描簿放在樓上……」傑克擔憂地望著後花園。「馬修不舒服。我像這樣的時候，他從不把我丟在一旁的。我該——」

費南多按住他緊繃的年輕肩膀。「你讓我想起當年還是個年輕吸血鬼的馬修。」費南多撫今追昔，不免感傷，但確實是如此。

「真的？」傑克聲音裡有由衷的敬畏。

「真的。一樣有慈悲心，也一樣勇敢。」費南多若有所思地看著傑克。「而且你跟馬修一樣，希望藉著幫別人扛起他們的重擔，讓他們無視你血管裡的疾病而愛你。」

傑克低頭看自己的腳。

「馬修有沒有告訴過你，他哥哥猶夫是我的配偶？」費南多問。

「沒有。」傑克低聲道。

「很久以前，猶夫告訴馬修一件很重要的事。我來這兒就為了提醒他那件事。」費南多等著傑克迎上他的目光。

「是什麼？」傑克藏不住他的好奇。

「如果你真正愛一個人，就會把他們最看不起自己的方面當瑰寶。」費南多忽然把聲音壓低。「下次馬修忘記這件事，就由你來提醒他。如果你忘記，我會提醒你。不過只提醒一次。再犯，我就要告訴戴安娜，你沈浸在憎恨自己的情緒裡。你母親可不像我這麼寬宏大量哦。」

費南多在狹小的後花園裡找到馬修，他躲在小涼亭的陰影裡。整晚都蓄勢要下的雨，終於開始滴落了。馬修卻莫名其妙把全副注意力放在手機上。每隔一分鐘，他就動一動大拇指，目不轉睛看一會兒，然後再動一下大拇指。

「你跟戴安娜一樣糟糕，成天盯著手機，卻從來不發一則簡訊。」費南多的笑聲戛然而止。「原來是你。你一直在跟她聯絡。」

「只是照片。沒有文字。我不相信自己——或合議會——的話。」馬修的大拇指又動了。

費南多曾聽戴安娜對莎拉抱怨：「還是沒有馬修的隻字片語。」照字面來說，這女巫也不算撒謊，但這麼說家裡的人就不知道她的祕密。由於戴安娜只寄送照片，馬修也不可能知道牛津發生的禍事。

馬修的呼吸斷斷續續。看得出他企圖讓它穩定下來。他的大拇指又是一動。

「你再做那個動作，我就敲碎它。我說的可不是手機。」

馬修嘴巴裡發出的聲音不像笑，卻像狼嚎，彷彿他人性的部分已認輸，讓狼性佔了上風。

「你覺得猶夫會怎麼看待手機？」馬修用雙手托著手機，好像這是他滿腔煩惱與外界最後一線珍貴的聯繫。

「不當一回事吧。別的不說，他一定不會記得給手機充電。我全心全意愛你哥哥，馬修，但他處理日常生活的能力，真差得無藥可救。」

這次馬修回應的輕笑聲，聽起來比較不像野獸了。

「我看，擔任一族之長的難度比你預期的高。」費南多一點也不羨慕馬修成為這群人的領袖。

「也不盡然，馬卡斯的孩子們還在恨我，而且他們這麼做也沒錯。」馬修緊緊握住手機，眼睛像個癮君子般又飄到螢幕上。「我剛跟他們最後一個不願降服的見面，藍森要我列出我在紐奧良殺死的每一個吸血鬼的名字——包括那些跟清算本市血怒患者無關的死者。」

「恐怕要花不少時間。」費南多低聲道。

「五小時。藍森很驚訝我記得他們每一個的名字。」馬修道。

費南多不這麼想。

「並非馬卡斯所有的子女都願意支持我、加入我的支派，但我不想測試他們的忠貞。」馬修繼續道。「我的家族建立在恐懼上——恐懼班哲明、合議會、其他吸血鬼，甚至我自己。它的基礎不是愛或尊敬。」

「恐懼很容易扎根。愛與尊敬反倒需要更多時間。」費南多說。

沈默持續著，變得像鉛一般沈重。

「你不想跟我打聽你妻子的近況？」

「不想。」馬修盯著一柄嵌在粗大樹樁上的斧頭。它周圍有很多堆劈開的柴火。他站起身，選了一根新木材。「除非我恢復健康，可以去找她，親眼觀察。我無法忍受，費南多。不能抱她——看著我們的孩子在她體內成長——知道她安然無恙，就像是——」

費南多等到斧頭敲進木頭，才提醒馬修繼續往下說。

「就像是什麼，馬提歐斯？」

馬修抽出斧頭，再次舉起、劈下。

費南多若不是吸血鬼，一定聽不見他的回答。

「就像是把我的心挖出來。」馬修的斧頭以無比的力量把木頭劈開。「每天的每一分鐘。」

費南多讓馬修休養四十八小時，從藍森加諸他的酷刑下康復。承認過去犯的罪不是易事，馬修又特別善於反省。

趁這個機會，費南多抽出時間，對馬卡斯的兒女與孫兒女自我介紹。他確保每個人都了解家規，以及不遵守家規者由誰來處罰，因為費南多任命自己為馬修的執法者——行刑者。此後畢夏普與柯雷孟家族的紐奧良分支就變得俯首帖耳，於是費南多決定，馬修回家的時候到了。費南多愈來愈為戴安娜擔心。伊莎波說，她的病情沒有變化，但莎拉仍然很擔心。某些方面不對勁，她告訴費南多，她認為，只有馬修有辦法改善。

費南多發現馬修在花園裡的老地方，雙眼墨黑，頸毛聳立。他的血怒仍在發作。遺憾的是，紐奧良市已經沒有木頭讓他劈了。

「拿去。」費南多把一個袋子扔在馬修腳下。

馬修在袋裡找到他的小斧頭和鑿子，不同尺寸的螺絲鑽，方鋸和兩件他視若拱璧的刨子。亞倫把刨子用油布包得妥貼，以免在運送途中受損。馬修對著他久經使用的工具看了一會兒，又看看自己的手。

「那雙手不是一直只做血腥工作的。」費南多提醒他。「我記得它們也會治病、創作、演奏音樂。」

馬修看著他，一言不發。

「你想做直立固定的腳架，或彎曲可以搖動的底座？」費南多用聊天的口氣問。

馬修皺起眉頭。「做什麼東西？」

「搖籃呀。」費南多等這個字眼在他心上塵埃落定。「我覺得橡木最好——結實耐用——但馬卡斯告訴我，美國人傳統上用櫻桃木。說不定戴安娜也比較喜歡那種木頭。」

馬修拿起鑿子。磨舊了的把柄拿起來很趁手。「山梨木。我要用山梨木，有守護作用。」

費南多滿意地捏一下馬修的肩膀，就離開了。

馬修把鑿子放回袋子裡。他掏出手機，遲疑了一下，拍了一張照片。然後等待。

戴安娜迅速的回應，讓他打從骨髓裡洋溢著渴望。他的妻子在浴缸裡。他從弧度認得那是梅費爾房子裡的銅製浴缸。但他感興趣的不是弧度。

他的妻子——他聰明、調皮的妻子——把手機放在胸骨上，向下拍攝自己的身體。只看見一個圓滾滾的肚子，皮膚緊繃無比，她腳趾的尖端靠在浴缸的弧形邊緣上。

如果集中精神，馬修可以想像她的氣息從熱水裡騰起，感覺她如絲的頭髮夾在他指縫間，撫過她修長、結實的大腿和肩膀。天啊，他好想她。

「費南多說，你需要木料。」馬卡斯皺著眉頭站在他面前。

馬修把目光從手機上移開。他需要的，只有戴安娜能給。

「費南多還說，如果接下來四十八小時，任何人吵醒他，都會付出地獄般的代價。」馬卡斯看著一堆又一堆劈好的木頭說。今年冬天不用擔心缺柴火了。「你知道藍森喜歡挑戰——尤其是跟魔鬼打交道——你想像得出他會有什麼反應。」

「說吧。」馬修淡淡一笑。他已經很久沒笑了，所以笑聲生了鏽，還有點澀。

「藍森已經打了電話給繆斯遊行俱樂部。我猜第九區鼓號樂隊晚餐時間就會趕到。管他是不是吸血鬼，費南多都會被吵醒。」馬卡斯低頭看著他父親的木工工具袋。「你終於要教傑克雕刻了嗎？」那孩子自從來到這兒，一直求馬修為他開課。

馬修搖搖頭。「我想他可能更樂意幫我做搖籃。」

馬修與傑克花了幾乎一星期的時間做搖籃。每塊木頭的裁切，每個精心嵌合的鳩尾榫，每個刨平打磨的動作，都緩和了馬修的血怒。為戴安娜做禮物，使他覺得拾回了與她的聯繫，他開始談論孩子與他的希望。

傑克是個好學生，雕刻搖籃的花樣時，他的藝術技巧發揮很大的作用。一起工作時，傑克問起馬修的童年，他又如何在博德利圖書館遇見戴安娜。別人提出這麼直接的私人問題，都沒什麼好下場，但只要扯到傑克，所有的慣例都會出現一些小例外。

他們完成的搖籃是兩件傑作。馬修和傑克用柔軟的毯子將它們仔細包紮，做好帶回倫敦，長途運送的防護措施。

直到搖籃完工，準備託運時，費南多才告訴馬修，戴安娜目前的狀況。

馬修的反應完全在意料中。他先靜止不動，默不作聲，然後開始快速行動。

「打電話給駕駛員。不等明天了。我要一早抵達倫敦。」馬修道，他的聲音簡短而精確。「馬卡斯！」

「出了什麼問題？」馬卡斯問。

「戴安娜情況不好。」馬修怒瞪費南多。「早就該告訴我。」

「我還以為你已經知道了。」費南多不需要再說什麼。馬修知道誰在瞞著他。費南多估計，馬修也知道原因何在。

馬修一向表情豐富的臉，變得像石頭一樣，靈活的眼睛也變得一片空洞。

「發生了什麼事？」馬卡斯問。他吩咐傑克去拿他的醫藥包，同時打電話給藍森。

「戴安娜找到了艾許摩爾七八二號失落的最後一頁。」費南多抓住馬修的肩膀。「還不止於此。她在博德利圖書館見到班哲明。他知道她懷孕。他還攻擊斐碧。」

「斐碧？」馬卡斯緊張起來。「她還好嗎？」

「班哲明？」傑克倒抽一口涼氣。

「斐碧很好。目前也找不到班哲明。」費南多安慰他們。「至於戴安娜，哈米許已關照了愛德華・賈瑞和珍・夏菩。他們正密切注意她的狀況。」

「他們都是倫敦一流的醫生，馬修。」馬卡斯道。「戴安娜已得到最好的照顧了。」

「還沒有。」馬修拿起一座搖籃，向門口走去。「我來照顧才是最好的。」

第三十章

「以後應該沒問題了。」我對坐在我面前的年輕女巫說道。她聽從琳達的建議前來，看我會不會知道她的保護咒為何失效。

我用柯雷孟宅當辦公室，已經成為倫敦的頭號魔法診療師，聽巫族講驅魔失敗、咒語無效、元素魔法不服從指揮的故事，幫助他們找到解方。阿曼達一在我面前施咒，我就看出問題何在：她念誦咒語的時候，四周的藍線和綠線就糾纏在一起，又有一股紅線拉扯著咒語中央那個交叉六次的結。魔咒被拉得不停旋轉，咒語的作用變得模糊，結果它非但不能保護阿曼達，反而變得像隻憤怒的吉娃娃，對所有靠近的東西咆哮，亂咬。

「哈囉，阿曼達。」莎拉探頭進來，查看我們的進展。「妳的問題圓滿解決了嗎？」

「戴安娜真是高明，謝謝。」阿曼達道。

「好極了，那我帶妳出去。」莎拉道。

我往後靠在墊子上，有點傷心地看阿曼達離開。自從哈雷街⑫的醫生要我臥床休息，訪客就變得稀少。

好消息是我沒有子癇前症——至少沒有一般溫血人那種症狀。我沒有蛋白尿，血壓甚至低於正常。然而水腫、噁心、肩痛等症狀，卻又讓和善的賈瑞大夫和他精明的助手夏菩大夫無法忽視——尤其在伊莎波說明我是馬修・柯雷孟的配偶之後。

壞消息則是他們雖然對臥床休息的規則稍做修訂，卻無論如何都堅持要我臥床休息，要持續到雙胞胎出生為止——夏菩大夫預期至少還有四週，雖然她擔憂的表情暗示，這是個樂觀的預測。我被允許在阿米拉監督下，做一些溫和的伸展動作，還可以每天兩次，在花園裡散步十分鐘。爬樓梯、站立、提東西都嚴格禁止。

我的手機響起。我拿起它，期待馬修傳簡訊給我。

等待我的是一張柯雷孟宅前門的照片。

這時我才注意到周圍多麼安靜，屋子裡只有時鐘滴答的聲音。

前門鉸鍊嘎吱和輕微的木頭摩擦到大理石的聲音，打破了寂靜。我不假思索就跳起來，長期缺乏運動的雙腿變得虛弱，使我步履蹣跚。

然後馬修就出現了。

開始的很長一段時間，我們都只能貪婪地把對方的形象吸進眼裡。馬修的頭髮很亂，吸收了倫敦的潮濕空氣後變得有點捲，他穿灰毛衣和黑色牛仔褲。眼睛周圍的細紋顯示他承受了多大的壓力。

他大步向我走來。我很想跳起來，向他奔去，但他表情裡有某種東西，使我黏在原地。

馬修終於來到我面前，他用指尖托著我的脖子，在我眼睛裡搜索。他的大拇指輕輕拂過我嘴唇，使血

---

⑫ Harley Street是倫敦的街名，這條街從十九世紀就有大量私人診所在此開業，各科專家應有盡有，成為著名的醫院街。

液湧到表面。我看到他有許多微小的改變：下巴僵硬、嘴巴迥異平常閉得很緊、垂下眼簾閃躲的表情。

他的大拇指再次掃過我輕微刺痛的嘴唇，我就張開了嘴。

「我想妳，我的愛。」馬修的聲音沙啞。他就像方才從房間另一端走過來一樣，低下頭按部就班地吻我。

我覺得眩暈。他在這裡呀。我緊緊抓住他的毛衣，好像這麼一來，他就不會消失。我正準備起身迎接他的擁抱，他卻停住呼吸，從喉嚨深處發出一聲彷彿咆哮的低哼，讓我安靜下來。馬修空著的手伸到我背後，滑過我臀部，停留在我腹部。有個寶寶忿忿然，用力踢了一腳。他貼著我的唇微笑，剛才撫摸我嘴唇的大拇指，輕如羽毛地按在我脈搏上。然後他看到那些書、鮮花和水果。

「我好得很。只有一點點噁心想吐，還有肩膀痛，如此而已。」我連忙道。他的醫學教育會讓他在腦子裡快速做出種種可怕的診斷。「我的血壓好極了，寶寶也好極了。」

「費南多告訴我了。很抱歉我不在場。」他低聲道，用手指搓揉我緊繃的頸部肌肉。從紐海文以來，我第一次有放鬆的感覺。

「我也想你。」我的心太滿，再也說不出什麼。

馬修也不想聽更多。我知道的下一件事，就是我凌空而起，躺在他懷裡，雙腳懸空。

上了樓，馬修把我放在那張綠葉匝繞、我們幾世以前在黑衣修士區一起睡過的大床上。他一言不發脫下我的衣服，用意外看到一件奇珍異寶的表情，檢視每一吋暴露的肌膚。這麼做的時候，他完全不出聲，只讓眼神和溫柔的動作替他發言。

接下來幾小時，馬修將我重新收歸他所有，他的手指拭去了從他離開以後，跟我接觸過的所有生物留下的痕跡。到了某個時刻，他讓我脫下他的衣服，他的身體以令人欣喜的速度回應我的身體。但夏菩大夫曾非常明確地表示，我的子宮肌肉只要收縮就有風險。我的性慾張力不能紓解，但縱使我必須克制肉體需求，並不代表馬修也一定要這麼做。然而我撫摸他的時候，他按住我的手，深深吻我。

一起，不用言語，但他說得很清楚。一起，否則就不要。

「別跟我說你找不到他，費南多。」馬修道，甚至不想裝出講理的姿態。他在柯雷孟宅的廚房裡，邊炒蛋邊烤吐司。戴安娜在樓上休息，對一樓的會議毫無所悉。

「我還是覺得我們該問傑克。」費南多道。「他至少可以幫我們縮小範圍。」

「不行。我不要他介入。」馬修轉身對馬卡斯道：「斐碧還好嗎？」

「情況太危險了，我無論如何不能放心，馬修。」馬卡斯憂慮地說。「我知道你不贊成斐碧成為吸血鬼，但——」

「我支持你。」馬修打斷他。「找一個能妥當處理這件事的人就行了。」

「謝謝你。我已經找好人了。」馬卡斯猶豫了一下。「傑克想見戴安娜。」

「叫他今天晚上過來。」馬修把蛋盛到盤子上。「叫他把搖籃帶過來。七點左右。我們等他。」

「我跟他說。」馬卡斯道：「還有別的事嗎？」

「有。」馬修道。「一定有人提供情報給班哲明。既然你找不到班哲明，不妨先找那些人。」

「然後呢？」費南多問。

「帶他們到我面前。」馬修話畢，就出了房間。

我們單獨鎖在房間裡過了三天，像麻花般纏在一起，幾乎不說話，只在馬修下樓去弄東西給我吃，或去領取康諾特飯店人員送來的餐點時，才分開一會兒。那家旅館顯然跟馬修訂了一套美酒換美食的協約。好幾箱一九六一年的拉圖堡葡萄酒被送出門，換回精心烹製的餐點，像是海草做的鳥巢裡裝著白煮鵪鶉蛋，或是大廚向馬修保證、包著當天早晨才從法國航空運到的美味牛肝菌的小巧義式餛飩。

第二天，馬修和我才有信心交談，同樣每次只說少少的幾句話，搭配從幾條街外送來的珍饈一起消化。他報告傑克如何在馬卡斯眾多兒孫當中，努力自我約束。馬修對馬卡斯管理後代的靈活手段讚不絕口，那群人每一個的名字，都夠資格放在十九世紀風行一時、以情節聳動取勝的流行小說裡做主角。馬修也帶著些勉強，為我描述他的艱苦掙扎，不僅要克制血怒，也要壓抑衝回我身邊的慾望。

「如果不是那些照片，我一定會發瘋。」他貼在我背後坦承，冰冷的長鼻子埋在我頸窩裡。「看到我們住過的地方、花園裡的花、浴缸邊上妳的腳趾頭，都讓我不至於完全喪失理智。」

我也用適合吸血鬼的慢速，敘述我的故事，根據馬修的反應，在必要時打住，讓他體會我在倫敦與牛津的經歷：我們如何找到提摩西和失落的書頁，回到老房子，跟阿米拉見面。我給馬修看我的紫色手指，也告訴他，女神宣稱，我若要擁有生命之書，就必須放棄一件我珍愛的事物。我巨細靡遺地描述遇見班哲明的經過——從我巫術的失誤、他對斐碧的惡行，乃至他臨別的最後威脅。

「都怪我猶豫不決，否則班哲明已經死了。」我考慮了幾百遍，仍然不明白我為何鼓不起勇氣。「上次是茱麗葉，這次又——」

「妳不能因為選擇不殺死某人而責怪自己。」馬修把一根手指豎在我唇上。「生殺是個困難的決定。」

「你想班哲明還在這兒，在英格蘭嗎？」我問。

「他不在這兒。」馬修向我保證，把我翻轉過去，面對他。「他永遠不會出現在有妳的地方。」

永遠是很長的時間。菲利普的警告清晰地回到我耳邊。

我拋開憂慮，把我丈夫拉過來。

「班哲明完全消失了。」胡巴德告訴馬修。「就這麼不見了。」

「不盡然。艾蒂說在慕尼黑看到他。」馬卡斯道：「她已警告騎士團其他成員。」

馬修去十六世紀的時候，馬卡斯招收了女性加入原本純男性的拉撒路騎士團。他先找了密麗安，再由她幫他甄選其他人。馬修不確定這麼做是天才還是瘋狂，但只要有助於找到班哲明，他就決定不表態。馬修覺得馬卡斯之所以觀念先進，都要怪他從前的鄰居凱瑟琳・麥考萊[73]。馬卡斯剛成為吸血鬼時，這女人在他生命中佔據了一個重要地位，給他灌輸了一堆藍襪社[74]的觀念。

「我們可以問問巴德文。」費南多道：「既然他人在柏林。」

「暫時不要。」馬修道。

「戴安娜知道你在找班哲明嗎？」馬卡斯問。

「不知道。」馬修端著一盤康諾特送來的食物回妻子身邊。

「暫時不知道。」胡巴德喃喃道。

那天晚上，真是很難確定我們一家團圓誰最開心：傑克或羅貝洛。他們打成一團，傑克好容易脫身時，那頭畜生卻搶先衝到中國室我那張貴妃椅前，跳上椅墊，勝利地吠叫一聲。

「下來，羅貝洛。你會把這張椅子坐垮。」傑克彎下腰，必恭必敬親吻我的臉頰。「祖母大人。」

「你敢這麼叫我！」我抓住他的手警告道。「要叫祖母，找伊莎波去。」

---

[73] Catherine Macaulay（1731-1791），英國歷史學家，自幼好學，著有八大冊《英國史》，從一七六三年到一七八三年陸續出版，甚獲好評，是英國第一位女歷史學家。她在第一任丈夫去世後，在一七七八年再嫁，夫婿比她年輕二十六歲，引起社會側目。

[74] bluestocking源自The Blue Stockings Society，是十八世紀英國受過高等教育的女性成立的一個非正式社團，成員大都是作家，一起討論文學，主張女性也可從事知識活動、受教育、與男性合作共事。

「就告訴你，她不會喜歡的。」馬修笑道。他對羅貝洛打一下響指，指指地板，狗兒就把前腿從椅子上挪開，但後半截仍緊靠著我。必須再打一下響指，牠才整個兒滑到地板上。

「伊莎波夫人說，她得維持一定的標準，我必須做兩件調皮到極點的事，她才讓我叫她祖母。」傑克道。

「但你仍然稱呼她伊莎波夫人。」我無法置信地看著他。「這對你有什麼困難？你回倫敦好幾天了。」

傑克低下頭，他的嘴角因想到有機會耍更有趣的花招而翹了起來。「嗯，這陣子我都很乖，夫人。」

「夫人？」我呻吟一聲，拿起一個枕頭，向他扔過去。「這比叫我『祖母』還惡劣。」

傑克讓枕頭命中他的臉。

「費南多說得對。」馬修道。「你心裡知道該怎麼稱呼戴安娜，雖然你的笨腦袋和吸血鬼禮儀教了你另一回事。好啦，先幫我把送你母親的禮物搬進來吧。」

在羅貝洛的嚴密監督下，馬修和傑克先後抬進來兩個用布綑紮好的大包裹。它們很高，呈長方形，像兩座小書架。馬修曾寄給我一張有一堆木材和幾件工具的照片。這兩件東西想必是他們合力完成的。我眼前出現他們——一個黑髮，一個金髮——埋頭協力的畫面，不禁微笑。

馬修和傑克慢慢把那件東西拆開，逐漸可以看出，它們不是書架，而是搖籃：兩個非常漂亮、有相同雕飾、上了漆的木製搖籃。弧形的底座掛在有平穩腳架，牢固的木支架上。這樣搖籃既可以懸空搖動，也可以從支架上拿下來，放在地板上，用腳勾著搖晃。我不由得眼睛一熱。

「我們用山梨木做的。藍森一直想不通，我們怎麼能在路易斯安納州找到蘇格蘭木頭，但他顯然不了解馬修。」傑克伸手撫摸光滑的邊緣。

「搖籃是山梨木，但支架是橡木——堅固的美國白橡木。」馬修有點焦慮地看著我。「喜歡嗎？」

「我好愛。」我仰頭看著丈夫，希望我的表情能讓他理解我喜歡的程度。應該是成功了，因為他溫柔地用手兜住我的側臉，臉上的表情也是從我們回到現在以來，我看到他最快樂的一次。

「這是馬修設計的。他說從前的搖籃都是這麼做的，這樣可以從地板上拿起來，不會被雞騷擾。」傑克解釋道。

「雕刻呢？」每座搖籃的腳上都雕刻了一棵樹，樹根與樹枝交纏。細心漆上的銀色與金色，將樹葉與樹皮烘托出來。

「那是傑克的點子。」馬修伸手扶著那個年輕人的肩膀。「他記得妳咒語盒上的圖案，覺得很適合寶寶的床。」

「搖籃每一部分都有意義。」傑克道。「山梨木是一種有魔法的樹，妳知道的，白橡木象徵力量與永生。四角的尖頂做成橡實形狀——求好運——刻在支架上的山梨果實用來保護它們。龍則是守護山梨樹，不讓人吃它們的果實。」

我看得更仔細一點，發現搖籃下面的彎腳是火龍捲曲的尾巴。

「那他們兩個一定是全世界最安全的寶寶了，」我道：「而且也最幸運，能睡在這麼漂亮的床上。」

禮物送出手，換來千恩萬謝之後，傑克才跟羅貝洛一塊兒坐在地板上，講了許多紐奧良生活的生動故事。馬修坐在一張鬆上日本漆的安樂椅上，放鬆心情，看時間流逝，而傑克毫無血怒發作的跡象。時鐘敲了十下，傑克要告辭回匹克林廣場，他說那地方很擁擠，但氣氛很愉快。

「蓋洛加斯在那兒嗎？」馬修回來後，我就沒見到他。

「我們一到倫敦，他就離開了。說他得去別的地方，能回來的時候就會回來。」傑克聳聳肩膀。

我眼神中一定閃過什麼，因為馬修立刻警覺起來。但他只是送傑克與羅貝洛下樓，看著他們上路，什麼也沒說。

馬修回來後，說道：「或許這樣最好。」他坐上貴妃椅，在我背後充當我的靠墊。我倚在他懷裡，讓他用手臂環繞著我，發出一聲滿足的嘆息。

「讓所有的親戚朋友都住到馬卡斯的房子去？」我哼了一聲。「你當然覺得這種安排最好。」

「不。我是說，蓋洛加斯決定離開一陣子。」馬修把嘴唇貼在我髮上。我全身一僵。

「馬修……」我必須告訴他蓋洛加斯的事。

「我知道，我的愛。我已經懷疑了一段時間，在紐海文看到他跟妳在一起時，我就確定了。」馬修用手指輕推一架搖籃。

「從什麼時候開始？」我問。

「可能從一開始吧。主要是在布拉格，魯道夫對妳動手的那天晚上。」馬修答道。那是沃普吉斯之夜，皇帝失態很嚴重，也是我們最後一次看到完整的生命之書的同一個晚上。「即使那時，我也不覺得意外，只是對一件我在某種意義上早已明白的事，做個確認罷了。」

「蓋洛加斯沒有做任何越禮的事。」我趕快說。

「這一點我也知道。蓋洛加斯是猶夫的兒子，做不出有失榮譽的事。」馬修清清喉嚨，把聲音裡的情緒排除。「或許寶寶出生後，他就能繼續過他的生活。我希望他快樂。」

「我也一樣。」我低聲道，不知要打多少個結，用多少條線，才能幫蓋洛加斯找到匹配的伴侶。

「蓋洛加斯到哪兒去了？」馬修對費南多吼道，雖然他們都有數，他的姪子忽然失蹤不是費南多的錯。

「隨便什麼地方，都比在這兒等你和戴安娜迎接你們的孩子降生要好。」費南多道。

「戴安娜不那麼想。」馬修瀏覽他的電子郵件。他已習慣在樓下閱讀郵件，不讓戴安娜得知他收集到哪些與班哲明有關的情報。「她在找他。」

「菲利普要蓋洛加斯照顧她，實在大錯特錯。」費南多把一杯酒咕嘟倒進喉嚨。

「你這麼想嗎？換成是我，也會那麼做。」馬修道。

「想想，馬修。」賈瑞大夫不耐煩地說。「你的孩子有吸血鬼的血緣——雖然這種事為何發生，我留給你和上帝去解決。這代表他們至少在某種程度上，擁有吸血鬼的免疫力。你難道不願意你妻子在家分娩，就像千百年來的婦女一樣？」

既然馬修回來了，他就要在選擇雙胞胎誕生的方式上，扮演主要決策者。在他看來，我應該去醫院生產。但我寧願在柯雷孟宅分娩，由馬卡斯照顧。

「馬卡斯好多年沒有接生了。」馬修不滿道。

「才怪，老兄，他的解剖學是你教的，回頭想想，我的解剖學也是你教的！」賈瑞大夫的耐性顯然已到了極限。「你以為子宮會忽然變到新的位置。叫他講點道理，珍。」

「愛德華說得對。」夏菩大夫道。「我們四個加起來，醫學學位好幾十個，行醫經驗超過兩千年。瑪泰接生的寶寶數量，恐怕也比任何活著的人多，戴安娜的阿姨也是有執照的助產士。我覺得我們辦得到。」

我覺得她說得有理。最後馬修也同意了。他選擇的雙胞胎生產方式被推翻後，見費南多趕到，他就迫不及待離開這房間。兩人消失在樓下。他們經常閉門開會，商討家族事務。

「你告訴馬修你已宣誓效忠畢夏普—柯雷孟家族時，他怎麼說？」後來費南多上樓打招呼時，我詢問道。

「他說我瘋了。」費南多答道，他眼睛發亮。「所以我告訴馬修，要讓我做你們大孩子的教父報答我。」

「我相信這可以安排。」我道，雖然我已開始擔心，孩子們不知會有多少個教父教母。

「希望你記得你做的每一個承諾。」後來那天下午，我對馬修說。

「我記得。」他道。「克里斯要最聰明的，費南多要最大的。哈米許要最漂亮的。馬卡斯要一個女孩。傑克要一個弟弟。我們離開紐海文前，蓋洛加斯表示有興趣當一個金髮寶寶的教父。」馬修點著手指計算。

「我只不過生一對雙胞胎，又不是生一窩小狗。」我道，各方親友的興趣之廣泛，讓我提心吊膽。「再說，我們又不是王室。而且我是異教徒！雙胞胎不需要那麼多教父。」

「那教母妳也要讓我挑嗎？」馬修挑起眉毛道。

「密麗安。」我趁他建議任何一位他可怕的女性親戚前，連忙說道。「斐碧是當然人選。還有瑪泰。蘇菲。阿米拉。我還想邀請薇薇安‧哈里遜。」

「瞧。只要起個頭，很快就會累積一大堆人。」馬修微笑道。

這樣我們每個孩子就各有六位教父母了。從伊莎波和莎拉採購回來的小衣服、小鞋子和毛毯推算，我們即將被銀製的嬰兒飲水杯和熊寶寶淹沒。

雙胞胎的教父母人選當中，有兩位跟我們共進晚餐。馬卡斯和斐碧顯然正戀火狂熱，有他們在，氣氛要不浪漫也難。他倆之間的空氣充滿張力。但斐碧鎮定如昔，神態自若。她毫不猶豫就拿跳舞廳壁畫失修的狀況訓了馬修一頓，還說安潔莉卡‧考夫曼若發現自己的作品這麼受忽視，會多麼震驚。斐碧也不打算讓柯雷孟家族的寶藏無限期遠離公眾注目。

「匿名分享收藏品的方法很多，還可以設定期限。」她告訴馬修。

「相信老房子那幅瑪格麗特‧摩爾的肖像，很快就會在國家肖像藝廊展出了。」我鼓勵地捏一下馬修的手。

「為什麼沒人警告我，家裡有歷史學家是這麼麻煩的事？」他頭昏腦脹地對馬卡斯說。「我們又怎麼一下找來了兩個？」

「有品味嘛。」馬卡斯道，熱情如火地看了斐碧一眼。

「確實如此。」這句話的雙關意味，讓馬修挑起了嘴角。

像這樣只有我們四個人的時候，馬修和馬卡斯會一連幾小時談論新支派的事——馬卡斯寧願稱之為「馬修的部落」，一方面因為他祖父是蘇格蘭人，另一方面他也不贊成用植物學或動物學名詞來描述吸血鬼家族。

「畢夏普—柯雷孟家族——或你堅持說是『部落』——的成員，選擇配偶或結婚時必須特別慎重。」有天晚上用餐時，馬修說道。「所有吸血鬼都看著我們呢。」

馬卡斯愣了一下。「畢夏普—柯雷孟？」

「當然。」馬修皺起眉頭說。「你認為我們該如何命名？戴安娜沒有冠我的姓，我們的子女會用兩個姓，女巫和吸血鬼組成的家族姓氏，應該把事實反映出來才對。」

他考慮得這麼周到，讓我很感動，馬修雖然秉持大男人主義，對家眷過度保護，但他並沒有把我的家族傳統置之度外。

「啊呀，馬修‧柯雷孟。」馬卡斯慢慢綻露一個微笑。「你這麼一塊老化石，觀念倒很先進呢。」

「嗯哼。」馬修啜了一口酒。

馬卡斯的手機響起，他看看螢幕。「哈米許來了。我下樓去放他進來。」

低低的交談聲從樓下傳來。馬修站起身。「留下陪戴安娜，斐碧。」

斐碧和我交換了一個擔心的眼色。

「如果我是個吸血鬼，就方便多了。」她努力豎起耳朵，想聽清楚樓下說些什麼，卻是白費力氣。

「至少我們會知道發生了什麼事。」

「那他們就會出門散步。」我道：「我得設計一個咒語——可以放大聲波。可能用得著風，再加一點水。」

「噓。」斐碧腦袋一歪，不耐煩地哼一聲。「他們又把音量降低了。氣死我也。」

馬修、馬卡斯和哈米許列隊上樓，光看他們的臉色我就知道，有大事發生了。

「班哲明又傳了簡訊來。」馬修蹲在我面前，平視我的眼睛。「我不想瞞妳，戴安娜，但妳一定要冷靜。」

「告訴我就是了。」我的心已提到了嘴邊。

「班哲明俘虜的那個女巫死了。她的孩子跟她一起死了。」馬修在我滿含淚水的眼睛裡搜索。我不僅為那個年輕的女巫流淚，也為自己以及我的無能流淚。**當初若不是我猶豫不決，班哲明的女巫說不定還活著。**

「為什麼不給我們充足的時間釐清狀況，解決這個好像是由我們造成的大混亂？為什麼在我們捉襟見肘的時候，不斷有人死去？」我喊道。

「這是沒有辦法預防的。」馬修替我把遮住額頭的頭髮撥開。「這次沒辦法。」

「下次呢？」我質問。

所有的男人都沈著臉，一言不發。

「哦，當然。」我吸一大口氣，手指刺痛。珂拉驚慌地呱叫一聲，從我肋骨裡衝出來，凌空飛到枝狀吊燈上，停在那兒。「你會阻止他。因為下次他就要來對付我了。」

我覺得啪一聲，液體流出。

馬修驚愕地低頭看著我圓滾滾的肚皮。

寶寶要出來了。

第三十一章

「妳們敢叫我不要用力。」我臉色通紅，滿身大汗，唯一的願望就是盡快把寶寶生出來。

「不。要。用。力。」瑪泰重複一遍。她和莎拉扶著我走來走去，希望能緩和我背部和腿部的疼痛。收縮大約每五分鐘一次，但痛楚卻愈來愈無法忍受，從脊椎散發出來，蔓延到整個腹部。

「我要躺下。」我對臥床休息排斥了好幾個星期，現在卻只想爬回鋪著橡膠布和消毒床單的床上去。我沒有忽略這是多大的諷刺，房間裡其他所有人也沒有。

「妳不可以躺下。」莎拉道。

「哦，天啊，又來了。」我停下腳步，握緊她們的手。這次收縮持續得比較久。我剛站直，呼吸恢復正常，又是一陣收縮。「我要馬修！」

「我在這裡。」馬修接替瑪泰的位置。他對莎拉點一下頭。「這次好快。」

「書上說，收縮會愈來愈密集。」我聽起來像個脾氣惡劣的小學老師。

「寶寶不讀書，親愛的。」莎拉道。「他們對這種事有自己的想法。」

「他們決心要生出來的時候，是什麼都擋不住的。」夏菩大夫微笑著走進房間。賈瑞大夫在最後一分鐘被叫到別處去接生了，所以就由夏菩率領我的醫療團隊。她把聽診器貼在我的肚皮上，換個位置，再聽一下。「妳的進展好極了，戴安娜。雙胞胎也很棒。沒有危險跡象。我建議自然生產。」

「我要躺下。」我咬緊牙齒道，我的脊椎又迸出一陣劇痛，威脅著要把我切成兩半。「馬卡斯在哪裡？」

「他在走廊對面。」馬修道。我隱約記得，收縮剛開始變得劇烈時，馬卡斯被趕出這個房間。

「如果我要剖腹，馬卡斯來得及過來嗎？」我問。

「妳叫我？」馬卡斯穿著手術衣走進來。他和善的笑容和平靜的神態，立刻讓我鎮定下來。見他回來，我已完全想不起剛才為何趕他出去了。

「誰把那張該死的床搬走了？」我喘著氣，撐過另一場收縮。床看起來還在原位，但顯然只是幻象，因為我永遠都走不過去。

「馬修搬的。」莎拉輕鬆地說。

「我才沒有。」馬修抗議。

「待產的時候，每件事都要怪到丈夫頭上。這樣產婦才不至於產生殺人幻想，而且也提醒男人家，他們不是注意力的焦點。」莎拉解釋道。

我笑起來，於是沒感覺到下一波隨抽搐而來的疼痛。

「肏—他媽—天殺的—」我咬緊嘴唇。

「妳不罵髒話是不可能熬過這個晚上的，戴安娜。」馬卡斯道。

「我不希望寶寶最初聽到的話都是在罵人。」這下我想起來為何把馬卡斯轟出去了：他嫌我在疼痛的時候表現得太拘謹了。

「馬修可以唱歌——他嗓門很大。我相信他可以蓋過妳的聲音。」

「天殺—該死—好痛啊。」我整個人彎成兩截。「想幫忙，就把床搬過來，不要再跟我爭論，混蛋！」

我的反應掀起一陣震驚的沈默。

「好樣的，姑娘。」馬卡斯道。「我就知道妳有種。咱們檢查一下吧。」

馬修把我扶到床上，那些價值連城的真絲床罩和帷幔都拆掉了。兩座搖籃放在爐子前面，等待雙胞胎入住。馬卡斯做檢查的時候，我就盯著它們看。

截至目前為止，這是我一生中最沒有自主權的四小時。從不曾被灌進這麼多東西，也從不曾有這麼多我做夢也想不到的東西被掏出體外。其實我是要為這世界帶來新生命，卻很離奇地被剝奪了人性。

「還要再等等。」馬卡斯道：「不過一切都很順利，正在加速進行。」

「你說得倒簡單。」我很想打他，但他在我兩腿之間，剛好被寶寶擋住。

「這是妳做硬脊膜外麻醉的最後機會。」馬卡斯道：「如果妳說不要，而萬一我們必須剖腹，就得做全身麻醉了。」

「妳沒必要充英雄，我的小母獅。」馬修道。

「我沒有充英雄。」我第四遍或第五遍對他說。「我們不知道硬脊膜外麻醉對寶寶會有什麼影響。」

我停下來，整張臉痛得扭成一團。

「妳要繼續呼吸，親愛的。」莎拉排開眾人，走到我身旁。「你聽見她的話了，馬修。她不要做硬脊膜外麻醉，再跟她爭執下去也沒有意義。現在，先解決疼痛問題。笑有幫助，戴安娜。把心思集中在別的方面，也會有用。」

「愉悅也有用。」瑪泰調整我兩腳在床墊上的位置，我的背痛立刻減輕了很多。

「愉悅？」我困惑地問。瑪泰點點頭，我驚駭地瞪著她。「妳不可能是**那種**意思。」

「她就是。」莎拉道。「那會造成很大的不同。」

「不行。妳們怎麼能提出這種建議？」我再也想不出世界上還有更缺乏情趣的時刻了。現在看來，走路倒成了絕妙的點子，於是我把兩腿掛在床邊。但只移動了這麼多，就有另一陣抽搐襲來。結束後，就只剩馬修和我獨處。

「想都別想。」他抱住我時，我道。

「我聽得懂二十幾種語言的『不要』。」他鎮定得讓人惱火。

「你難道不想對我大吼大叫之類的嗎？」我問。

馬修考慮了一下。「想。」

「哦。」我還以為會有歌頌懷孕女人多麼神聖的歌舞表演，以及他會容忍我任何言行舉止的告白呢。我咯咯笑了起來。

「翻到左側，我幫妳揉背。」馬修拉我躺在他身旁。

「你只准揉那個部位。」我警告他。

「我知道。」他展現更具攻擊性的控制力，說道：「躺下。快點。」

「這樣聽起來比較像你。我還以為他們搞錯對象，給你做了硬脊膜外麻醉呢。」我翻個身，依偎在他身上。

「女巫。」他道，咬了我肩膀一口。

好在我躺著，因為下一陣收縮又開始了。

「我們不希望妳用力，因為不知道這會持續多久，而且寶寶還沒有準備要出生。從收縮開始，已經過了四小時又十八分鐘。可能還要撐一整天。妳需要休息。這也是我希望妳同意麻醉的原因之一。」馬修用大拇指為我按摩腰部。

「才四小時又十八分？」我的聲音有氣無力。

「現在十九分了，其他正確。」我的身體又一陣抽搐，馬修抱住我。再度可以清晰思考時，我低聲呻吟著，往後頂住馬修的手。

「你的大拇指在一個妙不可言的地方。」我舒服得嘆氣。

「那這兒呢？」馬修的大拇指往下移到一個更接近脊椎的位置。

「天堂。」我道，也能在下次收縮時，呼吸得比較順暢。

「妳的血壓還是很正常，背部按摩似乎有用。我們來換個更正確的方式。」馬修叫馬卡斯把他書房裡那張形狀奇特、附讀書架的皮面椅搬過來，要他把椅子放在窗口，在原本設計來放書的地方擱一個枕頭。馬修扶我跨坐在椅上，面對枕頭。

我的肚子凸出，碰到椅背。

「這把椅子到底是作什麼用的？」

「看鬥雞，打通宵撲克牌。」馬修道。「如果妳向前靠過來一點，把頭放在枕頭上，就會發現它能讓妳的腰輕鬆許多。」

確實。馬修開始做整套的按摩，從我臀部開始向上操作，最後開始放鬆我頭蓋骨下方的肌肉。他按摩期間，我收縮了三次，雖然持續的時間變長，但馬修清涼的手和有力的指頭，都似乎能化解部分的疼痛。

「你用這種方式幫助過多少個懷孕的女人？」我問道，對他從哪兒學到這種技巧有點好奇。馬修的手頓了一下。

「只有妳。」他繼續撫慰的動作。

我回過頭，發現他正看著我，雖然手指的動作沒停。

「伊莎波說，這間臥室只有我睡過。」

「我遇到的人似乎都不配。但自從遇見妳，我就可以想像妳在這個房間裡——當然是跟我在一起。」

「你為什麼會愛我這麼多，馬修？」我不覺得自己有什麼吸引力，尤其現在這麼肥、面朝下、痛得唉唉叫。他回答得很快。

「對我曾經有過或將來會出現的一切疑問，妳都是解答。」他撥開我脖子上的頭髮，親吻我耳朵下面的柔嫩部位。「想要起來走一走嗎？」

一陣突如其來的尖銳痛楚，穿過我身體下端，使我答不出話。我只能大聲喘息。

「聽起來產道開口有十公分了。」馬修低聲道。「馬卡斯？」

「好消息，戴安娜。」馬卡斯走進來，興高采烈地說：「妳可以開始用力推了。」

我推呀推。好像過了好幾天。

我先試現代的方法：躺下，馬修滿臉愛慕地握著我的手。

這一招沒什麼用。

「這不見得代表有問題。」夏菩大夫從我兩腿之間的戰略位置看看我們，說道。「分娩時，雙胞胎可能要多花點時間才會動起來。是吧，瑪泰？」

「她需要一張板凳。」瑪泰皺著眉頭說。

「我把我的板凳帶來了。」夏菩大夫說。「在走廊裡。」她歪一下頭，指示方向。

原來十六世紀受胎的寶寶，不願意採用現代接生法，要照舊方式出生嗎：使用一張椅面做成馬蹄形的簡單木凳。

我這次生產經驗，不是跟五、六個陌生人共度，圍繞在身邊的都是至親至愛的人：馬修在我背後，用身體與深情支持我；珍與瑪泰在我腳邊向我道賀，因為這兩個孩子體貼媽媽，來到這世界時，先把頭探出來；馬卡斯不時柔聲提供建議；莎拉在我身旁，告訴我什麼時候該用力，什麼時候該換氣；伊莎波站在門口，傳消息給斐碧，她守在走廊裡，負責用簡訊把實況發到匹克林廣場，費南多、傑克和安卓都在那兒等消息。

實在痛得無法忍受。

好像永遠不會結束。

十一點五十五分，總算聽見第一陣憤怒的哭聲，我開始又哭又笑。從孩子方才所在的位置，一種強烈的保護慾湧現，成為我生命的目標。

「孩子好嗎？」我低頭看去。

「十全十美的小姑娘。」瑪泰得意地對我微笑。

「小姑娘？」馬修聽起來有點頭暈。

「是女兒，斐碧，通知他們，夫人生了個女兒。」伊莎波興奮地說。

珍抱起那個小生命。她全身發青，皺紋密布，全身裹著看起來很可怕的黏液，我在書上讀過這種事，卻還沒有充分準備看到自己的孩子這副模樣。她頭髮烏黑，而且非常濃密。

「她為什麼發青？有什麼問題？她快死了嗎。」我覺得焦慮升高。

「她馬上就會變得像甜菜頭一樣紅通通。」馬卡斯看著他的新妹妹說。他拿舉起剪刀和鉗子，遞給馬修。「她的肺尤其沒問題。我認為這件光榮的工作應該由你執行。」

馬修站起身，卻沒有動。

「如果你昏到，馬修‧柯雷孟。我保證永遠不讓你忘記這件糗事。」莎拉怒道。「快滾過去，把臍帶剪斷。」

「妳做，莎拉。」馬修顫抖的手搭在我肩上。

「不。我要馬修做。」我道。如果他不做，以後一定會後悔。

我的話讓馬修動了起來。他很快就跪在夏菩大夫身旁。雖然開始的時候，他表現得不情不願，但寶寶和醫療設備一交到他手中，他的動作就變得精確而成竹在胸。臍帶鉗住、剪斷後，夏菩大夫快手快腳用一旁等待的毯子把我們的女兒包好，然後把嬰兒包交給馬修。

他站著發呆，用一雙大手捧著小不點兒的身體。父親的力量和女兒的脆弱對比之下，彷彿一個奇蹟。她暫停哭泣，打個呵欠，又扯開喉嚨，不給情面地對目前處境表示不悅。

「哈囉，小陌生人。」馬修低聲道。他讚嘆地看著我。「她好美。」

「天哪，聽她叫的。」馬卡斯道。「做愛普格新生兒評分⑮穩拿八分，妳覺得呢，珍？」

「我同意。你何不先幫她量體重身高，我們好清理一下，準備接生下一個？」

馬修這才意識到，我的工作只完成一半，連忙把嬰兒交給馬卡斯照顧，然後深深注視我，給我一個長吻，點一下頭。

「準備好了，我的小母獅？」

「永遠都準備好。」我才說完，又落入一陣尖銳疼痛之中。

二十分鐘後，凌晨十二點十五分，我們的兒子誕生了。他塊頭比姊姊大，更高更重，而且有同樣強大的肺活量。我被告知，這是件好事，不過我懷疑，十二小時後，大家是否還會這麼想。所不同的是，兒子有一頭泛紅的金髮。

馬修拜託莎拉剪臍帶，因為他要專心一意湊著我耳朵，訴說我多麼美麗、多麼強壯等取悅我的廢話，同時一直扶我坐著。

第二個孩子出世後，我開始從頭到腳抖個不停。

「怎麼回事？」我咬住咯咯作響的牙齒問。

一眨眼工夫，馬修就把我從分娩凳抱到床上。

「孩子都抱過來。」他下令道。瑪泰先把一個寶寶放在我身上，莎拉把另一個也放上來。嬰兒都高舉著四肢，滿臉的不高興。我一覺得兒子和女兒的重量壓在胸口，顫抖就停止了。

「生雙胞胎的時候，分娩凳就有這個缺點。」夏菩大夫微笑道。「母親的肚子忽然空掉，會覺得不安，而且我們還來不及讓妳跟第一個孩子建立良好聯繫，第二個孩子就來搶走妳的注意力了。」

瑪泰把馬修推到一旁，沒有移動寶寶的位置，就把他們都用毯子包好了，在我看來，這是吸血鬼得天獨厚的技巧，一般助產士再怎麼經驗豐富，也做不到這一點。馬修照顧孩子時，莎拉輕手輕腳替我按摩腹部，直到最後一次收縮，所有胞衣都排出體外為止。

馬修抱著孩子，讓莎拉替我清理。她說，我可以等站得起來時再去淋浴——我覺得永遠都不可能了。她和瑪泰撤下髒床單，換鋪新床單，整個過程我都不需移動。不消片刻，我又躺在鬆軟的枕頭上，床單被褥都乾淨新鮮。馬修把寶寶放回我臂彎。房裡再無別人。

「真不知道普天之下的女人怎麼熬過來的。」他嘴唇貼在我額頭上，說道。

「這樣驚天動地的內外翻轉？」我看看一張小臉蛋，又看看另一張。「我也不知道。」我聲音放低。「真希望媽和爹在這兒。還有菲利普。」

「如果菲利普在，一定會跑到街上大喊大叫，把所有鄰居都吵醒。」馬修道。

「我想為他取名菲利普，紀念你父親。」我柔聲道。聽了我的話，我兒子睜開一隻眼睛。「你覺得怎麼樣？」

「除非我們把女兒取名芮碧嘉。」馬修用手托著她黑髮的小腦袋。她把小臉皺得更緊。

「我不確定她是否同意。」這麼小的人兒就這麼堅持己見，讓我覺得不可思議。

「如果她真的反對，還有很多其他名字可以選。」馬修道：「仔細想來，孩子的名字幾乎跟教父母人

---

⑮ Apgar test是針對新生兒的健康評估，由美國醫生Virginia Apgar發明，滿分為十分。

數一樣多。」

「我們需要列一張清單，釐清這件事。」我把菲利普抱高一點。「他絕對是比較重的。」

「他們兩個體型都不小。菲利普身高四十五公分。」馬修自豪地看著他兒子。

「他會像爸爸一樣長很高。」我深深靠進枕頭裡。

「而且跟他母親和外婆一樣滿頭紅髮。」馬修道。他從床尾繞過去，撥弄一下火爐，然後在我身旁躺下，靠在一個枕頭上。

「我們花了好多時間搜尋古老的祕密、失落已久的魔法書，但他們才是真正的化學婚禮。」我看著馬修把一根手指塞進菲利普的小手，寶寶用驚人的力量抓緊它。

「妳說得對。」馬修把兒子的手翻過來翻過去。「一點兒妳，一點兒我。一部分吸血鬼，一部分女巫。」

「而且全部都是我們的。」我堅決地說，用一個吻封住他的嘴。

「我現在有一個兒子，一個女兒。」馬修告訴巴德文。「他們叫芮碧嘉和菲利普。兩個都很健康，很好。」

「他們的母親呢？」巴德文問。

「戴安娜的生產過程很完美。」馬修想到她受的苦，兩手還會發抖。

「恭喜你，馬修。」巴德文聽起來並不開心。

「怎麼了？」馬修皺起眉頭。

「合議會已知道孩子出生的事。」

「怎麼會？」馬修質問。一定有人監視這棟房子——要麼是個眼力絕佳的吸血鬼，要麼是個擅長第二視力的女巫。

「誰曉得？」巴德文疲倦地說。「他們願意暫緩對你和戴安娜的控訴，交換一次檢查新生兒的機會。」

「休想。」馬修胸中燃起怒火。

「合議會只想知道雙胞胎是什麼。」巴德文簡略地說。

「他們是我的。菲利普和芮碧嘉是我的孩子。」馬修答道。

「似乎沒有人對這一點有異議——雖然應該不可能。」巴德文道。

「高伯特幹的好事。」所有直覺都指出，那隻吸血鬼是班哲明與追尋生命之書的關鍵。他操縱合議會的政治多年，諾克斯、薩杜、多明尼可都被他拉攏，成為同謀。

「也許。倫敦的吸血鬼不見得都聽命於胡巴德。」巴德文道。「維玲仍然打算十二月六日去參加合議會。」

「孩子出生不會改變任何事。」馬修道，雖然他清楚地知道，很多事都因而改變了。

「好好照顧我妹妹，馬修。」巴德文低聲道。馬修在他哥哥的語氣中，聽見真正的擔憂。

「永遠都會的。」他答道。

奶奶們是寶寶的第一批訪客。莎拉笑得嘴巴合不攏，伊莎波臉上煥發快樂的神采。我們告訴她們寶寶的名字，想到這些不在場的長輩，能經由孩子把血緣傳承到未來，她們都深受感動。

「將來你們兩個也要各生一對不在同一天誕生的雙胞胎哦。」莎拉放下芮碧嘉，抱起一直困惑地皺著眉頭瞪她的菲利普。「妳試試看，有沒有辦法讓她睜大眼睛，伊莎波。」

伊莎波輕輕對芮碧嘉的小臉吹口氣。她立刻睜大雙眼，揮舞著戴手套的小手，對奶奶尖叫。「好啦。

這樣我們才能把妳看個清楚，小美人。」

「他們的星座也不同。」莎拉道，把菲利普抱在懷裡輕搖。菲利普不像姊姊，他只要靜靜躺著，觀察周遭環境就很滿足，黑眼睛睜得很大。

「說誰？」我有點睏，莎拉的閒聊對我有點複雜，我沒聽懂。

「寶寶呀。芮碧嘉是天蠍座，菲利普是射手座。蛇與弓箭手。」莎拉答道。

柯雷孟與畢夏普。第十個結與女神。箭上裝飾的貓頭鷹羽毛搔得我肩膀發癢，環繞我痠痛的臀部的火龍尾巴忽然收緊。一根警告的手指沿著我的脊椎向上滑行，使我的神經微微刺痛。

馬修眉頭一皺。「有什麼不對嗎，我的愛？」

「沒有，只是一種奇怪的感覺。」寶寶誕生後出現的保護慾越來越強烈。我不希望芮碧嘉和菲利普被綁在某種龐大的編織結構裡，其中的設計永遠無法被渺小而無足輕重如他們母親的人理解。他們是我的孩子——我們的孩子——我要確保他們有機會找到自己的路，而不是聽任命運支配。

「哈囉，父親。你在看嗎？」

馬修瞪著他的電腦螢幕，手機夾在肩膀與耳朵之間。這次班哲明打電話來告知一個消息。他要知道馬修對他在螢幕上看到的畫面作何反應。

「我知道合議會在開會。」班哲明的聲音透著疲憊。他背後的手術台上躺著死去的女巫，為了搶救她懷的孩子，屍體已被剖開，卻是徒然。「也是一女一男。」

「你想要什麼？」問題很冷靜，但馬修內心在熊熊燃燒。為什麼沒有人能找到他這個人神共憤的兒子。

「當然是你的妻子和女兒。」班哲明眼光一寒。「你的女巫能生育。為什麼，馬修？」

馬修不作聲。

「我會查出那個女巫有什麼特別。」班哲明湊上前，露出獰笑。「你知道我會的。如果你現在就把我想知道的事告訴我，我就不需要日後從她那兒逼問出來。」

「你休想碰她。」馬修的聲音——以及他的自制——崩潰了。樓上有個嬰兒哭了。

「啊，我會的。」班哲明低聲保證。「一次又一次，直到戴安娜・畢夏普把我要的給我。」

我頂多睡了三、四十分鐘，就被芮碧嘉憤怒的哭聲吵醒。惺忪的睡眼終於對上焦時，我看見馬修在壁爐前面走來走去，親密而撫慰地喃喃低語。

「我知道，這世界是個殘酷的地方。時間過去，妳會慢慢適應的。聽見木柴劈啪裂開嗎？看見牆上的影子跳舞嗎？那是火，芮碧嘉。它說不定在妳血管裡，就像妳母親。噓。那是個影子。就只是個影子。」

馬修把寶寶抱緊，哼起一首法國搖籃曲。

噓！別出聲，
巡夜人來了，
大家快安靜。
走路莫出聲，
巡夜人來了。

馬修・柯雷孟戀愛了。看到他愛慕的表情，我微笑起來。

「夏菩大夫說他們會餓。」我躺在床上，揉著眼睛對他說。我咬著嘴唇。她還解釋給我聽，早產的嬰兒可能很難餵，因為用來吸奶的肌肉還沒有發育完成。

「要我去叫瑪泰嗎？」馬修在芮碧嘉持續的哭聲中問。他知道我對餵奶感到緊張。

「我們先自己試試吧。」我道。馬修在我腿上放了個枕頭，把芮碧嘉交給我。然後他弄醒熟睡的菲利普。莎拉和瑪泰都再三叮嚀我，兩個寶寶一定要同時餵，否則才剛餵完一個，另一個就又餓了。

「菲利普會是個小麻煩。」馬修得意洋洋地把他從搖籃裡抱出來。菲利普皺著眉頭看他爸爸，大眼睛眨巴眨巴。

「你怎麼知道？」我調整一下芮碧嘉的位置，為菲利普挪出空間。

「他太安靜了。」馬修咧開嘴巴。

試了幾次，才把菲利普安頓好。但芮碧嘉卻怎麼也不肯就範。

「她哭個不停，根本不可能吸奶。」我挫折地說。

馬修把手指放進她嘴裡，她順從地含住指尖。「給他們交換位置。說不定初乳——還有她弟弟——的氣味，能說服芮碧嘉嘗試。」

我們做了必要的調整。馬修移動菲利普時，他叫得像隻報喪女妖，然後對另一邊乳房不斷打嗝、噴氣，讓我們確實理解，以後他不會再容忍這樣的干擾。芮碧嘉則是東嗅西嗅，對這場混亂作壁上觀，猶豫了好一陣子，才小心翼翼含起我的奶頭。吸完第一口，她就把眼睛瞪得老大。

「啊，她終於懂了。我怎麼跟妳說的，小東西。」馬修低聲道。「媽媽是一切的答案。」

人馬日座

人馬座主宰信仰、宗教、寫作、書本與夢的闡釋。人馬座下出生的人能創造偉大的奇蹟，獲得榮耀與喜悅。人馬座主宰天空時，可以找律師諮詢事務。這是宣誓和做交易的好時節。

——佚名之英文雜記簿，寫於約一五九〇年，龔沙維手抄本四八九〇號，f.9v

第三十二章

「雙胞胎才十天大。你覺得他們加入騎士團是否還太小一點？」我打著呵欠，抱著芮碧嘉在三樓走廊裡走來走去，她從火爐邊舒適的搖籃裡被抱出來，心情很不好。

「柯雷孟家的人都要盡快成為騎士。」馬修抱著菲利普，與我擦肩而過。「這是傳統。」

「是啊，但絕大多數柯雷孟家的新成員，都是成年人！而且我們要回七塔去處理這件事。」我的思考速度已慢得像爬行。馬修遵守承諾，夜裡孩子都由他照顧，但只要我還在哺乳，就會每隔幾小時被吵醒一次。

「七塔，或耶路撒冷。」馬修道。

「不要耶路撒冷。十二月？你瘋了嗎？」伊莎波出現在樓梯口，悄無聲息像個幽靈。「朝聖者人山人海。何況寶寶受洗應該在家裡，在他們父親蓋的教堂裡，而不是在倫敦。兩項儀式可以在同一天舉行。」

「柯雷孟宅是我們現在的家，媽。」馬修不悅道。婆婆媽媽們不斷干預，已令他厭倦。「而且如果有必要的話，安卓自也告奮勇要在這兒為他們施洗。」

已對父親變化多端的情緒表現出神祕感應能力的菲利普，扭動五官，擺出跟馬修一模一樣、皺著眉頭的表情，揚起一隻小手臂在空中揮舞，好像要召喚一把劍，把所有的敵人一起消滅。

「那就七塔吧。」我道。雖然我不再覺得安卓・胡巴德如骨鯁在喉，卻也不想讓他做我孩子的靈性導師。

「妳確定就好。」馬修道。

「要邀請巴德文嗎？」我知道馬修已通知他雙胞胎出生的消息。巴德文送了我一把豪華的花束和兩個牛角鑲銀的磨牙圈給芮碧嘉和菲利普。磨牙圈是贈送新生兒常見的禮物，這不在話下，但以我們的情況，我特別覺得這是對他們吸血鬼的血緣一種非常不含蓄的提醒。

「大概會吧。不過我們先別煩惱這事。妳何不跟伊莎波和莎拉去散個步——到房子外面走走。即使孩子吵鬧，也還有足夠的奶水。」馬修建議道。

我聽從他的建議，不過我有種不舒服的感覺，好像把世事當棋局的柯雷孟家族，已把孩子和我放在他們巨大的棋盤上。

一天天過去，隨著我們準備回法國，這感覺越來越強烈。為了保持我心境平靜而壓低聲音的交談，次數未免太多了一點。但雙胞胎已經夠我忙碌了，我暫時沒有時間理會家族政治。

「我當然會邀請巴德文。」馬卡斯道：「他應該在場。」

「蓋洛加斯呢？」馬修問道。他已經寄了雙胞胎的照片，以及他們完整而有派頭的名字給他姪子。馬修希望蓋洛加斯得知他是菲利普的教父，而且孩子的名字當中有一個是他的名字時，會主動回應，但他卻失望了。

「給他時間吧。」馬卡斯道。

但最近時間並沒有站在馬修這邊，他也不指望它會變得更配合。

「沒有班哲明進一步的消息。」費南多道。「他再一次沈寂下來了。」

「他到底在哪裡？」馬修把手指插進頭髮裡。

「我們在盡力，馬修。班哲明即使還是溫血人的時候，就已經古怪莫測了。」

「也罷。如果找不到班哲明，我們就把注意力放在諾克斯身上吧。」馬修道。「他比高伯特容易找

——他們兩個提供消息給班哲明。這一點我可以確定。但我需要證據。」

除非把所有對戴安娜和雙胞胎構成危險的超自然生物都找出來摧毀，否則他不會罷手。

「準備出發了嗎？」馬卡斯逗逗芮碧嘉的下巴，她張開小嘴，做出一個快樂的完美O形。她喜歡這個哥哥。

「傑克在哪兒？」我累壞了。每次把一個小孩搞定，就又有一個跑不見。簡單的出一次門，幾乎等於派一營人馬出戰的後勤業務，活像一場噩夢。

「跟那頭畜生散步去了。說到這兒，珂拉哪裡去了？」費南多問。

「安全地收好了。」事實上，珂拉跟我也有點爭執。雙胞胎出生後，牠就變得坐立難安，情緒焦躁，很不樂意被塞在我體內，長途旅行去法國。我自己對這整個安排也不滿意。獨自使用我的身體，實在暢快多了。

響亮的吠聲中，全世界最大的掃把突然出現，預告傑克回來了。

「來吧，傑克，不要讓我們等。」馬卡斯喊道。傑克小跑步到他身旁，馬卡斯舉起一串鑰匙。「有把握送莎拉、瑪泰和你高祖奶奶去法國嗎？」

「當然。」傑克一把搶過鑰匙道。他按下遙控鍵，打開另一輛大型車的門，這輛車上加裝了一張狗用床，而不是兩張嬰兒安全椅。

「出發回家，多麼興奮啊。」伊莎波挽起傑克的手臂。「讓我想起有次菲利普要我把十六輛篷車從君士坦丁堡趕到安提阿。路況糟透了，沿途強盜出沒。那趟旅行真是絕頂難走，充滿危險和死亡威脅。我玩得好痛快。」

「我記得妳把大多數篷車都弄丟了。」馬修沈著臉說。「還有馬匹。」

「還不提一大筆別人的錢。」費南多也記得這件事。

「只損失了十輛篷車。其他六輛都完整送達。說到錢嘛，不過是再投資罷了。」伊莎波的聲音帶著滿得溢出來的倨傲。「別聽他們的，傑克。開車時我再講我的冒險故事給你聽。那會讓你忘記堵車。」

斐碧和馬卡斯乘坐他們註冊商標的藍色跑車出發——這輛是英國製造，看起來好像應該由〇〇七情報員龐德駕駛。我終於體會到雙座跑車的優點，真巴不得接下來九小時，只有馬修跟我作伴。

以馬卡斯和斐碧行駛的速度，加上他們沿途不需要停下來上廁所、換尿片、吃飯，我們抵達七塔時，他們會站在火炬照耀的樓梯頂端，跟亞倫、薇特華等人一塊兒等著歡迎我們回家，也不足為奇了。

「馬卡斯少爺說，我們會邀請滿滿一屋子客人來觀禮，伊莎波夫人。」亞倫歡迎他的女主人時說道。他的妻子薇特華看到嬰兒攜帶籃，就興奮得開始跳舞，連忙跑上來幫忙。

「要安排得跟從前一樣，亞倫。我們為男客人在穀倉裡準備通鋪。吸血鬼不在意天氣冷，其他人也會慢慢適應。」伊莎波聽起來一點也不擔心，她把手套交給瑪泰，就回頭去幫忙抱小孩。為了怕他們在寒冷的天氣裡受凍，兩個寶寶包紮得像什麼似的。「菲利普少爺和芮碧嘉小姐是不是妳見過最漂亮的超自然生物啊，薇特華？」

薇特華除了嗯嗯啊啊，說不出什麼話，但伊莎波似乎覺得這樣的反應就夠了。

「要我幫忙拿寶寶的行李嗎？」亞倫打量著塞得滿滿的車廂問道。

「太好了，亞倫。」馬修指揮他去拿袋子、包包、攜帶式遊戲欄，還有堆積如山的免洗尿片。

馬修一手提一個嬰兒籃，在瑪泰、莎拉、伊莎波、薇特華爭相為他報導階梯結冰狀況聲中，來到前門口。走進室內，想到自己身在何處及來此的原因，他覺得很感動。馬修把柯雷孟悠久家譜的最新成員帶回他們祖先的家。雖然我們一家子，對這個地位顯赫的望族而言，只是個卑微的支派，但這不是重點。這是我們的孩子浸淫傳統的地方，而且永遠都會如此。

「歡迎回家。」我吻他。

他回吻我，然後照例給我一個慢慢綻現的燦爛微笑。「謝謝妳，我的愛。」

回七塔是個正確的抉擇。但願此行無災無難，別讓這趟愉快的返家之行蒙上陰影。

舉行洗禮前的幾天，我的願望好像都會實現。

七塔為了預備雙胞胎的洗禮而極端忙碌，我總覺得老菲利普會唱著歌兒，說著笑話闖進房裡。但現在馬卡斯成了整座古堡裡的靈魂人物，到處晃來晃去，好像這是他的地盤——技術性而言，我想這也是事實——逗得每個人過節的情緒高漲。我第一次明白，為什麼馬卡斯會讓費南多聯想到馬修的父親。

馬卡斯下令把大廳裡的家具換成足夠所有來賓就座的長桌和長凳時，我就覺得一種似曾相識的恍惚，好像七塔又回到了中世紀。只有馬修的房間沒有變動。馬卡斯宣稱那兒是禁區，因為是貴賓的臥室。我固定到馬修的塔裡去餵寶寶、替他們洗澡、更衣——也省得老是撞見被雇來打掃，把家具分類、搬動的臨時工，趁機休息一下。

「謝謝妳，瑪泰。」我到花園裡快走了幾圈，回來後說道。她很樂意離開擁擠的廚房，擔任保母，順便讀她心愛的推理小說。

我輕拍一下熟睡的兒子背部，從搖籃裡抱起芮碧嘉。她相對於弟弟稍輕的體重，讓我抿緊嘴唇。

「她餓了。」瑪泰的黑眼睛向我望來。

「我知道。」芮碧嘉總覺得餓，總吃不飽。我的思緒飄離可能的推論。「馬修說，要擔心還太早。」

我把鼻子埋進芮碧嘉的脖子，吸入嬰兒的甜香。

「馬修知道什麼？」瑪泰嗤之以鼻。「妳是她母親。」

「他不會喜歡的。」我警告道。

「萬一她死了，馬修更不喜歡。」瑪泰直率地說。

我還是很遲疑。如果我聽從瑪泰這麼直白的暗示，不先跟馬修商量，他一定會大發雷霆。但如果我徵詢馬修的意見，他會告訴我，芮碧嘉沒有緊急的危險。這可能是事實，但她的精神和健康都不夠好。她挫折的哭聲讓我心碎。

「馬修還去狩獵嗎？」如果要做這件事，一定要選一個馬修不會在旁干預的時間。

「就我所知，他還去的。」

「噓，好了。媽咪來想辦法。」我喃喃道。我在火旁坐下，用一隻手解開襯衫。我讓芮碧嘉靠在右邊乳房上，她立刻含住奶頭，使出全身力氣吸吮。奶水從她嘴角流出來，低泣聲變成嚎啕大哭。我正式泌乳前她還比較好餵，似乎她的身體對初乳比較能容忍。

那是我第一次開始擔心。

「這兒。」瑪泰取出一把薄而鋒利的刀。

「我不需要。」我讓芮碧嘉靠在肩上，拍打她的背。她打了一個氣很足的嗝，接著噴出一道白色液體。

「她不能消化母乳。」瑪泰道。

「那我們就看看，她怎麼處理這個。」我讓芮碧嘉的頭靠在我手肘上，然後朝著我曾誘她父親吸過我的血、左手臂上留下的柔軟舊疤，彈一下手指，等候賦予生命的紅色液體從靜脈裡湧出。

芮碧嘉立刻振作起來。

「這是妳要的嗎？」我彎曲手臂，讓她的嘴巴貼在我皮膚上。我覺得跟她在我乳房上吸吮是一樣的，只不過這次孩子不再哭鬧——她在狼吞虎嚥。

新鮮流動的血液，在一棟滿是吸血鬼的房子裡，一定會引起注意。伊莎波幾分鐘內就趕到。費南多幾乎跟她一樣快。然後馬修像一陣龍捲風般出現，頭髮被風吹亂了。

「所有的人都出去。」他指著樓梯道。不等著看他們有沒有服從，他就跪在我面前。「妳在做什麼？」

「我在餵你的女兒。」淚水刺痛我的眼睛。

芮碧嘉滿足的吞嚥聲，在安靜的房間裡清晰可聞。

「大家猜了好幾個月，不知道孩子會是什麼族群。好啦，一個答案出現了：芮碧嘉要血才能活。」我伸出小拇指，拉開她的嘴和我皮膚的距離，中止吸吮，減緩血液流出的速度。

「菲利普呢？」馬修面無表情問道。

「他好像吸我的奶就滿足了。」我道。「也許，過一段時間，芮碧嘉會接受更多樣的飲食。但目前她需要血，她會得到的。」

「我們不把兒童變成吸血鬼，是有道理的。」馬修道。

「我們沒有把芮碧嘉變成任何東西。她生來就是如此。她也不是吸血鬼。她是個吸血巫，或巫血鬼。」雖然這些名詞有點可笑，但我的態度很嚴肅。

「別人會想知道，他們面對的是什麼樣的生物。」馬修道。

「好吧，那他們必須等待。」我反駁道。「現在還太早，我不會讓別人為了自己的方便，硬把芮碧嘉塞進一個小框框。」

「以後她牙齒長出來了呢？到時候怎麼辦？」馬修提高音量，問道。「妳忘了傑克嗎？」

啊。原來馬修擔心的重點是血怒，而不在於他們是血族或巫族。我把熟睡的芮碧嘉交給他，重新把襯衫扣好。我整理好衣服後，他把孩子緊抱在胸口，她的頭靠在他的下巴與肩膀之間。他閉著眼睛，好像要把方才看到的那一幕擋在外面。

「如果芮碧嘉和菲利普有血怒，我們也要處理——全家一起。」我替他撥開一撮垂在額前的頭髮。「試著不要那麼擔心。」

「處理？怎麼處理？妳不能跟一個暴怒起來可以殺人的兩歲小孩講道理。」馬修道。

「那我就用咒語束縛她。」我們沒有談過這件事，但我會毫不猶豫採取行動。「就像我用咒語束縛傑克，如果那是唯一能保護他的辦法。」

「妳不可以用妳父母對待妳的方式對待我們的孩子，戴安娜。妳永遠不會原諒自己的。」

貼在我脊椎旁邊的那支箭刺痛我的肩膀，我手腕上的第十個結在扭動，我體內的魔法線全部繃緊。這次沒有一點猶豫的成分。

「為了救我的家人，該做什麼，我都會做。」

「搞定了。」馬修放下手機說道。

這天是十二月六日，距菲利普在戴安娜身上留下血誓，剛好一年零一天。在威尼斯潟湖裡的史泰拉島上，她成為柯雷孟家一員的宣誓書，放在一個合議會官員的辦公桌上，即將載入家譜。

「所以維玲姑姑畢竟把文件送出去了。」

「或許她跟蓋洛加斯有聯絡。」費南多還沒有放棄猶夫的兒子回來參加洗禮的希望。

「是巴德文提出申請的。」馬修向後靠在椅背上，用手抹一把臉。

亞倫來為打擾他們致歉，送來一疊信件和一杯酒。他擔心地看著這三隻縮在廚房裡圍爐交談的吸血鬼，一言不發地離開。

費南多和馬卡斯面面相覷，顯然非常驚訝。

「巴德文？但如果巴德文提出……」馬卡斯欲言又止。

「他擔心戴安娜的安全，超過擔心柯雷孟家族的名譽。」馬修替他把話說完。「問題是，他知道什麼我們不知道的事？」

十二月七日是我們的結婚紀念日，莎拉和伊莎波幫忙看孩子，讓馬修和我獨處幾小時。我為菲利普準備了母奶，為芮碧嘉調了血和少許母奶，把他們安頓在家族圖書館裡。伊莎波和莎拉對這個跟孫兒們共度的晚上充滿期待，她們用毯子、玩具和動態懸浮玩具，在那兒布置了一個遊樂場，準備取悅他們。

我提議我們就在馬修的塔裡，安安靜靜吃個晚餐，這樣他們萬一有問題，叫一聲我們就聽得見，伊莎波卻遞給我一套鑰匙。

「晚餐在鄉魂堡等你們。」她道。

「鄉魂堡？」我沒聽過這地方。

「當初菲利普建了一座城堡，提供聖地歸來的十字軍居住。」馬修解釋道。「現在這座古堡屬於媽了。」

「現在是你們的了。我把它送給你們。」伊莎波道。「結婚紀念日快樂。」

「妳不能送我們房子。太貴重了，伊莎波。」我抗議道。

「鄉魂堡比這兒更適合小家庭。那兒真的很舒適。」伊莎波的表情充滿懷念。「菲利普和我在那兒度過許多快樂時光。」

「妳確定嗎？」馬修問他母親。

「確定。妳會喜歡那兒的，戴安娜。」伊莎波輕輕挑起眉毛。「每個房間都有門。」

「怎麼會有人把這種地方形容成舒適？」我們抵達那棟位於利穆贊城郊的房子時，我問道。

鄉魂堡比七塔略小，但差距並不大。馬修指出，這裡只有四座塔，四方形的主城，每個角落一座塔。環繞城牆的護城河大得說它是個湖也當之無愧，寬敞的馬廄和漂亮的內城庭院，比起柯雷孟家族的正式住宅也毫不遜色。一樓有個很大的議事廳，但一走進室內，親切感就油然而生。這座城堡雖說建於十二世紀，卻已全面重新裝潢，安裝了便利的現代設施，浴室、電力齊全，若干房間甚至有暖氣。儘管如此，我還是打定主意，無論如何都要拒絕這件禮物，也不同意全家搬來這兒，直到我老奸巨猾的丈夫帶我去參觀書房。

哥德復古式房間，木梁暴露在外，搭配精緻的木雕和一座大壁爐，主建物的西南壁，綴滿有紋章圖案的裝飾用盾牌。除了一大排眺望內院的窗戶，又有一扇較小的窗，把利穆贊的田園風光宛如鑲在畫框裡。僅有的兩面牆上，滿布直達天花板的書架。一座雕琢精美的胡桃木梯，通往為方便從上層書架取書而設的走廊。這裡的某些布置，讓我聯想到杭佛瑞公爵館的深色原木鑲板和靜謐的光線。

「這都是些什麼？」胡桃木書架上雜亂無章地堆滿紙箱和書籍。

「菲利普的私人文件。」馬修道。「戰後，媽媽就把它們都搬過來。但柯雷孟家的正式業務，或與拉撒路騎士團有關的一切資料，當然仍留在七塔。」

這一定是全世界最龐大的私人檔案了吧。我砰一聲坐下，忽然開始同情斐碧在家族藝術收藏中面臨的困境了，我舉手摀住嘴巴。

「我猜妳會想把它們整理一番，畢夏普博士。」馬修在我臉上親了一下。

「當然想！它們包含生命之書和合議會早期發展的資料。這兒可能有信件提到班哲明和耶路撒冷那個女巫的孩子。」各種可能性在我腦海裡盤旋。

馬修顯得懷疑。「我認為妳比較可能會發現菲利普設計的攻城機械，和如何照顧一大家子人並讓每個人吃飽的策略，都跟班哲明沒有關係。」

所有的歷史直覺都告訴我，馬修大大低估了這些文件的重要性。自從他把我帶進那個房間，過了兩小時，我仍埋頭在箱子裡東翻西揀，馬修在旁喝著酒，耐心迎合我，替我翻譯用密碼或我不懂的語言寫的文件。可憐的亞倫和薇特華，只好把他們為我們準備的結婚週年浪漫晚餐，從樓下餐廳搬到書桌上來。

第二天一早，我們就帶著孩子搬到鄉魂堡，我再也不抱怨它體積太大、暖氣費高昂、泡個澡得爬好幾層樓梯。最後一件需要擔心的事，後來也不成問題，原來菲利普一八一一年訪問俄羅斯後，就在最高的塔裡安裝了螺旋操縱的升降機。幸好這座升降機在一八九六年已改用電力，所以不再需要力大無窮的吸血鬼轉動曲柄了。

雖然亞倫和薇特華都很樂意跟我們去利穆贊，讓其他年紀較輕的人幫馬卡斯籌備派對，但結果只有瑪泰陪我們搬到鄉魂堡。瑪泰負責烹飪，並幫馬修和我適應照顧兩個嬰兒的各種後勤需求。七塔住滿騎士後，費南多和莎拉會搬來我們這兒——傑克也一樣，如果他覺得應付不了那麼多陌生人——但我們暫時就獨自過活。

雖然我們在鄉魂堡忙得不可開交，但總算有機會過家庭生活了。芮碧嘉長了斤兩，因為我們終於知道如何為她的小身體提供營養。菲利普還是用他一貫若有所思的表情，面對日常生活和環境的改變，注視石牆上的光影移動，或安詳滿足地聆聽我在書房裡翻閱文件的聲音。

每次我們拜託瑪泰，她都會幫我們照顧孩子，讓馬修和我在長達幾個星期的分離，及雙胞胎誕生帶來的壓力與喜悅下，重新建立聯繫。我們利用這些珍貴的獨處時刻，牽著手在護城河畔散步，聊我們對這棟房子的計畫，包括我要在哪兒開闢一個女巫花園，對陽光做最好的利用，哪兒又是馬修為雙胞胎搭蓋樹屋的最佳地點。

獨處的光陰雖然美好，我們還是盡可能跟我們創造的小生命共度每一分鐘。我們坐在臥室的壁爐前，看著菲利普和芮碧嘉爬著、扭動著，設法接近對方，以及他們小手緊握、互相凝視的狂喜表情。這兩個孩子只有摸得到對方時最快樂，好像在我的子宮裡一起度過的幾個月，已使他們習慣經常接觸。不久他們就會長得太大，但現在我們常讓他們在同一個搖籃裡入眠。不論開始時我們怎麼安排，最後他們都會用小手臂緊緊摟住對方，小臉蛋貼在一起。

馬修和我每天都在書房裡工作，找尋班哲明目前的下落、耶路撒冷的神祕女巫和她同樣神祕的孩子，及生命之書的線索。菲利普和芮碧嘉很快就熟悉了紙張和羊皮紙的氣味。他們會追著馬修的聲音轉頭，聽他朗讀希臘文、拉丁文、奧克語、古法文、古日耳曼方言、古英文和菲利普用他獨一無二的語言寫的文件。

菲利普在語言上的怪癖，反映在他整理私人檔案與書籍的系統之中。例如我們合力找尋十字軍時代文件時，發現一封阿德馬主教[76]寫的文情並茂的信，為第一次十字軍東征的屬靈動機辯護，怪的是這封信竟然跟一張一九三〇年代的購物清單放在一起，清單上詳細列出菲利普要求亞倫從巴黎寄去的東西：名店伯魯提製作的新鞋、一本《十分鐘快速上菜》法文食譜，以及威爾斯父子[77]與朱立安・赫胥黎[78]合著的《生命科學》第三冊。

我們一家人一起生活，感覺像奇蹟。趁著這機會歡笑、歌唱、對孩子的幼小與完美讚嘆不已、訴說我們當初對懷孕和可能的併發症多麼焦慮。

雖然我們的感情從未動搖，但鄉魂堡這段寧靜、完美的時光，讓我們振作精神，準備迎接未來幾星期的挑戰。

---

[76] Bishop Adhéemar生平事蹟不詳，唯知他曾大力鼓吹第一次十字軍東征，並參與出征。
[77] H. G. Wells（1866-1946），英國作家，有「科幻小說之父」之稱。其子G. P. Wells（1901-1985）是知名的動物學家。
[78] Julian Huxley（1887-1975）英國生物學家，其弟為《美麗新世界》一書作者。

「這些是同意參加的騎士。」馬卡斯把來賓名單交給馬修。他父親很快掃視一遍。

「喬爾斯。羅素。好極了。」馬修翻過一頁。「艾蒂。維玲。密麗安。」他抬起頭。「你什麼時候把克里斯也封為騎士了？」

「我們在紐奧良的時候。似乎很合適。」馬卡斯有點羞赧地說。

「做得很好，馬卡斯。有這些人來參加孩子們的洗禮，相信合議會沒有膽子來惹事生非。」費南多微笑道。「我覺得你可以輕鬆了，馬修。戴安娜應該可以如你所願，愉快地度過那一天。」

但馬修並沒有輕鬆的感覺。

「希望我們能找到諾克斯。」馬修望著廚房窗外的雪景。諾克斯跟班哲明一樣，消失得無影無蹤。這件事蘊含的聯想太可怕，超出言語所能表達。

「要我去問高伯特嗎？」費南多問道。他們曾經討論過，如果把高伯特視為叛徒，對他採取行動，可能引起何種反應。說不定整個法國南部的吸血鬼，會爆發一千多年來的首次公開衝突。

「暫時還不要。」馬修不想再增加困擾。「我會繼續在菲利普留下的文件裡搜尋，一定能找到班哲明藏身處所的線索。」

「耶穌、馬利亞和約瑟。到我母親家只不過三十分鐘車程，怎麼要帶這麼多東西呀。」過去一星期，馬修每有不快，就把聖子聖母一家和他們隆冬十二月的旅行掛在嘴邊，當作吐嘈的開場白，但今天是雙胞胎受洗的日子，這種褻瀆的行為實在有點過分。他心事重重，但他就是不讓我知道他在煩些什麼。

「我要確定菲利普和芮碧嘉一切都舒適，因為他們會見到很多陌生人。」我把菲利普放在腿上，上下晃動，讓他打嗝，免得半路吐奶。

「搖籃留在這兒不行嗎？」馬修期待地說。

「我們有足夠的空間帶搖籃，而且他們至少需要小睡一次。我有可靠的情報，除了克羅德・赫納的乾草車，這是全利穆贊最大的機動車輛。」自從馬修有次去買麵包，把他的越野路華停在一輛小不點兒的雪鐵龍和一輛外型更小巧的雷諾車中間之後，本地居民就為他取了「格士東・拉個風」⑲的綽號，那是個笨拙得很可愛的漫畫角色，主要是對他那輛大笨車一種溫和的嘲弄。

馬修把掀背式的後車門砰一聲關上，沒有答腔。

「別亂吼亂叫了，馬修。」莎拉走到屋子前面，加入我們。「孩子再長大一點，就會以為你是一頭熊。」

「妳好漂亮啊。」我道。莎拉盛裝打扮，量身定做的深綠色套裝，配有光澤的乳白色真絲襯衫，正好烘托她的紅髮。她不但魅力四射，而且滿身節慶的色彩。

「這是艾嘉莎幫我做的。她的手藝很好。」莎拉轉了一圈，讓我們欣賞個夠。「對了，趁我還記得：伊莎波打電話來。她叫馬修不用管停在車道上的一大堆車，直接開到門口。他們在院子裡替你留了一個位子。」

「車？停在車道上？」我驚訝地望著馬修。

「馬卡斯認為，請幾位騎士到場會是個好點子。」他圓滑地說。

「為什麼？」我的胃開始翻攪，直覺警告我，事實並非表面上看起來的那樣。

「萬一合議會決定為這次的典禮破例。」馬修道，他注視著我，眼神像夏天的海洋，冷冽而平靜。

雖然伊莎波給過警告，我們受到歡迎的熱烈程度，還是遠超出我的預期。馬卡斯把七塔打扮成圓桌武

⑲ Gaston Lagaffe是比利時漫畫家法蘭肯（André Franquin）以法文創作的角色，與主角同名的漫畫從一九五七年到一九九六年在雜誌上連載，深受歐洲很多地區讀者的喜愛。格士東是個生性懶散，粗枝大葉，常出紕漏的年輕人，開一輛笨重的飛雅特老爺車，經常撞毀，但都能神奇修復。

士的凱美洛宮，長短不一的各色旗幟在十二月寒風中飄揚，鮮豔的色彩映著皚皚白雪和當地的黑色玄武岩，顯得格外醒目。四方形的要塞頂端，柯雷孟家族那面有咬尾蛇圖案、銀黑二色的旗子上方，又添了一面有拉撒路騎士團大印圖案的正方形大旗。兩幅絲質的旗子飛揚在同一根旗桿上。使本來就高的塔，高度又增加了將近三十呎。

「好吧，即使合議會本來不知道發生了什麼事，現在也知道了。」我看著這場面說道。

「躲躲藏藏似乎也沒什麼意義。」馬修道。「我們要做什麼，就一直做下去。換言之，我們不會在真相──或整個世界──之前，隱瞞孩子的存在。」

我點點頭，握住他的手。

馬修把車停在院子裡時，滿滿一院子都是來祝福的人。他小心地開著車，在人群中前進，不時被一位想跟他握手、恭喜我們的老朋友攔下。但他看見臉上綻開大大的笑容，手拿著裝啤酒大銀杯的克里斯・羅伯斯，卻用力踩下煞車。

「嘿！」克里斯用酒杯敲一下玻璃道：「我要看我的教女。現在就要。」

「哈囉，克里斯！我不知道你會來。」莎拉搖下車窗，親他一下。

「我是個騎士，一定要來的。」克里斯笑得更樂了。

「我也聽說了。」莎拉道。克里斯之前，也有其他溫血人加入騎士團──華特・芮利和亨利・波西都名列其中──不過我從來沒想到我最要好的朋友會被拉進來。

「沒錯。下學期我會要求我的學生稱呼我克里斯多夫爵士。」克里斯道。

「這麼稱呼總比聖克里斯多夫好。」一個尖銳女高音道。密麗安面帶微笑，手扠在腰上。這姿勢展露出她穿在端莊的深藍色外套裡面的T恤。同樣是深藍色，胸前寫著「從一五四三年開始，科學毀了一切」的大字，周圍分別有一隻獨角獸、亞里斯多德想像的宇宙結構⑧⓪，以及米開朗基羅畫在西斯丁教堂的上帝與亞當，每個圖像都被槓了一條粗大的紅線。

「哈囉，密麗安！」我招手道。

「把車停好，讓我們看看小東西。」她要求。

馬修依命行事，但是當人群圍攏過來，他就宣稱寶寶怕冷，用一包尿片和菲利普當盾牌，倉皇向廚房撤退。

「這裡有多少人？」我問費南多。進來途中，我們經過好幾十輛車。

「至少一百吧。」他答道。「我沒數。」

從廚房裡忙碌的狀況推算，與會的溫血人還不少。我看到一隻填餡的肥鵝送進烤爐，又看到一隻烤豬被拿出來塗抹加了香料的酒。香味讓我口水直流。

將近上午十一點，聖祿仙村教堂的鐘聲響了。莎拉和我替雙胞胎換上用真絲和蕾絲縫製的白袍，配上瑪泰和薇特華做的小帽子。他們從頭到腳都跟十六世紀的寶寶一模一樣。我們把他們用毯子包好，抱到樓下去。

就在這時，儀式發生一個意外的轉折。莎拉跟伊莎波一起鑽進一輛柯雷孟家的四輪傳動車，馬卡斯率領我們上越野路華。但我們繫好安全帶後，他卻沒有載我們去教堂，而是往山頂上女神的神殿開去。

一眼望去，橡樹和柏樹下都站著前來祝福我們的人。我只見過其中幾個，馬修認識的人遠比我多。我看到蘇菲和瑪格麗特，雷瑟尼站在她們身旁。艾嘉莎・魏爾遜也來了，茫然地看著我，好像她認得我的長相，卻不記得我是什麼人。阿米拉和哈米許站在一起，都有點對這儀式不知所措的模樣。但最令我意外的是那幾十個陌生的吸血鬼。他們的目光冰冷而好奇，卻沒有惡意。

---

⑧⓪ 以地球為中心，周圍有五十五層天，日月眾星羅列期間。

「這是怎麼回事？」馬修來替我開門時，我問他。

「我覺得我們應該把儀式分為兩個部分：在這裡舉行異教徒的命名儀式，在教堂舉行基督教的洗禮。」他解釋道。「這樣艾米莉也可以參與孩子的大日子。」

馬修的體貼——以及他紀念艾姆的用心——使我一時之間說不出話來。我知道他一直在規劃某件事，趁我入睡時悄悄進行。但我從來沒想到他的深夜工作也包括洗禮的安排。

「這樣可以嗎，我的愛？」他見我默然不語，有點焦慮。「我是想給妳一個驚喜。」

「太完美了。」我終於能說話了。「而且這對莎拉有很大的意義。」

客人以現給女神的祭壇為中心，圍成一圈。莎拉、馬修和我在圈內就位。我的阿姨料想我雖然旁觀過、也參與過寶寶的命名儀式，但一定都已忘得一乾二淨，所以她做好主持儀式的準備。這項儀式在年輕女巫的一生中，是個簡單而重要的時刻，因為它代表正式被社區接納。但就莎拉所知，它還有更深層的意義。

「歡迎，戴安娜與馬修的朋友與親人。」莎拉開場道，寒冷與興奮使她的臉頰泛紅。「今天我們聚集在這裡，賦予他們的孩子，當他們進入世界時伴他們同行的名字。巫族的觀念中，用名字稱呼一件東西，就等於承認它的力量。為這兩個孩子命名，我們就榮耀了將他們交給我們照顧的女神，並對女神賜給他們的禮物表達謝意。」

馬修和我為寶寶取名有個規則——我否決了吸血鬼取五個名的傳統，改為取跟元素種類一樣多的四個名。尤其因為他們的姓是複姓，四個名似乎也不嫌少。每個寶寶的第一個名，得自祖父輩的長輩。第二個名遵循柯雷孟家族的傳統，像馬修和他其他家人一樣，選一個大天使的名字。第三個名仍然來自一位長輩。第四個名也是最後一個名，我們選擇紀念一位跟他們受孕與出生有密切關係的人。

直到現在，沒有人知道兩個寶寶的全名——除了馬修、莎拉和我。

莎拉示意馬修把芮碧嘉高高舉起，讓她面向天空。

「芮碧嘉・愛儷兒・艾米莉・瑪泰，」莎拉的聲音在空地上回響：「我們歡迎妳來到這世界，進入我們心中。在場所有的人，都會用這個可敬的名字辨識妳，並承認妳生命的神聖，記住這件事，邁步向前吧。」

芮碧嘉・愛儷兒・艾米莉・瑪泰，眾樹與風低聲附和。不止我一個人聽見。阿米拉瞪大眼睛，瑪格麗特・魏爾遜輕聲低呼，開心地揮舞小手臂。

馬修放下芮碧嘉，低頭看著長得跟他相似的女兒，臉上充滿愛意。芮碧嘉也伸出纖細的小手，摸一下他的鼻子，表示回應，這父女情深的手勢，讓我滿心感動，幾乎要炸裂開來。

輪到我的時候，我把菲利普舉向天空，獻給女神和火、風、土、水四種元素。

「菲利普・米迦勒・阿迪生・索雷，」莎拉道：「我們也歡迎你來到這世界，進入我們心中。在場所有的人，都會用這個可敬的名字辨識你，並承認你生命的神聖，記住這件事，邁步向前吧。」

所有的吸血鬼聽到菲利普的最後一個名，都交換一個眼色，在人群中找尋蓋洛加斯。我們選擇阿迪生，因為那是我父親的中間名，索雷則屬於那個缺席的蓋爾人。我真希望他能聽見這名字的回音在樹木間迴盪。

「願芮碧嘉和菲利普以他們的名字為榮，待時機成熟，符合他們的期許而長大成人，相信所有見證他們的父母對他們的愛的人，都會疼愛他們，保護他們。願神賜福。」莎拉道，盈眶的淚水使她眼睛發亮。

整片空地上，沒有一雙眼睛是乾的，也無從判斷誰最受這場儀式感動。就連我那個喜歡發表意見的女兒，也被這場面震懾，若有所思地吸著自己的下唇。

離開這個廣場，我們轉移陣地，前往教堂。吸血鬼步行，搶先趕到山下。我們其他人則乘坐各式各樣的四驅車，馬修趁此機會，對自己選車的睿智自鳴得意一番。

到了教堂，因村民也來參加，見證人數量大幅增加，而且就如同我們結婚那天一樣，神父跟教父母一起，在門口等候我們。

「所有天主教的儀式都在露天舉行嗎？」我把菲利普的毯子拉緊，問道。

「大部分都是。」費南多答道。「我一直不懂其中有什麼道理，不過畢竟我是個異教徒。」

「噓。」馬卡斯警告道，擔心地看著神父。「昂圖安神父致力促進基督教團結，令人欽佩，而且他同意對驅魔程序輕描淡寫，我們不要逼他太甚吧。好了，有人知道儀式的字句嗎？」

「我。」傑克舉手。

「我也可以。」密麗安道。

「好極了，傑克抱菲利普，密麗安抱芮碧嘉。你們兩位負責對話部分，我們其他人就裝得聚精會神，在適當的時候點頭。」馬卡斯道，維持著他的好脾氣。他豎起大拇指對神父說：「**Nous sommes prêts, Père Antoine**。」（法文：我們準備好了，昂圖安神父。）

馬修托起我的手臂，引導我入內。

「他們不會有事吧？」我悄聲道。教父母當中只有一個寂寞的天主教徒，還有一個是被迫改宗天主教、一個浸信會教友、兩個長老會教友、一個聖公會教友、三個女巫、一個魔族，還有三個宗教信仰不明的吸血鬼。

「這是祈禱的地方，我會求上帝看著他們。」我們在祭壇前就座時，馬修低聲道。「但願祂有在聽。」

但我們——上帝也一樣——無須擔心，傑克和密麗安用完美的拉丁文，回答神父有關他們的信仰和孩子靈魂狀態的各種問題。神父對菲利普的臉吹口氣，驅除惡靈時，他咯咯笑起來，但對於把鹽放進他的小嘴巴這件事，卻極力反抗。芮碧嘉似乎對密麗安長長的鬈髮比較感興趣，捋起一把頭髮，抓在小拳頭裡。

說到其餘的教父母，看起來真是威風凜凜。費南多、馬卡斯、克里斯、瑪泰、莎拉（代表無法趕來的薇薇安・哈里遜），跟密麗安一起擔任芮碧嘉的教父母。傑克與哈米許、斐碧、蘇菲、阿米拉、伊莎波（代表她缺席的孫子蓋洛加斯）承諾要指導和照顧菲利普。就連我這麼一個非信徒，聽了神父用古老的語言說的話，也覺得無論發生什麼事，這兩個孩子都一定會受到照顧與疼惜。

儀式即將結束，馬修顯然鬆了一口氣。昂圖安神父要我和馬修走上前，從教父母手中接過芮碧嘉和菲利普。我們第一次面對會眾，大家發自內心地拍手歡呼，一次又一次。

「盟約終於要完蛋了！」一個陌生的吸血鬼大聲道。「也他媽的該是時候了。」

「說得好，說得好，羅素。」好幾個人低聲回應。

頭頂鐘聲響起。我的微笑擴大為歡笑，我們沈浸在此刻的幸福之中。

照例，一切就會在這個當兒出問題。

南側的門開了，放進一陣冰冷的狂風。一個男人背光而立，只看見黑色的剪影。我瞇起眼睛，試著辨認他的特徵。教堂裡所有的吸血鬼好像一時之間全部失蹤，然後在教堂中段重新出現，擋住新來者，不讓他繼續深入。

我靠近馬修，緊緊抱住芮碧嘉。鐘聲沈寂下來，但空氣裡彷彿仍有餘音繚繞。

「恭喜妳，妹妹。」巴德文低沈的聲音填滿了鐘聲留下的空隙。「我來歡迎妳的孩子加入柯雷孟家族。」

馬修挺直高大的身軀。他把菲利普遞給傑克，頭也不回，大步沿著走道，向他哥哥走去。

「我們的孩子不屬於柯雷孟家族。」馬修冷冷地說。他從外套口袋裡掏出一張摺好的文件，遞到巴德文面前。「他們屬於我。」

第三十三章

參加洗禮的吸血鬼同聲驚呼。伊莎波對昂圖安神父示意，他連忙把村民都趕出教堂。然後她和費南多分別站到傑克和我的兩旁，展開戒備。

「你當然不會指望我承認本家族分出一個腐化、染有惡疾的支派，並給予祝福和尊重吧？」巴德文握拳，把那份文件揉成一團。

傑克聽了這種辱罵，眼睛頓時發黑。

「馬修把菲利普託付給你，你要負責保護你的教子。」伊莎波提醒傑克。「不要被巴德文的話激怒，以致忽略宗主的要求。」

傑克抖抖索索，深深吸了一口氣，點點頭。菲利普低哼一聲，要傑克看他，成功以後，他皺起小眉頭，關心地看著這位教父。傑克再度抬起頭時，眼睛就恢復了正常的綠色和褐色。

「你這種行為，在我看來很不友善，巴德文伯父。」馬卡斯平靜地說。「我們等宴會結束再討論家務事吧。」

「不，馬卡斯，現在就討論，我們把事情做個了斷。」馬修推翻他兒子的決定。

換個時空，亨利八世的朝臣選擇在教堂呈報他第五任妻子與人私通的消息，因為在那種場所，國王殺死信差前會多做考慮。馬修顯然以為，這麼一來，巴德文就不至於殺他。

人影一閃，本來站在巴德文面前的馬修，瞬間出現在他哥哥背後，我這才意識到，決定留在教堂，其實是為了保護巴德文。因為馬修像亨利一樣，不會在聖地上殺人。

但這並不代表馬修會大發慈悲。他哥哥已落入他牢不可破的掌握，左手長臂扣住巴德文的脖子，手握住另一條手臂的雙頭肌，右手箝住巴德文的肩胛骨，力量足以把它折成兩半。他面無表情，眼珠的顏色介於灰與黑之間，保持平衡。

「難怪你絕對不讓馬修・柯雷孟從後面接近你。」一隻吸血鬼對另一隻低聲道。

「要不了多久，就會痛得要命。」他的朋友道。「除非巴德文先昏倒。」

我不作聲，把芮碧嘉交給密麗安。我的手因充滿力量而發癢，我把雙手藏在外套口袋裡。那支銀桿的箭貼著我的脊椎，感覺很沈重，珂拉也處於高度警覺，隨時準備展開翅膀。經過紐海文那次事件後，我的護身靈對巴德文的信任不比我多。

巴德文差點打倒馬修——至少我這麼以為。我還來不及尖聲警告，就發現巴德文的所謂優勢，只不過是馬修誘他改變姿勢的詭計。他移動後，馬修就利用巴德文本身的體重，加上足以令骨頭碎裂的一腳，踢中他的腿，他哥哥便雙膝跪地，發出一聲窒悶的呻吟。

這一幕使人清楚理解到，雖然巴德文塊頭比較大，馬修卻是殺手。

「怎麼樣，宗主大人。」馬修抬高手臂，巴德文整個人掛在自己的下巴上，脖子承受更大的壓力。「如果你願意重新考慮我必恭必敬的請求，同意我成立支派，會讓我很高興。」

「永遠別想。」巴德文吐出這幾個字。他的嘴唇因缺氧而變成藍色。

「我妻子告訴我，只要跟畢夏普—柯雷孟有關的事，都不准用『永遠』這種字眼。」馬修收緊手臂，巴德文的眼珠開始往後翻。「我不會讓你昏倒，順便也告訴你，我不會殺你。如果你失去知覺或死掉，就無法對我的請求表示同意了。所以如果你下定決心說不，目前的狀況會持續很多個小時。」

「放・我・走。」巴德文掙扎著一個字一個字說出口。馬修故意讓他哮喘著吸入一小口空氣。足夠讓這吸血鬼撐下去，卻不給他恢復元氣的機會。

「想走的人是我，巴德文。經過這麼多年，我不想再扮演柯雷孟家族引以為恥的角色。」馬修低聲道。

「不。」巴德文聲音沙啞。

馬修調整手臂，讓他哥哥一次可以說不止一、兩個字，但這麼做了以後，巴德文的嘴唇仍然發青。馬修採取巧妙的防範措施，用鞋跟踩住巴德文的腳踝，使他無法利用這點兒額外的氧氣還手。巴德文大聲慘叫。

「帶芮碧嘉和菲利普回七塔去。」我對密麗安說，然後挽起袖子。我不想讓他們看見父親這種行為，也不希望他們目睹母親用魔法對付自家親戚。突如其來的風在我腳邊打轉，捲起教堂裡的灰塵，儼然是小型的龍捲風。枝狀燭台上的火焰舞動，準備聽從我的指揮，洗禮盆裡的水也開始冒泡。

「釋放我和所有屬於我的人，巴德文。」馬修道。「反正你根本也不要我們。」

「可能⋯用⋯到⋯你。我⋯的⋯殺⋯手。」巴德文答道。

柯雷孟家這個祕密曝光了，教堂裡掀起一陣叫喊和低語，雖然我相信，在場的人至少有一部分早已知道馬修在家族裡扮演的角色。

「以後那些骯髒事你就自行處理，換換口味吧。」馬修道。「天曉得，你殺人的本事絕不輸於我。」

「你・不同・雙胞胎・也有・血怒・嗎？」巴德文困難地說。

所有的客人忽然安靜下來。

「血怒？」一個吸血鬼的聲音劃破了沈默，他的愛爾蘭口音雖不強烈，卻很清晰。「他在說什麼，馬修？」

教堂裡的吸血鬼交換憂慮的眼色，又開始竊竊私語。他們接受馬修的邀請時，顯然都沒把血怒列入考慮。反抗合議會，保護吸血鬼與女巫的小孩是一回事。一種會把你變成嗜血狂魔的疾病，卻是截然不同的另一回事。

「巴德文沒撒謊，喬爾斯。我的血液裡有病原。」馬修道。他盯著我的眼睛不放，瞳孔放大了一點。趁還來得及，趕快離開，他的眼神無聲地勸我。

但這次馬修不會再孤軍奮戰。我推開伊莎波和費南多，奔到我丈夫身旁。

「也就是說，馬卡斯……」喬爾斯的話聲中斷。他瞇起眼睛。「我們不能讓血怒患者領導拉撒路騎士團。這不可以。」

「別他媽的死腦筋了。」喬爾斯旁邊那個吸血鬼用爽朗的正宗英國口音說道。「馬修做了那麼久的團長，我們完全不覺得有異。事實上，如果我記得沒錯，馬修處理過多次危機，都證明他是咱們兄弟會難得一見的優秀領導者。我覺得馬卡斯雖然出身叛軍㉛，也會是個好領袖。」這個吸血鬼面帶笑容，但他對馬卡斯點頭的動作，卻很恭敬。

「謝謝你，羅素。」馬卡斯道。「你這麼說，我真覺得受寵若驚。」

「失禮嘍，密麗安，剛才說兄弟會，是我說溜了嘴。」羅素擠一下眼睛道。「我不是醫生，不過我認為馬修再這樣下去，巴德文就要昏過去了。」

馬修稍微調整手臂，巴德文的眼珠子又回到正常位置。

「家父的血怒在控制之下，所以我們沒必要基於恐懼或迷信採取行動。」馬卡斯對教堂裡所有的人說。「拉撒路騎士團成立的宗旨就是抑強扶弱。本團所有成員也都宣誓要保護同團的騎士，至死方休。我不需要提醒在場的人，馬修是一位騎士。從這一刻開始，他的孩子也都有騎士身分。」

這麼說來，有必要替芮碧嘉和菲利普安排嬰兒封誥儀式了。

㉛ 指美國獨立戰爭。

「所以你怎麼說，伯父？」馬卡斯大步走到巴德文和馬修面前。「你還是騎士嗎，還是你年紀大了，就變成懦夫了？」

巴德文臉色發紫——不過並非因為缺氧。

「小心點，馬卡斯。」馬修警告道。「我最後還是會放他走的。」

「騎士。」巴德文恨恨地瞪著馬卡斯。

「那就表現得像個騎士，給我父親他辛苦掙得的尊重。」馬卡斯打量一眼整座教堂。「馬修和戴安娜要另立門戶，建立自己的支派，拉撒路騎士團決定支持他們這麼做。所有不贊成的人，都歡迎來正式挑戰我的領導地位。否則這件事就此定案了。」

教堂裡一片沈默。

馬修掀起嘴角，微笑道：「謝謝你。」

「先別謝我。」馬卡斯道。「我們還得通過合議會這一關呢。」

「不用說，那是件不愉快的工作，不過還是做得到。」羅素面無表情道。「放了巴德文吧，馬修。你哥哥向來動作不夠快，而且奧利佛就站在你左手邊。自從你哥哥傷了他女兒的心，他一直想給巴德文一個教訓。」

幾位客人偷偷笑起來，輿論的氣氛開始對我們有利。

馬修慢吞吞地按照羅素的建議做了。他沒有要遠離他哥哥或過來保護我的表示。巴德文在地上又跪了一會兒才爬起身。他一站起來，馬修就立刻對著他跪下。

「我信任你，宗主。」馬修垂頭道。「請求你也同樣地信任我。我和我的族人絕不會辱沒柯雷孟家族。」

「你知道我不能，馬修。」巴德文道。「患有血怒的吸血鬼永遠做不到自制，完全自制。」他眼光飄向傑克，但事實上他心裡想的是班哲明——以及馬修。

「如果做得到呢？」我質問。

「戴安娜，這種事不能一廂情願。我知道妳跟馬修一直希望找到特效藥，但——」

「如果我用菲利普發血誓認養的女兒的身分，向你保證，在馬修的家族之中，每個人的血怒都能加以控制，你會同意他自立門戶，承認他是家族領袖嗎？」我離巴德文只有幾吋遠，魔法的力量嗡嗡作響。從周圍這群人怪異的表情推測，我的偽裝咒八成已燒掉了。

「妳無法保證。」巴德文道。

「戴安娜，不要——」被我瞪了一眼，馬修就把話吞回去了。

「我能保證，我可以向你保證。用魔法就可以解決的事，不需要等待科學研發的方案。如果馬修的家族有人被血怒左右，我就用魔法束縛他們。」我道。「同意嗎？」

馬修震驚地看著我。他的震驚很合理。去年這個時候，我還一口咬定科學遠比魔法優越。

「不行。」巴德文搖頭。「光是妳的承諾不夠。妳必須證明妳做得到。我們會等著看，妳的魔法是否真有妳以為的那麼了不起。」

「可以。」我立刻說道。「我們的觀察期從現在開始。」

巴德文瞇起眼睛。馬修抬頭看著哥哥。

「王后可以吃國王。」馬修低聲道。

「且莫言之過早，老弟。」巴德文扶起馬修。「這盤棋離結束還早得很。」

「有人把它留在昂圖安神父的辦公室。」費南多道。「沒有人看見是誰拿來的。」這時最後一批狂歡者已上床好幾小時了。

馬修低頭看著那具做過防腐處理的死產胚胎。是個女孩。

「他比我想像的還瘋狂。」巴德文臉色蒼白，不僅因為教堂裡發生的事。

馬修再讀一遍那張字條。

「恭喜你們的孩子出生了。」上面寫著。「我把我的女兒送給你們，因為我很快就會得到你們的女兒。」簽名很簡單：「你的兒子。」

「有人把你的每一步行動通報班哲明。」巴德文道。

「問題在於，是哪個人？」費南多按住馬修手臂。「我們不會讓他擄走芮碧嘉——或戴安娜。」

那種可能性令人膽寒，馬修只能點頭。

無論費南多怎麼擔保，除非班哲明死掉，馬修再也不會有片刻安寧。

高潮迭起的洗禮結束後，接下來的冬季節日就是安靜的家務事了。我們的客人陸續離開，只有魏爾遜一家仍留在七塔，享受艾嘉莎・魏爾遜所謂「痛快的重傷害」。克里斯和密麗安返回耶魯，繼續致力研究，希望進一步了解血怒，找到可能的療法。巴德文則急如風火趕赴威尼斯，設法操縱合議會對法國傳過去的一切消息的反應。

馬修一頭栽進歡慶耶誕節的準備工作，決心把洗禮留下的不快一掃而空。他跑到護城河對面的森林，砍回一棵高大的樅樹來裝飾大廳，在上面掛了許多螢火蟲一般閃爍的白色小燈泡。

想到菲利普和他布置的那個耶誕，我們用銀紙和金箔剪了許多月亮和星星。我用飛行咒和束縛符把它們拋進空中，附著在樹枝上，它們便映著爐火燦然發光。

耶誕夜，馬修去聖祿仙村望彌撒。到場者只有他和傑克是吸血鬼，昂圖安神父很是滿意。經過上次洗禮，可想而知他不希望在集會時看到太多超自然生物。

馬修回到家，把靴子上的雪踏掉時，孩子們已填飽肚皮，呼呼大睡了。我坐在大廳的火爐邊，準備了一瓶馬修喜歡的葡萄酒和兩個杯子。馬卡斯向我保證，偶爾喝上一杯，只要跟哺乳時間錯開兩小時以上，就不會影響到孩子。

「安靜，完美的安靜。」馬修歪著腦袋，邊聽寶寶的動靜邊說。

「平安夜，聖善夜。」我笑著贊同，俯身關掉嬰兒監視器。

它就跟戴在手腕上的血壓計和電鑽一樣，在吸血鬼家庭裡是可有可無。

我撥弄控制鍵時，馬修抱住我，把我拖倒在地。幾星期的分離，加上跟巴德文鬥法，他調皮的一面終於顯露出來。

「你鼻子好冰。」他把鼻尖埋進我溫暖的頸窩裡探索，我咯咯笑了起來。然後我慘叫一聲。「你的手也好冰。」

「要不然妳說，我幹嘛娶個溫血老婆？」馬修把冰手探進我的毛衣裡摸索。

「熱水袋不是比較省事？」我嘲弄他。他的手指找到了想要的東西，我隨著他的撫摸拱起身體。

「也許吧。」馬修吻我：「但是沒這麼好玩。」

酒被遺忘了，直到午夜，我們都用心跳而不是分秒計量時間。附近都納薩和夏陸等地的教堂，紛紛響起鐘聲，紀念很久很久以前有個孩子在遙遠的伯利恆誕生，馬修停下來，聆聽那莊嚴卻洋溢著活力的聲音。

「你在想什麼？」鐘聲消逝後，我問他。

「我想起我小時候，村裡慶祝農神節的情景。當時基督徒不多，只有我父母和另外幾戶人家。慶典的最後一天——十二月二十三日——菲利普會到不論異教徒或基督徒的每戶人家去，詢問孩子們新年有什麼願望。」馬修的微笑充滿懷念。「我們第二天早晨醒來，就發現願望已實現了。」

「聽來就像你父親會做的事。」我道。「你的願望是什麼？」

「通常是更多食物，」馬修笑道。「我母親說，唯一能解釋我吃得下那麼多東西的理由，就是我的腿是空心的。有次我要一把劍。村裡每個孩子都崇拜猶夫和巴德文。我們都希望能像他們一樣。我記得，我得到一把木頭做的劍，才揮一下就斷了。」

「現在呢？」我低語，吻他的眼睛，他的臉頰，他的嘴。

「現在我最想要的，就是跟妳一起變老。」馬修道。

耶誕節，全家人都來看我們，省得我們又要把芮碧嘉和菲利普包紮起來奔波一程。根據生活常規的改變，雙胞胎知道這不是普通的日子。他們要求參與各項活動，最後我只好把他們帶到廚房跟我一起，讓他們安靜下來。我在那兒做了一個飛行水果魔法懸浮玩具，分散他們的注意力，我才能幫瑪泰做最後準備，完成一頓讓吸血鬼和溫血人都開心的大餐。

馬修今天很煩人，不斷偷吃我用艾姆的食譜製作的乾果盤。吃到這時候，除非天降奇蹟，否則晚餐桌上不會出現乾果了。

「再一個嘛。」他攬著我的腰撒嬌。

「已經給你吃掉半磅了。留一點給馬卡斯和傑克。」我不確定吸血鬼吃多了甜食會不會亢奮，也不想知道。「還喜歡你的耶誕禮物嗎？」

我一直不知道，對於一個從孩子出生後，就擁有全世界的男人而言，該送他什麼才好，但自從馬修告訴我，他希望能跟我一起變老之後，我就知道該送他什麼了。

「我好喜歡。」他摸摸太陽穴，那兒的黑髮中間，長出了幾縷銀絲。

「你一直說，我會害你長白頭髮。」我笑道。

「我還以為那不可能。不過那是在我學會『戴安娜面前，沒有不可能』以前的事。」他模仿伊莎波的話。趁我來不及抗議，馬修抓了一把乾果，跑到寶寶面前。「哈囉，小美人。」

芮碧嘉咕咕回應。她跟菲利普共享一套包括咕聲、哼聲和其他低柔聲響的複雜詞彙，馬修和我一直想弄清楚其中的意義。

「這絕對是一種快樂的聲音。」我把一盤餅乾放進烤爐。芮碧嘉崇拜她父親，尤其是在他唱歌的時候。菲利普對歌唱就不那麼喜歡了。

「你也快樂嗎，小男人？」馬修把菲利普從他的搖搖椅上抱起來，差點撞上我最後一分鐘才加到懸浮玩具裡的飛行香蕉。它就像一顆明亮的黃色彗星，在其他繞軌道運行的水果之間快速穿梭。「你這個小男孩真幸運啊，有個會為你變魔術的媽媽。」

菲利普就跟他這年紀的大多數寶寶一樣，聚精會神盯著我懸掛在空中、繞著葡萄柚運轉的橘子和萊姆。

「他不會永遠認為有個女巫媽媽是件好事的。」我到冰箱裡去找做焗烤要用的蔬菜。關門時，卻驀然發現馬修在門後面等我。我嚇得跳起來。

「你得發出一點聲音，或給個提示，警告我你移動了位子。」我用手壓住咚咚劇跳的心臟抱怨道。

馬修抿緊的嘴唇告訴我，他不高興了。

「你看見那個女人了嗎，菲利普？」他指著我，菲利普就把追著水果晃動的腦袋，轉往我這方向。「她是個優秀的學者，也是個強大的女巫，但她不肯承認。你能叫她媽媽，是你的運氣。這樣你就是少數有機會知道這個家族最重要祕密的超自然生物之一。」馬修抱起菲利普，在他耳邊低聲說了幾句話。

馬修說完，把菲利普抱開一點。菲利普抬頭望著他父親——露出微笑。這是兩個寶寶第一次笑，但我看過這種幸福洋溢的特殊表情。它出現得非常緩慢，非常真誠，從內心照亮了整張臉。

菲利普的頭髮像我，但他的笑容像馬修。

「完全正確。」馬修滿意地對兒子點點頭，把菲利普放回搖搖椅。芮碧嘉皺著眉頭看馬修，對於兩個男人交談沒讓她參與，有點不悅。馬修順著她的意思，也在她耳邊說了幾句悄悄話，然後貼著她的肚子吹口氣，發出啵啵的聲音。芮碧嘉立刻瞪大眼睛，小嘴張得滾圓，好像被父親的話深深打動——不過我更相信是他吹的那口氣的效果。

「你到底跟他們胡說八道些什麼？」我問，拿削皮刀準備處理馬鈴薯。馬修把刀和馬鈴薯都從我手中接過去。

「不是胡說八道。」他從容地說。三秒鐘後，馬鈴薯的皮已削光了，他從碗裡拿起另一顆。

「說給我聽。」

「靠近一點。」他拿著削皮刀對我示意。我走過去幾步。他再次招手。「再過來一點。」

我站在他身旁時，馬修把臉湊過來。

「祕密就是：雖然我是畢夏普—柯雷孟家的頭，但妳是這一家的心。」他低聲道。「我們三個一致同意：心比較重要。」

馬修好幾次都略過這個裝菲利普和高弗雷通信的箱子。

實在是走投無路，他終於拿起幾封信來翻閱。

高弗雷的信寫道：

最敬愛的宗主與父親大人：

十六黨之中最危險的分子，已遵照您的命令在巴黎處決。因馬修不克執行這件工作，梅彥大公很樂意配合，他也對您在貢札加家族事務上提供的協助表示謝意。現在大公覺得地位穩固，決定兩面討好，同時跟納瓦拉國王亨利㉜和西班牙國王腓力協商。但正如您常說的，小聰明無法跟大智慧相提並論。

截至目前為止，這封信不過牽涉到一點菲利普的政治權謀而已。

但高弗雷又寫道：

您交代的另一件事，關於猶太人稱作班哲明・本—加百列，皇帝以為是班哲明・福克斯，而他自稱「受祝福的班哲明」的那個人，我已找到他的下落。您的憂慮沒錯，此人目前在東方，在神聖羅馬帝國的朝廷、巴托里家族、卓九勒家族和君士坦丁堡的鄂圖曼皇帝陛下之間活動。班哲明與伊麗莎白・巴托里伯爵夫人㉝之間，有些令人擔心的傳聞，這些事若流傳開來，恐怕會引起合議會的調查，使我們家族和親近的人蒙受損害。

馬修在合議會的半世紀任期即將屆滿，如果您不想讓他介入與他本人和他的血裔直接相關的事務，我請求您親自出面，或派一個值得信賴的人，盡速前往匈牙利。

除了伯爵夫人放縱無度和濫殺無辜的故事，布拉格的猶太人也談到班哲明在他們居住的地區引起恐慌，他威脅他們敬愛的拉比和一個來自坎姆的女巫，目前當地有匪夷所思的傳聞，說是有個陶土做的魔法生物在街上巡邏，保護猶太人，不讓吸食鮮血的生物傷害他們。猶太人說，班哲明也在找另一個女巫，他

㉜ Henri of Navarre（1553-1610），亦即法國國王亨利四世（1589-1610在位）。

㉝ Erzsébet Báthory（1560-1614），出身匈牙利貴族世家，因夫家地位較低，所以婚後仍保留娘家姓氏。據說她年輕時貌美如花，為了青春永駐，將大量年輕女子抓到古堡裡，以殘酷手法殺害後，用她們的鮮血沐浴。一六一〇年她被逮捕受審，據說遇害人數多達五、六百之譜。

們說那是個英國女人，最後被看到時，是跟伊莎波的兒子在一起。但這不可能是事實，因為馬修目前在英格蘭，而且絕不會自貶身分跟女巫來往。

馬修抿緊嘴唇，呼吸發出咻咻的聲音。

或許他們把英國女巫跟來自英國的魔族愛德華・凱利混為一談。班哲明五月曾到皇宮探望過後者。根據您的朋友尤利斯・賀夫納吉⑧④透露，幾星期後，凱利被控殺死皇帝的僕人，交由班哲明看管。班哲明把他帶到克日沃克拉特的一座城堡囚禁，凱利試圖逃跑，差點送命。

最後還有一則消息，我必須向您報告，父親，但又遲疑不決，因為它可能只是想像與恐懼炮製的成果。我的線人說，高伯特在匈牙利跟伯爵夫人和班哲明廝混。波佐尼的巫族曾正式向合議會提出控訴，很多女巫被這三個聲名狼藉的生物擄走，施以酷刑。其中一個女巫逃脫，臨終前只留下這句話：「他們在我們體內搜尋生命之書。」

馬修憶起戴安娜父母可怕的死狀，從咽喉到鼠蹊整個被割開。

這些陰森可怖的消息，給我們家族帶來太多危險。高伯特一直在用巫族的力量蠱惑班哲明，不能再容許他這種行徑。馬修的兒子亦不得再接近巴托里伯爵夫人，否則您配偶的祕密會被發現。還有我們絕對不能讓巫族進一步追尋生命之書。您知道達成這些目標最好的方法，不論您決定親自出面，或交付騎士團執行。

我仍是您謙卑的僕人，將您的靈魂交給上帝，希望祂保佑吾等共同的安全，有朝一日，不受目前處境囿限時，我們再詳談。

兒高弗雷敬上

寄自巴黎會所，一五九一年十二月二十日

馬修把信小心摺好。

他終於有了些概念，知道該從哪兒著手。他要親自到中歐去搜捕班哲明。

但首先他必須告訴戴安娜他找到些什麼。他已盡可能對她隱瞞班哲明的消息。

寶寶的第一個耶誕節，就如任何人所能期待的，充滿愛與節慶氣氛。有八個吸血鬼、兩個女巫、一個等待成為吸血鬼的凡人，還有三隻狗陪伴，氣氛活潑。

馬修展示了我用耶誕咒語製造的五、六莖白髮，得意洋洋解釋道，我每年都會送他更多白髮。我想要一次可以烤六片吐司的烤麵包機，如願以償，還外加一支鑲嵌銀和珠母貝的漂亮古董筆。伊莎波批評說，這種禮物對新婚夫婦不夠浪漫，但我不需要更多珠寶，不想去旅行，對衣服也沒興趣。在我看來，烤麵包機真是適合到家了。

斐碧一直鼓勵全家人，送禮要以手工製作或現成的東西為出發點，我們都覺得這麼做很有意義，也很實際。傑克穿上瑪泰為他織的毛衣，以及高祖奶奶送的、原本屬於菲利普的袖扣走秀。斐碧戴了一對光芒四射的祖母綠耳環，我以為是馬卡斯送的，不料她臉蛋通紅地解釋，馬卡斯送的是親手製作的禮物，但為

㉞ Joris Hoefnagel是法蘭德斯畫家，《血魅夜影》的情節發生時，他在神聖羅馬帝國皇帝魯道夫二世位於布拉格的皇宮中任職。

了安全的緣故，她留在七塔沒帶來。看她的表情，我決定不再追問下去。莎拉和伊莎波則對我們送的、雙胞胎第一個月生活記錄攝影集非常滿意。

然後小馬就送到了。

「當然，菲利普和芮碧嘉一定要騎馬，」伊莎波說得好像這是不言而喻的事。她的馬夫喬治領著兩匹小馬走下加掛的車廂，她在旁監督。「這樣你們讓他們坐上馬鞍前，他們就已習慣跟馬相處。」我懷疑她和我對那美好的一天何時來臨，有不同的認知。

「這是以步伐穩健著稱的帕索菲諾步馬。」伊莎波繼續道。「我認為像妳那匹安達魯西亞馬，對初學者可能太難控制。斐碧說我們該送現成的東西，但我從來不做原則的奴隸。」

喬治把第三匹馬從車上牽下來：拉卡莎

「戴安娜從會說話開始，就想要一匹馬。現在終於有了。」莎拉道。拉卡莎決定搜索她的口袋，看有沒有蘋果或薄荷之類有趣的東西。莎拉連忙跳開。「馬的牙齒都這麼大，是嗎？」

「或許戴安娜運氣會比我好，可以教牠懂禮貌。」伊莎波道。

「來，交給我。」傑克道，接過馬韁。拉卡莎跟在他背後，溫馴得像隻小綿羊。

「我還以為你是城裡小孩。」莎拉在他背後高聲道。

「我的第一份工作——呃，第一份正當工作——就是在主教帽酒吧幫紳士顧馬。」傑克道。「妳忘了，莎拉奶奶，城裡本來有一大堆馬。還有豬。牠們的糞——」

「有牲口就有那玩意兒。」馬卡斯沒等傑克說完就趕緊道。他牽在手中那匹年幼的帕索菲諾已證明了他的論點。「另外那匹妳牽好了嗎，親愛的？」

斐碧點頭，對照顧馬這件事神態自若。她和馬卡斯尾隨傑克，向馬廄走去。

「那匹小母馬蘿西塔已儼然是馬群的領袖。」伊莎波道。「我本想把貝塔薩也帶來，但牠看到蘿西塔就想追求，只好把牠留在七塔——暫時啦。」馬修那匹龐然大物的雄馬，竟然會嘗試向蘿西塔這麼小的馬求愛，真是難以想像。

晚餐後，我們坐在書房裡聊天，周圍都是菲利普・德・柯雷孟漫長一生的遺物，火焰在石砌的壁爐裡劈啪作響，傑克忽然起身，走到馬修旁邊。

「這是送給你的。嗯，事實上是送給我們大家的。奶奶說，凡是有分量的家族都要有一個這個。」傑克交給馬修一張紙。「如果你喜歡，費南多和我會把它做成旗幟，掛在鄉魂堡這兒的高塔上。」

馬修低下頭，盯著那張紙。

「如果你不喜歡——」傑克伸手想收回他的禮物。

馬修飛快伸出手，抓住傑克的手腕。

「我覺得這很完美。」馬修抬頭看著這個一直都像我們頭胎孩子的男孩，雖然他做為溫血人的出生與我無關，而馬修也不曾介入他的重生。「拿去給你母親看。看她怎麼說。」

我以為會是花式的縮寫字母，或綴有紋章的盾牌，卻很驚訝地發現，這是傑克為我們家族設計的象徵圖案。這是個全新的咬尾蛇造型，不是一條蛇咬著自己的尾巴，而是兩隻不同的生物，交織成一個沒有開始也沒有結束的永恆之圓。一半是柯雷孟家族的蛇，另一半是一條火龍，兩腿收在胸前，翅膀展開。火龍頭上還戴了一頂王冠。

「奶奶說，火龍應該戴王冠，因為妳是個真正的柯雷孟，地位比我們其他人都高。」傑克很認真地解釋。他有點緊張地扯著牛仔褲的口袋。「我可以把王冠拿掉。再把翅膀改小一點。」

「馬修說得對。這已經很完美了。」我拉著他的手，讓他低下身來，我好親他。「謝謝你，傑克。」

每個人都很欣賞畢夏普—柯雷孟家族的正式標誌，伊莎波隨即宣布，除了旗幟，還得訂做全新的銀器和瓷器。

「多麼美好的一天。」我一手摟著馬修，另一手高高舉起，向告辭的家人揮別時，左手大拇指忽然發出警告的刺痛。

「我才不管你的計畫多合邏輯，反正戴安娜不會答應你不帶她，就前往匈牙利和波蘭。」費南多道。

「你難道忘了，上次你離開她去紐奧良，結果你發生了什麼事？」

從午夜到黎明這幾個小時，費南多、馬卡斯與馬修大部分時間都用於爭辯，該如何因應高弗雷的信。

「戴安娜必須去牛津。只有她能找到生命之書。」馬修道。「萬一出了差錯，我找不到班哲明，我也需要用那個手抄本把他誘到明處。」

「萬一你找到他了呢？」馬卡斯針鋒相對地問。

「你的責任是照顧戴安娜和我的孩子。」馬修同樣尖銳地說。「班哲明由我來處理。」

我在天空中尋找跡象，撥弄每一條看起來不在其位的線，試圖預測和矯正我大拇指所警告、正在蔓延的邪惡。

但麻煩事不會像啟示錄的騎士般，策馬越過山頂而來，也不會開車駛上我們的車道，甚至不會打電話來。

麻煩事已在家裡面——而且已來了一段時間。

耶誕節過後幾天，某天下午，我在書房裡找到馬修，他面前有幾張摺好的紙。我的手變化出彩虹的所有顏色，我的心往下沈。

「那是什麼？」我問。

「高弗雷的一封信。」他把信向我推過來。我瞥了一眼，那是用古法文寫的。

「念給我聽。」我在他身旁坐下。

真相遠比我允許自己揣測的更惡劣。根據那封信，班哲明濫殺無辜已持續了好幾個世紀。他獵捕女巫，很可能以編織者為主。高伯特幾乎毫無疑問牽涉在內。而且那句話——「他們在我們體內搜尋生命之書」——使我的血液變得火熱又冰冷。

「我們必須阻止他，馬修。如果他發現我們有個女兒……」我說不下去。班哲明在博德利圖書館對我說的最後一句話，使我噩夢連連。想到他會對芮碧嘉做出何等惡行，魔法就在我的血液裡發出如鞭子揮舞的劈啪響聲。

「他已經知道了。」馬修迎上我的眼神，他眼睛裡迸發的怒火讓我失聲驚呼。

「從什麼時候開始？」

「洗禮之前不久。」馬修道。「我要去找他，戴安娜。」

「你怎麼找得到他？」我問。

「不是用電腦，或搜尋他的網路位址。那方面他太精明了。我要用我擅長的方式找他，嗅他的氣味，把他逼到死角。」馬修道。「一找到他，我就要把他撕成碎片。如果我失敗——」

「你不能。」我直截了當說。

「我可能。」馬修凝視著我。他要我聽他說話，不必給他打氣。

「好吧，」我裝出實際上不存在的冷靜，說道：「如果你失敗，會怎樣？」

「妳會需要生命之書。那是唯一能引誘班哲明離開藏身處的餌，誘他出來，才能消滅他——一勞永逸。」

「除了我以外，唯一的餌。」我道。

馬修的眼睛轉黑，代表用我做餌去誘捕班哲明不在考慮之列。

「我明天就出發去牛津。耶誕假期圖書館不開門。除了保全人員，所有工作人員都不在。」我道。

我很意外，馬修竟然點了頭。他願意讓我幫忙。

「你一個人沒問題吧？」我不希望他覺得我大驚小怪，但我必須確認。上次分離，他吃了不少苦。他點點頭。

「孩子怎麼辦？」馬修問。

「他們必須留在這兒，由莎拉和伊莎波照顧，還要儲存足夠吃到我回來的我的奶水和血。我會帶費南多同行——再無別人。如果有人監視我們，通報班哲明，那我們必須盡量裝成好像我們還在這兒，一切如常的樣子。」

「有人在監視我們。這是確定的。」馬修的手指鑽進頭髮裡。「唯一的問題在於，他究竟是班哲明的人，或高伯特的手下。那個狡猾的雜種在整件事裡扮演的角色，可能比我們原先以為的更重要。」

「如果他跟你兒子已聯手這麼多年，根本無從判斷他們知道了多少。」我道。

「那我們唯一的希望，就是取得他們到目前還沒有得手的資訊。把書拿到手。帶回這裡，看妳是否能把凱利撕下的那幾頁裝回去。」馬修道：「同時，我會找到班哲明，執行我老早就該完成的工作。」

「你什麼時候走？」我問。

「明天。妳走了以後，這樣我可以確定沒有人跟蹤妳。」他站起身道。

我默默看著馬修身上我深愛的那些部分——詩人、科學家、戰士、諜報員、文藝復興時代的王侯、父親——一層層剝落，直到只剩下最黑暗、最令人害怕的部分。現在的他，只是一個刺客。

但他仍然是我深愛的男人。

馬修扶著我的肩膀，直到我正視他的眼睛。「一定要安全。」

他語氣強烈，令我感受到其中的力量。他捧著我的臉，仔細端詳每一吋肌膚，彷彿要牢記心中。

「我在耶誕節說的那番話，是認真的。如果我不回來，這個家族還會繼續存在，其他人可以領導。但妳是它的心。」

我張口想駁斥，但馬修用手指壓住我的嘴唇，不讓我說話。

「跟我辯論沒有用。我從經驗知道這一點。」他道。「遇見妳之前，我只是塵土與陰影。妳帶給我生命，沒有妳我不能活。」

磨羯日座

黃道第十宮磨羯座，象徵母親、祖母和所有女性祖先。它是復活與重生的星座。這個月應為未來播種。

——佚名之英文雜記簿，寫於約一五九〇年，龔沙維手抄本四八九〇號，f.9v

第三十四章

安卓‧胡巴德和琳達‧柯羅斯比在老房子等我們。雖然我極力遊說我阿姨留在鄉魂堡，但她堅持要陪我和費南多一起來。

「妳不能一個人做這件事，戴安娜。」莎拉用一種無可辯駁的語氣說。「我不管妳是個編織者或有珂拉幫忙。這種規模的魔法就是需要三個女巫，而且不是普通女巫。妳需要三個會施咒的人。」

琳達‧柯羅斯比帶來了倫敦巫會的官方魔法書——一本散發著莨菪與烏頭的神祕氣味的老書。我們見面寒暄如儀，費南多則向安卓報告傑克與羅貝洛的近況。

「妳確定要介入這件事嗎？」我問琳達。

「當然。倫敦巫會自從一九七一年應邀出手，遏阻竊取王家珠寶的陰謀以來，就不曾參加過有這一半刺激的活動了。」琳達搓著手說。

安卓透過他跟倫敦下層社會的掘墓人、地下鐵工程師、管線工人的關係，弄到了博德利圖書館藏書庫，像兔子洞一般錯綜複雜的地道與書架的詳細配置圖。他把這些資料攤在大廳裡那張大桌子上。

「現在因為是耶誕長假，學生和圖書館員都不在。」安卓道。「但到處都是建築工人。」他指著地圖。「他們要把原先的地下藏書庫改建成閱覽室。」

「他們先是把書都搬到瑞德克利夫科學圖書館，現在則是搞改建。」我打量著地圖。「工人什麼時候下班？」

「不下班。」安卓道。「他們二十四小時施工，盡可能避免在開學期間造成干擾。」

「要不然我們到閱覽室去，妳就像正常開放時間一樣，填一張借閱單，怎麼樣？」琳達提議道。「妳知道，填好單子，塞進輸送管，然後禱告。我們可以站在輸送帶前，等它出來。說不定圖書館有辦法滿足妳的需求，不需要館員執行。」琳達見我滿臉驚訝地瞪著她，不懂她為何如此了解博德利圖書館的運作程序，她吸吸鼻子說：「我是聖希爾達學院畢業的，小女孩。」

「輸送管系統去年七月就關閉了。圖書輸送帶今年八月也拆除了。」安卓高舉雙手。「不要傷害傳遞消息的人，女士們。我又不是博德利圖書館的工作人員。」

「如果史蒂芬的咒語有效，有沒有設備都無所謂——只要戴安娜要的是她真正需要的東西。」莎拉道。

「要知道結果，唯一的辦法就是到博德利去，避開工人，設法進入舊圖書館。」我嘆口氣道。

安卓點頭。「我的手下史丹在挖掘隊工作。他一輩子都在東挖西挖。如果妳們能等到天黑，他會放妳們進去。當然，這會給他惹麻煩，但反正也不是第一次了，而且世界上沒有一座監獄關得住他。」

「史丹利．瘸子門是個好人。」琳達滿意地點一下頭。「每年秋季種水仙球莖時，他都幫了很大的忙。」

史丹利．瘸子門體格瘦小而健壯，有非常明顯的戽斗，從他肌肉發展的輪廓，一望即知他打從出生就營養不良。吸血鬼的血帶給他長壽和過人的力氣，但延長骨骼的效果畢竟有限。他發給我們一人一頂鮮明的黃色安全盔。

「這樣我們不會……呃，引起注意嗎？」莎拉問道。

「妳們是女士，本來就會引起注意啦。」史丹沈著臉說。他吹一聲口哨。「喂！狄基！」

「別出聲！」我低聲道。這會成為有史以來最吵鬧、最醒目的偷書行動。

「沒事的。狄基和我是多年老友了。」史丹轉身對他同事說。「狄基，帶這幾位女士和先生到二樓去。」

狄基把我們連人帶頭盔送到杭佛瑞公爵館的藝術閱覽室，介於查理一世國王和湯瑪斯・博德利爵士的胸像之間。

「是我的錯覺，還是他們當真在看我們？」琳達扠著腰，不悅地瞪著那位倒楣的國王。

查理國王眨眨眼。

「巫族從十九世紀中就加入保全小隊了。史丹警告過我們，在畫像、雕像和石像怪附近，不能做任何不規矩的行為。」狄基打了寒顫。「大部分我都不怕啦。黑夜裡有他們在，也是個伴，唯獨那一尊，是個鬼祟的老壞蛋。」

「你見過他父親才知道怎樣叫作老壞蛋。」費南多道。他以華麗的手勢脫下帽子，向眨眼的國王鞠個躬。「陛下好。」

這是每一個上圖書館的人的噩夢——每次你從口袋裡拿出一顆禁止食用的喉糖，都有人偷偷監視。但是在博德利，讀者擔心絕對有充分的理由。魔法保全系統的神經中樞，就藏在湯瑪斯・博德利和查理一世的眼球後面。

「抱歉，查理。」我把我的黃色頭盔扔向半空，它剛好落在國王頭上。我打一下手指，帽沿一歪，遮住他眼睛。「今晚的事不需要證人。」費南多把他的頭盔交給我。

「請讓圖書館創辦人戴我這頂。」

遮住湯瑪斯爵士的視線後，我就動手將各尊雕像與圖書館其他部分連結在一起的線繩扯開、挑鬆。這個咒語上的結並不複雜——只是三次交叉與四次交叉的組合——但結實在太多了，一層疊一層，彷彿嚴重超載的電路板。幸好我終於找到維繫所有繩結的主結，小心地將它解開。那種被人觀察的怪異感覺頓時消失了。

「這樣好多了。」琳達道。「接下來怎麼辦？」

「我答應馬修，一進到裡面，就打電話給他。」我取出手機道。「等我一下。」

我推開格子欄柵，沿著杭佛瑞公爵館寂靜而有回音的走道向前走。第一聲鈴響，馬修就接起了手機。

「還好嗎，我的愛？」他的聲音很緊張，我簡短地向他報告目前的進度。

「我離開後，芮碧嘉和菲利普怎麼樣？」說完我的故事，我問道。

「煩躁。」

「你呢？」我把聲音放輕柔。

「更煩躁。」

「你在哪裡？」我問。馬修等我趕赴英國後，就開車前往中歐。

「我剛離開德國。」他不會告訴我更多細節，以防我遇到好管閒事的巫族。

「一路小心。記住女神的話。」祂曾警告我，若要擁有艾許摩爾七八二號，就必須放棄某些東西，使我至今忐忑不安。

「會的。」馬修頓了一下。「有些事，我要妳記住。」

「什麼事？」

「心不可以碎，戴安娜。只有愛給我們真正的永生。不要忘記，我的小母獅。不論發生什麼事。」他掛斷了。

他的話讓我起了一陣恐懼的寒顫，震得女神的銀箭咯咯響。我複誦我編織來保他平安的咒語，再次確認把我倆連結在一起的那條鍊子傳來熟悉的拉扯感。

「一切都好吧？」費南多低聲問。

「都如預期。」我把手機放回口袋。「我們開始吧。」

我們商議好，第一個要嘗試的，只是複製艾許摩爾七八二號第一次來到我手中的程序。莎拉、琳達、費南多旁觀我填寫借閱單。我簽上名，填上我借書證的號碼，把單子拿到藝術閱覽室的傳送管前面。

「傳送瓶在這兒。」我取出空的傳送瓶。「說不定安卓搞錯了，內部傳送系統還在運作。」我打開瓶子，裡面滿是灰塵。嗆得我不斷咳嗽。

「也許運不運作都不重要。」莎拉有點不耐煩地說。「放進去，讓它飛。」

我把借閱單裝進瓶子，旋緊，放回傳送器。

「再來呢？」幾分鐘後，莎拉問道。

瓶子仍在原位。

「那就敲它一下看看。」琳達重重拍一記傳送管的出入口，這組管線搭在支撐上層走道的木架上，整座架子被她拍得搖搖欲墜。瓶子颼一聲消失了。

「幹得好，琳達。」莎拉顯然很佩服。

「那是巫術嗎？」費南多竊笑。

「不是，但它能改善我音響上的收音機訊號。」琳達得意地說。

兩小時後，我們仍在輸送帶前面，等待絲毫沒有要出現的手抄本。

莎拉嘆口氣。「改用B計畫。」

費南多一言不發，解開黑大衣的鈕扣，將它脫下。背後的襯裡上縫了一個枕頭套，愛德華‧凱利撕下的三頁生命之書，就用兩片厚紙板夾著，放在裡面。

「拿去吧。」他把那包無價之寶遞給我。

「妳要拿它們怎麼辦？」莎拉問。

「唯一夠大的空間在那邊。」我指著富麗堂皇的彩色拼花玻璃窗和警衛室之間。「不——別碰那個東西！」我盡力壓低聲音尖叫道。

「為什麼不？」費南多拎著那個擋路的滾輪踏腳凳的木頭提把，問道。

「那是全世界最老的踏腳凳。幾乎跟這間圖書館一樣老。」我把那幾頁手抄本壓在胸口。「誰都不能碰。沒人碰過。」

「把那個臭凳子搬開，費南多。」莎拉發號施令。「我相信如果它受損，伊莎波會找到替代品。順便把其他椅子也搬開。」

咬了一會兒指甲，我拆開琳達用瑪莎百貨購物袋裝著帶進來的一盒鹽。我低聲向女神祝禱，請她幫忙找尋失物，同時用白色的鹽粒做出一個三角形，完成後，我取出那三頁生命之書，莎拉、琳達和我分別站在三角形的尖角，我們把那三頁插畫送到三角形中央，我開始念誦預先寫好的咒語：

失落的書頁

失去又尋回，告訴

我現在書被藏在何處

「我還是覺得我們需要鏡子。」在充滿期待的寂靜中，等候了一小時，莎拉終於低聲道。「如果不提供圖書館一個投射影像的地方，它要如何告訴我們。」

「戴安娜是不是該說『告訴我們現在書被藏在何處』，而不是『告訴我』？」琳達看著莎拉說：「我們有三個人呢。」

我走出三角形，把化學婚禮的插圖放在警衛的桌上。「沒有用。我什麼感覺也沒有。沒有書，沒有力量，沒有魔法。就像整個圖書館死掉了。」

「也罷，圖書館覺得不舒服也是應該的。」琳達同情地輕笑一聲。「可憐哪。這麼多人全天候在它肚腸裡東挖西掘的。」

「不管它，親愛的。」莎拉道。「展開C計畫。」

「也許我該先修訂咒語。」做什麼都比C計畫好。它會把我從學生時代就宣誓要愛護圖書館的承諾，徹底撕毀，而且對整棟建築、藏書以及附近幾所學院，都構成重大危險。

但還不止於此。我在此刻的遲疑，跟我上次在這同一個地方，面對班哲明時的猶豫不決，都是基於相同的原因。如果我在這兒，在博德利圖書館裡，使用我全部的法力，就等於完全切斷了我跟我的學術生涯的聯繫。

「沒什麼好怕的。」莎拉道。「珂拉不會有事。」

「牠是火龍，莎拉。」我反駁道。「她飛行的時候一定會噴火。妳看看這地方。」

「到處是易燃物。」琳達表示同意。「儘管如此，我不認為還有別的出路。」

「一定有的。」我用食指戳我的第三眼，希望能叫醒它。

「算啦，戴安娜。不要顧慮妳的寶貝借書證了。他媽的魔法該用就用吧。」

「我要去透個氣。」我轉身往樓下走。新鮮空氣可以穩定我的情緒，幫助我思考。我快步踏過鋪在石板地上的木條，推開玻璃門，走進老學院方庭，大口吸入沒有灰塵的十二月空氣，費南多緊跟在我後面。

「哈囉，嬸娘。」

蓋洛加斯從陰影裡走出來。

光是他出現這一點，就讓我知道，可怕的事發生了。

接著他低聲說了一句話，肯定了我的恐懼。

「班哲明抓住馬修了。」

「不可能。我才跟他通過電話。」我體內那條銀鍊開始搖晃。

「那是五小時前。」費南多核對手錶。「你們通話時，馬修有沒有說他在哪裡。」

「只說他離開德國了。」我麻木地低聲道。史丹和狄基走過來，都皺著眉頭。

「蓋洛加斯。」史丹點一下頭。

「史丹。」蓋洛加斯回應。

「有麻煩嗎？」史丹問。

「馬修失蹤了。」蓋洛加斯解釋。「班哲明抓住他了。」

「啊。」史丹顯得很擔心。「班哲明一直是個混蛋。我想這些年來他也不會變好。」

我想著我的馬修，落入那個惡魔之手。

我想起班哲明曾說，他希望我會生個女兒。

我看見我女兒用嬌弱的小手指觸碰馬修的鼻尖。

「如果沒有他，就不可能前進。」我道。

憤怒在我的血管裡燃燒，接著是轟然湧來的力量之波——火、風、土、水——將前方的一切席捲而去。我覺得一種奇怪的空洞，一種有如失去了某種不可或缺的東西的空虛感。

剛開始我懷疑那會不會是馬修，但我仍然感覺得到那條將我們連結在一起的鍊子。我的幸福所繫，仍然存在。

然後我發覺，我失去的東西並不是不可或缺的，而是習慣性的，一個我背負了太久，對它的沈重已沒有感覺的負擔。

現在，一種我長期以來當作寶貝的東西沒有了——正如女神的預言。

我猛然轉身，在黑暗中搜索圖書館的入口。

「妳要去哪裡，嬸娘？」蓋洛加斯道，他按著門，不讓我入內。「妳沒聽見我的話嗎？我們必須去找馬修。一點時間都不能浪費。」

厚厚的玻璃板變成閃爍的砂粒，銅製的鉸鍊與把手匡噹一聲掉在石砌的門檻上。我跨過砂礫，半跑半飛衝上樓梯，進入杭佛瑞公爵館。

「嬸娘！」蓋洛加斯喊道。「妳失去理智了嗎？」

「沒有！」我回應道。「只要我使用魔法，連馬修也不會失去。」

「馬修，失去？」莎拉驚見我用滑步衝進杭佛瑞公爵館，後面跟著費南多和蓋洛加斯。

「女神。她說如果我想得到艾許摩爾七八二號，就必須放棄某些東西。」我解釋道。「但她說的不是馬修。」

方才的空虛已經被一種足以驅逐一切殘存憂慮、強大力量不斷釋出的感覺填滿。

「珂拉，飛吧！」我張大手臂，我的火龍長唳一聲，衝到房間裡，繞著樓上走廊盤旋高飛，又飛下來，沿著長長的走道，從藝術閱覽室飛到賽頓閱覽室。

「那麼是什麼？」琳達注視著珂拉用尾巴拍打湯瑪斯·博德利的頭盔，問道。

「恐懼。」

我母親曾警告我恐懼的力量，但我就像很多小孩一樣，誤解了她的用意。我以為我該提防的是其他人的恐懼，但實際上該摧毀的，卻是存在我內心裡的懼怕。因為這場誤會，我讓恐懼在我心裡扎根，直到它蒙蔽我的思想，影響我對世界的認知。

恐懼一再扼殺我使用魔法的慾望。它一直是我的枴杖，我的藉口，阻止我發揮自己的力量。恐懼庇護我，使我遠離其他人的好奇，但也像死牢般，讓我在它的侷限裡遺忘了自己本來是什麼：一個女巫。幾個月前，我得知自己是編織者時，以為已拋開了恐懼，但事實上，我仍毫無自覺地抓著它最後的殘骸不放。

再也不會了。

珂拉乘著一股氣流降落，向前伸出爪子，拍打著翅膀減速。我拿起生命之書那幾頁紙，放在牠鼻子前面。牠嗅著。

火龍的怒吼充滿整個房間，震得染色玻璃窗咯咯亂響。雖然從我們在伊索奶奶家第一次見面以來，牠幾乎不跟我說話，寧願用聲音和動作溝通。但現在珂拉決定對我說話。

「這幾張紙上有大量的死亡，還有魔法編織和血的法術。」牠搖著頭，好像要從鼻孔裡驅散那股氣味。

「牠說『血的法術』嗎？」莎拉顯然很好奇。

「無關緊要的問題，留著以後再問。」蓋洛加斯的聲音很嚴厲。

「這幾張紙來自一本書。書在這座圖書館的某處。我必須找到它。」我專注地看著珂拉，無視背景裡的雜音。「我找回馬修的唯一希望，可能就在書中。」

「如果我替妳找到這本可怕的書，然後呢？」珂拉眨眨眼，牠的眼睛銀中泛黑。我聯想到女神，也想起傑克充滿怒火的眼神。

「你就要離我而去。」我忽然明白了。珂拉是個囚犯，正如我原本是個囚犯，被咒語束縛，無法脫逃。

「就像妳的恐懼，除非妳釋放我，否則我不能離開。」珂拉道。「我是妳的護身靈。靠我的幫助，妳學會紡績過去，編織現在，用繩結將未來定型。妳已不再需要我了。」

但珂拉已跟我共處了好幾個月，就像我的恐懼一樣，我已習慣依賴牠。「萬一少了你的幫助，我就找不到馬修呢？」

「我的力量不會離開妳。」即使在圖書館的黑暗中，珂拉的鱗片仍發出璀璨的虹光。我想到我後腰那塊火龍的陰影，不禁點頭。就像女神的箭、編織者的繩索，珂拉與水、火的親和力，會一直存在我體內。

「你要去哪裡？」我問。

「去各種古老、被遺忘的地方。我會在那裡等待被各自的編織者釋放的同類。妳把魔法帶回來，實現了預言。今後我不再是碩果僅存的火龍，而是第一隻。」珂拉呼出的熱氣，使我們周圍瀰漫一片水蒸氣。

「幫我把書取來，然後帶著我的祝福離開。」我深深望進牠的眼睛，看到牠對獨立自主的渴望。「謝謝你，珂拉。或許魔法是我帶回來的，但你賦予它翅膀。」

「而妳使用它的時候到了。」珂拉道。牠用金光閃閃、帶蹼的足，縱跳三次，爬到屋椽上。

「珂拉幹嘛在上面飛來飛去？」莎拉壓低聲音道。「叫牠沿著輸送帶鑽進圖書館的地下書庫。那兒才找得到書。」

「不要嘗試改變魔法，莎拉。」伊索奶奶教導過我，自以為比自身的力量聰明，是件危險的事。「珂拉知道自己在做什麼。」

「為了馬修，但願如此。」蓋洛加斯道。

珂拉吟唱水與火的音符，室內憑空出現一片壓得低低的交談聲。

「生命之書，你們聽見嗎？」我問，四下張望，尋找聲音的來源。不是警衛桌上那幾張紙，雖然它們也開始喃喃低語。

我的阿姨搖頭。

珂拉環繞杭佛瑞公爵館最古老的部分飛行，隨著牠的翅膀每拍一下，喃喃交談就變得更大聲。

「我聽見了。」琳達很興奮。「嗡嗡的對話。來自那個方向。」

費南多躍過格子圍欄，進入杭佛瑞公爵館的主要走道。我跟在他後面。

「生命之書不可能在這裡。」莎拉抗議道。「一定會被人看見的。」

「如果它故意藏在明顯易見的地方，就不見得。」我從附近的書架上把無價之寶的書一本一本搬下來，翻開來檢查內容，然後放回原位。那聲音還在持續呼喚著我，求我一定要找到它。

「嬸娘？我覺得珂拉找到妳的書了。」蓋洛加斯指著前面說。

珂拉棲息在預約書區一個柵欄圍成的籠子頂端，籠子上了鎖，專門用來保管讀者第二天還要用到的手抄本。牠歪著腦袋，像在聆聽仍在持續的交談聲，還用咕咕聲和嘖嘖聲回應，不住地點頭。

費南多追著聲音，來到同一個地方，站在項恩度過每一個工作日的借書櫃後面。他抬頭盯著一個書架。就在那兒，在牛津大學電話簿旁邊，放著一個硬紙板做的灰色盒子，外觀平凡得好像在拜託所有的人不要注意它——雖然它在這一刻變得非常引人注目，因為四角縫隙都有光透出。盒子上夾了一張已捲曲的紙條。「**已裝盒，檢視後歸回書庫。**」

「不可能。」但直覺告訴我，就是它。

我舉起一隻手，盒子向後一傾，滑進我手裡。我小心地將它放在桌上。我的手才放開，盒蓋就自動彈起來，掉在幾呎外。書上的金屬扣仍努力使書保持合攏的狀態。

我想著書裡的無數生物，輕手輕腳將它從保護的紙板中拿起，放到木頭桌面上，再把手放在封面上。交談聲停了。

選擇。無數個聲音齊聲說。

「我選擇你。」我悄聲對書說，隨即打開了艾許摩爾七八二號的扣子。它的金屬部分觸手溫暖，感覺很舒適。**我的父親**，我想道。

琳達把原本屬於生命之書的三頁紙遞給我。

我慢慢地、鄭重其事地把書翻開。

我翻開那張夾在封面裡側，保護內容的一張粗糙的紙，就看見埃利亞斯•艾許摩爾親筆寫的標題，以及我父親用鉛筆加註的字跡。艾許摩爾七八二號的第一幅鍊金術插圖——一個黑髮女嬰——在下一頁對著我看。

我第一次看到這幅賢者之子的畫像時，就因為它與典型的鍊金象徵有極大差異而感到驚訝。現在我不禁注意到，畫中嬰兒長得很像我的女兒，她一隻小手抓著一枝銀玫瑰，另一手拿著金玫瑰，好像在對全世界宣稱，她是女巫和吸血鬼的女兒。

但這個鍊金術的孩子，從一開始的編排，就不是要放在生命之書的第一頁。她應該出現在化學婚禮之後。經過幾個世界的分離，愛德華・凱利從這本珍貴的書裡撕下的那三頁，應該重返原位了。

生命之書的書脊凹陷處，可以清楚看到紙張撕破的痕跡。我把化學婚禮的插圖放進凹槽，輕壓撕裂的邊緣。撕開的紙就在我眼前癒合，所有斷裂的線再度連接在一起。

一行行文字快速橫過紙面。

我拿起咬尾蛇與火龍滴下鮮血，創造新生命的插圖，放回原來位置。

書裡發出奇怪的哭聲。珂拉咭咭怪叫示警。

我毫不遲疑，什麼也不怕，把最後一頁放進艾許摩爾七八二號。生命之書重新恢復完整的舊貌。一聲令人血液凝固的咆哮，把殘餘的夜切成兩半。一陣風在我腳下吹起，攀上我的身體，把我的頭髮從臉上、肩上吹開，變成一條條火焰。

風的力量掀動書頁，以越來越快的速度翻頁。我試圖阻止它翻動，用手指壓住羊皮紙，希望閱讀寫在與鍊金術有關的插圖後面，從刮掉重寫的羊皮紙核心湧出的字句。但內容太多，我的理解跟不上。克里斯的學生說得對。生命之書不僅是文本而已。

它是個無比龐大的知識寶庫：各種超自然生物的名字和他們的故事，從生到死，詛咒與咒語，魔法與鮮血創造的奇蹟。

它是我們的故事——編織者與血管裡帶有血怒的吸血鬼，以及他們生下的非比尋常的孩子。

它不僅告訴我，我無數代以前祖先的故事，也告訴我，那些創造的奇蹟是怎麼發生的。

我掙扎不輟，趁紙張掀動之際，汲取生命之書裡的故事。

古代稱作光明族的部落，譜系由此開始。他們的父親是永恆，母親是變化，靈性在子宮裡孕育他們……

我的意念飛馳，試圖憶起在哪個鍊金術文本裡看過與此類似的敘述。

……當三者合而為一，他們的力量像黑夜般無限擴大……

沒有孩子對永生者是一大負擔。他們就去找女兒……

誰的女兒？我想阻止書頁翻轉，但做不到。

……發現智慧者知道血的法術。

血的法術是什麼？

連綿不盡的字句，競逐、扭曲、糾纏。有些字分裂為二，組成其他的字，以驚人的速度突變、複製。

也有從噩夢中撕裂出來的名字、臉孔、地方，重新交織成最甜美的夢。

他們的愛始於匱乏與慾望，兩顆心合而為一……

我聽見渴望的低語，愉悅的呼喊，而書頁不斷翻轉。

……恐懼壓倒他們，整座城市浸沒在光明族的鮮血裡。

書裡發出恐懼的哀嚎，接著傳來一個孩子害怕的哭聲。

……巫族查出他們之中有誰曾與永生者同眠……

我摀住耳朵，不想聽那如鼓聲般滔滔不絕念誦的名字。

失去……

遺忘……

懼怕……

放逐……

禁止……

書頁掠過我眼前，我可以看見製造這本書的複雜編織方式，以及將每一頁與扎根在遠古的譜系綁在一起的結。

翻到最後一頁，是空白頁。

然後新的文字出現，好像有一隻看不見的手繼續在寫，工作尚未完成。

於是光明族變成了夜之子。
誰能終結他們的漂泊？

看不見的手寫著。

誰有獅與狼的血緣？
尋找持有第十個結的人，因為最終會再度成為最初。

我依稀記得的露依莎・德・柯雷孟和布麗姬・畢夏普說過的一些話、《曙光乍現》中鍊金術詩句的片段，以及生命之書源源灌輸的訊息，都使我神思恍惚。

書脊上生出新的一頁，像珂拉的翅膀般伸開，像樹上的葉子般舒展。莎拉驚呼一聲。是一幅描金插畫。紙上綻放銀色、金色、各種寶石粉末調和的顏色，閃耀生輝。

「傑克畫的家徽！」莎拉喊道。

那是第十個結，結合火龍與咬尾蛇，形成無止境的圓。牠們周圍是一片百花盛放、草木繁茂的沃腴風景，看起來像伊甸園。

書又翻頁，更多不知從何而來的字跡湧現。

最古老的光明族譜系繼續如下。

看不見的手頓了一下，彷彿拿筆去蘸墨水。

芮碧嘉・愛儷兒・艾米莉・瑪泰・畢夏普——柯雷孟，母為戴安娜・畢夏普，其家族之末裔，父為馬修・加百列・菲利普・貝傳德・賽巴斯丁・德・柯雷孟，其家族之第一人。誕生於蛇座之下。

菲利普・米迦勒・阿迪生・索雷・畢夏普——柯雷孟，亦為上列戴安娜與馬修所生之子。誕生於射手座庇護之下。

墨跡還沒乾，書頁又瘋狂翻回開始的地方。

當著我們的面，第一幅圖畫中間那棵樹的樹幹上，萌生一根新樹枝。枝上紛紛長出葉、花與果。

生命之書啪一聲合攏，扣子也自動扣好。交談聲停了，圖書館一片寂靜。我覺得力量在體內湧起，提升到前所未有的層次。

「慢著。」我手忙腳亂地再次把書翻開，好把新的圖案看個清楚。生命之書先是抗拒，但我多用點力氣，它就又打開了。

書裡什麼都沒有。完全空白。我驚惶失措。

「它到哪裡去了？」我翻來翻去。「我需要這本書去救馬修回來！」我轉向莎拉。「我哪裡做錯了？」

「哦，天啊！」蓋洛加斯臉色蒼白如雪。「她的眼睛。」

我回頭向後看，以為會看到一隻圖書館員的幽靈怒目瞪我。

「妳背後沒有東西，親愛的。書也沒跑遠。」莎拉用力吞了一口口水。「它在妳裡面。」

我變成了生命之書。

第三十五章

「你太好預測，簡單得可悲。」班哲明的聲音穿透了籠罩馬修腦海的濃霧。「我只祈禱你老婆跟你一樣好操縱。」

一陣灼熱的痛楚穿過他手臂，馬修慘叫一聲，克制不了自己。這種反應只會鼓勵班哲明。馬修咬緊嘴唇，決心不給他兒子進一步的滿足。

榔頭敲鐵釘——他從小熟悉的家常聲音。馬修覺得金屬的回音在骨髓裡震盪。

「好了。這樣應該綁得住你。」冰冷的手指抓住他下巴。「張開眼睛，父親。如果要我替你打開，恐怕你不會喜歡。」

馬修強迫自己睜開眼皮。班哲明難測的臉就在幾吋外。他兒子發出一聲遺憾的輕嘆。

「太可惜了。我本來希望你違抗我的。不過，這只是第一幕。」班哲明把馬修的頭向下扭轉。

一根燒得火紅的長釘穿過馬修的右肘，插進他坐著的木椅。它逐漸冷卻，皮肉和骨頭燒焦的臭味也淡了一點。他不需要看另一隻手肘，就知道它也受到同樣的待遇。

「笑一個。我們不希望老家的親人錯過我們團圓的每一分鐘。」班哲明抓住他頭髮，把他的臉扭轉向上。馬修聽見攝影機呼呼轉動的聲音。

「幾點警告：首先，鐵釘故意嵌在尺骨和橈骨中間。熱燙的金屬會跟周圍的骨骼產生熔合，那程度剛好是只要你掙扎，骨頭就會碎裂。據我所知，會很痛。」班哲明踢一下椅腳，馬修立刻咬緊牙關，抗拒手上傳來錐心蝕骨的痛。「懂了吧？第二點，我沒興趣殺你。不論你怎麼做、怎麼說或威脅，我都不會把你交到比我溫柔的死神手中。你的痛苦是我的盛宴，我要慢慢品嘗。」

馬修知道班哲明希望他提出一個特定的問題，但腫脹的舌頭不服從他的大腦。但他繼續努力。那是一切的關鍵。

「戴．安．娜．在．哪？」

「彼得跟我說她在牛津。諾克斯或許不是有史以來最強大的巫師，但他追蹤她很有一套。我本來想讓你直接跟他交談，不過那會破壞家裡觀眾漸進了解劇情的樂趣。順便告訴你，他們聽不見你的聲音。暫時的啦。我把那部分留到你崩潰、求饒的時候。」班哲明小心挑選一個背對攝影機的位置，這樣觀者讀不到他的唇語，卻看得見馬修的表情。

「戴．安．娜．不．在．這？」馬修小心發出每一個音。他要看見的人知道，他的妻子仍然安全。

「你看到的戴安娜是幻影，馬修。」班哲明冷笑一聲。「諾克斯施咒，把她的影像投射到樓上的空房間。你如果多看一會兒，就會發現它的動作周而復始，像放影片似的。」

馬修知道那是幻影。影像中的戴安娜是金髮，因為他們從過去回到現在以來，諾克斯還沒見過他妻子。即使頭髮顏色正確，馬修也還是會知道那不是真正的戴安娜，因為沒有足以把他吸引過去的活力或溫暖。馬修走進班哲明的營地時，已有被抓的心理準備。那是唯一的辦法，唯有如此才能強迫班哲明採取下一步行動，將他變態的遊戲告一段落。

「如果你能對愛無動於衷，說不定能成為一個偉人。可惜你卻讓那種毫無價值的情緒主宰你。」班哲明靠過來，馬修聞到他嘴唇上的血腥味。「那是你的一大弱點，父親。」

馬修面對這樣的侮辱，本能地握起拳頭。他的手臂為此付出代價。尺骨像太陽曬乾的黏土般裂開。

「很蠢，不是嗎？你一事無成。你的身體已經受到很大的壓力，你的心智為你的妻子和孩子充滿焦慮。同樣情況下，你要花兩倍時間才能痊癒。」班哲明強迫馬修張開嘴，觀察他的牙齦和舌頭。「你渴了，也餓了。我在樓下有個小孩，——一個女孩，三歲或四歲。你準備拿她當食物的時候，通知我。我正在研究，處女的血是否比妓女的血更能恢復元氣。目前數據還不夠做出結論。」班哲明在硬板夾著的病歷表上做了個紀錄。

「永遠不會。」

「永遠是很長的時間。菲利普教過我這一點。」班哲明道。「我們晚點再看看你感覺如何。不論你怎麼決定，你的反應都可以幫我回答另一個研究問題：要多少時間才能餓掉一個吸血鬼的信仰，使他不再相信上帝會救他？」

非常長的時間，馬修想道。

「你的生命跡象仍然強壯得令人訝異，雖然我注射了很多藥物到你體內。我喜歡它們引起的迷惘和遲緩。大多數獵物在反應和直覺變得遲鈍時，都會產生強烈的焦慮感。我在你身上也看到一些徵象，但還沒有達到我的目標。我得增加劑量。」班哲明把硬板夾扔在一個有輪腳的小鐵櫃上。那櫃子看起來像二次大戰的遺留物。馬修也注意到它旁邊的金屬椅。椅上掛了件外套，看起來也很眼熟。

他鼻孔翕張。

彼得•諾克斯。他不在這個房間裡，但人在附近。這件事班哲明沒撒謊。

「我想多了解你，父親。觀察只能幫助我了解表面的真相。即使尋常吸血鬼也藏了很多祕密。而你，我的血父，完全不尋常。」班哲明走上前。他撕開馬修的襯衫，露出他的脖子和肩膀。「許多年來，我學會如何使我從生物血液裡採集到的資訊發揮最大功能。完全取決於步調，你知道。不能性急，也不能貪婪。」

「不。」馬修預期班哲明會入侵他的思想，但要遏止他的本能對這種侵犯不採取反應，是不可能的。他在椅子上一陣掙扎。一隻手臂骨折了，接著另一隻。

「如果你一再折斷同一根骨頭，可能導致它永不痊癒。下次你再想逃脫我手掌，先考慮這一點，馬修。沒用的。而且我可以把長釘敲到你的脛骨和腓骨之間，證明這一點。」

班哲明尖銳的指甲劃破馬修的皮膚。血液湧出，冰冷而潮濕。

「在我們完結前，馬修，我會知道你和你那個女巫的一切。只要有足夠時間——吸血鬼多得是——我就能目睹你對她的每一次觸摸。我會知道什麼帶給她快感和痛苦。我會知道她支配什麼樣的力量，她身體的祕密。她的弱點敞開在我面前，就像她的靈魂是一本書。」班哲明撫摸馬修的皮膚，逐漸加快他頸部的血液循環。「當然，我在博德利圖書館嗅到她的恐懼，但現在我想了解它。那麼害怕，但又那麼勇敢。馴服她一定很刺激。」

心是不能馴服的，馬修提醒自己。他勉強吐出一句話。「為•何？」

「為何？」班哲明的聲音爆裂出怒火。「因為你沒有勇氣直接殺死我。反倒是用一天一滴血的方式毀滅我。你不肯對菲利普承認你沒有完成他交代的任務，洩漏了柯雷孟家族對海外封國[85]的祕密計畫，你把我造成吸血鬼，還把我扔在滿是溫血人的城市裡，扔在大街上。你記得使你被渴望與慾望切割成兩半的那種血的飢渴嗎？你記得你第一次改變時的血怒有多強大嗎？」

馬修記得。他曾經希望——不。上帝幫助他，馬修曾祈禱讓班哲明受血怒的詛咒。

「你在乎菲利普的好建議，超過你在乎自己的孩子。」班哲明的聲音氣得發抖，他的眼睛像夜晚一般黑。「自從我被造成一隻吸血鬼，我活著的目標就是毀滅你和菲利普和全體柯雷孟家族。復仇給了我目標。時間站在我這邊。我等著，計畫著。我創造了自己的孩子，教他們如何用我學會的方式求生：強姦與殺戮。那是你留給我走的唯一一條路。」

馬修閉上眼睛，他不想面對的不僅是班哲明的臉，也是他做為兒子與父親的失敗。但班哲明不准他這麼做。

「張開眼睛。」他兒子咆哮。「很快的，你在我面前不會再有任何祕密。」

馬修驚恐地立刻睜開眼睛。

「我了解你的配偶的同時，對你的認知也會突飛猛進。」班哲明繼續道。「要了解一個男人，最好的途徑就是了解他的女人。這一點我也是從菲利普身上學會的。」

馬修大腦的齒輪豁啷啷碰撞。某個可怕的真相正在奮力地將它自己暴露出來。

「菲利普有沒有告訴你，大戰期間他和我共度的那段時光？事情的發展並不如我的預期。菲利普拜訪集中營裡的女巫——一個吉普賽老婦人——壞了我的大計。」班哲明解釋道。「有人偷偷向他透露我的存在，照例，菲利普硬是抓著主導權不放。那個女巫竊走他大部分的思想，把剩下的像雞蛋般炒成一團糊，然後上吊自盡了。不消說，我真是受挫啊！他的心思總是那麼井井有條。我一直期待能深入探討其中的複雜之美。」

馬修抗議的咆哮聽來只像一聲咳嗽，但他腦子裡的尖叫卻持續不斷。他從未料到會是這樣。

二次大戰期間，用酷刑折磨菲利普的，原來不是納粹官員，而是班哲明——他的兒子。

班哲明一拳打在馬修臉上，打斷了他的顴骨。

「安靜。我在講床邊故事給你聽。」班哲明用手指壓住馬修臉上的斷骨撥弄，像彈奏一件只會發出痛

---

(85) Outremer指十字軍東征後，歐洲軍隊建立在奪來的土地上，以捍衛地盤為主要目標的政權，包括埃德薩伯國、安提阿公國、的黎波里王國、耶路撒冷王國等。十字軍東征的緣起是信奉基督教的東羅馬帝國積弱不振，對抗伊斯蘭國家屢戰屢敗，失去大片土地，便向羅馬教皇求援。但東征部隊奪回土地後，並沒有交還給東羅馬皇帝，反而各擁土地，自立王國。

苦之音的樂器。「奧辛維茲的司令官把菲利普交到我手中時，已經太遲了。跟女巫接觸後，那顆靈活過人的腦袋裡，只剩下一樣東西還算前後一貫：伊莎波。我發現對一個那麼冰冷的人而言，她可以出乎意料地性感。」

馬修雖然不想聽這些話，卻沒有辦法把耳朵關上。

「菲利普痛恨自己的軟弱，但他就是放不下她。」班哲明繼續道。「即使瘋狂發作，他哭得像個嬰兒時，仍想著伊莎波——而且一直都知道我在旁分享他的愉悅。」班哲明露出鋒利的牙齒，微笑道。「閒話家常夠了。打起精神來，馬修。會痛的。」

第三十六章

蓋洛加斯趁搭機返家途中警告馬卡斯，我在博德利圖書館發生了一些意想不到的事。

「你會發現戴安娜……改變了。」蓋洛加斯在電話上審慎地說。

改變。用這個字眼形容一個身上有繩結、繩子、鎖鍊、翅膀、印章圖樣、武器，現在又加上文字和一棵樹的超自然生物，真是滿貼切的。我不知道我為什麼會變成這樣，但現在的我，跟從前真的大不相同。

雖然已接到警告，我在七塔下車時，馬卡斯還是很明顯地嚇了一跳。斐碧還是以她一貫處變不驚的態度，接納我外型上的改變。

「不許發問，馬卡斯。」哈米許扶起我的手臂道。他在飛機上已目睹問題對我的影響。任何偽裝咒都無法掩飾，只要有人企圖發問，即使只是有這種念頭，我的眼睛就轉為乳白色，浮現字母與符號，而且還有更多文字出現在我的手臂與手背上。

我默默地慶幸，我的孩子不會覺得我有什麼不同，還以為有一本羊皮紙手抄本的媽媽，是很正常的事。

「不發問。」馬卡斯立刻同意。

「孩子跟瑪泰一起在馬修的書房裡。過去半小時，他們一直很煩躁，好像知道妳要回來了。」斐碧尾隨我走進屋裡，說道。

「我先去看芮碧嘉和菲利普。」我熱切地飛上樓，這種時刻還堅持走路似乎沒意義。

與孩子共處令我感到心靈震撼。一方面他們讓我覺得更接近馬修。但因為我丈夫身陷危境，我無法不注意到，菲利普那雙藍眼睛的形狀很像他父親。他的下巴線條也同樣執拗——雖然還這麼幼小而不成熟。芮碧嘉身上的顏色——黑得像烏鴉翅膀的頭髮，還有那雙並非一般的嬰兒藍，而是呈亮灰綠色的眼睛，以及乳白色的皮膚——更是與馬修相似得令我心驚。我緊緊抱住他們，在他們耳邊低聲承諾，他們的父親回到家會陪他們做哪些事。

我跟他們共度了勇氣允許的最長時間，才回到樓下，這次慢慢用走的，然後我要求看班哲明傳來的影片。

「伊莎波正在家族圖書室裡看它。」密麗安顯然可見的憂慮，讓我的血液降到自從蓋洛加斯忽然在博德利圖書館現身以來，最冰冷的程度。

我已為即將看到的畫面做足心理準備，但我一走進房間，伊莎波就啪一聲關上手提電腦。

「我叫妳不要帶她來，密麗安。」

「戴安娜有權知道。」密麗安道。

「密麗安說得對，奶奶。」蓋洛加斯匆匆親一下他的祖母致意。「何況嬸娘不會服從妳的命令，就像那次巴德文勒令妳不得在菲利普傷口痊癒前接近他，妳的反應一樣。」他從伊莎波指縫裡奪過手提電腦，打開蓋子。

我看到的畫面讓我發出一聲壓抑的慘叫。要不是馬修獨特的灰綠色眼睛和黑頭髮，我可能認不出他。

「戴安娜。」巴德文走進房間，他克制得很好，對我外貌上的改變不動聲色。但他是個軍人，清楚地知道，光是假裝某個東西不存在，它並不會自動消失。他以出人意料的溫柔，輕觸我的髮際線。「會痛嗎？」

「不會。」我的身體吸收了生命之書後，隨即有一棵樹出現在我身上。它的樹幹覆蓋我後頸，與我的脊椎平行。樹根散布在我肩上，樹枝在我頭髮下面舒展，包住我的頭皮。樹枝的尖端沿著我的髮際線，從我耳朵後面、我臉龐的周圍探出，就像我咒語盒上的那棵樹，樹根與樹枝在我脖子兩側以奇特的模式交纏，形成與凱爾特繩結類似的圖案。

「你為什麼會在這裡？」我問道。我們在洗禮後就沒聽到巴德文的消息。

「巴德文是第一個看到班哲明訊息的人。」蓋洛加斯解釋道。「他立刻跟我聯絡，然後通知馬卡斯。」

「雷瑟尼比我先看到。他追蹤馬修最後的手機通訊——打給妳的——找到波蘭一個地點。」巴德文道。

「艾蒂在德勒斯登見過馬修，那時他正在去柏林的途中。」密麗安報告。「他向她查問班哲明的消息。他們在一起的時候，馬修收到一則簡訊，就馬上離開了。」

「維玲趕到艾蒂那兒。她們找到馬修的足跡。有個馬卡斯的騎士看到他離開我們以前稱作布雷斯勞[86]的地方。」巴德文看一眼伊莎波。「他往東南走。馬修一定闖進了陷阱。」

「之前他都往北方前進。為什麼要改變方向？」馬卡斯皺起眉頭。

「馬修一定去了匈牙利。」我試著在腦海中想像這樣的一幅地圖。「我們找到一封高弗雷的信，提到班哲明在那兒有人脈。」

馬卡斯的電話響了。

「你找到什麼？」馬卡斯聽了一會兒，走到圖書室書桌上好幾台手提電腦中的一台前面。螢幕亮起時，他打進一個網址。出現影片中畫面的局部放大，圖像經過改良，更加清晰。其中之一是個硬板夾。另一幅是掛在椅背上的布料。第三幅是一扇窗。馬卡斯放下手機，打開擴音機。

「解釋，雷瑟尼。」他下令，聽起來像雷瑟尼的指揮官，而不是他的朋友。

「房間裡東西很少——能幫助我們確認馬修位置的線索不多。這幾件東西似乎是最有潛力的。」

「你可以放大硬板夾嗎？」

在世界的另一端，雷瑟尼開始操作畫面。

「我們用那個東西夾病歷表。所有醫院的病房裡都有它，掛在病床欄杆上。」馬卡斯歪著頭。「那是用藥紀錄表。班哲明的作法跟所有醫生一樣——量馬修的身高、體重、血壓、脈搏。」馬卡斯頓了一下。「他也記錄了馬修使用的藥物。」

「馬修沒有使用藥物。」我道。

「現在有了。」馬卡斯簡短地說。

「但吸血鬼要產生藥效，除非……」我沒再往下說。

「透過溫血人做中介。班哲明餵他——或強迫餵食——有藥物的血。」馬卡斯雙手撐著桌面，咒罵一聲。「而且這些藥並不能緩和吸血鬼的痛苦。」

---

(86) Breslau現在屬於波蘭，改名為弗羅茨瓦夫（Wroclaw），是波蘭第四大城市。

「他被灌了些什麼？」我神智麻木，我唯一活著的部分似乎就是那些像繩索一樣，穿梭我全身的樹根、樹枝等等。

「包含K他命、鴉片、古柯鹼、賽洛西賓的雞尾酒。」馬卡斯口氣平淡，但他的右眼在抽搐。

「賽洛西賓？」我問。其他幾種我至少還聽過。

「一種從蘑菇提煉的迷幻劑。」

「加起來會讓馬修瘋狂。」哈米許道。

「殺死馬修對班哲明而言太快了，達不到他的目的。」伊莎波道。「這塊布又是怎麼回事？」她指著螢幕問。

「我猜是條毯子。它大部分都不在畫面裡。但我還是把它加進來。」雷瑟尼說。

「室外沒有地標。」巴德文指出。「只看見雪與樹。這季節的中歐，類似的地方有幾千個。」

中間的畫面裡，馬修的頭微微轉動。

「有事要發生了。」我道，把手提電腦拉過來。班哲明帶著一個女孩走進房間。她頂多四歲，穿一件長長的白睡衣，領口和袖口飾有花邊。衣服上沾著血跡。

女孩的表情恍惚，大拇指含在嘴裡。

「斐碧，把戴安娜帶到別的房間去。」巴德文立即下令。

「不，我要留在這兒。馬修不會吸她的血。他不會的。」我搖頭。

「疼痛、失血和藥物已經把他逼瘋了。」馬卡斯溫和地說。「馬修不需要為他的行為負責。」

「我丈夫不會吸那個小孩的血。」我懷著絕對的信心說。

班哲明將小女童放在馬修腿上，並撫摸她的脖子。皮膚已經撕裂，傷口周圍有乾涸的血塊。

馬修鼻孔張開，直覺地知道，食物就在附近。他刻意別開頭，不看小女孩。

巴德文的目光一刻也不離開螢幕。他先是警戒地看著弟弟，然後露出不可思議的表情。一分一秒過去，他的表情變成尊敬。

「看看那種自制。」哈米許喃喃道。「他全身所有的本能一定都在吶喊，要血、要生存。」

「你還覺得馬修沒有資格領導他自己的家族嗎？」我問巴德文。

班哲明回來了，他背對我們，所以我們看不見他的反應，但這隻吸血鬼狠狠打了馬修一記耳光，明顯流露他的挫折感。也難怪我丈夫的臉會變得認不出。然後班哲明粗魯地抓起那孩子，把她的脖子湊到馬修鼻子下面。攝影畫面沒有聲音，但孩子的臉孔扭曲，嚇得尖叫。

馬修蠕動嘴唇，孩子回過頭去，她的哭泣緩和了一點。伊莎波在我身旁唱了起來。

「Der mond ist aufgegangen, Die goldnen Sternlein prangen, Am Himmel hell und klar。」（月兒已升起，金色小星星，掛天空，亮晶晶。）伊莎波配合馬修嘴唇的動作，同步唱出歌詞。

「別唱了，伊莎波。」巴德文咬緊牙關道。

「那是什麼歌？」我問，伸手去摸我丈夫的臉。即使受盡折磨，他還是令人驚訝地面無表情。

「那是德國讚美詩，一部分歌詞變成流行的搖籃曲。菲利普常唱，在……他回家以後。」傷痛與罪惡感使巴德文的臉瞬間變得很憔悴。

「那首歌描述上帝的最後審判。」伊莎波道。

班哲明的手在動。他停止的時候，孩子的身體軟綿綿倒下，頭向後彎成一個不可能的角度。雖然馬修沒有殺這個孩子，卻也救不了她。這又是一條馬修會永遠扛在自己肩上的人命。憤怒在我血管裡燃燒，熾烈而明亮

「夠了。這件事得結束。就在今晚。」我抓起一串不知什麼人扔在桌上的鑰匙。我不在乎它開的是哪輛車，誰的車，不過我希望是馬卡斯的車——因為速度最快。「告訴維玲，我上路了。」

「不！」伊莎波痛苦的喊聲讓我停下腳步。「那扇窗。幫我放大那部分畫面好嗎，雷瑟尼？」

「除了雪和樹，什麼都沒有。」哈米許皺著眉頭說。

「窗戶旁邊的牆壁。焦點集中在那兒。」伊莎波指著螢幕上髒兮兮的牆壁，好像雷瑟尼看得見她似的。但雖然看不見，雷瑟尼還是依言把鏡頭拉近。

畫面變得比較清晰，但我還是不懂伊莎波以為她看到了什麼。那面牆上有潮濕的痕跡，已經很長一段時間沒有重新粉刷。最初它可能跟地磚一樣是白色，如今已變成灰色。雷瑟尼不斷調整，畫面的解析度不斷改善。有些骯髒的斑點變成一串串數字，排列在牆上。

「聰明的孩子。」伊莎波道，她的眼睛流出寬慰的血淚。她四肢顫抖地站在那兒。「那個惡魔。我要把他撕成碎片。」

「怎麼回事，伊莎波？」我問道。

「線索在歌裡。馬修知道我們在看他。」伊莎波道。

「怎麼回事，奶奶？」馬卡斯瞪著畫面，也問道。「是數字嗎？」

「一個數字。菲利普的數字。」伊莎波指著最下面一個數字說。

「他的數字？」莎拉問。

「是奧辛維茲—柏克瑙⑻分配給他的數字。菲利普試圖解放雷文斯布律克集中營⑻時，被納粹逮捕，他們把他送到那兒。」伊莎波道。

這都是噩夢般的地名，永遠成為人類野蠻暴行的同義詞。

「納粹把數字刺青在菲利普身上——一遍又一遍。」伊莎波聲音中累積的憤怒，像警鐘般震響。「所以他們才發現他不一樣。」

「妳在說什麼？」我無法相信，然而……

「用酷刑凌虐菲利普的就是班哲明。」伊莎波道。

菲利普的形象浮現在我眼前——被班哲明弄瞎了眼，只剩空洞的眼眶，他臉上可怕的疤痕。我記得他留給我的那封信上東倒西歪的筆跡，他的身體受了太大摧殘，以至於控制不住筆的動作。

那樣對待菲利普的野獸，現在抓住了我的丈夫。

「不要擋我。」我企圖推開巴德文，衝出門去。但他牢牢拉住我。

「妳不可以落入跟他一樣的陷阱，戴安娜。」巴德文道。「那就正中班哲明下懷。」

「我要去奧辛維茲。不能讓馬修死在那個死過那麼多人的地方。」我在巴德文的掌握中掙扎。

「馬修不在奧辛維茲。菲利普被捕後不久，就被移送到盧布林市郊的馬伊達內克集中營⑻。我們在那兒找到我父親。我曾搜遍營區每一個角落，找尋其他生還者。那兒沒有像電腦上那種房間。」

「所以菲利普去到馬伊達內克之前，曾待在其他地方——另一座集中營。班哲明管理的地方。他在那兒折磨菲利普。我很確定這一點。」伊莎波道。

「班哲明怎麼可能管理集中營？」我沒聽過這種事。納粹集中營都是由俗稱ＳＳ的納粹黨衛隊管理。

「二戰的集中營有好幾萬個，遍布德國和波蘭——勞改營、妓院、研究中心、農場。」巴德文解釋道。「如果伊莎波不幸言中，那馬修可能在任何地方。」

伊莎波轉身對巴德文說：「你要留在這兒猜你弟弟在什麼地方，儘管請便，我要跟戴安娜一起去波蘭。我們會靠自己的力量找到馬修。」

⑻ Auschwitz-Birkenau，在納粹管理下，奧辛維茲集中營分為三個營區：奧辛維茲一號營區、奧辛維茲—柏克瑙二號營區，及莫諾維茨三號營區，另外還有四十五個衛星營區。

⑻ Ravensbrück，二戰期間以囚禁女性為主的納粹集中營，在柏林附近。

⑻ Majdanek，納粹設在波蘭東部的大型集中營。

「誰都不准去任何地方。」馬卡斯一掌拍在桌上。「要先有計畫才能動身。馬伊達內克到底在哪裡？」

「我來找地圖。」斐碧伸手去調電腦。

我攔住她的手。那條毯子有種奇怪的熟悉感……斜紋呢，深淺不同的褐色織成獨特的花紋。

「那是顆鈕扣嗎？」我看得更仔細一點。「這不是毯子，這是一件外套。」我再看一眼。「彼得・諾克斯有件這樣的外套。我記得在牛津看過這種布料。」

「如果有諾克斯這樣的巫族跟班哲明聯手，吸血鬼絕對救不出馬修！」莎拉喊道。

「就像一九四四年的事件重演。」伊莎波低聲道。「班哲明在玩弄馬修——也玩弄我們。」

「如果是這樣，他的目標不僅是抓住馬修而已。」巴德文交叉手臂，瞇起眼睛看著螢幕。「班哲明還要用他的陷阱捕捉另一個人。」

「他要嬸娘。」蓋洛加斯道。「班哲明要知道，她為什麼生得出吸血鬼小孩。」

班哲明要我替他生小孩，我想道。

「哼，他休想用戴安娜做實驗來找答案。」馬卡斯加強語氣道。「馬修寧死也不會讓這種事發生。」

「沒有必要做實驗。我已經知道編織者為什麼能跟有血怒的吸血鬼生兒育女了。」答案沿著我手臂，以某種早已死亡的語言，也可能是除了巫族咒語之外不曾有人使用過的文字和符號，川流不息地移動。我體內的線繩開始扭轉，形成鮮明的黃與白、紅與藍、綠與銀的螺旋。

「原來生命之書有解答。」莎拉道。「就跟吸血鬼想的一樣。」

「一切始於巫族的一個發現。」我咬緊嘴唇，以免透露更多。「馬卡斯說得對。如果我們沒有計畫，也沒有其他超自然生物支援，就去找班哲明，他就贏定了。而馬修也死定了。」

「我現在就寄一張波蘭南部和東部的公路圖給你們。」雷瑟尼在擴音機裡說。螢幕上又開了一個視窗。「奧辛維茲在這裡。」出現一面紫旗。「馬伊達內克在這裡。」一個城市的郊外跳出一面紅旗，它位在很遠的東方，幾乎已進入烏克蘭境內。兩者之間隔了極為廣大的波蘭疆域。

「我們從哪兒開始？」我問。「從奧辛維茲向東推進。」

「不用，班哲明不可能離盧布林太遠。」伊莎波堅持。「找到菲利普的時候，我們訊問的巫族說，折磨他的禽獸在那個地區，多年以來一直有人脈。我們當時以為，他們說的是納粹召募的當地人。」

「那些巫族還說了什麼？」我問。

「只說菲利普的刑求者先對坎姆的巫族用刑，然後才對我丈夫發生興趣。」伊莎波道。「他們稱他『魔鬼』。」

坎姆。我不消幾秒鐘就找到那座城市。坎姆緊鄰盧布林，在它東邊。女巫的第六感告訴我，班哲明就在那兒——或非常近。

「我們該從那兒著手。」我道，摸摸地圖上的那座城市，好像馬修能感覺我的手指似的。在畫面上，我看到他獨自一人，身旁有個死去的孩子。他的嘴唇仍在蠕動，仍在唱歌……唱給一個再也聽不見的女孩聽。

「妳為什麼那麼有把握？」哈米許問。

「因為我在十六世紀的布拉格遇見的一個巫師在那兒出生。那巫師是個編織者——跟我一樣。」我說話時，人名與族譜在我手上與臂上湧現，色澤跟刺青一樣烏黑。字跡只出現一會兒就消失了，但我知道它們的意義：亞伯拉罕・本・以利亞不是那座城市的第一個編織者——也不是最後一個。坎姆是班哲明選中做為他瘋狂嘗試生育孩子的地方。

螢幕上，馬修低頭看他的右手。那隻手在痙攣，食指不時敲打椅子的把手。

「看來他手上的神經受傷了。」馬卡斯注視他父親的手指抽動，說道。

「那不是不自主的動作。」蓋洛加斯彎腰細看，幾乎把下巴擱在鍵盤上。「那是摩斯電碼。」

「他說什麼？」想到我們可能已錯過一部分訊息，我幾乎要發狂。

「D・4・D・5・C・4。」蓋洛加斯把字母逐一拼出來。「天啊。馬修的訊息沒有意義。D・X——」

「C4。」哈米許提高聲音。「DXC4。」他興奮地歡呼。「馬修不是誤入陷阱。他是故意跳進去的。」

「我不懂。」我道。

「D4和D5是后翼棄兵（Queen's Gambit）的開頭兩步——那是西洋棋的經典起手式。」哈米許走到火爐前，那兒的桌上放了一套沈重的棋具。他移動兩顆卒子，一顆白色，一顆黑色。「白子下一步會對黑子施壓，要麼讓主棋受威脅，要麼下安全棋，導致自己的機動性受限。」哈米許又移動一顆白色卒子，放到第一顆旁邊。

「但馬修持白棋時，絕不會用后翼棄兵這種招式，他若是持黑棋，也拒絕接受挑戰。馬修總是下安全棋，保護他的王后。」巴德文的雙臂在胸前交叉。「他會不計代價保護她。」

「我知道。所以他會輸。」哈米許拿起黑子，吃掉對角線上、棋盤中央的白色卒子。「白子DXC4。接受后翼棄兵。」

「我還以為戴安娜是白王后。」莎拉打量著棋盤道。「但聽你的說法，好像馬修是下黑子。」

「他是。」哈米許道。「我猜他是要告訴我們，那孩子是班哲明的白小卒——他的犧牲子，以為那樣他就可以佔馬修的上風。佔我們大家的上風。」

「事實上呢？」我問。

「得看我們下一步怎麼做。」哈米許道。「下棋的話，黑子會續攻卒棋，爭取最後的優勢，或變得更具攻擊性，移動他的騎士。」

「馬修會怎麼做？」馬卡斯問。

「我不知道。」哈米許道。「巴德文說得沒錯。馬修從不接受后翼棄兵的挑戰。」

「沒關係，他並沒有要指揮我們的下一步行動。他只是告訴我們，不需要保護他的王后。」巴德文回頭對我說：「妳準備採取下一步行動了嗎？」

「是的。」

「妳曾經猶豫過。」巴德文道。「馬卡斯告訴過我，上次妳在圖書館遇見班哲明時的情形。但這次，馬修的生死都看妳了。」

「不會再那樣了。」我迎上他的目光，巴德文點點頭。

「妳能追蹤馬修嗎，伊莎波？」巴德文問。

「比維玲高明。」她答道。

「那我們馬上動身。」巴德文道。「通知你的騎士武裝起來，馬卡斯。叫他們到華沙跟我會合。」

「庫茲瑪在那兒。」馬卡斯道。「我抵達前，他會領導騎士。」

「你不能去，馬卡斯。」蓋洛加斯道。「你必須留在這兒照顧寶寶。」

「不！」馬卡斯道：「他是我父親。我跟伊莎波一樣能輕易嗅到他的氣味。我們需要所有的優勢。」

「你別去，馬卡斯。戴安娜也別去。」巴德文兩手撐在桌上，定睛瞪著馬卡斯和我。「截至目前發生的一切，都只是小衝突——只是前奏而已。班哲明為他的復仇籌劃了近千年。我們卻只有幾小時。我們必須在最需要我們的地方就位——不能讓感情牽著走。」

「我丈夫需要我。」我簡潔地說。

「我們先要找到妳丈夫。這件事其他人也做得到，其他人也可以戰鬥。」巴德文答道。「馬卡斯必須留在這裡，因為只有團長在這裡時，七塔才是一個合法的庇護所。」

「我們對抗高伯特與諾克斯時，就已經知道這對我們有多大幫助了。」莎拉尖酸地說道。

「一個人喪生。」巴德文的聲音像簷下的冰柱般冰冷通透。「那件事很遺憾，令人傷心，但如果馬卡斯不在這裡，高伯特和多明尼可會率領他們的孩子攻佔這個地方，你們都會送命。」

「你根本不知道那種事會不會發生。」馬卡斯道。

「我知道。多明尼可成天吹噓他們的計畫。你留下，馬卡斯，保護莎拉和孩子，讓戴安娜完成她的任務。」

「我的任務？」我挑起眉毛。

「妳，妹妹，要去威尼斯。」

一把沈重的鐵鑰匙破空飛來，我一舉起手，它便落在我掌心。鑰匙很重，有繁複的裝飾，上端的圓圈做成柯雷孟家族的咬尾蛇形狀，雕琢精美，鑰柄很長，末端鑰槽有複雜的星形結構。我在威尼斯有棟房子。我隱約記得。或許這是那棟房子的鑰匙？

房間裡全體吸血鬼都錯愕地看著我的手。我把手翻來覆去，除了原本就有的色彩、手腕上的記號和零散的字母，看不出有什麼異常。蓋洛加斯第一個恢復說話的能力。

「你不能派嬸娘去那兒。」他挑釁地推了巴德文一下，說道。「你打什麼主意，喂？」

「她也是柯雷孟家的人——我陪伊莎波和維玲去找馬修，比坐在議事廳裡斤斤計較盟約條文有用多了。」巴德文目露精光地看著我，聳肩道：「或許戴安娜有辦法改變他們的心意。」

「且慢。」現在輪到我吃驚了。「你不能——」

「讓妳在合議會上坐柯雷孟家族的席次嗎？」巴德文挑起嘴角。「啊，我可以的，妹妹。」

「我又不是吸血鬼！」

「沒有人說妳得是。父親贊成盟約的條件就是合議會永遠要保留一席給柯雷孟家族。我們必須有一個在場，合議會才能開會。我看過原始條約，上面並沒有規定家族代表一定得是吸血鬼。」巴德文搖頭嘆道：「要不是我了解狀況，一定以為菲利普有先見之明，早料到有這麼一天，把一切都安排好了呢。」

「你希望嬸娘做什麼？」蓋洛加斯質問。「就算她是編織者，她也不會製造奇蹟。」

「戴安娜必須提醒合議會，這不是第一次因吸血鬼在坎姆出沒而引起抱怨了。」巴德文道。

「合議會知道班哲明的事，卻沒有採取行動？」我無法置信。

「他們不知道那是班哲明，但他們知道那兒出了事。」巴德文答道。「就連巫族也沒興趣深入調查。諾克斯恐怕不是唯一跟班哲明合作的巫族。」

「如果是這樣，我們沒有合議會支持，恐怕到坎姆也寸步難行。」哈米許道。

「如果當地的巫族屈服在班哲明的淫威之下，我們這群吸血鬼要想成功，除了合議會的支持，還需要坎姆巫會同意才行。」巴德文補充道。

「換言之，說服薩杜・哈維倫站到我們這一邊，」莎拉指出：「甚至還要拉攏高伯特和多明尼可。」

「不可能的，巴德文。柯雷孟家族和巫族有太多宿怨未消。」伊莎波也不同意。「他們不會幫我們救出馬修。」

「**Impossible n'est pas français**（法文沒有不可能一詞）。」我提醒她。「我來應付薩杜。我去跟你們會合的時候，巴德文，你會得到合議會巫族和魔族的全力支持。不過我對高伯特和多明尼可不做任何承諾。」

「這樣的任務難度已經很高了。」蓋洛加斯警告道。

「我要我丈夫回來。」我轉向巴德文。「該怎麼做？」

「我們直接到馬修在威尼斯的房子去。合議會一直要求妳和馬修出面。他們看到我們兩個出席，就會認為我已聽從他們的要求了。」巴德文道。

「她在那兒會有危險嗎？」馬卡斯道。

「合議會要進行正式議程。我們會被監視——密切監視——但沒有人想發動戰爭。至少不會在會議結束前。我會送戴安娜到合議會的總部所在，史泰拉島上的塞斯迪納。然後她可以帶兩個隨行者進入隱修院。蓋洛加斯？費南多？」巴德文目光轉向他的姪兒和他哥哥的配偶。

「樂於從命。」費南多道：「猶夫去世以來，我還不曾參加過合議會的會議。」

「我當然要去威尼斯。」蓋洛加斯咆哮道。「如果你以為嬸娘沒有我去得成，你就是白癡。」

「我也這麼想。記住：沒有妳，他們就不能開會。會議室的門沒有柯雷孟家族的鑰匙就打不開。」巴德文解釋道。

「哦，難怪這把鑰匙上有魔法。」我道。

「魔法？」巴德文問道。

「是的。這把鑰匙鑄造時加了一道保護咒。」而且製作的巫族技巧很高明，千百年來，鑰匙上的魔力幾乎未曾減少。

「合議會在一四五四年遷到史泰拉島。鑰匙是在那時打造，從此就一直流傳下來。」巴德文道。

「哦，原來如此。施咒是為了確保你們不能複製鑰匙。如果有人嘗試，它就會自動銷毀。」我把掌心的鑰匙翻過來。「聰明。」

「妳確定要這麼做嗎，戴安娜？」巴德文密切觀察我。「承認妳還沒有再次面對高伯特和薩杜的心理準備，並不可恥。我們可以重擬計畫。」

我轉過身，毫不畏縮地迎上巴德文的目光。

「我確定。」

「好極了。」他拿起一直擺在桌上的一張紙。紙的最下端，一團圓形封蠟裡印了一個柯雷孟家族的咬尾蛇，旁邊是巴德文果決的簽名。他把紙交給我。「妳到達的時候，可以拿這個給圖書館長看。」

那是他承認畢夏普—柯雷孟家族自立門戶的正式聲明。

「不需要看到馬修怎麼對待那個女孩，我就知道他已有充分準備，足夠成立自己的家族了。」見我驚訝的表情，巴德文解釋道。

「什麼時候？」我不知還能說什麼。

「他在教堂裡讓妳介入我們之間——而沒有屈服在血怒之下——那一刻。」巴德文道。「我會找到他，戴安娜。我會帶他回家。」

「謝謝你。」我猶豫了一下，然後把那個不僅躍然我舌上，也洋溢我心頭的稱呼說出來：「哥哥。」

第三十七章

海天一色鉛灰，風勢兇猛，柯雷孟家的專機在威尼斯機場著陸。

「瞧，威尼斯的天氣真好，」蓋洛加斯和我跟在巴德文與費南多身後，走下舷梯，他替我擋著強風。

「至少沒下雨。」巴德文瞥一眼柏油路面，說道。

我聽了很多警告，對於房子一樓地板上可能積水高達一、兩吋這種事，根本不放在心上。吸血鬼安排事情優先順序的思考方式，有時真會把人逼瘋。

「拜託，我們出發了好嗎？」我大步向等待的汽車走去。

「這樣也不會讓五點鐘提前來臨。」巴德文跟在我後面說。「他們不肯更改開會的時間。那是傳——」

「傳統，我知道。」我鑽進等待中的車裡。

車子只載我們到機場的碼頭，蓋洛加斯扶我上了一艘小型快艇。閃閃發亮的駕駛盤上漆著柯雷孟的家徽，船艙窗戶都裝著深色玻璃。我們很快抵達另一個碼頭，停在大運河轉彎處一棟十五世紀豪宅的前面。以馬修這麼一個在威尼斯的商業與政界，扮演過數百年關鍵角色的人物而言，查羅孟提宅是個合乎身分的住所。哥德式立面和亮晶晶的窗戶，炫耀著財富與地位。如果來此的目的不是為了救馬修，它的華美應該會讓我沈醉，但今天這地方給我的感覺就像外面的天氣一樣陰沈。迎接我們的是一個鼻子奇大、體格粗壯的黑髮男子，他戴著鏡片極厚的圓框眼鏡，一臉受了多年苦楚的表情。

「**Benvegnùa**（歡迎），夫人。」他鞠躬道。「很榮幸歡迎您回家。每次見到您都是一大樂事，巴德維諾宗主。」

「你騙死人不償命，山托洛。我們要咖啡。給蓋洛加斯來點強烈的。」巴德文把手套和大衣交給那人，引導我向敞開的大門走去。門藏在一個小柱廊裡，不出所料，儘管門口堆了沙包，地面積水還是有幾吋高。進了門，就見鋪著赤褐色和白色磁磚的地板延伸到好遠的地方，盡頭有另一扇門。插在壁上托架裡的蠟燭照耀著深色木質鑲板，托架背後還鑲了鏡片輝映燭光。我掀開厚重的雨衣帽子，解下圍巾，打量周遭的環境。

「**D'accordo**（遵命），巴德維諾宗主。」山托洛的語氣聽起來跟伊莎波一樣有誠意。「查羅孟提夫人，您呢？馬提歐斯老爺對葡萄酒的品味很高，來一杯巴羅洛紅酒⑩好嗎？」

我搖頭。

「以後要叫馬提歐斯宗主了。」巴德文在走廊另一頭喊道。山托洛的下巴掉了下來。「別跟我說你覺得意外，你這老山羊。你慫恿馬修叛變已經幾百年了。」巴德文大步走上樓。

我摸索著解開濕透的雨衣鈕扣。現在沒有下雨，但空氣非常潮濕。我發現，威尼斯大部分都是水，靠磚塊和灰泥英勇地（也徒然地）維繫在一起。脫雨衣的時候，我窺探一眼大廳裡奢華的家具。費南多注意到我在東張西望。

「威尼斯人只懂兩種語言，戴安娜：財富與權力。柯雷孟家族兩者都精通。」他道。「何況，要不是靠馬修和巴德文，這座城市老早坍塌，掉進海裡去了，威尼斯人也知道這一點。他們來這裡都不需要做任何掩飾。」費南多接過我的雨衣外套，交給山托洛。「來，我帶妳去參觀樓上。」

為我準備的臥室用紅色和金色布置，鋪磁磚的壁爐裡已生好火，但火焰和亮麗的色彩並沒有讓我溫暖起來。費南多告退後，掩上門才五分鐘，我又跑到樓下去。

我倚著一扇突出在大運河之上、燈籠形的凸窗，坐在襯厚墊的長椅上。岩洞般幽深的壁爐裡爆出一顆火星。木頭爐台上鐫著一句熟悉的格言——**滋養我者，將毀滅我**。它讓我想起馬修，我們在倫敦度過的那段日子，還有至今仍對我的家人構成威脅的古老作為。

「拜託，嬸娘。妳一定要休息。」蓋洛加斯一看我在那兒，就擔心地低聲下氣說道。「距合議會聽妳申訴，還有好幾個小時呢。」

但我不肯動。我反而坐在鑲出圖案的鉛框玻璃窗前，瀏覽著嵌在每片玻璃裡的外界城市的片段，聽鐘聲通報時間的流逝。

「時間到了。」巴德文把手搭在我肩上。

⑽ Barolo是義大利北部出產的一種紅酒，釀製過程需要較長的陳年期，至少儲藏五年才能出售。

我站起來，轉身面對他。我穿著我從過去穿回家的那件色彩亮麗的伊麗莎白時代刺繡外套，搭配黑色高領厚毛衣和羊毛長褲。我打算穿這身衣服去坎姆，會議一結束我就立刻動身。

「鑰匙拿好了？」巴德文問。

我把它放在口袋裡。幸好這件外套原本就是為了裝下伊麗莎白時代家庭主婦的許多隨身物而設計。儘管如此，合議會會議室這把大門鑰匙的體積實在太大，塞進去有點勉強。

「那就走吧。」巴德文道。

我們在樓下找到蓋洛加斯和費南多。兩人都披著黑斗篷，蓋洛加斯替我在肩上披了一件同款式的黑絲絨斗篷。它非常古老而笨重。我把手指探進覆蓋我右側手臂的褶縫，撫摸馬修的徽章。

風勢沒有減弱，我緊抓兜帽下緣，以免它被吹開。費南多和蓋洛加斯跳進隨著運河裡的波浪上下起伏的遊艇。

我們走過滑溜溜的地面時，巴德文牢牢托住我手肘。蓋洛加斯用腳一蹬船側的繫纜栓，甲板猛然向碼頭傾斜，我趁勢跳上遊艇，鑽進船艙，蓋洛加斯跟在後面。

我們快速駛出大運河的河口，越過聖馬可大教堂前面的水域，鑽進一條貫穿城堡區的較小運河，來到市區北端的潟湖。我們經過聖米開勒大教堂的高牆，與守護墓園的柏樹林。我用手指撚轉體內的黑線和藍線，低誦幾句紀念亡者的話。

穿過潟湖時，我們經過穆拉諾和布拉諾等幾個有人居住的島，但也有幾座島上只有廢墟和沈睡的果樹。光禿禿的圍牆環護的史泰拉島出現在眼前時，我的身體有刺痛感。巴德文說，威尼斯人以為這座島受到詛咒。這也難怪。島上有魔法，除了元素魔法，還有許多個世紀以來，為了保護這地方，迴避人類好奇目光而施展的各種咒語殘餘的力量。

「這座島會發現我不該經由吸血鬼的門進入。」我告訴巴德文。我聽得見被束縛在這地方的巫族幽靈，他們在這兒逡巡，做各種安全檢查。防禦史泰拉島和塞斯迪納的巫族，功力遠比安裝博德利圖書館那套已被我解除的魔法監視系統的巫族高明。

「那就快點行動。合議會規定，凡是進入位於塞斯迪納中央的隱修院者，都不得強行驅逐。而妳有鑰匙，就有權帶兩個隨行者入內。一直都是這樣的。」巴德文鎮定地說。

山托洛熄了引擎，船順暢地停進受保護的碼頭。我們從拱門下經過時，我看到拱心石上有柯雷孟咬尾蛇的淡淡輪廓。時間與海風侵蝕了鑿刻的徽章。不經心的人看到，只會當它是一塊陰影。

進到門裡，有道階梯通往高高在上的大理石平台，階上長滿海藻。吸血鬼爬上去或許沒問題，女巫卻辦不到。我還沒想出辦法，蓋洛加斯就從船上一縱，上了平台。山托洛扔一條繩索給他，蓋洛加斯熟練地迅速把船綁在繫船柱上。巴德文回頭交代最後一分鐘的指令。

「妳進入合議會的會議室，就坐在自己的位子上，不要寒暄。合議會的議員在會議開始前總是東拉西扯聊個沒完，但這次不是普通會議，柯雷孟家族的代表永遠擔任主席。妳要盡快宣布開會。」

「好。」這是今天的事務當中我最不喜歡的部分。「我坐哪兒有關係嗎？」

「妳要面對門坐——坐在高伯特和多明尼可中間。」話畢，巴德文親一下我的臉頰。「Buona fortuna（祝好運），戴安娜。」

「帶他回家，巴德文。」我抓住他的袖子。這是我容許自己最後一次示弱的行為。

「我會的。班哲明預期他父親會去找他，他也預期妳會追著去找他。」巴德文道。「但他預期不到我會去。」

鐘聲在高處響起。

「我們得走了。」費南多道。

「照顧我妹妹。」巴德文對他說。

「我會照顧我宗主的配偶，」費南多答道：「你不用擔心。我會用生命守護她。」

費南多托住我的腰，把我高高舉起，蓋洛加斯伸手下來，抓住我的手臂。不消兩秒鐘，我就站在平台上，費南多也到了我身旁。巴德文從碼頭跳上另一艘較小的快艇。他行個禮，把船移動到碼頭區的出口。他會在那兒等到五點正的報時鐘響，代表會議已開始。

介於合議會和我中間的門非常沈重，被歲月和濕氣染成黑色。相形之下，門鎖彷彿最近才打磨過，閃亮的光澤予人神奇的感覺。我猜是魔法保持它發亮，手指輕拂一下，就證實了我的猜測。但這只是一種善意的保護咒，防範自然因素損害金屬。根據我從查羅孟提宅窗戶裡看到的景象，有商業眼光的威尼斯巫族，若能用咒語使這座城市裡的灰泥與磚塊不再碎裂，一定能賺取一筆可觀的財富。

我握住鑰匙，觸手感覺溫暖。我把它從口袋裡取出，把尖端插進鎖孔，轉動。鎖裡的機制立刻毫無怨言地啟動。

我握住沈重的門環，把門推開。望進去，只見一條黑漆漆的走廊，地上鋪著有花紋的大理石。我向黑暗中望去，能見度不到一公尺。

「我來帶路。」費南多扶起我的手臂道。

經過走道裡的陰暗，來到隱修院的朦朧光線下，我一時間什麼也看不見。眼睛恢復聚焦能力後，我看見造型優雅的雙柱承載的環形拱廊，圓環中央有個大理石水井——讓人憶起這座隱修院早在電力和自來水等現代化便利設施出現前很久就已建成。從前旅行艱困而危險的年代，合議會一開就是好幾個月，成員住在島上，直到處理完所有事務。

交談的低語聲停了。我拉緊身上的帽兜和斗篷，希望能隱藏皮膚上所有力量的標誌。厚重的衣褶也遮住了我掛在肩上的購物袋。我很快打量一下這群人。薩杜獨自站著。他避免接觸我的目光，但我知道她因再次見到我而感到不安。不僅如此，這個女巫看起來……不對勁，我的胃輕微翻了一下，是來自發覺其他女巫對我撒謊而產生的反感。薩杜穿戴著偽裝咒，但毫無效果。我知道她要隱瞞什麼。

在場的其他超自然生物依物種分組。艾嘉莎・魏爾遜跟兩個魔族站在一起。多明尼可跟高伯特在一起，交換驚訝的眼色。合議會另兩名巫族都是女性。有一個表情很嚴肅，夾雜銀絲的棕髮編成很緊的辮子，再綰成一個髻。她穿著我所見過最醜的衣服，還配了一條華麗的短項鍊。那條黃金嵌珐瑯的鍊子正中央，有幅很小的迷你肖像畫——無疑是某位祖先。另一個女巫有張和善的圓臉、臉頰嫣紅、白髮。她皮膚上完全沒有皺紋，所以無從判斷她的年齡。這個女巫也有某方面讓我不安，但我不知道原因何在。我手臂上的皮膚微微刺痛，提醒我生命之書已解答了我未說出口的問題，但我現在沒空解讀。

「我很高興柯雷孟家族已服從合議會約見這個女巫的要求。」高伯特忽然出現在我面前。我從皮耶堡之後就沒見過他。「又見面了，戴安娜・畢夏普。」

「高伯特。」我毫不退縮地迎上他的目光，雖然這麼做讓我肌肉緊繃。他憤怒地噘起嘴唇。

「我看妳還是跟以前一樣傲慢。」高伯特轉向蓋洛加斯道。「真不想看到柯雷孟家族的高貴血統被一個小娘兒們擾亂而敗壞！」

「從前他們也這麼說奶奶。」蓋洛加斯反駁道。「如果我們撐得過伊莎波，也一定撐得過這個『小娘兒們』。」

「你一旦知道這個女巫犯了什麼罪，就會改變想法。」高伯特答道。

「巴德文在哪兒？」多明尼可滿臉怒容地走過來。

上方傳來齒輪轉動與鏗鏘的響聲。

「鐘聲救了他。」蓋洛加斯道。「站一邊去，多明尼可。」

「柯雷孟家族這麼晚換代表，又不事先通知，非常不合規定，蓋洛加斯。」高伯特道。

「還等什麼，蓋洛加斯？開門呀。」多明尼可用命令的語氣說。

「鑰匙不在我手上。」蓋洛加斯和顏悅色道。「來吧，孀娘。妳有會要開。」

「你是什麼意思，鑰匙不在你手上？」高伯特問，他的聲音尖銳得蓋過了上方演奏的魔法組鐘。「你是柯雷孟家唯一在場的人。」

「並非如此。巴德文已在一星期前承認，戴安娜・畢夏普是菲利普・德・柯雷孟發血誓認養的女兒。」蓋洛加斯對高伯特嘲弄地一笑。

迴廊對面，有個女巫驚呼一聲，悄聲跟同伴說話。

「這不可能。」多明尼可道。「菲利普・德・柯雷孟半個世紀前就死了。怎——」

「戴安娜・畢夏普是時光漫步者。」高伯特憎恨地瞪著我。庭院對面那個白髮女巫的酒窩更深了。「我早該猜到的。這一切都是她發動的大型魔咒的一部分。我警告過妳，一定要阻止這個女巫。現在我們必須為妳沒有採取正確行動而付出代價。」他控訴地指著薩杜說。

報時的第一響鐘聲敲響。

「時間到了。」我明快地說。「我們可別遲到，破壞合議會的傳統。」對他們不肯同意提早開會，我仍感到不悅。

我向大門走去，掌心充滿鑰匙的重量。一共有九道鎖，除了其中一道鎖，每個鎖孔裡都插著一根鑰匙。我把鑰匙插進最後一個鎖孔，手腕一轉。開鎖機制呼呼轉動，喀嗒作響，然後門就大敞而開。

「各位先請。」我退後一步，讓其他人列隊進入。我的第一場合議會即將開始。

會議室極為華麗，火把與幾百根蠟燭照耀著燦爛的壁畫與馬賽克鑲嵌。圓形穹頂彷彿離地好幾哩高，三、四層樓的高處，還有一圈走廊。那塊高高在上的空間，是合議會存放會議紀錄之用。匆匆瞥一眼架上的清單，就知道那兒存了數千年的紀錄。除了書和手抄本。也用到更古老的書寫技術，包括捲軸和裝紙草碎片的玻璃框。成排的淺層抽屜裡說不定還有泥磚書。

我放低目光，打量會議室本體，主要是一張橢圓形的大桌，周圍擺著高背椅。就像那些鎖和開鎖的鑰匙，每張椅背上都刻有圖案。我的椅子就在巴德文所說的位置：在房間另一頭，正對著門。

一個年輕的人類女子站在門內，分給入內的每個合議員一個皮革檔案夾。起初我以為裡面裝的是會議資料。但我隨即發現每個檔案夾的厚度不一，好像是根據每個人的不同需求，從上方的架子取下來的資料。

我最後一個進入會議室，門匡噹一聲在我背後關上。

「柯雷孟夫人，」那個黑眼睛洋溢聰明才智的女子道。「我是黎瑪・賈燕，合議會的圖書館長。這是巴德文宗主為本次會議申請的資料。如果妳還需要其他資料，告訴我就可以了。」

「謝謝妳。」我道，從她手中接過資料。

她遲疑了一下。「原諒我冒失，夫人，但我們是否見過？妳看起來很面熟。我知道妳是一位學者。妳可曾到過塞維拉的龔沙維檔案室？」

「沒有，我沒去過那兒，」我補充道：「但我想我認識那個檔案室的主人。」

「我被解雇後，龔沙維先生介紹我來這裡工作。」黎瑪道。「合議會的前任圖書館長七月間心臟病發作，突然退休了。依照傳統，圖書館長必須是凡人。巴德文宗主負責找來替代人選。」

圖書館長的心臟病發作——以及黎瑪的任命——都是巴德文得知我的血誓之後幾星期內發生的事。我非常懷疑這整件事都有我的新哥哥在幕後運作。柯雷孟家族之王越來越有趣了。

「妳讓大家等妳，畢夏普教授。」高伯特暴躁地說。雖然從議員們交談的嗡嗡聲來看，只有他介意這件事。

「讓畢夏普教授適應一下環境嘛。這是她第一次開會呢。」酒窩女巫帶著濃重的蘇格蘭口音道。「你對你第一次開會的情形還有印象嗎，高伯特？或者那段快樂時光早就失落在時間的迷霧裡了？」

「給那個女巫機會，她就會用咒語束縛我們全體。」高伯特道。「不要低估她，珍納。我恐怕諾克斯在她童年做的魔法與潛能評估，有嚴重的誤導。」

「謝謝你的好意，不過我不認為我需要警告。」珍納說話時，光芒在她的灰眼中一閃而過。

我接過黎瑪手中的檔案夾，並且把摺好的那份賦予畢夏普—柯雷孟家族在吸血鬼世界中合法地位的文件遞給她。

「請妳把這個存檔，好嗎？」我問。

「很樂意，柯雷孟夫人。」黎瑪道：「合議會的圖書館長也兼任祕書。我會趁妳開會的時候，將這份文件的相關步驟處理好。」

我把確認畢夏普—柯雷孟自立門戶的文件交出去後，就繞過桌子，黑斗篷圍繞著我腳邊飄動。

「花邊很好看。」艾嘉莎在我經過時，指著自己的髮際線低聲道。「斗篷也很棒。」

我不發一言，對她微笑，繼續向前走。來到自己的座位後，我跟潮濕的斗篷奮鬥了一會兒，因為不想在脫下斗篷的同時卸下購物袋。終於我卸下斗篷，把它掛在椅背上。

「門口有掛衣鉤。」高伯特道。

我轉身面對他。他瞪大眼睛。我外套的長袖藏住了生命之書的正文，但我的眼睛暴露在外。我也故意把我的頭髮編成紅色的辮子，露出覆蓋我頭皮的樹枝尖梢。

「目前我的法力仍在躁動，有些人看到我的外表會覺得不安。」我道。「我希望把斗篷放在手邊。或者我也可以像薩杜那樣使用偽裝咒。但視覺上的隱藏就如同說謊一樣。」

我輪流盯著合議會的超自然生物看，字母和符號不斷從我眼睛裡流過，我要挑戰他們的反應。

薩杜把目光轉開，但她沒來得及掩飾恐懼的表情。突如其來的動作扯動了她蹩腳的偽裝咒。我尋找那咒語的識別標誌，卻沒能找到。薩杜的偽裝咒不是咒語，而是她自己編織出來的——技巧一點也不高明。

我知道妳的祕密，姊妹。我默默道。

我早就猜出妳有祕密。薩杜應道，她的聲音跟苦艾一樣苦澀。

哦，我這一路上又撿到更多呢。我道。

我掃視全場後，只有艾嘉莎冒險提出一個問題。

「妳發生了什麼事？」她悄聲道。

「我選擇了我的路。」我把購物袋放在桌上，坐到椅子上。那個購物袋跟我有如此緊密的聯繫，即使只隔這麼短的距離，我也有被牽扯的感覺。

「那是什麼？」多明尼可狐疑地問。

「有博德利圖書館標誌的購物袋。」我們再次取得生命之書時，我從圖書館紀念品販賣店拿了這個袋子，並且在櫃台後面的筆筒裡塞了一張二十鎊的鈔票。很湊巧，這個袋子上用紅黑兩種顏色的字母印著愛護圖書館的誓言。

多明尼可張口想問另一個問題，但我瞪他一眼，讓他閉嘴。我今天等開這個會，已經花了夠多時間，多明尼可的問題可以留待馬修重獲自由以後再問。

「我宣布會議開始。我是戴安娜・畢夏普，菲利普・德・柯雷孟發血誓收養的女兒，我代表柯雷孟家族。」我轉向多明尼可，他交叉雙臂，拒絕發言。我便繼續往下說。

「這是多明尼可・米歇勒，我左邊這位是歐里亞克的高伯特。我在牛津認識艾嘉莎・魏爾遜，也和薩杜・哈維倫在法國相處過一段時間。」她用火燒我的回憶令我的背部作痛。「恐怕其他幾位要請你們自我介紹。」

「我是渡邊治。」坐艾嘉莎旁邊的年輕男魔族道。「妳看起來很像一個漫畫角色。等一下我可以畫妳嗎？」

「當然。」我道，但願他說的那個角色不是個惡人。

「塔提雅娜・阿卡葉芙。」有雙夢幻藍眼、白金色頭髮的女魔族道。只要有輛白馬拉的雪橇，她就完全是個俄羅斯童話故事的女主角。「妳充滿答案，但我目前沒有問題。」

「好極了。」我轉向那位表情令人生畏，服裝品味也教人不敢恭維的女巫。「妳呢？」

「我是悉冬妮・封・勃克。」她戴上一副閱讀眼鏡，啪一聲翻開皮革資料夾。「我對這所謂的血誓一無所知。」

「在圖書館長報告裡。第二頁最下面，附錄的第三行。」渡邊治很幫忙地說。悉冬妮怒視著他。「我好像記得開始的部分是『吸血鬼家譜新增成員（依姓氏字母序）：阿瑪西、貝廷果、柯雷孟、狄亞茲——』。」

「是的。我看到了，渡邊先生。」悉冬妮打斷他。

「我相信輪到我介紹了，親愛的悉冬妮。」白髮女巫親切地笑道。「我是珍納・戈蒂，跟妳見面是我期待已久的樂事。我認識妳父親和母親。他們是我們族群的榮耀，失去他們我至今仍覺得很遺憾。」

「謝謝妳。」我道，這婦人簡單的肯定令我非常感動。

「我們被告知，柯雷孟家族有個動議要我們審議。」珍納溫和地把議程導入正軌。

我感激地看她一眼。「柯雷孟家族正式請求合議會協助，追捕一名畢夏普—柯雷孟子裔的成員，班哲明・福克斯。福克斯先生從他的父親，也就是我的丈夫馬修・柯雷孟那兒感染了血怒，數百年來，主要在波蘭的坎姆市一帶出沒，他不斷綁架並強姦女巫，企圖使她們懷孕。你們之中可能還有人記得，坎姆巫會曾提出相關的訴願，但合議會置之不理。截至目前為止，班哲明製造女巫—吸血鬼小孩的慾望一直受阻，主要是因為他不知道巫族很久以前就發現的一件事——也就是有血怒的吸血鬼可以透過生物方式繁殖，但對象只限於一種有『編織者』之稱的特殊女巫。」

室內鴉雀無聲。我深深吸一口氣，繼續說下去。

「我丈夫為了使班哲明暴露形跡，親自前往波蘭，但目前他已在當地失蹤。我們相信班哲明已抓到他，並把他囚禁在二次大戰期間，一個被納粹當作勞改營或研究實驗室的設施裡。拉撒路騎士團已承諾要救回我丈夫，但柯雷孟家族也需要巫族和魔族的協助。一定要阻止班哲明。」

我再掃視一眼會議室。除了珍納・戈蒂，每個人都張著嘴，驚訝得說不出話來。

「要討論嗎？或我們直接表決？」我問，希望能搶佔先機，避免冗長的辯論。

一段漫長的沈默後，合議會的議堂裡一片憤怒的爭吵聲，所有代表都提高嗓門，向我發出質疑，並且互相指責。

「那就討論吧。」我道。

第三十八章

「妳一定要吃點東西。」蓋洛加斯堅持道，把一份三明治塞到我手裡。

「我得回裡面去。馬上就要舉行第二輪投票了。」我把三明治推開。巴德文在許多指示當中，特別提醒過我，合議會的投票程序非常複雜：任何動議都要投三輪票，其間穿插討論。合議會成員考慮——或假裝考慮——對立的意見時，常出現前後兩輪投票結果截然不同的現象。

第一輪投票我輸了，八票反對，一票——我——贊成。有人基於程序問題投反對票，因為馬修和我觸犯了盟約，而合議會已同意支持那古老的約定。還有人反對是因為血怒的危害對所有溫血人——魔族、凡人與巫族——的健康與生命都構成威脅。有人拿出吸血鬼殺人的新聞報導，高聲朗讀。塔提雅娜反對救助坎姆的巫族，她痛哭流涕宣稱，他們曾對她去那兒度假的外婆施咒，害她全身長滿疔瘡。再怎麼解釋，也不能說服塔提雅娜相信她心目中的城市其實是切博克薩雷[91]，儘管黎瑪還拿了空照圖來證明坎姆沒有瀕臨伏爾加河。

「巴德文或維玲有消息嗎？」我問。史泰拉島的手機收訊不良，塞斯迪納又是四壁密封，接收訊號唯一的辦法就是站在露天的迴廊正中央，讓雨淋得全身濕透。

「沒有。」蓋洛加斯把一杯茶塞進我手中，壓下我的手指去握緊茶杯。「喝下去。」

但我擔心馬修，又對合議會拜占庭式的規章不耐煩，腸胃翻來攪去。我把杯子交還蓋洛加斯，一口也沒碰。

「不要在意合議會的決議，嬸娘。我父親常說，第一輪投票只是擺擺姿勢，多半的時候第二輪投票的結果會跟第一輪相反。」

我拿起博德利圖書館的購物袋，點點頭，走回會議室。一進門就迎上高伯特和多明尼可敵意的眼光，我不禁懷疑，猶夫對合議會政治的看法是否過度樂觀。

「血怒！」高伯特抓住我的手臂獰聲道。「柯雷孟家族怎麼可以瞞著我們？」

「我不知道，高伯特。」我甩開他的掌握道。「伊莎波在你家住了好幾個星期，你也沒發現什麼。」

「已經十點半了。」悉冬妮踱進來。「我們午夜要休會。趕快結束這個爛案，繼續處理更重要的事務——比方針對畢夏普家族違反盟約的調查。」

世上沒有比剷除班哲明更重要的事，但我咬緊嘴唇，坐回位子上，把購物袋放在面前的桌上。多明尼可伸手去拿，對裡面的東西仍感好奇。

「別碰。」我瞪他一眼。顯然我的眼睛表達力很強，因為他立刻把手縮回去。

「所以，悉冬妮，就我的理解，妳有問題要問，是嗎？」我忽然問她。雖然她聲稱要盡快達成決議，事實上她卻是討論時的最大障礙，不論什麼事情，她都可以扯上一堆不相干的細節，讓我很想尖叫。

「完全沒有。」她神氣活現道。「我只不過希望我們能更有效率地斟酌這件事。」

「我還是反對介入這件很明顯的家務事。」高伯特道。「柯雷孟夫人提案，希望這件不幸的事得到更多關注。但拉撒路騎士團已趕到現場，正在找她丈夫。最好讓它順其自然發展。」

「那麼血怒呢？」這是薩杜除了第一輪投票時說「反對」之外，第一次發言。

「血怒的事由吸血鬼處理就好。我們會懲戒柯雷孟家族在判斷上的重大錯誤，並採取適當步驟，找到所有的感染者，消滅他們。」高伯特搭起雙手手指，掃視會議桌。「這件事你們儘管放心。」

「我同意高伯特的看法。更重要的是，有惡疾的宗主不能創立新子裔。」多明尼可道。「這是無法想像的。馬修・柯雷孟必須處死，他所有的子孫得跟他一起死。」這隻吸血鬼眼睛發亮。

渡邊治舉手，等候許可。

「怎麼樣，渡邊先生？」我朝他點頭。

「什麼是編織者？」他問。「他們跟有血怒的吸血鬼有什麼共通點？」

「你為什麼覺得他們有共通點？」悉冬妮厲聲問道。

「認為有血怒的吸血鬼跟編織的女巫有共通點，是很合理的推論。否則戴安娜跟馬修怎麼生得出孩子？」艾嘉莎期待地看著我。我還來不及回答，高伯特就站起來，居高臨下地看著我。

「那就是馬修在生命之書裡發現的祕密？」他問道。「你們挖掘出什麼可以結合兩個物種的咒語？」

---

(91) Cheboksary，俄羅斯楚瓦什共和國的首府，在東歐平原中部，是伏爾加河上的河港，距坎姆非常遠。

「坐下，高伯特。」珍納已持續編織了好幾個小時，不時抬頭發表睿智的評論，或露出和善的微笑。

「這女巫一定得回答！」高伯特叫道。「到底是什麼咒語，妳施了什麼法？」

「答案都在生命之書裡。」我把購物袋拖過來，取出那本在博德利圖書館藏匿多年的書。

會議桌四周的人都發出驚呼。

「這是詭計。」悉冬妮宣稱。她站起身，繞過桌子走過來。「這就是巫族失落的咒語之書嗎？我要查看。」

「它是血族失落的歷史。」她經過多明尼可的座位時，他咆哮道。

「拿去。」我把生命之書交給悉冬妮。

這女巫試著解開扣子，把金屬扣拉了又壓，但那本書就是不肯配合。我伸出雙手，書就飛過來，急於回到它歸屬的地方。悉冬妮與高伯特交換了一個意味深長的眼色。

「妳打開它，戴安娜。」艾嘉莎道，眼睛睜得滾圓。我想起好幾個月前，她在牛津說過的話——也就是艾許摩爾七八二號不僅屬於巫族和血族，也屬於魔族。不知何故，她已經猜到這本書的內容了。

我從桌上拿起生命之書，合議會成員聚攏到我身旁。我一碰，扣子就開了。空中先瀰漫一陣低語與嘆息聲，接著束縛在書頁裡的無數超自然生物幽靈的殘跡湧了出來。

「史泰拉島上禁止使用魔法。」多明尼可抗議道，他聲音中帶著驚慌。「告訴她，高伯特！」

「如果我用魔法，多明尼可，你會知道的。」我反駁道。

多明尼可臉色發白，那些幽靈的形體變得更清晰，化為拉長的人形，眼睛是空虛的黑洞。

我把書翻開，所有的人都湊上前來，想看個清楚。

「書上什麼也沒有。」高伯特氣歪了臉，說道。「書是空白的。妳對我們的起源之書做了什麼？」

「這本書聞起來……很奇怪。」多明尼可懷疑地嗅著空氣。「像死去的動物。」

「不對，像死去的超自然生物。」我掀動書頁，讓那股味道飄散到空中。「魔族、血族、巫族，都在書裡面。」

「妳是說……」塔提雅娜滿臉驚恐。

「沒錯。」我點頭。「那是用超自然生物的皮膚做的紙，書頁用超自然生物的頭髮縫合。」

「但文字呢？」高伯特提高音量問道。「生命之書應該有很多疑問的解答。它是我們的祕密寶典——吸血鬼的歷史。」

「你的祕密寶典在這裡。」我拉起袖子。字母與符號在我皮膚下面旋轉、奔走，像池塘裡的水泡浮上表面，隨即破散。我不知道我的眼睛現在是什麼狀況，但我猜裡面也有一大堆字跡。薩杜避開我的目光。

「妳對它施法。」高伯特吼道。

「生命之書老早就被施法了。」我道。「我只不過翻開它而已。」

「而它選擇了妳。」渡邊治伸出一根手指，碰一下我手臂上的字母。好多字母聚集在他的皮膚與我的皮膚接觸的那個點，然後又舞動著跑開。

「為什麼這本書要選擇戴安娜・畢夏普？」多明尼可問。

「因為我是編織者——創造咒語的人——我們這種人所剩不多。」我再次找尋薩杜。她嘴唇緊緊抿在一起，眼神求我保持沈默。「由於我們有太多創造力，所以巫族的同種要殺害我們。」

「就是使妳能創造新咒語的那種力量，使妳能創造新生命。」艾嘉莎道，興奮之情非常明顯。

「那是女神賦予女性編織者的天資。」我答道。「並非所有編織者都是女性，當然。我父親也是編織者。」

「不可能。」多明尼可咆哮道。「又是這個女巫編的鬼話。我從來沒聽說過編織者，還說血怒這種自古以來的禍殃，會蛻變成更危險的形式。說到女巫跟吸血鬼生的孩子，我們不能讓這種邪惡生根。他們一定會變成匪夷所思的惡魔，完全無法控制。」

「你說這種話，恕我無法苟同，多明尼可。」珍納道。

「憑什麼？」他不耐煩道。

「因為我就是這樣的生物，而且我毫不邪惡，更不是什麼惡魔。」

從我到達以來，所有的注意力第一次沒放在我身上。

「我的外婆是編織者與吸血鬼的孩子。」珍納的灰眼睛盯著我不放。「高地的每個人都叫他魔鬼班。」

「班哲明。」我倒抽一口氣。

「是。」珍納點頭。「年輕女巫都聽說過，沒有月亮的晚上要小心，別讓魔鬼班抓到她們。我的曾外婆依瑟貝・戈蒂不聽。他們瘋狂熱戀。傳奇說他咬她的肩膀。魔鬼班離開時，不知道自己留下了一個女兒。我取了跟她一樣的名字。」

我低頭看自己的手臂。像某種魔法拼字遊戲，字母浮現，排列出人名：珍納・戈蒂乃依瑟貝・戈蒂與班哲明・福克斯之女。所以珍納的外婆是個光明族。

「妳外婆是什麼時候受孕的？」一個光明族的生平或許能告訴我，我的孩子的未來。

「一六六二年。」珍納道。「珍納外婆一九一二年去世，保佑她，活了兩百五十歲。她一直到最後都保持著美貌，但珍納外婆跟我不一樣，她比較是個吸血鬼而不是女巫。她很自豪帶動了巴班西[92]的傳說，無數個男人被她勾引上床，只換來死亡和毀滅。還有珍納外婆被惹怒的時候，大發雷霆的模樣真可怕啊。」

「那妳現在的年齡……」我瞪大眼睛。

「我明年就一百七十歲了。」珍納道。她喃喃念了幾個字，白髮就變成薄暮的黑。再念幾個字，她的皮膚就變得潔白，散發珍珠光澤。

珍納・戈蒂看起來頂多三十歲。我的孩子的人生開始在我的想像中成形。

「那妳的母親呢？」我問。

「我母親活了整整兩百歲。每過一代，我們的壽數就變短一點。」

「妳怎麼在人類眼前隱藏自己？」渡邊治問道。

「我想，就跟吸血鬼一樣吧，靠一點運氣，靠巫族同儕幫點忙，還有靠凡人不想正視真相的意願。」珍納答道。

「真是徹底的胡說八道。」悉冬妮憤懣不平地道：「妳是個有名的女巫，珍納。妳施咒的能力廣受推崇。妳出身巫族名門。妳為什麼要用這種故事玷污家族聲望，我實在想不通。」

「就這麼回事。」我道，聲音很低。

「什麼回事？」悉冬妮聽起來像個暴躁的小學老師。

「這樣的厭惡。這樣的恐懼。這樣對整個世界和它的運作方式，堅持愚騃的期待，凡是不合妳預期的一切，就痛恨到底的心態。」

「聽我說，戴安娜・畢夏普——」

但我聽夠了悉冬妮或任何用盟約當擋箭牌、掩飾自己黑暗內心的人。

「不。妳才要聽我說，」我道。「我父母是巫族。我是一個吸血鬼以血誓收養的女兒。我的丈夫，也是我孩子的父親，是一個吸血鬼。珍納也是女巫和吸血鬼的後裔。妳什麼時候才肯放棄假裝追求血統純粹是巫族的理想。」

㊾ Baobhan sith是蘇格蘭民間故事中的吸血女妖精，白天以美女現身，受引誘的男子夜間就淪為她的食物。

悉冬妮僵住了。「這種理想確實是存在的。我們的力量就是這樣才能維持。」

「不對。我們的力量就是這樣才逐漸消失。」我反駁道。「如果我們繼續遵守盟約，再過幾世代，我們就一點力量都不剩了。那個協議整個的作用就是阻止物種交流與生育後代。」

「一派胡言！」悉冬妮大叫。「盟約的第一優先目標就是保障我們的安全。」

「錯了。擬定盟約是為了防堵生出珍納這樣的小孩：強大、長壽，既不是巫族，也不是血族，更不是魔族，而是介於他們之間。」我道。「所有超自然生物都害怕他們。班哲明企圖控制他們。我們不能讓他成功。」

「介於他們之間？」珍納挑起眉毛。我現在看得更清楚，她的眉毛黑得像黑夜。「所以這就是解答嘍。」

「什麼的解答？」多明尼可問道。

但我還不打算公開這一個來自生命之書的祕密。要先等密麗安與克里斯找到科學佐證，支持手抄本透露的消息才行。再一次，塞斯迪納的鐘聲救了我，鐘聲響起，我把問題敷衍過去。

「快到午夜了。我們必須休會。」艾嘉莎・魏爾遜道，她的眼神發亮。「我再問一遍。合議會要不要幫助柯雷孟家族永遠翦除班哲明・福克斯？」

大家都回到位子上，我們按席次逐一投票。

這回合投票的結果比較讓人振奮：四票贊成，五票反對。我在第二輪投票中頗有進展，贏得艾嘉莎、渡邊治和珍納的支持，但還不足以保證明天的第三輪投票會產生什麼樣的結果。尤其我的老仇家高伯特、多明尼可和薩杜都堅持原來的立場。

「會議在明天下午五點繼續。」想到延長的每一分鐘，馬修都在做班哲明的階下囚，我再度爭取提早開會，但我的要求依舊被拒絕了。

我疲憊地收起我的皮革資料夾——我根本沒打開過——和生命之書。過去七個小時使我心力交瘁。我不斷想著馬修，以及合議會一味兜圈子，不肯表明立場這段期間，他又受了多少折磨。我也擔心我那對父母都不在身旁的孩子。我等著室內的人都走光。珍納・戈蒂和高伯特是最後離開的。

「高伯特？」我喊道。

他停下出門的腳步，背對著我。

「我沒有忘記五月發生的事。」我道，魔法在我手上熊熊燃燒。「總有一天，我會讓你為艾米莉・麥澤的死負責。」

高伯特回過頭來。「彼得早說過妳和馬修有所隱瞞，我該聽他的話。」

「班哲明難道沒有老早就告訴你，女巫發現了什麼？」我問。

高伯特年老成精，不會這麼容易被套出真相。他不悅地嘟起嘴唇。

「明晚再見。」他對珍納和我中規中矩地微鞠一躬。

「我們應該叫他魔鬼伯特。」珍納評論道。「他跟班哲明可以配成一對魔鬼搭檔。」

「確實如此。」我心神不寧地答道。

「明天妳有空一起吃中飯嗎？」我們步出會議室，走進迴廊時，珍納問道。她富於音樂感的蘇格蘭口音讓我想到蓋洛加斯。

「我嗎？」即使經歷過今晚發生的事，她願意公開與柯雷孟家族為伍，還是讓我很驚訝。

「我們都裝不進合議會的小框框，戴安娜。」珍納道，光滑的皮膚上浮起笑窩。

蓋洛加斯和費南多在迴廊上等我。蓋洛加斯見我跟女巫同行就皺起眉頭。

「還好吧，嬸娘？」他擔心地說。「該走了。時間不早了。」

「離開前，讓我跟珍納很快說幾句話。」我在珍納臉上搜索，找尋她向我示好是基於邪惡動機的徵兆，但我只看見關懷。「妳為什麼要幫我？」我直截了當問。

「我答應菲利普要幫妳。」珍納道，她把編織袋扔在腳邊，捲起上衣的袖子。「妳不是唯一皮膚上寫著故事的人，戴安娜・畢夏普。」

她手臂上刺著一串數子。蓋洛加斯咒罵一聲。我低聲驚呼。「妳跟菲利普一起關在奧辛維茲？」我的心懸在喉頭。

「不。我在雷文斯布律克。」她道：「我被捕當時，正為特別行動執行處㊈在法國工作。菲利普企圖釋放那座集中營的人，但納粹抓到他之前，他只救出了我們幾個人。」

「妳知道菲利普後來離開奧辛維茲，被關在哪兒嗎？」

「不知道，不過我們曾經試圖找他。他落入魔鬼班手中嗎？」

「是的。」我答道。「我們認為他在坎姆附近。」

「班哲明也有巫族為他工作。我記得當時我覺得很困惑，為什麼坎姆方圓五十哩之內，都被濃霧籠罩。我們無論怎麼嘗試，都找不到路穿過。」珍納目中含淚。「很抱歉我們沒救出菲利普。這次我們會表現得好一點。這攸關畢夏普—柯雷孟家族的榮譽。畢竟我也算是馬修・柯雷孟的親戚。」

「說服塔提雅娜應該比較容易。」我道。

「塔提雅娜就甭想了。」珍納搖著頭說。「她迷戀多明尼可。她穿那身毛衣不僅為了凸顯身材，也是要隱藏多明尼可的咬痕。我們最好改去說服薩杜。」

「薩杜・哈維倫不可能幫我的。」我想起我們在皮耶堡的情形。

「哦，我相信她會的。」珍納道。「我們只要解釋給她聽。如果她不幫忙，我們就把她交給班哲明來換回馬修。無論如何，薩杜跟妳一樣是編織者。說不定芬蘭編織者的生育能力會比坎姆那批強。」

薩杜住在查羅孟提宅隔著大運河對面，一個安靜的廣場邊緣的小旅館。它從外面看起來很平凡，有五顏六色的花槽，窗戶上有貼紙，公告它在本地同類旅館中的評等（四顆星）、接受的信用卡種類（全部）。

進到屋裡，正常的表面就立刻拆穿。

老闆娘蘿拉・馬利佩洛坐在前面大廳的一張書桌後面，身穿紫色與黑色絲絨，正在洗一副塔羅牌。她的頭髮紛亂捲曲，黑髮裡攙雜著幾縷銀絲。信箱上掛著一個用黑色紙蝙蝠串的花環，滿屋子鼠尾草和龍血香的味道。

「我們客滿了。」她看著牌張沒抬頭，嘴角叼著一根香煙，煙也是紫色和黑色，跟她的衣服一樣。一開始我以為煙沒點上，畢竟馬利佩洛太太就坐在一塊禁止吸煙的牌子下面。但這女巫隨即深深吸了一口。這根煙還真沒有煙，雖然煙頭發出紅光。

「聽說她是全威尼斯最有錢的女巫。她賣魔法香煙賺了很多錢。」珍納不滿地打量她。珍納又披上偽裝咒，不經心的旁觀者看去，只以為她是個弱不禁風的九十歲老太太，而不是身材姣好的三十多歲女郎。

「抱歉，姊妹，但本週有巫族划船競賽，威尼斯這一帶都沒有房間了。」馬利佩洛太太的注意力仍放在紙牌上。

我看到全城到處貼有主題節舉行貢多拉年度划船大賽的告示，看誰能從聖多馬大教堂最先划到里阿爾托。不消說，比賽分兩場：早晨是官方比賽，午夜場的船賽則更刺激，也更危險，不僅靠蠻力，也用到魔法。

---

(93) Special Operations Executive，簡稱SOE，是英國在二次大戰期間成立的情報單位，主要活動包括間諜、破壞、偵查等，並扶持佔領區的反抗組織。它的活動範圍早期以歐洲大陸為主，戰爭後期也兼及東南亞。據戰後揭露的資料顯示，SOE曾雇用三千多位婦女人員。

「我們對房間沒興趣，馬利佩洛太太。我是珍納・戈蒂，這位是戴安娜・畢夏普。我們來找薩杜・哈維倫談合議會的事——如果她沒去練習貢多拉的話。」

這名威尼斯女巫震驚地抬起頭，黑眼睛瞪得老大，香煙垂了下來。

「十七號房，是嗎？不麻煩妳了。我們自己去找她。」珍納對目瞪口呆的女巫微笑，就拉著我往樓梯的方向走去。

「珍納・戈蒂，妳簡直是一台推土機。」我被她推進走廊時，佩服地說。「而且是讀心術高手。」這種魔法技能真有用。

「妳這麼說真是太好了，戴安娜。」珍納敲門。「打掃房間！」

沒有回應。經過昨晚的馬拉松會議，我對等候很不耐煩。我伸手握住門把，念了開門咒，門就開了。薩杜在裡面等我們，雙手高舉，準備使用魔法。

我抓起她周圍的線，用力抽緊，綑得她雙臂貼在身側，動彈不得。薩杜驚呼。

「妳對編織者知道些什麼？」我質問。

「不及妳多。」她答道。

「所以妳才在皮耶堡對我那麼惡劣嗎？」我問。

薩杜表情強硬，她的行動完全是為了保護自己，所以並不後悔。「我不會讓妳拆穿我的祕密。如果他們知道編織者的能耐，會把我們通通殺光。」薩杜道。

「只因為我愛馬修，他們已經要殺我了。我有什麼損失？」

「妳的孩子。」薩杜啐了一口。

結果證明，她這麼說太過分了。

「妳不配擁有女巫的天賦。我要束縛妳，薩杜・哈維倫，剝奪妳的魔法與技能，將妳交到女神手中。」我左手的食指把線再抽緊一吋，綁一個緊緊的結。我的手指發出深紫色的光。我已發現這是正義的顏色。

薩杜的力量颼一聲離開了她，也吸走了房間裡的空氣。

「妳不可以用咒語束縛我！」她喊道。「這是禁止的！」

「跟合議會去檢舉我啊。」我道。「但妳那麼做之前，要知道一點：沒有人能解開那個束縛妳的結——除了我以外。況且妳現在這副德性，對合議會有什麼用？如果妳要保住席位，就必須保持沈默——而且希望悉冬妮沒注意到。」

「妳做這種事會付出代價的，戴安娜・畢夏普！」薩杜指天發誓。

「我已經付過代價了。」我道。「還是妳忘了，妳曾經假姊妹團結的名義，對我做過什麼事？」

我慢慢走上前。「受咒語束縛，比起班哲明一旦發現妳是編織者，會怎麼對待妳，根本不算什麼。妳無法防衛自己，一定會完全受他擺布。我看過班哲明怎麼對付他試圖讓她受孕的女巫。就連妳這種人，也不該落到那種下場。」

薩杜眼中閃現恐懼。

「今天下午表決柯雷孟提案時，妳要投贊成票。」我鬆開薩杜的手臂，卻沒有解除限制她能力的束縛咒。「即使不為馬修，也該為妳自己。」

薩杜試圖用她的魔法攻擊我，卻失敗了。

「妳沒有法力了。我不騙妳，姊妹。」我轉身，大步走開。到了門口，我轉過身。「不要再用我的孩子威脅我。如果再犯，妳會求之不得我把妳扔進地洞裡，從此忘掉世上有妳這個人。」

高伯特企圖用程序做藉口，拖延最後一輪投票，他說目前執行委員會的章程不符合十字軍時代制訂的成立要點。該文件規定，開會時必須有三個吸血鬼、三個巫族、三個魔族。

珍納阻止我把那畜生掐死，很快地解釋道，因為她和我都是一半血族，一半巫族，所以議會的族群分配仍保持平衡。趁她用血統百分比辯護時，我把高伯特所謂的成立要點拿來檢查，發現好些詞彙，例如「不可分割的」（unalienable），都是十八世紀以後出現的新詞。我提出一份清單，用一大堆在語言學上乖離時代的字彙，證明這不是什麼十字軍時代的文件。高伯特怒目瞪著多明尼可，強詞奪理說，這顯然是後人抄寫失落的原始文本時做的更動。

沒人相信他。

珍納和我在投票中勝出：六比三。薩杜按照我們的要求投票，垂頭喪氣地認輸。就連塔提雅娜也加入我們，這要感謝渡邊治花了整個上午的工夫，畫出一副精確的地圖，不僅有坎姆，也包括俄羅斯所有Ch開始的城市，證明那個波蘭城市裡的女巫跟她外婆的皮膚病毫無關係。看他們兩個手牽著手走進會議室的模樣，我猜她不僅換了立場，也換了男朋友。

計完票，登記了票數，我們沒有留下來慶祝。蓋洛加斯、珍納、費南多和我立刻搭柯雷孟私家快艇，越過瀉湖，直奔機場。

照預定計畫，我發了一則三個字母的簡訊給哈米許，通知他投票結果：QGA。意思是「接受后翼棄兵」，代表合議會已被說服，同意支持援救馬修。我們不知道有沒有人監視我們的通訊，所以小心為上。

他立刻回覆。

幹得好。準備好等你們來。

我跟馬卡斯聯絡，他告訴我雙胞胎總是肚子餓，完全霸佔了斐碧的注意力。馬卡斯還說。傑克的狀況非常好。

跟馬卡斯通話後，我又發簡訊給伊莎波。

擔心主教對。

這也是出自西洋棋的暗語。我們把做過羅馬主教的高伯特和他的跟班多明尼可稱作「主教對」，因為他們經常同進同出。最近這次挫敗後，他們一定會報復。高伯特可能已警告諾克斯，我贏了投票，而且正在趕去途中。

等了比馬卡斯更久的時間，才收到伊莎波的回覆。

主教對無法將死我們的國王，除非王后和城堡讓步。

停了很久，又傳來一則簡訊。

除非我先死。

第三十九章

寒風刺進我單薄的斗篷，狂風威脅要把我劈成兩半，使我瑟縮不前。我不曾體驗過這麼冷的天氣，真不知怎麼有人熬得過坎姆的冬季。

「就是那兒。」巴德文指著下面山谷裡，擠在一起的幾間矮房子。

「班哲明至少帶了十幾個他的孩子。」維玲站在我旁邊，手中拿著一副望遠鏡。她把望遠鏡遞給我，以防我的溫血人眼力不夠好，看不到我丈夫被囚禁的地方，但我回絕了。

我很清楚馬修在哪裡。距離他越近，我的法力就越加騷動不安，跳到我皮膚的表面，像要竄出來。此外，我的第三隻眼也彌補了身為溫血人的缺點。

「我們等黃昏發動攻勢。那時班哲明的孩子會有一小隊出來狩獵。」巴德文臉色陰沈。「他們在坎姆和盧布林找獵物，把遊民和衰弱的人帶回來，充當他們父親的食物。」

「等？」過去三天來，我什麼都沒做。「我不願意再多等一分鐘！」

「他還活著，戴安娜。」伊莎波這句話應該能給我安慰，但想到我們在外面等待天黑時，馬修還要再受六小時的苦，我心周圍的一層冰殼就結得更厚了。

「我們不能在這個營地有十足力量時發動攻勢。」巴德文道。「我們要講戰略，戴安娜——不能感情用事。」

思考——活下去。我很不甘願地放棄馬上解救馬修的夢想，專心思考眼前的挑戰。「珍納說，諾克斯在主建物周圍設了防護網。」

巴德文點頭道：「我們等妳來解除它。」

「騎士就戰鬥位置，班哲明怎麼可能不發覺？」我問。

「今晚，拉撒路騎士團會利用地道潛入班哲明的營地。」費南多表情很審慎。「二十人，或許三十人，應該就夠了。」

「坎姆是白堊岩地形，妳知道，地層像蜂巢般，到處是地道。」哈米許打開一張粗略的小地圖解釋道。「納粹摧毀了其中一部分，但班哲明保持這部分暢通。地道銜接他的營地和市區，讓他和他的孩子不需要在地上露面，就能進入城市狩獵。」

「難怪追蹤班哲明的形跡那麼困難。」蓋洛加斯看著那個地下迷宮喃喃道。

「騎士都在哪裡？」我到目前還沒看見據說已趕到坎姆的部隊。

「正待命中。」哈米許答道。

「費南多會決定何時派他們進入地道。他是馬卡斯的元帥，一切由他指揮。」巴德文對費南多示意道。

「事實上是我指揮。」馬卡斯忽然在雪地裡出現。

「馬卡斯！」我把帽兜掀開，心頭一陣恐懼。「芮碧嘉和菲利普怎麼了？他們在哪裡？」

「沒事。雙胞胎在七塔，跟莎拉、斐碧和三十多位騎士在一起——每個人都是根據他對柯雷孟家族的效忠程度，和對高伯特及合議會的反感程度而精挑細選的。密麗安和克里斯也在那兒。」馬卡斯握住我的手。「我不能坐在法國等消息。我尤其想在救出我父親這件事上出點力。而且馬修自由以後可能也需要我。」

馬卡斯說得對，馬修會需要一個醫生——一個了解吸血鬼，知道如何治療他們的醫生。

「傑克呢？」我只想得出這句話，雖然馬卡斯的話已經使我的心跳頻率恢復到幾近正常。

「他也很好。」馬卡斯氣定神閒地說。「昨晚我告訴傑克，他不能跟我來時，他還發了一頓脾氣。但瑪泰被激怒的時候，也可以變得非常潑辣。她威脅再也不讓傑克見到菲利普，就讓他立刻冷靜下來了。傑克從不讓菲利普離開他的視線，他說不論發生什麼事，保護教子是他的責任。」馬卡斯轉向費南多道：「跟我說說你的計畫。」

費南多詳細說明行動內容：騎士部署在什麼地方，什麼時候向營地發動攻勢，蓋洛加斯、巴德文、哈米許，現在再加上馬卡斯，分別扮演什麼角色。

雖然聽起來毫無漏洞，我仍然很擔心。

「怎麼了，戴安娜？」馬卡斯發覺我的不安，問道。

「我們的計畫主要靠出其不意。」我道。「萬一高伯特或多明尼可已警告了諾克斯與班哲明，怎麼辦？就連薩杜也可能認為，只要能贏得諾克斯的信任，她就不用擔心班哲明。」

「別擔心，嬸娘。」蓋洛加斯向我保證，藍眼睛呈現暴風雨前的陰霾。「高伯特、多明尼可和薩杜都還在史泰拉島。拉撒路騎士團已包圍了他們。他們沒辦法離開那座島。」

蓋洛加斯的話絲毫未能減輕我的擔憂。唯一的辦法就是救出馬修，永遠結束班哲明的陰謀詭計。

「準備檢查防護網了嗎？」巴德文問，他知道找點事給我做，有助於緩和我的焦慮。

我換下醒目的黑斗篷，穿上跟雪地同色的灰白連帽皮衣後，巴德文和蓋洛加斯把我帶到距班哲明的營地只有咫尺之遙的地方。我默默地研究這個區域的防護網。有幾個警報咒，有一個我猜會引起大火或風暴的元素咒語，還有很多個用於拖延攻擊者進度、爭取應變時間的聲東擊西咒。諾克斯用的咒語都很複雜，但它們大都古老而陳舊。我沒多久就解開繩結，使這個營地成為不設防地帶。

「我需要兩小時和珍納。」我們撤退時，我低聲對巴德文說。

珍納和我解除了營地的隱形鐵刺圍牆。但有一個警報咒我們不能動。它直接跟諾克斯連接在一起，我擔心只要碰到那個結，就會讓他發覺我們。

「那小子真聰明。」珍納用疲倦的手擦一把眼睛道。

「太聰明對他不是好事。他的咒語很懶惰。」我道。「交叉太多次，卻沒有足夠的線。」

「這件事結束後，我們要在火爐邊暢聊幾個晚上，妳要給我解釋妳剛說的話是什麼意思。」珍納警告道。

「這件事結束後，馬修回到家，我會開開心心地下半輩子都坐在火爐邊不要動。」我答道。

蓋洛加斯一直在附近徘徊，讓我意識到時間不斷流逝。

「該走了。」我簡短地說，對那個沈默的高盧人點一下頭。

蓋洛加斯堅持要我們吃點東西，把我們帶到坎姆的一家小餐館。我勉強喝下幾口茶，吃了些熱牛奶蛋糕，讓轟轟作響的暖氣機融化我的四肢。

一分鐘一分鐘過去，餐廳暖氣系統有節奏的金屬碰撞聲，開始聽來像警鐘。終於蓋洛加斯宣布時間到，我們要去跟馬卡斯的部隊會合。

他帶我們到市郊一棟戰前的房屋。屋主欣然交出鑰匙，直奔氣候溫暖的地區，因為他已換到一筆優渥的度假租金，以及回來時漏水的屋頂會修好的承諾。

在地下室集合的吸血鬼騎士，大部分我都很陌生，只有幾張面孔我在雙胞胎受洗時見過。我看著他們粗獷的長相，一個個安靜無聲，準備面對地下的任何變數。我不禁想到，這群戰士不僅參與過近代的世界大戰與革命，也做過中世紀的十字軍。他們之中有些人，是有史以來最優秀的軍人，而且跟所有的士兵一樣，準備為某種比個人崇高的理念犧牲生命。

蓋洛加斯打開一扇臨時充數的門，費南多下達最後一道命令。門背後有個突出的小平台和一把搖搖欲墜的梯子，通往下方的黑暗。

「馬到成功。」第一批吸血鬼倏然消失，靜悄悄降落在下方地面上時，蓋洛加斯低聲道。

負責消滅班哲明狩獵小隊的騎士執行任務時，我們在旁等待。我仍然擔心會有人警告他我們已趕到，而他的對策可能是提早結束馬修的生命，我瞪著兩腳之間的地面發呆。

這真是磨人，沒辦法取得進度報告。我們只知道馬卡斯可能遇到出乎意料的抵抗。班哲明可能派更多孩子去狩獵，但也可能一個都不派。

「這就是戰爭最大的痛苦。」蓋洛加斯道。「讓人心力交瘁的不是戰鬥，甚至也不是死亡，而是不斷的猜想。」

不到一小時——雖然感覺像過了好幾天——喬爾斯從下面把門推開。他衣服上有血污，無法斷定有多少是他自己的血，又有多少是班哲明死掉的孩子留下的。他示意我們向前。

「清乾淨了。」他對蓋洛加斯道。「但還是要小心。地道有回音，注意腳步。」

蓋洛加斯把珍納送下去，接著是我，根本不用那把金屬階梯已生鏽的梯子，免得洩漏形跡。地道裡一片漆黑，我只看得見伸手接引我們的那個吸血鬼的臉，但我聞得到他們身上戰鬥的氣味。

我們沿著地道匆匆前行，在保持沈默的前提下，盡可能加快腳步。這兒伸手不見五指，我很慶幸左右各有一個吸血鬼扶著我的手臂，帶著我轉彎，多虧他們目光犀利，反應靈敏，要不然我老早跌倒好幾次了。

巴德文和費南多在三條地道交會的地方等我們。這兒有兩個濺滿血跡的土堆，上面蓋著防水布，還有一種發出淡淡光芒的白色粉末，標示班哲明的孩子死亡的地點。

「我們用生石灰蓋住頭顱與身體，掩蓋血腥味。」費南多道。「雖然還是無法完全蓋住，但應該可以幫我們多爭取一點時間。」

「有幾個？」蓋洛加斯問。

「九個。」巴德文答道。他的一隻手完全乾淨，還拿著劍，另一隻手上糊著已結成塊、我根本不想知道是什麼的東西。兩者的對比讓我反胃。

「裡面還有多少個？」珍納低聲問。

「至少還有九個，可能更多。」巴德文對這種前瞻毫不擔心。「如果他們的能耐有這批的水準，妳可預期他們都相當自負而且聰明。」

「也是不擇手段的鬥士。」費南多道。

「不出所料。」蓋洛加斯道，語氣很輕鬆，並且鬆弛下來。「我們等你們的信號再衝進營地。祝妳幸運，嬸娘。」

我還來不及跟蓋洛加斯與費南多道別，就被巴德文拖著向前走。或許這樣最好，因為我回頭的最後一瞥，看到許多張筋疲力盡的臉。

巴德文帶我們穿過的地道，通往班哲明營地外面的大門，伊莎波和哈米許已候在那兒。所有巫術防禦都已破壞，只剩門上這個直接與諾克斯連接的警報器，唯一的風險就是我們被某個吸血鬼犀利的眼睛看見。

為了消除這種可能，珍納使出一個全方位偽裝咒，不僅能隱藏我，也能掩護二十呎方圓內所有的人。

「馬卡斯在哪？」我以為會在這裡看到他。

哈米許指給我看。

其實馬卡斯已經來了，蹲在一個樹杈上，拿支步槍瞄準一扇窗。他一定是先爬到樹上，再翻過營地的石牆。現在只要不走大門，就無需擔心保護咒，馬卡斯趁暫停行動的空檔做足準備，等我們穿過大門，衝進前門時，為我們提供掩護。

「神槍手。」巴德文道。

「馬卡斯還是溫血人的時候就會用槍，他小時候就會打松鼠。」伊莎波補充道。「聽說他那時比吸血鬼小巧，動作還更靈活。」

馬卡斯沒跟我們打招呼，但顯然知道我們來了。珍納和我著手處理連在諾克斯身上的最後一個警報咒。她施了一個固定咒，就是巫族用來支撐他們房屋的地基、不讓孩子出外遊蕩的那種。我把防護咒解開後，就將它的能量轉移到她那兒。我們希望這麼一動手腳，咒語就不會發現它看守的笨重物體變成了一塊花崗岩，而不是原來那扇厚重的鐵門。

管用了。

要不是班哲明的一個兒子攪局，我們本來立刻就要衝進房子了，那小子出來抽煙，卻發現大門開著，不禁瞪大眼睛。

霎時他額頭上出現一個洞。

一隻眼睛不見了。接著是另一隻。

班哲明的兒子抱住自己的咽喉。血從指縫間湧出來，他發出一種奇怪的類似吹哨的聲音。

「哈囉，你好，我是你祖奶奶。」伊莎波將匕首插進他的心臟。

這麼多傷口同時失血，使巴德文輕而易舉就抓住他的頭，將它擰下，折斷脖子的吸血鬼當場死去，再擰一下，整顆腦袋就跟肩膀分了家。

從馬卡斯發射第一顆子彈，到巴德文把這吸血鬼的頭放在雪地上，一共花了四十五秒。

這時所有的狗開始吠叫。

「可恨。」伊莎波低聲道。

「好了。走吧。」巴德文抓住我的手臂，伊莎波拉起珍納。馬卡斯把槍扔給哈米許，後者輕鬆地接住。馬卡斯吹出一聲尖利的口哨。

「射所有從門裡出來的東西。」馬卡斯下令道。「我去追狗。」

我不知道那聲口哨是用來召喚聽起來很兇惡的狗群，還是蓄勢待發的拉撒路騎士，我只顧快步跟上，進入營區的主建物。室內一點都不比外面溫暖。一隻瘦巴巴的老鼠沿牆逃竄，走廊兩旁有許多扇一模一樣的門。

「諾克斯知道我們來了。」我道。沒必要再保持安靜或使用偽裝咒了。

「班哲明也知道了。」伊莎波臉色凝重地說。

我們依照計畫分頭行動。伊莎波去找馬修。巴德文、珍納和我負責找班哲明和諾克斯。運氣好的話，我們會在同一個地方找到他們，只等拉撒路騎士們鑽出營地的地道，衝上樓來，我們便可一擁而上。

從一扇緊閉的門後，傳來一聲低喊。巴德文用力把門推開。

這就是我們在視訊上看過的那個房間：髒兮兮的地磚、牆上的水漬、窗外的雪景、用油性鉛筆寫在牆上的數字、甚至那把椅背上搭著斜紋呢外套的椅子也還是原樣。

馬修坐在另一把椅子上。他眼睛墨黑，張著口發出無聲的尖叫。他的肋骨被金屬工具拉開，露出跳動很慢的心臟，以前他每次抱住我，有節奏的心跳聲總帶給我很大的慰藉。

巴德文向他衝去，咒罵著班哲明。

「那不是馬修。」我說。

伊莎波在遠處尖叫，顯然她也看到同樣的場景。

「那不是馬修。」我重複道，只把聲音提高了一點。我走到隔壁房間，旋開門把。

馬修在這裡，坐在同樣的椅子上。他的雙手——他漂亮、強壯，曾經以那麼多的愛與溫柔撫摸過我的手——被齊腕截斷，放在擱在他腿上的手術盆裡。

不論我們打開哪扇門，都會看到馬修在痛苦中飽受折磨的可怕場景。每個虛幻的場景都是特地為我安排的。

經過十幾次希望的升起與幻滅，我用一個字炸開這棟房子裡每扇門的鉸鍊。我不再浪費力氣去看任何一個門戶洞開的房間裡的情景。諾克斯確實是高手，幻影十分逼真，但它們畢竟不是真正的血肉之軀。它們不是我的馬修，雖然我沒有上當，但目擊的慘狀卻令我永誌難忘。

「馬修跟班哲明在一起。找到他。」我不等巴德文與珍納同意，就走了開去。「你在哪裡，諾克斯先生？」

「畢夏普博士。」我繞過轉角，就見諾克斯在等我。「來。跟我喝一杯。妳不會離開這地方了，這是妳享受溫暖房間的最後一個機會——也就是，在妳懷上班哲明的孩子之前。」

我在身後布下一道無法穿透的水火屏障，沒有人能跟來。

然後我在諾克斯身後也布下同樣的屏障，將我們封閉在走廊上的一小塊空間裡。

「做得很好。妳施咒的才華出現了，我看到了。」諾克斯道。

「你會發現我……改變了。」我借用蓋洛加斯的說話。魔法在我體內等待，狂求著要飛翔，但我控制著它，力量得服從我。我感覺它在那兒，靜止而蓄勢待發。

「妳去了哪兒？」諾克斯問道。

「很多地方。倫敦。布拉格。法國。」我的指尖傳來魔力的刺痛。「你也去過法國。」

「我去找妳的丈夫和他的兒子。我發現一封信，妳知道。在布拉格。」諾克斯眼睛發亮。「想想看，我多麼驚訝，竟然撞見艾米莉・麥澤——從來不引人注意的女巫——把妳母親的鬼魂束縛在一個圓形石頭陣裡。」

諾克斯企圖分散我的注意力。

「那讓我想起我在奈及利亞束縛妳父母的圓形石頭陣。或許艾米莉想的也是同一回事。」文字從我皮膚下面爬出來，回答因他這番話產生的無聲疑問。

「我絕不會把那份榮幸讓給薩杜，親愛的。我一直懷疑妳與眾不同。」諾克斯道。「如果去年十月我把妳開膛剖肚，就像很多年前對付妳父母一樣，妳可以省掉很多傷心事。」

但過去十四個月來發生的事，遠比傷心複雜得多，還有意想不到的賞心樂事。我緊緊抓住這一點，把自己牢牢固定在上面，彷彿用了珍納的固定咒。

「妳好安靜，畢夏普博士。妳難道沒有話要說？」

「還真是沒有。最近我喜歡行動超過說話。比較省時間。」

我終於釋出緊緊蜷縮在體內的魔法。我用來捕捉諾克斯的網以黑色與紫色為經，織上白色、銀色與金色的線。它從我肩胛骨上的翅膀撒出，讓我想起離開的珂拉，正如牠的承諾，我仍擁有牠的力量。

「打好一個結，咒語將開始。」我張開網狀翅膀。

「相當引人注目的幻象，畢夏普博士。」諾克斯一副不以為意的口氣。「簡單的驅除咒就——」

「打好兩個結，咒語會成真。」我網上的銀線與金線光芒大盛，用以調節會在高等魔法的十字路口出現的黑暗與光明兩股力量，以便達到平衡。

「真可惜艾米莉沒有妳這麼高強的法力。」諾克斯道。「否則她從妳母親被束縛的鬼魂得到的訊息，就不只是我在七塔從她思維裡偷到的一點兒胡言亂語了。」

「打好三個結，咒語得自由。」巨大的翅膀搧了一下，在我創造的魔法小空間裡掀起一陣微風。它輕輕脫離我的身體，一直上升，籠罩著諾克斯的頭頂。他朝上看了一眼，繼續說道。

「妳母親跟艾米莉瞎扯什麼混亂啦、創造力啦，還重申那個女騙子烏蘇拉・徐普頓的預言：舊世界死亡，新世界誕生。想當年我在奈及利亞，也只從芮碧嘉口中逼出這句話。跟妳父親在一起，削弱了她的法力。她需要一個更有挑戰性的丈夫。」

「打完四個結，魔力儲存好。」兩片翅膀結合處，出現一個充滿威力的黑色螺旋，緩緩展開。

「我們要不要把妳剖開，看妳是比較像母親，還是像父親？」諾克斯比了個懶洋洋的手勢，我覺得他的魔法像一道烈焰劈過我胸膛。

「打完五個結，咒語變強大。」網上的紫色線在螺旋周圍收緊。「打完六個結，咒語就牢靠。」金線發光。我隨手一拂，胸前的傷口就癒合了。

「班哲明聽我跟他描述妳父親和母親後，一直很感興趣。他為妳擬了計畫，戴安娜。妳會懷班哲明的孩子，他們會像古代的巫族一樣：強大、聰明、長壽。到時候我們就不需要再在陰影裡藏身。我們會統治其他溫血人，這才是理所當然。」

「打完七個結，咒語很清醒。」空中響起輕柔的哭聲，令人聯想到生命之書在博德利圖書館發出的聲音。不過當時的哭聲只有恐懼與痛苦，現在卻有復仇的快意。諾克斯第一次露出擔憂的神色。

「妳逃不出班哲明的手心，就像艾米莉在七塔逃不出我的手心一樣。她當然試過，但我贏了。我只想要巫族的咒語書。班哲明說馬修曾經持有。」諾克斯眼中迸出狂熱的光芒。「我拿到它之後，連吸血鬼也要屈居我下風。到時候，就連高伯特也要對我俯首稱臣。」

「打完八個結，咒語等發動。」我把網拉成無限大符號彎曲纏繞的形狀。我操縱繩索時，出現了我父親朦朧的形象。

「史蒂芬。」諾克斯舔舔嘴唇。「這也是幻象。」

「是的，爹。」

父親不理他，交叉起手臂，專心看著我。「妳要解決這傢伙，小不點兒？」

「妳沒有能力解決我。」諾克斯狺狺吠道。「艾米莉不肯把失落咒語之書的知識交給我時，就知道這件事了。我取走她的思想，中止她的心跳。如果她合作——」

「打完九個結，咒語屬於我。」

哭聲提高，化為一聲尖叫，生命之書中所有的混亂，以及將所有超自然生物束縛在一處的創造能量，從我製造的網上面迸發出來，將彼得·諾克斯捲進去。黑暗虛空中伸出許多隻手，我父親的手也在其中，在諾克斯掙扎時抓著他不放，使他無法脫離不斷迴旋、即將把他活生生吞噬的力量漩渦。

被咒語吸走生命的諾克斯，發出恐懼的慘叫。他在我眼前分崩離析，在我之前出生的所有編織者的鬼魂，包括我父親，將組成這個業已受傷的生物的線一一拆除，直到只剩一具沒有生命的空殼。

有朝一日，我會因為對巫族同類做出這種事而付出代價。但我為艾米莉報了仇，她只因一個追求力量的夢想，就被奪走了生命。

我也為我的母親和父親報了仇，他們愛女兒愛到願意為她死。

我從脊椎抽出女神的箭，左手隨即出現一把山梨木鑲金嵌銀的弓。

我的仇已報。現在輪到為女神執法。

我轉身面對父親，眼睛裡有疑問。

「他在樓上。三樓，左手邊第六個門。」父親微笑道。「不論女神跟妳收取任何代價，馬修都值得。就像妳一樣。」

「他值得一切。」我道。降下我創造的魔法牆，把死者留下，因為我要去找生者。

魔法跟所有的資源一樣，不會無限供應。我用來除去諾克斯的咒語，消耗了我相當可觀的魔法能量。但我願意承擔風險，因為我知道，少了諾克斯，班哲明所能的仗恃就只有體力和殘酷而已。

除了愛，我再不怕失去什麼。

即使沒有女神的箭，我們也勢均力敵。

現在少了諾克斯的幻象，房子裡的房間少了很多。沒有無數個一模一樣的房間，房子暴露出它的真面目：骯髒、瀰漫死亡與恐懼的氣息，一個恐怖的地方。

我快步上樓。現在我一滴魔法都不能浪費。我不知道其他人在哪裡，但我知道該到哪裡去找馬修。我推開那扇門。

「妳來了。我們正在等妳。」班哲明站在一把椅子後面。

這次那隻超自然生物無可否認就是我心愛的男人。他眼睛烏黑，充滿血怒和痛苦，但它們閃出認識我的光芒。

「后翼棄兵完成。」我告訴他。

馬修鬆了一口氣，眼睛一翻，閉上。

「拜託妳看清楚情況，不要亂射那支箭。」班哲明道。「如果妳的解剖學不及化學好，請看，如果我沒有把手放在這裡支持這個，馬修一定會馬上送命。」

這個，指的是班哲明插進馬修脖子裡的一根又長又粗的大鐵釘。

「妳還記得，伊莎波在博德利圖書館把手指插進我脖子嗎？那次留下了一個印記。這次我也這麼做。」班哲明稍微轉動釘子，馬修慘叫。幾滴血湧出。「我父親剩下的血不多。過去兩天來，我只餵他吃碎玻璃，他正在慢慢地內出血。」

這時我才發現，角落裡有一堆兒童的屍體。

「之前的牢飯。」班哲明回應我的目光道。「要想出折磨馬修的手段，實在是很大的挑戰，因為我要確保他留著眼睛看我上妳，留著耳朵聽妳尖叫。不過我還是找到了辦法。」

「你是個惡魔，班哲明。」

「是馬修造成的。不過，不要浪費妳的精力吧。伊莎波和巴德文應該很快就到了。這就是我當初囚禁菲利普的地方，我沿路撒了很多麵包屑，確保我的祖母不會迷路。巴德文要是聽說他父親是誰殺的，一定會很驚奇，妳說呢？我在馬修的思想裡都看到了。至於妳嘛……嘿嘿，妳一定想像不到，馬修希望在床上跟妳獨處時，幹些什麼勾當。其中有一部分連我都會臉紅，而我可不是個拘謹的人。」

我察覺伊莎波在我背後。一大堆照片如雨落在地上，都是菲利普痛苦不堪的照片，就在這裡拍的。我憤怒地瞪了班哲明一眼。

「我現在最渴望的就是親手把你撕成碎片，但我不想跟菲利普的女兒爭奪這種樂趣。」伊莎波的聲音像鋸子般森冷。沙啞的聲音傳來，連我耳朵都覺得疼痛。

「哦，她跟我在一起會有很多樂趣的，伊莎波。我向妳保證。」班哲明湊在馬修耳邊，說了幾句話，我看見馬修的手抽搐，彷彿想打他的兒子，但斷裂的骨頭和破碎的肌肉不允許他那麼做。「巴德文也來了。好久不見，伯父。我有件事要告訴你——那是馬修一直沒透露的祕密。我知道他的祕密很多，但我保證這個特別美味多汁。」班哲明頓了一下，製造效果。「菲利普並沒有死在我手上，是馬修殺死他的。」

巴德文瞪著他，不為所動。

「要不要趁我的孩子送你下地獄去見你老爸之前，先跟他把帳算清呢？」班哲明問道。

「你的孩子送不了我去任何地方。如果你以為這所謂的祕密會讓我吃驚，那你頭腦不清的程度真比我擔心的還嚴重。」巴德文道。「我光看一眼就知道是馬修的手筆。他做那種事的手段高明，無人能出其右。」

「放下！」班哲明喊道，聲音像鞭子般爆響，冰冷而深不可測的眼睛盯著我的左手。

他們兩個對話時，我趁機舉起弓箭。

「馬上放下，否則就是他死。」班哲明稍微抽出釘子，血立刻流出。

我啪一聲把弓扔下。

「聰明的女孩。」他道，又把長釘塞回原位。馬修發出呻吟。「我早在知道妳是編織者之前，就喜歡上妳了。原來妳那麼特殊，是因為這個緣故？馬修很可恥，竟然不願意判定妳的力量有多大，不過不用怕，我會確保我們知道妳法力的極限。」

沒錯，我是個聰明的女孩。比班哲明知道的更聰明。我也比任何人都更清楚我力量的極限在哪裡。我根本不需要女神的弓箭。用來摧毀班哲明的工具，就在我另一隻手裡。

我稍微挑起小拇指，掃過伊莎波的大腿示警。

「打完十個結，從頭又開始。」

這句話就像呵一口氣，沒有實體，很容易被忽略，就如同第十個結，乍看只是一個簡單的圓圈。咒語進入房間，就擁有活物的重量與力道。我伸直左臂，彷彿女神的弓仍拿在手中。左手食指的紫色鮮明灼熱。

我的右手閃電般飛快向後拉開，手指鬆鬆兜著金色箭桿上的白色羽毛。我不偏不倚站在生與死之間的十字路口。

我毫不遲疑。

「正義。」我放開手指道。

班哲明瞪大眼睛。

箭從我手裡跳出，穿過咒語的中心，夾帶不斷增加的動能向前飛。它以清晰可聞的勁道，命中班哲明胸口，劈開他的身體，炸裂他的心臟。一股令人目為之盲的力量吞沒了房間。到處噴出金線與銀線，還有一蓬蓬紫線與綠線。太陽國王。月亮王后。正義。女神。

班哲明發出一聲來自受挫的憤怒，悽厲如鬼的怪叫，便鬆開手指，染滿鮮血的長釘開始滑落。

我趕快動手，把馬修周圍的線擰成一根繩子，纏住長釘末端，再把繩子拉緊，使釘子在班哲明血花四濺，頹然倒下時，停留在原位。

房間裡幾個光禿禿的燈泡閃爍了幾下，就熄滅了。我先後殺死諾克斯和班哲明，必須汲取這裡所有的能量。現在只剩下女神的力量：繩子在房間中央閃閃發亮，文字在我皮膚下面遊走，我指尖的力量劈啪作響。

結束了。

班哲明死了，再也不能折磨任何人。

馬修雖然遍體鱗傷，但還活著。

班哲明倒下後，所有的事好像同時發生。伊莎波把那具吸血鬼的屍體拖走。巴德文在馬修身旁，叫馬卡斯來檢查他的傷勢。維玲、蓋洛加斯與哈米許衝進來。不久費南多也趕到了。

我站在馬修面前，把他的臉捧在心口，保護他不受進一步傷害。我用一隻手握住那根維繫他生命的鐵釘。馬修發出一聲疲憊的嘆息，在我懷裡稍做移動。

「現在沒事了。我在這裡。你安全了。」我低聲道，以我有限的能力，盡可能讓他舒適一點。「你還活著。」

「死不了。」馬修的聲音微弱，連悄悄話都談不上。「沒說再見不能死。」

早在麥迪森的時候，我曾經逼馬修承諾，一定要正式告別才能離開我。想到他為了遵守這諾言吃了多少苦，我淚水湧了上來。

「你履行了承諾。」我道。「休息吧。」

「我們必須移動他，戴安娜。」馬卡斯冷靜的聲音掩飾不了他的急切。他伸手握住長釘，準備取代我的位置。

「不要讓戴安娜看。」馬修從喉間發出的聲音很沙啞。他只剩枯骨的手在椅子扶手上抽搐，表示抗議，但只能做到這個地步。「我求你。」

馬修全身幾乎每一吋都有傷，我能碰他而不至於加劇他痛苦的部位，實在少之又少。我在生命之書的微光中，找到幾平方公分完好的皮膚，把一個輕盈如羽毛的吻，印在他鼻尖上。

不確定他聽不聽得見我，而且他眼睛已腫得睜不開，我只能讓我的呼吸沖刷他全身，讓他浸泡在我的氣味裡。馬修的鼻孔張大了一點，顯示他知道我在附近。即使這麼小的動作都讓他痛得齜牙咧嘴，我必須給自己打氣，才不至於因為班哲明這麼對待他而痛哭失聲。

「你不需要迴避我，我的愛。」我道。「我看見你了，馬修。你在我眼中永遠十全十美。」

他的呼吸變成支離破碎的喘息。肺因為被斷裂的肋骨壓迫，無法好好擴張。靠了無比神力，馬修終於張開一隻眼睛。眼睛裡都是血，瞳孔因血怒和創傷變得極大。

「好黑。」馬修的聲音帶著驚慌，生怕黑暗代表他已死亡。「為什麼這麼黑？」

「沒關係。你看。」我對指尖吹口氣，指頭上出現一顆金色和藍色的星星。「看，這可以照亮我們的路。」

這麼做有危險，而我也知道。他可能看不見那一小團火，這樣他會更驚慌。馬修專心看著我的手指，光芒對上焦點時，他瑟縮了一下。他的瞳孔縮小一點點，表示有反應，我姑且假設這是好徵兆。

他呼吸的下一口氣比較平緩，焦慮感也緩和了。

「他需要血。」巴德文保持平淡的語氣低聲道。

我試著一邊高舉我那根馬修正定睛瞪著的發亮指尖，一邊捲袖子。

「不是妳的。」伊莎波攔住我。「我的血。」

馬修又激動起來，跟傑克掙扎著控制情緒的狀況如出一轍。

「不要在這裡。」他道。「不要讓戴安娜看。」

「不在這裡。」蓋洛加斯同意道，我丈夫的自制力又恢復了一點。

「讓他的哥哥和兒子照顧他，戴安娜。」巴德文壓低我的手。

所以我就讓蓋洛加斯、費南多、巴德文、哈米許合力，用手臂搭成擔架，馬卡斯則負責握住那枚大鐵釘。

「我的血很強，戴安娜，」伊莎波緊緊握住我的手，承諾道。「一定會治好他的。」

我點頭。但之前我已告訴馬修真相：在我眼中，他永遠十全十美。我一點也不在乎他身體上的傷痕。我擔心的是他在心靈、思想與靈魂上受到的傷害，因為不論多少吸血鬼的血，都治不好那些方面的問題。

「愛與時間。」我喃喃道，好像在斟酌配製咒語所需的成分，遠遠地看著那群男人把失去神智的馬修抬到等待的車子那兒，放進其中一輛的後側車廂。「他就需要那些。」

珍納走過來，用一隻安慰的手拍拍我肩膀。「馬修・柯雷孟是一隻很老的吸血鬼，」她道：「他已經有了妳。我相信愛與時間會發揮作用。」

寶瓶日座

太陽通過寶瓶座，帶來大筆財富、忠誠的朋友和貴人相助的好預兆。所以不要害怕在寶瓶統治大地的時節發生的改變。

——佚名之英文雜記簿，寫於約一五九〇年，襲沙維手抄本四八九〇號，f.10r

第四十章

飛行途中，馬修只說了兩個字：「回家。」

坎姆事件結束後六天，我們抵達法國。馬修還是不能行走。他也不能用手。任何東西進到他胃裡，停留時間都不超過三十分鐘。伊莎波的血正如承諾，慢慢修復了破碎的骨頭、破壞的組織以及損傷的內臟。剛開始，馬修因為藥物、疼痛和疲倦的綜合作用而失去知覺，現在他卻不肯閉上眼睛休息。

他幾乎不說話，即使說話也多半為了拒絕什麼東西。

「不。」我們轉向七塔時，他道：「我們的家。」

我面臨多種選擇，但我告訴馬卡斯送我們回鄉魂堡。對它目前的主人而言，這名字契合得巧妙，因為馬修遭受班哲明的折磨，回家時真是不成人形，像鬼魂一樣。

沒有人料到馬修竟然寧可去鄉魂堡，也不要去七塔，所以我們抵達時，整棟房子冰冷而沒有生氣。他跟馬卡斯坐在門廳裡，他哥哥和我跑上跑下，忙著生火、替他鋪床。巴德文和我正在商議，哪個房間最適合目前還行動不便的馬修時，就見七塔來的車子塞滿了院子。連吸血鬼都跑輸莎拉，她第一個衝進門，等不及要看我們。我的阿姨跪在馬修面前，滿臉溫柔的同情與關懷。

「你看起來一塌糊塗。」她道。

「感覺更慘。」馬修一度悅耳的聲音變得粗糙沙啞，但他每句簡短的回答，我都視若瑰寶。

「只要馬卡斯同意，我就要在你皮膚上塗一種有助於痊癒的軟膏。」莎拉輕輕碰一下他皮開肉綻的手肘道。

一陣飢餓而憤怒的嬰兒哭聲劃破了空氣。

「芮碧嘉。」想到又要見到雙胞胎，令我心情雀躍。但馬修似乎不認同我的喜悅。

「不。」他瞪大眼睛，從頭到腳都在顫抖。「不。現在不行。這樣子不行。」

由於班哲明曾控制馬修的思想與肉體，在他重獲自由後，我就堅持他的日常生活規律乃至醫療方式，都要讓他自行決定。但他現在這種態度，我可不答應。我從伊莎波懷裡抄起芮碧嘉，親一下她柔嫩的臉頰，就把這孩子放進馬修的臂彎。

芮碧嘉一看見馬修的臉，就立刻停止哭泣。

馬修一看見女兒在他懷裡，也立刻停止顫抖，就像她出生那天晚上，我的反應一樣。我看到他恐懼又肅然起敬的表情，不禁滿眶熱淚。

「好主意。」莎拉低聲道。她把我從頭到腳打量了一番。「妳看起來也是一塌糊塗。」

「媽。」傑克親一下我面頰。他想把菲利普交給我抱，但孩子掙扎著不讓我抱，小臉轉來轉去。

「怎麼回事，小男人？」我伸出一根手指，輕觸菲利普的臉。我指尖的力量閃閃發光，守候在皮膚下面的文字湧出，排列成一個個還沒有講出來的故事。我點一下頭，親一下孩子的額頭，嘴唇上傳來的刺痛感，確認了生命之書透露給我的訊息。我的兒子有法力——很大的法力。「把他抱到馬修那兒，傑克。」

傑克很清楚班哲明會做出多麼可怕的事。他鼓起勇氣，做好面對那些恐怖惡行的準備，然後才轉身。我透過傑克的眼睛看見馬修：他的英雄作戰歸來，憔悴不堪、遍體鱗傷。傑克清一下喉嚨，憤恨不平的聲音讓我擔心。

「團圓可別漏了菲利普，爹。」傑克把菲利普安穩地放在馬修另一側臂彎裡。

馬修聽他喊「爹」，眼神閃過一抹訝異。很平凡的一個字——爹——但傑克一向只稱呼羅伊登老爺或馬修。雖然胡巴德堅持馬修才是傑克真正的父親，而且傑克改口喊我「媽」很容易，卻不知何故不願意讓這個他崇拜的人分享類似的榮譽。

「所有的注意力都在芮碧嘉身上時，菲利普就會生氣。」傑克的聲音因壓抑著憤怒而變得沙啞，他故意改口說些輕鬆的玩笑話。「莎拉姨婆有各種教養弟妹的好點子，大部分都用到冰淇淋或去動物園。」傑克東拉西扯，卻瞞不過馬修。

「看著我。」馬修的聲音衰弱而不連續，但仍然聽得出這是一道命令。

傑克面對著他。

「班哲明死了。」馬修道。

「我知道。」傑克轉開目光，不安地把重心在兩隻腳上挪來挪去。

「班哲明傷害不了你。再也不能了。」

「他傷了你。他本來還打算傷害我母親。」傑克看著我，眼睛全黑。

我擔心傑克陷入血怒，上前一步，向他靠近。我本來還想再往前走，但轉念決定讓馬修處理。

「眼睛看著我，傑克。」

馬修的皮膚因吃力而泛灰。傑克來了以後，他說的話比過去一整個星期還多，這耗費他很多精力。傑克遊移不定的注意力，又回到他的家族領袖身上。

「抱走芮碧嘉，交給戴安娜。然後回來。」

傑克依令行事，我們其他人都緊張地旁觀，唯恐他或馬修會失控。

芮碧嘉安全地回到我懷抱後，我親吻她，並悄聲告訴她，她真是個乖女孩，不會因為從爸爸身邊被抱開而哭鬧。

芮碧嘉皺起眉頭，表示她這麼做是在玩遊戲，但她並不高興。

傑克又回到馬修身旁，伸手要抱菲利普。

「不，留下他。」馬修的眼睛也變成不祥的墨黑。「帶伊莎波回家，傑克。所有其他人也離開。」

「但是，馬提歐斯。」伊莎波抗議。費南多在她耳畔小聲說了幾句話。她不情願地點點頭。「來吧，傑克。回七塔的路上，我給你講當年巴德文企圖把我趕出耶路撒冷的故事。那次死了好多人。」

提出這個幾乎毫無掩飾的警告後，伊莎波就拉著傑克，快步走出房間。

「謝謝妳，媽。」馬修低聲道。他還支撐著菲利普的體重，但手臂抖得讓人緊張。

「有需要就打電話給我。」馬卡斯向外走時低聲道。

屋子裡只剩我們一家四口，我從馬修腿上抱起菲利普，把兩個小娃兒都放到壁爐旁的搖籃裡。

「太重了。」我試著把馬修從椅子上扶起，他疲憊地說：「留在這兒吧。」

「你不能留在這兒。」我研究一下形勢，決定好該怎麼做。我令空氣就位，支持我匆匆織就的飄浮咒。「退後，我要試用魔法。」馬修發出一個微弱的聲音，可能是想笑。

「別。地板就好。」他道，因為乏力，所以盡量說得簡短。

「床更好。」我堅決答道。我們低低掠過地板，向電梯接近。

我們回到鄉魂堡的第一個星期，馬修同意伊莎波來餵他。他恢復了一點力氣，活動力也有改善。雖然還不能走路，但只要有人扶持，他就站得起來，雙臂無力地垂在身體兩側。

「你進步得真快。」我興高采烈道，好像前途一片光明。

但在我腦海中，前景很黯淡。種種憤怒、恐懼、挫折，使我只想尖叫，因為我深愛的男人在坎姆被往昔的陰影追上，正在黑暗中掙扎，尋覓出路。

雙魚日座

太陽在雙魚座，預期疲倦與悲傷。有能力驅除恐懼的人，會體驗到寬恕與諒解。你會被召到遠方去工作。

——佚名之英文雜記簿，寫於約一五九〇年，龔沙維手抄本四八九〇號，f.10r

「我要幾本我的書。」馬修裝得輕鬆自如說道。他列了一張書名清單。「哈米許知道該去哪兒找。」他的朋友先回倫敦一小段時間，然後又回到法國，之後就一直藏身在馬修七塔的房間裡。他的白天都用於阻止顢頇無知的官僚搞砸世界經濟，夜間則努力清空巴德文的窖藏紅酒。

哈米許把書送到鄉魂堡，馬修請他坐下來喝杯香檳。哈米許似乎了解，這種過常態生活的努力，是馬修康復的轉捩點。

「有何不可？人不能光靠紅酒活下去。」哈米許含蓄地看我一眼，暗示他會照顧馬修。

過了三個小時，哈米許還沒走——他們兩個在下棋。看到馬修持白子，坐對棋盤，考慮後招，這意料之外的一幕讓我膝蓋發軟。馬修的手還不能用——原來，手部結構工學有這麼複雜——所以由哈米許依照馬修的指揮移動棋子。

「E4。」馬修道。

「下中央變化步嗎？你真勇敢。」哈米許移動一顆白棋小卒。

「你接受了后翼棄兵。」馬修溫和地說。「你還想怎樣？」

「我以為你會把情況搞混。從前你不肯讓王后涉險，現在你每局都來這一招。」哈米許皺起眉頭。

「這種策略很蹩腳。」

「上一局王后的表現不錯。」我悄聲在馬修耳畔說，他露出微笑。

哈米許告辭後，馬修要我念書給他聽。現在我們已習慣坐在火旁，窗外下著雪，一本馬修心愛的書拿在我手中：阿伯拉㉞、達爾文、梭羅、雪萊、里爾克。馬修的嘴唇經常會隨著我念出的字句移動，向我證明——更重要的是，向他自己證明——他的心智仍然敏銳而完整。

「**我是大地與水的女兒，由天空悉心照顧。**」我朗誦他那本破舊的《普羅米修斯脫困》㉟。

「**我穿過海洋與海岸的孔隙。**」馬修低聲道。「**我變化無窮，永遠不死。**」

哈米許來訪後，我們鄉魂堡的社交圈逐漸擴大。傑克應邀來陪伴馬修，還被指定要帶大提琴。他一連演奏了好幾個小時的貝多芬，音樂不僅對我丈夫有正面效果，也屢試不爽地把我女兒送進夢鄉。

馬修有進步，但還有很長的路要走。他睡得不安穩時，我只能在旁打瞌睡，並希望寶寶們不要醒來。他讓我幫他洗澡更衣，雖然他為此痛恨自己——以及我。每當我看著他掙扎，覺得再多一分鐘都無法忍受時，就只好專心盯著某塊已癒合的皮膚。就像坎姆的陰影，這些疤痕也永遠不會完全消失。

莎拉來探望馬修，她的憂慮非常明顯。但她擔心的不是馬修。

「妳用多少魔法把自己硬撐起來？」她已習慣跟耳聰目明的吸血鬼一起生活，所以一直等到我送她出門，走到汽車旁邊，她才發問。

「我很好。」我替她打開車門，說道。

「我問的不是這個。我看得出妳很好，所以我才擔心。」莎拉道。「妳為什麼沒有變得憔悴欲死？」

「無所謂。」我不答理她的問題。

「妳倒下去的時候就有所謂。」莎拉駁斥道。「妳不可能一直這樣過日子。」

「妳忘了，莎拉：畢夏普—柯雷孟家族的特長就是消除不可能。」我關上車門，連她喋喋不休的抗議一起關掉。

---

⑭ Pierre Abelard（1079-1142），傑出的中世紀神學家。但後人更注目他與美麗的女修院院長哀綠依思（Héloïse）不順遂的戀情，以及兩人的書信集。

⑮ Prometheus Unbound是英國浪漫詩人雪萊的作品，是一齣分為四幕的詩劇。緣起希臘神話，世界創造之初，人類生活困苦，泰坦巨人普羅米修斯盜取天火給人類改善生活。神王宙斯大怒，將普羅米修斯鎖在高山上，每天派老鷹去啄食他的內臟，白日啄食殆盡，夜間又重新生長，日復一日，生不如死。最後大力士赫丘力斯救出普羅米修斯，殘暴的宙斯也被推翻。普羅米修斯的苦難大概會讓馬修心有戚戚焉，不過此處引的四句詩，卻是出自另一首較短的獨立作品〈雲〉（The Cloud）。一八二〇年，題名《普羅米修斯脫困》的詩集出版時，另收了雪萊幾首較短的作品，〈雲〉也在其中。這首詩從頭到尾描寫雲，卻沒出現過一個「雲」字。

我該知道我阿姨不是那麼容易消音。她離開二十四小時後，巴德文出現了——不請自來，也沒有預告。

「你這種習慣真不好。」我想起他上次回七塔，任意掀我們被單的往事。「再這樣突襲我們，我就在房子周圍布下大量專防『啟示錄四騎士』的保護咒。」[96]

「猶夫死後，利穆贊的人就再沒有看過他們。」巴德文親吻我的兩頰，動作刻意放慢，藉機評估我的氣味。

「馬修今天不見客。」我抽身退後道。「他昨晚睡得不好。」

「我來不是為了看馬修。」巴德文用鷹隼似的眼神盯著我。「我來是警告妳，如果妳不好好照顧自己，我就要接管這裡。」

「你不能——」

「哈，我能。妳是我妹妹。目前妳丈夫沒有能力把妳照顧好。好好照顧自己，否則自負後果。」巴德文的聲音毫無轉圜餘地。

我們兩個無聲對峙了一段時間。他見我不肯轉開目光，嘆了口氣。

「真的很簡單，戴安娜。如果妳倒下——根據妳的氣味，充其量還有一星期就會發生這種事——馬修的本能會要求他保護自己的配偶。這會讓他無法專注於他最重要的工作，也就是康復。」

巴德文說得有理。

「跟吸血鬼配偶——尤其像馬修這種有血怒的——相處，最好就是不要讓他有任何理由認為妳需要保護。照顧好妳自己——永遠是第一優先。」巴德文道。「看到妳健康快樂，比他的創造者的血，或傑克的音樂，更有益馬修的身心。這麼說清楚了嗎？」

「清楚了。」

「我很高興。」巴德文嘴角掀起一個微笑。「收到電子郵件要回。我發信給妳，妳總不回，這會讓人生氣的。」

我點頭。唯恐一開口就會冒出一堆叫他如何處理他的電子郵件的詳盡指示。

巴德文探頭到大廳裡，查看馬修的情形。他宣稱馬修毫無用處，因為他不能從事摔跤、戰鬥等兄弟們常做的事。然後，謝天謝地，他走了。

我盡責地打開手提電腦。

有幾百封信在等著，大部分都是合議會寫來要求解釋，或巴德文對我發號施令。

我闔上電腦，回到馬修和孩子身旁。

巴德文來訪後，又過了幾晚，我被脊椎上一根抖抖索索、沿著我脖子上的樹幹移動的冰冷手指驚醒。那根手指的力道控制得很不均衡，它挪到我肩膀上，找到女神的箭留下的痕跡，以及薩杜・哈維倫留下的星星。

手指慢慢往下，去找環繞我臀部的那條龍。

馬修的手又能動了。

「我要我第一個摸到的就是妳。」他發現已吵醒我便說道。

我幾乎無法呼吸，也不能做任何反應。但說不出口的話還是要設法宣泄。魔法從我體內湧現，字母在我皮膚上形成句子。

---

96 新約聖經《啟示錄》預言，世界末日時，會出現帶來瘟疫、戰爭、飢荒和死亡的四騎士。但戴安娜這麼說，主要因為巴德文有騎士身分，而且不受歡迎。

「力量的代價。」馬修用手圈住我的手肘，他用大拇指輕撫一個接一個出現的字。開始時他的動作有點笨拙而不協調，但每碰觸我皮膚一次，就變得更加流暢而穩定。自從我變成生命之書以來，他一直在旁觀察我的改變，卻絕口不提，直到現在。

「好多話要說。」他喃喃道，嘴唇拂過我的脖子。他的手指探入深處，分開我的身體，撫摸我的核心。

我輕喘。時隔那麼久，但他的觸摸還是那麼熟悉。馬修的手指正確無誤地找到帶給我最大愉悅的部位。

「可是妳不需要用字句告訴我妳的感覺。」馬修道。「即使妳把自己藏在全世界其他人都看不到的地方，我仍看得到妳；即使妳沈默不語，我仍聽得見妳。」

這純然是愛的定義。宛如魔法，堆積在我手臂上的文字消失了，馬修把我的靈魂剝得一絲不掛，把我的身體帶到一個確實不需要文字的地方。解脫令我顫抖不已，馬修的觸摸雖然輕如羽毛，但他的手指一直沒有停止活動。

「再來一次。」我的脈搏再度加快時，他道。

「不可能。」我道，卻不由自主地隨著他的動作喘息低呼。

「**Impossible n'est pas français**（法文沒有不可能這個字）。」馬修輕咬一口我的耳朵。「下次妳哥哥來訪，叫他不用擔心。我完全有能力照顧妻子。」

牡羊日座

公羊座象徵支配與智慧。太陽坐進牡羊宮，你會發現所有工作都有進展。這是開始新事物的時機。

——佚名之英文雜記簿，寫於約一五九〇年，龔沙維手抄本四八九〇號，f.7v

「他媽的快回電子信！」

顯然巴德文今天過得不愉快。我像馬修一樣，開始欣賞現代科技幫我們跟家族中其他吸血鬼保持適當距離的功能。

「我已盡可能延後了。」巴德文在電腦螢幕上怒目瞪我，他背後的大窗戶裡有柏林的街景。「妳得去威尼斯，戴安娜。」

「不，我不去。」我們類似的交談已持續好幾個星期。

「要，妳要去。」馬修從我背後靠過來。他可以走路了，雖然腳步緩慢，卻像從前一樣無聲無息。「戴安娜會出席合議會，巴德文。但你再用那種口氣對她說話，我就割掉你的舌頭。」

「兩週。」巴德文毫不在意他弟弟的威脅。「他們答應再給她兩週。」

「太趕了。」班哲明的酷刑在身體上留下的影響已逐漸康復，但他使馬修對血怒的控制處於刀鋒邊緣，脾氣也變得一觸即發。

「她會去。」他關上手提電腦的蓋子，有效地關掉他哥哥和他最後的要求。

「太趕了。」我重複道。

「是的，沒錯——要我去威尼斯，面對高伯特和薩杜，真的太趕了。」馬修的手沈重地搭在我肩上。「但如果我們要撤銷盟約——我們確實要那麼做——我們之中的一個，必須向合議會陳述理由。」

「孩子怎麼辦？」我還在找不見得奏效的藉口。

「我們三個會想妳，但我們可以活。只要我在伊莎波和莎拉面前裝得夠笨，妳不在的時候，我就一片尿布都不用換。」馬修的手指越來越沈重，我肩上的責任感也是如此。「妳非做這件事不可。為了我，為了我們，為了我們家族中每一個曾經受盟約之害的人：艾米莉、芮碧嘉、史蒂芬，甚至我父親菲利普。還有我們的孩子，這樣他們才能在愛裡，而不是在恐懼中成長。」

既然這麼說，我就不能拒絕跑這趟威尼斯了。

畢夏普—柯雷孟家族立即開始行動，全力為我們的合議會提案做準備。這是一項跨物種的合作，從事件的核心開始，百般淬鍊我們的論點。雖然很難剝離我們每個人經歷過或大或小的侮辱與傷害，但成功的關鍵卻決定於：我們的要求絕不能讓人有涉及私人恩怨的印象。

到頭來卻簡單得出奇——至少在哈米許接手以後。他說，我們只要排除所有懷疑，證明盟約的擬定是因為恐懼種族混合，並且為了維持不同物種間的勢力平衡，用人為手段保持血緣純正，就夠了。

就像大多數簡單的論述，這件工作花了無數個小時的嘔心瀝血。我們貢獻各自的專長。擅長收集資料的斐碧，在七塔的檔案中搜尋盟約最初成立，以及合議會早期開會與辯論的紀錄。她打電話給黎瑪，請她在史泰拉島合議會圖書館裡配合找資料，好在黎瑪對於有人找她做歸檔以外的工作，倒是很興奮。

這些文件幫我們拼湊出一幅完整的畫面，知道合議會創始者真正害怕些什麼：超自然生物結合，會生下既不是魔族，也不是血族或巫族，卻同樣可怕的孩子，攪混了自古被認為是純種生物的血統。就十二世紀對生物學的理解，以及對遺產繼承和血緣關係的重視，這種憂慮並非空穴來風。政治觸覺靈敏的菲利普・德・柯雷孟已在猜測，跨物種通婚的後裔，只要有野心，將會強大到足以統治全世界。

接下來，更困難、甚至更危險的部分，是證明這種恐懼實際上導致超自然生物的衰退。數百年的近親繁殖，使血族製造不出新的吸血鬼、巫族的法力減弱、魔族發瘋的傾向增加。為了證明這一點，畢夏普—柯雷孟家族中的血怒帶原者與編織者都必須曝光。

我利用生命之書裡的資訊，寫了一份編織者的歷史。我解釋說，編織者的創造力難以控制，導致他們被其他巫族敵視。巫族逐漸變得自滿，對新咒語與魔符的需求不多。只要舊咒語仍然管用，編織者在社群中就不受重視，反而淪為必欲除之而後快的棄民。莎拉和我一起坐下來，詳細記錄我父母畢生痛苦的遭遇，證明這個論點——我父親千方百計隱藏他的才華，諾克斯則是不擇手段挖掘他的祕密，最後我雙親死於非命。

馬修與伊莎波也寫下同樣難以啟齒的故事，敘述瘋狂與憤怒的毀滅力量。費南多與蓋洛加斯翻遍菲利普的私人文件，找出他為了保護配偶不被處決所做的努力，後來他們又如何聯手保護有症狀的馬修。菲利普和伊莎波都相信，悉心管教與自我克制可以制衡他血液裡的任何疾病——這是一個後天教養改變先天氣質的經典範例。馬修承認他創造班哲明的失敗，證明血怒若任其自由發展，會多麼危險。

珍納帶著戈蒂家族的魔法書，和一份她曾外婆依瑟貝的審判書謄本來鄉魂堡。審判紀錄中，非常詳盡地描述她跟人稱魔鬼班的惡魔的情愛關係，包括他邪惡的咬痕。魔法書證明依瑟貝是個咒語編織者，她自豪地列舉獨一無二的魔法創作，並標出她與蘇格蘭高地的姊妹分享這些作品的價目。依瑟貝也承認班哲明・福克斯——馬修的兒子——是她的情人。班哲明還親自把他的名字簽在書前的家譜裡。

「這樣不夠。」馬修看著面前的文件，擔心地說。「我們還是無法解釋，妳我這樣的編織者和有血怒的吸血鬼，為什麼生得出孩子。」

我可以解釋，生命之書已向我透露這個祕密。但在密麗安和克里斯拿出科學證據之前，我什麼也不想說。

我正想著，我大概必須不靠他們協助，到合議會舌戰了，就見一輛車開到我們的院子裡。

馬修皺起眉頭。「誰來了？」他放下筆，走到窗前。「密麗安和克里斯，耶魯實驗室一定出事了。」

這一對一進門就向馬修保證，他留在紐海文的研究團隊興旺得很。克里斯遞給我一個厚厚的信封。

「妳說對了。」他道。「幹得好，畢夏普教授。」

我把那包東西抱在胸口，高興得說不出話，然後我把它交給馬修。

他撕開信封，眼睛飛快地掠過文字和對應的黑白圖表。他抬起頭，驚訝地張著嘴。

「我也很意外。」密麗安承認。「只要我們把魔族、血族、巫族視作跟人類有遠親關係的不同物種，彼此不相關，就永遠不會知道真相。」

「但後來戴安娜告訴我們，生命之書講的是如何把我們結合起來，而不是將我們分開。」克里斯繼續道。「她要我們拿她的基因組，跟魔族的基因組以及其他巫族的基因組比較。」

「答案都在超自然生物的染色體裡，」密麗安道：「我們卻視而不見。」

「我不懂。」莎拉茫然道。

「戴安娜能夠懷馬修的孩子，因為他們兩個都有魔族的血緣。」克里斯解釋道。「現在實驗還在初期階段，不能十分確定，但我們的假說是，編織者是古代巫族與魔族結合的後裔。像馬修這樣有血怒的吸血鬼，是帶有血怒基因的血族將帶有魔族基因的凡人造成吸血鬼的結果。」

「我們在伊莎波的基因樣本裡，沒有找到魔族的痕跡，馬卡斯也一樣。」密麗安補充道。「這可以解釋他們為什麼不會像馬修或班哲明一樣，出現血怒的症狀。」

「但史蒂芬・普羅克特的母親是凡人。」莎拉道。「她很惹人討厭——對不起，戴安娜——但絕對不是魔族。」

「並不只限於父母。」密麗安道：「只要血液裡混合了足夠的魔族DNA，就能觸發編織者或血怒的基因。也許是史蒂芬前幾代的祖先。正如克里斯說的，這些發現還很新，我們需要幾十年才會有完整的理解。」

「還有一件事：瑪格麗特寶寶也是編織者。」克里斯指著馬修手中的文件說。「第三十頁。這一點毫無疑問。」

「不知道是否因為如此，艾姆才堅持不能讓瑪格麗特落到諾克斯手裡。」莎拉沈思道。「也許她透過某種方式，已找到了真相。」

「這會動搖合議會的基礎。」我道。

「不僅如此，科學使盟約變得毫無意義。」馬修道：「我們本來就不是不同的物種。」

「所以我們只是不同種族而已？」我問。「那我們的種族混合論述就更堅強了。」

「妳得多讀點資料，畢夏普教授。」克里斯微笑道。「種族認同在生物學上站不住腳——至少大多數科學家都不承認它。」很久以前，馬修在牛津也對我說過類似的話。

「換言之——」我頓住。

「妳不是怪物。世上也根本沒有所謂魔族、血族或巫族。生物學上不承認這回事。你們都是凡人，只不過有點兒不一樣。」克里斯咧嘴笑道。「合議會可能會覺得忠言逆耳，不過他們最好仔細想想。」

合議會舉行前，我們把龐大的資料先寄到威尼斯，我在導言裡並沒有逐字引用克里斯的話，但大致也就是那個意思。

盟約的時代即將結束了。

合議會要繼續運作，就必須把時間花在比維持魔族、血族、巫族與凡人之間壁壘分明、更有意義的事情上。

我出發赴威尼斯的前一天早晨，在圖書館裡發現資料裡遺漏了一件事。

我們搜尋資料的時候，完全無法忽視高伯特遺留的痕跡。似乎每份文件、每宗證據的角落，都藏著他的影子。雖然直接指控他很困難，間接證據卻很清楚：歐里亞克的高伯特早就知道編織者的特殊能力。他甚至抓了一個編織者為奴：女巫梅莉丹娜，她死前還詛咒過他。幾百年來，他一直把柯雷孟家族的情報洩漏給班哲明。菲利普到納粹德國執行最後一樁任務之前，識破他的行徑，還質問過他。

「為什麼沒有把高伯特的資料送去威尼斯。」我終於在廚房裡找到正在幫我泡茶的馬修，向他質問。伊莎波跟他在一起，逗著菲利普和芮碧嘉玩。

「因為合議會其他議員不知道高伯特介入這件事比較好。」馬修道。

「對誰比較好?」我尖銳地問。「我要拆穿那傢伙的劣跡,讓他受到懲罰。」

「但合議會的懲罰根本不能讓人滿意。」伊莎波眼睛發亮道。「盡說些廢話,不痛也不癢。妳要懲罰他,我來下手好了。」她用指甲敲著檯面,我打了個寒噤。

「媽,妳做得夠多了。」馬修嚴厲地瞪她一眼。

「啊,小事一樁。」伊莎波滿不在乎地揮揮手。「高伯特一直是個壞孩子。但正因為如此,他明天會配合戴安娜。妳會發現高伯特全力支持妳,媳婦。」

我砰一聲坐在廚房的高腳凳上。

「伊莎波被軟禁在高伯特家裡的時候,她跟雷瑟尼做了些窺探。」馬修解釋道。「從那時開始,他們一直在監控他的電子郵件和網路使用狀態。」

「妳知道網路上看到的東西永遠不會消失嗎,戴安娜?它像吸血鬼一樣,會一直活著。」伊莎波對自己想得出這種比喻,相當自鳴得意。

「所以呢?」我還是不懂這有什麼用。

「高伯特不僅喜歡女巫。」伊莎波道。「他還有一大堆魔族情人。其中一個到目前還住在他十七世紀買給她的、位於羅馬斯卡拉大道的一間豪宅裡,裝潢得像王宮且通風良好。」

「且慢,十七世紀?」我努力保持思路清晰,但是在伊莎波的神態活像剛吞下一隻活老鼠的塔比塔時,這件事的難度就變得極高。

「高伯特不僅跟魔族『交配』,還把其中一個變成了吸血鬼。這是絕不允許的——不僅違反盟約,也違反吸血鬼法律。現在我們知道血怒是怎麼來的,這規定更站得住腳了。」馬修道。「那個女魔族連菲利普都不知道——他只知道高伯特其他魔族情人當中的幾個。」

「我們要用這件事要挾他嗎？」我道

「說『要挾』太難聽了。」伊莎波道。「我倒認為是蓋洛加斯昨晚去墮落天使堡，祝高伯特一路順風時，發揮了很大的說服力。」

「我不要靠柯雷孟家族暗地裡惡搞高伯特。我要全世界都知道他的陰險惡毒。」我說：「我要公開跟他作戰，用公正的手段打敗他。」

「別擔心，全世界都會知道的，會有那麼一天的。一次打一場戰爭。我的小母獅。」馬修用一個吻和一杯茶軟化他語氣裡的命令意味。

「菲利普喜歡狩獵勝過作戰。」伊莎波壓低聲音，好像不願意芮碧嘉和小菲利普聽見她接下來要說的話。「妳知道，狩獵的時候，妳可以在殺死獵物之前玩弄牠。我們現在就是這麼對付高伯特。」

「哦。」我得承認，這樣的遠景頗有點吸引力。

「我就知道妳會懂。別的不說，妳取了跟狩獵女神相同的名字。到威尼斯狩獵愉快，親愛的。」伊莎波拍拍我的手說。

金牛日座

金牛掌管錢財、信用、債務與禮物。太陽坐鎮金牛宮時，要處理未了之事。把手頭業務料理清爽，免得它日後給你添痲煩。如果收到意外的酬勞，將它投資於未來。

——佚名之英文雜記簿，寫於約一五九〇年，龔沙維手抄本四八九〇號，f.7v

我眼中五月的威尼斯，跟一月時看起來大不相同，而且不僅因為天空蔚藍，潟湖平靜無波。馬修陷於班哲明的魔掌時，這座城市感覺冷漠而拒人於千里之外。我只想盡快離開。離開後，我也沒打算再回來。

但除非撤銷盟約，否則就不能貫徹女神的正義。

於是我又來到查羅孟提宅，這次沒有俯瞰大運河，而是坐在後花園的長凳上，等候開會的時刻到來。這回有珍納・戈蒂陪我一起等候。我們一起最後再溫習一遍我們的提案，設想會遭遇什麼樣的反對意見，這期間馬修豢養的一群珍奇寵物烏龜，在碎石小徑上爬來爬去，追逐蚊子當點心。

「該走了。」鐘即將敲四點時，馬卡斯宣布道。他和費南多要送我們去史泰拉島。珍納和我試著向家人保證，我們可以單獨行動，但馬修連聽都不要聽。

合議會的出席人員還是跟一月那次一樣。艾嘉莎、塔提雅娜、渡邊治都對我們鼓勵地微笑，但悉冬妮和那兩隻吸血鬼的表情卻冷若寒冰。薩杜最後一刻才溜進來，似乎不希望引起任何注意。當初那個從七塔的花園綁架我、自信滿滿的女巫已不復存在。從悉冬妮評估的眼光可知，她也注意到了薩杜的改變，我猜巫族的議員名單很快就會發生變化。

我悠閒地走過中庭，跟另兩名吸血鬼會合。

「多明尼可。高伯特。」我逐一向他們點頭。

「女巫。」高伯特不屑地說。

「也是柯雷孟家的一員。」我側身過去，靠在高伯特耳邊說：「別得意忘形，高伯特。也許女神最後救了你，但不要搞錯，你的審判日就要到了。」我抽身後退，看到他眼神中閃現的恐懼，十分快意。

我把柯雷孟鑰匙插進會議室的鎖孔，突然興起一種時光倒轉的感覺。門自動打開，但那種神秘的感覺卻更強烈。我盯著雕在柯雷孟座椅的椅背上那條咬尾蛇——第十個結——不放，室內的金線和銀線蓄積了能量，劈啪作響。

所有巫族都被教導要相信徵兆。好在這個徵兆不需要添加魔法或複雜的闡釋：這是妳的位子。妳屬於這地方。

「我宣布會議開始。」我走到指定的位置，敲敲桌面道。

我左手繫了一條寬版的紫色緞帶。女神的箭被我用來射殺班哲明後，就消失了，但手指上鮮明的紫色——正義的顏色——卻保留下來。

我掃視一眼房間——寬大的會議桌、我的族人與我的孩子的祖先的紀錄、九個超自然生物聚集在此，將要做出一個會改變全世界千萬個他們的同類生活方式的決定。我察覺那些在我之前來過這裡的鬼魂都在我上方，他們的目光冰著我、壓著我、刺痛我。

「給我們正義，」他們異口同聲道：「記住我們的名字。」

「我們贏了。」從威尼斯回來，我向集合在大廳裡歡迎我們的柯雷孟家族和畢夏普—柯雷孟家族的成員報告。「盟約撤銷了。」

一片歡呼、擁抱、道賀聲。巴德文向我舉起酒杯，雖然不是多麼熱情洋溢，卻也表示了他的肯定。

我找尋馬修的蹤影。

「我不意外。」他道。接下來的沈默蘊含了千言萬語，雖然沒有說出來，但我都聽見了。他彎腰抱起女兒。「看，芮碧嘉。妳媽又把每件事都處理好了。」

最近芮碧嘉發現啃自己的手指頭樂趣無窮。我很慶幸她還沒有長出吸血鬼等級的乳牙。馬修把她的手從嘴裡拿出來，向我揮舞，轉移了她正準備發脾氣的念頭。「Bonjour, Maman（日安，媽媽。）」

傑克把菲利普抱在腿上，扶著他跳。這寶寶看起來既著迷又擔心。「幹得好，媽。」

「很多人幫了大忙。」我喉頭哽咽，我不僅看到傑克和菲利普，也看到莎拉和艾嘉莎靠在一起，閒聊合議會開會的八卦，費南多在給蘇菲和雷瑟尼描述高伯特僵硬的表情和多明尼可的氣憤填膺，斐碧和馬卡斯沈浸在一個久久不能結束的重逢之吻裡。巴德文站在馬修和芮碧嘉旁邊。我向他們走去。

「這是你的，哥哥。」柯雷孟的鑰匙沈重地躺在我伸出的掌心。

「留著。」巴德文用我的手指包住那根冰冷的金屬。

大廳裡的人聲變得很遙遠。

「你說什麼？」我低聲道。

「我叫妳留著。」巴德文重複一遍。

「你不會——」

「我會。柯雷孟家族每個人都有一份工作。妳知道的。」巴德文金褐色的眼睛閃過一道光芒。「從今以後，監督合議會的工作就交給妳了。」

「我不能。我要做教授！」我抗議道。

「把合議會的會期安排在妳沒課的時候。只要妳準時回覆電子郵件，」巴德文扮出嚴厲的姿態：「調配妳的職責應該沒問題。家族事務已經被我忽略很久了。何況我是個戰士，不是政客。」

我無言地望著馬修求助，但他不打算救我脫離困境。他滿臉自豪，完全沒有保護我的企圖。

「你的另一個妹妹呢？」我的腦子轉個不停。「維玲一定會反對。」

「這是維玲提議的。」巴德文道。「畢竟妳也是我妹妹。」

「就這麼決定了。戴安娜出任合議員，直到她對這份工作厭倦為止。」伊莎波親我一邊臉頰，然後又親另一邊。「想想看，高伯特發現巴德文幹了什麼好事，會氣成什麼樣子。」

我頭昏腦脹地把鑰匙放回口袋。

「真是美好的一天。」伊莎波眺望著春天的陽光說道。「咱們趁晚餐前，到花園裡散個步吧。亞倫和瑪泰準備了一場盛宴——不准費南多幫忙。因為如此，瑪泰的心情特別愉快。」

笑語聲隨著我們的家人轉移到室外。馬修把芮碧嘉交給莎拉。

「趕快來，你們兩個。」莎拉道。

一有機會獨處，馬修就飢渴地吻我，但他的吻逐漸變得深沈而不那麼迫切。這讓人想到他的血怒還沒有完全控制住，而我的遠離會給他壓力。

「威尼斯一切都好嗎，我的愛？」他恢復平衡後問我。

「晚點再告訴你。」我道。「不過我該警告你：高伯特懷著鬼心眼。他一有機會就阻撓我。」

「妳以為會怎樣？」馬修轉身離開，去跟家人會合。「別擔心高伯特。我們會查出他在玩什麼花樣的，不用害怕。」

一件出乎意料的事引起我注意，我停下腳步。

「戴安娜？」馬修皺著眉回頭看我。「要來嗎？」

「馬上。」我答應道。

他莫名其妙地看我一眼，但還是走了出去。

*我就知道，妳會第一個看見我。*菲利普的話聲像耳語，而且我透過他仍能看見伊莎波那些醜陋的家具。但無所謂。他很完美——完整、笑容滿面、親切愉快的眼神。

*妳得到生命之書了。妳不需要我幫助了。*菲利普迎上我的目光。

「盟約——」我正要說。

*我聽到了。大部分事情我都聽得到。*菲利普笑得更開朗。*我很驕傲是我的孩子摧毀了它。妳做得很*

好。

「看見你是我的獎勵嗎？」我努力壓抑湧上來的淚水。

其中之一吧。菲利普道。以後妳會得到其他的。

「艾米莉。」我才說出她的名字，菲利普的身影就開始淡去。「不！別走。我不問問題。要告訴她我愛她。」

她知道的。妳母親也一樣。菲利普眨眨眼。我現在身邊有一大群女巫圍著我。別告訴伊莎波。她會不高興的。

我笑起來。

那是我多年來安分守己的獎勵。聽著，我不要再看到眼淚，妳明白嗎？他豎起一根手指。我打從心底討厭流淚。

「那你想要什麼？」我擦拭眼睛。

更多歡笑。更多跳舞。他的表情很頑皮。還要更多孫兒孫女。

「我得問問看。」我又笑了。

但恐怕未來不會全部是歡笑。菲利普的表情變得嚴肅。妳的工作還沒結束，女兒。女神要我把這個還給妳。他遞過來我射穿班哲明心臟用的同一支金、銀二色的箭。

「我不要。」我退後一步，舉起手，擋住這件不受歡迎的禮物。

我也不要，但正義必須有人執行。他又把手臂伸過來。

「戴安娜？」馬修在外面叫我。

要不是因為女神這支箭，我現在不會聽見我丈夫的聲音。

「來了！」我答應道。

菲利普眼中充滿同情與諒解。我遲疑地碰觸金色的箭頭。我的身體一觸及箭，它就消失了，我背部再次感受到它的沈重。

*從我們第一次見面，我就知道妳是那個人。*菲利普道。他的話奇怪地呼應提摩西・維斯登說過兩遍的話，第一遍是前年在博德利圖書館，第二遍是去年在他家。

菲利普的鬼魂咧嘴最後一笑，開始消失。

「等一下！」我喊道：「那個什麼人？」

*能挑起我的重擔而不會折斷的人。*菲利普的聲音在我耳畔低語。我隱約覺得有嘴唇拂過我的臉頰。*妳挑擔時必不孤單。記住這一點，女兒。*

我吞下因他離開而起的一聲嗚咽。

「戴安娜？」馬修再次喊道，這次他在門口。「發生了什麼事？妳看起來像見了鬼。」

確實如此，但現在不是告訴馬修這件事的時機。我很想大哭一場，但菲利普只要歡笑，不要悲傷。

「跟我跳舞。」我趁唯一的一滴淚掉落前，說道。

馬修把我擁進懷裡。他的腳在地板上挪動，將我們帶出客廳，帶進大廳。他不發問，雖然答案就在我眼睛裡。

我踩到他的腳。「對不起。」

「妳又想要帶舞步了。」他嘟囔道。他在我嘴唇印上一個吻，帶著我轉圈。「妳現在的工作就是跟隨我。」

「我忘了。」我笑道。

「那我得經常提醒妳。」馬修把我拉過去，緊貼他的身體。他的吻粗魯得像個警告，卻又甜美得像個承諾。

菲利普說得對，我們向外走，到花園去時，我想道。不論帶領或跟隨，只要世上有馬修在，我就永不孤單。

雙子日座

雙子座掌管夫妻間的夥伴關係，及所有涉及互信的事務。誕生在這個星座的男人心地善良誠懇，頭腦也好，能學習各種知識。他容易動怒，但氣也消得快。即使在君王面前，他也能侃侃而談。他善於虛張聲勢，也會信口雌黃。他會因妻子的緣故惹上大麻煩，但他一定能克服他們的敵人。

——佚名之英文雜記簿，寫於約一五九〇年，龔沙維手抄本四八九〇號，f.8r

第四十一章

「抱歉打擾妳，畢夏普教授。」

我從手抄本上抬起頭來。皇家學會的閱覽室氾濫著夏日的陽光。它從分成許多格子的高窗斜射進來，潑灑在寬大的閱覽桌上。

「有位會士要我把這個交給妳。」圖書館員遞給我一個印有皇家學會標誌的信封。信封上龍飛鳳舞的黑色筆跡寫的是我的名字。我點頭致謝。

裡面裝著菲利普的古銀幣——從前他若堅決要某人回家或服從他的命令，就會寄這個錢幣過去。我為它開發了一種新功能，在我恢復較為活躍的生活後，幫助馬修管理他的血怒。我丈夫撐過班哲明的百般酷刑，身體狀況持續改善，但他的情緒還不夠穩定，容易動怒。完全康復需要時間。如果馬修覺得對我的需要升高到危險的水平，只要把這枚銀幣送到我手中，我就會立刻趕到他身旁。

我把正在閱讀的精裝手抄本還回櫃台，為館方提供的協助向櫃台員道謝。這是我第一次嘗試整個星期都待在檔案室的最後一天——測試我的魔法跟那麼多古老文本和已故的傑出學者密集接觸，會有什麼反應。馬修不是唯一跟自制力搏鬥的人，有時我也會徬徨無主，覺得好像不可能重拾我熱愛的工作，但一天天過去，我似乎更有可能達成目標。

自從四月面對合議會以來，我逐漸了解自己不僅是一個會走路的手抄本，也是一件複雜的編織品。我的身體是一塊巫族、魔族與血族組成的織錦毯。組成我的線千頭萬緒，有些是純粹的魔力，以影子般的珂拉做代表。有些來自我的編織者之線所代表的技能。剩下的部分是蘊藏在生命之書裡的知識。是這些打了結的線，賦予我使用女神所賜正義之箭的力量，不是基於復仇，也不靠追求法力的意願。

我走出圖書館，下了氣派的樓梯，來到主樓層，就見馬修在門廳裡等我。照例，他的目光冷卻我的皮膚，卻使我的血液溫度上升。我把那枚銀幣放進他等待的手中。

「還好嗎，我的愛？」他用親吻打招呼後，問道。

「完全沒問題。」我拉拉他黑外套的前襟，做個主權宣示的小動作。馬修今天穿得像位卓越的教授，鐵灰色長褲，筆挺的白襯衫，質感絕佳的羊毛外套。領帶是我挑的。去年耶誕節哈米許送他的禮物，綠灰二色的利伯第公司⑨⑦印花圖案，正好烘托他色澤多變的眼睛。「進展如何？」

「有趣的討論，當然，克里斯表現精彩。」馬修謙虛地把舞台中央的位置禮讓給我的朋友。

克里斯、馬修、密麗安、馬卡斯提出擴充「人類」定義的研究報告。他們證實智人的演化過程包含來自其他生物的DNA，例如一度被認為是不同物種的尼安德塔人。馬修多年前就掌握了大部分的證據，卻始終沒有公開。克里斯說馬修就跟牛頓一樣惡劣，不願跟別人分享研究成果。

「馬卡斯和密麗安依照慣例，一個扮黑臉，一個扮白臉。」馬修終於放開我。

「會士們對這則消息的反應如何？」我替他拆下名牌，放進他的口袋。上面寫著「馬修・柯雷孟教授，皇家學會會士，萬靈學院（牛津大學），耶魯大學（美國）」。馬修接受了克里斯研究室為期一年的訪問研究員聘書。他們得到一大筆獎助金，專門研究非編碼DNA。靠這項研究打下基礎，有朝一日，他們就能把世上還有其他人科動物，未曾像尼安德塔人一樣滅絕，而是仗著人類的視若無睹藏匿形跡的消息公諸於世。今年秋季，我們會再回到紐海文。

「他們很驚訝。」馬修道。「但他們聽完克里斯的報告，驚訝又變為羨慕。克里斯實在太厲害了。」

---

⑨⑦ Liberty是倫敦一家高檔百貨公司，以風格優雅的紡織品花樣聞名，商品以家飾與禮品為主。

「克里斯在哪？」馬修拉著我往出口走，我一路東張西望找我的朋友。

「他跟密麗安到匹克林廣場去了。」馬修道。「馬卡斯先去接斐碧，然後他們要一起去特拉法加廣場附近的一家牡蠣專賣店。」

「你想跟他們一起去嗎？」我問。

「不要。」馬修的手搭在我腰上。「我要帶妳去吃晚餐，還記得嗎？」

勒納在街邊等我們。「午安，宗主，夫人。」

「叫我柯雷孟教授就可以了，勒納。」馬修把我扶進後座，口氣溫婉地說。

「行。」勒納開心地笑道。「柯雷孟宅？」

「麻煩你。」馬修道，上車坐在我身旁。

這是個美麗的六月天，我們沿著白金漢宮前面的林蔭道步行到梅費爾，說不定比開車還省時，但馬修基於安全考量，堅持要坐車。坎姆之役後，沒有發現班哲明的人馬殘留餘孽的痕跡，高伯特和多明尼可在威尼斯慘敗後，也沒再帶給我們擔心的理由，但馬修就是不想冒險。

「哈囉，瑪泰！」我們進門時，我向屋裡招呼。「都好嗎？」

「好。」她道。「菲利普少爺和芮碧嘉小姐午睡剛醒。」

「我請琳達・柯羅斯比等一下過來幫忙。」馬修道

「我已經來了！」琳達尾隨我們走進門來，拎著不止一個，而是兩個瑪莎百貨的購物袋。她把其中一個交給瑪泰。「我買了那個漂亮女偵探和她男友——潔瑪與鄧肯——系列的下一集。還有這是我跟妳提過的編織花樣。」

琳達和瑪泰很快成了朋友，主要是因為她們的興趣幾乎完全相同，喜歡推理小說、編織、烹飪、園藝和八卦。她們振振有詞說，我們的孩子只能由自家人照顧，如果做不到，就得出動吸血鬼和女巫組成的保

母雙人組，雖然她們的立論動機是圖利自己，卻也很難反駁。琳達辯稱這是防患於未然，因為我們還不了解各個孩子的專長與性向──雖然芮碧嘉偏愛喝血，又不睡覺，比較偏向吸血鬼，而根據我曾看見菲利普的玩具象飛進他搖籃，這孩子的巫族傾向可能超過吸血鬼。

「我們還是可以留在家裡。」我建議道。馬修的計畫包括晚禮服、燕尾服，和女神才曉得還有什麼。

「不。」馬修實在太喜歡用這個字。「我要帶老婆外出用餐。」他的語氣顯示，這件事已沒有討論餘地。

傑克衝下樓。「嗨，媽！我幫妳把信都放在樓上，爹的信也一樣。我得走了。今晚跟胡爸吃飯。」

「回來吃早餐，拜託你。」傑克衝出敞開的門時，馬修說道。

「別擔心，爹。晚餐後，我要跟藍森出去。」傑克才說完，大門就砰一聲在他背後關上。紐奧良的畢夏普─柯雷孟家族分支，兩天前組團到倫敦來觀光，順便探望馬卡斯。

「知道他要跟藍森出去，不會讓我少擔一點心。」馬修嘆口氣。「我去看看孩子，順便換衣服。妳要來嗎？」

「我跟在你後面。我只想先到跳舞廳去望一眼，看外燴準備你的生日派對，進展如何。」

馬修呻吟一聲。

「別那麼掃興嘛。」我道。

馬修和我一起上樓。通常冷冷清清的二樓現在可熱鬧了。馬修跟著我走進又高又寬的門。外燴人員把桌子都排在房間周圍，留下中央的大空間跳舞。音樂家在角落裡排演明晚的曲目。

「我生在十一月，又不是六月。」馬修嘟囔道，眉頭絞得更緊。「萬靈節才是我的生日。還有我們為什麼要請那麼多人？」

「隨你怎麼抱怨、挑剔，反正全都不會改變明天是你重生成為吸血鬼的週年，而且你的家人要跟你一起慶祝這個日子的事實。」我查看一盆插花。奇怪的花材是馬修挑的，其中有柳樹枝與忍冬，跳舞時樂隊要演奏不同年代的各種樂曲，也是他指定的。「如果你不要請那麼多客人，製造孩子前就該三思。」

「但我喜歡跟妳一起做孩子。」馬修的手沿著我臀部移動，最後停在我小腹上。

「那你該預期這件事每年都會發生。」我親他一下。「而且每年桌子還會增加。」

「說到孩子，」馬修歪著頭，聆聽某種溫血人的耳朵聽不見的聲音：「妳女兒餓了。」

「你女兒老是覺得餓。」我溫柔地把手貼在他面頰上。

馬修從前的臥室改成育嬰房，現在是雙胞胎的小王國——除了滿是填充動物玩偶的動物園，足夠一支嬰兒部隊用的各種配備，還有兩個小暴君。

我們進來時，菲利普回過頭來，他得意洋洋地抓住搖籃邊緣站在那兒。他方才正低頭望著姊姊的床。芮碧嘉也靠自己的力量坐起來，興趣盎然地看著菲利普，好像要揣摩他怎麼會長得那麼快。

「天啊，他會站了。」馬修顯得很吃驚。「他還不到七個月呢。」

我看一眼孩子壯碩的手腳，想不通他父親驚訝個什麼勁兒。

「你在做什麼？」我從搖籃裡抱起菲利普，給他一個擁抱。

寶寶嘴巴裡冒出一連串費解的聲音，我皮膚底下的字母湧上來，幫菲利普翻譯他的回答。

「真的？你今天過得生龍活虎啊。」我把他遞給馬修。

「我相信你一定會像你同名的爺爺一樣會找麻煩。」馬修疼愛地說，他的手指被菲利普緊緊攫住。

我們替孩子換過尿片，餵飽他們，又聊了一會兒我閱讀羅伯・波以耳論文的心得，以及馬修在皇家學會的報告，使他在了解超自然生物的基因組方面，得到哪些新啟發。

「等我一分鐘，我看一下電子郵件。」巴德文任命我為柯雷孟家族的正式代表後，就可以花更多時間賺錢，並對他的家人作威作福，我卻輪到收越來越多的郵件。

「合議會這星期煩得妳還不夠嗎？」馬修問道，又開始不高興。我已經花了太多個晚上，研擬有關平等與開放的政策聲明，並試圖釐清糾葛的魔族邏輯。

「恐怕永遠不會夠。」我抱著菲利普走進中國廳，這兒現在是我在家的辦公室。我打開電腦，把孩子放在腿上，開始瀏覽訊息。

「莎拉和艾嘉莎寄了張照片。」我喊道。這兩個女人在澳洲某處沙灘上。「過來看。」

「她們看起來很快樂。」馬修抱著芮碧嘉，從我背後看過來。芮碧嘉看到她的姨婆，發出愉快的聲音。

「很難相信艾姆去世一年多了。」我道。「又能看到莎拉的笑容真好。」

「蓋洛加斯有消息嗎？」馬修問。蓋洛加斯去了不知什麼地方，我們邀請他來參加馬修的派對，也沒有回音。

「目前都還沒有。」我道。「或許費南多知道他在哪裡。」我明天要去問他。

「巴德文怎麼說？」馬修在寄信人名單中看到他哥哥的名字。

「他明天到。」我很高興巴德文答應來，在馬修的生日給他祝福。他這麼做，使這個宴會更有分量，也能消除巴德文不全然支持他弟弟或新成立的畢夏普─柯雷孟家族的流言。「維玲與恩斯特會跟他一起來。還有我該警告你：芙麗亞也要來。」

我還沒見過馬修這位排行中間的妹妹。但珍納・戈蒂講了很多她過去的冒險故事，讓我大飽耳福，我非常期待跟她見面。

「天啊，芙麗亞就算了吧。」馬修呻吟道。「我要喝杯酒。妳要什麼嗎？」

「我也來杯葡萄酒。」我心不在焉地道，繼續翻看瀏覽清單上的訊息，包括巴德文、威尼斯的黎瑪・賈燕、合議會其他議員、我在耶魯的系主任。我現在空前忙碌，也很快樂。

我到書房裡去找馬修時，他並沒有為我們準備飲料，反而站在壁爐前面。他懷抱著芮碧嘉，仰頭望著爐台上方的牆壁，臉上有種奇怪的表情。順著他的目光望去，我就知道原因何在。原本掛在那兒的伊莎波與菲利普的畫像不見了。牆上貼著一張小紙條。雷諾茲爵士所繪不知名夫婦畫像，暫時取下，出借給皇家格林威治畫廊「雷諾茲與他的世界」特展⑱。

「斐碧再次出擊。」我喃喃道。她還沒有成為吸血鬼，卻在吸血鬼圈子裡鼎鼎有名，因為她有本事從他們持有的藝術作品中，挑出只要送給國家，就能交換可觀減稅金額的作品。巴德文非常崇拜她。

但馬修發呆卻不是因為他父母失蹤了。

另一幅畫：馬修和我的肖像取代了雷諾茲的作品。這很明顯是傑克的手筆，兼顧十七世紀對細節的注重，又不失現代對色彩與線條的敏感，是他的註冊商標。爐台上立著一張寫有「爹，生日快樂」的小卡片，更確認了這一點。

「我還以為他在幫你畫肖像。那本來是個驚喜。」我道，想起我們的兒子小聲拜託我，在他速寫時引開馬修的注意。

「傑克卻告訴我，他在幫妳畫肖像。」馬修道。

結果傑克把我們兩個畫在一起，背景是正式的客廳，在這棟房子裡的一扇大窗戶旁邊。我坐在一把伊麗莎白時代的椅子上，是從我們黑衣修士區的房子搬來的老家具。馬修站在我背後，眼神清亮，直視觀畫的人。我也看著觀畫者，但某種夢幻的氣質，暗示我不是普通的凡人。

馬修把手從我肩後伸過來，握住我舉起的左手，我們手指緊緊交纏。我的頭微微偏向他，他的頭也稍微向下，像是我們的交談忽然被打斷。

這姿勢使我左手的手腕和環繞其上的咬尾蛇展露在外。這是一個力量與團結的宣告，因為它是畢夏普—柯雷孟的象徵。我們的家族始於馬修和我意外的相戀。它能成長，是因為我們的結合夠強大，經得起外界仇恨與恐懼的打擊。它能持久，是因為我們跟千百年前的巫族一樣，發現求生的祕訣就是願意接受改變。

不僅如此，咬尾蛇象徵我們的夥伴關係。馬修和我的結合就如同鍊金術婚禮中的吸血鬼與女巫、死與生、太陽與月亮。兩種極端結合，創造出相較於我們若分別存在，就永遠不可能企及的，更美好、更珍貴的東西。

我們就是第十個結。

牢不可破。

無始亦無終。

---

⑱ Joshua Reynolds（1723-1792），英國畫家，擅長肖像畫。

致謝

我衷心感謝……

……給我回饋的飽學讀者：Fran、Jill、Karen、Lisa與Olive。

……慷慨提供專業協助，批評時也口下留情的Wolf Gruner、Steve Kay、Jack Soll與Susanna Wang。

……幫忙收集各路專家對一頁羊皮紙應該多重的見解的Lucy Marks

……在我最需要的時候，提供無比周到（且不可或缺）招待的樹籬溪作家村[99]。

……從頭到尾大力支持《魔法覺醒》三部曲的Sam Stoloff與Rich Green。

……在每一個出版步驟，對本書及前兩集鼎力支援的Carol DeSanti，和維京出版社及企鵝出版社的《魔法覺醒》團隊。

……把戴安娜與馬修的故事帶給全世界讀者的各國出版者。

……為我編輯與製作交給出版社稿件的Lisa Halttunen。

……使我能活下去的兩位助理Jill Hough與Emma Divine。

……我始終不離不棄的朋友們。

……使我的人生值得一活的親人：我的父母、Olive與Jack、Karen、John、Lexie、Jake、Lisa。

……接納畢夏普與柯雷孟進入你們的心與生命的讀者們。

---

[99] Hedgebrook位於美國華盛頓州鄉間，每年贊助約四十位女作家，提供為期二到六週的免費食宿，幫助她們完成寫作計畫。她們駐村期間，可全心投入工作，亦可參加工作坊，與同儕分享心得或難題。

生命之書 / 黛博拉・哈克妮斯
（Deborah Harkness）著；張定綺譯.
-- 初版. -- 臺北市 : 大塊文化, 2016.3
面；公分. --（R; 71）
譯自 : THE BOOK OF LIFE
ISBN 978-986-213-642-3（平裝）

874.57 104019970

LOCUS

LOCUS

LOCUS

LOCUS